Peter Orullian

Das Gewölbe des Himmels

Zweites Buch

Peter Orullian

Das Gewölbe des Himmels

Der Unrechte

Aus dem Englischen
von Maike Claußnitzer

blanvalet

Die amerikanische Originalausgabe erschien unter dem Titel
»The Vault of Heaven 1. The Unremembered (Chapter 47 – end)«
bei Tor Books, New York.

MIX
Papier aus verantwortungsvollen Quellen
FSC® C014496
FSC
www.fsc.org

Verlagsgruppe Random House FSC® N001967
Das für dieses Buch verwendete FSC®-zertifizierte
Papier *Super Snowbright* liefert
Hellefoss AS, Hokksund, Norwegen.

1. Auflage
Februar 2014 bei Blanvalet, einem Unternehmen
der Verlagsgruppe Random House GmbH, München

Umschlaggestaltung: Isabelle Hirtz, Inkcraft, München
Illustration: © Melanie Miklitza, Inkcraft, München
Karte © by Peter Orullian
Redaktion: Alexander Groß
Lektorat: Holger Kappel
Herstellung: sam
Satz: KompetenzCenter, Mönchengladbach
Druck und Einband: GGP Media GmbH, Pößneck
Printed in Germany
ISBN: 978-3-442-26840-5

www.blanvalet.de

Für Cheyenne,
in der Hoffnung auf mehr Tage, an denen dein Daddy
zu Hause bleiben kann

I

DIE WILDNIS

Der Tag wurde stetig heller, während das Hohe Licht bis in den Zenit emporstieg. Tahn und Sutter führten ihre Pferde durch Steinsberg auf die nördlichen Klippen zu. Im strahlenden Tageslicht hinterließ der Anblick der verlassenen Stadt in Tahn ein leeres Gefühl. Irgendwie wirkte der Ort im grellen Sonnenschein noch einsamer. Das Klappern der eisenbeschlagenen Hufe ihrer Reittiere auf der steingepflasterten Straße hallte laut von den Mauern wider. Aus den Fugen zwischen den Steinen sah totes Gras hervor, das von den gelegentlichen Windböen zerzaust wurde. So weit war es also gekommen – die prächtige Stadt, die Tahn sich als lebendiges Zentrum des Wissens, der Kunstfertigkeit und des Gemeinsinns vorgestellt hatte, ragte noch immer hoch auf, aber an ihrem Rand wucherte wildes Gras und verdorrte. All die Handwerkskunst war nur noch eine bloße Hülle, die zurückgeblieben war, als das Leben, das sie einst erfüllt hatte, verschwunden war, und jede Straße glich einem Knochen, der von einem verwesten Körper übrig war.

Sie überquerten eine breite Brücke in der Nähe einer Flussquelle. Tahn hatte den Eindruck, dass die verwitterten Fundamente noch so stabil waren wie an dem Tag, als man sie gelegt hatte. Am kristallklaren Wasser entlang führten Granitstufen in den Fluss hinab. Der Fremde blieb am Brückengeländer stehen und blickte auf den Flusslauf hinaus.

»Ein Ort, an dem man Zuflucht vor der Hitze findet«, sagte der geheimnisvolle Mann. »Könnt Ihr nicht geradezu die Kinder dort drüben im Wasser waten sehen, wie sie einander nassspritzen und davonlaufen, um sich hinter den Beinen ihrer Mütter zu verstecken?«

Das Bild brach mit Macht über Tahn herein. Er konnte sich keine bessere Verwendungsmöglichkeit für die langen Steinterrassen vorstellen. Entlang der Stufe lag eine Anzahl umgestürzter Krüge, manche zerbrochen, andere dagegen noch heil. Tahn stellte sich vor, wie hier Wasser geschöpft worden war, um in den Häusern von Steinsberg verbraucht zu werden. Die einfache Tätigkeit, Wasser ins Haus zu bringen, um das Abendessen zuzubereiten, erinnerte ihn an Helligtal. Obwohl sein Heimatdorf weit kleiner war und keinen so ehrgeizigen Bauplan aufwies, waren seine Bedürfnisse doch dieselben. Und dennoch hatten die Bewohner von Steinsberg dieses paradiesische Zuhause verlassen. Tahn ertappte sich dabei, sich zu fragen, was ihr seltsamer Reisegefährte wohl über das Ende der Steinsberger herausfinden würde – oder was er schon wusste, ihnen aber nicht erzählte.

Das Wasser war unwiderstehlich. Tahn stieg ab, lief voraus, bog um den letzten Brückenpfeiler und sprang die drei breiten Stufen bis zum Ufer hinab. Er konnte den Grund klar erkennen. Der Geruch der sauberen, frischen Quelle ließ ihm das Wasser im Munde zusammenlaufen. Er griff mit der hohlen Hand in den Fluss, um seinen Durst zu stillen. Als er fertig war, nahm Tahn den Verschluss seines Wasserschlauchs ab und senkte die Öffnung in den Strom. Während er darauf wartete, dass der Schlauch sich füllte, betrachtete er das Spiegelbild des Himmels in der Wasseroberfläche: die Dächer der höchsten Gebäude westlich von ihm, den Himmel, die Brücke, Sutter und … wo war der Fremde? Tahn sah genauer hin, und ein kalter Schauer lief ihm die Arme hinauf und den Rücken hinunter. Er konnte sonst nichts in der glasklaren Wasserfläche erkennen.

Sein Schlauch war voll, aber er hielt ihn weiter unter Wasser und blickte beiläufig auf. Er sah den Mann mit raschen, mühelosen Bewegungen von der Brücke herabschreiten, ohne dass er Tahn angesehen hätte. Es war vielleicht töricht, aber Tahn hatte gedacht, der Mann hätte neben Sutter gestanden. Er wusste zwar nicht genau was, aber irgendetwas an diesem Fremden war fürchterlich falsch. Er richtete seine Aufmerksamkeit wieder auf seinen Wasserschlauch, zog ihn hoch und verkorkte ihn.

So gleichmütig er konnte, stand Tahn auf und stieg die Stufen zum Ende der Brücke empor, wo Sutter zu ihm stieß.

»Was ist los?«, fragte Sutter sofort.

Tahn schüttelte den Kopf und sah beiseite, zu dem Fremden, der ihnen noch immer den Rücken zuwandte. »Später«, flüsterte er und schluckte. »Aber wir behalten unseren neuen Freund gut im Auge, ja? Irgendetwas stimmt nicht mit ihm.«

»Und das hältst du für eine Neuigkeit?«, sagte Sutter und klopfte Tahn mit den Fingerknöcheln sacht auf die Brust. »Ich vertraue nur den Dingen, die ich am Stück aus dem Boden graben kann.«

»Kommt«, rief der Mann, ohne auch nur einen Blick auf sie

zu verschwenden. »Es liegt noch ein weiter Weg vor uns, und die Straßen sind von hier an schlechter. Aber keine Angst, sobald wir die Wildnis erreicht haben, könnt Ihr Euch darauf verlassen, dass ich Euch zur Nordschlucht bringe.«

Tahn hängte sich seinen Wasserschlauch um und stieß Sutter an. Er folgte dem Mann wieder, hielt aber diesmal mehrere Schritte Abstand zu ihm.

Die späte Sonne beschien noch die letzten vorgelagerten Gebäude, als sie plötzlich einen schmalen Streifen unbebauten Bodens erreichten, hinter dem ein dichtes Gewirr aus Bäumen und Büschen begann.

»Die Wildnis, Jungs«, erklärte der Mann selbstgefällig. »Ich habe Euch doch gesagt, dass ich Euch herbringen würde.«

»Es ist spät«, sagte Tahn. »Wir können in einem der Häuser in der Nähe schlafen. Es besteht kein Grund, heute Abend noch übereilt in die Wildnis aufzubrechen.«

»Unfug«, entgegnete der Mann. »Ihr könnt bereits durch die Wildnis hindurch sein, bevor das letzte Licht von den östlichen Klippen verschwindet. Außerdem schläft es sich in den Betten von Steinsberg hart. Da wärt Ihr mit einem Fleckchen Erde besser bedient.« Er grinste breit. »Achtet gar nicht auf mich«, fuhr er fort. »Ich habe die Gefahren der Wildnis übertrieben dargestellt. Ich bin mir noch nicht einmal sicher, ob die Steinsberger sie je als Wildnis bezeichnet haben. Kommt, kommt, ich zeige Euch den Weg.«

Der Mann setzte sich mit entschlossenen Schritten rasch wieder in Bewegung. Sutter zuckte die Schultern und reihte sich hinter ihm ein. Tahn tastete nach den Stäben in seinem Umhang. Je eher sie in Decalam eintrafen, desto besser. Zwanzig Schritt später waren sie schon von hohen Bäumen umgeben.

Die dicken Hartholzbäume der Wildnis waren mit feuchten, moosigen Flechten bedeckt, und die Luft war nach dem Regen von Fäulnisgestank erfüllt. Wurzeln schlängelten sich über den Boden, als wären sie unfähig, tiefer im Erdreich Halt zu finden. Das machte den Weg uneben und das Wandern beschwerlich. Zweige wuchsen nicht, wie es natürlich gewesen wäre, auf der Suche nach Sonnenlicht in den Himmel empor, sondern reckten sich in seltsame Richtungen und schienen willkürliche Biegungen zu machen: Viele strebten zum Boden zurück, wo sie Wurzeln schlugen oder zumindest waagrecht weiterwuchsen. Tahn fragte sich, ob im Laufe der Zeit der gesamte Wald zu einer undurchdringlichen Holzwand werden würde.

Bald wurde das Licht schwächer, verdeckt von den dicht ineinander verflochtenen Zweigen über ihnen. Die Bäume trugen kleine, knospengleiche Blätter, die kaum ausreichten, um Schatten zu spenden, aber die Überfülle von Ästen, die miteinander zu wirren Knoten verwachsen waren, glich den Mangel an Laub mehr als aus.

Tahn spitzte die Ohren, um die Geräusche der Natur zu hören, an die er sich auf der Jagd in Helligtal gewöhnt hatte. Stattdessen hörte er einen dumpfen Klang tief im Wald, als würde jemand mit dem Holzhammer auf einen ausgehöhlten Baumstamm schlagen. In unregelmäßigen Abständen ertönte auch das Zirpen einer Grille, aber es hielt nie an, sondern brach immer wieder für mehrere Augenblicke ab, bevor sich die gleiche stockende Lautfolge wiederholte. Als sie tiefer in die Wildnis vordrangen, begann ein nach Moschus riechender Nebel aus dem Lehmboden aufzusteigen.

»Achtet gar nicht auf den Nebel«, sagte der Mann begütigend. »Hitze und Kälte ringen in der obersten Erdschicht miteinander; er wird sich bald wieder legen.«

»Ihr sagtet, dies sei die Verteidigung der Steinsberger gegen Angriffe gewesen?«, fragte Sutter, während er sich über das Wurzelgewirr vorantastete.

»Wirkungsvoll, findet Ihr nicht?«

»Es scheint mir eher so, als würde ein Feind hier Deckung finden, während er näher an die Front gelangt«, sagte Sutter.

»Es gibt in der Wildnis mehr als nur Bäume, Abenteurer.« Der Mann blieb stehen, drehte sich einmal im Kreis und nickte, während er den Blick über die Baumwipfel über ihren Köpfen schweifen ließ. »Die Wildnis hat so eine Art, einen Mann zu verwirren und dafür zu sorgen, dass er sich selbst vergisst. Viele Gräber liegen in der Wildnis, aber keines ist als solches gekennzeichnet, denn keines war geplant. Es gibt Inschriften in der Stadt, die besagen, dass zuerst die Siedlung entstand, während anderen zufolge die Wildnis älter ist. Was auch immer zutreffen mag, dieser dunkle Hain steht hier schon lange Zeit. Ich vermute, er hat die Steinsberger ebenso sehr zur Demut gemahnt, wie er böswillige Eindringlinge ferngehalten hat.« Der Mann lächelte über seine eigene Erkenntnis. »Was für ein glorreiches Volk! Wie aufgeklärt. Ganz abgesehen vom Maß ihres Einfallsreichtums und von ihren steinernen Denkmäler haben sie diesem Hain erlaubt, ungezähmt zu wachsen, so dass sein Naturzustand eine Messlatte für die Höhe ihres Fortschritts bildete.«

Sutter starrte den Mann neugierig an.

»Vielleicht sind es auch nur Bäume«, fuhr er wenig überzeugend fort. »Vielleicht habe ich mich zu sehr in meine Dokumente und Studien vertieft, um unvoreingenommen zu bleiben.« Er sah Tahn mit funkelnden Augen an. »Wisst Ihr, genau das ist der Grund dafür, dass ich gehofft habe, Euch bis in die Nordschlucht begleiten zu dürfen. Ein guter Erforscher der Vergangenheit muss seine Schlussfolgerungen an den Empfindungen lebender, atmender … Abenteurer messen, meint Ihr nicht?«

Tahn nickte und ließ den Blick durch den Wald ringsum schweifen. Das Licht malte schwache, verschwommene Muster. Die dicht miteinander verwobenen Zweige über ihnen hinterließen in ihm den Eindruck, dass es in der Wildnis nie heller als jetzt wurde und dass die Nacht noch tiefer und dunkler sein würde, als er sie sich vorstellte.

Der Mann ließ seinen Mantel durch die Luft wirbeln, indem er sich um sich selbst drehte, bevor er noch tiefer in die Wildnis vordrang. Der Weg, den er einschlug, wand sich wie eine Schlange, und sogar Tahn, der sonst in Wäldern über einen hervorragenden Orientierungssinn verfügte, hatte bald das Gefühl, sich völlig verlaufen zu haben. Das Gelände stieg an und fiel wieder ab, und die Wurzeln wuchsen immer näher beieinander und ließen kaum Zwischenräume frei. Ringsum war Wald: Wurzeln unter ihren Füßen, dunkle Rinde an den Bäumen und ein niedriges Dach aus Ästen … eine Höhle aus Wald. In keiner Richtung konnte Tahn etwas anderes als die tiefe Dunkelheit endloser Baumstämme sehen, die im schattigen Schutz der Wildnis schwarz geworden waren. Der Geruch nach verfaulendem Holz lag drückend in der Luft.

Dann verschwand binnen eines Augenblicks alles Licht. Das schwache Halbdunkel ging in beinahe völlige Finsternis über, als die Sonne hinter den westlichen Klippen versank. Aus der Ferne hallte das seltsame Geräusch von Holz, das auf Holz traf, in tiefen Tönen herüber, die Tahn eher spürte als hörte, und seltsamerweise endete auch das Grillenzirpen und hinterließ im Hain eine Totenstille, die sogar Sutter sein angeborenes Lächeln verlieren ließ.

»Ich nehme an, wir erreichen die Nordschlucht doch nicht mehr«, sagte Sutter sarkastisch aus der Dunkelheit.

»Es ist nicht weit«, erwiderte der Mann, »aber man ist … schlecht beraten, nachts durch die Wildnis zu reisen. Macht Euch keine Sorgen. Ich bin vorsichtig und sorge schon dafür, dass Ihr durchkommt.«

»Ich werde ein Feuer entzünden«, sagte Tahn. Mit der plötzlichen Dunkelheit war auch die dazugehörige Kälte hereingebrochen.

»Wenn es sein muss«, antwortete der Mann.

Tahn glaubte, aus seiner Zustimmung einen gewissen Widerwillen herauszuhören, aber vielleicht lag das auch nur daran, dass die Feuchtigkeit der Wildnis und die Düsternis, die sie umgab, Tahn selbst in mürrische Stimmung versetzt hatten.

Er schlurfte vorsichtig voran und suchte eine Freifläche ohne Wurzeln am Boden. Sutter sammelte ein paar herabgefallene Äste auf, und bald hatten sie wieder Licht und Wärme. Tahn setzte sich auf eine bucklige Wurzel und zog ein bisschen Brot für sich und Sutter aus der Tasche. Der Feuerschein verlieh der Rinde der nahen Bäume einen düsteren Schimmer. Funken aus dem Feuer wurden von der Hitze nach oben getrieben und erloschen im dichten Geflecht der tiefhängenden Zweige. Ihr Führer saß in der Nähe, behielt das Feuer im Auge und sah abwechselnd Tahn und Sutter an. Er holte kein Essen hervor.

»Vertraut Ihr mir jetzt, nachdem wir so weit durch die Wildnis gereist sind, genug«, begann er, »um mir Eure wahre Berufung anzuvertrauen?« Er sah Tahn mit hochgezogener Augenbraue an.

Sutter legte seinen eigenen Brotkanten beiseite und musterte den Mann unverwandt mit starrem Blick, bis der Fremde den Kopf wandte, um ihm in die Augen zu sehen. »Ich baue Wurzelgemüse an«, sagte Sutter mit Nachdruck und fügte hinzu: »Oder habe das zumindest getan. Aber jetzt verbringe ich die Zeit damit, ermüdenden Geschichten zu lauschen. Ich sehne mich nach den Wurzeln zurück.«

Tahn versuchte, Sutter mit einem Blick zum Schweigen zu bringen, aber sein Freund wollte ihm nicht in die Augen sehen.

Der Mann wandte sich ungerührt wieder Tahn zu. »Und Ihr?«

»Ich bin müde«, sagte Tahn.

»Unfug«, entgegnete der Mann. »Durch die Wildnis zu spazieren ist doch nicht so anstrengend. Eure echten Berufe bedeuten mir nicht viel, aber sie sind sicher interessanter als Eure Behauptung, Abenteurer zu sein. Das Leben selbst ist doch schon abenteuerlich genug, findet Ihr nicht auch?«

Tahn musterte das ungezwungene Lächeln auf dem Gesicht des Mannes. Wahrscheinlich fehlte es dem Fremden einfach an Gesellschaft, und er war nur deshalb so aufdringlich. Seine edelsteinbesetzte Schwertscheide, sein Umhang und sein Dreispitz waren der übertriebene Aufputz eines nicht besonders selbstsicheren Mannes. Er sprach mit eleganter Gespreiztheit, auf die geschliffene Art, wie ein Händler redete. Aber er hatte nichts dabei zu gewinnen, Tahn und Sutter zu helfen, und Tahn konnte ihm das Gefühl der Einsamkeit nachempfinden.

»Doch«, antwortete Tahn. »Ich jage Wild und kümmere mich um den Wald in der Nähe meines Zuhauses.«

»Und wo liegt dieses Zuhause?«, fragte der Mann.

Nun tauschte Tahn doch einen Blick mit Sutter, und sein Freund schüttelte beinahe unmerklich den Kopf, um ihn zur Zurückhaltung zu ermahnen. »Reyal-Te«, sagte Tahn.

Der Mann nickte. »Am Rande des Malwalds. Ihr seid weit weg von zu Hause. Vielleicht steckt in Euch beiden doch etwas von Abenteurern.«

Ihr Führer saß bequem da und wirkte trotz des Tagesmarsches ausgeruht, kraftstrotzend, obwohl er kein bisschen Nahrung zu sich genommen hatte. Die Nachtluft wurde immer kühler. Tahn und Sutter rückten näher ans Feuer heran und wärmten sich Arme, Oberkörper und Wangen, während sie am Rücken vor Kälte eine Gänsehaut bekamen. Ihrem Führer schienen die sinkenden Temperaturen nichts auszumachen.

Etwas war Tahn an ihrem Weg durch die Wildnis eigenartig erschienen, und es fiel ihm wieder ein, als er sich die Hände an den Flammen wärmte. »Wie findet Ihr Euch in diesem Wald zurecht? Ihr könnt den Weg doch nicht gelernt haben, indem Ihr ihn nur ein einziges Mal gegangen seid.«

»Oh, ich bin schon sehr lange hier, mein Freund«, sagte der Mann. »Die Ironie beim Studium der Vergangenheit besteht darin, dass wir zu oft eine ganze Generation in die Fußnoten einer einzigen Seite zwängen. Wenn man sich in angemessener Form der Geschichte widmet, dann dauert die Beschäftigung damit so lange, wie andere brauchten, um sie zu durchleben, davon bin ich überzeugt. Und wenn ich herausfinden soll, was aus den Leuten hier geworden ist, was sie dazu verleitet hat, diese schöne Stadt zu verlassen, muss ich alles lernen, was einem Bürger selbstverständlich erschienen wäre: die unterschiedlichen Bedeutungen der Wörter, derer man sich bediente, um zu beleidigen, zu erbauen oder Gelächter hervorzurufen; die ungeschriebenen Verhaltensregeln, die Respekt oder Intoleranz verrieten; ob die Lebenseinstellung der Bevölkerung mit der ihrer Dichter übereinstimmte oder ob die Dichter rebellisch waren und nur für sich selbst sprachen.«

»Ich sehe keinen Sinn darin«, mischte sich Sutter ein. »Bei allem Respekt«, fügte er vorsichtig hinzu, »sie sind doch verschwunden, so oder so, und das Leben ist auch ohne sie weitergegangen.«

Die Gesichtszüge ihres Führers erschlafften, und der aufgeräumte Ausdruck verschwand. Er richtete die Augen auf Sutter, ohne den Kopf zu wenden. »Ihr habt Euch Eure Frage selbst beantwortet, Rübenbauer. Wie kann Euch das entgehen? Heute haben wir auf dem hochberühmten Platz der prächtigsten Stadt gestanden, die je errichtet wurde. Vom zentralen Springbrunnen bis zum Rand der Friedhöfe ringsum seid Ihr durch die Straßen einer Stadt geschritten, in der selbst die Behausung des geringsten Bürgers nicht von Elend zeugt. Sie ist in ihrer Gesamtheit ein unvergängliches Loblied auf Einigkeit und Gleichheit. Dieses Volk zog wortwörtlich Gewinn aus dem Wissen, das es durch solch eine umfassende Gemeinschaft erworben hatte. Und dann verschwand es ohne eine Spur von Konflikten oder jeglichen Hinweis darauf, wohin es gegangen ist.« Der Mann starrte Sutter eindringlich an und war ganz eindeutig überzeugt davon, dass diese Tatsache offensichtlich war.

Sutter schüttelte den Kopf. »Vielleicht wurde die Stadt erobert. Wenn die Bewohner überrumpelt und gefangen genommen wurden, sind sie vielleicht alle irgendwohin verschleppt worden. Das würde doch erklären, warum die Stadt verlassen ist, aber keine Kriegsspuren aufweist.«

Ihr seltsamer Führer starrte eine Weile stumm vor sich hin. Dann war es an ihm, den Kopf zu schütteln. »Junge.« Er sprach es mit völligem Gleichmut aus, eine Beleidigung, die vernichtender klang als jeder Fluch. »Seht Euch doch an, fern von Reyal-Te, auf der Suche nach etwas, wie ich annehme, und darauf bedacht, Eure kleinen Geheimnisse zu bewahren, weil Ihr mir nicht vertraut, während Ihr Euch zugleich für das Leben und die Arbeit schämt, die Euch dort gehalten haben. Jetzt tragt Ihr ein Schwert und zieht auf der Suche nach mehr über die Landstraßen, tut, was auch immer Ihr wollt, überquert die Ophal'Donn-Brücke und spaziert durch die Vielstimmenschlucht, als hättet Ihr Euch ein Anrecht darauf erworben. Und doch seid Ihr außerstande, das Wunder von Steinsberg zu sehen: dass diejenigen, die hier gelebt haben, genau diese Arroganz überwunden hatten, die Euch das Gefühl verleiht, mehr verdient zu haben, als Ihr besitzt, dass sie den ewigen Wettstreit überwunden hatten, der solcher Arroganz entspringt. Dabei sind die Steinsberger über ihre eigene Stadt aus Fels und Mörtel hinausgewachsen, und als sie an einen besseren, edleren Ort weitergezogen sind, ist das Leben tatsächlich weitergegangen.« Der Mann hielt inne, und das Knistern des Feuerholzes wirkte in der Stille plötzlich sehr laut. »Ich will wissen, was sie wussten, dorthin gehen, wohin sie gegangen sind. Ich bin müde …« Er hielt inne, und das liebenswürdige Lächeln kehrte auf seine Lippen zurück. »Es tut mir leid – ich begeistere mich sehr für meine Studien.«

Sutters Gesicht wurde blass. Er legte die Hand an den Schwertgriff.

Mit leiser Stimme sagte ihr Führer noch ein paar Worte:

»Die Übrigen sind wandelnde Erde, aufrechter Staub, unwissend vergeudeter Atem.«

Die Worte waren Tahn vertraut, aber er konnte sie nicht einordnen. Er aß sein Brot auf und schlief später ein, während er das flackernde Feuer beobachtete, die Hand auf die Stäbe in seinem Mantel gelegt.

Er konnte das Gesicht des Mannes nicht sehen. Das konnte er nie. Aber Tahn konnte die Gestalt hinter sich spüren, bereit, jede falsche Bewegung oder jedes Nachlassen seiner Konzentration zu korrigieren.

Der Horizont erstrahlte bei Tagesanbruch zartblau. Tahn stand auf einer Felsklippe und blickte auf eine uralte Schlucht hinab, die ein langsam strömender Fluss tief in sein Tal eingekerbt hatte. Das rote Gestein und der ausgeblichene Sand wirkten im sanften Licht des frühen Morgens friedvoll. Die Gestalt verlagerte ihr Gewicht auf den anderen Fuß, und das Knirschen der Kiesel unter der Sohle unterstrich die Stille, die sich über die Schlucht gesenkt hatte. Die Luft über der Klippe, auf der Tahn stand, regte sich nicht, und er hielt den Atem an, als er über die gewaltige Schlucht hinweg zielte.

»Atme natürlich«, sagte der Mann. »Ein starrer Brustkorb schwächt die Arme und erzeugt Angst. Du musst deinen Pfeil furchtlos abschießen, um dein Ziel zu treffen. Jeder Pfeil, jeder Atemzug ist einer weniger bis zu deinem letzten. Und jeder Pfeil ist wichtig und muss ganz der Absicht deines Herzens entsprechend fliegen.«

»Aber hier gibt es nichts, worauf ich schießen könnte«, sagte Tahn. »Die Schlucht ist breit, und hier gibt es kein Wild zu jagen.«

Tahn spürte, wie der Mann den Kopf zu ihm beugte und ihm ins Ohr flüsterte: »Wir kommen in der Morgendämmerung an diese Stelle, weil du lernen musst, dich auf dich selbst und nicht auf dein Ziel zu konzentrieren, wenn du den Pfeil abschießt.« Seine Stimme klang sanft, aber bestimmt. Wenn er auf diese Art sprach, erwartete er von Tahn, zuzuhören und nichts zu vergessen. »Du erzeugst die Energie der Waffe, indem du die Sehne spannst. Du kannst die Kraft spüren, die sich in der Sehne zusammenballt, und das Nachgeben der Wurfarme. Nichts davon steht bisher dem Pfeil zur Verfügung. Das ist der Moment des Gleichgewichts zwischen Forda und Forsa, dem Bogen und der Energie, die du ihm verleihst. In diesem Moment stehst du mit der Möglichkeit bewaffnet da, ein Leben zu beenden oder es zu retten. Dein Wille ist alles, Tahn.«

»Wie soll ich wissen, wann ich schießen soll und wann nicht?«

Der Mann atmete langsam durch die Nase aus. »Du wirst dir diese Frage jedes Mal stellen, wenn du den Bogen spannst. Sie kann nicht ein für alle Mal beantwortet werden. Aber der Fähigkeit, diese Wahl zu treffen, wohnt an sich schon Kraft inne. Es gibt Leute, die nicht über diese Kraft verfügen, die aber bestrebt sein werden, von deinem Anteil daran Besitz zu ergreifen.«

Tahn war verwirrt.

Der Mann fuhr fort: »Dein Leben ist ein kostbares Geschenk, das du vor einem bestimmten Feind bewahren musst. Man kennt diese Feinde unter vielen Namen, und sie werden oft einfach als ›die Uralten‹ bezeichnet. Sie sind hierzulande heute vergessen, da sie selbst dem Gedächtnis des ältesten Vorlesers entschwunden sind. Sie werden vielleicht als Versucher an dich herantreten, sogar als Boten, aber sie sind Scharlatane, deren Stolz sie dazu verdammt hat, ein Leben des Stillstands tief im Born zu führen. In tausend Menschenaltern haben sie sich aus ihrem Gefängnis hervorgearbeitet und damit begonnen, unter den Menschen umherzustreifen und wie Diebe ein Komplott zu schmieden, um zu stehlen, was ihr eigener Ehrgeiz ihnen genommen hat: die Möglichkeit, die Vermischung von Forda I'Forsa in ihrer eigenen Brust zu spüren.«

»Und ich muss sie erschießen«, sagte Tahn naiv.

»Nein, Junge, hör zu, was ich dir zu sagen habe.« Der Mann streckte einen Arm an Tahns Gesicht vorbei und deutete auf die Leere des Himmels über der großen Schlucht. »Du musst die Kraft des Spannens selbst erlernen und daran denken, nicht an den Pfeil. Sie ist mögliche Kraft, genau wie ein

Findling, der oben auf einem Hügel liegt, und wäre deine einzige Waffe gegen sie.« Der Mann hielt inne und wollte Tahn anscheinend Zeit lassen nachzuvollziehen, was er gesagt hatte. Aber Tahn hatte noch nicht verstanden, was er meinte, bevor er fortfuhr: »Du musst die Hand zum Gruß ausstrecken, um die Ehrlichkeit eines Uralten auf die Probe zu stellen. Der Uralte wird dich begrüßen wollen und sich dabei selbst vergessen. Du wirst seine Handfläche nicht in deiner spüren. Daran wirst du erkennen, dass er es darauf abgesehen hat, dich zu vernichten.«

Der Mann hörte auf zu sprechen, und Tahn wusste, dass es Zeit wurde, seinen Pfeil abzuschießen. Er blickte in die wachsende Helligkeit der Morgendämmerung und suchte sich ein Ziel: einen geschwärzten Baum tausend Schritt entfernt jenseits des Abgrunds, dann einen Berggipfel am Horizont, dann eine Wolke, die tief über die Hügel zu seiner Linken dahinglitt. Er konnte nichts von alledem treffen, und seine Finger begannen von der ununterbrochenen Belastung durch den gespannten Bogen zu schmerzen. Er holte tief Luft und atmete sofort wieder aus, wie der Mann es ihm geraten hatte. Aber seine jungen Arme konnten die Zugkraft nicht länger ertragen und begannen zu zittern. Der Schmerz, den es erzeugte, die Spannung aufrechtzuerhalten, brannte in seinen Schultern und schmerzte ihm in den Fingerknöcheln. War das die Lektion – sollte er die Kraft kennenlernen, die in der Waffe steckte? Lernen, dass ein Mensch ihr früher oder später unterliegen musste? Dass Forda I'Forsa als zwei Teile eines Ganzen gleichzeitig in einem Menschen vorhanden waren?

Er ließ die Sehne los, und als die Anspannung aus den Wurfarmen schwand, wurde ihm klar, dass er keinen Pfeil angelegt hatte. Die Bogensehne summte, aber nichts segelte ins Morgenlicht. Spöttisches Gelächter tönte aus dem Himmel herab, brandete auf Wellen aus Nebel über ihn hinweg und streifte sein Gesicht wie der Kuss eines Trauernden, voller Kummer und Verlust. Tahn wirbelte herum, um den Mann anzusehen, aber hinter ihm lag nur Leere. Das Summen seiner Bogensehne stieg auf wie das Läuten einer großen Glocke: Die Vibrationen prickelten ihm in den Fingern und ließen seine Hand taub werden. Er verlor das Gefühl im Arm und ließ die Waffe fallen. Unter ihm wurde der Erdboden weiß, und der Fleck breitete sich aus, um allem die Farbe zu entziehen. In Panik schlug Tahn mit den Fäusten auf den Fels der Klippe ein und schrie, um etwas anderes zu hören als das schreckliche Summen. Als er nichts hörte, hielt er inne. Rasch hob er zwei große Steine auf und schlug sie gegeneinander. Kein Knacken. Es gab in seinem Kopf nichts als das nachhallende Surren der gelösten Bogensehne, und vor seinen Augen war nichts als farblose Erde.

Tahn blickte auf und schrie in den Himmel empor.

Er zuckte zusammen und erwachte in der Wildnis; sein Schrei erstarb, während er noch von den Bäumen ringsum widerhallte. Sutter schlief ungerührt. Ihr Führer dagegen stocherte mit einem dünnen Stock im Feuer und hielt den Blick auf Tahn gerichtet, während er in der Glut wühlte. Die Flammen waren tief heruntergebrannt und umhüllten die Augen ihres Begleiters mit Schatten, deuteten aber durch einen roten Schimmer die dunklen Pupillen an.

Beiläufig strich Tahn mit einer Hand über seine verborgene Manteltasche ... Die Stäbe waren verschwunden. Im selben Augenblick sah er, wie ihr Führer sich bückte und sie zur Hand nahm, als wollte er damit das Feuer nähren.

Beim Himmel und Allwillen, nein!

Der Mann wandte den Blick nicht ab, sondern schien den Wert der Stäbe nach Tahns Gesichtsausdruck zu bemessen. Im flackernden Licht konnte Tahn sich nicht sicher sein, ob der Mann lächelte. Er versuchte, seine Furcht zu überspielen, spürte aber, wie seine Augen sich vor Panik weiteten.

Was hatte der Mann in seinem Traum gesagt?

Die Gedanken verschwammen in seinem Verstand, als er sich auf die Stäbe konzentrierte, in denen die Botschaften verborgen waren, die Edholm ihnen anvertraut hatte. Ihr Führer hielt sich die Stäbe vor die Augen und be-

trachtete sie. Dann warf er sie in die Grube, in der das Feuer bis auf eine Schicht Kohle herabgebrannt war. Die Hitze versengte sie, und Flammen loderten aus ihnen empor. Tahn fuhr von seinem Lager hoch und rammte die Hand in die Kohlen, um die Stäbe herauszuholen. Der Gestank seines eigenen brennenden Fleisches stieg mit dem Rauch auf, und das sonderbare, spöttische Lachen des Fremden umfing ihn. Sosehr er sich auch abmühte, Tahn konnte die Stäbe nicht in die Hand nehmen. Sie tanzten aus seiner Reichweite davon und zwangen ihn, sich weiter in die Flammen zu recken. Dann züngelte das Feuer an ihm empor und versengte ihn heftig, und Tahn brüllte seinen Schmerz und seine Enttäuschung zum waldigen Dach der Wildnis empor.

Tahn setzte sich mit einem schwachen Japsen auf, das ihm aus seinem Traum gefolgt war.

»Sei still, Eichhörnchen«, sagte Sutter. »Ich versuche, ein bisschen Schlaf zu finden.«

Tahn drehte sich um und sah den Mann an, der sie aus Steinsberg zu den nördlichen Klippen geführt hatte. Er saß gelassen da und starrte ins Feuer, das genau wie in Tahns Traum tief herabgebrannt war. Um Unauffälligkeit bemüht, raffte Tahn seinen Mantel zusammen, so dass er sich aufsetzen konnte. Er tastete rasch nach den Stäben. Sie waren sicher in der Innentasche verstaut. Der Mann wandte sich Tahn mit einem entwaffnenden Lächeln zu; er hatte nichts mit dem verschlagenen Ränkeschmied aus Tahns Traum gemein.

Tahn kniete sich hin, sammelte mehrere kleine Holzstücke auf und warf sie ins Feuer. Der Mann sah ihn fragend an, sagte aber nichts. Als das Feuer heller leuchtete, begann die Erinnerung an einen unvollendeten Gedanken an Tahn zu nagen. Er hatte gerade versucht, sich auf etwas zu besinnen, als sein Albtraum eingesetzt hatte.

»Ihr schlaft unruhig. Euch geht etwas durch den Kopf«, sagte der Fremde.

»Uns allen geht etwas durch den Kopf«, erwiderte Tahn.

»Das ist mir auch schon aufgefallen.« Der Mann ließ den Blick nachdenklich auf Tahn ruhen. »Manche der alten Schriften besagen, dass der Schlaf unsere Vorbereitung auf den Tod ist: Auf einen Tag voller Leben und Licht folgt ein stilles, geruhsames Ende im Schlummer einer Nacht. Eine Probe, könnte man sagen – ein Muster, das wir oft genug befolgen, um es hinzunehmen, wenn unsere Zeit um ist und wir in die Erde zurückkehren müssen, die uns hervorbringt. Es ist kein Wunder, dass die Menschen damit ringen. Aber es ist ein edler Kampf, wie ich finde. Ich würde mich meinem Grabhügel nicht so leicht ergeben.«

Auf das Gesicht des Mannes war ein schmerzlicher Ausdruck getreten, während er gesprochen hatte. Tahn starrte ziellos in die Nacht und dachte an einen Gelehrten, hier in einer vergessenen Stadt, allein. Er ließ sich alles noch einmal durch den Kopf gehen, was sie gesehen hatten: die gewaltigen Springbrunnen auf dem großen Platz in der Stadtmitte, prächtige und bescheidene Gebäude, die mit gleicher Sorgfalt errichtet waren, den großen Ring aus unbebautem Land, mit vereinzelten Hainen bestanden und mit den Gräbern derjenigen übersät, die aus Steinsberg in die Erde zurückgekehrt waren, bevor es zu dem Auszug gekommen war, nachdem die Stadt auf ewig verlassen gewesen war.

Etwas durchzuckte Tahns Gedanken, etwas, das er gesehen hatte, als sie durch die Vielstimmenschlucht gekommen waren: eine Gestalt, selbst kaum mehr als ein Schatten, die sich über ein Grab gekauert hatte. Der nagende Gedanke nahm Form an, als er sich an die Worte des Mannes aus seinem Traum erinnerte: *Du musst die Hand zum Gruß ausstrecken.*

Ohne ihrem Führer den Rücken zuzuwenden, stand Tahn auf, tappte dorthin, wo Sutter lag, und stieß die Schulter seines Freundes mit dem Fuß an.

»Nun sag bloß nicht, dass du mich trittst, da ich doch gerade einschlafen wollte«, protestierte Sutter mit belegter, verdrießlicher Stimme.

»Steh auf«, sagte Tahn leise.

Irgendetwas an seinem Tonfall drang wohl zu Sutter durch, der sich schnell erhob und seine Decke abschüttelte.

»Seid Ihr bereit zum Aufbruch?«, fragte der Mann und erhob sich geschmeidig. »Ich spüre, dass Ihr es eilig habt, diese Wildnis hinter Euch zu lassen und dorthin aufzubrechen, wohin Euch das Schicksal als Nächstes führt.«

Tahn nahm vorsichtig seinen Bogen an sich und fing Sutters Blick auf, bevor er auf das Schwert am Gürtel seines Freundes hinabsah. Sutter verstand und legte die Hand kampfbereit auf den Griff. Falls ihr Reisegefährte ihre Unruhe bemerkte, ließ er es sich nicht anmerken. Seine eingefallenen Wangen wirkten im flackernden Feuerschein umschattet, aber seine Augen blickten weiter gelassen. Die edelsteinbesetzte Schwertscheide fing das Licht in bunten Prismen ein, und er schob sich den Dreispitz in den Nacken, als Tahn um das Feuer herum auf ihn zutrat.

»Wir sind nun schon so weit zusammen gereist und haben Euch Gesellschaft geleistet, ohne uns einander in aller Form vorzustellen.«

»Wie meint Ihr das?«, fragte der Mann.

»Wir kennen Euren Namen nicht«, antwortete Tahn, »wohingegen Ihr so freundlich wart, nach unseren zu fragen.«

»Ich glaube, Ihr habt recht. Wie töricht von mir.« Er sah sie mit einem ernsten, entschuldigenden Lächeln an. »Die Aussicht auf Gesellschaft hat mich unhöflich werden lassen. Vergebt mir. Ich bin Sevilla Daul.«

»Es war unbeholfen von mir, nicht zu fragen«, erwiderte Tahn. »Nehmt bitte meine Entschuldigung an.« Und damit streckte er Sevilla die Hand hin.

2

EINE SCHLÜSSELBLUME

Braethen öffnete seinen Wasserschlauch und trank die letzten paar Mundvoll warmen Wassers, die kaum ausreichten, Staub und Sandkörner zwischen seinen Zähnen hervorzuspülen. Er drehte den Schlauch um, und drei Tropfen fielen in den Schmutz. Vor seinen Augen versickerte das Wasser in der Erde, ohne eine Spur zu hinterlassen. Er legte eine Hand auf die Stelle, an die die wenigen Tropfen gefallen waren: Der Boden war brennend heiß.

Dann hob Braethen den Kopf, beschattete seine Augen und blickte erst nach Osten, dann nach Westen. Es war immer noch nichts von dem Mann zu sehen, den sie suchten. Es gab nur das Mal, und das Mal wandelte sich nie. Er hatte angenommen, dass sogar dieser Ort im ersten Morgenlicht schön sein würde, aber er glich nur den Brachfeldern westlich von Helligtal, wo Vogelscheuchen schlaff und vergessen an Pfählen hingen, das Füllmaterial bloß noch eine Erinnerung, die Kleider von der Sonne ausgeblichen.

Sie hatten sich bereits vor Sonnenaufgang in Bewegung gesetzt. Vendanji führte sie weiter nach Nordosten. Den ganzen Tag über wanderten sie in der drückenden Hitze. Als es schon spät war, geriet Braethen ins Taumeln. Er fing sich mit mehreren schlurfenden Schritten. Schweißperlen liefen ihm den Hals hinunter, und er wischte sie weg. Das Wasser war aufgebraucht, und auch die Pferde stolperten mit jeder Stunde häufiger.

Vor ihnen verschwand der Pfad einen Erdabhang hinunter. Miras Kopf tauchte aus der Senke auf, und die Fern kam auf sie zugelaufen und bedeutete ihnen mit erhobener Hand, haltzumachen.

Vendanji blieb stehen. Eines der Pferde legte sich sofort hin und schnaubte vor Anstrengung durch die Nüstern. Binnen eines Augenblicks hatten es ihm die beiden anderen Pferde gleichgetan. Der Gedanke daran, sich hinzusetzen, war Braethen unheimlich, und so blieb er stehen, während Mira auf sie zurannte. Es machte ihn noch müder, ihr auch nur dabei zuzusehen.

Ihre Haare und ihr Hemd waren nassgeschwitzt, und auch ihr Gesicht war schweißüberströmt, aber sie wischte es sich nicht ab.

Sie benötigte nur einen Augenblick, um wieder zu Atem zu kommen. »Tausend Schritt, den Hügel hinunter und dann über eine zweite flache Anhöhe.«

»Hast du ihn gesehen?«, fragte Vendanji.

»Nein, und ich habe auch nicht nachgeforscht, ob das Haus bewohnt ist. Am Fuß des Hügels verlaufen, für die Bewohner des Hauses unsichtbar, seltsame Spuren über den Pfad. Sie sind weniger als einen Tag alt.« Sie sah den Weg zurück, den sie gekommen war. »Stilletreue könnten unbemerkt so weit ins Mal vorgedrungen sein. Wenn sie wissen, warum wir hergekommen sind, lauern sie uns vielleicht auf.«

»Wir haben keine Wahl.« Vendanji blickte zu ihren Reittieren. »Wir gehen den Rest der Strecke ohne die Pferde. Wenn das Haus nicht verlassen ist, müssen seine Bewohner Wasser haben, und wir können umkehren und die Pferde tränken. Wenn es dagegen unbewohnt ist, haben sie einen edlen Zweck erfüllt.« Der Sheson wandte sich an Braethen. »Halt die Hand kampfbereit am Schwertgriff, Sodale. Das schaffst du schon.«

Braethen leckte sich die trockenen Lippen.

Vendanji setzte sich in Bewegung. »Mach einen großen Bogen«, sagte er zu Mira und beschleunigte seine Schritte. »Nähere dich dem Haus von hinten. Lass dich nicht sehen. Wenn er es nicht ist, ist es besser für uns, wenn deine Anwesenheit eine Überraschung ist.«

Die Fern brach wortlos auf und rannte nach Osten. Braethen sah ihr nach und bewunderte die Leichtigkeit, mit der sie sich bewegte, die Anmut und die Geschwindigkeit, wie bei einem Rennpferd, das über die Lehmbahn dahinschoss. Sie bewegte sich, als hätte die Hitze keine Auswirkungen auf sie. Binnen Sekunden war sie über den Hügelkamm verschwunden. Braethen wappnete sich und strengte sich an, mit Vendanji Schritt zu halten. Neue Entschlossenheit schien in dem Sheson aufgeflammt zu sein, und Braethen fühlte, wie sie mit jedem Schritt, den er tat, auch in ihm wuchs.

Vendanji und Braethen erreichten die Kuppe des Hügels. Vor ihnen lag eine Senke, in der sich ein ausgetrocknetes Flussbett nach Norden und Süden wand. Nachdem Vendanji sich kurz in beide Richtungen umgesehen hatte, brach er zu dem kleinen Haus auf, das wie ein einsamer Wegposten an einer sehr langen Straße lag. Es wirkte zugleich wie ein Teil der Landschaft und ein Eindringling in der Leere des Mals.

Fünfzig Schritt von dem Gebäude entfernt bildete eine natürliche kreisförmige Vertiefung einen Ring darum. Die Hausecken bestanden aus großen roten Ziegeln, die aussahen, als ob sie aus dem getrockneten Lehm des Mals bestanden. Holzbretter verliefen ausgeblichen und wettergegerbt in senkrechten Reihen. Das Dach war mit dünnen Sandsteinschindeln gedeckt, und mehrere Leitern standen an die Dachkante gelehnt, woraus Braethen schloss, dass es als Aussichtspunkt genutzt wurde.

Er folgte Vendanji ein paar Schritte näher heran. Ein leichter Windhauch umflatterte den Schornstein wie ein unsichtbares Fähnchen und strich hier und da durch verdorrtes Gras.

Vendanji legte Braethen eine Hand auf die Brust, um ihn zurückzuhalten. Der Sheson wartete, lauschte, senkte dann die Hand wieder und deutete auf einen leeren Waffenständer, der am Haus lehnte.

»Es mag schwerfallen, diesen Mann zu respektieren«, sagte Vendanji leise, »aber halte deine Zunge im Zaum. Er hat sich seine Verbitterung verdient.«

Als sie vollständig aus der flachen Senke hervortraten, wurde Braethen klar, wo sie sich befinden mussten: in der ringförmigen Vertiefung, in der Maral Praig und sein Sheson in einem Kreis gestanden hatten, um in der Schlacht des Rings zum letzten Mal die Macht des Allwillens herabzubeschwören. Das Herz des Sodalen machte einen Sprung bei dem Gedanken, mitten am Ort des Geschehens zu stehen. Er fragte sich, ob der Sheson, der hier gestorben war, in der Nähe begraben lag. Als er das Haus vor sich betrachtete, wurde ihm bewusst, wie sehr es jetzt einem Grabmal zu ähneln schien, als ob jeder Stein für das Leben eines Menschen stand, der bei der letzten Anrufung des Rings gefallen war. Wer auch immer dieser Grant war, entweder bewunderte er diejenigen, die hier gestorben waren, oder empfand nur Verachtung für sie, wenn er sein Haus inmitten ihres Todes errichtet hatte.

Sie gingen zu dem Gebäude und blieben stehen. Vendanji lauschte. »Hallo«, rief er und hielt einen gewissen Abstand zur Tür.

Er erhielt keine Antwort.

»Grant«, sagte der Sheson in sanfterem Ton.

Immer noch Schweigen.

Die Fenster waren hinter von innen verriegelten Läden verborgen.

»Nimm deine Waffe zur Hand«, sagte Vendanji.

Braethen zog seine Klinge so leise er konnte.

Der Sheson trat vor und klopfte an die Tür. »Wenn du da bist, Grant: Wir haben etwas Dringendes mit dir zu besprechen.« Die Stimme des Sheson wirkte in der Stille des Mals unnatürlich laut.

Braethen beäugte die Hausecken und fragte sich, wo Mira war. Ihm wurde vor Erwartung flau im Magen. Er würde vielleicht sein Schwert benutzen müssen. Der Gedanke erregte und verstörte ihn. Die Dunkelheit, die er durchlebt hatte, als er das Schwert zum ersten Mal in der Hand gehalten hatte, durchzuckte kurz seinen Verstand.

»Verurteile uns nicht, weil du hierher verbannt bist«, fuhr Vendanji fort.

Nichts regte sich im Haus. Ein Windstoß wirbelte ihnen Staub in die Augen. Vendanji wartete ab, bis die warme Brise sich gelegt hatte, und versuchte dann, die Tür zu öffnen. Die Klinke gab ungehindert nach, und die Tür schwang nach innen auf. Vendanji trat zurück und neigte sich dabei leicht nach vorn.

Bevor Braethen wusste, wie ihm geschah, verschwand Vendanji im Haus. Einen Augenblick lang war Braethen unentschlossen. Während er allein mit seinem Schwert dastand, sann er darüber nach, wie ungewöhnlich es für ihn war, ein Wohnhaus – welches Wohnhaus auch immer! – ohne ein Buch in der Hand zu besuchen. Aber der Moment ging schnell vorüber, und der Sodale sprang durch die Öffnung, das Schwert mit beiden Händen fest umklammert.

Alles wurde schwarz, und Panik übermannte ihn. *Ich bin wieder in der Dunkelheit!* Er packte sein Schwert fester und versuchte, sich an die Worte zu erinnern, die er beim ersten Mal gesprochen hatte, Worte, die seine Furcht gelindert hatten. Er konnte sich nicht daran erinnern, und sein Herz hämmerte. Dann ließ die Schwärze ein wenig nach. *Ich bin ein Narr!* Es war nicht dieselbe Leere wie zuvor; das Innere des Hauses war einfach in Dunkelheit gehüllt. Der starke Gegensatz von Helligkeit und Dunkel hatte Braethen kurz blind werden lassen. Er wandte den Kopf hin und her und versuchte, den Blick auf irgendetwas ruhen zu lassen.

Schemen und Schatten schienen ihn zu umtanzen. Er stach mit abgehackten Bewegungen mit der Klinge nach ihnen.

»Ganz ruhig, Sodale«, rief Vendanjis Stimme aus der Schwärze hervor. »Wir sind allein. Grant ist nicht hier.«

Als Braethens Augen sich gerade ans Dunkel gewöhnten, trat Mira durch die Tür. Sie hielt die Schwerter in den Händen, senkte sie dann aber und sah erst Braethen und danach sein Schwert an. »Deine Hände sind zu starr, um diese Waffe zu verwenden«, sagte sie vorwurfsvoll und ging an ihm vorbei in die hinteren Zimmer des Hauses. Braethen schob die Klinge mit einem verlegenen Lächeln in die Scheide zurück. Vendanji achtete gar nicht auf ihn, sondern studierte einen kleinen Stapel Schriftstücke, der auf dem Tisch lag.

Die kühlere, abgestandene Luft linderte die Hitze in Braethens Wangen. Obwohl sie vor der Sonne geschützt war, wirkte die Einrichtung des Hauses ausgeblichen: eine Waschschüssel auf einem Tisch; ein Bücherschrank, der bis auf drei Bände, die auf dem obersten Regal lagen, leer war; ein einfacher Tisch, um den herum vier ebenso einfache Stühle standen; und offene Schränke mit wenig Geschirr. Kein Kunstwerk schmückte die Wände, nur Bogenhaken und ein schmaler Waffenständer neben der Tür. Ein grau verfärbter Teppich, dessen Muster zu fast nichts verblasst war, bedeckte einen Großteil des Bodens. Dann sah Braethen, dass etwas an die Wand neben dem Durchgang zum Flur, der in die hinteren Zimmer führte, geheftet war. Seine Augen hatten sich an das schwache Licht gewöhnt, und er konnte ein kunstvolles Emblem erkennen, das an oberster Stelle auf ein Schriftstück gezeichnet war, das wie ein Edikt aussah.

Als er näher herantrat, sackte ihm angesichts dessen, was er las, der Unterkiefer herunter:

Dieser Erlass bezeugt, dass Meritus Denolan SeFeery willentlich Verrat an dem ihm übertragenen Beisteheramt und an der vom Höchsten Gericht und von der Liga der Edukation festgesetzten rechten Vorgehensweise begangen hat. Hiermit wird verkündet, dass Denolan SeFeery unwürdig ist, Bürger der Freien Stadt Decalam zu sein.
Im Interesse der Gerechtigkeit wird er somit auf immer in die Ödnis, die als das Mal bekannt ist, verbannt. Mit Ausnahme des Ersten Sitzes am Tisch der Regentin soll er allein wissen, welches Vertrauen dieses Urteil zum Ausdruck bringt.

Jeder, von dem man weiß, dass er Denolan SeFeery Unterschlupf gewährt, soll fortan als Verräter gelten und entsprechend verurteilt werden. Vom heutigen Tag an wird Denolan SeFeery nicht mehr mit dem seinem einstigen Amt entsprechenden Ehrentitel eines Meritus bezeichnet werden. Sollte er je in die freien Mauern von Decalam zurückkehren, soll er sofort mit dem Tode bestraft werden.

Ein Dutzend Unterschriften standen am unteren Ende des Blattes. Das Pergament selbst war sepiafarben und hing müde herab. Nur das Siegel am oberen Ende zeugte von der offiziellen Natur des Dokuments.

»Meritus«, wiederholte Braethen ehrfürchtig. Er erinnerte sich, dass ein Meritus ein Krieger war, der einem Höherstehenden Gefolgschaft geschworen hatte und dessen körperliche Kampfkraft nur von seinem scharfen Verstand übertroffen wurde. Es war ein Titel, der von den höchsten Würdenträgern der Regierung nur den größten Kämpfern verliehen wurde.

Als er das Wort aussprach, kehrte Mira aus dem hinteren Flur zurück. Es zu hören schien eine persönliche Wunde bei ihr aufzureißen.

Braethen bemerkte es kaum. »War dieser Denolan SeFeery derselbe Mann? War er zugleich Grant? Und wenn ja, warum dann dieser andere Name?«

Der Sheson beachtete ihn gar nicht. »Jemand ist überstürzt aufgebrochen. Die Tinte hier ist noch nicht einmal trocken.«

»Es ist niemand im Haus«, bestätigte Mira. »Die Betten sind gemacht, in jedem Zimmer liegen Kleider zum Wechseln bereit. Es gibt Öllampen, die dem Geruch nach zu urteilen noch vor kurzem gebrannt haben. Ein Tagebuch auf jedem Nachttisch.« Sie kam ins Zimmer und stellte sich neben Vendanji.

»Niemand hat das Haus verlassen, solange ich es beobachtet habe. Und ich habe keine Fußabdrücke gesehen.« Sie schob ihre Schwerter in die Scheiden und begann, den Gemeinschaftsraum in Augenschein zu nehmen.

Der Sheson berührte behutsam das oberste Pergamentblatt, das auf dem Tisch ausgebreitet lag. »Er schreibt die Charta neu«, flüsterte er.

Das zu hören ließ Braethen das Blut in den Adern gefrieren. Er hatte nur ein einziges Mal von der Charta gehört, und damals hatte A'Posian den Gutteil einer Flasche von Winzer Soloms Branntwein im Bauch gehabt. Was er gesagt hatte, hatte er in unzusammenhängenden Sätzen geäußert, die sich angehört hatten, als würde er im Schlaf sprechen. Aber Braethen hatte daraus entnommen, dass die Charta älter als die Verse der Verlassenen war und sie an Bedeutung übertraf und dass sie aus den Händen der Ersten selbst stammte.

Man vermutete, dass die Charta in der Sprache des Bundes verfasst worden war und grundlegende Prinzipien und Privilegien festgelegt hatte, die dem allgemeingültigen Gesetz gehorchten, das auf der Welt das Leben gewährte und bewahrte. Viele waren zutiefst davon überzeugt, dass die Verse der Verlassenen als Werkzeug dienten, um den Schleier zu stärken und den Born in Schach zu halten. Die Charta hingegen bezeichneten die meisten Gelehrten, wenn sie sie denn überhaupt erwähnten, als Legende, als romantische Vorstellung, die nicht länger vernunftgemäß war und sicher nicht als tatsächliches Schriftstück bestand, sondern eher als eine Reihe von alten Glaubensvorstellungen, von denen einige so machtvoll waren, dass sie dem Gewebe des Lebens selbst angehörten, obwohl die Generationen, die nach ihren Grundsätzen lebten, sie nicht mehr unmittelbar kannten.

Braethen war zu dem Schluss gelangt, dass die Charta nun in den Geschichten weiterlebte, die von Vorlesern und Autoren erzählt wurden, um Glaubensvorstellungen zu vermitteln und dem, was Menschen taten und wofür sie starben, eine Bedeutung zu verleihen.

Aber angesichts der Art, wie Vendanji davon sprach, ertappte Braethen sich bei dem Gedanken, dass es sich um mehr handeln musste, als er bisher angenommen hatte. Denn ganz gleich, was die Charta früher einmal gewesen war: dass Grant begonnen hatte, sie neu niederzuschreiben, war sicher ein Vorbote von Veränderungen.

Hatte dieser Grant die Macht, ein solches Dokument zu verfassen, oder war es ein Akt der Häresie?

»Für uns gibt es hier nichts«, sagte Vendanji schließlich. »Es ist noch hell genug, um weiterzureisen, und wir müssen entweder Wasser finden oder uns beeilen, den Rand des Mals zu erreichen. Kommt.«

Mira huschte zur Tür, bevor Vendanji hindurchtreten konnte. Sie ging in die Hocke und legte flink die Hand auf den Schwertgriff. Dann sauste sie ins Freie, Vendanji nur einen Schritt hinter ihr. Braethen sah sich ein letztes Mal um. Etwas an dem Haus ging ihm nahe, vielleicht der Erlass an der Wand oder die karge Schlichtheit der Einrichtung oder die Pergamentseiten auf dem groben Tisch, die an diesem entlegenen Ort verfasst wurden – das war, wie er fand, ein Akt des Glaubens, der irgendwie nicht in die verlassene Umgebung des Mals gehörte. Was für ein Mensch schrieb so etwas?

Braethen schritt zur Tür und stolperte über seine eigenen Füße, als er beinahe gegen Vendanjis Rücken lief.

»Besuch«, sagte eine Stimme aus einiger Entfernung.

Braethen trat an die Seite des Sheson. Ein Mann stand im Gegenlicht, so dass seine Umrisse sich vor der Sonne abzeichneten. Braethen hob eine Hand über die Augen, aber das Licht stand zu tief am westlichen Horizont, um sie dagegen zu beschirmen. Der Schatten des Mannes fiel in einer langen Linie auf sie zu. Braethen setzte instinktiv an, sein Schwert zu ziehen, aber Vendanji legte ihm eine Hand aufs Handgelenk.

»Halt«, sagte er sehr leise.

»Genau, Sodale«, sagte der Mann. »Ein Dreiring und ein Flinkfuß als Reisegefährten, und du bist der Erste, der blankzieht. Ob das tollkühn oder nur töricht ist, weiß ich nicht, aber du trägst dein Schwert wie ein neues Paar Schuhe.«

Vendanji starrte geradeaus direkt in die Sonne. »Wir bringen Neuigkeiten.«

»Natürlich«, erwiderte der Mann mit einem Hauch von Verachtung in der Stimme. »Was sonst könnte jemanden dazu verleiten, sich so weit von zu Hause fortzuwagen? Und du glaubst also, dass deine Neuigkeiten mich betreffen, Sheson.« Der Mann kam einige Schritte näher heran. Braethen konnte das Dunkelbraun seiner wettergegerbten, sonnenverbrannten Haut und die tiefen Falten in seinen Augenwinkeln sehen.

»Ja.«

»Was die Namen angeht«, sagte er, »nennt ihr mir eure, oder bekomme ich es mit Lügen und Geheimniskrämerei zu tun?«

»Das hier ist Mira aus Naltus, und dies ist Braethen aus Helligtal.« Vendanji hob die Hand, um den Mann zu begrüßen. »Und meinen Namen kennst du.«

Braethen sah, dass der Fremde die Stirn runzelte, aber mit dem Rücken zur Sonne stehen blieb. »Für dich bin ich tot«, sagte er schließlich. »Warum kommst du jetzt?«

»Weil ein neues Zeitalter es den Menschen vielleicht abverlangt, ihre Vergangenheit zu vergessen«, erwiderte Vendanji. »Willst du etwa zu dem werden, was zu sein man dir vorgeworfen hat?«

Ein finsterer Ausdruck huschte über die Züge des Mannes. Braethen spürte den gleichen kalten Schauer, der ihm auch im Haus über den Rücken gelaufen war. Es war mehr die Gleichartigkeit dieser Gefühle als sonst irgendetwas, die ihm jeden Zweifel daran nahm, dass sie Grant gefunden hatten. Die Augen des Mannes hätten selbst einem Bar'dyn Angst einjagen können. Sein Gesichtsausdruck drang Braethen bis ins Mark und ließ ihm plötzlich seine eigene Undankbarkeit und Naivität bewusst werden. Er wollte diese Miene nie wieder sehen.

Vendanji hielt weiter die Hand erhoben, um willkommen geheißen zu werden, aber Grant machte sich nicht die Mühe, sie zu ergreifen. Braethen verspürte einen gewissen Respekt, der über den Argwohn hinausging, den er bereits diesem Bewohner des Mals gegenüber empfand, der sich nicht einmal einem Sheson gegenüber unterwürfig zeigte.

»Lass mich in Ruhe.« Seine Worte klangen wie ein Befehl und eine flehentliche Bitte zugleich.

»Das kann ich nicht.« Vendanji begann langsam auf Grant zuzugehen. »Und ich werde es auch nicht tun. Du weißt besser als sogar ich, dass ein Mann manchmal einfach sprechen muss. Und du musst hören, was ich zu sagen habe, genau so, wie Helaina damals deine Worte hören musste.«

Mira begleitete den Sheson und bewegte sich dabei langsamer, als Braethen es sie je hatte tun sehen. Ihre Hand ruhte auf unbedrohliche Art auf ihrem Schwertgriff, aber er wusste, dass sie es weitaus schneller hätte ziehen können, als er selbst auch nur daran hätte denken können, zu seiner eigenen Klinge zu greifen.

»Lass deinen dressierten Hund aus dem Spiel«, sagte Grant ohne Zorn oder Bosheit.

Braethen zuckte bei dieser Beleidigung, die Mira galt, zusammen. Sie blieb mit gleichmütiger Miene stehen. Sie war, wie Braethen erkannte, nahe genug herangekommen, um Grant niederzustrecken, falls er die Hand gegen den Sheson erhob.

Die Sonne stand nun groß und tief als riesige rostrote Kugel am Himmel. Braethen sah zu, wie Vendanji vor dem ledrigen Gesicht des anderen innehielt und es so musterte, als wäre er sich plötzlich nicht mehr sicher, ob dieser Mann wirklich Grant sei. Der Kiefer des Mannes war mit mehrere Tage alten Bartstoppeln übersät; der Sheson begutachtete seine Stirn, seine Nase und die Schultern. Am Ende packte Grant Vendanjis Hand mit einem Griff, den Braethen noch nie gesehen hatte. Der Sheson blickte auf ihre vereinten Hände hinab.

»Ich freue mich, dich zu sehen, Denolan.«

Grants Kopf zuckte verblüfft zurück. »Ich habe diesen Namen seit langer Zeit nicht mehr gehört. Du hast Glück, dass wir so weit entfernt von den Ohren der Hofschranzen sind, sonst könnte dir seine Verwendung eine Nacht in Ketten einbringen.« Langes Schweigen breitete sich zwischen ihnen aus. Mit einem betrübten Flüstern fügte er schließlich hinzu: »Verwende den Namen nicht. Er bezeichnet nicht mehr den, der ich bin. Ich bin nur Grant.«

»Du solltest stolz auf deinen neuen Namen sein«, erwiderte Vendanji. »Du hast recht daran getan, dich gegen die Ungerechtigkeit des Rats auszusprechen.«

Grant ließ Vendanjis Hand los. »Du bringst doch sicher keine Begnadigung. Was also führt dich her?«

Der Sheson sah dem anderen Mann aufmerksam ins Gesicht. »Keine Lügen und keine Geheimniskrämerei …«, begann er. »Aber lass uns später reden, nachdem wir unsere Pferde geholt haben.«

Grant lächelte über irgendeinen Scherz, den nur er verstand, aber es wirkte unnatürlich auf seinem Gesicht, unnatürlich hier im Mal. Braethen fand, dass beides jetzt nicht mehr voneinander zu unterscheiden war: Sie spiegelten einander wider, und Heiterkeit passte zu keinem von beiden.

Grant hob die Hand. Vier junge Männer und zwei junge Frauen erhoben sich aus der Senke, die ihr Heim umgab, und rannten zu Grant. Jeder von ihnen war so sonnengebräunt wie Grant und trug Schwert und Bogen. Alle hatten langes Haar, das sie mit Stoffstreifen zurückgebunden hatten. Mira ließ sich keine Überraschung anmerken, aber Braethen fragte sich, ob sie gewusst hatte, dass die sechs in der Nähe gewesen waren. Die Fern musterte sie genau, als sie näher kamen. Bevor sie sich noch einmal bewegten, würde sie über die körperlichen Grenzen und Schwächen jedes Einzelnen Bescheid wissen, einfach indem sie ihren Laufstil, ihre Haltung, ihre Augenbewegungen und die Art, wie sie ihre Waffen hielten, beobachtete. Sie waren nicht viel jünger als Mira, und sie hatten den gleichen strengen Gesichtsausdruck wie Grant. Die Fern schien ihnen eine Form von Wertschätzung entgegenzubringen, die Braethen ihr noch nie jemand anderem gegenüber angemerkt hatte.

»Kümmert euch um ihre Pferde«, befahl Grant. Er wies in die Richtung, aus der Braethen und Vendanji gekommen waren. »Nehmt Wasser und Salbe mit.« Die sechs entfernten sich im

Laufschritt, und Grant wandte sich dem Haus zu. »In deinen Augen stehen Fragen, Sheson. Beantworten wir sie doch, damit du gleich wieder aufbrechen kannst. Du gehörst nicht hierher.« Der Mann drängte sich an Braethen vorbei, ohne ihn zu beachten.

In seinem Haus entzündete Grant eine Lampe auf dem Tisch und fachte ein Feuer gegen die hereinbrechende Nachtkühle an. Aus einem verborgenen Becken unter dem Teppich zog er einen Krug und goss jedem von ihnen einen Becher kaltes Wasser ein. Er wartete, bis alle ihren Becher geleert hatten, und schenkte dann nach. Er ließ den Krug bei Braethen stehen und setzte sich ans Feuer.

Obwohl der Feuerschein alles in ein warmes Licht tauchte, saß Braethen nach wie vor die Kälte im Nacken. Immer wieder warf er verstohlene Blicke auf das alte Pergament, das an die Wand geheftet war.

»Du bringst einen Sodalen-Novizen aus Helligtal hierher«, sagte Grant. »Ist ihm bewusst, in welcher Gefahr er allein schon aus dem Grunde schwebt, dass er mit einem Sheson unterwegs ist?«

»Du könntest auch mich fragen«, sagte Braethen, bevor Vendanji antworten konnte.

»Er zieht als Erster *und* spricht als Erster«, sagte Grant. »Nun gut – dann lass mal hören.«

Braethen spürte, wie Mira und Vendanji den Blick auf ihn richteten. Grants Lippen verzogen sich abermals zu einem unbeholfenen Lächeln. Braethen sah wieder zu der Wand, an die der Erlass geheftet war. »Ich kenne deine Geschichte nicht«, sagte Braethen. »Sie steht in keinem der Bücher, die ich gelesen habe, und kein Vorleser, der je nach Helligtal gekommen ist, hat sie vorgetragen.« Er musterte Grant, in dessen Augen jetzt wieder der gleiche düstere Ernst wie zuvor lag. Braethen schaute rasch zum Feuer hinüber, um dem starren Blick auszuweichen. »Du bist vom Höchsten Gericht verurteilt worden, aber anscheinend nicht vom Orden der Sheson. Du hast keine Hemmungen, eine Frau zu beleidigen, und hilfst doch gerne, ein Pferd wiederzubeleben. Und du machst dein Haus verteidigungsbereit, ziehst Grünschnäbel an wie ein Räuberhauptmann, obwohl es hier keinen Krieg gibt, da es auch kein Leben gibt.«

»Ein Grünschnabel nennt ein anderes Kind einen Grünschnabel«, bemerkte Grant mit einem leisen Lachen.

Braethen fuhr fort: »Ich weiß, dass Gefahr besteht, aber es ist nur die Gefahr, das Leben zu verlieren, das ich habe. Das scheint nichts anderes zu sein als das, was du in deiner eigenen Vergangenheit getan hast.« Er sah den Verbannungsbefehl an der Wand an.

Grant blieb das Lachen in der Kehle stecken. »Scharfsinnige Worte für einen Jungen, der gerade erst aus seinen Büchern aufgetaucht ist. Bevor der Dreiring und sein Flinkfuß mir die Fragen stellen, die sie stellen müssen, lass mich dir antworten.« Er zeigte mit dem Finger auf Braethen. »Ich habe mich freiwillig entschieden, herzukommen. Das Pergament an der Wand erinnert mich daran. Es ist ein hässlicher Ort, und das nicht aus irgendeinem der Gründe, an die du denkst. Aber weil ich nun einmal hier bin, werden die Grünschnäbel, von denen du sprichst, nicht in die Hand der Stilletreuen verkauft. Und solange diese jungen Leute hier sind, zeige ich ihnen, wie sie verhindern können, dass ihnen ihr freier Wille genommen wird.« Grant lehnte sich zurück, und sein Gesicht entspannte sich wieder. »Und das muss durch körperliche Verteidigung geschehen; alles läuft darauf hinaus. Aber vielleicht wusstest du das ja schon, da du selbst ein Schwert trägst und bereit warst, es gegen mich zu ziehen.«

Keiner von ihnen sagte etwas, und das Feuer prasselte in der Stille.

Über das leise Knacken des brennenden Holzes hinweg fragte Vendanji: »Warum setzt du dann die Charta neu auf?«

Grant bedachte Vendanji ohne jedes Lächeln mit einem trostlosen Blick. »Vielleicht nur, um festzuschreiben, was aus uns geworden ist und was uns bevorsteht, wenn die Hand sich öffnet und die Geißel aus dem Born sich bis in die fernsten Lande ausbreitet.«

»Zu dem Zweck muss keine Charta aufgesetzt werden«, konterte Vendanji.

»Da du nur dieses eine Mal hier bist, erzähle ich es dir.« Er stand auf und ging zu dem Tisch, auf dem die Pergamente ausgebreitet lagen. »Es ist meine Schlüsselblume in dieser Wüste. Du kannst dir nicht vorstellen, wie es ist, diese Worte zu schreiben und doch nicht zu glauben, dass sie möglich sind. Aber sie nicht zu schreiben wäre so, als würde man zugeben, dass die Liga der Exigenten recht hat. Und wenn dem so wäre, könnte ich nicht hierbleiben.« Seine Augen schienen in weite Ferne zu blicken. Er murmelte: »Und die Wiege wäre als Sarg gnädiger denn als Verheißung des Lebens.«

»Was für einen Beweis hast du dafür, dass der Born sich jemals über die Hand hinaus ausbreiten wird?«, fragte Vendanji und musterte die Dokumente unter Grants Fingern.

»Dich«, sagte der Mann.

Wieder sprach niemand, und das einzige Geräusch war das

Knistern des Harzes in den Flammen. Mira stand still wie eine Statue. Draußen näherten sich Hufschläge. Grant ging zur Tür und gab ein paar Anweisungen. Drei der sechs rannten wieder in die Dämmerung; die anderen drei kamen herein und stellten sich in die Nähe des Flureingangs.

Vendanji bedachte die Neuankömmlinge mit einem Blick. »Kann man ihnen vertrauen?«

»So sehr, wie du mir vertrauen würdest«, antwortete Grant.

Der Sheson schien zu zweifeln, wandte sich dann aber wieder Grant zu. »Die Regentin hat eine Besetzung aller Sitze am Ratstisch verfügt ... und ein Großes Mandat.«

Grant runzelte unbeeindruckt die Stirn. »Es gab nie einen Regenten, der die Prophezeiung nicht erfüllen wollte. Aber die Worte von Sehern lassen sich nicht gern dazu zwingen, Früchte zu tragen, bevor es an der Zeit dafür ist.«

»Vielleicht«, pflichtete Vendanji ihm bei, »aber nicht allein Vohnce folgt dem Ruf.«

»Und die Seevölker, die hinter der Ajela, die nördlichen Königreiche jenseits von Ir-Caul?«, fragte Grant. »Kümmert sie der Zweite Eid mehr als der Erste? Erinnern sie sich überhaupt daran? Das sind alte Bündnisse, die schon seit Menschengedenken hinter uns liegen. Politische Großmannssucht dieser Art hat mich hergebracht. Euer Höchstes Gericht wird dick und fett werden, wenn sich alle um die Besetzung militärischer Ämter und die Einkünfte aus Ländereien zanken – und das gilt für diejenigen, die überhaupt teilnehmen. Die Übrigen verteidigen ihre eigenen entlegensten Grenzen, so gut es geht, und können ein Mandat nicht gebrauchen.«

»Vielleicht hast du recht. Aber es ist nicht so, als ob das keine Rolle spielen würde ... Ein Ruf hat begonnen, um dem

Leidenslied ein Ende zu setzen, das aus den Versen der Verlassenen gesungen wird.«

Diese Feststellung sorgte für Schweigen im Raum.

Braethen wünschte sich, er hätte dieses Geheimnis, das der Sheson bis jetzt für sich behalten hatte, nie gehört. Das Leidenslied, das die Lippen einiger Auserwählter sangen, war eines der letzten verbliebenen Geschenke der Ersten, ein Schutz gegen die Stille. Das Singen dieses Liedes erhielt den Schleier aufrecht und verwehrte es damit den dunklen Völkern und Geschöpfen des Einen, in die Menschenwelt vorzudringen … oder sollte das zumindest tun. Aus seinen Büchern hatte Braethen entnommen, dass die Verse nur dann wirksam waren, wenn sie als gesungene Melodie wiedergegeben wurden. Das war das Leidenslied.

Schließlich fragte Grant: »Wer stößt diesen Ruf aus?«

»Er entschlüpft den Lippen des Volks auf der Straße«, sagte Vendanji, »aber selbst dann klingt er nach der Liga.«

»Aha«, brummte Grant.

»Stilletreue sind bis tief ins Landesinnere vorgedrungen«, fügte Mira hinzu. »Sie sind bis an die südlichen Ausläufer des Mals gelangt. Sie waren uns vor weniger als vier Tagen schon auf den Fersen.«

»Sie sind noch näher gekommen, Flinkfuß.« Grant lehnte sich an seinem Feuer zurück und betrachtete einen Moment lang die Flammen. »Es war nicht schwer, dir zuvorzukommen, Fern. Du hast wahrscheinlich die schleppenden Spuren der Bar'dyn auf dem ausgedörrten Boden gesehen. Sie sind in der Nähe, aber sie wollen uns nicht zum Kampf stellen. Entweder fürchten sie sich vor uns … oder sie benutzen uns als Köder.« Grant richtete seine Aufmerksamkeit wieder auf Braethen.

»Wie lange dauert es wohl noch, bis sie durch diese Tür hier kommen, Sodale? Ist das die Art von Gefahr, von der du sprichst, das Leben, das du so hoch zu schätzen scheinst, dass du an der Seite eines Dreirings ein Schwert trägst?«

»Es reicht!«, sagte Vendanji mit erhobener Stimme.

Aber Grant hörte nicht auf. »Und du, Fern, was für Eide brichst du, indem du ins Land der Menschen vordringst? Du bist entweder ganz wie ich weit stärker verbannt, als du es zugeben willst, oder die Geheimnisse deines Volkes werden bald von einem Velle-Stamm sogar für dich zu schnell enthüllt werden.«

»Es reicht!«, brüllte Vendanji. Seine Stimme hallte dröhnend im Haus wider, donnerte von den Deckenbalken herab und wurde vom Fußboden zurückgeworfen. »Das sind nicht die Worte des Mannes, der sich selbst unter der Last von Ketten aufrecht gehalten und seinen Anklägern die Stirn geboten hat. Nimm dich nur in Acht, durch deine Verurteilung nicht töricht zu werden.«

»Sprich sanft mit den Toten, Sheson«, erwiderte Grant. »Es gibt keine Drohung, die uns beeindruckt.« Er wandte den Blick nicht von Vendanji ab.

Der Sheson sah ihm genauso starr in die Augen. »Wir sind nach Helligtal gereist, um Tahn zu holen.«

Daraufhin blitzte Neugier in Grants Augen auf.

»Wir sind durch Myrr und über die Hochebene gekommen«, berichtete Vendanji, »aber an der Nordwand wurden wir voneinander getrennt. Er ist uns verloren gegangen und nun hoffentlich auf dem Weg nach Decalam.«

Grant biss die Zähne zusammen. Der Mann aus dem Mal blickte an ihnen allen vorbei zu den dreien, die im Schatten des Flurs standen und miteinander flüsterten.

»Ich gehöre hierher, Sheson«, sagte er. »Die Welt außerha des Mals ist nicht mehr die meine.«

Vendanji saß steif auf seinem Platz und schüttelte den Kopf. Seine Augen funkelten vor Abscheu. Von dort, wo Braethen stand, war die Wucht seines Zorns mit Händen zu greifen. »Dann beantworte mir diese eine Frage«, sagte der Sheson.

Grant sah ihm in die Augen.

»Warum bist du kaum einen Tag gealtert, seit du ins Exil geschickt worden bist?«

3

DER UNBEHAUSTE

Der Mann bleckte die Zähne zu einem Grinsen und griff nach Tahns Hand, um sie zum Gruß zu schütteln. Tahn hielt den Arm steif ausgestreckt und biss hinter den Lippen die Zähne zusammen. Ihm sackte der Unterkiefer herunter, als Sevillas Hand glatt durch seine eigene hindurchging.

Tahn starrte seine Finger ungläubig an. Dann geschah alles um ihn herum sehr schnell. Sevilla fletschte voller Abscheu die Zähne, und binnen eines Augenblicks begann sein Körper sich zu verwandeln. Die feinen Kleider zerfielen zu losen Lumpen, die abgetragen und voller Löcher waren. Der Hut und das Schwertgehänge, die so viel Kultiviertheit verrieten, wurden zu einer schmutzigen Schärpe und einer Mähne aus ungekämmten, verfilzten Haaren, die wie ein verschlissener alter Scheuerlappen herunterhingen. Hinter sich hörte Tahn Sutter sein Schwert ziehen. Das Schaben des Metalls, als die Klinge entblößt wurde, war irgendwie beruhigend.

Sevilla schaute mit einer seltsamen Mischung aus Verbitterung und Bekümmerung zu Tahn auf. »So lange in diesem dunklen Land, kleiner Jäger, Rübenbauer«, sagte er. »Noch immer da, obwohl ich durch die Gewölbe von Steinsberg streifen darf.« Wut übermannte sein Antlitz, schierer Hass verzerrte sein Gesicht. »Ich will meinen eigenen Tempel!«

Sevilla stürzte sich mit verblüffender Schnelligkeit auf Tahn und hob die Hände an seine Kehle. Sutter rief eine Warnung, und Tahn ließ sich nach hinten fallen und rollte sich ab. Sevilla schoss dort, wo Tahn eben noch gestanden hatte, durch die Luft. Als Sevilla sich umdrehte, durchschnitt ein Kreischen die Wildnis. Sutter sprang zwischen sie, während Tahn sich noch abmühte, wieder auf die Beine zu kommen.

»Kleiner Mann mit Stahlspielzeug«, höhnte das Wesen mit beißendem Spott. »Wenn ich könnte, würde ich deinen Hieb auf mich nehmen, um das köstliche Brennen zu spüren.« Sevilla sprang erneut mit erstaunlicher Geschwindigkeit in die Luft. Sutter holte aus, aber er hatte seine Klinge gerade erst ausgerichtet, als Sevilla ihm schon einen Arm in die Brust rammte. Die verkrümmte Faust der Kreatur sank tief in Sutters Fleisch. Der Rübenbauer ließ sein Schwert fallen und verkrampfte sich.

Tahn beobachtete, wie sein Freund sich auf Sevillas Arm krümmte, und erkannte schlagartig mit düsterer Gewissheit, dass die Kreatur Menschen durchaus berühren konnte, wenn sie ihnen schaden wollte. Hervortretende Muskelstränge zeichneten sich scharf am Hals seines Freundes ab, als er sich verrenkte und darum rang, sich zu befreien. Aber anscheinend hielt die Kreatur das Herz seines Freundes umklammert. Um sie herum begann die Luft zu flirren und zu wirbeln, ließ Funken aus dem Feuer wild tanzen und riss an ihren Mänteln. Sutter stieß Hilferufe aus, und seine Bewegungen erlahmten.

Tahn legte einen Pfeil an die Sehne und spannte den Bogen, bevor ihm klar wurde, dass seine Waffe dem körperlosen Geschöpf nicht schaden würde. Es gab nichts, was er tun konnte. Wie konnte er etwas vernichten, was er nicht berühren konnte? Vor seinem inneren Auge sah er plötzlich sich selbst, wie er auf der Klippe stand und sich bereitmachte, ins Leere zu schießen. Sein Herz verriet, dass das die Antwort war, aber er verstand es nicht.

Tahn ließ die Bogensehne erschlaffen, stürmte auf Sutter und Sevilla zu, sprang seinen Freund an und schlang ihm die Arme um die Taille. Sein Schwung riss Sutter aus dem Griff der Kreatur. Der Rübenbauer stieß einen schwachen, kehligen Schrei aus, als Tahn seine Verbindung zu der Bestie durchtrennte, und stürzte unter ihm zu Boden wie ein Sack Getreide. Tahn drehte sich rasch um und setzte sich auf, spannte erneut den Bogen und zielte auf das Geschöpf der Dunkelheit. Er musste schießen, vertraute aber dem Pfeil nicht.

Das Wesen sprang vorwärts, das Gesicht drohend verzerrt. Sevillas Lippen zischten Worte, aber Tahn konnte ihre Bedeutung nicht verstehen. Diesmal beeilte das Geschöpf sich nicht, sondern näherte sich langsam, als würde es sich auf ein geheimnisvolles Ritual vorbereiten. Tahn glaubte, in den zerlumpten Überresten der Gestalt, die er vor sich hatte, irgendwie immer noch den steifen Hut und die schmückende Schwertscheide, den feinen Mantel und seinen verzierten Saum erkennen zu können.

Tahn stand langsam auf und sah Sevilla verunsichert an. Dann warf er den Pfeil zwischen ihnen zu Boden und spannte die Bogensehne erneut. Sevilla stockte; in seinem verzerrten Gesicht regte sich Besorgnis. Wie aus weiter Ferne hörte Tahn Sutter vor Schmerz heulen, aber das Geräusch wurde von einem anderen Klang übertönt, der dem Summen einer sich drehenden Töpferscheibe glich. Wenn er noch einen Pfeil angelegt gehabt hätte, wäre er ihm jetzt von der Sehne gefallen.

Die Luft umtoste sie weiter, als Sevilla einen vorsichtigen Schritt vorwärts machte. Tahn spannte die Bogensehne noch stärker und spürte sein Herzklopfen in jedem Gelenk seines Körpers. Er sah das hammerförmige Mal auf seiner linken Hand an, um sich zu sammeln, und flüsterte die ältesten Worte, die er kannte: »Den Bogen spannen meine Arme, doch der Wille löst den Pfeil.« Der vertraute Satz war Gebet und Fluch zugleich. Trotz der entsetzlichen Schauer, die sein Fleisch durchliefen, vereinten sich seine Kraft, seine Gedanken und seine Gefühle so, wie er es noch nie zuvor erlebt hatte.

Das kleine Lager wurde zu einem Strudel aus Glut, Blättern, Zweigen und Staub, die sich zu Wirbeln vermischten und in den Ritzen der Bäume und großen Wurzeln tanzten. Tahns Haar peitschte um seinen Kopf herum und schlug ihm in die Augen, aber er hielt die Arme erhoben und versuchte, ruhig auf Sevillas Gestalt zu zielen. Er sah den Klippenrand aus seinem Traum, die unmöglichen Ziele – die Wolke, den Berg, den Horizont – und verschloss die Augen vor ihnen. Er fühlte sich dem Abgrund nahe und war bereit, die Sehne zu lösen, wollte sie auch lösen und sich dem Gefühl hingeben, das in ihm aufwallte.

Dann kam der Wind mit einem Schlag zum Erliegen, und das Feuer fiel in sich zusammen, bis nur noch eine schmale Flamme übrig war. Tahn öffnete die Augen. Sevilla wich einen Schritt zurück, bevor er sich zum Gehen wandte.

Tahn sah ihm nach, unfähig, sein Zittern zu unterdrücken oder die Bogensehne zu entspannen. Seine Muskeln schmerzten, wollten ihm aber nicht gehorchen. Am Rande des Lichtscheins drehte Sevilla sich halb um und warf einen Blick zurück. Seine Kleider hingen immer noch in zerlumpten Fetzen, aber sein Gesicht war wieder das des liebenswürdigen, weltgewandten Mannes, als den sie ihn kennengelernt hatten. Er schien nahe daran zu sein, etwas zu sagen, und bewegte stumm die Lippen. Dann verschwand er zwischen den Bäumen. Tahn brach, den Bogen immer noch umklammert, zusammen und starrte in das niedrige Kronendach aus eng verflochtenen Zweigen empor.

Dann wurde alles schwarz.

Sutter wand sich auf dem wurzelüberwucherten Waldboden der Wildnis.

Seine Seele schmerzte.

In dem Moment, als Sevilla ihm die geisterhafte Hand in die Brust gesteckt hatte, hatte er dort zugleich etwas gepackt. Es tat anders weh als eine Schnittwunde oder ein Knochenbruch. Dieser Schmerz war nicht körperlich, sondern irgendwie geistig. Sutter fühlte sich, als ob dieses Geschöpf seine Seele in den Griff bekommen hätte, und die eisige Berührung hatte ihn eine schreckliche, unabänderliche Wahrheit gelehrt: Seine Forsa konnte von seinem Körper getrennt werden.

Einen fürchterlichen Augenblick lang dachte er, dass dieses körperlose Geisterwesen ihn besessen machen und Sutters Seele zu der leeren Existenz zwingen wollte, die es selbst erlebt hatte. Aber sobald ihm der Gedanke gekommen war, hatte er sich auch schon aufgelöst wie ein Atemhauch auf Glas. Und dann wurde ihm klar, was Sevilla (oder wie auch immer sein wahrer Name lautete) wollte. Er machte Jagd auf die Steinsberger, um zu versuchen, ein Tabernakel für seinen eigenen Geist zu finden. Hoffte er also, dass er, wenn er irgendwie die *Gebeine* eines Menschen aus Steinsberg in Besitz nehmen konnte, selbst ein sterbliches Leben beginnen könnte?

Trotz all seiner Schmerzen durchzuckte Sutter der Gedanke, dass wahres Leben, wahre *Vollständigkeit,* sich nicht einfach nur daraus ergab, dass ein Geist Fleisch bewohnte, sondern dass es damit noch mehr auf sich hatte. Und so war Sevilla, dem genau dies fehlte ... verdammt.

Die Kreatur heulte bei dem Gedanken auf, den sie durch eine gespenstische Verbindung mit Sutter gehört hatte – sie hatte seine Gedanken gelesen.

Dann begann der erbitterte Kampf.

In der Absicht, Sutters Körper in Besitz zu nehmen, wollte diese Penaebra ihm die Seele herausreißen und in die Wildnis verbannen. Sutter spürte, wie er sich selbst in seinem Körper verschob und sein Geist darum rang, im Tabernakel seines Körpers unversehrt zu bleiben.

Ihm verschwamm alles vor den Augen: Im ersten Moment sah er noch das entsetzlich verzerrte Gesicht der Kreatur vor sich, im nächsten tiefes Blau, in dem Bilder der zahllosen Toten vorbeizogen, die ihn beobachteten oder klagten. Irgendwie konnte er mit den Augen seines inneren Selbst die unsichtbare Welt der Unbehausten sehen, der Geister, die keinen Körper hatten. Sie suchte ihn mit unbarmherziger Klarheit heim, während er sich gleichzeitig aus Sevillas Griff zu befreien versuchte.

Er war sich nur vage bewusst, dass Tahn noch da war – Bewegungen irgendwo in der Nähe.

Und seine Seele begann ihm zu entgleiten.

Eine entsetzliche Tröstlichkeit schlich sich in ihn ein, die furchtbare Sicherheit, die Ungewissheit künftiger Entscheidungen hinter sich zu lassen. Er sah an sich herab und gab sich dann endgültig der Wirklichkeit hin, die ihn umfing. Er hatte diese violette, schwarze und himmelblaue Welt bisher nur bruchstückhaft durch die tödliche Umarmung der Kreatur erhascht.

Und im hintersten Winkel seines Verstandes stellte sich ein ironischer Gedanke seiner Kapitulation entgegen: *Ich werde aus meinem eigenen Körper gerupft wie eine Wurzel aus trockener Erde.*

Also kämpfte er dagegen an, dass ihm das Leben aus dem Körper gerissen wurde, doch das Brennen, als sich seine Seele aus dem Fleisch löste, wurde unerträglich heftig, und bald schien der wahre Tod ihn zu sich zu winken.

Aber Sevillas Hand wurde weggerissen und musste ihren Klammergriff um sein Herz lösen. Düstere Gedanken und Träume zogen sich in blendender Hast zurück, und Sutter brach auf dem Waldboden unter seinem Freund zusammen, der die Kreatur gezwungen hatte, ihn loszulassen.

Er wusste in seiner Qual, dass ein Teil von ihm verloren gegangen, gestohlen worden war.

Aber dafür hatte er etwas anderes gewonnen.

Regentropfen prasselten auf Tahns Wange. Er wachte auf, und der Regen fiel ihm auch in die offenen, verstörten Augen. Das Gewirr aus ineinander verschlungenen Zweigen verstellte ihm den Blick auf den Himmel und sorgte dafür, dass der Regen sich erst in den Blättern sammelte, bevor er fiel. Das Feuer war niedergebrannt und zischte, wenn der Regen auf die abkühlende Glut traf. Tahn fuhr sich übers Gesicht und verteilte die Feuchtigkeit in dem Bemühen, sich zu erfrischen. Er lag reglos da und lauschte dem Prasseln des Sturms, als er auf die obersten Blätter der Wildnis traf. Tahn war nie im Hafen von Su'Winde gewesen, doch Hambley war in seiner Jugend einmal dorthin gereist und hatte beschrieben, dass das Geräusch der Wellen, die sich am Ufer brachen, sich fast wie das eines Gewittersturms anhörte, der auf die Borke und Zweige der Kiefern im Helligwald einpeitschte. Genau dieses Geräusch hörte Tahn jetzt.

Er wollte liegen bleiben, den Regen auf sich fallen lassen und sich in dem Geräusch verlieren, das ihn zu verbergen schien. Aber Sutter stöhnte leise, und Tahn zwang sich, sich aufzusetzen. Er konnte den Rübenbauern nur als vertrauten dunklen Umriss in einer Vertiefung zwischen den nächtlichen Schatten unter dem Kronendach der Bäume erkennen. Tahn versuchte aufzustehen, aber seine Beine bekamen sofort einen Krampf, als er sie belastete. Also wälzte er sich auf den Bauch und robbte auf Sutter zu.

Sein Freund lag da und hielt sich die Brust. Kein Riss, unter dem sich eine Wunde hätte verbergen können, verunzierte seine Kleidung, und an seinen Fingern klebte kein Blut.

»Ist alles in Ordnung mit dir?« Die Worte klangen töricht, sobald er sie ausgesprochen hatte.

Sutter holte Luft, um zu antworten, hustete aber nur, als er es versuchte, krümmte sich vor Schmerz und umklammerte seinen Oberkörper mit beiden Armen. Er drehte sich auf die Seite und rollte sich eng zusammen, bis die Zuckungen vorüber waren. Matt flüsterte er: »Kalt.«

»Ich hole dir deine Decke«, sagte Tahn und versuchte erneut aufzustehen. Seine Beine weigerten sich, und er plumpste neben Sutter.

»Da drinnen«, fügte sein Freund hinzu und fasste sich an die Brust.

Tahn blickte zu der Stelle hinüber, an der Sevilla zwischen den Bäumen verschwunden war. *Was, wenn er zurückkommt? Was, wenn ich versucht hätte, den Bogen ohne Pfeil abzuschießen?* Er betrachtete suchend den Wald ringsum, bis er sich vergewissert hatte, dass sie allein waren. Sie konnten nicht hierbleiben. Die seltsame Kreatur, deren Hand er nicht gespürt hatte, würde zwar vielleicht nicht zurückkommen, aber womöglich gab es noch mehr von ihresgleichen, was auch immer sie war.

»Wir müssen hier weg«, sagte Tahn.

Sutter nickte, die Augen noch immer fest geschlossen. Er löste die Lippen voneinander und sagte mit zusammengebissenen Zähnen: »Ich kann nicht reiten.«

Der Regen begann heftiger zu fallen, prasselte lauter auf die Blätter und floss in Miniaturwasserfällen zu Boden. Die Kohlen des Feuers zischten und dampften kräftiger und ließen Rauchwolken in die Luft steigen. Tahn zog die Knie unter sich und setzte sich wieder auf. Er sah sich nach langen Ästen um, aus denen er eine Trage bauen konnte, und entdeckte nicht weit von den Pferden einen umgestürzten Baum. Er versuchte ein drittes Mal aufzustehen, aber seine Beine trugen ihn nur einen Moment lang, bevor er vornüber auf die verkrümmten Luftwurzeln stürzte. Er stieß sich ein Knie heftig an einer großen, knotigen Wurzel. Sein Kopf pochte von seinem schnellen Herzschlag, und ihm verschwamm alles vor den Augen. Jeder Atemzug schien ihm geradewegs ins Blut zu gehen und sein Herz zu größerer Schnelligkeit anzutreiben. Er schüttelte den Kopf und schleppte sich durch Schlamm und Mulch bis zu dem toten Holz. Auf der Seite liegend, zog er zwei lange Äste und ein kürzeres Holzstück aus dem Gewirr.

Indem er gegen den wachsenden Schmerz ankämpfte, holte

er einen Strick von Joles Sattel. Er schnürte die Hölzer zu einem schmalen Dreieck zusammen und spannte eine Schlinge zwischen die Holme, bevor er seine Decke darüberbreitete.

Dann nahm er die Zügel der Pferde und hoffte, dass es ihm gelingen würde, die Trage sicher zu befestigen und die Nordschlucht zu finden.

Ein Blitz, der oben am Himmel aufflammte, erhellte die Wildnis. Nur eine Sekunde später dröhnte ringsum ein machtvoller Donnerhall. Sutters Pferd bäumte sich auf und versuchte sich loszureißen. Tahn hielt dagegen, obwohl die Zügel ihn hochzogen wie eine Marionette, deren Beinfäden man durchtrennt hatte. Das Pferd stieg erneut; diesmal riss es Tahn das Leder aus der Hand und schürfte ihm damit die Handfläche auf. Binnen eines Augenblicks war das Pferd in der Dunkelheit der Wildnis verschwunden. Jole rollte wild die Augen und stampfte mit den Hufen, aber er riss Tahn die Zügel nicht aus der Hand.

Nachdem Tahn Jole zu Sutter hinübergeführt hatte, versuchte er, die Trage an Joles Sattelknauf zu befestigen. Aber als Tahn aufstand, wurde ihm schwindlig, und er fiel zu Boden. Er schlug auf seine Beine ein, spürte aber nichts, und die Taubheit breitete sich bis in seine Finger und seinen Rücken aus. *Was geht hier vor? Dafür habe ich keine Zeit.* Er vergrub das Gesicht im Schlamm und schrie seine Enttäuschung heraus, schmeckte das fruchtbare Erdreich und das verrottende Laub vom Vorjahr, Milben und Würmer. Die Erde erstickte seinen Schrei.

Tahn kroch zu Sutter zurück, um ihn auf die Trage zu wälzen. Als er an der Schulter seines Freundes zog, schlug der Rübenbauer die Augen auf, deren Ausdruck schmerzlich, aber klar wirkte. »Lass mich hier.«

»Was?«, fragte Tahn, dessen Kopf vor Schmerzen in Flammen stand.

»Du schaffst es nicht, wenn du mich so mitschleifst. Und ich kann den Ritt über die Wurzeln nicht durchhalten.« Sutter verzog das Gesicht und versuchte zu lächeln. »Wie gefällt dir das, Eichhörnchen? Mir werden genau die Dinge zum Verhängnis, vor denen ich zu fliehen versucht habe.«

Tahn beachtete ihn gar nicht. Er zog an Sutters Schulter und drehte seinen Freund auf den Rücken. Dann kämpfte er sich auf die Knie hoch und hievte Sutter auf die Trage. Er holte die Decke und breitete sie über ihn. Sutter war durchnässt, aber die Wolle würde ihn warm halten. Tahn sah wieder zu Jole hinüber. Wie sollte er die Trage befestigen und selbst aufs Pferd steigen?

Noch ein Blitz flammte auf, und der Donner schien bereits zu grollen, bevor das Licht auch nur verblasst war. Das Geräusch übertönte das Prasseln des Regens und Tahns eigenen Herzschlag, der ihm in den Ohren dröhnte. Regenwasser lief ihm in die Augen und ließ ihm die Haare an Hals und Wangen kleben. Im Geiste versuchte er, sich an die Worte des Mannes in seinem Traum zu erinnern, und berührte das vertraute Mal auf seinem Handrücken. Doch alles, voran er denken konnte, waren die Wasserhose, die einen Hirsch in einen schlammigen, nassen Tod getrieben hatte ... und der Augenblick, in dem er es versäumt hatte, Wendra im Kindbett zu rächen.

Sein Freund begann unzusammenhängend vor sich hin zubrabbeln: »Der Geist ist nicht ganz, Tahn. Er ist nicht ganz. Er kann geteilt werden. Verschenkt. Genommen. Kleine Stücke können vom Ganzen abgespalten werden ...«

Tahn hielt inne, um seinem Freund zuzuhören. Eine seltsame Wahrheit sprach aus Sutters verwirrtem Gestammel. Dann wurde Sutter ohnmächtig. Zumindest war der Schmerz aus seinem Gesicht verschwunden. Tahn atmete keuchend; mittlerweile pochte seine Kehle genauso, wie sein Kopf schmerzte und brannte. Er fragte sich, ob Sutter vielleicht davon träumte, in der stillen Dämmerung eines warmen, wolkenlosen Morgens zu erwachen.

Tahn ließ sich auf den Bauch fallen und kroch zu Jole hinüber. Er nahm den Strick zwischen die Zähne, schnitt noch ein Stück ab und band das andere Ende ans obere Ende der Trage. Dann packte er den Steigbügel und zog sich hoch. Als er auf den Beinen war, spürte er nicht, dass er stand; nur seine Augen verrieten es ihm. Er hakte den Arm unters Knie und zog so den Fuß zum Steigbügel hoch, rammte seinen Stiefel hinein und packte den Sattelknauf. Seine Hände wurden taub, und er spürte auch nicht mehr, wie der Sattel ihm gegen den Brustkorb drückte. Mit großer Kraftanstrengung stieß er sich über den Sattel hoch und rutschte hin und her, bis sein Bein über Joles andere Flanke fiel. Es gelang ihm, auch den zweiten Stiefel in den Steigbügel zu schieben, und er zog den Strick zwischen den Zähnen hervor und schlang ihn um den Sattelknauf. Mit unbeholfenen Fingern knotete er ihn fest und tat dann einen tiefen, brennenden Atemzug.

Auf dem Boden floss nun Wasser in kleinen Rinnsalen und bildete Pfützen in flachen Vertiefungen. Tahn war froh, dass Sutter das Bewusstsein verloren hatte: So würde er das Holpern der Trage über die Wurzeln nicht spüren.

Zuletzt schnitt Tahn noch ein Stück von seinem Strick ab und band es sich selbst um die Taille. Dann schnürte er die Enden ebenfalls um den Sattelknauf.

Mit einem Zungenschnalzen, das Jole galt, ließ er die Zügel

schießen. Er würde darauf vertrauen, dass sein alter Freund sie voran- und aus der Wildnis hinausbringen würde. Auf mehr konnte er sich nicht konzentrieren. Bäume zogen an ihm vorbei, und jeder sah so aus wie der vorherige. Tahns Augen brannten, als hätten auch sie Fieber, und wenige Momente später spürte er seine Arme und seine Brust nicht mehr. Er fiel vornüber, versuchte, das Gleichgewicht zu halten, und flüsterte Jole aufmunternde Worte zu, bis die Taubheit sein Gesicht erfasste und ihm die Fähigkeit zu sprechen raubte.

Und weiter ging es. Tahn blieb wach, kam sich aber im Sattel wie kaum mehr als ein Satz Tarnkleidung vor. Der Regen ließ nicht nach, und der Donner erschütterte den Waldboden so heftig, als würden die Blitze aus der Erde emporschießen. Große Pfützen sammelten sich auf tiefer gelegenem Gelände, und Jole trabte hindurch, suchte sich einen Weg. Der Wind heulte in den Bäumen, zerzauste die nassen Blätter und ließ Regen in einem Schwall auf sie niedergehen. Tahn hoffte, dass Sutter dabei nicht von der Trage geschleudert wurde, denn wenn das geschehen sollte, würde keiner von ihnen es je erfahren.

Nach einer schier endlos wirkenden Reihe von Stunden trat Jole zwischen den Bäumen hervor, als würde er durch einen Vorhang schreiten. Weniger als vier Schritte von ihnen entfernt erhob sich die Nordwand in der Schwärze. Jole blieb stehen, um einen Wink seines Reiters abzuwarten, erhielt aber keinen. Tahn stieß einen erstickten Laut tief im Rachen hervor, um ihn anzutreiben, und Jole wandte sich nach rechts und folgte der Felswand. Nach einer kurzen Strecke öffnete sich die Klippe zur Linken zu einer schmalen Spalte wie der Vielstimmenschlucht. Regenwasser floss als flacher Strom aus der Mündung der engen Klamm in die Wildnis. Tahn stöhnte noch einmal, und Jole bog in die Schlucht ab und brachte sie aus Steinsberg fort.

Das Rauschen des Wassers hallte endlos zwischen den hohen Felswänden beiderseits der schmalen Straße wider. Die Schatten in der Schlucht waren undurchdringlich, so dass sie sich nur am fließenden Wasser orientieren konnten. Das Tosen des Regens und des Stroms übertönte alle Gedanken, und nur der unablässige Schmerz blieb in Tahns Kopf zurück. Jeder Herzschlag erinnerte ihn daran, dass er am Leben war, und so wurde die fiebrige Qual für ihn bald zu einem Dankgebet.

Aber würde Sutter überleben?

Die Nacht zog sich dahin, und Tahn fragte sich, wie lange Jole wohl noch durchhalten konnte.

Schließlich war die Schlucht zu Ende. Tahn stöhnte erneut, und Jole verstand, dass er haltmachen sollte. Der Sturm hatte sich etwas gelegt; die Regentropfen waren nicht mehr ganz so schwer und prasselten weniger heftig als zuvor auf sie ein. Tahn reckte den Kopf so hoch er nur konnte und blickte nach Osten. Er malte sich aus, wie die Sonne die Wolken wegbrannte, die Baumwipfel in orangefarbenes Licht tauchte und Dampf aus dem Boden aufsteigen ließ, während der Regen in der frühmorgendlichen Wärme verdunstete. Er stellte sich den Geruch nach frischem Grün und das Schlagen von Vogelflügeln vor. Das vertraute Bild hätte ihn in der Zeit, bevor die ersten Bar'dyn nach Helligtal gekommen waren, gewärmt. Jetzt, da er ohne Gefühl im Körper auf Joles Rücken saß, hoffte er nur zu überleben, weil Sutter seine Hilfe benötigen würde.

Tahn war für die Wolkendecke dankbar. Irgendwie brauchte er heute die Sonne nicht. Sie konnte, soweit es ihn betraf, gern hinter dem Schleier aus trübem Licht verborgen bleiben, das den Sturm durchdrang. Er musste Sutter in Sicherheit bringen, aber wenn seine Arme taub blieben, würde er fremde Hilfe brauchen. Auf Joles Rücken schlief er im Gedanken an Wendra ein und war froh, dass er den Wind nicht spüren konnte, der begonnen hatte, sein durchnässtes Haar zu zerzausen …

»He da, braucht ihr Hilfe?«, fragte eine Stimme. »Es wird bald Nacht. Habt ihr etwa vor, im Graben zu schlafen?«

4

FIEBERTRÄUME

Tahn öffnete die Augen. Jole stand in der Nähe, die Beine des Laufens müde; er ließ den Kopf so hängen, wie er es, wie Tahn wusste, immer dann tat, wenn er erschöpft war. Anscheinend war Tahn am Ende doch noch aus dem Sattel gefallen, und der Strick, mit dem er sich am Sattelknauf festgebunden hatte, war von seiner Vertäuung abgerutscht, so dass er zu Boden gestürzt war. Über ihm war der Himmel immer noch dunkel vor Regenwolken, aber Tahn bemerkte die Blätter, die zart an den dicken Ästen der Bäume knospten. Wo auch immer sie sich befanden, Jole hatte hart gearbeitet, um sie herzubringen.

Zwei Beine spazierten in sein Gesichtsfeld. Tahn versuchte, den Kopf zu heben, aber die Taubheit blieb weiterhin umfassend, so dass er nur die Augen selbst benutzen konnte. Die Stiefel bestanden aus festem Leder und waren mit schwarzen Schnürsenkeln zugebunden, deren Spitzen mit Silbernieten besetzt waren, um sie am Ausfransen zu hindern. Tahn verdrehte die Augen, bis er in ein rundes Gesicht aufschauen konnte.

»Sehe ich wie ein Engel aus, mein Freund?«, fragte der Mann mit leiser, aber zugleich forscher Stimme. »Denn dir sitzt der Anschein des Todes im Gesicht. Ich wette, du bist nicht in der

Lage, bei deiner eigenen Rettung mitzuhelfen. Kein Mann schläft im Schlamm, wenn er noch die Kraft hat, es zu vermeiden.«

Tahn krächzte irgendetwas.

»Das habe ich jetzt nicht verstanden!«, erwiderte der Mann. »Macht nichts – du willst sicher wissen, wie es deinem Freund geht. Er ist in schlechtem Zustand, aber auch nicht übler dran als du. Ich gehe einmal davon aus, dass du froh sein wirst, wenn man dir hilft. Nun kannst du brummen, um zu protestieren, aber ich kann deinen Hass besser ertragen als den Gedanken daran, dich hier sterben zu lassen, von Straßenräubern ausgeplündert und kalt bis ins Mark.«

Der Mann hockte sich neben ihn, und Tahn folgte ihm mit Blicken. Der üppige rostrote Mantel des Fremden klaffte auf, als er in die Hocke ging, und Tahn sah das Emblem der Liga deutlich auf der linken Brustseite des Mannes und ebenso in die Mantelspange eingearbeitet, die den Umhang am Hals zusammenhielt. Der Fremde legte Tahn eine Hand auf die Stirn. Ein besorgter Ausdruck trat in seine Augen. »Mir ist nicht daran gelegen, dich in Panik zu versetzen, mein Freund, aber ich habe schon Kinder aus dem Fluss gezogen, die sich lebendiger angefühlt haben als du.« Er lächelte. »Brumm, wenn du mich verstehst.«

Tahn hörte nichts davon. Er konnte nur das Symbol auf der Mantelspange anstarren, die das Obergewand des Mannes verschloss. Wusste er, dass Tahn der Liga in Myrr wegen des jungen Penit die Stirn geboten hatte? Konnte ihn die Nachricht so schnell erreicht haben? Konnte er wissen, dass Vendanji ihn, dichtauf gefolgt von den Stilletreuen, aus Helligtal weggeholt hatte? Alles, was die Stilletreuen so erbarmungslos verfolgten, würde auch die Liga zerstören wollen. Aber das Gesicht des Fremden schien nichts zu verheimlichen, und er erkannte Tahn offenbar nicht. Der Argwohn, den er in den Augen anderer Exigenten, denen er begegnet war, gesehen hatte, spiegelte sich im Blick dieses Mannes nicht wider. Aber der Gedanke minderte seine Besorgnis kaum. Er lag hilflos da und war jeder Laune dieses Mannes ausgeliefert. Vielleicht würde er die Stäbe in Tahns Mantel entdecken, sie auf welchem Wege auch immer missbrauchen oder gar an ein höhergestelltes Mitglied der Liga weiterreichen.

»Ich bin Gehone.« Der Mann zog die Hand zurück, blieb aber bei ihm, die Ellbogen auf die Knie gestützt. »Wenn du trocken und aufgewärmt bist und wieder reden kannst, würde ich gern hören, wie es kommt, dass ihr auf einer Straße, die nach Norden führt, durch die Berge gereist seid.« Ein schiefer Blick. »Das wird dir Zeit verschaffen, eine Lügengeschichte zu erfinden, also denk dir sorgfältig eine aus.« Er lächelte sarkastisch. »Und wenn du schon dabei bist, vergiss nicht, dass du entweder diese Welt in dem Versuch, jemanden zu täuschen, verlassen oder aber den Kerl, der dich davor bewahrt hat, schon zur letzten Ruhe gebettet zu werden, zum Gespött machen wirst.« Das Lächeln wurde zu einem leisen Lachen, und der große Mann hob Tahn hoch, als wäre er nur eine Vogelscheuche. Er legte ihn auf die Ladefläche eines Wagens und band Jole an der Hinterachse fest. Das linke Ohr auf die Wagenplanken gepresst, lauschte Tahn dem Knarren und Rumpeln der Räder und fragte sich, warum er gelähmt der Liga in die Hände gefallen war.

Gehone kutschierte sie eine ganze Weile, bis sie am Ende in eine Kleinstadt gelangten. Er lenkte den Wagen aus dem Licht der Hauptstraße in ein dunkles Seitengässchen. Fledermäuse sausten durch die Luft, schossen tief über den Wagen hinweg. Gehone hielt an, hob Tahn ohne weitere Umstände hoch und brachte ihn ins Haus, direkt zu einem Bett. Tahn sah ihn davongehen und kurz darauf mit Sutter zurückkehren, den er auf ein zweites Bett an der gegenüberliegenden Wand legte. Mit väterlichem Desinteresse zog der Ligat Tahn und Sutter die Kleider aus und deckte sie mit warmen Wolldecken zu.

Aus einem Beutel an seinem Gürtel holte Gehone einen kleinen Krug hervor. Mit einem dicken Finger entnahm er ihm eine großzügige Portion zähflüssiger grüner Salbe. »Nimm das unter die Zunge«, sagte er und beförderte den klebrigen Brei in Tahns Mund. Dann nahm er noch einen Finger voll und verstrich ihn sanft auf Tahns Lippen. Das Gleiche tat er bei Sutter, klappte den Mund des Rübenbauern für ihn auf und strich ihm die Paste unter die Zunge.

Gehone hielt sich nicht lange auf, sondern erhob sich und verließ das Zimmer; die Laterne nahm er mit. Tahn wartete im Dunkeln und rechnete damit, dass gleich jemand durch die Tür stürmen und anklagend den Finger auf Sutter und ihn richten würde. Stattdessen hörte er nur das schwache Röcheln seines Freundes. Pfefferminze und Petersilie kühlten ihm die Zunge, und ein angenehmes Gefühl stahl sich in ihn, lud ihn ein, wieder zu schlafen. Bevor er von der Erschöpfung übermannt werden konnte, hielt er nach seinem Umhang Ausschau und sah ihn an einem Haken neben der Tür hängen. Er konnte nicht erkennen, ob die Stäbe noch da waren, aber er hatte Gehone nicht in seinen Habseligkeiten herumwühlen sehen. In der Hoffnung, dass die Lähmung bis zum Morgen verschwinden würde, fragte sich Tahn wie aus weiter Ferne, ob er vor

Sonnenaufgang erwachen würde, wie er es immer getan hatte, oder ob er diesmal einfach weiterschlafen würde, verloren in der Dunkelheit hinter seinen Augen, während die Taubheit sich weiter in ihm ausbreitete und sein Herz stehen bleiben ließ.

»Was sie dir erzählt haben, sind Lügen.« Die körperlose Stimme drang zu ihm wie ein Flüstern, das vom schwitzenden Gestein einer versiegelten Höhle widerhallte. »Flieh vor uns, dann fliehst du vor dir selbst.«

»Lügen?«, fragte Tahn. »Was für Lügen?«

»Alle Aufzeichnungen, über die ihr verfügt, entströmen der Feder von Historikern und Autoren, die den Gräuel der Weißung vergessen haben«, krächzte die Stimme zornig und schwoll zu einem Knurren an. »Ihr seid es, die gefangen sind, gefesselt mit Handschellen, die ihr nicht sehen könnt. Und doch geht ihr in Ketten bis an den Abgrund – wohin man immer geht –, um das Leben fortzuwerfen, das euch so wichtig ist.« Heulendes Gelächter folgte, ein brüchiges, schmerzliches Geräusch wie das fallender Kristalle.

»Das verstehe ich nicht«, sagte Tahn und lief los. Blind zwang er sich, die Beine zu heben. Er hielt die Hände vor sich ausgestreckt und bewegte sich immer schneller durch die Dunkelheit.

»Ist das der Wille, den du für dich in Anspruch nimmst? Ins Nichts zu rennen? Aus dem Nichts?« Die Stimme wurde wieder leiser. »Das liegt daran, dass du ein Nichts bist. Ein Nichts vor dem Allwillen. Ein Nichts, das der Stille gehört und zurückkehrt – in die Stille.« Das letzte Wort klang so leise, dass Tahn glaubte, es gar nicht zu hören.

»Nein!«, schrie Tahn. Er ließ die Arme sinken und nahm die Beine in die Hand, vergaß die Gefahr, gegen irgendetwas zu rennen, und hastete immer schneller durch die Abwesenheit des Lichts.

»Wie viele Sonnen noch, Quilleszent? Wie viele noch, bis die Seiten brennen, das Lied zu Ende ist und die Kehlen der Leiholan kreischen, weil der

Bund gebrochen ist und alle Verheißungen der Menschen sich als albern und unerfüllt erweisen, genau wie der Verrat der Vielen an dem Einen? Schlaf, Quilleszent, wie im Schlaf des Borns. Dorthin gehörst du. Wir sind du.«

Tahn versuchte zu schreien, doch kein Laut drang hervor.

Die Dunkelheit sickerte in ihn ein und verstopfte ihm die Kehle. Er rannte aus Leibeskräften und spürte, wie ihm der Schweiß über Gesicht und Hals lief. In der Ferne brachten leuchtende Teiche aus Dunkelheit frische Schatten hervor, die düster schimmerten, während er weiterrannte; Worte schwebten durch die Luft, Pergament kreiste auf Böen aus heißer Luft, die von brennenden Felsen und aus Erdspalten aufstieg, die in sprudelnden Stößen Hitze von sich gaben. Vögel stürzten zu Boden, als die Luft selbst Feuer zu fangen schien. Breite, dunkle Schemen krochen aus Spalten in den Bergen unter einem immer tiefer hängenden grauen Himmel hervor. Armeen wurden von Wellen zottiger, kraftvoller Wesen niedergetrampelt; das Metall ihrer Klingen zerbrach wie spröde Zweige im Winter. Und hochgewachsene Männer, Sheson, knieten da und brachten ein schwaches Licht hervor, das sich in der Luft auflöste wie Staub von einem Brachfeld.

Plötzlich lagen all diese Dinge hinter ihm, und Tahn rannte direkt durch das Bild einer bekümmerten Kreatur, die in einem niedrigen Käfig in einem Jahrmarktszelt kauerte. Das Bild überraschte ihn. Es fühlte sich nicht wie ein Teil der anderen an. Er warf einen Blick über die Schulter, um sich zu vergewissern, was er gesehen hatte.

»Lass das sein!«, befahl die Stimme. Aber Tahn sah nichts. Die Dunkelheit umfing nun alles und funkelte doch, als wäre sie am Leben. Tahn rannte eine Bergflanke hinauf, auf einen Lichtpunkt zu. Sein Körper war schweißüberströmt, und ihm lief die Nase. Seine Füße trommelten auf Pflastersteine ein, die er nicht sehen konnte, und wurden wund, aber er kämpfte sich weiter und taumelte auf ein Ziel zu, das trotz seiner Bemühungen nicht näher zu kommen schien. Viele Stimmen folgten ihm, trostlose Klänge wie das unbeachtete Flehen eines Straßenjungen oder das Schluchzen einer Mutter an einem

frischen Grab. Er konnte die resignierten Stimmen von Menschen hören, Kreaturen, die in den Schatten einer Zelle standen, und der ganze Lärm tönte geradewegs über den flachen steinigen Boden, Feuerstein und Asche, zu hart und düster, um diese verlorenen Seelen in ihrem Todesschlaf zu umfangen. Tahn versuchte, die Melodien von Balladen zu summen, um das Getöse des schrecklichen Chors zu übertönen. Seine eigene Stimme versagte, wurde von der Dunkelheit verschluckt. Vor ihm flackerte der Lichtpunkt und rückte in noch weitere Ferne, während seine Beine müde wurden. Er konnte nicht weiterlaufen. Mit einem großen Satz sprang Tahn auf den einsamen Lichtpunkt zu, aus dem eine einzelne Stimme hervorzutönen schien, die ihn ebenso sicher lenkte, wie der Lichtstrahl es vermochte.

Tahn keuchte und schlug die Augen in einem dunklen Zimmer auf. In der kleinen Schlafkammer schienen sich Schatten zu bewegen. Der Geruch nach trocknender Wolle und Dielen aus Kiefernholz überzeugte ihn, dass *diese* Dunkelheit echt war. Durch das Fenster gegenüber von ihm war zu sehen, dass es Nacht war, aber die Schatten waren nicht so tief wie in seinem Zimmer. Es war vor Sonnenaufgang. Es gelang Tahn, sich vorzustellen, wie die ersten Sonnenstrahlen über den Rand einer Wüstenebene aufstiegen, und das angemessen zu finden, bevor er in einem traumlosen Schlaf versank.

Stiefeltritte auf dem Fußboden weckten ihn einige Zeit später. Versuchsweise öffnete er die Augen und rechnete halb damit, Jole, den verregneten Himmel und Baumwipfel zu sehen, oder vielleicht das tiefhängende Gewirr von Zweigen über seinem Kopf. Stattdessen erblickte er die grob gezimmerte Decke einer kleinen Kammer im Sonnenschein.

»Das wird aber auch Zeit, Eichhörnchen.« Die Stimme war schwach, aber nur ein einziger Mensch nannte Tahn so.

Er versuchte, den Kopf zu heben, und erkannte erleichtert, dass er es konnte, wenn auch nur ein wenig.

»Überanstreng dich nicht. Helden verlangen sich immer zu viel ab«, sagte Sutter von der anderen Seite des Zimmers. »Aber bilde dir ja nicht ein, dass das bedeutet, dass ich dir jetzt etwas schulde. Held hin oder her, ich bin immer noch ein nackter Mann, der die ganze Nacht unter einer kratzigen Wolldecke zugebracht hat.«

Tahn leckte sich die Lippen und versuchte zu sprechen. Ihm versagte die Stimme. Er schluckte und versuchte es langsamer noch einmal. »Sagtest du *Mann*?« Tahn kicherte leise. »Klingt so, als ob es dir besser geht, Rübenbauer.«

Sein Freund lachte zur Antwort. »Ich komme mir vor, als ob eine deiner Pfeilspitzen in meiner Brust steckt. Das Reden allein reicht aus, mir kleine Schmerzspitzen in den Hals schießen zu lassen. Aber ich glaube, der Schmerz gefällt mir. Er bedeutet schließlich, dass ich am Leben und nicht mehr in Steinsberg bin.« Tahn hörte, wie Sutter sich im Bett bewegte. »Beim Himmel, was ist dir nur zugestoßen? Irgend so ein großer Kerl ist heute Morgen hereinspaziert und hat mir einen ekelhaften Brei auf die Lippen geschmiert. Ich wollte den Grund dafür in Erfahrung bringen, aber er hat mir die Hand auf den Mund gelegt und gesagt, dass du schlafen musst.«

Tahn ließ den Kopf wieder aufs Kissen sinken. »Ich erinnere mich nur noch verschwommen. Nachdem Sevilla gegangen war, hat mich nach und nach eine Lähmung erfasst. Bevor ich meine Arme nicht mehr spüren konnte, habe ich noch eine Trage gebaut und an Jole festgebunden. Irgendwann haben wir die Klippen und die Schlucht gefunden. Unterwegs bin ich ohnmächtig geworden. Ich bin aufgewacht, als Gehone uns gefunden und hierhergebracht hat ...«

»Wo ist ›hier‹?«, fiel Sutter ihm ins Wort.

»Ich weiß es nicht.«

Sie schwiegen. Jenseits der Tür erinnerte sie das gelegentliche Geräusch von Stiefeltritten auf Holz daran, dass sie nicht allein waren.

»Du hast gesagt, dass du gelähmt warst. Hat Sevilla dich vergiftet?«

Tahn dachte über die Frage nach. Vielleicht hatte er das wirklich getan. Er mochte Gelegenheit dazu gehabt haben, als Tahn geschlafen hatte, aber irgendwie hatte er nicht das Gefühl, dass es zutraf. Er schüttelte den Kopf, immer noch froh, sich wieder ein wenig bewegen zu können. »Vielleicht«, sagte er. »Aber was auch geschehen ist, du solltest wissen, dass wir jetzt bei einem Mitglied der Liga zu Gast sind.«

Tahn hörte ein kurzes Luftschnappen. »Weiß er über uns Bescheid? Wir müssen weg, Tahn, komm.« Die Bespannung unter Sutters Bett knarrte, als er versuchte aufzustehen. Tahn lauschte den angestrengten Bemühungen; Sutter keuchte und hielt immer wieder die Luft an, bevor er ächzend ausatmete und weiter versuchte, sich aus dem Bett hochzustemmen. Am Ende hörte Tahn, wie sein Freund sich fallen ließ und aufgab. »So weit sind wir gekommen«, sagte Sutter, »und nun endet es so.«

»Unfug«, sagte Tahn. Seine Lippen arbeiteten immer noch langsam. »Meine Erinnerungen sind verschwommen, aber Gehone kommt mir wie ein anständiger Kerl vor, und wenn er Bescheid gewusst hätte, hätten wir die Nacht vielleicht in einem weniger bequemen Bett verbracht.«

»Du redest irre. Ist dir klar, was du da sagst?« Sutters Stimme wurde nachdrücklich und leise zugleich, als ob er darauf bedacht war, nicht belauscht zu werden. »Vendanji hat uns geraten, uns vor der Liga in Acht zu nehmen. Ich bin für das warme Bett dankbar, aber erinnerst du dich nicht an all die vielen Geschichten, in denen ein Angeklagter gesund gepflegt wird, damit er auf eigenen Beinen zum Galgen gehen kann?«

Tahn hob den Kopf. »Was ist aus deinem Misstrauen dem Sheson gegenüber geworden? Plötzlich glaubst du Vendanji also? Wann hat er uns je genug von irgendeiner Geschichte erzählt, um uns ein Urteil darüber zu erlauben, was wir glauben können? Ist dir nie in den Sinn gekommen, dass er vielleicht der Grund dafür ist, dass die Bar'dyn nach Helligtal gekommen sind? Womöglich haben sie Jagd auf Vendanji und Mira gemacht …« Bei ihrem Namen blieben Tahn die Worte in der Kehle stecken. Das Bild ihrer klaren grauen Augen stieg ungeheuer kraftvoll in seinem Geist auf. Plötzlich erinnerte er sich daran, wie sie auf einem Schaukelstuhl in einer verlassenen Hütte tief im Helligwald am Fenster gesessen hatte. Sogar in jener Dunkelheit hatte er ihre Augen gesehen.

»Glaubst du das?«, erwiderte Sutter. »Hast du vergessen, dass die Bar'dyn in euer Haus gekommen sind, zu Wendra …« Er brach ab, und die Stille kehrte ins Zimmer zurück.

Während sie freundschaftlich schwiegen, verblasste das Licht und erschien wieder, wenn Wolken an der Sonne vorbeizogen. Dann kam jemand den Flur entlang auf die Tür zu.

Tahn sagte rasch: »Du hast recht. Wir werden aufbrechen, sobald wir können. Lass Gehone nicht wissen, dass du wieder zu Kräften gekommen bist.«

»Zu welchen Kräften?«, erwiderte Sutter lachend und bekam

einen krampfartigen Hustenanfall. Aber die absurde Situation ließ ihn trotz der quälenden Zuckungen weiterlachen.

Tahn lächelte. Er und Sutter hatten sich immer schnell wieder vertragen.

Die Tür schwang auf, und Gehone trat mit einem Tablett ein, auf dem zwei kleine Schalen und zwei schmale Becher standen. Dampf stieg aus allen auf. Er stellte das Tablett auf eine Kommode, ging zu Sutter hinüber, richtete ihn auf und stützte ihn mit seinem Kissen ab, bis sein Hustenanfall sich legte.

»Du bist ein liebenswerter Bursche«, sagte Gehone und nahm das Tablett wieder an sich, »aber ich würde dir raten, dir den Humor aufzusparen, bis deine Lunge den Druck ertragen kann.« Er stellte eine Schale und einen Becher auf das Tischchen neben Sutters Bett. »Vergeude keinen Tropfen«, mahnte er. »Die Kräutermischung wird dich stärken, und die Brühe wird alles heilen, was dich plagt.« Gehone ging zu Tahn hinüber und setzte sich zu ihm. »Kannst du die Arme schon wieder bewegen?« Tahn schüttelte den Kopf. »Ah, aber den Hals! Gut.« Gehone hob Tahn mühelos hoch und lehnte ihn mit dem Rücken ans Kopfteil des Bettes. Er nahm die Schale zur Hand und löffelte etwas Brühe daraus hervor. »Seid ihr bereit, mir zu erzählen, was euch nach Steinsberg geführt hat? Und leugnet nicht, dass ihr dort wart. Eure Stiefel sind mit Erde überkrustet, die dorthin gehört.« Gehone schob Tahn einen Löffel Brühe in den Mund, aber die schmackhafte Gemüsesuppe wurde ihm auf der Zunge sauer.

»Abenteuer«, sagte Sutter um einen Mundvoll der heißen Brühe herum.

Gehone sah Sutter fragend an.

Unter dem Blick des Ligaten zuckte Sutter ein bisschen zurück. »Eigentlich war es ein dummer Zufall«, fügte er hinzu.

Gehone wandte sich wieder Tahn zu. »Ist das die Wahrheit, mein Junge?«

Tahn nickte einfach.

»Sieh an.« Der Mann steckte Tahn noch einen Löffel in den Mund. »Dann habt ihr aber Glück gehabt, lebend von dort entkommen zu sein. Der Überlieferung nach gehört Steinsberg schon den Wanderern, seit seine Bewohner es verlassen haben. Falls das stimmt, seid ihr beiden dort gewiss unbemerkt geblieben.« Gehone musterte Tahn aufmerksam.

»Was sind ›Wanderer‹?«, fragte Sutter mit angespannter Stimme.

Ohne den Blick von Tahn abzuwenden, erklärte Gehone: »Wanderer waren die ersten Geschöpfe, die unter der Weißung des Einen zu leiden hatten: Ihnen blieb keine körperliche Gestalt, in denen ihre Forsa wohnen konnte. Sie sind als die Unbehausten bekannt; sie haben weder Knochen noch Muskeln, und so versuchen sie, anderen Menschen beides zu rauben. Sie spuken in Steinsberg herum, weil die Knochen der Toten dort angeblich in der Lage sein sollen, umherschweifenden Geistern Leben zu verleihen. Alberner, abergläubischer Kram, aber die Geschöpfe der Feigen Jahre sind hungrige Wesen. Sie hätten euch nicht erlaubt, wieder zu gehen, wenn es sie überhaupt geben würde.« Ein vorsichtiges Lächeln huschte über Gehones Lippen.

»Vielleicht haben wir diese Wanderer ja besiegt«, sagte Sutter. »Vielleicht sind wir deshalb so schwach und hilfsbedürftig zu dir gelangt.«

Gehone stellte die Schale ab und drehte sich zu Sutter um. Sobald der Mann ihm den Rücken zuwandte, schüttelte Tahn den Kopf, um Sutter zum Schweigen zu bringen.

Gehone sprach mit väterlicher Geduld: »Unwahrscheinlich, mein junger Freund, es sei denn, in euch Jungen steckt mehr, als es den Anschein hat.« Gehone fuhr sich mit der Hand durch den Bart und warf einen Blick auf das Lederstück an Sutters Hand, das die Sedagin ihm geschenkt hatten. »Aber lasst mich ehrlich sein. Ich habe euch beide ohne Hosen gesehen, und wenn ihr keine Melura seid, dann seid ihr eben erst diesseits des Wandels. Wenn ihr wirklich durch Steinsberg gekommen seid, dann muss ich mich fragen, was euch hindurchgebracht hat. Melura oder nicht, irgendetwas ist an euch jungen Burschen ungewöhnlich, und ich hoffe, dass es nicht eure Neigung ist, Lügen zu erzählen. Denn morgen stattet mein Kommandant mir seinen üblichen Besuch ab, um meine Berichte entgegenzunehmen und mir Befehle zu überbringen. Er wird über euch Bescheid wissen wollen und weitaus beharrlicher fragen als ich.« Gehone wandte sich wieder um und begann Tahn zu füttern, der stumm aß, während der Ligat ihm dann und wann das Kinn abwischte. Als Tahn satt war, sammelte Gehone das Geschirr ein und wandte sich zum Gehen. Er blieb stehen, als er die Tür schon halb zugezogen hatte. »Meine Amtsbrüder legen den Kurs der Bruderschaft fest, und dieser Kurs ist auch mein Kurs. Aber der Schwanz einer Schlange befindet sich dort, wo vor mehreren Windungen der Kopf war. So weit von der Führung entfernt, kann ich nicht sicher sein, welche Veränderungen vielleicht bevorstehen, und was das betrifft, meine ich, dass der Fortschritt …« Gehone ging, ohne den Satz zu vollenden.

Tahn und Sutter saßen da und starrten die Tür an, während die Stiefeltritte des Ligaten sich den Gang entlang entfernten.

Sutter stand an dem Tag zwei Mal aus dem Bett auf und ging leise im Zimmer auf und ab, um seine Kraft zu erproben. Der

Rübenbauer zuckte bei jedem Schritt vor Schmerz zusammen, aber er konnte stehen, und das zu sehen linderte Tahns eigenes Unbehagen. Beim ersten Mal ließ Tahn ihn nachsehen, ob die Stäbe sich in seinem Mantel befanden; sie waren noch da. Bis zum Abend war Tahn selbst wieder in der Lage, ein paar Finger und Zehen zu bewegen. Er war noch nie so froh gewesen, zu spüren, wie sich derart unwichtige Körperteile regten. Gehone kam zum Abendessen wieder und brachte ihnen diesmal dünne Fleischscheiben und geviertelte, mit Bratensaft übergossene Tallah-Wurzeln. Dazu gab es ein mildes Bitter. »Gut für deinen Kreislauf«, sagte er und setzte Tahn den Becher an die Lippen.

Der Ligat erwähnte ihre Reise und die bevorstehende Ankunft seines Vorgesetzten am Folgetag nicht mehr. Stattdessen beschränkte er sich auf belangloses Geplauder, erlaubte es Tahn und Sutter, die Mahlzeit zu genießen, und brach, als sie fertig waren, ohne ein weiteres Wort auf. Nach dem Abendessen stellte Tahn fest, dass er die Fäuste ballen und die Arme heben konnte. Als die Nacht sich herabsenkte, ließ Gehone eine Laterne für sie brennen, deren Flamme der Luft zwar kaum die Kälte nahm, ihre Betten und ihre Haut aber in ein wärmeres Licht tauchte.

Tahn betrachtete die Narbe auf seiner Hand und sagte: »Er hat unsere Sachen gar nicht durchsucht.«

»Was?«, fragte Sutter in abgelenktem Tonfall.

»Soweit ich weiß, hat Gehone kein einziges Mal versucht, mehr über uns herauszufinden, indem er unsere Habseligkeiten durchsucht.« Tahn schaute zu Sutter hoch.

»Vielleicht musste er das gar nicht«, antwortete Sutter. »Ich habe das Gefühl, dass er uns auch so schon ganz gut einschätzen kann.«

»Du glaubst, dass er Bescheid weiß und uns schützt?« Tahn warf einen nervösen Blick zur Tür hinüber.

»Nein. Ich glaube nicht, dass er den Verdacht hat, dass wir aus Helligtal kommen oder etwas mit einem Sheson und einer Fern zu tun haben. Aber er spürt, dass wir vor irgendeiner Gefahr fliehen, und er weiß, dass wir aus Steinsberg gekommen sind. Er muss sich fragen, was uns krank gemacht hat. Vielleicht weiß er, dass es ein Wanderer war, weil er wusste, wie er uns helfen konnte.«

»Grüne Paste«, murmelte Tahn.

»Ja ... Und wenn dieses Ding ein Wanderer war, wie er sagt, dann muss er sich fragen, wie wir ihm entkommen sind. Beim Himmel, Tahn, das Ding war ein Stilletreuer! Wie sind wir es überhaupt losgeworden?«

Tahn saß stumm da und dachte an einen leeren Bogen, der ziellos über eine gewaltige Schlucht hinweg gespannt wurde. Schwach ballte er die Fäuste, schlug mit den Armen um sich und traf auf beiden Seiten das Kopfteil des Bettes. *Was haben diese Bilder zu bedeuten?*

Sutter wartete, bis sich sein Zorn gelegt hatte. Über das Zischen der Laterne hinweg sagte er: »Ich denke schon die ganze Zeit über die Bar'dyn nach, Tahn. Als wir damals von den anderen getrennt wurden, haben sie etwas gesagt, irgendetwas über Lügen. Erinnerst du dich daran?«

»Nein«, antwortete Tahn sofort. »Sie sind Gräuel aus dem Born. Die Lügen sind ganz auf ihrer Seite.«

»Ich dachte ja nur«, fuhr Sutter fort. »Gehone redet nicht wie ein Mitglied der Liga und bietet an, uns zu helfen, während Vendanji wortkarg ist, selbst dann, wenn sein Schweigen uns in Gefahr zu bringen scheint. Alles kommt mir verdreht vor, falsch herum. Ich komme einfach nicht dahinter. Ich würde gern auf der Stelle zu meinen Wurzeln zurückkehren.«

Tahn lachte unwillkürlich.

»Ich meine es ernst«, sagte Sutter und lachte doch bei den Worten. »Was würde ich nicht geben, matschige Fußspuren in Hambleys Schankraum zu hinterlassen und mir anzuhören, wie er darüber schimpft. Mir mit dir ein Rennen zum Steinbruch zu liefern. Die Mädchen auszuspionieren, wenn sie zum Erntebad gehen. *Das* waren Abenteuer«, verkündete er und ließ die Augenbrauen vielsagend spielen. Dann fügte er etwas bekümmerter hinzu: »Oder meinen Vater wiederzusehen.«

Aber Sutter hielt sich nicht lange mit den traurigen Gedanken auf und brachte Tahn bald zum Lachen. Sie alberten ausgelassen herum und vergaßen darüber ganz, wo sie sich befanden. Sutter lachte, stöhnte über die Schmerzen in seiner Brust und lachte dann doch erneut. Der seltsame Rhythmus seines Scherzens und unterdrückten Zusammenzuckens brachte sie dazu, nur umso mehr zu lachen. Mit alledem kehrte ein wenig Gefühl in Tahns Brust zurück, und die Erleichterung löste neuerliches Kichern aus, das länger anhielt, als sie zu hoffen gewagt hätten, und sie dem Schlaf nahebrachte.

Zitternd erwachte Tahn und sah, wie der Schein des Minderen Lichts durchs Fenster auf den Boden fiel. Als er sich die Decke über die Schultern zog, trafen ihn zwei Erkenntnisse gleichzeitig: Er konnte seinen Oberkörper und seine Beine spüren, und das Fenster stand offen. Er sah zu der Öffnung hinüber und ließ den Blick dann schnell durch den Raum schweifen. Im Schatten kniff er die Augen zusammen und spähte in die Dunkelheit. Der Einfall des Mondscheins sorgte in ihrer Schlafkammer für scharfe Kontraste. Tahn fühlte sich unter seiner Wolldecke unbehaglich.

»Sutter«, flüsterte er. Der Klang seiner eigenen Stimme erschien ihm hohl. Keine Antwort. Er konnte nicht erkennen, ob das Bett seines Freundes belegt war oder ob die Decke und die Laken nur einen Körper vortäuschten. Tahn stemmte sich auf einen Ellbogen hoch. »Sutter, es ist nicht der rechte Zeitpunkt für Spielchen.«

Keine Antwort.

Tahn rutschte zurück und war sich der Schwäche seiner Arme bewusst, aber froh, sie überhaupt gebrauchen zu können. Er setzte sich auf und sah mit zusammengekniffenen Augen zur anderen Seite des Raums hinüber. Das Bett war leer. Dann hörte er draußen das Knirschen von Steinen unter Stiefelsohlen. Ein Schauer lief ihm über den Rücken und sorgte dafür, dass sich ihm die Haare auf den Beinen aufstellten. Er war immer noch verhalten erregt über die Rückkehr des Gefühls in seine Haut, aber die Vorstellung, dass ein unsichtbarer Besucher hier sein mochte, lähmte ihn vor Furcht. Vielleicht war es Sutter, aber irgendetwas warnte ihn, dass es nicht so war.

Wo ist mein Bogen?

Den Blick immer noch auf das Fenster gerichtet, schwang Tahn die Beine über die Bettkante. Er setzte dazu an, aufzustehen, aber dann wurde ihm klar, dass er keine Nachtwäsche trug. Sein Körper warf einen dünnen, unbekleideten Schatten auf die Rückwand. Für Schamhaftigkeit blieb keine Zeit, und so kämpfte er sich hoch, nur um mit schwachen Beinen neben dem Bett zusammenzubrechen. Er warf einen Blick zum Fenster hinüber, hoffte, dass sein Sturz leise gewesen war, und lauschte auf das Näherkommen des Fremden.

Stille.

Er blickte sich um, suchte nach einer Waffe und entdeckte Sutter, der genauso nackt wie Tahn unter seinem eigenen Bett steckte, zitterte und sich mit weit aufgerissenen Augen umsah.

Tahn kroch über das harte, kalte Holz, um sich seinen Mantel zu holen. Er vergaß seinen Bogen und huschte auf Sutter zu, der sich noch weiter unter sein Bett zurückzog, als Tahn sich ihm näherte.

»Ich bin's«, sagte Tahn. In Sutters Augen stand kein Wiedererkennen. Er fasste sich an die Brust, und seine Blicke huschten zwischen dem Fenster und Tahn hin und her. Der Schmutz auf dem Boden schürfte Tahn Knie und Handflächen auf, aber er legte sich auf den Bauch und kroch unter das Bett. Sutter rückte bis an die Wand zurück und sah hin und her wie ein Frettchen. »Zieh den an«, sagte Tahn und streckte Sutter den Umhang hin. Sutter schien ihn gar nicht zu hören.

Das Abrollen eines Stiefelabsatzes und dann der Sohle auf hartem Boden ertönte erneut. Tahn glaubte, dass es diesmal aus weiterer Ferne kam, aber vielleicht lag das nur daran, dass er sich jetzt unter dem Bett befand. Er setzte sich am Ende über Sutters nervösen Blick hinweg und drängte sich vorwärts. Sein Freund schien damit zu rechnen, dass Tahn eine Klinge zücken und ihm die Kehle aufschlitzen würde. Tahn legte den Umhang um Sutter und rückte nahe an ihn heran. »Was ist los?«

Doch Sutter konnte immer noch nichts tun, als sich umzusehen und weiter wild mit den Augen zu rollen.

Tahn packte seinen Freund am Arm und schüttelte ihn. »Sag schon.«

Sutter kam zu sich, als hätte er geschlafen. Er sah Tahn verblüfft an, dann das Bett und richtete die Augen schließlich auf das Mondlicht, das in einem länglichen Rechteck durchs Fenster einfiel. »Ich habe es gesehen«, sagte er.

Tahn wollte ihn gerade weiter ausfragen, als wieder das Geräusch von Stiefelabsätzen ertönte. Die Luft war plötzlich kälter geworden.

Tahn lauschte mehrere Augenblicke lang, sah sich wieder nach seinem Freund um und fragte sich, ob der Rübenbauer den Besitzer der Stiefel gesehen hatte, die sie hörten. Seine Haut kribbelte, und die Kälte des Fußbodens drang ihm in die Knochen. Als er, wie ihm schien, eine längere Zeit nichts mehr gehört hatte, nahm er Sutter an die Hand und zog ihn unter dem Bett hervor. Er sah sich vorsichtig im Zimmer um und richtete sich dann auf die Knie auf. Gemeinsam erhoben sie sich, und Tahn hatte gerade begonnen, Sutter ins Bett zu helfen, als dieser zu Boden stürzte und Tahn mit umriss.

Sutter keuchte und deutete zum Fenster. Tahn blickte sofort auf, sah dort aber nichts.

»Was?«, fragte Tahn; es klang lauter, als er beabsichtigt hatte.

»Siehst du es nicht?«, schrie Sutter. »Bei allen Himmeln meines Lebens, Tahn, lass nicht zu, dass sie mich holt.« Sutter begann davonzukriechen, und der Mantel glitt ihm von den Schultern. Er stand auf, die nackte Haut von einer Gänsehaut überzogen, und hob die Hände, um nichts als das fahle Mondlicht abzuwehren, das sich durchs Fenster ergoss. Er öffnete den Mund zu einem stummen Schrei. Tahn richtete die Aufmerksamkeit wieder auf das halb geöffnete Fenster, das zu summen begann, als ob der Boden von der Flucht schneller Pferde erschüttert würde. Ein dünner Nebel drang über das Fensterbrett in den Raum und auf den Boden. Tahn zog sich hastig zurück und stieß gegen Sutters Beine, aber er konnte immer noch niemanden sehen.

Der eiskalte Nebel leckte an Tahns Zehen und waberte über die Dielen. Tahn versuchte aufzustehen, aber seine Beine waren so schwach, dass er erneut stürzte. Binnen eines Augenblicks riss Sutter sich aus seiner Furcht los. Er wirbelte herum, packte die Laterne, die auf dem Tisch stand, und schleuderte sie Richtung Fenster. Mit einem lauten Krachen barst die obere Scheibe nach außen, so dass eine Flut von Scherben auf dem Fensterbrett niederging und das zerbrochene Glas klirrend auf dem harten Boden im Freien landete. Ein Windstoß wand sich durch den zerschmetterten Rahmen, als Gehone, nur mit einem Nachthemd bekleidet, die Tür aufriss und ins Zimmer trat. Vor der Brust hielt er einen großen Streithammer, dessen Heft seine Hände mit geübtem Griff umfassten. Er warf einen kurzen Blick auf Tahn und Sutter, bevor er über sie hinweg zum Fenster stieg, wo kleine Glassplitter in der Luft tanzten wie Baumwollsamen auf einer Sommerbrise. Mit einer leichten Bewegung aus dem Handgelenk heraus ließ er den Hammer geübt kreisen und hob dann einen Arm mit der Waffe. Er wies mit der leeren Handfläche zum Fenster und ging in die Hocke, bereit, mit gleichmütiger Miene jeden Eindringling zu empfangen. Seine Beinmuskeln traten hervor, und seine kräftigen Hüften waren bereit, jeden Schlag abzufedern. Gehone wartete wie eine Katze auf dem Sprung, aber der Nebel löste sich auf. Der Wind pfiff hinaus in die Dachrinne und war dann verschwunden.

Sobald er nicht mehr da war, stürzte Sutter zu seinem Schwert und hielt es an die Brust gezogen. Tahn hob seinen Mantel auf und hüllte sich schamhaft hinein. Gehone wagte sich vorsichtig bis ans Fenster vor und musterte die Verwüstung. Als er sich umdrehte, sah er Sutter ausdruckslos an. »Zieht euch etwas über und sammelt eure Sachen ein. Ich bringe euch beide nach oben.«

Tahn erschauerte in der Kälte, die sich noch immer nicht verflüchtigt hatte.

Gehone trat auf ihn zu. »Brauchst du Hilfe?«

Tahn nickte. Ein stämmiger Arm packte ihn um die Taille. »Für heute Nacht lasse ich es gut sein, meine Jungen, aber morgen früh brauche ich mehr Antworten von euch. Nichts klingt so verdächtig wie die Wahrheit, und die muss ich voll und ganz kennen, wenn mein Kommandant mich aufsucht. Verstanden?«

Wieder konnte Tahn nur nicken. Sutter hatte, immer noch nackt, seine Habseligkeiten an sich genommen und wartete, den Blick auf die zerbrochene Glasscheibe gerichtet, darauf, in ein neues Zimmer geführt zu werden.

5

ENTHÜLLUNGEN AUF PERGAMENT

Im Licht des heraufdämmernden Morgens lag Wendra still da, lauschte dem Gesang der Vögel hoch in den Bäumen und der tiefen, melodiösen Nachahmung dieser Lieder, die der Ta'Opin sang, während er sein Bettzeug zusammenpackte und seine Zugtiere anschirrte. Der Geruch nach Morgentau und Kaffee lag in der Luft; Letzterer war ein Abschiedsgeschenk von Shanbe. Für den Augenblick ließ Jastail Wendra in Ruhe. Er sattelte die Pferde und heuchelte weiter Freundschaft mit Penit. Wendra versuchte, das alles gar nicht zu beachten, sondern sich auf die Vögel und die hoffnungsvollen Laute zu konzentrieren, die sie hervorbrachten.

Nachhallende Erinnerungen an schemenhafte Träume verstörten sie, blieben aber vage, wie bloße Erinnerungen an Erinnerungen. Die Melodien des Liedes vom vergangenen Abend klangen ebenfalls noch in ihr nach, ein Kehrreim der traurigsten Sorte.

Als sie die inneren Lieder nicht mehr ertragen konnte, stand sie auf. Shanbe saß am Feuer, beugte sich tief über die Flammen und nippte an einem Becher Kaffee.

»Nehmt Euch eine Tasse, Anais«, lud er sie ein. »Meine

Bohnen stammen direkt aus Su'Winde. Ich habe sie heute Morgen selbst gemahlen.« Er goss ihr eine Tasse aus einem Topf ein und stellte ihn dann wieder auf einen Stein neben dem Feuer. »Gibt es einen besseren Duft, wenn der Tag noch jung ist?« Er legte den Kopf in den Nacken und schloss die Augen. »Das Leben auf der Straße hat auch seine Vorteile.«

Wendra sehnte sich zutiefst danach, ihn um Hilfe anzuflehen. Shanbe saß nur einen Schritt von ihr entfernt. Sie könnte ihm alles über ihre Notlage zuflüstern, ihn bitten einzuschreiten. Gerade als sie nahe daran war, es zu tun, kamen Jastail und Penit zu ihnen herüber.

»Ein schöner Tag. Viel Glück für unsere getrennten Unternehmungen, Shanbe! An einem solchen Tag bedrückt einen doch kaum eine Sorge.«

»Wie recht Ihr habt«, antwortete der Ta'Opin und hob den Kaffeetopf, um eine zweite Tasse anzubieten. Jastail lehnte freundlich ab. »Ich habe bereits angespannt und aufgeladen. Wenn mein Becher leer ist, fahre ich los. Kann ich irgendeine Botschaft für Euch überbringen?«

Wendra hoffte, dass das Angebot Jastail eine besorgte Miene entlocken und dem Ta'Opin so seine Absichten verraten würde, aber der Wegelagerer zuckte nicht mit der Wimper. »Was für ein guter Mann Ihr doch seid, Shanbe. Vielen Dank, aber wir kommen schon zurecht. Gibt es noch etwas, das wir für *Euch* tun können?«

»Ja, das gibt es.«

Diesmal entglitten Jastail seine Gesichtszüge für einen Augenblick. Wendra konnte sehen, wie ihr Peiniger im Geiste die Position durchging, die jeder von ihnen am Feuer einnahm. Wie das Handgemenge sich entwickeln würde, wenn er gezwungen war, eine Waffe zu ziehen. Sie wusste, dass er dem Ta'Opin im Handumdrehen die Kehle durchschneiden würde, wenn das, was der Mann als Nächstes sagte, ein Risiko für das Geschäft darstellte, das er mit ihr und Penit zu machen gedachte.

Shanbe sah Wendra an, und sie schüttelte fast unmerklich den Kopf. Er hatte es gespürt; er wusste Bescheid. Er würde sie fragen, ob sie aus freiem Willen mit Jastail reiste. Sich nach Penits wahrem Verhältnis zu dem Wegelagerer erkundigen. Tief in ihrem Innern entsetzte sie der Gedanke, sorgte aber zugleich dafür, dass sie erleichtert war. Vielleicht konnte Shanbe Jastail im offenen Kampf bezwingen. Sie und der Ta'Opin sahen einander in die Augen; zu ihrer Rechten hörte Wendra das leise Quietschen einer Handfläche, die sich fest um einen lederbezogenen Griff schloss.

»Ich habe etwas für Euch«, sagte Shanbe. Er griff in seinen Mantel, und Jastail geriet in Bewegung. Shanbe hielt eine Pergamentrolle in der Hand. Der Ta'Opin ignorierte Jastail und konzentrierte sich allein auf Wendra, als er ihr mit beiden Händen das Blatt reichte. »Es ist Euer Lied, Anais. Das Lied, das Ihr gestern Abend in Harmonie mit meinem geschaffen habt.« Er lächelte väterlich. »Ich habe selten ein aus dem Stegreif erfundenes Lied gehört, das so schön komponiert war. Eure Musik tönte in meinem Kopf weiter und verlangte, niedergeschrieben zu werden. Behaltet das hier und erinnert Euch an Euer Lied. Der Notensatz ist nur für ein Einzelinstrument gedacht, aber wenn Ihr dieses Instrument gebrauchen könnt, um das Geschenk, das diese Musik darstellt, mit anderen zu teilen, beschenkt Ihr sie damit. Studiert es und zeigt es den Maesteri, wenn Ihr nach Decalam kommt. Sie werden es als das erkennen, was es ist.«

Wendra nahm das vergilbte Pergament und entrollte es. Mit zarten, feinen Federstrichen hatte der Ta'Opin eine Reihe senkrechter Symbole gezeichnet, die von kleinen Kreisen mit unterschiedlich vielen Schwänzen, die Schiffsrudern glichen, unterbrochen wurden. Die Kreise erschienen in längeren und kürzeren Abständen, erhoben sich über eine gerade Linie oder fielen darunter und wiederholten sich mehrfach auf dem Pergament. Wendra verstand die Notenschrift nicht, aber die zierliche Arbeit von Shanbes Hand und das kunstvolle Netz aus Tintenzeichen entzückten sie. Sie erhob sich von ihrem Platz, legte dem Ta'Opin einen Arm um den Hals und drückte ihn an sich, bis sie befürchtete, den Mann zu ersticken.

Im Zurücktreten sagte sie: »Vielen Dank. Ich hätte nie gedacht ... Danke.«

Penit schien sich über das Geschenk zu freuen. Er kam herüber, um es zu betrachten, als Wendra sich neben Shanbe setzte und seine Hand ergriff.

Jastails wachsamer Gesichtsausdruck entspannte sich, und er ließ die Hand vom Schwertgriff sinken. »Wie töricht von mir«, sagte er. »Ihr erweist meinem Feuer Ehre, also gebührt Euch auch mein Dank.« Er verneigte sich, aber nicht so tief, dass er den Überblick über die drei anderen verloren hätte. »Wir sollten aufbrechen«, sagte er.

»Ich auch«, fügte Shanbe hinzu. »Sichere Zuflucht Euch allen bei Eurem ... Onkel, nicht wahr?«

»Auch Euch sichere Zuflucht«, erwiderte Jastail.

Shanbe zerzauste Penit das Haar und drückte Wendras Hand. Er sagte zu ihr: »Ich hoffe, Euch eines Tages noch einmal singen zu hören«, stieg dann auf seinen Wagen und fuhr zur Straße, wo er sich nach Norden wandte und eine Staubfahne hinter sich herzog, bis er hinter den Bäumen verschwunden war.

Jastails Lächeln zerfaserte ein wenig, aber nur in Ansätzen. Der Wegelagerer gab sich weiter gutgelaunt und rief Penit zu, aufzusteigen. Binnen weniger Augenblicke war Erde über das Feuer getreten worden, und Jastail führte sie zur Straße zurück.

Einen halben Tag lang ritten sie, und Penit stellte dem Wegelagerer unermüdlich Fragen. Wendra hielt sich hinter ihnen, während in ihr Dankbarkeit mit brodelndem Zorn rang. Mehr als einmal brach vor ihrem inneren Auge das Bild des Bar'dyn hervor, der ihr Kind umklammert hielt, und zwar jedes Mal, wenn sie sah, wie Jastail Penit aufmunternd berührte, während die beiden lachten und miteinander redeten. Sie kämpfte die Laute nieder, die ihren Lippen zu entschlüpfen drohten, und fragte sich, wie sie wohl in Shanbes schöner Notenschrift ausgesehen hätten.

Kurz nach Mittag führte der Wegelagerer sie nach Westen von der Straße fort. Kein Pfad gab den Weg vor, aber Jastail schien ihn dennoch zu kennen und machte noch nicht einmal halt, als sie an einer Furt einen flachen Fluss durchquerten, der zwischen hohen immergrünen Bäumen dahinströmte.

Die Nacht war noch nicht ganz hereingebrochen, als sie aus einem Espenhain hervor in eine flache Senke am Fuß dreier Berge ritten. In der Mitte der Lichtung stand eine kleine Blockhütte, geduckt und fast zwischen mehreren Stechpalmensträuchern verborgen. Ein großer Mond spiegelte sich schimmernd in einem schmalen Bach, der sich nahe an der Hütte vorbeischlängelte. Die Abendluft war vom Geruch des Geißblatts und des Hochgebirgsflieders geschwängert. Jastail ließ den Blick über das kleine Tal schweifen, bevor er weiterritt und mit scharfen Augen die Dunkelheit absuchte. Mehrfach drehte er sich um, um den Weg hinter ihnen zu beobachten, und ließ Wendra voranreiten. Er wirkte nervöser, als sie ihn je gesehen hatte. Sein verstohlener Gesichtsausdruck sagte ihr zu. Aber was mochte einen empfindungslosen Mann so schreckhaft machen?

Jastail ließ die Pferde gesattelt, während er die Hütte in Augenschein nahm. Die Tür war nicht mit einem Schloss gesichert, und der Wegelagerer trat so leise ein, dass das Rauschen des Baches seine Schritte übertönte. Kurz führte der Gedanke, die Flucht zu ergreifen, Wendra in Versuchung. Aber sie konnte sich nicht mehr sicher sein, dass Penit ihr folgen würde – der Junge und der Wegelagerer schienen gute Freunde zu sein.

Im farblosen Schein des Minderen Lichts zeigte der Schattenriss des Jungen das Bild des Mannes, der einmal aus ihm werden würde: eine vollere Nase, kräftigere Kiefer, Augen, die von Falten umgeben waren, die er mit Erfahrungen erwerben würde, von denen er jetzt noch nicht einmal träumen konnte; Oberkörper und Schultern wirkten breiter. Wendra würde kämpfen, um die Zukunft dieses tapferen Jungen zu retten.

»Kommt«, flüsterte Jastail.

Penit sprang vom Pferd und hüpfte ins Haus. Wendra stieg mit steifen Beinen ab und befestigte die Zügel in einem nahen Gebüsch, bevor sie das Gleiche mit denen von Penits Pferd tat. Jastail trat aus der Tür hervor und schlich wie ein Schatten an ihre Seite. Er rollte ein Tabakkrautblatt in einem kleinen Papierstreifen zusammen. Mit einer raschen Bewegung zog er ein Messer über einen Feuersteinzylinder und hielt eine Öllampe an die Flamme. Er zog an seinem Tabakkraut, bis es brannte, stand dann da und sog den süßlichen Rauch tief ein.

»Wir sind beinahe fertig, Ihr und ich.« Er klang wie ein Kaufmann, der eine geschäftliche Abmachung beschrieb.

Wendra roch den Rauch in der Luft und beobachtete, wie er silbrig und traumgleich im Mondschein aufstieg. Sie erinnerte sich daran, wie Balatin sich die Pfeife angezündet hatte, an den leichten Seifen- und Tabakkrautduft seines Barts und seiner Ärmel, wenn er sie an seine Brust gezogen und sich im Schatten ihrer Veranda auf dem Schaukelstuhl zurückgelehnt hatte. Vor hundert Minderen Zyklen hätten diese Nacht, dieser Mond und dieser Rauch etwas ganz anderes bedeutet. Heute jedoch besudelten sie ihre Erinnerungen und bestanden eher aus bitterem, kaltem Harz als aus süßem, warmem Blatt.

Sie zog ihr Pergament aus der Tasche und vollzog die anmutigen Federstriche nach, während sie an ihre Melodie zurückdachte. Ohne von der Seite aufzusehen, sagte sie: »Ich kann nur annehmen, dass wir sterben werden, *Wegelagerer*.« Sie sprach die abschätzige Bezeichnung mit aller Verachtung aus, die ihr zu Gebote stand. »Entweder körperlich oder geistig, aber ganz gleich, welchen Handel Ihr in diesem entlegenen Tal betreibt, er soll wohl geheim bleiben. Eine Abmachung, die Ihr mit Männern habt, die sich abseits der Straße wohler fühlen. Ich komme mit, um den Jungen zu trösten, sonst hättet Ihr mich schon längst töten müssen, um meinen Gehorsam zu erzwingen.«

»Seid Ihr sicher, dass Ihr Toyl nie gelesen habt?« Sie konnte sein sarkastisches Lächeln in der Dunkelheit spüren. »Ihr sprecht ganz so, wie er geschrieben hat – solch eine ungeschminkte Wahrheit! Aber Ihr habt wahrhaftig einen unwahrscheinlichen Ausgang dieser Sache im Sinn.« Er rieb sich eine Wange. »Gleichgültig, ich werde Euch nicht überzeugen. Ihr werdet es erfahren, wenn Ihr es eben erfahrt. Nicht, dass Ihr dann glücklicher sein werdet, aber Ihr seid widerstandsfähig, Teuerste, weitaus zäher, als ich es vermutet hätte, als ich Euch damals auf der Suche nach dem Jungen getroffen habe. Und er ist ein guter Kerl.«

»Ihr verlasst Euch allzu sehr auf Euren Einfluss auf mich, Wegelagerer.«

Diesmal zeigte Jastail seinen Ärger über die Beschimpfung. »Heißt das, dass Ihr, wenn Ihr ihn für Euch verloren glauben würdet, allein in diese Hügel fliehen und ihn im Stich lassen würdet?« Jastail lachte leise, nahm einen tiefen Zug Tabakkraut und atmete den süß duftenden Rauch aus, während er fortfuhr: »Eine schwache Drohung, meine Dame. Ich weiß mehr über Euch, als Euch vielleicht bewusst ist. Ich habe es einfach dadurch herausgefunden, dass ich Euch Gesellschaft geleistet habe, und was ich weiß, sagt mir, dass Ihr in der Nähe des Jungen bleiben werdet, bis Ihr nicht mehr in der Lage seid, es zu tun. Ihr hasst mich, weil das Kind mich bewundert und ich es dazu ermuntert habe, aber das ist mir wirklich völlig gleichgültig.«

Seine aalglatten Worte und sein unbekümmertes Auftreten, während er rauchte und das Licht des zunehmenden Mondes betrachtete, ärgerten Wendra wie nichts anderes zuvor. Sie wollte ihm sagen, dass sie versuchen würde, ihn zu töten. Sie sehnte sich danach, seine Kehle zu packen und seinen Kopf in den Boden zu rammen. Die Bilder keimten in ihrem Kopf auf und brachten Melodiefetzen mit, die ihr Herz erkalten ließen.

»Nichts zu sagen?«, spottete Jastail. »Oh weh, was kann das bedeuten?« Er zog wieder an seinem Tabakkraut. »Ich habe dem Jungen ein Bett gegeben. Er wird all seine Kraft brauchen, um die Enthüllungen zu verarbeiten, die der morgige Tag ihm bringen wird. Ihr solltet ebenfalls schlafen.«

Wendra sagte nichts und rührte sich nicht. Sie sah nur wieder ihr Pergament an und ging im Geiste ihr Lied durch.

Sie war so in den innerlichen Klang versunken, dass sie gar nicht bemerkte, wie der Wegelagerer an sie herantrat. Plötzlich stand er sehr nahe bei ihr und bückte sich ein wenig, um die Seite anzustarren, die sie in den Fingern hielt. Seine Lippen verzogen sich im hellen Mondschein zu einem verächtlichen Lächeln. »Anscheinend haben wir beide unsere Lieblingsdichter. Eurer ist ein Ta'Opin, der einen Wagen voll nutzloser Artefakte fährt.« Ein leises Lachen entschlüpfte ihm. »Seht Ihr, selbst jetzt bin ich nicht unfreundlich. Ein kleinlicher Schuft würde Euch das Lied aus den Händen reißen, um Euch die Ablenkung zu versagen.« Er legte sich eine Hand auf die Brust. »Ich hingegen erkenne den Wert, den dieser Zunder für mich hat: Er beschwichtigt Eure rachsüchtigen Gedanken.«

Wendra war zornig über die Geringschätzung, die er ihrem Notenblatt entgegenbrachte. Die Arroganz ihres Peinigers sorgte dafür, dass sich in ihrer Brust das verstörende Lied regte.

»Kein Gedicht heute Abend?«, fragte Wendra in gleichmütigem Ton und machte sich so über seine Vorliebe für Poesie lustig. »Ihr wollt doch nicht Eure Bildung vernachlässigen, nur um mich, ein Stück Handelsware, zu verhöhnen? Oder ist Euch aufgegangen, dass Euer Dichter ein Narr ist?«

Wendra wusste, dass ihre Worte ihn trafen, denn noch während sie sprach, legte sich der vertraute Zynismus über seine Augen, als er sie im Mondschein auf sie richtete. Die Strahlen des Mondes in seinen Pupillen, sein Gesicht sehr nahe an ihrem eigenen, der Duft des Süßblatts sanft wie der Kuss eines Geliebten zwischen ihnen … Kein Zorn, keine Reue, keine Furcht, keine Erwartung sprach aus seinen ausgemergelten Wangen oder seinem schmalen Mund. Er sah sie mit konzentriertem, starrem Blick an. Dann rezitierte er aus dem Gedächtnis:

»Manch einer sucht mit neugierigem Blick die Hände, die bewegen.
Manch einer plagt sich ab bei Tageslicht, um dann zu ruhen und seinen Tagen ein anderes Ende zu erträumen.
Wieder ein anderer reißt keck das Maul auf,
Und viele liegen auf den Knien und flehen gequält.
Die Jugend scharrt, versteckt sich, übt für ihre eigene Zeit,
Die Wand anzustarren.
All dies betrachte ich und nenn es eine Wunde
Und schaffe dadurch Balsam mir im Innersten,
Mich aufzurichten, um es alles dann
Von neuem zu betrachten.«

Jastail sah ihr noch einen Moment lang in die Augen. Dann warf er sein Tabakkraut ins Schilf und nahm den Pferden die Sättel ab. In Wendra regte sich spontan eine Melodie zu den Worten. Sie fühlten sich an wie das Lied, das nicht gesungen werden durfte. Allein der Gedanke daran ließ ihr Herz eiskalt werden. Sie eilte hinein und überließ den Wegelagerer seinem gleichgültigen Mond und seinen düsteren Gedichten. Morgen würde, wie sie spürte, ihre letzte Gelegenheit kommen, den Jungen und sich zu retten und sich die Hoffnung zu bewahren, Tahn jemals wiederzusehen.

Sie sagte ihrem Bruder im Schein des Minderen Lichts stumm Lebewohl, nur für alle Fälle … *Ich habe dich lieb, Tahn.*

Licht fiel durchs Fenster, gedämpft durch die Zweige mehrerer Stechpalmensträucher, die neben der Hütte wuchsen. Wendra lag in Hockerstellung da, und Penit hatte sich an ihre Brust geschmiegt. Sein sanftes Einatmen dicht an der Wolldecke bestärkte sie in ihrer Überzeugung, dass es richtig gewesen war, ihn zu suchen. In der Hoffnung, dass ihr Schweigen Jastail auf Abstand halten würde, lag sie da, beobachtete, wie die Sonne am Himmel an Kraft gewann, hörte schließlich alte Melodien im Kopf und löste sich von der Furcht vor dem drohenden Zusammenstoß, die sie mit sich herumgetragen hatte, seit sie dem Wegelagerer begegnet war.

Sie hörte ihn in einem anderen Teil der Hütte das Morgenbrot zubereiten. Penit würde hungrig sein, aber sie wollte ihn nicht aufwecken. Er war ihr seit Tagen nicht mehr so nahe gewesen. Seine glatte Stirn und seine flaumigen Wangen leuchteten nur einen Fingerbreit von ihren eigenen entfernt, sein Gesicht ein Bild bedingungslosen Vertrauens. Die Erinnerung daran, wie sie so an ihren Vater geschmiegt geschlafen hatte, besonders in den Monaten nach dem Tode ihrer Mutter, übermannte sie. Sein breiter Brustkorb und seine starken Arme hatten dafür gesorgt, dass sie sich geborgen gefühlt hatte. Damals wie heute war sie als Erste aufgewacht, aber still liegen geblieben, damit der Zauberbann der morgendlichen Ruhe nicht gebrochen wurde.

So, wie sie es wohl auch bei ihrem eigenen Kind getan hätte.

Ein leises Stöhnen entschlüpfte Penits Lippen in Reaktion auf irgendeinen versponnenen Kindertraum. Er wand sich und kam noch enger an sie geschmiegt wieder zur Ruhe. Wendra kämpfte gegen den Drang an, ihn in den Arm zu nehmen. Wenn sie es getan hätte, wäre er vielleicht aufgewacht. So leise sie konnte, begann sie zu summen; es war ein zartes Geräusch, so gedämpft, dass Penits Atem noch zu hören war und den Takt vorgab. Ihr fielen einzelne Wendungen ihrer Spieldose ein, und sie spann daraus Variationen, die so hell und verheißungsvoll waren wie das Licht, das durchs Fenster schien. Penit regte sich nicht, und Wendra hatte das Gefühl zu spüren, wie sie selbst genas, wie es schon in der Höhle geschehen war, aber jetzt auf andere Art.

Als sie an die Höhle dachte, erinnerte sie sich, dass sie den Jungen hatte fragen wollen, was er in den Nebeln des Je'holta gesehen hatte, als er sich aus der Reihe gelöst hatte und geflüchtet war. Aber es schien keine Rolle mehr zu spielen, und sie entspannte sich für den Moment und blieb neben ihm liegen.

Dann öffnete er die Augen, drehte sich um und sah sie an. »Du singst gut. Wir hatten nie so eine gute Stimme auf den Wagen.«

Wendra lächelte. Dann drängte plötzlich etwas an die Oberfläche, das sie Penit schon lange hatte sagen wollen, wenn sie mit ihm allein war: »Lass dich nicht von Jastail zum Narren halten, Penit. Er tut nur so, als ob er dein Freund wäre. Er benutzt dich, um mich im Zaum zu halten, weil er weiß, dass ich nicht …«

»Ich weiß«, unterbrach Penit sie mit einem heimlichtuerischen Flüstern. »Ich kenne Männer wie ihn schon mein Leben lang. Sie sind diejenigen, die Münzen aus dem Hut am Wagenrad nehmen. Ich lasse ihn nur glauben, dass seine kleine Vorstellung ihren Zweck erfüllt, damit er mir weiter vertraut. Ich vermute, das wird uns früher oder später einen Vorteil verschaffen …«

Die Schlafzimmertür schwang mit einem dumpfen, lauten Knall gegen die Wand. »Ihr müsst essen«, rief Jastail und kehrte ins vordere Zimmer zurück. Wendra und Penit tauschten ein verschwörerisches Lächeln. Dann sprang Penit aus dem Bett und zog sich die Stiefel an.

»Kommen wir heute nach Decalam?«, fragte er, während er Jastail nachlief und so seine List weiterführte.

»Heute nicht, mein Junge.« Jastail legte einen Arm um den Jungen, und die beiden gingen durch den Flur zur Küche.

»Vielleicht nie«, fügte Wendra hinzu, die nun in dem lichtdurchfluteten Zimmer allein war.

Geröstete Haferflocken in Honig, gebratene Wasserrüben und Quellwasser standen auf dem Tisch und bildeten ein üppiges Morgenbrot. Jastail saß am Kopfende des Tisches und reichte Wendra und Penit großzügig Teller. »Ihr habt beide so hart gearbeitet«, sagte er, »da möchte ich Euch mit einem guten Frühstück belohnen. Esst reichlich.«

»Und wo habt Ihr gelernt, solch ein guter Gastgeber zu sein?«, fragte Wendra.

Jastail lächelte dünn. »Aber das wisst Ihr doch schon. Meine Gedichte lehren mich Höflichkeit, und, wisst Ihr« – er sah sich in der Hütte um – »es fehlt Wegelagerern nicht unbedingt an guten Manieren. Wir fressen nicht alle aus Trögen.«

Wendra zwang sich zu essen. Das Mahl kam ihr wie ein zusätzlicher Heuballen vor, mit dem man Kälber und Lämmer fürs Erntebad mästete, aber sie würde im richtigen Augenblick ihre Kraft brauchen, und sie aß eine zweite Portion von allem, um sicherzugehen, dass sie nicht in Ohnmacht fallen würde, wenn es so weit war.

Penit schmatzte bei jedem Bissen und genoss besonders die Haferflocken. Er schaufelte jede Portion hastig in sich hinein und schien damit zu rechnen, dass sie nach dem Morgenbrot wieder aufbrechen würden. Er stürzte sein Quellwasser hinunter, saß dann da und sah Jastail zu, wie dieser seine Wasserrüben verzehrte. Ihr Peiniger aß stumm und schien auf einmal keine Lust mehr zu haben, auf Penits Verehrung einzugehen.

Wendra dachte daran, wie Meister Olear seine Lämmer in den Schuppen führte. Die Tiere blökten und klagten, weil sie das schreckliche Schicksal spürten, das ihnen zugedacht war, bis Meister Olear dann in seinem sanften Singsang mit ihnen sprach, um sie zu beruhigen. Sie hatte nie gesehen, wie die Lämmer zu Tode gekommen waren, aber sie konnte immer noch die tröstlichen, melodischen Worte hören, die von den hölzernen Wänden des Schuppens gedämpft wurden. Sie hörte Hufe auf Brettern stehen bleiben, und dann hörte sie noch einen letzten erstickten Schrei, bevor Stille eintrat, und zugleich Meister Olears Ächzen, als er sich bückte, um sein Todeswerkzeug in das Vieh zu rammen. Sie und Penit standen so eindeutig auf den Brettern wie er in Galadell. Nun herrschte Stille, nachdem die lockenden Worte sie in die Hütte geführt hatten. Sie fragte sich, was für einen Laut Jastail wohl ausstoßen würde, wenn sie ihm zum Opfer fielen.

Sie legte die zitternden Hände in den Schoß, um sie still zu halten. Die schreckliche Ungewissheit, Jastails Plan nicht zu kennen, war niederschmetternd für sie. Wendra sah auf die Gabel hinab, mit der sie ihre Mahlzeit eingenommen hatte. *Ein sauberer Stoß. Nimm das Besteck in die Hand und ramme es Jastail in die Kehle.* Sie konnte den Tabakrauch an ihm riechen und hasste ihre eigene Angst vor der Teilnahmslosigkeit in seinem Blick.

»Wir werden ein oder zwei Tage hierbleiben«, sagte Jastail, ohne Penit in die Augen zu sehen. »Wir haben alle ein wenig Erholung nötig, und ich habe hier Vorräte für zehn oder mehr Tage.«

»Ich dachte, Ihr würdet uns nach Decalam bringen?«, fragte Penit.

»So ist es auch, mein Junge, das werde ich.« Jastail setzte sofort die väterliche Miene auf, die er in ihren gemeinsamen Tagen perfekt eingeübt hatte. »Aber die Frau hier braucht ein wenig Ruhe. Es wäre ungerecht, sie anzutreiben, so schnell zu reisen, wie wir es können.« Er beugte sich zu Penit, um Verbundenheit zu heucheln.

»Mir geht es gut«, erwiderte Wendra, die Hände immer noch im Schoß aneinandergeklammert. »Ich bin alles andere als müde.«

Jastail warf ihr einen zornigen Blick zu, gewann aber rasch die Beherrschung zurück. »Alle Frauen sagen so etwas, Penit, möge der Allwille sie dafür segnen. Sie machen weiter, bis sie vor Erschöpfung fast zusammenbrechen. Aber ein anständiger Mann weiß, dass er sich Zeit lassen und auf ihre Bedürfnisse Rücksicht nehmen muss.« Jastail gestattete sich einen leicht schmutzigen Blick. »Und so werden wir uns ein oder zwei Tage ausruhen, gut essen und rasten. Dann geht es weiter nach Decalam.«

»Und helft Ihr uns dort, den Sheson zu finden?«, fragte Penit und sah dann sofort Wendra an. Sein Gesicht verriet, dass er wusste, dass er gerade einen schrecklichen Fehler begangen hatte. Es war der erste Blick auf den alten Penit, den sie seit vielen Tagen erhaschte, und trotz des groben Schnitzers wurde ihr bei diesem Gesichtsausdruck warm ums Herz.

Jastail starrte erst Penit und dann Wendra böse an. Von ihm strahlte Wut aus wie Hitze und erfasste Wendra und Penit in Wellen. »Was habt Ihr mit einem Sheson zu schaffen?«, fragte Jastail und konnte den Zorn in seinem Ton kaum unterdrücken.

»Gar nichts«, antwortete Wendra, den Blick immer noch auf Penit gerichtet.

»Junge«, sagte Jastail und wandte sich Penit zu. »Sag mir die Wahrheit. Ihr sucht ein Mitglied des Ordens. Warum?«

Penit sah erst den Wegelagerer an, dann Wendra und wirkte wie ein Kaninchen in der Schlinge eines Fallenstellers.

»Ich stelle dir die Frage kein zweites Mal«, sagte Jastail und hob die Stimme, als ihm die Beherrschung langsam entglitt.

Wendra ließ zu, dass der Wegelagerer böse auf Penit wurde, und griff nicht gleich ein, um ihm zu helfen. Sie hoffte, dass es der Falschheit ein Ende setzen würde, die er vor dem Jungen an den Tag gelegt hatte. Diese Wendung der Ereignisse gefiel ihr, und so kämpfte sie gegen ihr eigenes Lächeln an, während Jastail in Zorn geriet.

»Was soll ich sagen, Wendra?«, fragte Penit schließlich und sah sie hilfesuchend über den Tisch hinweg an.

Jastail lächelte, und Penits Gesicht verriet sofort Reue über seinen Fehler: Er hatte ihren wahren Namen verraten.

Wendra legte ihre Hand verzeihend auf die von Penit und neigte sich zu ihm. »Sag ihm, dass es vielleicht klug von ihm wäre, uns heute nach Decalam zu bringen. Sag ihm, dass seine Wut und alle Prellungen, die sie vielleicht bei dir und mir hervorruft, sich vor möglichen Käufern nicht gut machen werden, wenn wir den Preis einbringen sollen, den er für uns fordern will. Und sag ihm, dass der Dichter, den er so verehrt, ihn von einem guten Koch honiggesüßter Haferflocken in einen ungezieferverseuchten Getreidesack verwandelt hat.«

Penit starrte sie verwirrt an.

»Oder sag ihm, dass er stinkt und ein Bad nehmen sollte.«

Der Tisch erbebte. Jastail stand auf; seine Fäuste zitterten noch, da er sie auf die Tischplatte geschmettert hatte. Er schluckte langsam, und das Blut, das ihm in die Wangen stieg, breitete sich in seinem gesamten Gesicht aus. Dann fing er sich, und die zynische Miene, die Wendra so fürchtete, kehrte zurück. »Ihr missversteht mich, *Wendra*«, begann Jastail und ließ sie damit wissen, dass er sie bei ihrer Lüge ertappt hatte. In seiner seltsamen, tonlosen Sprechweise fuhr er fort: »Ich wünschte nur, ich hätte früher gewusst, dass ich meinen Preis für Euch und das Kind erhöhen muss. Aber ich war nicht völlig im Dunkeln. Warum, glaubt Ihr, habe ich meine eigene Ware gekauft?« Er deutete auf Penit, ohne ihn anzuschauen. »Ich habe gesehen, was während der Auktion in Euch vorging. Ich habe zugehört, wir Ihr mit dem Ta'Opin gesungen habt. Welch eine Ironie, dass es mein Dichter ist, der mir solche Dinge beschrieben und so dafür gesorgt hat, dass sie Spuren in meinem Gedächtnis hinterlassen! Dass der Junge seine Zunge nicht hüten kann, bestärkt mich in meinem Verdacht. Das wird mir helfen, den Preis zu erzielen, den ich will.«

»Und der wäre, Wegelagerer?«, fragte Wendra. »Ich habe auch einen Dichter, und er hat den Mann beschrieben, der Ihr seid.« Sie musterte sein Gesicht. »Aufgeblasen und wertlos wie eine Vogelscheuche. Nur trockenes Heu, mit dem ein abgelegtes Hemd und eine Hose ausgestopft sind. Kein Preis lässt Euer Herz in Erregung geraten, das habe ich von Gynedo beim Glücksspiel auf Eurem Flussschiff gelernt. Es ist ein Wunder, dass Ihr Euch überhaupt noch um Eure eigene Sicherheit schert.«

Da lächelte Jastail, indem er unheilverkündend die Lippen zu einer schrecklichen Grimasse verzog. »Oh, das tue ich.« Er kam um den Tisch herum und bückte sich, um Wendra ins

Ohr zu flüstern: »Man gibt sich nicht allein mit Stilletreuen ab.«

Wendra schien das Herz stehen zu bleiben. Sie wandte sich nicht überrascht um, worauf Jastail wohl gehofft hatte, aber die Erwähnung der Legionen aus dem Born ließ ihr einen Schauer über den Rücken laufen.

»Sie halten sich im Allgemeinen nicht an die Spielregeln eines Geschäfts«, fuhr Jastail fort. »Ihr könnt Euch darüber auch freuen, Anais. Ich habe Männer herbestellt, die mich bei diesem Handel unterstützen sollen. Zu mehreren ist man sicherer, versteht Ihr? Und Euer Schoß und die Unschuld des Kindes sind denen aus dem Born einen hohen Preis wert. Eure kleinen Lieder und Eure Nähe zum Orden sind Schätze, für die ich den Großen Vätern danken würde, wenn ich gläubig wäre.«

Wendra lächelte triumphierend. »Dann habe ich ein Geschenk für Euch. Eines, das Euch vielleicht dazu bringt, an die Gnade des Allwillens zu glauben.«

»Gewiss doch«, spottete Jastail. »Vielleicht eines Eurer hübschen Lieder, durchsetzt mit Beleidigungen und Hass?«

»Ganz und gar nicht.« Wendra griff in ihre Tasche und zog das Pergament hervor, das sie in Jastails Zimmer in Galadell gefunden hatte. Sie legte es behutsam neben ihren Teller. »Eine schöne Beilage zu diesem Mahl, Wegelagerer.« Dann wandte sie sich ihm zu und sah ihn finster an. »Es wird keine Hilfe kommen. Eure Männer werden keine Nachricht erhalten.«

Jastail versetzte Wendra mit voller Wucht einen Schlag gegen die Schläfe, was sie zu Boden stürzen ließ. »Bei allen Toten, die ich je gesehen habe!«, schrie er. »Ich würde Euch ihnen gerne nachschicken!«

Wendra leckte sich Blut von den Lippen und sagte höhnisch:

»Und was ist mit unserem Preis, Wegelagerer?« Penit rannte um den Tisch herum, um sich neben sie zu knien. »Haben wir noch einen Wert, wenn mein Schoß kalt ist und der Junge in seiner Reinheit tot daliegt?« Sie spuckte das Blut aus. »Ich weiß nicht, welchen Nutzen wir für sie haben, Ihr Straßenköter, aber gepriesen sei der Allwille, der Euch erkennen lässt, wie es ist, von der Hand eines anderen beherrscht zu werden. Ich werde um grobe Hände auf Eurer gar so zarten Haut beten und darum, zu erfahren, welcher Preis sich für einen Wegelagerer ersteigern lässt, wenn die Stilletreuen Gefallen an Euch finden sollten.«

Jastail wirbelte zu ihr herum und zeigte wild mit dem Finger auf sie. »Ihr seid kleinbauernschlau, Anais, und kleinbauerntöricht. Was hätten Stilletreue dabei zu gewinnen, einen Menschenhändler zu töten oder an die Kette zu legen? Sie würden dadurch nur einen stetigen Zustrom aus einer beständig sprudelnden Quelle abschneiden.«

Wendra erwiderte seinen bösen Blick. »Und Ihr lasst Euch von Eurem eigenen Handel und Eurem Bedürfnis blenden, eine verhärtete Seele zu beleben.« Sie spuckte noch einmal aus und zielte diesmal auf Jastails Stiefel. »Die Bar'dyn haben mich aus meinem Zuhause verjagt, als ich eben erst ein Kind geboren hatte. Versteht Ihr? Sie sind nur meinetwegen gekommen. Sie werden keine Verbindung zu mir zurücklassen, nicht einmal den Händler, der mich zu ihnen gebracht hat.« Sie richtete sich auf ein Knie auf. »Eure Kaufmannstage sind vorüber, sofern Euch keine Drohung zu Gebote steht, die sie einschüchtern kann.« Sie hob den Pergamentfetzen auf. »Und den Vorteil habe ich Euch genommen. Wenn sie herkommen, wird es Euch nicht besser ergehen als dem Jungen und mir.« Sie lächelte, ohne sich darum zu kümmern, dass ihre Lippen immer noch bluteten. »Wenn sie denn nicht beschließen, Euch einfach zu töten.«

Jastail starrte Wendra an, als sie aufstand und Penit hinter sich schob, um ihn zu beschirmen. Er verzog die Lippen, bis sie unter seinem sauber gestutzten Bart bebten, als die schweren Tritte vieler Füße verkündeten, dass andere sich der Hütte näherten. Die Gefühlsbewegung verschwand aus Jastails Gesicht wie Rauch im Wind, und er ging ruhig an Wendra und Penit vorbei zur Tür. Wendras Hände begannen heftiger zu zittern. Jastail stellte das Schlimmste dar, was aus einem Menschen werden konnte, aber ihr Herz fand keine Ruhe, weil ihr bewusst war, was auf der Lichtung vor der Tür auf Penit und sie wartete.

6

ÖFFENTLICHE ZÜCHTIGUNG

Tahn schlief unruhig und keinen Augenblick lang tief. Sutter träumte, murmelte vor sich hin und schrie auf, hielt aber die ganze Zeit sein Schwert an sich gezogen, den Griff fest an die Wange geschmiegt wie ein Kind seine Puppe.

Was hat er gesehen? Was war das für ein Nebel?

Da er keinen Schlaf fand, spannte Tahn eine neue Sehne auf seinen Bogen und war dankbar dafür, sich mit solch einer einfachen Aufgabe beschäftigen zu können. Er blinzelte, um das Bild zu verscheuchen, wie er versucht hatte, eine leere Waffe gegen Sevilla zu spannen. Nachdem er die Sehne erprobt hatte, legte er seinen Bogen beiseite, stellte sich neben dem Fenster in Position und überprüfte, ob seine Kraft zurückgekehrt war. Über dem Dachfirst des Nachbargebäudes konnte er den Schwanz des Schlangensternbilds sehen, das nun am Horizont versank. Bald würde die Dämmerung anbrechen. Aber wie schön doch die Nacht für den Augenblick noch war: ferne, funkelnde Sterne mit ihren Geschichten und ihrer unendlichen Sicherheit; die schlafende Welt, der Frieden, die Ruhe. Vielleicht hätte das Tageslicht besser daran getan, auf der anderen Seite der Welt zu bleiben. Würde die Zeit fortschreiten, wenn das Hohe Licht nicht aufstieg, um die Menschen zu wecken und sie zu zwingen, um die nächste Mahlzeit zu betteln oder um die Herrschaft zu kämpfen?

Tahn sah zum Schwanz der Schlange, sechs Sternen, die einen sanften Bogen bildeten, der sich aufs Land zu senkte und den Schlangenkopf verbarg. *In die Erde zurückgekehrt,* dachte Tahn. Aber dann malte er sich aus, den Morgen sehen zu können, ein sachtes Wärmerwerden der Farben am äußersten Ende des Landes. »Das Lied der Gefiederten«, hatte Balatin immer gesagt. Mochte es kommen.

Der Gedanke erschöpfte Tahn; die letzten Tage waren lang und anstrengend gewesen.

»Du bist wach.« Gehones Stimme war leise, erschreckte Tahn aber dennoch. »Lass deinen Freund schlafen und komm zu mir in die Küche.«

Tahn sah zu Sutter hinüber und lächelte schwach.

Helle Lampen ließen die Küche freundlich wirken. Ein Ziegelofen heizte in einer Ecke auf, befeuert mit Eschenscheiten, die daneben in einer Holzschütte lagen. Eine schwarze Pfanne stand auf einem Eisengitter, und der Duft kochender Äpfel lag in der Luft. Gehone setzte sich an den Tisch und goss hellen Apfelwein ein. Er schob Tahn einen Becher hin. »Schmeckt gut zu warmen Äpfeln«, sagte er und trank.

Tahn nippte an seinem Apfelwein und rieb sich die Beine, die immer noch kribbelten, als ob er zu lange im Schneidersitz gesessen hätte.

Gehone hob einen Finger so, wie Balatin es oft getan hatte, und setzte zum Sprechen an, aber als er den Mund öffnete, schien er es sich anders zu überlegen und lächelte mit mitfühlendem Blick. Er sagte nur: »Zuerst die Äpfel.« Der Ligat ging zum Schrank und nahm zwei Schalen heraus. Er schöpfte aus der Pfanne zwei große Portionen Apfelscheiben, die in etwas, das wie Kuhmilchsahne roch, gewärmt waren. Gehone kehrte zurück und stellte die Schalen auf den Tisch. Bevor Tahn den ersten Bissen nehmen konnte, löffelte Gehone ein braunes Pulver über die warmen Fruchtscheiben. Tahn aß und versank im Geschmack nach Zimt und Sirup. Gehone hatte recht: Apfelwein passte perfekt dazu. Sie aßen schweigend ihr Morgenbrot, während draußen die Sonne den Himmel blau werden ließ.

Beim letzten Bissen leckte Gehone sich die Lippen und musterte Tahns Gesicht. »Ich bin kein alter Mann und kann meine Arme noch wie einer gebrauchen, der zwanzig Jahre jünger ist, aber ich bin alt genug, um zu wissen, dass Grünschnäbel nichts in Steinsberg zu suchen haben. Alt genug, gesehen zu haben, wie vernünftige Burschen vor dem Anblick eines leeren Fensters zurückscheuen. Du kannst mir das natürlich verschweigen, Junge, und ich muss dein Recht achten, eben das zu tun, aber wenn es Ärger gibt, muss ich es wissen. Die Liga muss es wissen.«

»Die Liga«, wiederholte Tahn, bevor ihm aufging, dass er laut gesprochen hatte.

»Ja, schmeckt dir der Name nicht?«

Tahn erwiderte Gehones argwöhnischen, unverwandten Blick. »Ich habe keinen Grund, dir zu vertrauen *oder* zu misstrauen.«

»Ich verstehe – abgesehen davon, dass ich dich aus einem regennassen Graben gezogen und dir ein warmes, trockenes Bett gegeben habe«, sagte Gehone mit einem arglosen Lächeln.

So weit. Ich bin schon so weit gekommen. Vielleicht kann man ihm vertrauen.

Tahn sehnte sich verzweifelt danach, Gehone alles zu erzählen, sich die Last von der Seele zu reden. Aber hinter seinem Bedürfnis, alles zu beichten, lauerten seine Träume von Misstrauen und vielleicht sogar von Verrat. Dennoch spürte Tahn, dass er Gehone vertrauen konnte, und beschloss, ihm einen Teil zu erzählen. Er schilderte ihren Zusammenstoß mit Sevilla in Steinsberg, verschwieg aber das Erlebnis mit dem leeren Bogen, erzählte von der Bibliothek, aber nicht von den Stäben in seinem Mantel, von Ariana und den großen gestreiften Zelten, aber nicht von dem Lul'Masi. Und er berichtete von den Bar'dyn, aber nicht von Vendanji oder Mira. Gehone saß da und lauschte aufmerksam. Der Duft von warmen Äpfeln lag in der Luft, und als Tahn zum Ende kam, erschien Sutter in der Tür, ein schwaches Lächeln auf den Lippen.

»Riecht gut«, sagte er, und sein Tonfall war hörbar fragend.

»Setz dich, mein Junge.« Gehone stand auf und ging zum Morgenbrotfeuer. »Wir essen alle etwas, und dann macht ihr euch zum Aufbruch bereit. Es wäre nicht gut für euch, noch hier zu sein, wenn Kommandant Lethur eintrifft.«

Hufschläge unterbrachen sie. Gehone eilte zur Tür und streckte den Kopf hinaus. Er sah nur einen Moment lang hin, zog sich dann wieder in die Küche zurück und blickte Tahn stirnrunzelnd an.

»Schnell, zurück in euer Zimmer!« Er sammelte die Schüsseln ein und stellte sie ungespült zurück in den Schrank. »Macht euch reisefertig, und dann versteckt euch im Schrank. Gebt keinen Laut von euch, und haltet euch vom Fenster fern.«

Gehone eilte an ihnen vorbei und den Flur entlang zur Haustür. Sutter wandte sich mit aschfahlem Gesicht Tahn zu. Nichts musste gesagt werden. Die Liga der Edukation war eingetroffen, und wie es sich anhörte, war Gehones Vorgesetzter nicht allein gekommen.

Sie kleideten sich leise an. Sutter schnallte sich das Schwert um, und Tahn nahm seinen Bogen zur Hand. Am Fenster blieb Tahn stehen und beugte sich in der Hoffnung vor, einen Blick auf die Neuankömmlinge zu erhaschen. Mehrere Pferde standen an einen Pfahl gebunden; ihre Flanken dampften in der kühlen Morgenluft. Eine dünne Raureifschicht überzog den Boden an den Stellen, die das Sonnenlicht noch nicht berührt hatte, und über allem erstreckte sich der Himmel als vollkommener See aus ungestörtem Blau. Dann ertönten die Schritte vieler Stiefel auf der Veranda. Tahn wagte sich vor und hoffte, nun endlich die Männer zu erspähen.

Da sah er sie. Mit gefesselten Handgelenken und an den Sattelgurt gebundenen Beinen saß eine Frau mit trotzig erhobenem Kopf da. Ein schmutziges Kleid war um ihre Taille und ihre Oberschenkel hochgezogen und enthüllte ihre Unterschenkel, die mit Schlamm bespritzt waren, den die Hufe ihres Pferdes aufgewirbelt hatten. Ihre Wangen hingen wie aufgrund von Schlafmangel schlaff herab, aber Tahn glaubte, den Gesichtsausdruck zu erkennen: Resignation. Sie mochte hocherhobenen Hauptes dasitzen, aus ihrer Miene jedoch sprach nichts von der Entschlossenheit, die sie heuchelte.

Ein lautes Klopfen an der Haustür ertönte, und Tahn trat vom Fenster zurück. Sutter packte ihn am Arm und zog ihn auf den Schrank zu. Er war lange nicht benutzt worden, und der Geruch nach Motten haftete dem winzigen Raum an. Tahn und Sutter saßen still in dem kleinen Schrank, während Stimmen von unten herauftönten.

»Wir sind alle eins«, sagte eine tiefe Stimme abgehackt.

»Und darin liegt unsere Stärke.« Gehones Worte klangen nach einer einstudierten Antwort. Das Gespräch drang gedämpft, aber verständlich durch den Fußboden.

»Die Edukation in jeder Hinsicht zu schützen, die verlässlichste Berufung«, vollendete der andere wie auf ein Stichwort hin. Als Nächstes ertönten das Rasseln einer Rüstung und eine Reihe von höflichen Grußworten.

»Ihr kommt früh«, sagte Gehone.

»Der Erste Kommandant Cheltan hielt es für das Beste, diese Angelegenheit zu einem raschen Abschluss zu bringen.«

Die andere Stimme verstörte Tahn. Der Mann sprach eifrig, aber gemessen, als ob er es gar nicht abwarten könnte, den Vollzug einer langen, schmerzhaften Strafe vorzunehmen.

»Was für eine Angelegenheit ist das?«, erwiderte Gehone. »Ich habe keinen Bericht erhalten. Gibt es Neuigkeiten?«

»In der Tat«, sagte der Kommandant in seltsamem Ton. Er erinnerte Tahn an einen Mann, der eine Überraschung für Gehone hatte, aber ganz genau wusste, dass dieser sich nicht darüber freuen würde. Seine Sprechweise verriet, dass er darüber entzückt war.

»Was für Neuigkeiten denn?«, fragte Gehone.

Die Schadenfreude schwand aus den Worten des anderen. »Eine öffentliche Züchtigung …«

»Aber wir …«

»Ich verfüge über die nötige Machtvollkommenheit, Gehone. Reicht Eure Beschwerde ein, wenn Ihr wollt, aber selbst mit einem Botenvogel wird sie in diesem Fall zu spät kommen.« Füßescharren folgte, und Tahn stellte sich vor, wie der Kommandant zur Tür ging und auf die Frau zeigte, die er gesehen hatte. *Öffentliche Züchtigung.* Er wusste nicht, was das bedeutete, aber es hatte bestimmt etwas mit der ans Pferd gefesselten Frau zu tun.

»Bei allen Himmeln und beim Willen aller Menschen, Lethur, ist es Euch ernst damit, das zu tun?« Die Verzweiflung in Gehones Stimme machte Tahn größere Sorgen als das unterschwellige Entzücken in den Worten des Kommandanten.

»Der Schatten des zivilen Ungehorsams wächst, Gehone. Er zieht Aufstände in allen Nationen nach sich. Die Liga allein scheint bereit zu sein, sich ihm entgegenzustellen.«

»Indem sie eine Frau züchtigt? Vor den Augen von Kindern? Welches Verbrechen hat sie begangen?« Gehones Inbrunst wuchs.

»Lehnt Euch nicht zu weit aus dem Fenster, Mann!«, blaffte Lethur. »Wir müssen alle unerfreuliche Aufgaben verrichten. Aber die Zivilisation wird dadurch gestärkt, dass man verderbliche Elemente ausmerzt. Umso besser, wenn man an Unaufgeklärten ein Exempel statuieren kann, das andere beeindruckt. Besinnt Euch auf Euren Eid.« Lethurs Stimme wurde sanfter. »Reicht eine Petition für Änderungen ein, wenn Ihr glaubt, dass sie dem zivilisierten Denken nützen werden, aber vergesst eines nicht.« Nun war der Ton des Kommandanten eindeutig einer, der keinen Widerspruch duldete. »Euer Recht, eigene Entscheidungen zu treffen, ist kein Freibrief, sondern es gehen Verantwortung und Konsequenzen damit einher. Wenn Ihr das versteht, werden die Entscheidungen, die Ihr trefft, perfekt mit denen Seiner Führerschaft, des Aszendenten Staned, übereinstimmen.«

Gehone schwieg.

Mehrere Augenblicke vergingen, bevor Lethur weitersprach: »Gut. Ich habe Eure Ergebenheit der Liga gegenüber immer bewundert, Gehone. Es spricht sehr für Euch, dass Ihr ihr mit dem Verstand folgt, obwohl Euer Herz bisweilen an den fehlgeleiteten Traditionen unzivilisierter Menschen hängt. Vielleicht seid Ihr ein Mann alter Schule.« Lethur lachte. »Und vielleicht der letzte. Aber Ihr seid ein treuer Gefolgsmann, bei dem man sich darauf verlassen kann, dass er den Eid erfüllt, indem er seine Pflicht tut.«

»Wann?«, fragte Gehone ausdruckslos.

»Sobald die ganze Stadt wach ist«, antwortete Lethur. »Ich erwarte von Euch, anwesend zu sein. Ihr werdet Eure vier Fähnlein sammeln und zu uns stoßen. Vielleicht überlasse ich Euch die Züchtigung. Das verhilft Euch womöglich zu etwas Einfluss hier und bringt diejenigen zum Nachdenken, die nicht viel vom Allgemeinwohl verstehen.«

Gehone schien die nächsten Worte mit zusammengebissenen Zähnen hervorzustoßen: »Es ist gar keine echte Züchtigung, nicht wahr, Kommandant?«

»Was wollt Ihr damit sagen, Gehone? Sprecht frei, solches Gemurmel höre ich mir gar nicht erst an.«

»Eine Züchtigung sollte Gelegenheit bieten, sich zu ändern«, sagte Gehone mit unverminderter Leidenschaft.

»Ah, scharfsinnig wie eh und je, Gehone«, erwiderte Kommandant Lethur. »Aber Ihr versteht nicht, worum es geht. Wisst Ihr, wir züchtigen nicht eigentlich diese Frau. Das Exempel, das wir an ihr statuieren, züchtigt hundert, tausend, ja zehntausend andere. Das ist der Nutzen, den unsere Anführer in so etwas sehen. Sie ist eine halsstarrige Frau, die überführt worden ist, bekannten Widerständlern Unterschlupf gewährt zu haben. Das Höchste Gericht beginnt das einzusehen, obwohl der Sheson Artixan immer noch einen Sitz im Rat innehat.« Lethur hielt inne und schien nachzudenken. »Genug. Eure drei Brüder müssen hergeholt werden. Jeder Zweig der Liga muss vertreten sein. Geht, und wir treffen unsere Vorbereitungen.« Der Kommandant hielt noch einmal inne. »Ich rieche Sahne und Äpfel, Gehone. Was für Gäste habt Ihr, wenn Ihr Euren berühmten Leckerbissen zubereitet?«

Tahn hielt den Atem an. Lethur schien Gehone sehr gut zu kennen. Würde er den Augen ihres Retters das Geheimnis ansehen?

Ohne auch nur einen Moment lang ins Stocken zu geraten, antwortete Gehone: »Ich esse ihn mittlerweile häufiger allein, Lethur. Ich kenne nur wenige, die der Mühe wert sind.« Tahn hörte dem Tonfall des Ligaten die verhüllte Beleidigung deutlich an.

Das Geräusch davoneilender Schritte drang durch die Bodendielen. Der Kommandant war anscheinend bereit, die Worte unwidersprochen hinzunehmen. Dann blieb Lethur stehen und sagte doch noch etwas: »Ihr seid ein guter Eidbruder, Gehone.« Die Schritte setzten wieder ein, und binnen eines Augenblicks verließ der Ligatentrupp das Haus und zog die Tür hinter sich zu.

Tahn keuchte in der Enge des muffigen Kleiderschranks. Er musste die Tür öffnen, um wieder Luft zu bekommen, kroch zum Fenster und spähte über das Fensterbrett. Acht Männer führten die Frau die Straße entlang, und Stadtbewohner blieben stehen, um zuzuschauen und mit dem Finger auf sie zu zeigen.

»Weg vom Fenster, du Dummkopf!« Der Befehl war leise, aber unmissverständlich. »Dass ihr euch vor der Liga versteckt, macht euch für jemanden wie Lethur zu Verbrechern. Ich muss jetzt los und den Rest meiner Jurshah holen. Alle vier Abteilungen der Liga müssen sich zur Züchtigung auf dem Anger zusammenfinden. Tahn, dein Pferd steht im Stall. Du kannst gern die alte Stute, die dort steht, mitnehmen«, sagte er und nickte Sutter zu. »Aber sie hat schon seit mehreren Monaten keinen Reiter mehr getragen. Das ist die letzte Hilfe, die ich euch anbieten kann.«

»Was haben sie mit der Frau vor?«, fragte Tahn.

Gehones Augen loderten, aber er sagte nichts. Tahn beobachtete, wie das langsame Brennen rote Äderchen im Gesicht des Ligaten hervortreten ließ. Am Ende sagte Gehone: »Das geht euch nichts an. Nutzt es aus, dass Lethur abgelenkt ist, und verlasst die Stadt. Euch bleiben mehrere Stunden, wenn ihr jetzt aufbrecht. Ich weiß nicht, wie Lethurs nächste Befehle lauten werden, also reist nicht auf der Straße, sondern haltet sicheren Abstand davon, ganz gleich, in welche Richtung ihr wollt. Wenn er euch entdeckt, werdet ihr verhört, und Lethur wird jeder kleinliche Vorwurf recht sein, um euch vor die Behörden zu schleifen, wenn er den Eindruck hat, dass ihr etwas vor ihm verbergt. Und ihr beiden kommt mir nicht wie gute Lügner vor.«

»Aber wir haben nichts getan«, sagte Sutter zornig.

»Entspann deinen Schwertarm, Junge. Ich bin nicht euer Feind. Es wird keine Rolle spielen, ob ihr etwas getan habt. Die Fürstentümer schrecken oft davor zurück, den Vorschriften ihrer eigenen Gesetze zu folgen, wenn bei einer öffentlichen Gerichtsverhandlung ein Ligakommandant seine Argumente vorträgt.« Leise fügte Gehone hinzu: »Niederrangige Räte und Bürgermeister sind Männer und Frauen mit Familien, die man leicht unter Druck setzen kann.« Gehone fingerte an dem Brokat an seinem Hals herum. »Das war nicht der Weg, den wir einst einschlagen wollten«, murmelte er und wandte sich zum Gehen.

»Warte«, rief Tahn. »Danke.«

Gehone blieb stehen und drehte sich um. Ernste Augen musterten Tahn forschend, als er auf Gehone zutrat und ihm dankbar die Hand bot. Der Mann sah mit seltsamer Miene auf Tahns Finger hinab, als ob die Geste ihm fremd wäre. Dann umfasste Gehone mit einem Ausdruck wachsenden Wiedererkennens Tahns Hand. Tahn legte die andere Hand um beide, wie Balatin es ihm beigebracht hatte, und besiegelte so seinen Dank. Gehone schien sich über die Geste zu wundern.

»Reist in Sicherheit, meine Jungen«, sagte der Ligat, und sein Stirnrunzeln wich einer friedvollen Miene. Er klopfte Tahn auf die Schulter und stieg dann die Treppe hinunter.

»Können wir jetzt gehen?«, fragte Sutter leicht gereizt.

Zur Antwort eilte Tahn in die Küche und geradewegs zur Hintertür. Noch umfingen Schatten den Hof. Tahn duckte sich tief, öffnete die Tür und huschte zum Stall hinüber. Sutter folgte dicht hinter ihm; sie stießen das Stalltor nach innen auf und schlichen hinein.

Jole stand da und kaute auf etwas Heu herum. Die Stute, die Gehone erwähnt hatte, hatte ein tiefes Hohlkreuz und zottiges Fell. Tahn lächelte bei dem Gedanken, dass der Ligat das Pferd behalten hatte, das in jedem Bauerndorf getötet oder in die Freiheit entlassen worden wäre, um sich den Rest seines Lebens allein durchzuschlagen. Das struppige Tier wieherte unter Tahns Händen, als er ihm die Flanken streichelte.

»Mit der kommen wir nicht weit«, beklagte sich Sutter. »Da bin ich ja zu Fuß besser dran.«

»Sattle sie«, sagte Tahn und machte sich daran, dasselbe mit Jole zu tun. Binnen weniger Augenblicke waren sie reisefertig. Gehone hatte Bettzeug, Satteltaschen mit Dörrfleisch und Fladenbrot und zwei Wasserschläuche bereitgelegt. Tahn stieg auf Jole und ritt zum Stalltor. Hufgetrappel hinter ihm erregte seine Aufmerksamkeit. Sutter hatte einen Fuß im Steigbügel und hüpfte hinter seinem störrischen Reittier her. Die Stute wich mit weit aufgerissenen Augen zur Seite aus und wieherte widerstrebend.

»Du hast selbst bei alten Frauen kein Glück, was, Rübenbauer?«

Sutter war zu beschäftigt, um zurückzuschlagen. Tahn lachte leise, als sein Freund und die alte Stute in einem hektischen Durcheinander aus Füßen und Hufen Heustaub aufwirbelten. Als Sutter dann wütend genug war, riss er das Pferd nahe zu sich heran und sprang in den Sattel. Die alte Stute bäumte sich zweimal halb auf und kam dann hufestampfend wieder zum Stehen.

»Fertig mit dem Spielen?«, neckte ihn Tahn.

Sutters finstere Miene wich einem Lächeln. »Na warte, Eichhörnchen! Ich habe ein gutes Gedächtnis für Beleidigungen.«

»Das liegt bestimmt daran, dass du so viel Liebenswertes an dir hast«, konterte Tahn.

Sie lachten beide, und Tahn ritt aus dem Stall hinaus. Sutter schloss zu ihm auf und beugte sich zu ihm. »Dort entlang ist die Liga gezogen. Sollen wir uns einen anderen Weg aus der Stadt suchen?«

Tahn antwortete nicht.

»Oh nein. Das kann doch nicht dein Ernst sein! Was können wir denn schon dagegen unternehmen? Du und ich stehen allein gegen eine ganze Bande von denen! So kommen wir nie nach Decalam, Tahn. Vendanji wäre nicht einverstanden damit.«

Diesmal sah Tahn Sutter zur Antwort nur an.

»Du hast recht. Was kümmert es mich, was der Sheson tun würde?«

Ein Stück weiter drängten sich Fußgänger. Die Hauptdurchgangsstraßen waren mit feinem Schotter bedeckt. Jungen standen in kleinen Grüppchen beisammen und liefen und schlitterten abwechselnd durch die losen Steine. Das Geräusch so vieler Füße auf den kleinen Steinchen erinnerte Tahn an den Hober im Frühjahr zur Zeit der Schneeschmelze: ein gedämpftes Hintergrundrauschen.

Mehrere Gassen weiter gelangten sie auf eine große Straße, die beinahe doppelt so breit wie die anderen war. Instinktiv bog Tahn um die Ecke und hielt sich weit auf einer Seite. Hundert Schritt entfernt hatte sich eine Menge versammelt. Von hoch oben in Joles Sattel sah Tahn über die Leute hinweg zu beinahe drei Dutzend Ligaten in weiten rostroten Mänteln, die irgendeinen Aufbau mitten auf der breiten Durchgangsstraße errichteten. Tahn konnte sehen, dass die Frau noch immer auf ihrem Pferd saß und weiterhin dieselbe Resignation auf ihrem weichen Gesicht lastete.

Tahn lenkte Jole zu einem nahen Pfahl hinüber und stieg ab. Er und Sutter banden ihre Pferde an und mischten sich unters Volk. Tahn führte sie in die Mitte der Meute, nicht weit genug nach vorn, um deutlich von den Ligaten gesehen zu werden, aber nahe genug heran, um einen guten Blick auf das Geschehen zu erhaschen. Sie waren gerade erst angekommen, als Kommandant Lethur vortrat und sich an die Menge wandte.

»Wir leben in ruhmreichen Zeiten, gute Leute.« Lethur ließ

den Blick von einem Ende zum anderen über die Menge schweifen. »Unser Wissen wächst mit jedem Tag, unsere Weisheit verfeinert sich, unsere Zivilisation verbessert unsere Lebensqualität.« Seine Stimme erhob sich durchdringend über die Menschenmenge, die sich mit jedem Augenblick weiter nach hinten ausbreitete. »Es ist das Geburtsrecht jedes Einzelnen von euch, eine Wahl zu haben und euch mit aller Entschlossenheit über den Aberglauben und die Trugschlüsse lang vergangener Zeiten zu erheben.«

Die Menge drängte sich dichter um Tahn. Er und Sutter wurden eingezwängt, als die Leute weiter nach vorn strebten. Er hielt kräftig dagegen und sicherte sich so unter unzufriedenem Murren ein wenig Bewegungsfreiheit.

»Heute tun wir, was dem Gesetz nach richtig ist, da wir ganz im Sinne des Vorsitzenden Rats und Seiner Führerschaft, Aszendent Staned, gehandelt haben. Welch eine großartige Erinnerung daran, dass es euch allen freisteht zu handeln, wie euer Gewissen es euch vorschreibt, und nicht so, wie andere es von euch verlangen.«

Sutter brummte: »Ich bin bloß ein Rübenbauer und kann doch einen Kuhfladen riechen, wenn ich über einen stolpere.«

Der Ligat hinter Lethur beendete seine Vorbereitungen und trat zurück. Ein hoher Pfahl erhob sich aus einer erhöhten Plattform. Mehrere Reisigbündel waren an ihrem Fuße aufgeschichtet.

»Sutter … Sie wollen sie verbrennen.«

Sutter sah hin und unterdrückte hinter vorgehaltener Hand eine Reihe von Flüchen.

Von links erschien Gehone, gefolgt von drei Männern. Jeder von ihnen trug den rostroten Mantel der Liga, und die Embleme an ihren Hälsen funkelten in der Morgensonne. Tahn bemerkte, dass jedes Emblem einem etwas anderen Muster folgte, um so die vier unterschiedlichen Abteilungen der Liga zu bezeichnen. Gehone stieg vom Pferd und meldete sich direkt bei Kommandant Lethur, der nickte und Gehone bedeutete, bei den anderen Aufstellung zu nehmen.

»Ulayla ist ein großartiges Gemeinwesen«, verkündete Lethur und warf sich beim Namen der Stadt in die Brust. »Ein wunderbarer, geschäftiger Ort, bekannt für seine hohe Moral und seine Unterwerfung unter den Willen des Königreichs. Für euch arbeitet die Liga; für euch wagen wir uns mit Fleisch und Stahl dorthin vor, wo sich kein Orden« – er sprach das Wort verzerrt und mit hämischem Grinsen aus – »je blicken lassen würde. Weil eure Belange unsere Belange sind! Keine hochgestochene, bedeutungslose Philosophie, keine optischen Täuschungen!«

Der Kommandant nickte seinem Stellvertreter zu, der die Frau vom Pferd zerrte und zum Pfahl führte. Drei andere halfen ihm, aber das war unnötig. Die Frau leistete keinen Widerstand, sondern hielt still, als man sie an den Pfosten fesselte. Alle kehrten auf ihre Posten zurück, bis auf einen, der mithilfe eines Feuersteins eine Fackel entzündete und sie Lethur reichte.

Tahn sah verzweifelt Gehone an, in dessen Gesicht die gleiche fürchterliche Resignation wie in dem der Frau lag. Er würde nicht hinsehen. Er starrte zu Boden, die Hände auf dem Rücken verschränkt.

Fiebrige Erregung durchlief die Menge, als Lethur die Fackel hob – Flüstern und Spekulationen, hier und da ein Keuchen. Tahn legte eine Hand auf seine Narbe und sagte sich die Worte aus tausend Tagen auf, während sein Verstand nach einer Antwort suchte.

»Wenn es nur nicht so viele wären«, murmelte Sutter.

»Meine Freunde«, fuhr Lethur fort, »heute ist ein großer Tag – ein Tag, um die Vergangenheit abzuschütteln und euch auf eure Zukunft einzulassen, das Walten der Gerechtigkeit und die wahrste Bedeutung des reinigenden Feuers zu erkennen. Das sind wir, Freunde. Nicht die Mythen der Ersten oder sogar die brennenden Flammen, sondern jeder Einzelne von uns. Auf diese Weise unterstützen und erzwingen wir das, was an uns das Beste und Aufgeklärteste ist.«

Lethur schritt zum Scheiterhaufen und stellte sich neben die Frau, der es gelang, sehnsuchtsvoll in den Himmel aufzuschauen. Tahn folgte ihrem Blick und fragte sich, ob es dort wohl Hilfe gab. Nur der große, blaue, leere Himmel antwortete ihm, und das auch noch stumm. Tahn ballte die Fäuste, und die Worte des Mannes aus seinem Traum und Balatins tröstliche Lehren ließen ihn im Stich. Er senkte den Blick wieder zu der Frau, die weiter in den endlosen Himmel emporsah.

»Diese Frau hat das Gesetz gebrochen und hartnäckig einen Aberglauben verbreitet, der unserer Aufklärung im Wege steht. Und so vollstrecke ich dieses Urteil im Namen der hochanständigen Edukation kraft meines Amtes und mit reinem Gewissen, dass das, was ich tue, für jeden von uns ein Schritt vorwärts ist.«

Mit quälend langsamer Zielstrebigkeit begann die Fackel herabzusinken. Und Tahn sah der Frau tief in die Augen, wobei sein Körper bei jedem Schlag seines rasenden Herzens erschauerte. Heiße Wellen von Widerspruchsgeist ließen ihn die Fäuste ballen wie zum Kampf, und er stürmte vorwärts. Sutter hielt ihn fest, schlang die Arme um ihn und diente ihm als Anker. Die Menge beobachtete die Plattform und hatte daher Tahns

Reaktion gar nicht bemerkt. Er wehrte sich gegen Sutters Griff, aber sein Freund stellte ungewöhnliche Kraft unter Beweis und hielt ihn still. Das Raunen der Menge schwoll an und übertönte Tahns Schreie. Er wand sich und versuchte sich loszureißen, aber sein Freund gab nicht nach.

Tahn wandte den Blick wieder der Frau zu, als die Flamme Zunder aufflackern ließ. Holzstaub, den die geübten Hände der Ligaten ausgestreut hatten, stand beinahe sofort in Flammen, und das Feuer stieg um die Frau auf. Lethur trat einen Schritt zurück und beobachtete die Menge. Ein befriedigter Ausdruck trat auf seine scharf geschnittenen Züge. Tahn warf einen hoffnungsvollen Blick auf Gehone, aber der Mann schaute kein einziges Mal von dem Stück Boden auf, das er anstarrte.

»Sieh sie nur an«, flüsterte Sutter, ohne seinen Griff um Tahn zu lockern. Es schmerzte ihn, das entsetzliche Bild vor Augen zu haben.

Tahn folgte dem Blick seines Freundes zurück zu der Frau. Ihr Gesicht wirkte immer noch ruhig. Plötzlich gab Tahn es auf, sich zu wehren. Worte brannten in seinem Geist, dieselben alten Worte, die er immer sprach: »... doch der Wille löst den Pfeil.« Und Tahn spürte irgendwie, dass die Frau zwar nicht schuldig war, aber doch sterben sollte. Gemessene Ruhe und Verwirrung rangen in ihm miteinander.

Tahn sah noch einen Moment lang hin, wandte sich dann ab und ging durch die Menge zurück zu Jole. Er und Sutter stahlen sich ungesehen davon, während der Rauch brennenden Fleisches in den klaren, strahlend blauen Himmel aufstieg.

7

UNGERN GEBRAUCHT

Warum bist du kaum einen Tag gealtert, seit du ins Exil geschickt worden bist? Wollte Vendanji damit wirklich andeuten, dass Grant seit Jahren nicht gealtert war?

Braethen beobachtete, wie Grant den Blick abwandte und ins Feuer sah, während ein trauriges Lächeln mehrere tiefe Falten in seinem Gesicht stärker hervortreten ließ. Der Sodale fragte sich, ob Vendanji wörtlich nach dem Alter gefragt hatte oder ob das, was er von dem Mann wissen wollte, mehr zu bedeuten hatte und sich in irgendeiner Hinsicht auf den Geist bezog, der in ihm steckte. Vielleicht wollte Vendanji Grant an den Trotz und die Ehrlichkeit erinnern, die dafür gesorgt hatten, dass er ins Mal verbannt worden war.

Grant nickte langsam. »Meine Schlüsselblume, Sheson – das ist deine Antwort.« Er wandte sich ihm zu und seufzte bekümmert. »Ich fasse die Charta neu ab, eine, die dieses Delighast bestimmt, dieses Ende der Schöpfung und des Lebens, weil dieser Ort, das Mal, das unfruchtbar ist, die Zukunft darstellt und ich mich für immer darin aufhalte.« Er schien durch die Wände auf die gewaltige, harte Weite des Mals hinauszublicken, aber Braethen hatte den Eindruck, dass sich dabei ein Hauch von

Widerspruchsgeist in dem Mann regte. »Dieser Ort ist infolge der Schlacht des Rings entstanden, durch den Aufwand an Leben, Willen und Verheißung, der den Nektar gestohlen hat, der dieser Erde einst Fruchtbarkeit verlieh, der Werden und Vergehen des Laubs und die Jungtiere im Frühjahr hervorbrachte. Diese Dinge gibt es hier nicht mehr, und mit ihnen ist die Zeit selbst verschwunden.«

Vendanji runzelte fassungslos die Stirn. Angesichts der Sorge, die aus dem Gesicht des Sheson sprach, beschleunigte sich Braethens Pulsschlag. Braethen konnte sich nicht erinnern, Vendanji jemals so beunruhigt erlebt zu haben. Mira musterte mit geübtem Blick die drei auf dem Flur.

»Du alterst hier nicht«, stellte Vendanji fest. Es war keine Frage.

»Ich bin derselbe Mann, der vor so vielen Jahren durchs Stadttor hinausgezogen ist. Aber Unsterblichkeit ist kein Segen.« Der Verbannte grinste schwach. »Ich habe gelernt, hier zu leben. Die Leere trägt ihre eigenen Früchte, und an die Stärkung durch sie bin ich jetzt gewöhnt. Sie sind die Geheimnisse des Mals. Betet, dass ihr sie nie kennenlernt.« Grant sah seine Hand an, drehte sie um und musterte seine Handfläche. »Ich bin nur wegen der Wiege hergekommen.«

Braethen hörte sich selbst schon nach der Wiege fragen, bevor ihm ganz bewusst war, dass er es getan hatte.

Der Verbannte bedachte ihn wieder mit seinem traurigen Lächeln. »Wenn der Mindere Zyklus sich dem Ende zuneigt, reise ich an den Rand des Mals.« Grant stand auf, ging zum Fenster und zog den Fensterladen auf. »Ein Kind wird dort in der Höhlung eines großen, abgestorbenen Baums zurückgelassen. Ich finde ein Zuhause für das Kind, einen Ort, an dem es den Unwägbarkeiten des Straßendaseins oder den reisenden Händlern, die mit dem Born Geschäfte machen, entgehen kann – welche Narren, sie verkaufen ihre eigene Zukunft für bitteres Geld! Für die meisten kann ich ein Zuhause finden. Einigen – mittlerweile einem Dutzend – konnte ich nicht helfen, und so bleiben sie hier bei mir.« Grant schaute zum Minderen Licht empor, atmete aus, drehte sich dann wieder um und sah an Braethen vorbei zu seinen Ziehkindern in den Schatten des Flurs. »Ich bringe ihnen bei zu kämpfen, weise Entscheidungen zu treffen und nebenbei auch, den besten Absichten anderer zu misstrauen.« Grant richtete den Blick auf Vendanji.

»Eine unselige und schwierige Erziehung«, sagte der Sheson.

»Einfacher, als du sie dir vorstellst«, wandte Grant ein. »Sie haben am Fluch des Mals teil, am endlosen Vorüberziehen der Tage. Also schicke ich sie für drei von vier Wochen an den Rand des Mals. Dort halten sie nach Fremden Ausschau, schulen die Fähigkeiten, die ich ihnen beibringe, und erleben, wie das Alter sie auf den Tod zuzieht.«

»Wie hast du diese Säuglinge versorgt? Hast du im Mal Nahrungsmittel angebaut oder Wasser gefunden?«, fragte Braethen, dessen natürliche Neugier die Fragen mit naiver Dreistigkeit aus ihm hervorsprudeln ließ.

Grant lächelte. »Ich bin ein Verbannter, aber es lebt manch einer am Rande des Mals«, sagte er mit gesenkter Stimme, »der noch an die Wahrheiten glaubt, die ich beschützen wollte. Solche Leute gehen das Risiko ein, mich mit Vorräten zu versorgen und sich für eine gewisse Zeitspanne um meine Mündel zu kümmern, solange sie noch klein sind.«

»Einige deiner … Kinder … sind uns über den Weg gelaufen, als wir hergekommen sind«, sagte die Fern. »Haben auf uns angelegt, ohne dass wir es herausgefordert hätten.«

»Jeder Fremde im Mal ist an sich schon eine Herausforderung«, sagte Grant ausdruckslos. Er machte sich nicht die Mühe zu fragen, wie es ihnen ergangen war, sondern fuhr leicht gereizt fort: »Die Zeit ist hier stehen geblieben, Sheson. Die Sonne geht noch immer auf und versengt das Land, trocknet unser Wasser verfrüht aus und tötet die Pflanzen. Aber die Jahreszeiten sind für uns verloren, und während ich nicht mehr wachse, tut das Mal das sehr wohl.«

»Was meinst du damit?«, fragte Vendanji leise.

»Genau das, was ich gesagt habe. Diese schreckliche Wunde, die ich mein Heim nenne, dehnt sich aus.« Grant trat an den Tisch und zog ein vergilbtes Pergament aus seinem Stapel hervor, eine Landkarte, auf der eine dunkle Linie ein schraffiertes Gebiet umrahmte, in das die Bezeichnung »Mal« gekritzelt war. Ringsum rahmten gepunktete Linien Flächen ein, von denen jede größer war als die vorherige. »Als ich hergekommen bin«, sagte Grant und zeigte auf das schraffierte Gebiet. »Jedes Jahr seitdem.« Er berührte die gepunkteten Linien in rascher Folge.

»Wie das?«, fragte Braethen. Er ging zum Tisch und sah sich die Landkarte genauer an. Plötzlich wurde ihm bewusst, dass Grant ihn aufmerksam musterte.

»Aus dir wird vielleicht doch noch ein Sodale«, sagte Grant, anscheinend beeindruckt, obwohl Braethen nicht verstand, warum. Dann setzte Grant sich wieder hin, ließ die Karte in Braethens Händen zurück und nahm seine Wache am Feuer wieder auf. Es war noch immer kalt im Zimmer, da die Nachtkühle durch das offene Fenster direkt eindringen konnte. »Ich weiß nicht, wie oder warum. Vielleicht ist dieser Ort ein Sammelplatz aller Wunden, die das Land erdulden muss. Vielleicht sind noch nicht alle Auswirkungen des Krieges spürbar. Es mag sein, dass sie sich mit jedem Tag tiefer eingraben und nach Forsa suchen, um den Verlust an Forda auszugleichen, der in jenem entsetzlichen Ringen des Willens eingetreten ist. Oder vielleicht …«

Braethen hatte den Eindruck, dass Grant den Gedanken, den er auszusprechen begonnen hatte, nicht vollenden wollte. Der Mann rieb die Handflächen aneinander und legte sie sich dann auf die Knie.

»Sprich, Grant! Enthalte uns deine Überlegungen nicht vor«, drängte ihn Vendanji.

»Vielleicht«, fuhr der Verbannte in sanfterem Ton fort, »ist die Stille unter uns und schöpft vermehrt aus Forda I'Forsa, so dass sich das Gleichgewicht von Licht und Dunkelheit verschiebt.«

Braethen blickte von der Karte auf, die er weiter studiert hatte. Grants Worte verstörten ihn, aber nur, weil Wahrheit aus ihnen sprach. War das nicht genau das, was Braethen und die anderen gezwungen hatte, Helligtal zu verlassen? War das nicht der Grund dafür, dass Bar'dyn, Maere und Velle in die Haine eingedrungen waren, die vor langer Zeit als geheiligter Grund besonders geschützt worden waren? Und jetzt waren sie über die Hochebene der Sedagin gezogen, waren ins Witwendorf gekommen … Braethen wollte verzweifelt in eine Zeit zurückkehren, in der es solche Dinge nur in Büchern gegeben hatte.

»Das hier ist mir anvertraut«, fuhr Grant fort, »dieses Haus im Mal, diese jungen Leute, die von Eltern im Stich gelassen werden, die zu selbstsüchtig oder zu verängstigt sind, ihnen als

Vormünder zu dienen. Es gibt Veränderungen außerhalb des Mals, und ich will keinen Anteil an ihnen haben.«

»Grant«, sagte Vendanji mit Nachdruck, »du hast in Decalam einen wichtigen Kampf gegen den Rat ausgefochten. Niemand hat sich je so redegewandt gegen das Höchste Gericht von Decalam gestellt. Das ist gewiss nicht in Vergessenheit geraten, und wir brauchen vielleicht diese Art von Unterstützung.« Der Sheson holte Luft und atmete scharf aus. »Wir brauchen nicht nur dein Schwert, sondern die moralische Autorität, über die ein Mann verfügt, der lieber sterben – und andere sterben sehen – würde, als seine Prinzipien aufs Spiel zu setzen.«

Grant sagte nichts.

Vendanji runzelte die Stirn. »Wenn nicht, um dich an den Rat zu wenden, dann um dieser Leute willen.« Er zog ein Pergament aus dem Umhang und legte es auf die Charta. »Das sind die Namen der Shesonwitwen und -witwer, die verlassen zurückgeblieben sind, als das Unsterbliche Gelöbnis gebrochen wurde. Verlassen durch unnatürliche Macht« – Vendanjis Stimme wurde leise – »und nun auch durch die Exigenz.«

Braethen wurde klar, dass es sich um die Liste von Namen handeln musste, die Vendanji von Ne'pheola im Witwendorf erhalten hatte. Grant nahm das Pergament zur Hand und überflog die Namen, die darauf verzeichnet waren. Zum ersten Mal hatte Braethen das Gefühl, einen Hauch von Trauer auf Grants Gesicht wahrzunehmen. Vielleicht konnte er als jemand, der an diesen Ort verbannt war, die Verlassenheit nachempfinden, in die der Bruch der ewigen Ehebünde die Gattinnen der Sheson gestürzt hatte. Wenn es möglich war, schien Grants Bekümmerung noch zu wachsen und sich zu vertiefen.

Grant blickte mit einem merklichen Stirnrunzeln zu Vendanji auf. »Wie ist das möglich?«

»Du kannst uns vielleicht dabei helfen, das herauszufinden. Aber diese Frauen sind jetzt allein, und sie werden auch allein ins Leben im Jenseits gehen. Ich habe das Verwelken ihrer Seelen gesehen …«

Es wurde still im Zimmer. Am Ende ergriff Grant wieder das Wort: »Dann sollte meine Schlüsselblume vielleicht für die gesamten Ostlande sprechen, und ich sollte eine Stimme finden, um mit ihr in die Wirklichkeit hineinsprechen …«

Vendanji ermahnte ihn mit einem Flüstern voll düsterer Ehrfurcht: »Sprich so etwas nicht aus.«

Grant sah den Sheson wieder an. »Ich kann nicht dorthin zurückkehren, Sheson. Der Teil meines Lebens ist vorbei.«

Mit einer letzten, demütigen Bitte flehte Vendanji: »Wenn du es schon nicht für das Menschengeschlecht oder für seine Diener tun kannst … dann tu es für Tahn.«

Erneut sah Braethen Wiedererkennen durch Grants Augen huschen, bevor sich ein Ausdruck äußersten Bedauerns über sein Gesicht legte. »Das kann ich nicht«, sagte Grant. »Du kannst meine Worte mitnehmen und sie weiterverbreiten, wie es dir gut erscheint. Aber ich bin jetzt hier zu Hause. Hierhin wurde ich verbannt, um die Strafe für mein Gewissensverbrechen abzusitzen. Ich kenne keine andere Lebensweise mehr. Ich werde eure Wasserschläuche auffüllen, euch den Weg weisen und eure Pferde versorgen. Aber ich werde nicht in die Menschenwelt zurückkehren. Obwohl meine Welt hier trostlos ist, habe ich mich willig in sie begeben. Ich habe keine Lust und auch nicht die nötige Geduld, mich mit der Politik eines Rats abzugeben, weder für Vohnce noch für einen anderen König oder Staat.«

Aus Vendanjis Gesicht sprach sichtliche Abscheu. Der Sheson hätte Grant durch andere Mittel zwingen können, aber stattdessen stand er auf und warf einen Blick auf die Charta, die halb geschrieben auf dem Tisch lag. »Du brauchst dein Dokument vielleicht noch, wenn die Grenzen deines Mals sich viel weiter ausgedehnt haben, als deine Karte es zeigen kann, Grant. Aber es wird nicht mehr so leicht zu erkennen sein, wo das Mal endet und wo das Wachstum sich fortsetzt, wenn Stille und Dunkel über alle Grenzen einfallen wie ein länger werdender Schatten. Du weißt, was auf dem Spiel steht. Du weißt um unsere Hoffnung. Und du kennst die Regentin.«

Grant warf dem Sheson einen neugierigen Blick zu.

»Ja, sie ist noch am Leben«, sagte Vendanji. »Mittlerweile ist sie älter und langsamer, aber ihre Hand ist immer noch eine eiserne Faust in einem Samthandschuh. Und man muss es ihr lassen, dass sie über ihre eigenen Grenzen hinauszublicken versucht. Wir überlassen dich deinen Wärteraufgaben, Grant, obwohl ihr Zweck sich wohl bald erfüllt haben wird.«

Vendanji ging zur Tür, dichtauf gefolgt von Mira. Braethen schloss sich ihnen an, während seine Gedanken sich überschlugen und Einzelteile zusammenzusetzen versuchten, von denen er nicht wusste, wie sie zueinander passten.

»Nach Osten, Richtung Hundsstern«, sagte Grant mit heiserer, leicht zitternder Stimme. »Eure Pferde sind schwach. Führt sie am Zügel, wenn ihr wollt, dass sie überleben. Ihr habt Wasser für drei Tage.« Er hielt inne, und die Anspannung in dem kleinen Haus war mit Händen zu greifen. »Halt die Augen auf, Fern. In den letzten beiden Nächten waren Stilletreue in der Nähe. Das Mal stellt für sie kein Hindernis mehr dar. Sichere Reise«, schloss er und starrte immer noch ins Feuer.

Vendanji trat in die Nacht hinaus. Mira blieb in der Tür stehen, um Braethen auffordernd anzusehen. Der Sodale warf einen letzten Blick auf die drei jungen Leute im Gang, den Erlass, der an die Rückwand genagelt war, und den Verbannten, der aufrecht an der kleinen Feuerstelle saß. Dann eilte er den anderen nach, während die Bruchstücke dieser neuen Geschichten schwer auf seinem Verstand lasteten.

Als sie ihre Pferde fanden, hörte Braethen Vendanji mehr als einmal fluchen. Der Sheson gab jedem Pferd ein Zweiglein und befahl den anderen dann aufzusteigen. Das Mindere Licht loderte am Nachthimmel, begleitet vom funkelnden Glanz zahlloser Sterne. Die Hitze des Tages war verflogen und hatte nur die spröde Kälte der sternklaren Nacht zurückgelassen. Braethen sah ein einziges Mal zurück und erspähte ein blasses Rechteck aus Licht, das durchs Fenster des Hauses des Verbannten fiel, so dass der schwache Schein auf dem Boden neben der Hütte ruhte. Vendanji schwang sich aufs Pferd und ritt im Galopp davon. Mira vergewisserte sich, dass Braethen in der Nähe blieb, und folgte ihm dann. Aber Braethen zögerte auf Roley und fragte sich, ob ein Dutzend Geschichten und der starke Arm dieses Grant zurückblieben, um für immer in der zeitlosen Ödnis des Mals zu verrotten. Er berührte die Satteltasche, die Ogeas Bücher enthielt, und nahm sich vor aufzuschreiben, was er wusste, wenn er denn die Zeit dazu fand; dann eilte er dem Dreiring und dem Flinkfuß nach.

Tausend Schritte weiter, von wo aus Grants Haus nicht mehr zu sehen war, machte Vendanji halt, sprang aus dem Sattel und warf einen raschen Blick zum Himmel; Braethen vermutete, dass er nach dem Hundsstern Ausschau hielt. Der Sheson ging mit schnellen, ruckartigen Bewegungen weiter, ohne sich zu vergewissern, ob Braethen und Mira ihm folgten, oder sich auch nur um sein Pferd zu kümmern, das ihm gehorsam in ein paar Schritten Abstand nachlief. Mira reichte Braethen die Zügel ihres Pferdes und verschwand in der Dunkelheit, bevor es Braethen einfallen konnte, etwas zu sagen.

Sie wanderten eine Stunde weiter, Vendanji entschlossenen Schrittes, Mira als verschwommene Bewegung, die nur alle paar Minuten an den Rändern von Braethens Gesichtsfeld auftauchte. Eine übernatürliche Stille lag über den Felsen und dem ausgedörrten Gras und wurde von den Geräuschen ihres Vorüberkommens kaum durchbrochen. Nur der saubere Duft nach Salbei und ein leichter Schweißfilm auf seiner Oberlippe verschafften Braethen die Gewissheit, dass er nicht träumte.

Plötzlich blieb der Sheson stehen. Er drehte sich im Kreis und suchte das Gelände um sie herum ab. Die Kälte machte ihnen nun schwerer zu schaffen, da der Frost sich aus den großen Lücken zwischen den Sternen auf sie herabsenkte.

Verbundenheit.

Das war das Gefühl. Braethen öffnete sich ihm versuchsweise und spürte ganz plötzlich, dass vom entferntesten Stern über ihm bis zum Boden unter ihm eine Art Verbindung bestand. Dass jede Bewegung jedem anderen bekannt war, als würde man in einem stillen Teich schwimmen und durch die Wellen, die man schlug, seine Anwesenheit verraten. Sich zu bewegen bedeutete, das große Ganze zu stören, aber Vendanji schritt weiter, eine Hand an die Brust gehoben. Argwöhnisch legte Braethen die Finger um den Schwertgriff, erinnerte sich an das letzte Mal, als er die Waffe erhoben hatte, um sich selbst zu verteidigen, und verzog bei der Berührung ein wenig das Gesicht.

Sie wanderten über einen Hügel; undeutliche, gespenstische

Mondschatten lagen hinter ihnen. Einen Augenblick später stand die Welt plötzlich in Flammen. Wie aus dem Nichts erhoben sich sieben große, massige Gestalten vom Boden. Sie zeichneten sich vor der samtigen Dunkelheit des Himmels ab, und ihre gewaltigen Schattenrisse verdeckten die Sterne. Hinter ihnen standen zwei schlankere Gestalten, in lange Roben mit weiten Kapuzen gehüllt. *Velle!* Neben jedem der Stillelenker standen kleinere Wesen, zusammengesunken und niedergeschlagen. Jede der Kreaturen bewegte sich, und das Gefühl der Verbindung und der Nähe, ein Teil von allem und damit auch von ihnen zu sein, schlug Wellen wie erhitzter Teer. Braethen zog sein Schwert und litt unter der Lethargie, die er spürte, ganz so, wie es ihm oft im Traum erging, wenn er davonzulaufen versuchte und seine Beine ihm nicht gehorchten.

Nur Mira schien unbeeinflusst davon zu sein, aber Braethen glaubte, dass selbst sie kurz aus dem Takt geraten war. Die Fern stürmte herbei, tänzelte neben den Sheson und ging in die Hocke. Sie hielt das eine Schwert vor sich und das andere über die Schulter zurückgereckt.

Einer der Velle gab mit tiefer, heiserer Stimme einen Befehl, und die Bar'dyn schwärmten zu den Seiten aus, drei nach links, drei nach rechts, während einer direkt vor ihnen blieb. Mira wandte sich den dreien zur Linken zu, während Vendanji zwei Schritte nach vorn machte und seinen Umhang zurückwarf, um die Arme freizubekommen, während er sich den dreien zur Rechten stellte. Braethen nahm ein Aufblitzen von Silber in den Klingen der Bar'dyn wahr, die dem Sheson gegenüberstanden. Die gewaltigen Kreaturen aus dem Born zögerten.

»Tritt vor, Sodale«, sagte Mira, ohne hinzusehen. »Füll die Lücke aus und vergiss nicht, was ich dir beigebracht habe. Denk daran, im Gleichgewicht zu bleiben. Kämpfe flink, aber nicht hastig.«

Braethen machte drei große, vorsichtige Schritte und hielt das Schwert mit angewinkeltem Arm erhoben.

Der Bar'dyn direkt vor ihm schwenkte in eine Verteidigungshaltung und sagte: »So weit. Wie passend, dass ihr hier zu Tode kommen werdet.« Seine Stimme war so rau, als hätte der Rauch tausender Feuer sie geschädigt.

Der Klang der Stimme des Bar'dyn floss über Braethen hinweg wie eine Welle in jenem Teich der Verbundenheit, aber darunter spannten sich seine Muskeln an, und plötzlich fühlte sich der Griff, mit dem er sein Schwert hielt, wunderbar sicher und richtig an. Braethen sah an dem Sprecher vorbei zu den beiden Gestalten hinter ihm. Sie standen still und unerbittlich da. Der Hass in ihrem Blick war mit Händen zu greifen, ihre Ruhe verstörend.

Velle. Beim Himmel meines Vaters, ich erlebe doch tatsächlich, dass Velle das Land durchstreifen!

Dann griff jede der hochgewachsenen, reglosen Gestalten nach dem zusammengekauerten Menschen direkt neben sich und packte grausam sein Fleisch. Schwache Schreie ertönten zwischen geschwollenen Lippen hervor. Binnen eines Atemzugs brannte die Luft in roten Flammen, die zischten und wie Blitze in unregelmäßigen Mustern aus den freien Händen der Velle hervorzuckten.

»Abrollen!«, schrie Mira.

Braethen reagierte instinktiv, ließ sich nach links fallen und kroch davon. Mira machte einen Satz rückwärts, und Braethen hörte, wie der dicke Umhang des Sheson durch die Luft peitschte, als er sich beiseitewarf. Große Feuerzungen fuhren dort, wo sie eben noch gestanden hatten, in den Boden. Die Erde dröhnte vor Protest und bebte. Im selben Augenblick rückten die Bar'dyn vor. Zwei drangen auf Mira ein und überrumpelten sie beinahe, während sie dem Feuer zu entkommen versuchte. Ein Spieß wirbelte durch die Luft auf ihren Kopf zu, ein zweiter auf ihre Knie. Die Fern duckte sich und sprang zugleich hoch, um im selben Moment, als die Bar'dyn sie erreichten, auf den Füßen zu landen. Sie drehte sich seitwärts und stürzte sich zwischen sie, wobei sie nur knapp dem zweiten Schlag einer schnellen Klinge entging.

Braethen wälzte sich auf die Knie. Staub stieg ihm in die Kehle und zwang ihn zu husten. Er hielt nach wie vor sein Schwert fest und schloss auch noch die zweite Hand um den Griff, als der dritte Bar'dyn auf ihn zustürmte. Er hatte keine Zeit, sich noch einmal abzurollen, und versuchte das Schwert zu heben, um den Angriff zu parieren. Zu spät. Die Wucht der gewaltigen Kreatur riss ihn um, und ein Schwall Speichel spritzte ihm vermengt mit übelriechendem Schleim ins Gesicht. Schmerz keimte in seiner Brust auf und verschlug ihm den Atem. Der Bar'dyn hielt seine Kehle im Würgegriff.

Da stieg unwillkürlich etwas in ihm auf. Er sah dem Bar'dyn ins Gesicht, schlang die Hand um den Schwertgriff und umklammerte ihn wild. Sein Brustkorb hob und senkte sich, und er brüllte: »Ich bin ich!«

Die Macht der Worte ließ den Bar'dyn für einen Augenblick ins Stocken geraten, und die Zeit nutzte Braethen, um das Schwert hochzureißen und der Bestie die geschärfte Schneide über den Hals zu ziehen. Die dicke, panzerartige Haut gab unter der Klinge nach. Braethen bemerkte das weiße Glimmen kaum. Der Bar'dyn fiel hintenüber und versuchte, das Blut zu stillen, das aus der Wunde strömte. Erschrockene Verblüffung trat in seine Augen, als er Braethen anstarrte, sich zurückzog und bei jedem stolpernden Schritt langsamer wurde.

Die Sorge des Sodalen verlagerte sich sofort auf Vendanji. Als er herumwirbelte, sah er, wie der Sheson mit dem Arm eine lange, schwungvolle Geste in Richtung des nächsten Stilletreuen machte. Der Bar'dyn stürzte vornüber, ging wie ein großes Stück Schmiedeeisen zu Boden.

Die erstickten Schreie der zusammengekauerten, gepeinigten Menschen neben den Velle wurden lauter. Braethen wurde plötzlich klar, dass die Velle, da es im Boden des Mals keine Forsa gab, um ihren ausgeschöpften Willen wieder aufzufüllen, echte Menschen missbrauchten und ihnen die Forsa stahlen, um daraus Kraft für den Kampf zu ziehen. Zorn loderte heiß hinter Braethens Augen auf, und er ließ sein Schwert in einem kraftvollen Bogen auf den Velle zupeitschen, bevor er rasch an Vendanjis Seite eilte.

Jeder Atemzug, den er einsog, versengte ihm die Lunge. Er hob das Schwert, das jetzt so hell wie der Mittagshimmel leuchtete. Um ihn herum stieg ein gelber Nebel auf und breitete sich rasch in alle Richtungen aus.

»Vendanji!«, rief Braethen und schlug mit der Klinge auf die Luft ein.

Der Sheson wirbelte beim Klang seines Namens herum. Im selben Moment rückten die beiden Bar'dyn hinter ihm vor. Braethen versuchte, eine Warnung zu schreien, aber der gelbe Nebel raubte ihm die Stimme. Er deutete in die entsprechende Richtung, und gerade, als die Bar'dyn ihre Schwerter gegen Vendanji erhoben, riss der Sheson beide Arme mit geballten Fäusten hoch. Donner grollte aus seinem Mund hervor, traf die Bar'dyn wie ein Rammbock und schleuderte sie mehrere Schritte zurück. Der Aufprall verscheuchte binnen eines Augenblicks den gelben Nebel aus der Luft.

Ebenso schnell begann die Erde zu brodeln und dann wie Schlamm zu fließen, und Braethen und der Sheson drohten einzusinken. Weitere schrille Schreie durchschnitten die Nacht, und Braethen sah, wie die ersten Menschen, die von den Velle benutzt worden waren, kraftlos zu Boden sanken. Der Laut, den sie im Fallen ausstießen, war entsetzlich, als ob ihnen selbst der letzte Atemzug noch gestohlen würde. Braethen kochte vor Wut und mühte sich ab, aus dem Schlamm hervorzuwaten, in dem er nun bis fast an die Knie steckte. Mira sprang über den wachsenden Morast hinweg, um sich dem vorrückenden Anführer der Bar'dyn in den Weg zu stellen. Das große Schwert des Ungeheuers raste auf sie zu. Die Fern reagierte mit einer Finte und schleuderte dann mit mächtigem Schwung eines ihrer Schwerter auf den Bar'dyn. Der Bar'dyn riss rasch die Hand hoch, um den Angriff zu parieren. Miras Schwert durchstach seine Handfläche, so dass ihm Blutstropfen ins Gesicht spritzten. Die Bestie heulte auf und schlug weiter mit ihrer eigenen Klinge nach Mira, während sie sich das Schwert der Fern aus der anderen Hand schüttelte.

Während Braethen gegen den zähen Schlamm ankämpfte, der seine Beine nicht freigeben wollte, berührte Vendanji ihn am Arm. Gemeinsam stiegen sie aus dem Morast empor, der weiter brodelte und spritzte. Die Bar'dyn zur Rechten waren wieder auf die Beine gekommen und rannten um den Schlamm herum auf Mira zu.

Dann ertönte hinter ihnen mehrfach ein hohles Schnalzen, und das Zischen einer Befiederung sauste an ihren Köpfen vorbei. Einen Augenblick später wurde der Hauptmann der Bar'dyn von einer Pfeilsalve in Oberkörper und Hals getroffen. Einige der Schäfte zersplitterten an der zähen Bar'dynhaut, aber viele drangen in den mächtigen Körper ein und ließen ihn strauchelnd hintenüberfallen.

Vendanji richtete sich auf und hörte das Knallen einer weiteren Salve, während die Bar'dyn versuchten zu fliehen. Pfeile hagelten auf ihre Rücken und Beine ein. Diejenigen Bar'dyn, die sich noch rühren konnten, huschten in die Nacht davon, aber die Velle hielten stand und umklammerten weiter ihre menschlichen Gefäße, um ihnen noch mehr Forsa abzuzapfen.

Als Braethen sich umdrehte, sah er Grant und acht junge Leute mit gespannten Bögen hinter sich stehen und zielen. Vendanji legte die Hände aneinander und ließ eine helle Lichtkugel aufsteigen, um die gesamte Umgebung zu erleuchten. Die Jugendlichen schnappten bei dem Anblick, der sich ihnen bot, nach Luft. Braethen drehte sich im Morast um, und da sah auch er es: Die Menschen, die die Velle umklammerten, um ihnen ihre Forsa abzuzapfen, gehörten zu Grants Mündeln. Die ersten beiden waren bereits gefallen; die anderen schienen noch am Leben, aber fest in den skelettartigen Händen der Stilletreuen zu sein.

»Eure Brüder«, sagte Grant gemessen. Einige der jungen Leute blickten ihn mit entsetzter Miene an, während andere nur ernst nickten. »Seht euch an, was aus ihnen wird. Das ist eure Gnade.« Er hob den eigenen Bogen und zielte.

Die Velle waren dabei, aus denen, die sie hielten – ihren letzten Forsa-Gefäßen –, irgendeinen dunklen Nutzen zu ziehen.

Als Grant gerade »Schießt!« rief, zogen die Stillelenker das letzte Leben aus den Mündeln, die sie umklammert hielten.

Bevor noch mehr geschehen konnte, verschwanden sie wie Schatten, wenn die Sonne über einer kahlen Ebene aufgeht. Mehrere Pfeile zischten über das Mal und segelten hoch durch die Nacht, ohne Schaden anzurichten. Die beiden jungen Leute sanken in sich zusammen, als die Hände der dunklen Abgesandten verschwanden.

Braethen setzte sich müde in den Schlamm. Seine Beine waren so schwach, dass er nicht mehr stehen konnte. Mehrere von Grants Mündeln entfernten sich, um ungestört zu trauern, während andere sich zu ihren gefallenen Brüdern begaben. Andere wiederum untersuchten die Leichen der toten Bar'dyn.

Als Braethen sich etwas erholt hatte, stapfte er aus dem Morast hervor, um selbst zu sehen, was Vendanji mit dem ersten Bar'dyn angestellt hatte, gegen den er gekämpft hatte. Schon als er sich dem Leichnam näherte, spürte Braethen die Eiseskälte, die davon ausging. Der Boden ringsum war weiß vor Frost. Braethen nahm an, dass der Sheson alle Flüssigkeiten im Körper des Ungeheuers mit einer bloßen Handbewegung hatte gefrieren lassen. Als er sich umdrehte, sah er Mira in die Dunkelheit rennen; die Fern überraschte ihn mit ihrer unbegrenzten Energie immer wieder aufs Neue.

Vendanji hatte sich aus dem Morast hervorgearbeitet und kniete dort, wo die Velle gestanden hatten, um die ausgemergelten Leichen von Grants gefallenen Pflegekindern zu untersuchen. Grant stellte sich neben den Sheson, während Braethen an Vendanjis andere Seite trat.

Sie starrten die leblosen Körper an.

»Das waren die deinen«, sagte Vendanji schwer atmend. Der Sheson gab schließlich seiner Erschöpfung aus dem Kampf nach und setzte sich auf den Boden.

»Sie waren schon tot«, erwiderte Grant. Der Mann aus dem Mal sprach mit einer Unverblümtheit, die Braethen eiskalt werden ließ, selbst nachdem er gerade den Velle entgegengetreten war. Dann zog er ein Pergament aus der Satteltasche seines Pferdes und reichte es Vendanji. »Ich habe deine Namensliste durchgelesen … bis hin zum letzten Eintrag. Du hast gewonnen, Sheson«, sagte Grant. »Ich komme mit euch nach Decalam. Es sind alte Schulden zu begleichen. Aber ich bin nicht mehr der Mann, der ich war, als ich von dort aufgebrochen bin. Du tätest gut daran, das denen mitzuteilen, die vielleicht feindselig auf meinen Anblick reagieren.«

Vendanji nickte, den Blick noch immer auf die toten Jugendlichen gerichtet. Dann legte sich der Sheson hin, um sich auszuruhen. Er genehmigte sich ein Kräuterzweiglein, sah aber nicht viel anders aus als der Leichnam, neben dem er lag.

Tausend Fragen tobten in Braethens Verstand, aber sein Sheson brauchte Ruhe. Er wachte lange über ihn, dachte nach und stellte sich selbst Fragen. Unterdessen reinigte er irgendwann sein Schwert. Als Vendanji wieder aufstand, orientierten sie sich am Licht des Hundssterns und brachen nach Decalam auf.

8

DIE EDUKATION VON DECALAM

Tahn und Sutter reisten drei Tage lang nach Norden und kamen nun häufiger durch Städte. Wann immer sie sich einem Ort näherten, wich erst Holz Stein, dann Stein Ziegeln. Und so häufig sie auch Städtchen sahen, noch häufiger gab es Lager aus bunt geschmückten Wagen und Kutschen. Fahnen erhoben sich hoch an Stangen und Speeren, von denen manche von Männern mit harten Augen getragen wurden, die keinen Blick erwiderten. Häufig wirkten die Flaggen wie selbstgemacht, in weniger leuchtenden Tönen gefärbt, und zwar gekonnt, aber nicht unbedingt kunstvoll bestickt. Diese Fahnen waren an Lanzen gebunden, von denen Tahn annahm, dass sie einmal Ackergeräte gewesen waren. Die beiden durchquerten diese Städtchen und Lager ungesehen. Die Stadtbewohner und die Leute, die eigene Wappen führten, schienen sich nur für die Bannerträger zu interessieren.

In der Abenddämmerung des dritten Tages nach der öffentlichen Hinrichtung tauchte das Licht die streifenförmigen Wolken in rotbraune Farbtöne, so dass sie wie große Versionen der Fahnen wirkten, die sie gesehen hatten. Staubiges Unkraut säumte die Straße, verschmutzt vom Vorüberkommen tausender Räder und Hufe. Dann und wann passierten Tahn und Sutter eine Ansammlung von Wagen, die auf einem Brachfeld im Kreis gegen die Abendkälte zusammengerückt waren. Feuer loderten in ihrer Mitte, und aus der Ferne drangen das Raunen der Gespräche und der leichte, verlockende Duft nach gebratenem Fleisch durch die Luft. Sogar dort erhoben sich Standarten in die Schatten des Sonnenuntergangs und verkündeten Zugehörigkeit oder Abstammung. Die Symbole und Farben hoben sich lebhaft von der sich verdichtenden Dunkelheit ab, aber Tahn erkannte keines von ihnen. Er ging davon aus, dass es sich um adlige Familien handelte.

Als sie sich auf der Straße weiter vorwärtsbewegten, wurden sie fast von einer schnell vorrückenden Kolonne niedergeritten.

Sie wurde von einem einsamen Reiter angeführt, der ein Horn in der Hand hielt. Hinter ihm kamen acht Reiter, die wertvolle Prunkrüstungen trugen. Einer von ihnen hielt eine Standarte an einer langen Stange. Das Banner zeigte einen glänzenden Silberhammer im schwarzen Feld. Als Nächstes kam ein Trosswagen, der von einem Gespann aus sechs Pferden gezogen wurde. Nach ihm rasten vier vierspännige Kutschen vorbei, gefolgt von einem zweiten Trosswagen. Hinter der Prozession zählte Tahn nicht weniger als dreißig Mann, von denen die meisten Lamellenrüstungen oder Schuppenpanzer trugen. Die Hälfte war mit Bögen ausgerüstet.

Das Rattern der Räder und die Hufschläge erfüllten den Abendhimmel wie Donner.

Sutter sackte der Unterkiefer herunter, und er riss die Augen auf. Tahn klopfte ihm aus Spaß auf den Rücken, war aber selbst nicht weniger beeindruckt. Die Parade von Standartenträgern wies sicher auf königliche Gesandte irgendeiner Art hin. Tahn kannte das Wappen nicht, aber eines schien gewiss zu sein: Sie waren auf dem richtigen Weg nach Decalam. Binnen Sekunden war die Landstraße wieder frei, bis auf eine Staubwolke, die sich einfach nicht legen wollte.

Am folgenden Morgen verbreiterte sich die Straße beträchtlich und wies von Stunde zu Stunde mehr Schlaglöcher und tiefere Fahrspuren auf. Bauernhöfe voller Rinder, Schafe und Ziegen erstreckten sich rechts und links der gewundenen Straße über mehrere Hügel. Tahn fiel auf, dass viele der Tore, die zu den Häusern hinüberführten, ein schmiedeeisernes Wappen trugen, das einen Baum mit ebenso vielen Zweigen wie Wurzeln zeigte.

Dann tauchte unerwartet eine große Mauer in der Ferne auf. Sie ragte doppelt so hoch auf wie jede andere, die Tahn je zuvor gesehen hatte, und erstreckte sich so weit nach Osten und Westen, dass Bäume ihre Endpunkte verdeckten. Über die Mauer hinweg konnte Tahn sogar noch höhere Kuppeln, Turmspitzen, große, gewölbte Dächer und Giebel sehen, die spitz wie Speere zuliefen, einer höher als der andere. Schon von weitem spürte er die schiere Größe der Stadt Decalam. Aus der Ferne hatte die Mauer einen flirrenden Goldton, der jenseits der Hitze schimmerte, die aus dem Land aufstieg.

Aber Tahn wusste, dass die Stadt kein Trugbild war.

Mehr und mehr Reisende schlossen sich dem Menschenstrom an, der sich aufs Tor zubewegte, manche zu Fuß, andere zu Pferde wie Tahn und Sutter, wieder andere in kunstvoll verzierten Kutschen. Abermals tastete Tahn nach den Stäben in seinem Umhang. Sie zu berühren beruhigte ihn ein wenig, bis ihm Wendra wieder einfiel. Er konnte nur hoffen, dass sie und die anderen unbeschadet hier angekommen waren.

Der Gedanke an die anderen weckte in ihm plötzlich machtvolle Sehnsucht nach Mira. Er dachte, dass er vielleicht das nächste Mal, wenn er mit ihr allein war, mutiger sein würde. Er wurde schon rot, wenn er nur an ihr Gesicht zurückdachte.

»Na, Rübenbauer, dafür bist du doch hergekommen.« Er deutete nach vorn. »Das sind mehr Abenteuer, als sogar du sie vertragen kannst.«

Der Blick seines Freundes wurde kurz abwesend, bevor sein vertrautes Lächeln zurückkehrte. »Das werden wir ja sehen, nicht wahr, Eichhörnchen?«

Je breiter die Straße wurde, desto verstopfter war sie zugleich. Eine Meile von der Stadtmauer entfernt lagen Häuser inmitten einer Masse von Zelten, die aus teuer wirkendem Stoff in leuchtenden Farben genäht waren. Viele Kochfeuer brannten hier, und der Rauch legte sich wie eine tiefhängende Wolke über die vielen behelfsmäßigen Behausungen.

Längs der Straße hatten Händler Standplätze für ihre Karren abgesteckt. Sie bauten sich vor ihren Waren auf, hielten Proben dessen hoch, was sie zum Verkauf anboten, und waren eifrig darauf bedacht, Aufmerksamkeit zu erregen: Sie sprachen jeden an, der sie auch nur ansah. Alles, was Tahn sich vorstellen konnte, wurde von Hausierern und gepflegten Kaufleuten feilgeboten. Manche priesen exotische Speisen an und behaupteten, dass sie von so weit her wie Mal'Sent im Westen oder Klufthaven im Süden stammten. Tahn bemerkte Soldatenpaare in weinroten Röcken und Umhängen; ein weißer Kreis auf der linken Brusthälfte zeigte deutlich sichtbar das Wappen des Baums mit den Wurzeln.

Das Chaos aus tausenden von Marktschreiern, kreischenden Kindern, Vieh und kleineren Haustieren, die blökten und bellten, Gelächter, Beleidigungen, Flüchen und Streitigkeiten brandete in einem Strudel aus Menschen auf Tahn ein. Es erinnerte ihn an die Straße nach Myrr, nur viel größer, viel überfüllter, gefährlich und irgendwie erschreckend hoffnungslos – all diese Leute vor den Toren … Weit mehr von ihnen sahen hier mit Raubvogelblicken und Waffen am Gürtel dem Treiben zu, während andere sich in den Schatten herumdrückten und schmutzige Hände nach Almosen ausstreckten.

Tahn ließ das alles auf sich wirken und dachte sehnsüchtig an zu Hause.

In vielerlei Hinsicht unterschied sich diese Stadt vor der Stadt von anderen, die er in letzter Zeit gesehen hatte, aber eine Einzelheit war mehr als nur ein wenig verstörend: Je näher Sutter und er der Stadtmauer von Decalam kamen, desto stärker waren die Straßenränder von Wanderpredigern bevölkert.

Diese Männer, Frauen und Kinder schrien so begeistert wie ihre Handel treibenden Gegenstücke, schauten jedermann mit staunender Miene an und schienen doch niemanden zu sehen. Verfilztes, schmutziges Haar hing ihnen von der sonnengebräunten Kopfhaut, während sie manisch mit den Armen gestikulierten und sich himmelwärts wandten, um Reden zu schwingen.

»Jeder Sohn und jede Tochter ist ein Gräuel, ein Fluch des Weißen.« Der Mann, der mit wildem Blick diese Tirade vortrug, rief mit Lippen, die vom unablässigen Reden und von der Sonneneinstrahlung rissig waren. Sein Mund war von Schorf überzogen, der vertrockneten Blutegeln glich, aber das stand seiner Raserei nicht im Wege: »Das Ende von Forda I'Forsa ist längst gekommen, und wir leben in einer hohlen Epoche, einem toten Zeitalter. Ein trockener Südwind weht uns aus weiter

Ferne an und fegt von jenseits des Borns wie ein Raunen über uns hinweg. Seht ihr es denn nicht?« Der Mann begann auf und ab zu springen und unterstrich jedes Wort mit dem Auftreffen seiner Fersen auf dem Boden. »Wir sind längst Stilletreue! Wir sind der Erde anheimgefallen und nur noch nicht aufgewacht, so dass wir die Würmer noch nicht schmecken. Keine Exigenz, kein Lenker, keine Regentin und kein General kann ungeschehen machen, was angerichtet worden ist. Unser Leidenslied ist vorüber, wir hören nur noch sein Echo, das von einer fernen Klippe zurückgeworfen wird. Und wenn es verklungen ist, werden wir seit einer Generation tot sein!«

Tahn und Sutter machten einen großen Bogen um den Mann und kamen deshalb dicht an einer Frau vorbei, die auf einem kunstvollen Teppich saß, mit den Fingern schnippte und Worte sprach, die sich alle drei Sätze reimten. Sie redete von Ländern westlich von Mal'Sent, von ganzen Welten jenseits der Ozeane. Sie erzählte von einem Ort, der sich hinter dem Born verbarg wie das vergessene Kind verwaister Eltern. Am Ende jedes Reims schlug sie die Augen auf, um zu sehen, ob jemand ihr eine Münze in den Hut am Rande ihrer Decke gelegt hatte. Ihr fülliger Bauch quoll über den Rockbund, und ein schmales Umschlagtuch, das ihr locker von den Schultern hing, ließ den üppigen Busen darunter mehr als nur erahnen. Sie hatte ihr glattes dunkles Haar mit einem Messingring auf dem Kopf zusammengefasst, so dass es wie eine Getreidegarbe zum Himmel zeigte.

Aber am seltsamsten von allen war vielleicht das Kind, das auf einer Holzkiste stand und mit einem Holzbein die Antwort auf Fragen klopfte. Tahn und Sutter machten halt, um zuzusehen. Ein Mann, der hinter dem Jungen stand, übersetzte die Antworten denjenigen, die für das Wissen bezahlten. Ein kleines Holzschild, das an der Kiste des Jungen lehnte, verkündete, dass seine Fähigkeit ein Geschenk der Ersten sei und dass er aus den Bergen gerettet worden wäre, in denen angeblich das Tabernakel des Himmels lag, wo die Väter bei der Schöpfung gesessen hatten. Als das Kind die Hand hob, so dass ein langer Riss im Saum seines Hemds sichtbar wurde, konnte Tahn deutlich seine Rippen erkennen. *Was er nur tun muss, um zu essen zu bekommen!*, dachte Tahn, als der Junge eine neue Antwort auf irgendein Rätsel klopfte.

Diese seltsamen und verzweifelten Leute faszinierten Tahn am meisten. Er wusste nicht, ob er sie bedauerte oder hoffte, dass einer von ihnen vielleicht in der Lage sein würde, ihm zu helfen, die Rätsel seines eigenen Lebens zu lösen. Vielleicht beides.

Er und Sutter ritten weiter.

Hundert Schritt von der Mauer entfernt blickte Tahn erneut staunend zu dem hoch aufragenden majestätischen Bauwerk auf. Alle fünfzig Schritt ragte der Wehrgang ein Stück vor. Soweit Tahn erkennen konnte, enthielt jede der Ausbuchtungen zwei Ballisten. Er sah auch in gewissen Abständen die Köpfe und Schultern der Männer, die auf dem Wehrgang patrouillierten und von der Mauer hinabspähten, um die Vorgänge unten zu überwachen. Als Tahn in beide Richtungen blickte, fiel es ihm noch immer schwer, festzustellen, wo genau die Stadtmauer endete.

Tahn konzentrierte sich auf die breiten Tore und drängte sich durch Strudel aus umherspazierenden Käufern und Reisenden, die auf dem Weg zur Stadt waren. Sutter nickte einem Mann mit Messinghelm und langem scharlachrotem Umhang zu. Der Soldat erwiderte den Gruß mit der kleinsten nur vorstellbaren Bewegung. Auf beiden Seiten standen acht weitere Männer in scharlachroter Kleidung und beobachteten den Menschenstrom, der sich durch die Stadttore ergoss.

An der Schranke wartete eine Schlange aus Wagen und Kutschen darauf, durchsucht zu werden; eine zweite Schlange bewegte sich schneller, da dort nur Leute zu Fuß kurz überprüft wurden, bevor man sie einließ. Als Tahn und Sutter einen uniformierten Aufseher erreichten, der ein kleines Schreibheft in der einen und einen Federkiel in der anderen Hand hielt, schnürte Panik Tahn die Kehle zu.

In müdem Leierton fragte der Mann: »Was führt euch nach Decalam?«

Bevor Tahn antworten konnte, verkündete Sutter: »Wir haben Hunger.«

Ein schiefes Lächeln huschte über die Lippen des Mannes, als er sie beide musterte. »Ihr seid keine Anwärter auf irgendeinen Sitz?«

»Was?«, fragte Sutter.

»Reitet weiter«, antwortete der Soldat, »und seht zu, dass ihr nicht in Schwierigkeiten geratet.«

Erleichterung durchströmte Tahn, als er unter der dicken roten Steinmauer von Decalam hindurchritt. Er hörte wie aus weiter Ferne in Gedanken einen Ruf – die Stimme des Sheson, der sie anwies, sich an diesen Ort zu begeben. Und jetzt waren sie unbeschadet hier eingetroffen. Im Schatten des Tores fühlte Tahn sich nicht mehr wie ein Kind diesseits des Wandels, Einstand hin oder her. Das Ende des Zyklus würde vielleicht bald kommen, aber ein Teil von ihm glaubte, dass ihm, wenn er nach Helligtal zurückkehrte, alles dort anders erscheinen würde, selbst wenn es noch genauso war wie vorher. Kleiner.

Innerhalb des großen Mauerrings ragten Gebäude mehrere Stockwerke hoch auf. Nur wenige Schritte hinter dem Tor funkelten Fassaden im Sonnenlicht. Die meisten waren mit weißem Stein verblendet. Manche waren glatt poliert, so dass sich darin schwach die Straße, auf die sie hinausgingen, widerspiegelte, andere waren grob behauen. Auf den Dächern ragte eine Vielzahl von Tierstatuen aus dem Stein auf; sie spähten nach unten wie reglose Schutzgeister. Die Fenster unterschieden sich in Größe, Form und Farbe: Die der teureren Gasthäuser schienen gerade Linien und Winkel aufzuweisen, in die rechteckige Glasscheiben eingesetzt waren; andere Gebäude hatten runde, längliche, schmale oder vieleckige Fenster, und viele hatten die unterschiedlichsten Farbtöne, von Rosa über Himmelblau bis hin zu Gold. Diejenigen auf der Ostseite der Straße reflektierten bunte Lichtstrahlen.

Manche Männer schritten in Kettenhemden gehüllt die Straße entlang, andere waren in Baumwollstoff gekleidet. Viele trugen eng anliegende Lederhosen, wadenhohe Stiefel, lockere Mäntel, die am Hals geschnürt wurden, oder Kapuzenumhänge unterschiedlicher Länge. Frauen spazierten in Kleidern umher, die aus glänzendem Stoff bestanden oder einen kunstvollen, zierlich gemusterten Spitzenbesatz aufwiesen. Diejenigen, die nicht über einen solchen Aufzug verfügten, trugen überwiegend Arbeitskleidung, die oft Flecken aufwies, die tief in den Stoff eingezogen waren. Die meisten Frauen trugen Hüte, wobei die Krempen bei den modischer gekleideten Damen breit waren und sich vorn und hinten leicht nach unten neigten, während bei vielen anderen die Hutkrempen kurz und zumeist flach waren; oft fehlte die Krempe ganz.

Eine Fülle reich verzierter Kutschen säumte die Straßenränder. Ihre Besitzer schienen auf der Jagd nach irgendwelchen Einkäufen geschäftig von einem Laden zum nächsten zu eilen. Anspannung lag in der Luft, denn überall flatterten Fahnen im Wind.

Tahn und Sutter ritten weiter und hofften, jemanden zu erspähen, den sie kannten. Vielleicht würde Vendanji jemanden nach ihnen Ausschau halten lassen. Sie drangen weiter in die Stadt vor, vorbei an Lauben, Lagerhäusern, mehrstöckigen Tavernen, Springbrunnen, Gasthäusern und Schreibstuben, die das Wappen des Wurzelbaums trugen.

Inmitten eines breiten, grasbewachsenen Angers erhob sich ein hohes, schmales Gebäude, das von einer Glaskuppel bekrönt war. Tahn konnte darin hohe Zylinder sehen, die zum Himmel wiesen. Neben den Grundmauern des Gebäudes stand ein fest verankerter Pavillon mit mehreren Stuhlreihen, die einem Redepult zugewandt waren. Dahinter waren auf eine hohe, dunkle Schiefertafel mit gelber Kreide Diagramme gezeichnet.

Sutter sperrte zwar vor Staunen über die Wunder ringsum den Mund weit auf, lächelte aber zugleich so unmöglich breit, dass er viel zu sehr auffiel.

»Vielleicht wären Eure Majestät so gut, den königlichen Mund zu schließen? Sonst wirkt Ihr noch wie jemand aus dem gemeinen Volk«, scherzte Tahn.

Sutter räusperte sich und straffte die Schultern. »Ich schwelge nur in den Kleinodien meines Reiches, mein Junge. Ein Mann ist gut beraten, sich seinen Erfolg und seine Bedeutung vor Augen zu führen.«

»Ein Mann? Und noch dazu bedeutend?« Tahn lachte. »Gnädiger Herr, das Einzige an Euch, was zu einem *Mann* passt, ist Euer Geruch, den ich in der Tat sehr bedeutend finde.

Ihr könntet vielleicht einmal in Erwägung ziehen, Euch den königlichen Arsch zu waschen.«

»Das ist Aufgabe der Kammerzofe«, sagte Sutter lüstern. »Eine zärtliche Beschäftigung für ein zärtliches Mädchen.« Er gab das Spiel auf und fügte hinzu: »Wo sollen wir heute eigentlich übernachten?« Dann fuhr er fort, den Kopf in beinahe unmöglichen Winkeln zu recken, damit ihm auch ja keine Einzelheit der Gebäude um sie herum entging.

»Ich weiß es nicht. Vielleicht sind die anderen schon hier.« Tahn ließ den Blick über die gewaltige Anzahl von Menschen schweifen, die sich auf der Straße drängten. »Aber wir werden sie nie finden, solange wir niemanden fragen.«

»Und wie willst du dabei vorgehen?«, erkundigte Sutter sich tadelnd. »Einfach auf den Nächstbesten zuspazieren und ihn fragen, ob er einen finster blickenden Sheson und eine wunderschöne junge Fern gesehen hat?«

Tahn dachte nach. »Wir halten nach dem Symbol der Drei Ringe Ausschau«, sagte er. »Wenn wir einen Angehörigen des Ordens finden, ist er sicher in der Lage, uns zu helfen, Vendanji aufzuspüren.«

»Ich habe nicht das Gefühl, dass die Sheson hier willkommener sind als anderswo, vielleicht sogar noch weniger. Vielleicht sollten wir lieber einen Sodalen suchen.« Sutter wollte noch mehr sagen, schluckte es aber herunter, als sie eine dicht gedrängte Menschenmenge erreichten. Die Straße war plötzlich zu einer zu eng zusammengepressten Wand aus Leuten geworden, als dass man sich mit dem Pferd hätte hindurcharbeiten können. Über die zusammengeströmten Massen hinweg sah Tahn vor sich ein erhöhtes Schafott.

»Aus dem Weg!«, forderte eine bärbeißige Stimme.

Ein beleibter Mann mit fleckiger Gesichtshaut grinste Tahn hämisch an und versuchte, Jole beiseitezuschieben. Die Menge schloss sich hinter ihnen. Tahn lenkte sein Pferd nach links und führte Sutter zum Straßenrand.

Dann hallte über den Tumult hinweg eine laute Stimme von den Steinfassaden der Gebäude wider: »Mit aufrichtigem Bedauern, aber kraft der Autorität des Höchsten Gerichts vollstrecken wir heute vor euch ein Urteil.«

Tahn kniff die Augen zusammen und spähte in die Ferne. Es sah nach einem Galgen aus. Er hatte von so etwas in den Geschichten gehört, die Ogea am Nordsonnfest vorgetragen hatte. Der dünne Mann, der von der Plattform aus seine Ansage machte, trug die Farben der Wachen von Decalam und rief durch einen Trichter, den er sich beim Sprechen an die Lippen hielt. Aber alles blieb so weit entfernt, dass Tahn kaum etwas davon erkennen konnte. Als der Mann weitersprach, stiegen zwei Gestalten eine Treppe hinauf und stellten sich hinter ihn.

»Es soll kein Zweifel daran bestehen, dass nicht darauf verzichtet wird, Gerechtigkeit zu üben. Die Regentin wird sich von keiner Drohung umstimmen lassen.« Einige Leute protestierten, andere jubelten. »Heute soll ein Verrat so beantwortet werden, wie es dem Verbrechen angemessen ist.«

Leute drängten sich hin und her, um bessere Sicht zu bekommen. Tahn sah an dem Mann an der Kante des Schafotts vorbei zu den beiden, die hinter ihm standen. Eine schreckliche Gewissheit dämmerte ihm.

»Komm schon!«, flüsterte er Sutter inbrünstig zu und riss Joles Kopf herum. »Aus dem Weg!«, brüllte er und trieb Jole durch die dichte Menschenmenge zurück. Es hagelte Schimpfworte, und ein paar Leute schlugen nach Tahns Beinen, während er, als er sich endlich aus dem Gedränge lösen konnte, schneller wurde und von dem Galgen davonsprengte.

Sutter schloss zu ihm auf. »Was tust du?«

Tahn antwortete nicht. Er konzentrierte sich darauf, die verschiedenen Hindernisse auf der Straße zu umgehen. Apfelkerngehäuse segelten an seinem Kopf vorbei, und Steine gingen auf seinen Oberkörper und seine Schultern nieder; nicht wenige trafen auch Jole, als Tahn ihn die überfüllte Straße entlanglenkte. Sutter schrie die Leute an, die sie mit Gegenständen bewarfen, und versicherte ihnen, dass er ihnen ihre Feindseligkeit heimzahlen würde. Als sie eine enge Seitengasse erreichten, bog Tahn nach links ab. Sie sprangen über umgestürzte Fässer und zerbrochene Kisten. Die Hufschläge hallten von den Wänden wider. Sutters alter Klepper mühte sich ab, mit Jole Schritt zu halten.

Als sie auf die nächste Straße hinauskamen, zügelte Tahn sein Pferd und sah nach links. Mehrere Kreuzungen weiter nördlich hatte die Menge sich gerade erst zu versammeln begonnen.

»Da!«, rief Tahn, riss Jole wieder nach links herum und spornte ihn an.

Kutschen krängten zur einen oder anderen Seite, als Tahn ihnen zuschrie, auszuweichen. Kinder klatschten angesichts des Spektakels in die Hände, und Tahn sah zwei Soldaten in scharlachroter Kleidung in seine Richtung schauen, als er vorbeischoss. Er blickte nicht zurück, um festzustellen, ob sie ihn verfolgten. In der Nähe der Kreuzung, auf der die Leute sich am dichtesten drängten, um Zeugen der Urteilsvollstreckung zu werden, zügelte er Jole erneut. Die Hufe des Pferdes schlitterten und schrammten über den Stein, als es im Ausrutschen darum rang, das Gleichgewicht zu halten. Die Meute wich zurück, als Tahn an der Straßenecke tollkühn abbremste.

Sutter kam hinter ihm heran und landete mit einem lauten Plumpsen auf dem Boden, als seine alte Stute ihn abwarf. Tahn sah sich rasch um und erkannte, dass einige Fenster im ersten Stock kleine Balkone hatten, die auf die Straße hinausgingen. Er stellte sich vorsichtig auf Joles Sattel und sprang. Als er eine Balustrade zu fassen bekam, zog er sich hoch. Ein paar Leute schienen das zu missbilligen, aber zugleich Tahns Bedürfnis zu verstehen, freie Sicht auf die Hinrichtung zu haben. Sutter begann das Gebäude hinaufzuklettern, indem er die tiefen Fugen im Mauerwerk als Griffe nutzte.

Tahn ließ sich an der Balkonseite, die dem Galgen am nächsten war, auf ein Knie nieder. Obwohl er immer noch sechzig Schritt entfernt war, befand er sich nun viel näher daran als zuvor. Er konnte den Gesichtern der Verurteilten die Angst ansehen.

»... Entschlossenheit ist unumstößlich«, sagte der Wachsoldat gerade. »Ob ein Gerücht nun wahr ist oder nicht, alle Dinge sind der Herrschaft des Rechts und dem Ermessen der Regentin unterworfen.« Die Ausführungen des Offiziers riefen weiterhin eine Mischung aus Beifall und Hohn hervor.

Sutter erreichte den Balkon und kniete sich neben Tahn. »Beim Himmel und Allwillen, Tahn, was ist in dich gefahren? Hast du noch nicht genug davon gesehen?«

»Das ist nicht die Liga«, sagte Tahn.

»Nein, aber es ist genauso grauenvoll.« Sutter zog ihn am Ärmel.

»Hör auf damit!«, schimpfte Tahn. »Stör mich jetzt nicht!«

»Tahn, was soll das?« Nun sprach aufrichtige Besorgnis aus

Sutters Stimme. »Du kannst nichts für sie tun, und selbst wenn du es könntest – die Art von Aufmerksamkeit können wir nicht gebrauchen. Du kannst es dir nicht leisten …«

»*Was* zu tun?«, schnitt Tahn ihm das Wort ab. »Ihnen zu helfen?«

»Du weißt nicht, was hier vorgeht«, sagte Sutter vernünftig. »Was es auch ist, wir haben damit nichts zu tun. Diese Männer haben ihr Schicksal vielleicht verdient.«

Tahn sah seinem Freund in die Augen. »Einer von ihnen nicht.«

Sutter erwiderte den starren Blick verwirrt. »Woher willst du das wissen? Kennst du einen von ihnen?«

Tahn schüttelte den Kopf. »Bitte, Sutter, vertrau mir einfach.« Er hätte gern noch mehr gesagt, aber er wusste, dass alles, was er hätte sagen können, verrückt geklungen hätte, und er hatte keine Zeit, irgendetwas zu erklären.

»In Ordnung«, sagte Sutter leise, »aber du scheinst gerade mein Abenteuer zu übernehmen.«

Die Menge drängte sich immer dichter, da die Zahl von Schaulustigen stetig zunahm. Ein drei Mann tiefer Kordon aus Wachen stand hufeisenförmig um den Galgen herum. Die erste Reihe zielte mit den Speeren nach außen, um die Menge auf Distanz zu halten. Der Offizier beendete seine Ansprache und trat beiseite, während jedem der beiden Männer eine Schlinge um den Hals gelegt wurde. Um den Augenblick zu unterstreichen, erscholl Hörnerklang von irgendeinem hochgelegenen Wandelgang oberhalb des Hofs, auf dem sich ein Großteil des Pöbels drängte, um dieses Sterben zu begaffen. Schweigen senkte sich über die Menge, als ein Mann im dunklen Umhang leise mit jedem der beiden Verurteilten sprach. Tahn fragte sich, was der Mann in diesem Augenblick zu ihnen sagen mochte. Als er sie verließ, sah Tahn auf den Wangen des einen Tränen glänzen.

An der Seite stand ein zweiter Wachsoldat im Scharlachrot von Decalam, die Hand auf einen Hebel gelegt und den Blick auf den befehlshabenden Offizier gerichtet. Es wurde auf dem Hof still genug, um das Zwitschern der Vögel auf der Dachtraufe eines nahen Gebäudes zu hören. Das Vorbeischießen und Hinabstürzen der Schwalben war die einzige Bewegung. Die Sonne fühlte sich plötzlich bedrückend und zu hell an, da sie das Schauspiel in greller Klarheit bloßlegte.

Tahn nahm seinen Bogen vom Rücken und zog einen Pfeil aus dem Köcher. Er befeuchtete sich die Finger mit der Zunge und überprüfte die Befiederung. Er zeichnete die Narbe auf seiner Hand nach und rief sich in Erinnerung, dass er seine Waffe nicht zu fest umklammern durfte. Dann stand er auf und hielt den Bogen im perfekten Winkel zum Boden gerichtet. Das Herz raste ihm in der Brust und hämmerte in einem unmöglichen Takt. Aber er atmete ruhig und rezitierte die ältesten Worte, die er kannte.

»Den Bogen spannen meine Arme«, sagte er und atmete aus.

Alarmrufe wurden unter ihm laut, als die Menge erkannte, dass er mit gespanntem Bogen dastand. Aber Tahn hätte genauso gut am Rande einer Klippe stehen und nichts bis auf einen weiten, leeren Abgrund vor sich haben können, bis auf den Galgen und diejenigen, denen er bestimmt war. Der Offizier sah den Wachsoldaten an, der am Hebel stand. Im selben Moment nickte der Soldat und führte seine Aufgabe aus.

»Doch der Wille löst den Pfeil«, vollendete Tahn und ließ den Pfeil fliegen.

Eine Luke öffnete sich, und die beiden Männer fielen hinab. Die Seile spannten sich unter ihrem Gewicht, und als der Strick, der den Mann zur Rechten hielt, sich straffte, segelte Tahns Pfeil ins Sonnenlicht des Hofs und durchtrennte das Seil eine Faustbreit unterhalb des hohen Balkens, an dem es befestigt war. Der Mann stürzte zu Boden. Die Versammelten keuchten vor Schreck und Entsetzen auf, und mehrere hundert Köpfe fuhren herum, um Tahn, den Bogen noch immer auf den Galgen gerichtet, auf dem Balkon stehen zu sehen.

Wenige Augenblicke später kam ein Trupp Soldaten auf den Balkon gestürmt und legte Tahn und Sutter in Ketten.

»Ich schätze, wir müssen uns kein Zimmer mehr suchen«, sagte Sutter, aber es lag keine Heiterkeit in seinem Ton.

Die Wachen führten sie ab. Mit bitterer Ironie konnte Tahn nur an Wendra, ihr lebloses Kind und seinen Augenblick der Unschlüssigkeit denken – und daran, wie viel besser dieser Moment gewesen war.

9

EIN DUNKLES LIED

Wendra stand in der Berghütte, einen Schritt von der Tür entfernt, und spähte durch die Öffnung hinaus zu Jastail und acht Geschöpfen wie dem, das in ihr Zuhause eingebrochen war und ihr Kind aus ihrem Schoß hervorgezwungen hatte. Sie erschauerte bei ihrem Anblick und erinnerte sich daran, wie sich die groben Hände angefühlt hatten, die ihr die Unterwäsche weggerissen hatten, und welch unglaubliche Kraft dem Griff des Ungeheuers innegewohnt hatte, als es sie gezwungen hatte, etwas Dickflüssiges aus einer Knochenphiole zu trinken. Kehlige Laute antworteten der beschwichtigenden Stimme des Wegelagerers, der auf sie deutete.

»Kommt heraus«, sagte Jastail und warf ihr einen Blick zu. »Und bringt den Jungen mit.«

Wendra sah Penit verzweifelt an, der ihren Blick mit entsetzter Miene erwiderte. Er umfasste ihre Hand, und gemeinsam schoben sie sich langsam durch die Tür. Wendra beschirmte die Augen vor dem hellen Sonnenlicht, als sie zögerlich auf Jastail zuging und darauf achtete, den Wegelagerer zwischen sich und den Stilletreuen zu halten. Sie sah abschätzige Kälte in den plumpen Zügen der Bar'dyn, deren Aufmerksamkeit sich von ihr auf Penit und wieder zurück verlagerte.

»Habe ich es euch nicht gesagt?«, fragte Jastail in selbstsicherem, zufriedenem Ton. Er sah sich nach Wendra um und wies mit gespreizten Fingern auf sie, wie um seine Kundschaft einzuladen, sie näher zu begutachten. »Und das ist der Grund dafür, dass ich diesen Preis verlange.«

Die Bar'dyn sagten zunächst nichts, sondern musterten Wendra und den Jungen noch einmal mit gefühllosem Blick.

»Vielleicht nehmen wir sie einfach mit«, sagte der vorderste Stilletreue dann gelassen.

»Ach, Etromney, du stellst meine Geduld mit dieser unnötigen Litanei bei jedem unserer Treffen auf eine harte Probe.« Jastail wandte den Bar'dyn den Rücken zu und schritt hinter Wendra und Penit. »Du wendest dich an mich, weil ich Ware liefere, die niemand sonst auftreiben kann.«

»Nicht jedes Mal«, sagte der Bar'dyn spitz.

»Vielleicht«, räumte Jastail unverdrossen ein. »Aber ich habe Zugang zu« – er sah Wendra an und schien seine Worte zu ändern – »Kreisen, die dem bloßen Fußvolk verschlossen sind. Aber das weißt du alles; ich habe dir meine Verbindungen schon viele Male erläutert. Warum beginnst du also mit Drohungen?«

Die Miene des Bar'dyn wandelte sich nicht, sondern blieb vollkommen ausdruckslos. »Die Zeiten ändern sich.« Der Bar'dyn hielt inne und reckte die fleischige Nase in die Luft, als könnte er wittern, was er beschrieb. Wendra hielt still und spürte den Nachhall der tiefen Stimme des Wesens genauso sehr, wie sie ihn hörte, als würde eine einzelne, dicke Saite mit einem Bogen angestrichen.

»Noch mehr Drohungen?«, fragte Jastail.

»Nein«, antwortete Etromney. »Bald wird keine Notwendigkeit mehr bestehen, sich hier zu treffen – keine Notwendigkeit mehr, auf irgendeinen Händler oder Straßenräuber zurückzugreifen.« Der Bar'dyn schien die Stirn zu runzeln, aber die Falten seiner welligen Haut verschoben sich kaum. »Du bist ein Gräuel, Mensch, erbärmlich in deinem Zweiten Erbe, und noch schlimmer, da du deinesgleichen verrätst. Mir wird bei deinem Anblick übel.«

Jastail ließ ein seltsames Lächeln über sein Gesicht huschen. »Was verstehst du schon von Menschen und Gräueln, abgesehen von dem, das du in dem Trog widergespiegelt siehst, aus dem du trinkst?«

Das graue Gesicht des Bar'dyn nahm wieder seinen unerschütterlichen Ausdruck an. »Ist der Junge ihrer?«, fragte Etromney.

»Nein«, sagte Jastail, »aber was macht das schon? Sie ist noch in der Lage, sich fortzupflanzen.«

»Kannst du beweisen, dass ihr Schoß nicht unfruchtbar ist?«, fuhr der Bar'dyn fort. »Und was ist mit ...«

Jastail riss gewaltsam Wendras Kleid hoch und entblößte ihren Bauch und ihre Hüften. »Sieh doch selbst«, sagte er hitzig und zeigte auf die Schwangerschaftsstreifen, die Wendras Haut aufwies. »Das sind die Male einer Frau, die noch vor kurzem ein Kind getragen hat. Jetzt hör auf mit den Anklagen und dem Unglauben! Sie wird deinen Zwecken schon gut genug dienen. Und das Kind ist reine Forda I'Forsa, ein angemessenes Gefäß, da bin ich mir sicher. Einen Rat gebe ich dir: Wenn du den Jungen in den Griff bekommst, hast du zugleich auch die Frau im Griff.«

Wendra wusste, dass ihre Beine zitterten, während sie entblößt vor dem Bar'dyn stand. Sie drückte die Knie durch, um auf den Füßen zu bleiben. Jastail hielt ihr Kleid noch einige Augenblicke lang hoch, während der Bar'dyn sie musterte. Am Ende ließ er den Saum fallen, baute sich breitbeinig vor ihnen auf und sah die Stilletreuen an. Der Eifer des Wegelagerers und das Selbstvertrauen, das er den Bar'dyn gegenüber an den Tag legte, überraschten Wendra. Die Geschöpfe aus dem Born waren zwei Köpfe größer als Jastail, und die Kraft, die ihren massigen Schultern und Beinen anzusehen war, hätte die meisten Männer von solcher Dreistigkeit Abstand nehmen lassen.

»Was ist mit der besonderen Fähigkeit, die du erwähnt hast?«, fragte der Anführer der Stilletreuen. »Du verlangst einen unerhörten Preis. Ich muss wissen, ob es wahr ist, wenn ich dir geben soll, was du verlangst.«

»Sing ihm etwas vor, Wendra«, sagte Jastail, und aus seiner Aufforderung sprach beinahe ein Hauch von väterlichem Stolz.

Die Bitte traf Wendra vollkommen unvorbereitet. »Was?«

»Ein Lied, lass uns ein Lied hören.« Er drehte sich um und runzelte gereizt die Stirn.

Sie sah den Wegelagerer voller Schmerz und Verwirrung an. Die Vorstellung, ausgerechnet in diesem Augenblick ein Lied anzustimmen, da Jastail ihr Leben an die Bar'dyn verschacherte, die Spuren der Geburt offen gezeigt wurden, um ihre Fruchtbarkeit zu bezeugen, und Penit ihr vor Angst die Hand so fest drückte, dass sie wehtat, beleidigte sie. Jastail wollte, dass sie wie ein dressiertes Tier auftrat – und irgendwie würde das ihren Wert steigern und den Geldbeutel des Räubers füllen. Kochend vor Hass biss sie die Zähne zusammen. Dann stellte sie überrascht fest, dass sie doch den Keim einer Melodie in sich trug, die wie Säure aus ihrem Magen heraufbrodelte. Es fiel ihr plötzlich schwer zu atmen, und sie begann zu keuchen. Alle

Lügen, die Jastail Penit erzählt hatte, waren aufgedeckt, und Wendra dachte an das enttäuschte Vertrauen des Jungen, bis sie spürte, dass sie die Beherrschung verlor.

»Zwing mich nicht, den Jungen zu benutzen, um dich zum Singen zu ermuntern«, warnte Jastail.

»Es reicht«, sagte der Bar'dyn und scharrte mit den mächtigen Füßen. »Wir sind heute nicht hergekommen, um Handel zu treiben, Wegelagerer. Wir werden nehmen, was uns gefällt, und dir die Hoffnung auf Gnade in den kommenden Jahren lassen.«

Jastail riss den Kopf zum Anführer der Bar'dyn herum. »Nicht so schnell, Etromney.« Er hob zum Zeichen des Widerspruchs einen Finger und deutete dann damit auf die Bäume. »Vergiss nicht, dass ich nicht allein bin. Ein ganzer Trupp Männer wird die Anhöhe dort herunterkommen, sobald du dich als … skrupellos erweist.«

Der Bar'dyn machte sich nicht die Mühe hinzusehen. Stattdessen trat er mit zusammengekniffenen Augen einen Schritt auf Jastail zu. Wendra zuckte zurück und zog Penit mit sich. Auf der kleinen Lichtung lag auf einmal die Anspannung einer unmittelbaren Todesdrohung in der Luft. »Ich könnte dir den Kopf vom Hals abzwacken, Made! Du bist ein Teil des Gräuels! Ich würde dich lieber sterben sehen, als mir deine Lügen anzuhören.«

»Bin ich je allein hergekommen?«, fragte Jastail weniger selbstsicher als zuvor und sah unverwandt in die breite, dicke Muskulatur des Bar'dyngesichts empor. »Du solltest dich von meiner Großzügigkeit geehrt fühlen.«

Der Bar'dyn starrte ihn an und warf dann doch einen Blick zu den Bäumen hinüber. »Abgemacht.«

»Warte«, rief Wendra. »Er lügt. Niemand wird kommen.« Sie ließ Penits Hand los und trat vor. Die Beine gaben unter ihr nach, und sie stürzte zu Boden. Sofort richtete sie sich inmitten einer Staubwolke auf die Knie auf.

Jastail wirbelte herum und versetzte ihr einen Fausthieb ins Gesicht. »Ruhe, du Kuh! Du hast nicht die Erlaubnis erhalten zu sprechen.«

Wendra schluckte Blut, und ihr verschwamm alles vor den Augen, in die ihr bei dem Schlag Tränen geschossen waren. Sie griff in ihr Kleid, zog das Pergament daraus hervor und umklammerte es fest. »Er hat in Galadell eine Nachricht für die Männer hinterlassen, die, wie er behauptet, kommen werden. Aber ich habe die Botschaft gefunden, mitgenommen und bis heute versteckt. Siehst du? Kein Trupp ist auf dem Weg hierher. Er treibt heute allein Handel.« Sie streckte dem Bar'dyn die Nachricht entgegen.

Aus getrübten Augen sah sie, wie Jastail die Hand noch einmal hob. Bevor er zuschlagen konnte, schwang der Bar'dyn den Arm gegen den Rücken des Wegelagerers und stieß ihn brutal zu Boden. »Erst lügst du, und dann misshandelst du unsere Ware.« Jastail blieb liegen und spuckte Erde aus, während der Bar'dyn Wendra den Pergamentfetzen aus der Hand nahm. Abscheu stieg in ihr auf, als die raue Haut sie berührte. Aus der Nähe nahm sie den Aasgestank der Kreatur wahr.

Etromney überflog die Nachricht und ließ sie Wendra dann auf den Schoß fallen.

»Sie ersinnt diese Lüge, um sich zu retten«, warf Jastail rasch ein, »und ganz gleich, wie es darum bestellt ist, ich habe dir eine Frau und ein Kind gebracht. Ich habe Leiholan beschafft.« Jastail kroch zu Wendra und entriss ihr das Pergament, auf dem der Ta'Opin ihr Lied festgehalten hatte. Er streckte es Etromney hin. »Bitte … nimm mich mit.«

Die Bitte des Wegelagerers verblüffte Wendra. Sie hatte versucht, während des Morgenbrots damit zu drohen, und jetzt wollte der Händler mit den Bar'dyn gehen. Vielleicht versetzte es ihn nur noch in Erregung, sein eigenes Leben aufs Spiel zu setzen.

Der Anführer der Bar'dyn riss Jastail das Pergament aus der Hand, kehrte zu seiner Schar zurück und redete mit seinen Leuten in einer Sprache, die Wendra nicht kannte. Dann ließ er sich Zeit damit, die Niederschrift von Wendras Lied in Augenschein zu nehmen. Bei jedem Gleiten seines Blicks über die Seite glaubte Wendra, eine Veränderung im Gesicht des Bar'dyn zu erkennen. Am Ende senkte Etromney das geschriebene Lied und flüsterte seinen Gefährten etwas zu. Sofort näherten sich zwei Bar'dyn Wendra und Penit. Wendras Augen brannten noch vor Tränen, aber sie kroch auf allen vieren rückwärts. Penit stand starr da, bis der zweite Bar'dyn ihn hochhob und ihn sich auf eine große Schulter beförderte.

»Bitte, Etromney!«, kreischte Jastail schrill. »Ich habe viel zu bieten. Es gibt Dinge, die ich weiß.«

Angesichts dessen hielt der Bar'dyn inne und schien nachzudenken. Dann winkte er einem seiner Begleiter zu, der daraufhin Jastail auf die Beine half. Der Wegelagerer hielt sich mit einer Hand die Schulter, als er zu den anderen Bar'dyn hinüberschritt.

Der Stilletreue, der vor Wendra stand, bewegte sich schnell, packte sie und umfasste ihr Handgelenk mit einer krallenbewehrten Klaue. Mit einem Ruck zog der Bar'dyn sie auf die Füße und wandte sich ab, um sie zu den anderen zu schleifen.

Wendra blinzelte sich Staub und Tränen aus den Augen und sah, wie Penit auf seinem erhöhten Sitz nach Luft schnappte, während er gegen den Drang zu weinen ankämpfte. In diesem Augenblick erinnerte sich Wendra an ein Gespräch, das sie mit einer Bardin über Lieder, die man vom Grunde des Kummers aus sang, geführt hatte, und spürte, wie hunderte von Augenblicken der Einsamkeit und der Enttäuschung in ihrer Brust zu düsteren Melodien zusammenströmten und sich wie eine Sturzflut zwischen ihren Zähnen hindurchergossen.

Das Lied brach abrupt und unwillkürlich aus ihr hervor – gequälte, schmerzliche Laute, die in einem machtvollen Crescendo anschwollen, Töne, die sich gegeneinanderwandten und in greller Disharmonie übereinander herfielen. Das dunkle Lied entströmte ihrer Lunge in einer Reihe von Schreien, die rau wie Steine, die nicht von Mörtel abgefedert wurden, übereinanderschrammten.

Das schreckliche Lied durchlief sie und breitete sich wellenförmig um sie aus, und doch lauschte sie ihm und beobachtete es mit Augen, die nichts als Schwarz und Weiß sahen, so dass die Welt ein starres Mosaik bildete. Sie sah die Haut der Bar'dyn schwarz anlaufen, während Rauch daraus aufstieg. Die Bestien brüllten dumpf, und einige von ihnen fielen hin und wälzten sich am Boden.

Die Anspannung ihres Liedes erfüllte die gesamte Wiese mit einem mächtigen Tosen. Mit jedem Ton wurde Wendra zorniger und der Kontrast in ihrem Gesichtsfeld schärfer. Das Schwarz vertiefte sich, während das Weiß in feurigem Glanz erstrahlte. Sie sang, um alles in die Dunkelheit zu reißen, allem das Licht zu entziehen. Wie aus weiter Ferne spürte sie, dass ihre Arme und Beine vor der Macht erzitterten, die ihrem

Mund entströmte. Ihre Haut brannte, aber sie genoss das Gefühl und lächelte um ihr entsetzliches Lied herum, als es auf die Wiese hinausschoss und über die Bar'dyn herfiel.

Die Großartigkeit der harschen Klänge umfing sie. Bei Penits Anblick – eine weiße Form auf dunklem Hintergrund – veränderte sich die Klangfarbe ihres Schreckensliedes ein wenig, und binnen eines Augenblicks konnte sie sich nicht mehr an seinen Namen erinnern. Sie erkannte seine Gestalt, die Rundung seines Kinns, den dünnen Oberkörper und die Beine, aber sein Name war entschwunden. Die Trauer und Enttäuschung darüber, das Kind zu vergessen, wallten in ihr auf und wirbelten wie eine Wiederholung auf ihr Lied zu, als plötzlich ein süßer, tiefer Kontrapunkt mit einfiel. Wendra drehte sich um und sah ein strahlendes Licht in Gestalt eines hochgewachsenen Mannes. Auch ihn erkannte sie, hatte aber keine Ahnung, wer er sein mochte. Die Harmonie, die von der Gestalt ausging, besänftigte sie, ließ ihre eigene Melodie ruhiger werden, formte sie um, und sie stellte fest, dass sie ganz natürlich darauf hinarbeitete, dem Verlauf seines schlichten, schönen Liedes zu folgen. Einige Wendungen drohten mit ihr durchzugehen und sie von dem neuen Lied wegzuführen, um sie zurück in die beruhigende Gewissheit zu stürzen, alles schwarz zu singen. Aber das sanfte Beharren der Gegenmelodie gab ihr Sicherheit und lenkte sie. Stück für Stück wurden das, was sie fühlte, und das, was sie hörte, eins, und die Farbe kehrte wieder in die Dinge zurück, die sie sah.

Als die Melodien sich in sanftem Gleichklang vereinigten, sah sie Shanbe auf sich zukommen, ein väterliches Lächeln auf den vollen Lippen. Sie sang, bis ihr der Atem ausging, und brach in den Armen des Ta'Opin zusammen. Ihr dunkles Lied war zu Ende.

Wendra erwachte vom Knarren der Wagenachsen und dem Rumpeln harter Räder über Steine in der Straße. Sie registrierte einen unangenehmen Geschmack in ihrem Mund, wie nach sauer gewordener Milch und Ruß. Langsam öffnete sie die Augen und sah eine Welt voller Blätter träge über sich hinwegziehen. Der Sonnenstand verriet ihr, dass bald die Nacht anbrechen würde, und der Gedanke missfiel ihr; die Dunkelheit, die sie vor Augen gehabt hatte, als sie zuletzt gesungen hatte, blitzte in ihrem Gesichtsfeld auf und legte sich über die Zweige. Dann spürte sie den Druck einer warmen kleinen Hand, die sich an ihre klammerte. Sie drehte den Kopf auf der Wolldecke, die jemand für sie zu einem Kissen zusammengerollt hatte, und sah Penit neben sich auf der Ladefläche des Wagens sitzen. Der Junge starrte über sie hinweg in den Wald, und seine verstörte Miene ließ sein junges Gesicht um Jahre älter wirken, als es eigentlich war.

Wendra drückte Penits Hand und erregte so seine Aufmerksamkeit.

»He, sie ist wach!«, schrie er Shanbe zu, richtete sich auf die Knie auf und rutschte vorwärts, um sich über sie zu beugen. »Du bist ohnmächtig geworden«, bestätigte er ihren Verdacht. »Geht es dir jetzt wieder gut?«

Wendra lächelte über die Besorgnis, die aus den Zügen des Kindes sprach. »Es geht mir gut, aber ich könnte etwas Wasser gebrauchen.«

Penit ließ ihre Hand nicht los, während er nach vorn langte und einen Wasserschlauch aus einem Durcheinander von Ausrüstungsgegenständen zog, die sich links und rechts von ihnen stapelten. Er öffnete den Schlauch für Wendra und hob ihn ihr so an die Lippen, wie sie es selbst mit kleinen Händen für

Balatin getan hatte, als ihr Vater einmal erkrankt war. Die Parallele zwischen den beiden Vorgängen linderte den Schmerz in ihren Gliedmaßen. Das Wasser spülte ihr den widerlichen Geschmack aus dem Mund, und sie ließ sich wieder auf die Decke sinken. Plötzlich kam ihr ein quälender Gedanke, und sie versuchte sich aufzusetzen, aber ihr Magen verkrampfte sich und zwang sie, sich hinzulegen, bevor Penit sie dazu nötigen konnte.

»Die Bar'dyn?«, stieß sie hervor, hustete das Wort förmlich aus.

»Die meisten sind tot«, antwortete Penit. »Die übrigen sind durch die Bäume davongekrochen, bevor du zu singen aufgehört hast.«

Die Erinnerung an ihr Lied kehrte zu ihr zurück, und die kraftvolle, zornige Melodie lud sie ein, ihr erneut eine Stimme zu verleihen. Aber ihr Herz spürte nichts von der vorherigen Wut, und das Gefühl ging vorüber.

»Was ist mit Jastail?« Sie versuchte wieder, sich aufzusetzen, da der Gedanke an den Wegelagerer sie plötzlich nervös machte.

Penit blieb stumm.

Es war Shanbe, der antwortete: »Als sein Handel gescheitert war, ist er rasch den Hang hinauf geflüchtet und so deinem Lied entkommen.«

Die tiefe, volltönende Stimme des Ta'Opin beruhigte sie wie Tee mit Honig. Sie war melodiös und erklang in einem heiteren Auf und Ab, ganz anders als die schreckliche Gleichförmigkeit und abgehackte Sprechweise, die das tiefe Grollen der Bar'dyn auszeichneten. Wendra wollte, dass Shanbe weitersprach, so dass sie lauschen und die Musik seiner Worte in sich aufnehmen konnte. Aber er hatte sie überrascht und gesehen, was sie getan hatte. Die Erkenntnis, dass er Zeuge ihres zerstörerischen Liedes geworden war, ließ sie hoffen, dass er schweigen würde.

»Er wird uns nicht verfolgen«, versicherte ihr Penit. »Er hat jetzt Angst vor dir. Und Shanbe ist bei uns. Er bringt uns nach Decalam, damit ich am Lesherlauf teilnehmen kann.« Penit lächelte und war wieder ganz das fröhliche Kind, das sie liebte, als ob ihn alles, was er durchgemacht hatte, gar nicht berührt hätte.

Aber er hatte eine schmerzliche Wahrheit ausgesprochen: Ein Teil von ihr versetzte den Wegelagerer in Furcht. Sie kam zu dem Schluss, dass sie sich selbst davor fürchtete. Die seidige Verlockung der Töne, die sie gesungen hatte, hatte sie verführt, obwohl sie sich beim Komponieren des Liedes bewusst gewesen war, dass sie einen Zustand auslösten, in dem sie nur Dunkelheit sehen würde.

Wendra wurde auch klar, dass Penit sich immer noch an eine der Lügen klammerte, die Jastail ihm erzählt hatte – an die, dass Penit an irgendeinem Rennen teilnehmen würde, sobald sie Decalam erreichten. Sie zog in Erwägung, ihn zu verbessern, fragte sich aber, ob Shanbe die Ablenkung zugelassen hatte, um den Jungen beschäftigt zu halten.

»Vielleicht gewinnt der Junge sogar«, fügte Shanbe hinzu. »Ich habe ihn zu Euch laufen sehen, als der Bar'dyn ihn hat fallen lassen. Er hat flinke Füße.«

»Was gewinnt er denn dann?«, fragte Wendra.

Sie hörte, wie Shanbe sich auf dem Kutschbock umdrehte, als ob er sehen wollte, ob sie nur im Scherz gesprochen hatte.

»Ihr habt wirklich keine Ahnung, nicht wahr?«, fragte Shanbe.

»Ich werde die Regentin doch noch treffen!«, rief Penit.

»Das stimmt«, begann Shanbe, und der Ton einer Geschichte, die erzählt werden will, stahl sich in seine Stimme. »Der Lesherlauf ist ein alter Brauch, war aber kaum mehr als eine Legende … bis die Regentin dann das Große Mandat einberufen hat.« Das Holz von Shanbes Kutschbock knarrte, als er sich wieder dem Fahren zuwandte. »König Sechen Baellor hat das Große Mandat mitten im Krieg der Hand einberufen, als die meisten Nationen bereits der Stille anheimgefallen waren. Er wusste, dass schon viele Bündnisse mit den Stilletreuen geschlossen worden waren und dass auch die übrigen Länder in kommenden Jahren Verträge mit ihnen abschließen würden, um im Gegenzug milde Behandlung zu erfahren. In seinem eigenen Königreich Vohnce spürte er inbrünstigen Tatendrang, aber er wollte nicht, dass die Entscheidungen von einem parteiischen Rat getroffen wurden, in dem nur Adlige zusammenkamen, um herumzustolzieren und sich aufzuplustern. Deshalb ließ er verlautbaren, dass ein Mitglied des gemeinen Volkes – jeder Mann oder jede Frau, wer auch immer dazu bereit war – vom Volk erhoben werden dürfte, um einen Sitz unter den übrigen einzunehmen.« Shanbe hielt inne und sagte bei sich: »Er war ein guter Mann.« Dann räusperte er sich und fuhr fort: »Jedenfalls verkündete er auch, dass ein Kind im Ratszimmer bei ihnen sitzen sollte, um den Gedanken und Befürchtungen der Kinder Ausdruck zu verleihen. Seine eigenen Nachkommen wurden von der Kandidatur ausgeschlossen, aber es hieß, dass er der Ehrlichkeit und den Instinkten seines Sohnes und seiner Tochter mehr vertraute als dem Rat seiner Gelehrten und der anderen Adligen. Viele sprachen sich gegen die Aufnahme eines Kindes in den Rat aus, weil sie glaubten, dass es doch nur die Ansichten seiner Eltern wiedergeben würde. Anderen missfiel der Gedanke, weil sie sich nicht sicher waren, wie man gerecht einen Vertreter der Kinder wählen sollte.« Shanbe lachte gutmütig. »Der König zog eine Reihe von Prüfungen in Erwägung, aber er wusste, dass sie adligen Kindern, die sich Hauslehrer leisten konnten, einen Vorteil verschaffen würden. Ein Kampf erschien dem König unangemessen, und er lehnte auch den Vorschlag ab, dass man den Kindern beibringen könnte, Stimmen für sich selbst zu sammeln, indem sie herumgingen und Reden hielten. Also entschied er sich für einen einfachen Wettlauf. Manche beklagten sich auch darüber noch, weil die älteren Kinder einen eindeutigen Vorteil haben würden, und so beschränkte der König das Rennen auf diejenigen, die zwölf Jahre alt oder jünger waren.«

Penit schüttelte Wendras Hand, um sie dazu zu bringen, ihn anzusehen. »Ich kann wirklich schnell rennen, weißt du? Wenn ich gewinne, kann ich ihnen vielleicht alles über die Bar'dyn erzählen. Dann können sie ihre Armee ausrücken lassen, um deinen Bruder zu retten.«

Bei Tahns Erwähnung durchzuckte Wendra eine schmerzliche Erinnerung. Sie hoffte, dass er Decalam schon unbeschadet erreicht haben würde, wenn sie dorthin gelangten.

»An den Palastmauern ist bis heute die Markierung der Rennstrecke zu sehen«, fuhr Shanbe fort, »und Kinder, die diese Geschichte hören, laufen entlang jener Wände um die Wette.« Der Ta'Opin senkte die Stimme und fuhr in ernsterem Tonfall fort: »Die Regentin hat einen Termin für den Lesherlauf ausrufen lassen ... und sie hat das Große Mandat einberufen.«

Wendra erschauerte angesichts der Erwähnung des Großen Mandats. »Warum?«, fragte sie.

»Ich weiß es nicht«, antwortete Shanbe. »Ich war unterwegs, um verschiedene Städte und Dörfer zu besuchen, Instrumente zu sammeln und nach Sängern Ausschau zu halten.« Er bedachte sie mit einem wissenden Blick. »Die Botenvögel sind an Orte gelangt, an denen ich mich aufhielt, und die Nachricht hat sich rasch herumgesprochen.«

Sie schwiegen alle eine Weile und schienen darüber nachzudenken, was das zu bedeuten hatte.

Dann begann der Ta'Opin erneut: »Aber der Lesherlauf ist nicht nur ein Wettbewerb, Junge. Es *bedeutet* etwas, an diesem Rennen teilzunehmen. Du tätest gut daran, das nicht zu vergessen.«

»Das werde ich nicht«, sagte Penit, aus dessen Worten immer noch freudige Erregung sprach.

Wendra ließ das Gespräch über das Rennen ein Ende nehmen und sah sich nach den Instrumenten und Pergamentblättern um, die beiseitegeschoben worden waren, um Platz für sie zu schaffen. Sie erinnerte sich, dass weitaus mehr auf Shanbes Wagen gelegen hatte, als sie ihn vor ein paar Tagen gesehen hatte.

»Was ist aus Eurer Fracht geworden?«, fragte sie.

»Meine Fracht ist noch immer auf dem Wagen«, antwortete Shanbe, und das Lächeln, das auf seinem Gesicht lag, war ihm so deutlich anzuhören, als ob er laut gelacht hätte.

»Ja, aber nicht alles«, beharrte Wendra.

»Da habt Ihr recht«, räumte der Ta'Opin ein. »Ich musste einen Teil davon in den Hügeln verstauen, damit Ihr Euch ausruhen konntet. Aber macht Euch …«

»Shanbe, das könnt Ihr nicht tun! Diese Instrumente waren alt, sie werden …«

»… nur keine Sorgen. Ich habe immer noch ein altes Instrument dabei.« Der Kutschbock knarrte. Diesmal reckte Wendra den Kopf im richtigen Winkel, um sein Gesicht sehen zu können. »Nichts auf diesem Wagen ist so wichtig wie Ihr, Anais. Ich glaube, das wusste ich schon, als Ihr am Feuer in mein Lied eingestimmt habt. Deshalb habe ich so getan, als würde ich abfahren, und bin Euch dann in die Berge gefolgt, in die der Wegelagerer Euch verschleppt hat.« Er hielt inne, und seine Stimme klang, als käme sie aus weiter Ferne: »Ich habe solche Klänge in meinem ganzen Leben noch nicht gehört. Ich habe sie auf Pergament in verschiedenen Variationen niedergeschrieben gesehen, aber immer dieselben Motive, dieselben Verläufe, dieselben traurigen Melodien ...«

»Wie konntet Ihr denn hören ...«

»Musik ist eine Antwort, Anais«, sagte er ehrfürchtig. »Eine Antwort auf das, was sich in unserem Herzen befindet. Einige haben diese Gefühle auf Pergament gebannt. Nicht genau auf die Art, wie Ihr es getan habt, aber doch so, dass ich ihre traurige Schönheit erkannt habe ... und die Gefahr, die ihnen innewohnt.« Er zügelte die Pferde und brachte den Wagen zum Stehen. Dann drehte er sich ganz um, stellte die Füße auf die Ladefläche des Wagens und sah auf Wendra hinab, forderte ihre Aufmerksamkeit ein. Er verschränkte die Finger, beugte sich vor und stützte die Arme auf die Knie. »Ihr werdet mir jetzt genau zuhören wollen, Anais. Denkt zurück, dann erinnert Ihr Euch gewiss an eine Zeit, in der es Euch so schien, als würden Eure Lieder mehr tun, als Euch nur die Zunge zu kitzeln – eine Zeit, in der sie mehr bewirkten, mehr *auslösten*. Macht Euch nicht die Mühe, mir davon zu erzählen, und versucht nicht, es vor Euch selbst zu verleugnen.« Shanbe sah Penit an, als versuche er zu einem Schluss darüber zu gelangen, ob er fortfahren sollte: »Was Ihr tut, was Ihr seid, ist ein stärkeres Instrument als jede Ausbeute meiner Reise, mit der die Discantus-Kathedrale rechnet. Macht Euch keine Gedanken um das Zeug, das ich zurückgelassen habe! Es ist wohlverborgen und unauffällig. Ihr, mein Mädchen, dürft keins von beidem sein. Die Veränderungen, die die Regentin bewogen haben, das Große Mandat einzuberufen, sind wahrscheinlich dieselben, die mich ins Land haben ausziehen lassen, um diese rostigen Gegenstände zu finden und nach Decalam zu schleppen. Und jetzt, da ich Stilletreue so tief im Landesinnern gesehen habe, bin ich mir dessen fast sicher. Dass sie Euch beinahe in die Hand bekommen hätten, lässt mir das Blut in den Adern gefrieren.« Er schenkte ihr einen mitleidigen Blick. »Was Ihr ihnen angetan habt … Das habt Ihr noch nie zuvor getan, nicht wahr?«

»Nein«, brachte sie heraus. Düstere Erinnerungen flackerten in ihrem Verstand auf. Sie fragte sich, ob ihr Lied wohl dunkel genug geworden wäre, um Penits Licht zu stehlen. »Ich bin mir noch nicht einmal sicher, was geschehen ist.«

»Ich habe es noch nie gesehen«, sagte Shanbe, »aber ich habe Geschichten darüber gehört. Als ich in der Discantus-Kathedrale von den Maesteri ausgebildet wurde, haben sie uns davor gewarnt. Aber tausend Stimmen könnten Töne zu einem Lied versammeln und sie so schmerzlich vortragen wie Ihr, ohne dass die Welt sich auch nur um einen Deut verändern würde. Das, was in Euch steckt, Anais, ist wahrlich eine seltene Musik, und Musik rührt an die Ewigkeit.« Der Ta'Opin beugte sich vor und legte ihr die Hand auf die Stirn. »Aber es gibt zwei Ewigkeiten, Wendra: Euer Lied kann den Menschen Hoffnung schenken und sie in eine bessere Zukunft führen, oder es kann Tod und Verdammnis bringen. Über solche Macht zu verfügen ist eine Verantwortung, die Ihr zu tragen lernen müsst. Deshalb fahren wir nach Decalam«, schloss er.

»Was für Veränderungen haben die Regentin denn veranlasst, ein Großes Mandat einzuberufen oder sich auf eine Versammlung zu besinnen, die seit Generationen tot ist? Welche Veränderungen sorgen dafür, dass Nachfrage nach abgenutzten Instrumenten und muffigen Notenblättern besteht?«, fragte Wendra.

»Was ich weiß, wäre nur die halbe Wahrheit, und ich würde nicht recht daran tun, hier davon zu sprechen. Außerdem sollte man auf unsicheren Straßen keine Zeit verschwenden.« Er schwang die Beine hoch und wirbelte wieder nach vorn herum. »Ihr habt Fragen, da bin ich mir sicher. In der Kathedrale kann man sie Euch besser beantworten als ich hier. Ihr solltet Euch ausruhen. Ich mache bei Sonnenuntergang halt, aber nur lange genug, um etwas Kaffee zu brauen und das Gespann rasten zu lassen. Wir werden Decalam morgen erreichen.«

Wendra sah zu Laub und Himmel empor, die als Mosaik im Licht der ersterbenden Sonne vorbeizogen. Sie konnte das Messing und das Holz der wunderbaren Instrumente riechen, die Shanbe noch dabeihatte, den staubigen Geruch alten Pergaments. Während der Wagen knarrend nach Norden rumpelte, hielt Wendra weiter Penits kleine Hand gut fest.

»Wart's nur ab«, sagte der Junge mit seinem unverwüstlichen Lächeln, »ich passe schon auf dich auf.«

Wendra legte die andere Hand auf Penits kräftige Finger.

10

EINE STILLE WIEGE

Als das Hohe Licht aus den fernen Bergen vor ihnen aufstieg, sah Braethen das Ende des Mals. Eine dünne grüne Linie am Horizont zeugte von Leben und Wachstum. Die Rührung über die verheißungsvolle Farbe schnürte ihm die Kehle zu. Er hatte die schlichte Schönheit von Blattwerk schon beinahe vergessen und ertappte sich bei dem Wunsch, es schnell zu erreichen und das Mal hinter sich zu lassen.

Grant hatte seinen Mündeln Anweisungen erteilt und einem nach dem anderen die Hand gegeben, bevor er abgereist war. Trotz seiner Verbitterung blieb er die gemeinsame Verbindung, an die sich all diese verlassenen Kinder in der Ödnis des Mals klammerten. Auf sehr wirkliche Art war er ihr Vater.

Er war ein Schatten, dachte Braethen, mit einem Erlass auf hochoffiziellem Pergament in die Verbannung geschickt, ein Mann, der, obwohl er seit fast zwanzig Jahren hier lebte, nicht gealtert war, während er die Ausbreitung dieses trockenen, geschundenen Landes verfolgt hatte. Doch dieser Schatten rettete auch Kindern das Leben, und das an einem Ort, der so einsam und unbarmherzig war, dass ihr Leben nur aus dem Bedeutung zu gewinnen schien, was sie einander gaben. Respekt vor Grant regte sich in der Brust des Sodalen. Was hatte er getan, um diese Strafe zu verdienen?

Grant deutete nach rechts und lenkte sein Pferd nach Südosten. Sie folgten dem Verbannten einen kurzen Hang hinab in eine unscheinbare Ebene, die sich in einem Muster grauweißer Erde, die nur spärlich von Salbei bewachsen war, vor ihnen erstreckte. Hundert Schritt vom Fuße des Hügels entfernt stand ein einsamer Baum, an dessen Zweigen selbst die Erinnerung an seine Blätter abgestorben war. Der Stamm erhob sich als sanft geschwungenes helles Holz wie ein sonnengebleichter Knochen. Dicke Äste schlängelten sich vom Stamm weg und endeten in gezackten Krümmungen, als ob sie vor langer Zeit abgebrochen wären. Die nackten Zweige boten keinen Schatten vor dem Hohen Licht, das sogar in diesen frühen Augenblicken des Tages schon heiß auf sie herabschien. Braethen wurde zum ersten Mal bewusst, dass die Hitze im Mal genauso sehr aus der Erde aufstieg, wie sie vom Himmel herabbrannte, als könnte der Boden das Sonnenlicht nicht gebrauchen und würde es nur für einen Moment auffangen, bevor er es wieder losließ.

Grant hielt an und glitt geschmeidig aus dem Sattel. Er ging die paar Schritte zum Baum hinüber; eine Höhlung war direkt in den Stamm geschnitten. Dort blieb der Mann kurz stehen, sah zu dem Baum auf, wie Braethen einen alten Freund angeschaut hätte, wenn auch einen, den er gern vergessen hätte. Dann hielt Grant den Kopf an das Loch und spähte hinein. Als er zurücktrat, war sein Gesicht zu einer derart hässlichen und schmerzvollen Grimasse verzerrt, dass Braethen sich von dem Anblick abwandte.

Sowohl Mira als auch Vendanji stiegen ab und machten Anstalten, zum Baum zu gehen. Grant hob die Hand, um sie aufzuhalten. »Nein. Für die Wiege bin ich verantwortlich.« Er wartete noch einen Moment, und sein Gesicht nahm langsam wieder den gleichmütigen Ausdruck an, den Braethen den Verbannten in seinem Haus hatte zur Schau tragen sehen. Dann blickte Grant noch einmal in den ausgehöhlten Baum und griff hinein. Mit einem Ruck packte er etwas und riss es aus dem Loch hervor. Seine eiserne Faust hielt eine Schlange umklammert, die sich in seiner Hand wand. Grant verzog die Lippen, bevor er das Tier einfach so fest zusammendrückte, dass es sich bald nicht mehr rührte. Die tote Schlange hing schlaff herab, aber der Verbannte schien nicht willens zu sein, seinen Würgegriff um das Reptil zu lösen.

Braethen ließ sich vom Pferd gleiten und ging zu Mira und Vendanji hinüber, die Grant beobachteten. Vielleicht hegte der Mann Abscheu vor Schlangen. Schließlich ließ Grant das leblose Geschöpf auf den trockenen Boden fallen; die Schlange landete mit einem dumpfen Geräusch. Hand und Finger des Verbannten waren blutbefleckt. Er betrachtete das Blut, bevor er sich wieder dem Baum zuwandte. Plötzlich dämmerte es Braethen: Das hier war Grants Wiege, die er als Teil seiner Strafe bezeichnet hatte, der Ort, an den die kleinen Kinder gebracht wurden, damit er entweder ein Zuhause für sie fand oder sie selbst aufzog.

Zärtlich senkten sich die Arme des Mannes in die Baumhöhle hinab und zogen einen Säugling daraus hervor. Sogar von dort, wo er stand, sah Braethen die bleiche Haut des Kindes und die dunklen Schatten um Augen und Mund. Grant kniete sich auf den harten Boden unter dem abgestorbenen Baum und wiegte das tote Kind in den Armen.

Keiner der anderen rührte sich. Sie gedachten einen Moment

lang schweigend eines beendeten Lebens, für das nie Hoffnung bestanden hatte. Der Gedanke, wie der Säugling mit den Armen geschlagen haben musste, ohne zu wissen, dass sich in der Nähe die Schlange zusammengerollt hatte, entsetzte Braethen. Er verschloss die Augen vor dem Bild. Ein ferner Teil von ihm wollte das Kind rächen, aber der Schuldige lag bereits tot zu Grants Füßen. Ein Gefühl schrecklicher Hilflosigkeit überkam ihn. Wie tröstlich es auch für ihn selbst sein mochte, zum Schwert zu greifen, es war nun für immer zu spät, etwas an dem Ende zu ändern, das in den Armen des Verbannten lag. Braethen dachte an Wendra und fragte sich, wie tief ihre eigene Wunde gehen musste, wie sehr ihr eigenes Mal sie gezeichnet hatte. Wie sie wohl mit dem Verlust rang, an dem sie nichts ändern konnte?

Braethen machte unwillkürlich einen Schritt vorwärts, dann noch einen. Die unverwirklichten Möglichkeiten des Säuglings belasteten seine Gedanken ebenso wie die Ungerechtigkeit und Grausamkeit, ein Kind so auszusetzen und es den Launen einer Welt zu überlassen, die es nicht verstehen konnte. Seine Hand betastete instinktiv nach seinem Schwert, als wollte sie seine Bereitschaft bekräftigen, sich gegen solche Dinge einzusetzen, während er in Gedanken nach alten Geschichten suchte, die A'Posian an ihn weitergegeben hatte, um etwas zu finden, das diese fürchterliche Gräueltat ein wenig verständlicher machen könnte. Aber es gab nichts, und er stand einfach da und starrte den Pflegevater an, der um ein Kind trauerte, das er nie gekannt hatte.

Mira ging zu der Schlange und kniete sich hin, um sie in Augenschein zu nehmen. Sie tauschte einen wissenden Blick mit Vendanji. »Eine Hostah«, sagte sie. »Keine Schlange, die aus dem Mal stammt. Man findet sie eigentlich nicht südlich der Bahrenberge … es sei denn, jemand hätte sie hergebracht.«

»Was sagst du da?«, fragte Braethen, obwohl er sich der Antwort schon sicher war.

»Die Schlange wurde von Stilletreuen in den Baum gelegt.« Mira stand auf und beförderte die Schlange mit einem Stiefeltritt beiseite.

Grant drehte sich um und warf einen Blick auf die Sonne, die tief am östlichen Himmel stand. »Wir sind nicht zu spät dran, nicht mehr als eine halbe Sanduhr.« Sein Tonfall war fragend, aber zugleich resigniert. »Heute ist der festgesetzte Tag, die übliche Stunde. Das Kind ist kalt.« Er zog die Decke um die Schultern des Säuglings, als wollte er ihn wärmen.

»Es ist das Gift«, sagte Vendanji. »Die Hostah ist eine im Born gezeugte Seitenwinderschlange. Ihr Biss raubt Leben, um die Bestie selbst zu stärken.«

»Warum sollten sie das tun?«, fragte Braethen. »Ich dachte, die Stilletreuen hätten es auf das Leben um seiner selbst willen abgesehen. Hätten sie das Kind nicht eher entführt?«

»Die Stille sucht Forsa in jeglicher Form, aber in einem Säugling ist sie auf etwas ganz Besonderes erpicht«, erläuterte Vendanji, sprach aber an Grant gerichtet.

Grant sah starr zu dem Sheson auf, und mit diesem Blick wurde ein Geheimnis zwischen ihnen ausgetauscht.

»Es ist eine Warnung«, fuhr Vendanji fort und trat näher heran, um auf das Kind hinabzusehen. »Die Eltern des Kindes hätten die Wiege sicher gereinigt, bevor sie das Kind hineingelegt hätten. Nein. Die Schlange wurde hineingelegt, nachdem die Eltern des Kindes gegangen waren, und das Kind wurde dir als Zeichen hinterlassen.«

»Sie irren sich, wenn sie glauben, dass der Tod eines Kindes mich aufhalten wird.« Grant blickte beiseite in die gewaltige Leere des Mals, und ein entschlossener Ausdruck trat auf sein faltiges, sonnengebräuntes Gesicht.

»Es geht ihnen nicht darum, dich dabei zu stören, dich um deine neuen Mündel zu kümmern«, sagte Vendanji. »Sie werden versuchen, dich zu vernichten, wenn du ihnen nicht dabei nützen kannst zu bekommen, was sie begehren.«

»Und was ist das?«, fragte Braethen mit einem gereizten Unterton in der Stimme. All die heimlichen Gespräche und alten Verbindungen machten den Austausch des Sheson mit dem Verbannten unverständlich. Braethen kam sich wie ein Dorftrottel vor, der aus einer Unterhaltung zwischen bedeutenden Männern und Frauen ausgeschlossen wurde.

Vendanji sah ihn an, antwortete aber nicht, während Mira auf die Hügelkuppe stieg und auf ihre Fährte zurückblickte. Sie kehrte rasch zurück und schüttelte den Kopf – niemand verfolgte sie.

Grant betrachtete das Kind ein letztes Mal, und sein geduldiger, steter Blick zeigte, dass er sich damit abfand, dass hier ein Zyklus zu Ende gegangen war, wenn auch verfrüht. Dann reichte der Verbannte das Kind sanft an Mira weiter, damit sie es hielt, während er ein Grab auszuheben begann. Braethen sah zu, wie Vendanji sich neben Grant kniete und die beiden Männer stumm gemeinsam gruben. Unter dem abgestorbenen Baum schaufelten sie die unfruchtbare Erde beiseite, die zur letzten Ruhestätte des Kindes werden sollte. Braethen schloss sich ihnen an und zog sein Schwert, um den harten Boden aufzubrechen. Vendanji sah ihn zwar einmal an, als er das Schwert dieser neuen Verwendung zuführte, aber der Sheson schien einverstanden zu sein, und Braethens Herz freute sich, dem winzigen Leben zumindest auf diese Art Ehre erweisen zu können.

Während die drei Männer auf die Erde einstachen, um ein Grab zu schaufeln, sah Mira auf das Kind in ihren Armen hinab. Sie zog es nahe an sich, während mütterliche und bekümmerte Gefühle zugleich in stummen Wellen über sie hinwegbrandeten. Das Gesicht des Säuglings war bleich, aber friedlich, und das kleine Mädchen, in dessen zarten Zügen eine verheißungsvolle Zukunft für immer erstarrt war, so vor sich zu sehen … Mira kämpfte gegen wachsende Wut an, die hervorzubrechen versuchte.

Der Zeitpunkt dafür würde kommen.

Jetzt erwies sie dieser Kleinen Ehre, indem sie ihr die Fürsorge und Aufmerksamkeit angedeihen ließ, die sie verdient, aber zu Lebzeiten nie erfahren hatte. Mira dachte an ihre eigene Mutter – ihre leibliche Mutter –, an deren Gesicht sie sich nicht erinnern konnte, und fragte sich, welche Vorsehung sie davor bewahrt hatte, das gleiche Schicksal zu erleiden wie das Kind, das jetzt in ihren Armen lag.

Dass ein kleines Leben aus welchem Grund auch immer so im Stich gelassen worden war, ließ Miras Brust schmerzen und die Entscheidung, die sie jenseits von Decalam erwartete, zu einer schweren Bürde werden, zumal die Wahl, vor der sie stand, sich vielleicht auf den Erfolg des letztendlichen Plans des Sheson auswirken würde.

Der Blick auf die unerfüllte Verheißung dieses kleinen Mädchens befeuerte Miras Tatendrang, ließ aber zugleich die Erkenntnis, welchen Weg sie einschlagen sollte, in noch weitere Ferne rücken. Nur eine Gewissheit erfüllte sie unter der unbarmherzigen Sonne des Mals angesichts des reglosen Körpers der Kleinen: Wenn sie ihr Leben hätte opfern können, um diesen Säugling zu retten, hätte sie es getan.

Als das Kind zur letzten Ruhe gebettet und die Erde wieder in die Grube geschaufelt war, blieben die vier einen Moment lang in der Stille stehen. Im Anschluss stieg Grant aufs Pferd. »Dir steht ein Zyklus meines Lebens zur Verfügung, Sheson. Dann werde ich zu diesem Baum zurückkehren. Kein einziges Leben soll hier mehr verloren gehen, weil ich nicht da war, um es in Empfang zu nehmen.«

Dann sprengte er nach Osten davon und überließ es den anderen, ihn einzuholen. Mira und Braethen stiegen auf, aber Vendanji blieb noch einen Moment lang stehen.

Der Sheson sah auf den kleinen Erdfleck hinab, der sich leicht über den umgebenden Boden erhob. In der Ödnis dieses unwirtlichen Ortes hatten sie ein Leben zur letzten Ruhe gebettet, das ein unnatürliches Ende gefunden hatte. Die Hoffnung und der Lebensweg, die dem Kind bestimmt gewesen und ihm feige und boshaft entrissen worden waren, brachten die Empörung des Sheson zum Vorschein.

Ein hilfloser Säugling, nur um eine Botschaft zu übermitteln …

Vendanji zitterte vor Eifer, etwas zu unternehmen. Die abscheuliche Tat durfte nicht ungestraft bleiben.

Aber das würde warten müssen, bis er das nächste Mal der Stille begegnete. Die Hilflosigkeit, das Bild vor seinem inneren Auge, wie ein Säugling unverhofft von dieser Viper gebissen wurde, vor Schmerz und Verwirrung aufschrie und verzweifelt des Trostes bedurft hätte, den er gesucht und verdient hatte, indem er auf die Welt gekommen und in dieses Leben getreten war … Vendanji fiel auf die Knie und weinte stumm. Alles war so bitter, dass es ihm die Kraft und den Willen, weiterzureiten oder auch nur aufzustehen, raubte.

Was ging in der Seele derjenigen vor, die Quietus dienten, dass sie so etwas taten? Er konnte es nicht nachvollziehen. In diesem Augenblick erhaschte Vendanji einen Blick auf die Schrecken, die dem ganzen Menschengeschlecht für den Fall bevorstanden, dass der Schleier zerriss. Jetzt verstand er genauer als je zuvor, was die Geschichtsbücher als »die Ausweisung« bezeichneten: Die Väter hatten den Weißen und seine Gräuel vor der Welt verborgen.

Es konnte keine Aussicht auf Größe geben, keine darauf, sein Leben der Aufgabe zu widmen, diese Welt zu einem Ort zu machen, der der Schöpfung würdig war, wenn der Lebensodem einem Kind schon genommen wurde, bevor es lange genug gelebt hatte, um auch nur diese Verheißung zu erfahren.

Die Verzweiflung durchloderte ihn, und der Sheson hob den Kopf und schrie den ganzen Schmerz seines Herzens in den blassblauen Himmel empor. Während der Klang noch über der harten, unfruchtbaren Ödnis des Mals widerhallte, rammte Vendanji die Hände ins Grab des Säuglings, sprach die Worte, die sein Herz ihm eingab, und verlieh so für immer diesem Landstück einen Teil seines Geistes.

Sofort sprossen Gras und Blumen aus dem Grab hervor und verbreiteten ihren Lebensduft im Tal der Wiege, die dem Kind den Tod gebracht hatte.

Als das Brennen seiner Trauer sich langsam legte und das letzte Echo seines lauten Schreis verklungen war, zog Vendanji die Hände aus dem nun fruchtbaren Boden. »Leb wohl, Kleines«, sagte er. »Obwohl wir dich nicht gekannt haben, gehst du geliebt ins nächste Leben.«

Dann nahm Vendanji sein Messer, suchte die Schlange, schnitt ihr den Kopf ab und steckte ihn sich in die Tasche. Er sammelte auch ein Stück der Kinderdecke wieder auf, das sie abgerissen hatten, bevor sie das Mädchen begraben hatten: den Teil, der einen kleinen Blutfleck aufwies.

Diese Pfänder behielt er und ließ das Kind ruhen.

Gegen Mittag passierten sie den äußeren Rand des Mals und spürten das kühle Raunen einer Brise in den Bäumen und im Unterholz. Bisher war Braethen nie auf den Gedanken gekommen, dass das Leben etwas sein könnte, was man riechen konnte, aber nun sog er tief den Duft nach Rinde, Nadeln, herabgefallenen Blättern und feuchter Erde ein. Mira ritt als Kundschafterin voraus und ließ Braethen mit seinen beiden stummen Gefährten allein. An einem Bach rasteten sie und aßen zu Mittag, ohne etwas zu sagen.

Sie ritten schnell weiter und machten in der Dämmerung wieder halt, als ein großer Mond aufging.

Braethen wandte den Blick zum Himmel und dachte an Tahn, Sutter und Wendra. In Helligtal wäre er früher oder später Autor geworden. Sein Vater A'Posian hatte ihm sicheres Wissen aus seltenen Texten beigebracht, und mit dieser Ausbildung hätte er ihnen gedient.

Sie aber nicht beschützt.

Damals war er kein Sodale gewesen, das wusste er jetzt. Er hatte nichts verteidigt, bis auf die Bibliothek seines Vaters.

Aber jetzt war ihm das Schwert eines Sodalen anvertraut worden, und das von einem Mitglied des Sheson-Ordens, zu dessen Schutz die Sodalität einst gegründet worden war. Die Klinge auf seinem Emblem und der Federkiel, der daran entlangtanzte, waren für ihn stets nur eine Metapher gewesen, obwohl er Bruchstücke der Geschichtsbücher und Legenden gelesen hatte, die Autoren seit Generationen verfasst hatten. In Helligtal hätte er vielleicht nie erfahren, was dieses Zeichen in Wirklichkeit bedeutete.

Braethen ließ die Hand auf den Stahl sinken, der von seinem Gürtel hing. Die Berührung löste immer noch viele Gefühle in ihm aus: Stolz, Kampfbereitschaft, Verteidigungswillen; Abscheu vor dem, wozu ein Schwert diente; Verzweiflung darüber, dass die Waffe von Mal zu Mal bequemer in seiner Hand lag, wenn er das perfekt austarierte Gewicht anhob.

Braethen warf einen verstohlenen Blick auf die beiden dunklen Gestalten, die ihn aus dem Mal herausgeführt hatten. Vendanji und Grant saßen nahe beieinander und führten ein vertrauliches Gespräch. Im Mondlicht hoben sie sich düster von der schwarzen Landschaft ab, die sich vor ihnen erstreckte: Zwei gleichermaßen undurchschaubare Geschichten saßen Seite an Seite. In ihrer Rätselhaftigkeit kamen die beiden Männer Braethen wie das Reimpaar einer Prophezeiung vor. Der Gedanke ließ ihm einen Schauer über den Rücken laufen, weil seine eigene Geschichte nun unentwirrbar mit ihrer verknüpft war.

Am Ende konnte Braethen sich nicht mehr davon abhalten zu fragen: »Warum fasst du die Charta neu ab?«

Grant wandte sich in der Dunkelheit um. »Weil ich des Kämpfens müde bin.«

Braethen erinnerte sich an die Waffenhalterungen in Grants Haus. »Warum bringst du es dann den Kindern bei, die bei dir leben?«

»Weil ich weiß, dass sie früher oder später darauf angewiesen sein werden. Ich habe viel Zeit, um nachzudenken, Sodale. Viel Zeit, über die Arten nachzugrübeln, auf die ein Mann zornig die Hände gegen einen erheben kann. Tage und Jahre, meine Mündel und mich selbst zu lehren, dass die eigene Freiheit etwas ist, das man schützen muss, selbst auf die Gefahr hin, dabei körperlichen Schaden zu nehmen.« Grant stellte sein Abendessen auf einen umgestürzten Baumstamm und machte es sich, den Rücken an das Holz gelehnt, gemütlich. »Ich bin *vorbereitet,* mein Freund. Tausend Tage lang habe ich Schläge und Gegenschläge eines Kampfs nach dem anderen durchgespielt. Unterschiedliche Waffen, verschiedene Gegner ungleicher Größe und Befähigung. Ich habe mir das Gelände ausgemalt, auf dem Schlachten toben könnten, und Verwundungen – meine eigenen ebenso wie die meiner Gegner – mit einberechnet. Alles hier oben.« Er klopfte sich zweimal leicht an die Schläfe. »Und als mir nichts mehr eingefallen ist, habe ich von neuem darüber nachgedacht, und dann noch einmal, habe mir jedes Mal die Ergebnisse vor Augen geführt, den Grad der Tüchtigkeit meines Gegners verändert und seinen nächsten Schlag anhand hunderter Faktoren vorausgeahnt. Und als ich damit fertig war, habe ich es meinen Mündeln beigebracht. Und wir üben. Sonst gibt es im Mal nicht viel zu tun.«

»Abgesehen davon, eine neue Charta aufzusetzen«, warf Vendanji ein.

»Nun gut, das auch«, räumte Grant ein, und sein Lächeln wurde bei dem Eingeständnis ein wenig bitterer.

»Du hast mir aber immer noch nicht gesagt, warum«, hakte Braethen nach.

»Dir. Einem Grünschnabel aus Helligtal, der ein leuchtendes

Schwert trägt und dreist genug ist, es gegen einen Fremden zu ziehen« – er zeigte auf Braethen – »und außerdem ein neugieriger Bursche ist, der immer eine Frage parat hat, selbst wenn man gar kein Wort sagen sollte. Die Antwort lautet: Vielleicht will ich glauben, dass für diese Welt Hoffnung besteht – dass sie erlöst werden könnte. Oder vielleicht geht es dich nichts an.«

Braethen bedachte ihn mit einem verlegenen Grinsen. Er sah, dass Grant und Vendanji ein aufrichtiges Lächeln über das Gespräch tauschten, aber ihre jeweiligen Gedanken verdüsterten ihre Gesichter bald wieder, und die Bürde ihrer Grübeleien lastete auf ihnen, bis der Schlaf die Anspannung linderte. Braethen fiel es schwer einzuschlafen. Er setzte sich auf, beobachtete die beiden Männer und erspähte in gewissen Zeitabständen auch Mira. *Was tue ich nur in solcher Gesellschaft?* Die Frage verfolgte ihn bis in den Schlaf, wo sie in Träumen von Schwertern und Büchern Schabernack mit ihm trieb.

11

DIE GESCHICHTE EINES DIENERS

Sutter saß in der Dunkelheit, Handgelenke und Knöchel mit Ketten gefesselt, und starrte zu einer Truppe Spielleute hinüber.

Wenn ein Gefängnis noch tiefer herabsinken konnte als sein eigener nasskalter Odem und wenn Sutter sich etwas Schlimmeres hätte ausmalen können, als mit Dieben und Mördern eingesperrt zu sein, dann sicher, in Gesellschaft von Mimen in Ketten zu liegen.

Das hatte Gründe. Alte Gründe. Aber er gestattete sich nicht, sich an all das zu erinnern. Der blinde Hass reichte aus. Er schrieb ihn der Verzweiflung zu, in die der Stein und die Prügel ihn stürzten.

Er konnte nur mit einem Auge sehen, da das andere zugeschwollen war, nachdem ihn dort in seiner ersten Nacht in Decalam ein Stiefel getroffen hatte. Er starrte durch die Schatten zwei Männer und zwei Frauen an, die man an die gegenüberliegende Wand gekettet hatte. Ihr Kerkermeister hatte ihnen die Gesichter in grober, greller Verhöhnung ihres Berufs beschmiert und ließ sie von Zeit zu Zeit aufstehen, um zu tanzen oder irgendein Stück zu lallen. Ob ihm die Aufführung gefiel oder nicht, die Peitsche schien immer mit derselben Heftigkeit zum Einsatz zu kommen. Sutter hatte gesehen, wie die Peitsche einer der Frauen ein Auge ausgeschlagen hatte, als sie unbegleitet ein Lied zu einer einfachen Szene gesungen hatte.

Aber sein Mitleid hielt sich in Grenzen.

Alte Wunden.

Als Sutter einen weiteren Zellengenossen entdeckte, war das eine willkommene Erleichterung. Er hatte diesen anderen zuvor weder gesehen noch gehört. Der neue Mitgefangene hatte sich weit hinten unter der Treppe verkrochen, aber am Ende verriet ihn ein Stöhnen im Schlaf; sonst kam kein Laut von ihm. Sutter lauschte aufmerksam, und ihm wurde klar, dass dieser andere mit Stricken statt mit Ketten gefesselt war.

»Warum bist du hier?«, fragte Sutter.

Der Mann schwieg eine ganze Weile und sagte dann schließlich: »Man hat mich meines Throns für unwürdig befunden.« Ein trauriges Lachen folgte. Er hörte sich jung an.

Es gefiel Sutter, dass er aufrichtig klang. »Stammst du aus Decalam?«

»Weit gefehlt. Du hast sicher noch nichts von meiner Heimat gehört: Risill Ond. Das liegt am östlichen Ozean jenseits des Waldes von Isiliand.«

»Du hast recht, davon habe ich noch nie gehört. Und du bist dort König?« Sutters Skepsis war seinen Worten deutlich anzuhören.

Wieder das traurige Lachen. »Mein Volk hat schon vor so vielen Generationen Königshöfe und hohe Politik abgeschafft, dass wir in unseren ältesten Büchern nachschlagen mussten, um uns an unser eigenes Wappen zu erinnern.«

»Und wie sah es aus?« Sutter stellte fest, dass er für das unerwartete Gespräch im Dunkeln dankbar war.

»Es war eine Sense«, sagte der junge Mann.

Sutter spürte aufrichtige Überraschung. »Und warum eine Sense?«

»Wir sind Bauern.«

Völliges Schweigen senkte sich zwischen ihnen herab.

»Wie heißt du?«, fragte Sutter schließlich.

»Ich bin Thalen Dumal, aber ich bin kein König. Unser Land hat nie etwas anderes gekannt als den Frieden des Säens und Erntens. Wir leben unser Leben schon so lange im Kreislauf des Anbaus, wie es Menschen in Risill Ond gibt, aber wir hatten einst so etwas wie ein Königshaus, und als das Große Mandat einberufen wurde, rief man sich einen sehr alten Eid ins Gedächtnis. Meine Vorfahren hatten diese Versprechen abgelegt, als es bei uns noch einen Palast und Höflinge gab. Ich wäre lieber wieder auf meinem Acker und bereue es sehr, nach Decalam gekommen zu sein.«

Sutter nickte zustimmend. »Ich heiße Sutter. Ich kenne mich selbst mit der Erde aus.«

»Dann siehst du vermutlich auch ein, was für eine sinnlose Verschwendung diese ganze Angelegenheit ist.«

»Ich weiß nicht. Aber wenn du es so einschätzt, warum bist du dann überhaupt hergekommen?« Sutter betastete sein zugeschwollenes Auge.

»Wir waren dazu verpflichtet. Ich war dazu verpflichtet. Als vor langer Zeit der Zweite Eid abgelegt wurde und man von uns verlangte, dem Ruf zu folgen, zogen meine Vorfahren aus. Aber wir hatten keine Armee, und so wurde abgestimmt. Unsere unverheirateten Männer, die den Wandel schon erlebt hatten, wurden einberufen. Sie marschierten nach Decalam, ausgerüstet mit den einzigen Waffen, die sie kannten: mit Sensen. Deshalb erhielt das Aufgebot aus Risill Ond den Namen ›die Schnitter‹. Sie zählten zu den wenigen, die sich an der Seite der Männer aus Decalam ins Getümmel stürzten, und zur Erfüllung unseres Eides schworen wir, dem Ruf aus Decalam zu folgen, wenn er je wieder erfolgen sollte. Er erfolgte. Aber da wir in Risill Ond nicht die Traditionen eines Herrscherhauses pflegen, gab es keine besonderen Kleider, die man hätte anlegen können, und keine Fahne. Meine Mutter hat unser Wappen auf einen alten, fadenscheinigen Teppich gestickt.« Thalens Stimme verriet keine Beschämung. »Als wir hier ankamen, wurde ich sofort von irgendeinem Ligaten festgenommen und verhört. Aber es war nicht nur eine vorschriftsmäßige Überprüfung oder reine Besorgnis, welche Laster wir vielleicht pflegen. Die Liga hat es darauf abgesehen, ihren Einfluss auf Risill Ond auszudehnen. Da man mich ins Gefängnis geworfen hat, ist unser Land nun quasi unbesetzt, und das bedeutet, dass auch unser Sitz im Rat unbesetzt bleibt. Die Liga wird Anspruch darauf erheben, und dann wird eine Abordnung der Edukation in unsere Lande vorrücken – das konnten wir bisher vermeiden.«

»Wie ist euch das gelungen?«, fragte Sutter.

»Das habe ich dir doch schon gesagt. Wir haben keine Paläste. Kein Königshaus. Wir sind ein kleines, abgelegenes Land. Allerdings sind die Schnitter für die Standhaftigkeit bekannt, die sie an den Tag gelegt haben, als der Zweite Eid gebrochen wurde. Also haben wir aus Gründen der Tradition einen Sitz im Rat. Die Liga versucht, so viele Stimmen auf sich zu vereinen, wie sie nur kann, damit sie, wenn das Mandat zusammentritt, ihren eigenen Ehrgeiz befriedigen kann. Die Regentin …« Thalens

Tonfall wurde sanfter. »Es wäre ihr Ende, wenn ihnen das gelingen würde.«

»Wir müssen es irgendjemandem erzählen!«, rief Sutter.

»Wem? Den Wachen, die uns verprügeln? Oder den Spielleuten hier, die uns Gesellschaft leisten?«

Sutter sah zu der Truppe hinüber, die im Dunkeln Thalens Geschichte zu lauschen schien. Dann wandte er sich wieder Thalen zu, und der Zorn sprach deutlich aus seiner Stimme, als er sagte: »Ich verstehe einfach nicht, wie sie dich hier festhalten können.«

Der junge Mann lachte erneut. »Darin besteht die Ironie. Sie haben mich angeklagt, ein falscher Prätendent auf den Ratssitz von Risill Ond zu sein. Sie haben meine selbstgemachte Fahne und meine schäbigen Kleider angesehen und davon ausgehend ein Urteil über mich gefällt.«

Sutter kochte vor Zorn. Es half nicht, dass dieser Bursche das, was geschehen war, so gelassen hinnahm.

Thalen sprach weiter, und nun wurde sein Tonfall traurig und bekümmert. »Ich wäre gern wieder auf meinen Feldern, um den Morgentau auf den Pflanzen und auf dem Boden zu riechen, die Erde zu beackern und im milden Sonnenschein auf die endlosen, fruchtbaren Felder hinauszusehen. Das ist mein Hof … Ich bin kein König.«

Die Worte nahmen Sutter einen Teil seines Zorns, als er wieder an sein eigenes Zuhause und seine Eltern dachte. Sein Abenteuer hatte ihn in die Tiefen eines dunklen Kerkers geführt, und doch erinnerte sein erster Gedanke an Helligtal ihn nicht daran, dass er in Ketten lag, sondern an den Mann und die Frau, die einem Waisenkind ein Zuhause geschenkt hatten. Plötzlich hatte er Heimweh.

Thalen über seine Liebe zu seiner Arbeit reden zu hören, erinnerte Sutter an seine eigenen Gefühle, die er sich bis dahin kaum eingestanden hatte. Sein Zorn legte sich, und er saß ruhig da und dachte, vielleicht zum ersten Mal, über die Dinge nach, die er liebte.

Es war seiner Einschätzung nach der Abend seines zweiten Tages in den Eingeweiden des Solath Mahnus. Man hatte ihn von Tahn getrennt und irgendetwas darüber gemurmelt, Komplizen voneinander fernzuhalten. Sutter fragte sich, ob es Tahn gut ging, als er endlich in den Schlaf sank und die Toten in seiner Kerkerzelle sah.

Tahn saß schon seit zwei Tagen angekettet ohne Wasser oder Essen im Verlies. Der feuchtkalte Geruch schwitzenden Steins wurde nur von dem Gestank nach Unrat, Schmutz und fauligem Stroh überlagert. Von Zeit zu Zeit hatte er gehört, wie sich jemand über ein Abortloch in einer Ecke hockte, aber hier unten schien das kaum eine Rolle zu spielen. Ein Lichtkegel fiel schräg durch ein vergittertes Fenster in der Tür und schien immer schwächer zu werden, bis er schließlich auf die Stelle traf, wo Wand und Fußboden sich am unteren Ende einiger steinerner Stufen begegneten.

Der Fackelschein, der durch das Fenster drang, fiel zwischen Tahn und den anderen Gefangenen in der Zelle, und Tahn war dankbar dafür. Nachts stöhnte der Mann im Schlaf. Was auch immer sein unsichtbarer Gefährte geträumt hatte, hatte ihn dazu gebracht, mit den Armen um sich zu schlagen, so dass schwere Ketten geklirrt hatten. Vielleicht stöhnte er wegen der blauen Flecken, die einem die unnachgiebige Härte des Steinbodens einbrachte, auf dem sie schliefen.

Die Ketten, mit denen Tahns Handgelenke und Knöchel gefesselt waren, scheuerten, bis ihm das Eisen auf der wunden Haut brannte. Er bemerkte es kaum; die Wachen hatten ihn beinahe bewusstlos geschlagen, bevor sie ihn an die Wand gefesselt hatten. Sein Herzschlag ließ seine Rippen, die harte Stiefeltritte abbekommen hatten, und die Schnitte in Lippen und Wange pochen. Eine Platzwunde am Hinterkopf machte es unerträglich, sich hinzulegen. Er schlief im Sitzen an die Wand gelehnt, das Kinn auf die Brust gelegt. Sein linkes Auge hatte Schaden genommen, und obwohl er sich nicht daran erinnern konnte, glaubte er, dass jemand ihm auf die Finger gestampft war, so dass die Gelenke nun zu geschwollen waren, um sich beugen zu lassen.

Es gab kein Fenster ins Freie, das die abgestandene Luft hätte erneuern können. Wann immer Tahn oder sein Mitgefangener sich bewegte oder seufzte, hallte das Geräusch jeder Bewegung von der hohen Decke wider.

Man hatte Tahn seinen Bogen und seinen Gürtel abgenommen und ihm den Umhang von den Schultern gerissen. Er wünschte, sie hätten ihm wenigstens den gelassen. Der kalte Stein kühlte seinen Körper durch die Kleidung hindurch aus. Sie hatten ihm auch Sutter genommen und den Rübenbauern an irgendeinen anderen Ort gebracht. Im Augenblick hätte Tahn Sutters Scherze gut gebrauchen können, und sei es auch nur, um zu hören, wie er auf die Aufforderung reagieren würde, in diesem Keller eine Wurzel auszugraben.

Tahn schlief immer wieder für kurze Zeit ein und wusste kaum, ob Tag oder Nacht war, abgesehen davon, dass er schon zweimal auf gewohnte Art erwacht war. Da er irgendwie immer in der Lage war zu spüren, wo Osten lag, blickte er in die Dunkelheit und malte sich aus, dass der Fackelschein, der ein fahles Rechteck warf, in Wirklichkeit das Hohe Licht war, das aufgegangen war, um wie immer die Nacht zu verscheuchen. Der Gedanke tröstete ihn nur wenig, als er die Gitterstäbe ansah, die als dunkle Linien die Helligkeit durchschnitten. Doch in jenen Augenblicken spürte er das Kommen des Tages und zählte die Zyklen, wie sie kamen und gingen. Und wenn die Last des Schweigens ihn zu erdrücken drohte, presste er sich den linken Handrücken an die heile Wange und spürte den vertrauten Umriss seiner Narbe an der Haut. Die Narbe tröstete ihn, wenn auch nur, weil sie immer noch ihm gehörte.

In seinen ersten Stunden im Gefängnis hatte er noch gehofft, dass Vendanji, Mira oder irgendein anderer seiner Freunde kommen und ihn aus dieser Dunkelheit erlösen würde. Er hatte dagesessen, die Tür mit seinem einen sehenden Auge beobachtet und sich jedes Mal verkrampft, wenn eine Wache auf dem Gang auf und ab gegangen und am Fenster vorübergekommen war. Jedes Mal, wenn der Schatten eines Männerkopfes das Rechteck aus Licht verdüsterte, verlor Tahn ein wenig mehr Hoffnung. Jetzt sah er schon nicht mehr auf, wenn er Stiefeltritte hinter der Tür hörte. Die Augenblicke zogen sich in die Länge wie ganze Tage. Von Dunkelheit umfangen und niedergeschlagen von den Bewohnern einer fremden Stadt, die ganz erpicht darauf waren zuzusehen, wie jemand gehenkt wurde, fühlte sich Tahn, als würde er in einer Falle sitzen, aus der es kein Entrinnen gab.

Auch seine eigenen verworrenen Gedanken sperrten ihn ein. Er versuchte, sich an Augenblicke der Freiheit und des Glücks zu erinnern: Jagden tief im Helligwald, das Schwimmen im Steinbruch mit Sutter, während die kleinen Wellen, die das

Wasser schlug, im Sonnenlicht funkelten, und Wendra beim Äpfelschneiden für einen süßen Kuchen, den sie mit Traubenmarmelade und Gewürzen abrunden würde. Aber jede Erinnerung verdüsterte und verzerrte sich, wurde zu Asche, die von einem brennenden Berg auf einen bewaldeten Hang herabregnete, zu kaltem Wasser, das im mörderischen Griff eines Fährtenlesers in Tahns Lunge strömte, oder zu dem Bar'dyn, der Wendras totes Neugeborenes festhielt, während Tahn unfähig war, das Monster aufzuhalten ...

All dies gab Tahn am Ende – zumindest für eine Weile – der heiteren Ruhe der Schwärze anheim, der Stille, die ihn umfing.

Bis auf Wendra. Sein Versagen an Wendra.

Zwischen ihnen hatte schon immer ein besonderes Band bestanden. Sie waren Bruder und Schwester, ja, aber zugleich mehr als das. Freunde. Echte Freunde. Was Tahn für sie tat, geschah nicht einfach aus der Verpflichtung der Blutsbande heraus, sondern aus aufrichtiger Zuneigung und Besorgnis. So war es. Und ihrerseits hatte Wendra nie auch nur eine der kleinen Seltsamkeiten hinterfragt, die sie sicher in ihm sah. Wenn seine Träume ihn gequält hatten, war es der sanfte Klang ihrer Stimme gewesen, der seine Gedanken in dunklen Nachtstunden beruhigt und ihm aufs Neue Frieden geschenkt hatte.

Deshalb hatten die Ereignisse vor kurzem ihn so tief verletzt. Sogar hier, wo ihm so gut wie alle Gefühle und seine Würde geraubt worden waren. Aber wenigstens musste er jetzt keine Entscheidungen mehr treffen – zumindest dachte er das.

»Kein einziges Wort in zwei Tagen. Wo sind deine Manieren, mein Sohn?« Die Stimme durchdrang die Dunkelheit, aber Tahn achtete nicht mehr darauf als auf jeden anderen Fiebertraum seines Verstands.

Wieder ertönte die Stimme: »Wir beiden sind allein hier, also musst du doch wissen, dass ich mit dir spreche.«

Tahn hob den Kopf in die Richtung, aus der die Stimme gekommen war, die so ruhig und voller Geduld und Klarheit sprach.

»Du hast auch nicht mit mir gesprochen«, sagte Tahn und versuchte, an dem Lichtkegel vorbeizuspähen, um den Mann zu sehen.

»Das ist eine reine Vorsichtsmaßnahme«, erwiderte die körperlose Stimme. »Der Rat hat schon vorher Spitzel und Spione hergeschickt, die ein paar Stunden oder vielleicht einen Tag lang deine Ketten getragen haben, in dem Glauben, dass ich mich einem von ihnen anvertrauen würde, um ihm mein Leid zu klagen, so dass sie herausfinden würden, was sie mir nicht auf anderem Wege abpressen konnten.«

»Warum sprichst du dann jetzt mit mir?« Tahn konnte den Mann immer noch nicht sehen.

»Weil kein Mann, der freiwillig hier war, jemals so lange geblieben ist wie du.« Tahn hörte die Ketten des Mannes rasseln, als ob er seine Sitzhaltung veränderte. »Die Dunkelheit macht ihnen zu schaffen, und sie rufen danach, freigelassen zu werden.« Der Mann lachte leise in der Dunkelheit. »Mein Schweigen verstört sie. Was für Flüche ich schon von Menschen gehört habe, zu denen ich nie ein Wort gesagt hatte!« Tahn hörte noch ein leises Lachen.

»Also hast du beschlossen, mir zu vertrauen, weil ich seit zwei Tagen hier bin?«, fragte Tahn ungläubig.

»Ich habe nicht gesagt, dass ich dir vertraue.« Der Tonfall des Mannes veränderte sich, wurde ausdruckslos und klar. »Dass ich mein Schweigen gebrochen habe, heißt nicht, dass ich mich mit dir verbrüdern will. Aber jemand, der so zusammengeschlagen worden ist wie du … Ich wüsste gern, welches Verbrechen die Stadtwache von Decalam dazu bewogen hat, mit solcher Begeisterung über dich herzufallen. Selbst ich habe nicht so viel erlitten, als ich hierhergekommen bin.« Wieder hörte Tahn die Ketten rasseln und stellte sich vor, dass der Mann den Arm hob, um auf die Zelle zu deuten, die sie miteinander teilten.

Tahn überlegte. Wenn er dem Mann erzählte, was er getan hatte, würde der Bursche vielleicht wissen wollen, warum er so gehandelt hatte, und was hätte Tahn dann sagen sollen? Aber er hatte im Dunkeln einer stinkenden Zelle bereits eines gelernt: Man hörte die Wahrheit, weil es nichts gab, was einen von ihr ablenken konnte. Tahn spürte, dass in diesem Kerker, in dem Schulden beglichen wurden, Geheimnisse wie Beichten waren.

Tahns Zellengenosse brach das Schweigen. »Du schämst dich vielleicht für deine Tat«, sagte die Stimme mit zweifelndem Unterton, »oder du machst dir womöglich Sorgen, dass ich meinerseits der Spitzel sein könnte, der nur hier ist, um dich über deine Pläne auszuhorchen. Oder du denkst sogar, dass ich einfach kein Verständnis dafür haben kann.« Der Mann hielt inne; Luft zischte durch seine Nasenlöcher. »Du solltest darüber nachdenken, was für ein Mann sich freiwillig bereiterklären würde, sich so lange neben einem Haufen seines eigenen Unrats anketten zu lassen, nur um einen Gefangenen zu verhören. Über welche Schande könnte ich mir *hier* ein Urteil erlauben? Und was das Verständnis betrifft, mein Sohn, musst du mir glauben, dass meine Tage hier für mich auf eine Art lehrreich waren, die Gelehrten nie zugänglich sein wird.« Er lachte sanft. »Allerdings hätte ich gern auf diese Ausbildung verzichtet.«

Tahn sagte immer noch nichts. Ein Dieb, ein Mörder – was

für ein Missetäter dieser Mann auch sein mochte, Tahn glaubte nicht, dass er sich all die Vermutungen und Geschehnisse von der Seele reden konnte, die ihn seit seiner ersten Begegnung mit dem Sheson beschäftigten. Vendanji hätte nicht gewollt, dass er jemandem all das anvertraute. Und was würde ein Mann, der in einer Zelle festsaß, mit solchen Informationen anstellen, sobald er frei war? Tahn hob die Hand und berührte erneut mit der Narbe die Haut seiner unversehrten Wange.

»Immer noch vorsichtig«, sagte der Mann anerkennend. »Dann zieh Folgendes in Betracht, mein junger Freund. Für mich wird es keine Begnadigung geben. Keine zweite Verhandlung vor dem Höchsten Gericht. Wenn ich meine Zeit hier abgesessen habe – und zwar lange Zeit, um mir alles gründlich heimzuzahlen –, werde ich mich meinem Tod stellen müssen und mich fragen, ob meine letzte Ruhestätte wohl noch kälter als dieses Steinbett sein könnte.«

»Am Galgen?«, fragte Tahn.

»Was auch immer man für angemessen hält«, sagte der Mann. »Wie du siehst, wird deine Geschichte, wie sie auch lautet, nie eine andere Menschenseele erreichen. Aber hier unten in diesem Gefängnis verschafft sie uns beiden vielleicht für ein paar Augenblicke Erleichterung.«

Der ernste Unterton in der Stimme des Mannes traf Tahn unvorbereitet. Noch immer war jedes Wort, das der Fremde sprach, geduldig und gemessen, aber jetzt schwang eine gewisse Schärfe mit, die sich daraus ergab, dass er so lange der Finsternis und dem gleichgültigen Stein ausgesetzt gewesen war. Doch es war noch mehr als das. Tahn konnte seine Aufrichtigkeit hören. Es war dem Mann ernst damit, dass er eine Geschichte hören musste, die ihn an einen Ort jenseits der Wände dieser

Zelle tragen konnte, und ebenso damit, dass irgendeine Nacht hier die letzte sein würde, die er auf dieser Welt schlafen würde, bevor er in den Tod ging.

Dennoch fragte Tahn einfach: »Warum?«

Aus der Dunkelheit ertönte ein Geräusch, als der Mann aufstand, und Tahn sah, wie sich ein Schatten nahe bei dem Lichtkegel erhob, der schräg durch das Fenster oberhalb der Stufen fiel. Ein vorgerecktes Kinn verriet Trotz. »Weil die Soldaten hier keine einfachen Gesetzesbrecher zusammenschlagen, deren Vergehen sich gegen einen anderen Bürger von Decalam richten. Und niemand, dem ein Einwanderer zum Opfer fällt, wird je in Ketten gelegt; die Lakaien, die als Gesetzeshüter dienen, empfinden zu viel Abscheu vor dem dreckigen Pöbel.« Er senkte den umschatteten Kopf, als könnte er Tahn durch die Dunkelheit sehen. »Ein junger Mann, der nach der Landstraße riecht, dessen Gesicht noch nicht lange ein Rasiermesser benötigt, der aber dennoch so viel Bosheit in seinen Peinigern aufstört wie du, mein Freund, ist jemand, der der Stadtwache selbst eine Wunde geschlagen hat, vielleicht gar der Liga, und das ist eine Geschichte, bei der die Wände dieser Zelle dahinschmelzen können, wenn auch nur für die Zeitspanne des Erzählens.«

Tahn schluckte gegen die Schwellungen in seinem Mund an und litt plötzlich unter Hunger und Durst. »Mein Mund ist trocken«, sagte er.

»Du wirst an deinem vierten Tag hier etwas zu essen erhalten, und was du schlucken und trinken kannst, wird einfach durch dich hindurchströmen wie Regen durch einen Wasserspeier. Es wird wahrscheinlich verschimmeltes Brot geben und Wasser, das schon abgestanden ist, seit du hergekommen bist.«

Tahn glaubte ein Lächeln zu hören. »Es schmeckt trotzdem gut, obwohl es dir Schmerzen bereiten wird, wenn du es auf leeren Magen zu dir nimmst.«

Tahn stöhnte und lehnte sich gegen die Wand hinter sich.

»Ich teile meine Ration mit dir«, sagte der Mann, »damit du für die Worte, die du großzügig mit mir wechselst, bei Kräften bleibst.«

Für einen Augenblick spielte Tahn mit dem Gedanken, abzulehnen, aber dann erschien ein Arm im Licht, das durchs Fenster fiel, und schob einen Metallteller mit einem Stück Brot und einer Scheibe Käse auf ihn zu. Einen Moment später kam ein angeschlagener Krug. Das Gesicht und die Schultern des Mannes blieben im Schatten jenseits des Lichtkegels. Der Mann schwieg, während Tahn aß.

Noch nie hatte warmes Wasser seinen Durst so vollkommen gestillt. Er bemerkte kaum, wie ihm die Handschellen an den wunden Handgelenken brannten. Als er fertig war, erschienen die Arme wieder und holten sich Teller und Krug zurück. Tahn rechnete fast damit, dass der Mann ihn nun bedrängen würde zu beginnen, aber bald hörte er das tiefe Einatmen eines Schlummernden und erkannte, dass der Mann eingeschlafen war.

Aus der Tiefe seiner eigenen Schatten beobachtete Tahn das Rechteck aus Licht und wurde von einem wachsenden Gefühl der Verlassenheit ergriffen. Er wusste nicht, wie lange er vor sich hinstarrte, bevor er zu erzählen begann und das Echo seiner eigenen Stimme hörte, das vom unbarmherzigen Stein zurückgeworfen wurde. Seine Worte waren kaum mehr als ein Flüstern, aber seine leise Stimme trug in der stinkenden Luft weit. Beinahe sofort spürte er, dass der Mann ihm lauschte. Zwar unterbrach ihn kein Kettenrasseln oder Scharren, aber sein Publikum hörte jedem Wort zu, ein Publikum aus nur einem Menschen, der auf unnachgiebigem Stein lag.

Irgendwie fühlte es sich wie ein Geständnis an.

Tahn erwähnte jede Einzelheit, an die er sich noch erinnern konnte, und behielt nur zweierlei für sich: dass der Schreiber ihm die Stäbe anvertraut und er mit leerem Bogen auf Sevilla gezielt hatte. Er erzählte von Vendanji und seinem seltsamen Erscheinen in Helligtal an dem Abend, als Wendra angegriffen worden war. Er erzählte von den Sedagin und von Sutters Tanz mit Wendra. Er berichtete von den dunklen Nebeln, davon, wie Sutter und er von Mira, Penit und den anderen getrennt worden waren, von dem, was ihn dazu gebracht hatte, geradewegs in diese brodelnden Wolken zu fliehen. Er sprach von dem Lul'Masi und den Zelten der Tenendra, von dem Brand in der Bibliothek von Kumram, von Steinsberg und seinem Kampf mit dem körperlosen Wesen. Er beschrieb angewidert, wie die Frau auf Befehl der Liga verbrannt worden war. Mehrere Male unterbrach er sich, um etwas zu ergänzen, das er zunächst zu erwähnen vergessen hatte.

Er schloss, indem er seine Ankunft in Decalam schilderte, bei der er entdeckt hatte, dass gerade eine weitere öffentliche Strafe vollzogen werden sollte. Er beschrieb die Uneinigkeit der Zuschauermenge bei der Hinrichtung und seinen Eindruck, dass einer der Männer nicht hätte getötet werden sollen.

»Und so bin ich nun hier«, sagte Tahn und beendete damit seine Geschichte. »Es kommt mir so vor, als wäre es ein ganzes Leben her, dass ich an der Schlucht gesessen und nach dem Hirschrudel Ausschau gehalten habe, das die Rinne heraufkam.« Er blickte auf. »Da hat es begonnen«, fügte er hinzu. »Mit einem Mann, der einen dunklen Umhang trug, der scharlachrot schimmerte, wenn er sich bewegte. Er hat den Hirsch getötet, den ich verschont hatte, hat Regen zu einem Wasserstrahl aufgepeitscht, der das Tier in die Erde gedrückt hat.« Tahn schüttelte den Kopf. »Als er fertig war, habe ich gesehen, wie er die Hände in den Schlamm gesteckt und den feuchten Boden dazu gebracht hat, zu Glas zu verbrennen.«

Tahn sehnte sich nach einem weiteren Schluck Wasser aus dem lauwarmen Krug des Mannes. Sein Mund und seine Kehle waren wieder trocken. In der Zelle war es still, bis sein Mitgefangener einen leisen Laut des Erstaunens ausstieß.

»Bei Palamon, mein Sohn, wer bist du?«

Tahn versuchte erneut, durch den Lichtkegel zwischen ihnen hindurchzuspähen. Das fahle Leuchten war ihm noch nie so hell vorgekommen. »Tahn«, sagte er. »Tahn Junell. Mein Vater hieß Balatin Junell. Er ist erst vor drei Jahren gestorben.«

»Und du hast Vendanji seit dem Male Siriptus nicht mehr gesehen?«

»Nein«, antwortete Tahn. »Aber ich habe gehört, wie er uns zugerufen hat, dass wir uns in Decalam wiedertreffen sollten. Ich habe gesehen, dass sich hohe und niedere Adlige und weniger vornehmes Volk auf den Landstraßen und in den Ortschaften auf dem Weg hierher drängen.« Tahn versuchte, sich an die Wand zu lehnen, und zuckte zusammen, als er die Platzwunde an seinem Hinterkopf traf. »Es gehen Gerüchte, dass der Schatten der Hand sich geöffnet hat …« Tahn hielt kurz inne. »Aber das sind nicht bloß Gerüchte. Ich habe sie gesehen. Ich nehme an, deshalb strömen alle so panisch hierher. Ich hoffe bloß, dass die anderen unbeschadet ankommen.«

»Die Hand ist ein Sammelpunkt, Tahn, aber sie ist nicht der einzige Weg, der aus dem Born herausführt. Die Legionen der

Stille bestürmen die Grenzen selbst weit im Osten beim Saeculaforst. Aber es ist das Land im Westen, das blutet, Mal'Tara, Mal'Valut, Destik'Mal, sogar Ebon, wo das Leben so nahe am Born den Mutterboden, die Luft und die Leute verdirbt. Es ist ein unwirtlicher Ort, und der Schleier, der die Dunkelheit zurückhält, ist dünn. Die Völker und Königreiche jenseits der Dividen sind für uns so gut wie verloren. Früher dienten sie als Bollwerk gegen das Krebsgeschwür des Borns. Vor nur einem Zeitalter war der Orden der Sheson dort noch stark vertreten und hat sich an dem Kampf beteiligt, der die Stilletreuen davon abhalten sollte, so ins Land vorzudringen, wie die Lul'Masi während des Krieges der Hand in unsere Welt gelangt waren.«

Jetzt hörte Tahn genau zu, und der Klang der Stimme des Mannes strich hauchzart wie ein Gebet über den verhärteten Stein.

»Aber der Argwohn derer, die dem Orden nach Westen gefolgt waren, hat sich zu Sanktionen ausgewachsen, die von der Liga durchgesetzt werden. Schwache Herrscher verfallen in Hysterie, da sie darauf erpicht sind, sich mit Seiner Führerschaft gutzustellen.« Abscheu sprach aus den Worten des Mannes. Tahn hatte den Eindruck, ein Zähneknirschen zu hören, bevor die Ruhe in die Stimme seines Gefährten zurückkehrte. »Aber das ist nicht das Wichtigste, Tahn. Die Stille des Einen wächst sogar ohne die bewusste Unterstützung der Menschen. Unsere Felder bringen mit jedem Jahr weniger hervor; die Würfe unserer Tiere und unsere Herden werden kleiner. Die Wachstumsperiode verkürzt sich; die beißende Kälte der Winterluft hält länger vor und erstickt das Werk des Hohen Lichts. Unser Land wird dem immer ähnlicher, was wir von der Welt jenseits der Bahrenberge annehmen.« Er senkte die Stimme und verlieh so dem Folgenden besondere Bedeutung: »Das Gerücht, das uns unter Druck setzt, Tahn, und die Regentin dazu bewegt, ihren gesamten Hohen Rat und das Große Mandat einzuberufen, besagt, dass der Schleier abermals dünner wird. Und in diesen wahnwitzigen Zeiten schwächt sich der Glaube an die Verse und das Lied derart ab, dass sie geradezu abgeschafft werden …«

Tahn lief ein kalter Schauer über den Rücken. Er hatte diese Bezeichnungen schon gehört, aber sie hatten jetzt dieselbe Auswirkung auf ihn wie zuvor. Die bloße Erwähnung dieser Dinge erregte Scheu und Verehrung in ihm, die erschreckend und hoffnungsvoll zugleich waren. Die Worte selbst sprachen etwas tief in ihm an, etwas Entscheidendes und Entsetzliches. Er bemerkte, dass die Ketten, mit denen er gefesselt war, auf dem Steinboden klirrten, aber er konnte seine Arme nicht am Zittern hindern.

Der Mann schien es nicht zu bemerken. »Und nun zu *meiner* Geschichte, Tahn«, sagte er in etwas liebenswürdigerem Ton. »Ich heiße Rolen, und ich bin Sheson.«

Tahns Kopf fuhr in Rolens Richtung herum. »Sheson«, wiederholte er. »Aber dann könntest du dich doch befreien! Warum …«

»Sachte, mein Sohn. Geduld!«

Tahn hatte hundert Fragen, aber er setzte sich aufrecht hin, da er wissen wollte, wie ein Lenker gegen seinen Willen an diesem unsäglich widerwärtigen Ort festgehalten werden konnte. Ein Wachsoldat kam zur Tür, warf einen Blick zu ihnen herein und stieß einen Fluch aus, bevor er seinen Weg fortsetzte, überzeugt, dass es ihnen erbärmlich genug ging. Seine Schritte entfernten sich den Gang entlang. Tahn lauschte wie gebannt und starrte in die Schatten, in denen dieser Sheson saß. Rolen stand auf und begann langsam auf und ab zu gehen. Die Ketten schwangen beinahe melodisch im Takt mit seinen Schritten. Tahn vergaß völlig seine Umgebung, seinen Hunger, die Wunden und Prellungen, sogar die Außenwelt. Ein brennender Gedanke ließ ihm den Atem stocken: Wenn ein Sheson gefesselt und eingesperrt werden konnte, dann waren die Verheißung des Entkommens und die Hoffnung, die Vendanji auf Tahn gesetzt hatte, vielleicht töricht. Tahn überlegte, ob er dadurch, dass er in dieser stinkenden Dunkelheit saß, vielleicht mehr über die Wahrheit lernen würde als in jeder Morgendämmerung, die zu sehen er erwacht war.

»Ich stamme ursprünglich aus dem Kauzwald«, begann Rolen, und obwohl seine Stimme schwach war, wurde ihr Tonfall bekümmert: »Meine Mutter besaß nur ein einziges Buch, aber sie las mir an jedem Abend meines Lebens daraus vor. Hundert Mal oder mehr blätterten wir die letzte Seite um, nur um noch einmal von vorn zu beginnen. Dieses Buch war *Der Erste Sohn des Allwillens*. Ich saß da, sah zu, wie sich die Lippen meiner Mutter bewegten und die Worte auf der Seite formten, und stellte mir vor, dass ich dabei wäre und Zeuge der ersten Schlacht zwischen Palamon und Johan'el würde. Und jeden Abend küssten mich ebenjene Lippen, die die Worte auf der Seite formten, auf die Stirn, um mich in den Schlaf zu wiegen, und ich sagte zu meiner Mutter, dass ich eines Tages in Palamons Fußstapfen treten und mich mit Leib und Seele dem Dienst an anderen verschreiben würde, und sei es um den Preis meines eigenen Lebens.« Ein verschmitztes Lachen entschlüpfte Rolens Lippen. »Heute kann ich mir vorstellen, wie sich das für sie angehört haben muss, aber sie antwortete immer: ›Ich weiß, Rolen‹, und drehte die Lampe herunter, bevor sie vom Dachboden hinabstieg. An dem Tag, als ich meine Melura hinter mir ließ und den Einschnitt des Wandels durchmachte, packte ich all meine Habseligkeiten zusammen und ritt nach Norden über die Landstraße von Balenns hierher.« Ehrfürchtiges Staunen sprach aus seinen Worten. »Solch eine Stadt hatte ich noch nie gesehen. Ich habe gehört, dass Ir-Caul und Dalle einen großartigen Anblick bieten, aber ich fiel auf die Knie, als die Mauern von Decalam sich vor mir aus der Ebene erhoben. Decalam erschien mir fast wie das Tabernakel des Himmels, von dem ich immer geträumt hatte. Nachdem ich das Tor passiert hatte, beeilte ich mich, nach einem Sheson zu fragen, der mich ausbilden und unterrichten konnte. Jedes Gesicht, jedes Augenpaar sah mich finster an, Flüche und verächtliche Schimpfwörter wurden mir entgegengeschleudert. ›Du vergeudest deine Jugend‹, sagten die einen, ›Du jagst Geheimnissen und Gräueln nach‹, die anderen. Die meisten nannten mich einen Narren und ließen mich stehen.« Ein trauriges Lachen folgte. »Ich konnte nicht verstehen, warum dem Orden diese Gefühle entgegenschlugen, und mehr als einmal versuchte ich, die Geschichte aus dem einzigen Buch meiner Mutter nachzuerzählen, weil ich annahm, dass die Leute die Erzählung nicht kannten. Das brachte mir nur den Geschmack von abgestandenem Bitter ein, das mir von schamlosen Lippen entgegengeprustet wurde, und mehr als einmal musste ich mich vom Boden aufrappeln. Ich fand heraus, dass der Kauzwald kleiner war, als ich gedacht hatte – oder dass meine Mutter vielleicht einem schlauen, aber verlogenen Autor auf den Leim gegangen war, der seine Geschichten nur ersonnen hatte, um Geld zu verdienen, statt um andere zu erleuchten.« Rolens Atem ging angestrengt, und der Sheson setzte sich mit klirrenden Ketten wieder hin, während seine Lunge keuchte, weil es ihm große Mühe machte, Luft zu holen.

Tahn wartete geduldig, aber erpicht darauf, den Rest der Geschichte zu hören.

Schließlich hatte der Mann Atem geschöpft und fuhr langsamer fort: »Einen ganzen Zyklus des Minderen Lichts lang suchte ich nach dem Orden und arbeitete mich von einem Ende von Decalam bis ans andere vor. Ich durchsuchte jedes Gasthaus, jede Taverne, jeden Laden, jedes Geschäft, jedes Seitengässchen. In manchen Straßen rief meine Suche nur ein hochmütiges Naserümpfen oder einen vernichtenden Blick aus einem gut gewaschenen Gesicht hervor. Aber dann bog ich eines Tages in eine Gasse ab, die nach verfaultem Kohl und modrigem Holz stank und nur von streunenden Katzen bewacht wurde. Eine kurze Treppe führte in eine heruntergekommene Bierschenke hinab, die nur drei Tische und weiter hinten ein paar Liegen hatte, auf denen fleischliche Genüsse feilgeboten wurden. Ich ging eher aus Gewohnheit als in dem Glauben hinein, dass meine Suche noch Früchte tragen würde. Ein Mann saß allein an einem der niedrigen Tische und hatte ein Glas vor sich stehen, in das sparsam Rotwein aus einer Flasche eingeschenkt worden war. Eine Liege knarrte unter zwei Benutzern, die ihre Dienste für Geld verkauften. Ich war dankbar für den schwachen Kerzenschein in der Schenke und setzte mich hin. Ein Mann, dessen Körpergröße dafür sorgte, dass er von den Schatten umfangen blieb, stellte mir ein Glas und eine Flasche auf den Tisch und zog sich dann auf einen Hocker neben einem Schneidbrett in der Ecke zurück. Ich erinnere mich an den

Gestank von Schmutz auf dem Boden, schlechten Kerzendochten und nicht aufgewischtem verschütteten Wein, der ins Holz eingezogen war. Es war keine Umgebung, in der man einen ehrbaren Lenker des Willens vermutet hätte, sondern ein vergessener, ein letzter Ort. Er passte sehr gut zu meiner Stimmung, und ich füllte mir das Glas. Ich beschloss, dass ich nicht länger suchen würde. Stumm trank ich, da ich es nicht eilig damit hatte, meine Sinne zu betäuben, um dann nach Hause zurückzukehren und meiner Mutter die schreckliche Wahrheit zu offenbaren: Ihr Buch war nur eine Geschichte. Ich beobachtete die Kerzenflamme und versuchte, das gelegentliche Stöhnen aus dem hinteren Teil des Schankraums zu überhören. Mir kam der Gedanke, dass eine Münze länger hinreichte, als ich gedacht hätte.« Wieder das traurige Lachen. »Als meine Flasche fast leer war, nahm ich sie zur Hand, um mir den Rest einzugießen, als eine Gestalt aus dem Zwielicht hervortrat. ›Willst du deine Flasche austrinken, ohne mir etwas anzubieten?‹, fragte der Mann. Ich blickte in ein gütiges Gesicht auf, und im Schein meiner Kerze lächelte der Mann schwach. Ich erinnere mich, dass ich den Eindruck hatte, dass sein Lächeln den Raum erhellte und ihn weniger erbärmlich und widerwärtig erscheinen ließ. Ich nickte, und der Mann stellte sein Glas auf den Tisch und setzte sich zu mir. Er fragte mich, wer ich sei und was mich in diese kleine Schenke geführt habe. Ich erzählte ihm alles und rechnete mit einer der Reaktionen, die meine Nachforschungen in ganz Decalam hervorgerufen hatten. Aber stattdessen schob er mir nur sein Glas hin. In meiner Flasche war bloß noch ein Schluck für jeden von uns, aber ich goss ein. Dann schob er sein Glas beiseite und fragte mich, warum ich dem Mann aus dem Buch meiner Mutter nachfolgen wollte, sagte, dass er, wenn es nicht ohnehin nur eine Fabel wäre, doch sicher schon vor so vielen Jahren gestorben sei, dass nichts von seinem edlen Kampf geblieben wäre. Ich sah in mein eigenes Glas, und die gewölbte Oberfläche spiegelte mein Gesicht verzerrt wider.«

Tahn hörte die Ketten des Mannes rasseln, als würde er bei der Erinnerung an das Glas die Hand heben.

»›Wenn die Geschichte wahr ist, dann überdauert das, was er begonnen hat, sicherlich‹, sagte ich. ›Aber ich bin müde und vielleicht noch zu jung, um die Dinge so zu sehen, wie sie sind.‹ Angesichts meiner Nase, die sich in meinem Glas übergroß widerspiegelte, kam ich mir wie ein völliger Narr vor, und so drehte ich mein Glas um und goss den sauren Wein aus, damit er den Flecken der anderen Narren Gesellschaft leisten konnte, die zum Trinken hierherkamen. Dann schob ich mein leeres Glas beiseite und starrte das freundliche Gesicht meines Gastes an. Hinter uns ertönte das Stöhnen nun häufiger, und in den mild erheiterten Augen meines Gefährten spiegelte sich die Flamme zwischen uns wider. Ob seine Heiterkeit mir oder den Leuten auf der Liege galt, wusste ich nicht so genau.« Rolen senkte die Stimme. »Der Mann legte die Hände um sein Glas. Ich spürte seine Konzentration, als er mich starr ansah und mit den Augen zu sprechen schien. Einen Moment später glättete sich seine Stirn, und er streckte mir ein randvolles Glas Branntwein hin, aus dem er mir ein halbes einschenkte … Ich hatte den Sheson doch noch gefunden. Er hieß Artixan, und ich wurde sein Schüler. Zwölf Jahre lang lernte und las ich. Ich schritt durch die Straßen von Decalam und reiste mit Artixan in andere Städte und Dörfer, um ihm zuzusehen und zu helfen. Ich eignete mir das Wissen nicht leicht an; vieles musste ich wieder und wieder lernen. Aber am Ende kam mir meine Sehnsucht zu

Hilfe, indem sie mich befähigte, zu arbeiten und das Verständnis zu erwerben, das man benötigt, um Sheson zu werden. Und dann kam endlich der Tag, an dem mir die Macht, den Willen zu lenken, übertragen wurde.«

»Übertragen?«, fragte Tahn. Er war immer davon ausgegangen, dass die Kraft, den Willen zu lenken, angeboren wäre, eine natürliche Begabung.

»Das überrascht dich.« Tahn glaubte, dass Rolen lächelte. »Ja, übertragen. Aber sie wird einem nicht unverdient geschenkt; zumindest war es zu Anfang nicht so. Jeder, der nach der Macht strebte, den Willen zu lenken, musste nicht weniger als acht Jahre studieren. Dies sollte dazu dienen, die Absichten des Schülers auf die Probe zu stellen. Nur sehr wenige halten die Abfolge von Studien und Übungen durch. Entweder ist man ohnehin schon geduldig, oder man lernt, sich zu gedulden. Diejenigen, die dazu nicht in der Lage sind, verlassen den Orden wieder, ohne die Macht erhalten zu haben, und das Recht, den Willen zu lenken, kann einem nur von jemandem verliehen werden, der bereits über die Autorität verfügt, sich seiner selbst zu bedienen.«

Tahn setzte den Gedankengang fort: »Aber was ist dann mit den Velle?«

Es war Rolen anzuhören, dass er in der Dunkelheit das Gesicht verzog. »Der Weiße hat seine Draethmorte, die den Willen lenken können und die Macht haben, die Fähigkeit dazu zu übertragen, genau wie die Sheson. Und außerdem« – er seufzte tief – »besteht der Sheson-Orden aus Männern und Frauen, mein Freund, und die Menschheit ist fehlbar. Es wird immer einige unter uns geben, die ihrer Berufung und Verantwortung nicht in vollem Maße gerecht werden können. Eitelkeit und

Gier setzen einem Sheson so sehr wie jedem anderen Menschen zu, und es gibt einige, die im Laufe der Zeit diesen niederen Gelüsten nachgegeben haben. Die Verlockungen des Einen haben sogar gute Diener verführt, einen anderen Weg einzuschlagen.« Er senkte die Stimme. »Und die Macht, den Willen zu lenken, bleibt ihnen unverändert erhalten. Sie können sogar auf andere das Recht übertragen, aus dem Willen zu schöpfen, wie es ihnen gut erscheint. Diese abtrünnigen Sheson verzichten auf die Prüfung der Zeit und die Übungsperiode, und so sterben viele daran, dass die Gabe ihnen verfrüht übertragen wird. Aber dennoch strömen diese Schurken dem Weißen zu und sind ihrer Sache vielleicht weit mehr ergeben als wir der unseren, weil Verbitterung, Ernüchterung und Enttäuschung über ihre *ursprüngliche* Sache sie den leeren Verheißungen des falschen, hohlen Rufs des Einen in die Arme treibt.«

»Warum gibt es dann nicht noch mehr von ihnen?«, fragte Tahn. »Könnte eine Armee von Velle nicht leicht eine Armee von Schwertern besiegen?«

»Den Willen zu lenken ist trotz allem schwierig, Tahn. Die Fähigkeit dazu zu übertragen stellt noch nicht sicher, dass der Lenker dabei unversehrt bleibt, und die Hast, mit der die Stiltreuen ihre Schüler unterrichten, sie für würdig erklären und ihnen die Macht übertragen, kostet die meisten ihrer Novizen schon in den ersten Augenblicken, in denen sie den Willen zu lenken versuchen, das Leben … und so ergeht es auch manchem Sheson.«

Tahn wurde ungeduldig. »Aber warum bleibst du in Ketten hier? Selbst wenn *du* dich von Gier hast verleiten lassen, hast du doch immer noch die Macht, dich zu befreien, nicht wahr?«

»Der Teller, den ich mit dir geteilt habe«, begann Rolen,

»enthält nie mehr als kleine, schale Portionen, gewöhnlich verschimmeltes Brot, und das Wasser reicht kaum aus, mir die Zunge zu befeuchten …« Er hielt inne, fuhr aber fort, als Tahn nichts erwiderte. »Bei diesen Rationen kann ich nicht zu Kräften kommen. Die Dunkelheit belastet mich, und die schlechte Ernährung schwächt mich sehr. Die Eisenringe drehen sich heute lockerer um meine Handgelenke und Knöchel als an dem Tag, an dem ich hergekommen bin. Meine Forda I'Forsa hat gelitten. Wenn ich versuchen würde, hier aus dem Willen zu schöpfen, könnte das leicht meinen Tod bedeuten. Selbst wenn ich es überleben könnte, den Willen zu lenken, um meine Fesseln zu sprengen, würden immer noch weitere zehn Hindernisse zwischen mir und der Freiheit liegen, und den Willen mehrfach zu lenken würde mich so auslaugen, dass ich es nicht überstehen würde. Aber das ist nicht der Grund, weshalb ich bleibe«, fügte Rolen rasch hinzu und schwieg dann.

Tahn versuchte sich zusammenzureimen, was genau der Sheson gesagt hatte. Er lauschte in der Dunkelheit dem Keuchen des Mannes, den es große Anstrengung gekostet hatte, seine Geschichte zu erzählen. Er klang in der Tat schwach, und das Rasseln seiner Lunge erinnerte Tahn an das Winterfieber und die Pocken, die er vor mehreren Jahren gehabt hatte. Rolen hustete mit einem feuchten, schmatzenden Geräusch, das Tahn zusammenzucken ließ. Er hörte den Mann Flüssigkeit auf den Boden spucken, und Tahn war erneut dankbar für die Dunkelheit.

Als Rolen wieder zu Atem gekommen war, lachte er noch einmal leise, was wiederum unterdrücktes Husten hervorrief.

Eine verstörende Erkenntnis schlich sich in Tahns müden Geist. »Du bleibst freiwillig hier, nicht wahr?«

12

MAESTERI

Wendra blickte auf, als sie Penit nach Luft schnappen hörte. Der Junge hatte die Augen unglaublich weit aufgerissen und starrte in die Ferne. Als Wendra hinschaute, sah sie etwas, dem keine Beschreibung eines Vorlesers je hätte gerecht werden können: eine Mauer, die mehr als tausend Schritt breit war und sich scheinbar so hoch wie die Klippen der Sedagin aus der Ebene erhob. Die Lager längs der Straße und am Fuße der Mauer hätten Helligtal über hundert Mal ausfüllen können. Wendra fragte sich, was aus diesen Leuten außerhalb des Schutzes des gewaltigen Bollwerks werden würde, wenn je eine Armee Decalam belagerte.

»Da ist es«, verkündete der Ta'Opin. »Das Juwel von Vohnce, Heimat der Regentin wie des geringsten Bettlers, Haus des Liedes und Ort von Auseinandersetzungen, der heimische Herd, an den man zurückkehrt, und ein Tisch mit vielen Plätzen.« Ein breites Grinsen trat auf Shanbes Gesicht – das Grinsen eines Mannes, der nach Hause kommt.

»Wie groß ist es?«, fragte Penit mit sichtlicher Ehrfurcht.

»Na, wie groß sieht es denn aus, Junge?«, fragte Shanbe und lächelte noch immer. »Ganze Berge sind niedergerissen worden, um den Stein, der hier vermauert ist, zu brechen, und ganze Wälder sind öfter, als ein Mensch zählen kann, gefällt und neu gepflanzt worden, um die Schmieden zu befeuern, die zum Bau vonnöten waren.« Der Ta'Opin ließ den Blick von ganz links nach rechts schweifen. »Es ist ein Juwel«, wiederholte er.

Shanbe fuhr sie über die verstopfte Landstraße zu dem breiten Tor. Mehrere Dutzend Soldaten, die dunkelrote Umhänge über funkelnden Kettenhemden trugen, überprüften jeden, der in die Stadt wollte, mit kritischem Blick. Wagen und Kutschen wurden beiseitegewinkt, um durchsucht zu werden. Kaufleute reichten Auflistungen ihrer Waren weiter, und viele traten unruhig von einem Fuß auf den anderen, während ihre Ladungen in Augenschein genommen und mit den Frachtpapieren abgeglichen wurden.

Shanbe reihte sich hinter einem kunstvoll verzierten Einspänner in die Schlange ein. Zierliche Schnörkel waren in dunkles Mahagoniholz geschnitzt. Wendra erhaschte Blicke auf den glänzenden rotbraunen Stoff, mit dem die Sitze bezogen waren. Messingbeschläge blitzten als Aufhängung, Winkelverstärkung und Seitenlaternen am königlichen Kutschenkasten. Auf dem Dach flatterte ein weißes Banner im Wind, das in schlichten, eleganten Umrissen das Bild eines Greifvogels zeigte.

An jeder Ecke der Kutsche war eine kleine Plattform angebracht, und auf jeder davon stand ein Bewaffneter in strahlend weißem und kastanienbraunem Brokat. Diese Begleitsoldaten hielten sich an Messinggriffen fest, die am Kutschenkasten befestigt waren, und musterten die Inspektoren von Decalam mit Raubvogelblicken.

»Was habt ihr da?«, rief eine Stimme und zog so Shanbes Aufmerksamkeit auf sich.

»Instrumente für die Kathedrale«, sagte der Ta'Opin, zog ein Pergament aus dem Mantel und streckte es demselben Inspektor hin, der auch die Kutsche vor ihnen überprüft hatte.

Der Mann ließ flüchtig den Blick über den Wagen schweifen, bevor er die Leinenplanen zurückschlug, um die Liste zu überprüfen.

»Und wer sind die da?«, fragte der Inspektor.

Es hörte sich in Wendras Ohren nicht nach einer förmlichen Frage an, aber als Shanbe nicht sofort antwortete, hob der Mann den Blick von der Liste.

»Das hat man mich noch nie gefragt, mein Herr. Spielt es denn eine Rolle, wer sie sind?«

Ein ungeduldiger Unterton schlich sich in die Stimme des Inspektors. »In letzter Zeit hat es mit all den ... Einwanderern Ärger gegeben. Wir möchten gern Bescheid wissen, wer ... zu Besuch kommt.«

Shanbe nickte. »Der Junge heißt ...«

»Ich bin Penit.« Der Junge erhob sich auf der Ladefläche und deutete mit dem Daumen auf seine Brust. »Ich habe vor, am Lesherlauf teilzunehmen.«

Shanbe lächelte. »Das stimmt. Und das hier ist Anais Wendra, die Schülerin der Maesteri werden wird, sobald wir in der Discantus-Kathedrale eintreffen.«

Der Soldat bedachte Wendra mit einem zweifelnden Blick. »So, wird sie das?«, fragte er abfällig. »Wenn man bedenkt, wie viel uns die Lieder der Maesteri bisher genützt haben, würde ich ihr ja eher empfehlen, in einer Taverne zu arbeiten. Da wird sie besser bezahlt.«

Shanbe lächelte weiter. »Es gibt Lohn in mehr als einer Form. Wir werden uns schon einigen.«

Der Inspektor gab Shanbe den Frachtbrief zurück und sah an ihnen vorbei zum nächsten Karren, während er ihnen bedeutete, das Tor zu passieren. Shanbe dankte dem Mann, löste die Bremse und fuhr nach Decalam hinein.

Wendra war von den Gebäuden begeistert und verlieh ihrem Erstaunen so wortreich Ausdruck wie Penit. Shanbe schien ihr unschuldiges Entzücken über die gewaltige Größe der Stadt ringsum zu genießen. Er wies sie auf bestimmte Gasthöfe, Läden und Handelshäuser hin und flocht in seine Erzählungen manchmal ein paar historische Einzelheiten mit ein. Wendra saß auf der Ladefläche des Wagens, hielt sich an der Seite fest und verschlang eine Sehenswürdigkeit nach der anderen mit Blicken, während sie weiterrollten.

Sie passierten hundert Schätze, während die Menschenmenge um sie herbrandete wie Wasser um eine Insel. Dann ließ die Eleganz der Gebäude rechts und links der Straße allmählich nach. Das Mauerwerk wirkte älter, war häufiger beschädigt und fleckig von Jahren voller Regen und Sonne. Die Gebäude selbst waren nicht mehr so hoch, der Mörtel bröckelte und hinterließ Lücken in den Fassaden wie fehlende Zähne. Sonnensegel waren schief über die Eingänge zu den verschiedensten Geschäften gespannt; viele Fenster sahen wie Mäuler voller spitzer Zähne aus, weil nur noch Glasscherben Öffnungen umrahmten, in denen einst ganze Scheiben gesessen hatten. Sogar die Tiere hier spiegelten den heruntergekommenen Eindruck wider, den die Gebäude machten: Pferde mit durchhängenden Rücken und ungekämmten Mähnen und Schweifen und Hunde, deren Fell voller Kletten und Matsch war. Die Menschen gingen mit gesenkten Köpfen einher, die Mäntel und Hosen von schlecht genähten Rissen verzogen, die Stiefel von unzähligen Schritten zu faltig geworden, um noch bequem zu sein. Die Straßen selbst waren hier ungepflastert. Schlammpfützen standen in Schlaglöchern und flachen Gräben am Rand von Gebäuden, wo der Regen von den Dächern strömte und in die ausgewaschenen Rinnen prasselte, die sich zugleich mit Unrat füllten, der aus den Fenstern geschüttet wurde – der Geruch von menschlichem Kot stieg von mehr als einer dieser Stellen auf.

Zwischen den Gebäuden waren Schweine und Ziegen in engen Seitengässchen eingepfercht und warteten darauf, dass es einem Koch belieben würde, sie zu schlachten. Wendra zog sich den Mantel über die Nase, um sich vor dem Gestank des Viehs und der Essensreste, die die Tiere nicht angerührt hatten, zu schützen. Fliegen suchten nach Unrat, um Eier abzulegen, und ihr Summen schwoll an und ab, während Shanbe Wendra und Penit an den vielen billigen Gasthäusern und verfallenen Werkstätten vorbeikutschierte. Wendra konnte sich nicht vorstellen, dass dieser Ort ein Teil derselben Stadt war, durch die sie hinter dem Stadttor gefahren waren. Ihre und Penits entzückte Ausrufe wichen enttäuschtem Schweigen.

Dann bog der Ta'Opin in eine Querstraße ab, und Wendra vergaß plötzlich, sich den Mantel vor Nase und Mund zu halten. Am Ende der Gasse erhob sich ein großartiges Gebäude inmitten der elenden Umgebung. Vier Mal höher als die nächstgelegenen Häuser ragte die majestätische Kathedrale mit einer Fülle von Turmspitzen und Giebeln auf, die Wendra an ein Schloss erinnerten. Das Dach und die Kuppeln leuchteten grün im Nachmittagslicht, prächtig anzusehen und strahlend.

»Oh«, hauchte Penit.

»Die Discantus-Kathedrale. Ich habe es euch doch gesagt«, verkündete Shanbe.

Jede Umdrehung der Wagenräder brachte sie näher heran, ließ die Kuppeln und die Fassade des großen Gebäudes höher aufragen. Oben in den nachgedunkelten Steinwänden fing Buntglas das Sonnenlicht auf und funkelte violett, scharlachrot, golden, lapislazuliblau und smaragdgrün. Als sie noch näher herankamen, verschwanden die grünen Kuppeln aus ihrem Blickfeld. Als Wendra aufblickte, schienen die Turmspitzen wie in den Himmel geschleuderte Speere aufzustreben.

Der Wagen kam knarrend zum Stehen, was Wendra veranlasste, den Blick wieder zur Erde zu richten. Die Fenster auf Augenhöhe ließen nichts von der Großartigkeit der höhergelegenen erkennen: Sie waren mit Holzplanken vernagelt, entweder um die bunten Glasmosaiken zu verdecken oder um Lücken aufzufüllen, die das Wüten eines Vandalen hinterlassen hatte.

Doch trotz der unansehnlichen Fenster und des gealterten Steins, der an manchen Stellen von Flechten und verdorrten Ranken überwuchert war, ließ die Kathedrale Wendra das abstoßende Viertel ringsum vergessen. Die Discantus-Kathedrale ragte wie ein Monument der Kraft und des Edelmuts daraus hervor. Sie schien sowohl die Zukunft zu kennen als auch die Vergangenheit zu bewahren.

Nur einen Moment, nachdem sie angehalten hatten, schwang eine große, zweiflüglige Tür nach innen auf, und zwei Männer eilten heraus und die steinernen Stufen zu ihnen herunter. Beide trugen weite Hosen, die von breiten scharlachroten Schärpen gehalten wurden, die jeweils auf der linken Hüfte geknotet waren, und schlichte Jacken mit Taschen auf beiden Brustseiten.

»Wir laden im Handumdrehen ab«, sagte einer von beiden fröhlich, als er am Wagen eintraf, und beachtete Wendra und

Penit gar nicht, während er die Wagenplane abnahm und einen Teil von Shanbes Fracht hochhob.

Der zweite Mann blieb auf der untersten Stufe stehen, als er die zusätzliche Ladung in Menschengestalt bemerkte. »Was ist das denn, Shanbe? Ich hoffe, du rechnest nicht mit zusätzlicher Bezahlung für die da!« Er zeigte lächelnd mit dem Finger auf Wendra und Penit.

»Seid auch ihr mir gegrüßt, Henny und Ilio.« Shanbe sprang zu Boden. »Das sind Freunde von mir. Ich habe vor, sie Belamae vorzustellen.« Der Ta'Opin lehnte sich gegen die Seite seines Wagens und lächelte, als hätte er ein Geheimnis vor den beiden Männern.

»Das ist schön«, sagte Henny und verneigte sich unbeholfen, bevor er sich abwandte, um seinen Armvoll Instrumente in die Kathedrale zu tragen. Trotz seiner Eile ging er äußerst behutsam mit ihnen um. »Komm schon, Ilio, wir müssen arbeiten!«

Ilio wandte den Blick nicht von Wendra ab, als er zwei kleine Kästen vom Wagen hob. »Ist sie schon vergeben?«, fragte er und neigte den Kopf in Richtung des Ta'Opin, während er Wendra immer noch anstarrte.

»Ich glaube nicht, dass sie dich verstanden hat«, spottete Shanbe. »Wenn du ein bisschen lauter sprichst, antwortet sie dir vielleicht.« Der Ta'Opin bückte sich, um sein Lachen zu verbergen.

Ilio schenkte Wendra ein verlegenes Lächeln und wurde rot. Er hielt die Kästen vor der Brust, trat von einem Fuß auf den anderen und schien nicht zu wissen, was er sonst tun sollte. Plötzlich zuckte er zusammen, als hätte er Shanbes spöttisches Gelächter gerade erst gehört. Sein gerötetes Gesicht wurde ärgerlich.

»Du bist verantwortlich für sie«, sagte er und beugte sich

über die Kästen. »Zimmer, Essen, Kleidung … Benehmen.« Dann eilte der Mann Henny nach die Stufen hinauf.

»Ich bin mir sicher, dass du sie beeindruckt hast«, rief Shanbe Ilio nach. Dann sah er Wendra lächelnd an. »Vergebt mir, Anais, aber ich kann mir einfach keine Gelegenheit entgehen lassen, mit anzusehen, wie Ilios Gesicht diese Farbe annimmt. Wenn ich dieses Rot irgendwie herstellen könnte, würde ich ein Vermögen mit gefärbten Stoffen verdienen!«

Wendra fiel in Shanbes ansteckendes Lachen mit ein, als der Ta'Opin ihr vom Wagen half. Penit kicherte fröhlich, obwohl er den Witz kaum zu verstehen schien. Shanbe hob den Jungen vom Wagen und wartete einen Moment, bis Henny wieder ins Freie kam, bevor er die Stufen zur Tür hinaufstieg.

»Kümmerst du dich um meinen Wagen und um das Gespann?«, fragte Shanbe den Mann.

»Natürlich«, antwortete Henny.

Shanbe tätschelte ihm den kahlen Kopf und führte Wendra und Penit dann zu der zweiflügligen Tür, die jetzt offen stand, um sie einzulassen.

»Dies ist ein besonderer Ort«, sagte Shanbe, ebenso sehr an sich selbst wie an Wendra und den Jungen gerichtet.

Wenn man am oberen Ende der Treppe stand, wirkten die Türflügel viel größer. Sie wiesen Schnitzereien auf, die Wendra nicht deuten konnte. Die Narben der Zeit ließen sie eher wie Haut als wie bloße Türen wirken. Hinter ihnen umschmeichelte kühle, milde Luft Wendras Wangen, begleitet vom Duft nach Räucherwerk aus Zedernholz und Fruchtschalen, und noch etwas anderem … dem fernen Echo eines Liedes, das nicht nur aus einer Richtung zu ertönen schien, sondern aus den Wänden selbst hervordrang.

»Was ist das?«, fragte Wendra, legte die Hand auf eine Säule und sah zur Decke der Vorhalle auf, in der sie standen.

»Es ist das Lied«, sagte Shanbe in einem Tonfall größerer Ehrfurcht, als Wendra ihn je zuvor bei ihm gehört hatte. Der Ta'Opin schritt ohne weitere Erklärung tiefer in die Kathedrale hinein.

Penit trabte an Wendra vorbei, um Shanbe zu folgen. Wendra blieb einen Moment lang stehen und spürte das Summen durch die Marmorsäule. Unter ihren Fingern schien der schöne Stein zu vibrieren, als ob die gesungenen Worte und die Musik tief in ihm etwas zum Leben erweckten. Sich davon zu lösen fiel ihr schwer, aber sie spürte, dass das Lied, das ihre Finger berührte und ihre Ohren nur als Wispern erreichte, von Stimmen tiefer in der Kathedrale stammte. Sie wollte es hören, jedes Wort, jeden Ton.

Von der Vorhalle gingen drei Gänge aus, die alle unter hohen Steingewölben hindurchführten und mit einigen Tischen aus Kirschholz versehen waren, auf denen silberne Urnen standen. Kunstvolle Ornamente waren direkt in die Wände gemeißelt. Die Türen waren schwer und wiesen Türfüllungen auf. Kerzen brannten in langen Röhrenwindlichtern aus Glas, tauchten die Gänge in ein behagliches Licht und behüteten die Flammen vor dem Luftzug, den laute Stimmen hervorrufen mochten. Griffe und Beschläge aus Messing wirkten wie kleine Arme und Hände, die aus dem Stein selbst hervorragten; sie waren im Laufe der Zeit nachgedunkelt. Wendras Schritte hallten hohl auf den sauberen Marmorböden wider.

Wendra schloss zu Shanbe und Penit auf, die nach links abgebogen und kurz vor einem Ölgemälde – dem ersten von vielen – stehen geblieben waren, das die Wand des Ganges zierte.

Das Bild erstrahlte im warmen Schein einer Kerze und zeigte einen Mann, der ein Pergamentblatt mit der gleichen Art von Tintennoten in der Hand hielt, wie Shanbe es Wendra geschenkt hatte. Ein dünner Haarkranz umgab seinen Kopf unmittelbar oberhalb der Ohren, und er sah die Betrachter mit gütiger Geduld an. Der Mann saß auf einem bescheidenen Stuhl und trug ein langes weißes Gewand.

Shanbe blieb vor einem Gemälde nach dem anderen stehen, sagte aber nie etwas dazu, um Hintergründe zu erläutern oder auch nur Namen zu nennen. Wendra bemerkte, dass alle Porträts den gleichen geduldigen Gesichtsausdruck hatten. Manche zeigten Frauen, die im selben Stil wie die Männer gekleidet waren. Ein paar hielten Instrumente auf dem Schoß, und einige saßen entspannt mit einer Art Stab in der Hand da.

Während sie stumm den Gang entlangschritten, hatte Wendra den Eindruck, dass die Musik lauter wurde. Mit jedem Schritt wuchs ihre Erregung. Etwas an dieser Melodie fühlte sich vertraut an, obwohl sie sich sicher war, sie nie zuvor gehört zu haben.

Als sie gerade zu ergründen versuchte, woran das Lied sie erinnerte, bogen drei Frauen auf den Gang vor ihnen ein. Die mittlere trug einen dicken weißen Umhang, hatte die Kapuze hochgeschlagen und die Arme um sich geschlungen, als ob sie gegen ein Zittern ankämpfte. Rechts und links von ihr bemühten die anderen beiden sich aufmerksam um sie und stützten sie, als ob sie Angst hätten, dass sie hinfallen könnte.

Als sie näher kamen, verstellte Shanbe ihnen den Weg. »Sariah?«

Die Frau in der Mitte blickte auf. »Shanbe?« Ihre Stimme klang schwach, aber erfreut.

»Es ist gut, dich zu sehen. Als wir ankamen, hatte ich den Eindruck, dass die Leidensstimme, die wir hörten, deine sein könnte. Aber du bist gerade erst mit deinem Turnus im Lied fertiggeworden. Unser Wiedersehen kann warten, bis du dich ausgeruht hast.«

Sariah umarmte Shanbe dennoch und erlaubte es seinen starken Armen, sie für einige Augenblicke zu halten. Wendra betrachtete das Gesicht der jungen Frau, das an der Brust des Ta'Opin ruhte, und las darin eine Art Besorgnis und erschreckende Weisheit, die nicht in ein so junges Antlitz gehörten. Es war etwas, das sie aus ihrer eigenen jüngsten Vergangenheit wiederzuerkennen meinte.

Dann trat Sariah schließlich zurück. »Therin singt jetzt. Er möchte dich sicher auch sehen, bevor du wieder abreist. Kannst du bleiben, bis seine Dienstzeit im Lied vorüber ist?«

»Natürlich«, sagte Shanbe. »Du hast eine schöne Stimme, Sariah, und ich habe den Übergang zwischen dir und Therin nicht einmal gehört. Gut gemacht.«

Die junge Frau lächelte, und die beiden Mädchen an ihrer Seite halfen ihr bis zu einer Tür, die, wie Wendra annahm, in Privatgemächer führte. Wendra verstand das alles nicht, aber sie zog den Schluss, dass das Lied, das sie hörte, ohne Unterlass gesungen wurde und eine Stimme immer dann, wenn sie erschöpft war, von einer neuen abgelöst wurde. Und Shanbe hatte von der »Leidensstimme« gesprochen. Konnte es sich bei dieser Melodie, die sie in der Luft und im Stein der Discantus-Kathedrale hörte, um das Leidenslied handeln?

Gerade, als sie den Mund öffnete, um danach zu fragen, deutete Shanbe auf das letzte Gemälde an diesem Ende des Gangs.

Wendra schnappte nach Luft und schlug die Hand vor den Mund, um sich zu beherrschen.

Sie kannte dieses Gesicht: das väterliche Lächeln, den geduldigen Blick. Das Antlitz ließ ihr warm ums Herz werden und machte ihr zugleich Angst. Es war das Gesicht des Mannes, der ihr erschienen war, als sie in der Höhle in der Nähe der Sedagin im Fieber Visionen gehabt hatte. Sie hatte den Rat, den er ihr gegeben hatte, fast vergessen, den Trost, den er ihr gespendet hatte, die Unterweisungen. Ihn auf diesem Porträt zu sehen ließ die Erinnerung so greifbar werden, dass Wendra erschauerte.

Sie bezweifelte, dass es sie einfach nur geheilt hatte, das Lied ihrer Spieldose zu singen. Sogar die Ereignisse auf der Bergwiese bei Jastails Hütte waren in ihrem Verstand verschwommen. Aber in der Gegenwart der Augen, die sie aus diesem Gemälde heraus betrachteten, zog Wendra den Gedanken in Betracht, dass ihr Lied vielleicht mehr als eine bloße Melodie war, und die Bürde lastete brennend auf ihr. Das Singen war für sie immer eine Fluchtmöglichkeit und ein Quell des Trosts gewesen. Jetzt schien es, als ob es vielleicht Konsequenzen haben und die Welt um sie herum umformen könnte. Die Vorstellung verdüsterte ihre Laune. Nach allem, was sie nun schon verloren hatte, hatte dieses eine geheime Vergnügen und Andenken ihr mehr denn je bedeutet. Sie wandte mit finsterer Miene den Blick ab.

Hinter sich hörte Wendra das leise Klopfen von Fingerknöcheln an einer Tür. Als sie sich umdrehte, sah sie die Tür aufschwingen und das Gesicht des Mannes von dem Gemälde enthüllen – des Mannes aus der Höhle. Er sah an Shanbe vorbei geradewegs Wendra an.

»Ihr habt den Weg gefunden«, sagte er.

Wendra musterte ihn überrascht und argwöhnisch. Die einstudierte Miene des alten Mannes behielt ihr gütiges Lächeln bei, aber er zog eine Augenbraue hoch, als ob er ihr Misstrauen bemerkt hätte.

»Nun, Shanbe«, sagte der Mann und verlagerte seine Aufmerksamkeit auf den Ta'Opin, »es freut mich immer, dich zu sehen. Muss ich dir dafür danken, diese junge Frau wohlbehütet zu uns gebracht zu haben?«

»Ich verlange keine Gebühr dafür, Maester«, sagte Shanbe lächelnd. Er umarmte den alten Mann, der die weißgekleideten Arme um den großen Ta'Opin schlang, als würde eine Bärenmutter mit ihrem Jungen kuscheln. Der Alte war sogar noch einen halben Kopf größer als Shanbe.

Er ließ ihn wieder los und sagte dann: »Und wer ist das hier?« Er bückte sich, um Penit in die Augen zu sehen.

»Ich bin Penit. Ich werde den Lesherlauf gewinnen.«

»Stimmt das?« Der alte Mann zwinkerte. »Der selbstbewusste Ton gefällt mir. Nun, dann bist du jedenfalls gerade noch rechtzeitig angekommen: Das Rennen findet morgen statt.« Der Maester warf einen kurzen Blick auf Wendra. »Und du bist mit Wendra gekommen, nicht wahr?«

Penit sah sie seinerseits an. »Wir kümmern uns sozusagen umeinander. Die anderen …«

»Das reicht, Penit«, unterbrach ihn Wendra. »Wir wollen doch niemanden mit unseren Schwierigkeiten belästigen.« Sie stellte sich neben den Jungen und legte ihm den Arm um die Schultern. »Shanbe hat gesagt, dass Ihr uns vielleicht ein oder zwei Nächte hierbleiben lasst. Ich kann arbeiten, um unsere Mahlzeiten zu verdienen.«

Sowohl Shanbe als auch der Mann in der Robe bedachten Wendra mit einem verwirrten Blick.

»Ihr seid beide zu Gast hier«, sagte der alte Mann. »Ihr bleibt über Nacht und ruht Euch für Penits großes Rennen morgen aus. Ich bin Belamae. Ich unterrichte an der Discantus-Kathedrale die Kunst der Musik.« Er beobachtete Wendra genau und schien irgendeine Reaktion von ihr zu erwarten. Sie setzte vorsichtshalber eine nichtssagende Miene auf. »Wir haben viel Platz, und Ihr seid eingeladen, an der Musik teilzuhaben, der in diesen Mauern eine Stimme verliehen wird.«

»Wie ich sehe, hat man dich der Wand hinzugefügt«, sagte Shanbe und deutete auf das Porträt. »Hervorragend getroffen, würde ich sagen.«

Belamae schenkte ihm ein leicht verschämtes Lächeln. »Das war nicht mein Einfall«, sagte er, »und die Stelle, an der sie es aufgehängt haben, ist etwas auffällig. Aber es ist mir eine Ehre, zu den Maesteri gerechnet zu werden. Findest du nicht, dass sie meiner Nase ziemlich geschmeichelt haben?« Er lachte warmherzig.

Shanbe fiel mit ein, während Wendra das Gemälde noch einmal in Augenschein nahm. Die Stimme des Ta'Opin lenkte ihre Aufmerksamkeit wieder auf Belamae.

»Sie komponiert«, sagte Shanbe mit einem seltsamen Unterton, »neue Lieder von einer Art, wie ich sie noch nie gehört habe.« Er zog ein Pergament aus einer Innentasche seiner Kleidung und rollte es auseinander, bevor er es dem alten Mann reichte.

Mit sanftem Lächeln begann Belamae, das Notenblatt zu untersuchen. Wendra erhaschte einen Blick auf die einzigartige Notenschrift und erkannte, dass Shanbe für sich selbst eine Kopie des Duetts angefertigt hatte, das sie vor ein paar Tagen mit ihm gesungen hatte. Leichte Verärgerung mischte sich in ihre Verlegenheit. Was sie spontan aus tiefster Seele gesungen hatte, wurde jetzt niedergeschrieben, kopiert und dem alten Mann zur Bestätigung und Prüfung vorgelegt. Sie kam sich beäugt vor, nackt, und starrte den Ta'Opin böse an, der aber nichts davon bemerkte.

Belamaes Lächeln verblasste, und das Licht in seinen Augen flackerte wie eine Kerzenflamme im Wind. Wenn Wendra es nicht besser gewusst hätte, hätte sie geglaubt, dass der Mann gerade einen Haftbefehl oder eine Totenklage gelesen hatte. Er hob den Blick von dem Pergament und sah Wendra ernst in die Augen. Sie erwiderte das Starren des alten Mannes, zum Teil, weil seine undurchschaubaren Augen sie bannten, aber auch aus Trotz. Nach einer ganzen Weile trat er ins Zimmer zurück und bedeutete ihr, ihm zu folgen.

»Bring den Jungen in die Küche und setz ihm etwas vor, das ihm beim Wachsen hilft«, wies Belamae Shanbe an. »Lasst uns für eine Stunde allein, dann kommen wir zu euch.«

In allen Ecken des Raums quollen Pulte und Staffeleien förmlich vor großen Büchern über, auf deren geöffneten Seiten noch mehr von der Notenschrift zu sehen war, wie sie sich auch auf dem Pergament befand, das Shanbe dem Maester gegeben hatte. Neben jedem waren Instrumente sorgfältig auf Ständern abgelegt, die speziell dazu gefertigt waren, sie aufzunehmen. An den Wänden hingen weitere Gemälde, kleinere Porträts und ein paar, die nichts als Landschaften zeigten. In der Mitte des Zimmers stand ein großer Schreibtisch mit jeweils einer Lampe links und rechts, die beide hell brannten. Im ganzen Arbeitszimmer erstrahlte weitaus mehr Licht als auf dem Gang, und die verschiedenen Pulte und Ständer warfen verwaschene Schatten auf den Boden, die Adern unter der Haut glichen. Direkt gegenüber von der ersten Tür lag eine geschlossene zweite.

Wendra hatte den Eindruck, dass der Klang des fernen Gesangs dahinter stärker wurde, auch wenn man ihn nur dann gedämpft wahrnehmen konnte, wenn es ansonsten still war. Aber er hörte nie auf.

Belamae setzte sich hinter seinen Schreibtisch und faltete die Hände im Schoß. »Bitte nehmt Platz«, sagte er.

Wendra setzte sich hin und ließ den Blick über die verstreuten Notenblätter, Federkiele und Graphitstifte schweifen. Neben einer Lampe lag ein Metallinstrument, das wie ein kleines Hufeisen aussah, das an einem Griff befestigt war. Als er ihr Interesse bemerkte, hob Belamae es hoch und schlug damit gegen die Tischkante. Die beiden Zinken summten und vibrierten in derselben melodischen Tonhöhe.

»Könnt Ihr den Klang nachahmen?«, fragte Belamae.

Ohne nachzudenken, summte Wendra den nachklingenden Ton.

»Singt eine Harmonie dazu.«

Wendra änderte mehrfach die Tonhöhe, um verschiedene Harmonien zu der klingenden Stimmgabel zu singen. Sie ertappte sich dabei, stolz auf ihre Leistung zu sein, weil die Stimmgabel ihren Ton nicht änderte und Wendra mühelos Zweiklänge finden und singen konnte, die in perfekten Intervallen dazu ertönten.

»Könnt Ihr die unterschiedlichen Harmonien benennen, die Ihr gerade geschaffen habt?«, fragte Belamae und dämpfte das Instrument mit einer Berührung.

Wendra schüttelte den Kopf. »Mein Vater hat mir beigebracht, wie man Harmonien schafft, aber ich kenne ihre Namen nicht.« Sie sah zu Boden und schämte sich, so wenig zu wissen.

Der Lehrer schüttelte den Kopf. »Es ist keine Schande, etwas nicht zu wissen, Wendra – nur, nicht zu versuchen, es zu lernen, die Frage nie zu stellen.«

Er schlug die Stimmgabel erneut an und bat Wendra, einen höheren Ton zu singen. Dann stimmte er selbst in tieferer Tonhöhe mit ein. Der Klang erregte Wendra. Manchmal hatten in Helligtal ein paar Leute versucht, mehrstimmig zu singen, aber sie hatten nie ein Ergebnis wie dieses erzielt. Die drei Töne erklangen gemeinsam in einer Einigkeit, die Wendra noch nie gehört hatte, schienen zu einem zu verschmelzen und bildeten einen Dreiklang mit perfekt harmonisierten Intervallen. Ihr versagte die Stimme, als sie vor Ehrfurcht angesichts des wunderbaren Zusammenwirkens die Lippen verzog und das Kinn heruntersacken ließ. Belamae brachte die Stimmgabel zum Verstummen und ließ seinen eigenen Ton enden.

»Ihr seid hergekommen, um zu lernen«, sagte der Lehrer.

»Ich weiß nicht.« Wendra warf einen Blick auf die Notenständer und die vergilbten Pergamente, auf denen Noten und andere Zeichen Musik in einer Sprache festhielten, die sie nicht lesen konnte.

Belamae zog ihre Aufmerksamkeit wieder auf sich und sah sie mit gütigen Augen durchdringend an. »Ihr verfügt über eine Begabung, Wendra, das höre ich sogar dem einzelnen Ton an, den Ihr gerade gesungen habt. Sie ist Euch zweifellos ein großer Trost und hat vermutlich Eure Freunde und Eure Familie bereits unterhalten und entzückt. Aber das, worüber Ihr verfügt, ist nicht für sie allein bestimmt.« Er zog die Augenbrauen hoch, als wollte er fragen, ob sie ihn verstand, aber Wendra schwieg weiter. »Die warme Klangfarbe einer Stimme, das Vergnügen daran, die Hände eines Musikers auf den Saiten oder an der Flöte –

das alles sind Freuden, die man genießen kann, nachdem man zu Abend gegessen und Tabakkraut geraucht hat, um die Mühsal des Tages zu lindern. Aber manchen wird deutlich mehr von dieser Fähigkeit verliehen, eine herausragende Fertigkeit, die sie zu einer höheren Berufung befähigt, ja, eine höhere Berufung *ist*. Für diese wenigen kann diese Begabung nur durch eine sorgfältige Ausbildung Erfüllung finden. Das ist meine Aufgabe.«

»Ich kann nicht bleiben«, sprudelte es aus Wendra hervor. »Ich muss meine Freunde suchen, meinen Bruder. Es gibt Dinge ...«

»Mein Kind«, begann Belamae mit unendlicher Zärtlichkeit, die von der Gewissheit langer Erfahrung noch gesteigert wurde, »macht eine Bestandsaufnahme all dessen, was Ihr wisst. Blickt in Euch hinein und fragt Euch, ob es irgendeine höhere Priorität als diese gibt.« Wendra versuchte, ihm ins Wort zu fallen, aber der Mann hob die Hände. »Psst. Hört mich an. Ich weiß, dass Euer Verstand Euch erzählt, dass dies hier selbstsüchtig, vielleicht gar unmäßig ist. Aber Ihr könnt meinem Ohr vertrauen. Was ich höre, ist mehr als eine Abfolge von Tönen. Und bei der Ausübung dieser Begabung erwartet Euch, mein Kind, mehr als das, wovon Ihr je zu träumen gewagt habt.«

Wendra hatte Fragen, aber sie stellte fest, dass sie sie nicht in Worte fassen konnte. Sie blickte sich verzweifelt um, und Gedanken an Penit, ihr totgeborenes Kind und schließlich Tahn rasten durch ihren Verstand. Sie sah sich selbst schwitzend auf dem Boden einer Höhle, sah die mit Kalk geweißten Füße von Frauen und Kindern auf dem Auktionsblock, sah die Welt als Relief aus nichts als Hell und Dunkel aufblitzen. Sie schloss die Augen, hörte die ferne Melodie des Liedes und seinen Takt und formulierte eine Frage.

»Was für eine Musik ist das, die von diesem Gebäude ausgeht? Ist es das Leidenslied?« Sie öffnete die Augen und stellte Belamae ihre Frage auch mit Blicken.

Der Lehrer ließ zu, dass ein schiefes Lächeln sein Gesicht erhellte. »Dann können wir ebenso gut damit beginnen«, antwortete er und erhob sich von seinem Stuhl. »Kommt mit.«

Belamae ging direkt zur Hintertür, öffnete sie und hielt sie Wendra so auf, wie ein Diener es vielleicht getan hätte. Er winkte sie hindurch und zog seine Arbeitszimmertür hinter ihnen zu, bevor er schnell wieder die Führung übernahm.

»Wir werden Euch gleich in einigen Dingen unterweisen.« Ganz Anmut und fließende Roben, eilte er den Gang hinab. Sein weißes Haar wippte im Takt seiner langen Schritte. Wendra musste schnell gehen, um mit dem alten Maester mitzuhalten.

Sie kamen an weiteren Ölgemälden vorbei. Viele zeigten offenbar Konzerte, Musiker inmitten von Amphitheatern voller Zuhörer. Weiter hinten stellten die Gemälde Schlachten dar. Auf manchen stand ein Mann oder eine Frau einsam vor einer schrecklichen Angriffswelle, auf anderen war es ein ganzer Chor. Aber auf jedem Bild sah Wendra, dass eine Seite mit Waffen anrückte, während die andere keine trug, sondern gewöhnlich mit offenem Mund in Singhaltung dargestellt war. In manchen Bildern lagen die Unbewaffneten von Kriegswerkzeugen durchbohrt am Boden, die weißen Roben vom launischen Muster strömenden Bluts besudelt.

Sie gingen durch eine weitere Tür und verließen die heimelige Wärme des Kirschbaumholzes zugunsten von vergleichsweise kühlem Marmor. Dann gelangten sie in eine große Gewölbehalle, in der ihre Schritte so klein wirkten wie in einer großen Höhle. Hier verliefen Querstreifen in Rot, Blau, Grün und einem Dutzend anderer Farben durch die glatten Steine. Wendra fühlte sich ans Spiel des Lichts auf der Oberfläche eines Sees erinnert, wenn man es von mehreren Schritt unter Wasser betrachtete. Vor ihnen, jenseits einer weiteren Tür, wurde die Musik noch lauter. Sie erhob sich nicht mehr nur wie ein melodiöses Summen aus dem Stein, sondern stürzte aus ihm hervor wie ein letztes Echo.

Sie gingen Stufen hinauf und durch kurze Zwischengeschosse. Die Decke erhob sich volle sechs Stockwerke über ihnen. Statuen traten an die Stelle der Ölgemälde, daneben auch große, breite Wandteppiche von vierfacher Mannshöhe mit verschlungenen Mustern, die mit offenkundiger Kunstfertigkeit gewebt waren. Tageslicht fiel durch Fenster, die hoch oben in die Decke eingelassen waren, und der Geruch nach Rosmarin und Wasser durchwehte die Hallen. Bald kamen sie an kleinen Wasserbecken vorbei, die in den Boden eingelassen und von niedrigen Bänken umgeben waren. In den Becken gestatteten flache Stufen es einem, die Füße ins Wasser zu tauchen, um sie zu entspannen. Warme Dunstschwaden stiegen von der Wasseroberfläche auf.

Links und rechts führten Türbögen in andere Gänge, die außer Sichtweite endeten. Der Schein der Kerzen, die in schlichten, aber eleganten schmiedeeisernen Haltern steckten, verlieh dem Marmor in diesen Gängen fast den Anschein von Fleisch.

Am Ende der Gewölbehalle gingen sie auf zwei in Kapuzenroben gekleidete Frauen zu, die neben einer weiteren Tür standen. Die Frauen verneigten sich, als Belamae sich näherte, und verharrten in dieser Haltung, bis die Tür sich hinter Wendra schloss. Jenseits davon erstreckte sich ein breiter Gang unter einer Decke, die sich nicht viel höher wölbte, als Belamae groß war. Am anderen Ende schien es keine Tür zu geben, aber ein Mann stand behäbig mit dem Rücken an der Wand der Sackgasse. Seine Lippen bewegten sich, und seltsame Beschwörungsformeln drangen aus seinem Mund hervor. Aber es war der Fußboden, der Wendra verstörte.

An beiden Enden des Gangs befanden sich zwei Schritt breite Estraden aus Marmor, aber zwischen ihnen erstreckte sich Wasser von Wand zu Wand. Das Becken war eingetieft wie diejenigen, an denen sie gerade vorbeigekommen war, und ein schmaler Weg führte hinüber zur Estrade am anderen Ende. Hier blieb der Lehrer stehen und betrachtete nachdenklich das Wasser und den Pfad hindurch. Das Wasser war nicht tief, aber Wendra spürte eine Warnung darin. Die Vibrationen, die Wendra schon im Stein wahrgenommen hatte, schienen im Wasser in unauffälliger Reaktion auf die Musik leichte Wellen zu schlagen.

Belamae trat an den Rand des Beckens und sah sich nach ihr um. »Ihr müsst es durchqueren«, sagte er. »Bleibt auf den Beinen und bewegt Euch langsam.«

»Kommt Ihr mit?«

»Falls Ihr die andere Seite erreicht, werde ich zu Euch stoßen.«

»Was meint Ihr damit – *falls*?«

»Das Wasser ist nicht ganz, was es zu sein scheint.«

Wendra sah das Becken an. »Was ist darin?«

Der Mund des Lehrers verzog sich zu einem sonderbaren Ausdruck, der halb Lächeln, halb Stirnrunzeln war. »Spiegelbilder«, sagte er und nickte Wendra zu, loszugehen.

Warum wurde sie auf die Probe gestellt? Sie war nicht von sich aus hergekommen. Ein entfernter Teil von ihr war dem

Mann noch dankbar dafür, dass er sie besucht hatte, als sie allein gewesen war und sich mit den Gedanken daran gequält hatte, einsam zu sterben und nicht mehr in der Lage zu sein, Penit zu beschützen, nachdem er aufgebrochen war, um Hilfe für sie zu holen. Aber dieser plötzliche Erwartungsdruck und die Notwendigkeit, Anforderungen zu genügen, über die sie noch nicht Bescheid wusste, belasteten sie. Eine vertraute Unzufriedenheit machte sich in ihrer Brust breit. Doch Belamaes Blick blieb beharrlich, und Wendra wurde bewusst, dass sie den Quell der Musik sehen wollte, die das Wasser bewegte.

Der Weg konnte nicht mehr als zehn Schritt lang sein. Wendra seufzte und brach auf.

Als sie das Becken halb durchquert hatte, begann das Wasser um sie herum zu strudeln und wild zu tosen. Die kleinen Wellen türmten sich höher auf, und das melodische Schwappen des Wassers gegen den Stein wurde hektischer. Wendra sah nach unten, und ihr wurde sofort schwindlig. Sie blinzelte gegen das Gefühl an, und vor ihrem inneren Auge blitzte das Bild eines Baums als blendend weißes Relief vor einem mitternachtsschwarzen Hintergrund auf. Ihr verschwamm alles vor den Augen – Gegenstände und Menschen kamen in Sicht und waren dann nicht mehr klar zu erkennen. Sie beeilte sich, die andere Seite zu erreichen. Wasser spritzte über den Weg, als kleine Wellen über den Stein hereinbrachen. Wendras Fuß rutschte auf der glatten Oberfläche ab. Sie spürte, dass sie fiel, aber nur langsam, wie ein Blatt im Herbst, das zur Erde trudelt. Sie stürzte hintenüber ins aufgewühlte Becken und riss den Kopf gerade noch rechtzeitig herum, um zu sehen, wie das Wasser schwarz wurde. Es glitzerte dunkel, als wäre es mit Zorn und Verzweiflung angefüllt. Dann umfing das kühle Nass sie zärtlich. Das Wasser verschob sich bei ihrer Berührung und schlug Blasen, als ob es vor ihr fliehen wollte, seiner eigenen Natur aber nicht entkommen konnte. Sie sank tiefer, und ihr Kopf geriet unter die Wasseroberfläche. Die Art, wie das Wasser über ihr Gesicht hinwegspülte, fühlte sich anklagend an. Sie weigerte sich, die Augen zu schließen, und die Schwärze umfing sie. Die Musik verklang und wurde von der unnatürlich lauten Stille des Wassers verdrängt. Wendra hielt unwillkürlich den Atem an, verspürte aber nicht den Drang, die Umklammerung des Wassers rasch wieder zu verlassen. Sie berührte den Boden des Beckens; seltsamerweise trieben ihre Beine weiter oben und regten sich nicht, um sie zu retten.

So ist es also. Das Ende meines Liedes.

Dann zerrte Belamae sie in Sicherheit. In seiner durchnässten weißen Robe stützte er sie, während sie sich auf seinen klugen Blick konzentrierte. Die Schmerzen in ihrer Brust zwangen sie, flach und rasch zu atmen, während ihr die saure Galle in ihrem Magen bei jedem Einatmen übel werden ließ.

Bevor sie sich fing, hatte Wendra den Eindruck, dass aus Belamaes Miene entsetzliche Besorgnis sprach.

Aber warum? Seine Geheimnisse sind mir gleichgültig!

Als das Schwindelgefühl sich gelegt hatte, führte Belamae sie zurück durch die Tür und stützte sie, während sie die ausgedehnten Zwischengeschosse durchquerten und die vielen kleinen Treppen hinabstiegen, bis sie wieder in sein Arbeitszimmer gelangten, wo er ihr auf einen Stuhl half. Er ging kurz nach draußen und kehrte mit einer Wolldecke und einer Tasse warmem Pfefferminztee zurück. Nachdem er sie in die Decke gehüllt und ihr die Tasse in die Hand gedrückt hatte, setzte er sich selbst hin und musterte sie stumm, während sie versuchte, den Anblick und das Gefühl des dunklen Wassers vor ihren Augen zu verdrängen.

Nasse Haarsträhnen hingen ihr ins Gesicht. Sie spähte dazwischen hervor zu dem alten Mann hinauf, der Kinn und Wangen zwischen Daumen und Zeigefinger ruhen ließ. Sie hatte keine Lust zu reden, sondern wollte nur, dass er ihr erklärte, was gerade geschehen war.

Auf ihren fragenden Blick hin beugte der Lehrer sich vor und hob das Pergament auf, das Shanbe ihm gegeben hatte. »Unser Freund sagt, dass Ihr Lieder erschaffen könnt.« Belamae sah zwischen dem Notenblatt ihres Liedes vom Lagerfeuer an der Landstraße und der Komponistin hin und her.

»Wir singen in Helligtal alle unsere eigenen Lieder. Das ist ein Teil des Zyklus, alle …«

»Er meint keine Melodien, Kind«, unterbrach Belamae sie, »sondern Kompositionen. Versteht Ihr? *Erschaffen.*«

Sie wusste, was er meinte: den Vorgang, sich selbst durch Gesang zu heilen, das Feuer und den Schmerz in ihrem Brustkorb, die bedeuteten, dass sie die klagenden Verse eines aus ihren Eingeweiden hervorbrechenden Liedes aus sich hinauszwingen musste, die Art, wie Farbe und Schärfe aus ihrem Gesichtsfeld verschwanden, während alles zu Dunkel und Licht verschwamm. Das Zusammenfallen aller Dinge.

Wie das dunkle Wasser vor ihren Augen.

»Nein«, sagte sie, »ich weiß nicht, was er meint. Ich singe nur einfache Liedchen mit der Stimme, die mein Vater mir gegeben hat.«

Belamae runzelte die Stirn und betastete die Stimmgabel auf seinem Schreibtisch. »Alles Wissen, Lernen und Singen beginnt mit Ehrlichkeit, mein Kind.« Er schlug die Stimmgabel am

Tisch an. »Glaubt mir, jede Begabung kann an zwei Ewigkeiten rühren.«

Wendra erinnerte sich, dass der Ta'Opin in etwa das Gleiche gesagt hatte. Sie antwortete nicht, sondern starrte nur in ihren Tee und sah dort sich selbst und Tahn singen, während Balatin sie auf der Zither begleitete. Für den Augenblick unterdrückte sie jegliches Bedürfnis zu singen und auch schon den Gedanken daran.

13

DIE GESCHICHTE EINES DIENERS, TEIL II

Ja«, sagte Rolen mit ruhiger Standhaftigkeit. »Ich habe mich bewusst dazu entschieden, hier in den Eingeweiden des Solath Mahnus gefangen zu bleiben. Aber aus gutem Grund.« Der Sheson räusperte sich und begann von neuem zu erzählen: »Vor acht Jahren verhandelte der Rat von Decalam über ein neues Gesetz. Es wurde vom Volkstribun vorgetragen, aber davon ließ sich niemand hinters Licht führen: Die Exigenten hatten Unterstützung dafür zusammengetrommelt und nannten es einen Fortschritt der Zivilisation. Die Debatte dauerte nur zwei Tage, und als sie vorüber war, wurde das Zivilisierungsgesetz der Regentin gegen alle, die beim Lenken des Willens ertappt wurden, der Bibliothek des Gemeinsinns beigefügt.«

Gequältes Schweigen folgte.

»Beim Namen meines Vaters«, flüsterte Tahn schließlich.

»Man behauptete, dass jedes Lenken des Willens die Arbeiter faul mache und die Selbständigkeit untergrabe. Man verspottete uns und sagte uns nach, dass unsere Arbeit die bloßer Mimen wäre, die andere zu ihrem eigenen Gewinn oder um Macht und Ansehen zu erringen täuschen und zu ihren Zwecken hinters Licht führen. Manche nannten uns sogar Spione der Stille. Was dann folgte, traf mitten ins Herz dessen, was wir sind, breitete sich in der Stadt aus und besudelte sogar die Königreiche, die an Vohnce grenzen.« Tahn hörte Rolens Worten den Zorn an, obwohl er beim Sprechen kein einziges Mal die Stimme hob. »Die Schwerkranken mussten vor ihrer Zeit in die Erde zurückkehren. Der Schutz, den wir der Garde bieten konnten, durfte nicht mehr erfolgen. Kleine Scharmützel kosteten viele das Leben, die wir nicht verteidigen durften. Nur eine Handvoll Sheson blieben in Decalam. Wie schlecht wir behandelt wurden, nachdem das Zivilisierungsgesetz verkündet worden war! Anscheinend erweisen einem die meisten Leute nur aus Angst Respekt. Einige waren der Meinung, dass wir Decalam verlassen und an andere Orte ziehen sollten. Aber seit Inkrafttreten des neuen Gesetzes werden die Dreiringe auf jeder Landstraße und in jedem Dorf gefürchtet. Misstrauen und Lügen verengen den Blickwinkel der meisten Menschen, denen wir begegnen. Um ehrlich zu sein: Ich nehme an, dass es schon vor dem Gesetz so war. Aber seitdem ... Wir sind zum Dienen berufen«, fuhr Rolen stockend fort. »Manche von uns dachten, wir könnten es tun, ohne auf unsere Gabe zurückzugreifen. Und mit der Zeit wurde sogar unser Orden gespalten. Viele kämpften um Gerechtigkeit für andere, ohne die Gesetze des jeweiligen Landes zu achten. Um, wie sie sagten, zu dienen, indem sie das Richtige taten, selbst wenn es nicht legal oder moralisch vertretbar war. Für sie ließ sich das Schöpfen aus dem Willen nicht von ihrer Fähigkeit zu dienen trennen. Das Schisma im Orden hält bis heute an und vertieft sich sogar noch, während die Ablehnung bei denen wächst, denen der Orden zu helfen versucht hat.«

Bewunderung für Rolen keimte in Tahns Brust auf. »Du bist in Decalam geblieben, als die anderen gegangen sind.«

»Artixan auch.« Der Sheson schluckte, und Tahn wünschte, er hätte dem Mann etwas Wasser im Krug übrig gelassen. »Vor zwei Monaten kam ein junges Mädchen an meine Tür und bat mich um Hilfe. Sie heißt Leia, ist zwölf Jahre alt und hatte mir schon monatelang dabei geholfen, Lebensmittel im Bettlerviertel zu verteilen. Ich ließ sie ein und hörte zu, wie sie mich schluchzend anflehte, ihrer Schwester zu helfen, die, wie sie sagte, plötzlich sehr krank geworden war. Ich erinnere mich so lebhaft daran, weil es das erste Mal war, dass ich sie mit zerzaustem, verfilztem Haar sah; ihr Gesicht war verhärmt und schmutzig. Ich weiß nicht, warum, aber diese Dinge fielen mir in jener Nacht auf, als ich mich bereiterklärte, mit ihr zu kommen und zu helfen, so gut ich nur konnte. In den frühen Morgenstunden führte Leia mich durch verregnete, leere Straßen, und am Ende kamen wir zu einem bescheidenen Haus im Krämerviertel. Eine schwache Lampe brannte im Fenster, während der Rest der Straße dunkel war. Wir eilten in das Einraumhaus, in dem sich in den Schatten längs der Wände Kisten und allerlei andere Vorräte stapelten. Leias kleine Schwester, die erst vier Jahre alt war, lag auf einem Haufen alter Kleider und Lumpen in der Ecke beim Fenster. Ihre Eltern knieten bei ihr, beugten sich über sie, sprachen sanft auf sie ein und wischten ihr die Stirn mit einem feuchten Tuch ab. Ich erinnere mich noch an den Geruch nach Schimmel und feuchtem Holz; es regnete stetig an mehreren Stellen durchs Dach. Leias Zuhause war selbst nur einen Schritt vom Bettlerdasein entfernt. Ihre Familie rackerte sich hart auf der Straße ab, um über die Runden zu kommen. Bevor ich mir die Kleine näher ansah, vermutete ich schon, dass sie sich bei der Kälte und dem Regen in dem zugigen Loch ein Fieber zugezogen haben könnte. Ihr Vater schaute auf, als ich eintrat. Ich konnte seinem Gesicht die Besorgnis ansehen, und er setzte zu einem Kopfschütteln an. Aber über den fiebrigen Körper seiner Tochter hinweg legte seine Frau die Hand auf seine. Er sah die Frau an, dann sein kleines Mädchen. Nur einige Augenblicke lang tobte ein innerer Kampf in ihm. Ich sah ihn seufzen und nicken. Ich legte den Mantel ab und eilte an die Seite des kleinen Mädchens. Da bemerkte ich, dass der Mann sogar stumm weinte. Das ist die Art von Kummer, die Eltern kennenlernen, wenn ihre Kinder dem Tode nah sind … Ich habe das schon zu oft erlebt. Ich kniete mich hin, fühlte dem Kind die Stirn, um zu sehen, ob es Fieber hatte, lauschte seinem Atem und seinem Puls. Es war zu spät. Leias Schwester lag im Sterben, und ich konnte für sie nichts tun, wenn ich nicht gegen das Gesetz verstoßen und aus dem Willen schöpfen wollte, um sie zu retten. Dann erspähte ich etwas Vertrautes, das als Kissen halb unter den Kopf des Mädchens geschoben war. Ich schlug eine Falte des Gewands beiseite und sah das Emblem der Liga auf rostroter Wolle. Wenn es schon gefährlich war, beliebigen Männern, Frauen oder Kindern zu helfen, indem man den Willen lenkte, dann verzehnfachte sich dieses Risiko, wenn man einem Exigenten oder auch nur seiner Familie half. Da verstand ich den Ausdruck in den Augen des Mannes. Er war Ligat. Schon meine Gegenwart in seinem Haus stellte für ihn und seine Familie eine Gefahr dar, und wenn ich erst seiner Tochter half, indem ich aus dem Willen schöpfte … Mir war klar, was das Gesetz vorschrieb: Den Willen zu lenken hieß, dass ich dem Tode geweiht sein würde, wenn man mich ertappte. Ich verfluchte das Gesetz und versuchte zu verstehen, wie es einen Fortschritt der Zivilisation bedeuten konnte, das Mädchen sterben zu lassen. All die Argumente dafür, dass unser Orden die nötige Selbständigkeit untergrub und Faulheit bei den Bürgern auslöste, kamen mir so nutzlos vor wie verbrauchtes Kerzenwachs. Sie hatten den Hass und das Misstrauen den Sheson gegenüber in ein Gesetz einfließen lassen, das mich hierher, in dieses Gefängnis, bringen konnte.« Der Sheson schlug im Dunkeln mit der Faust gegen den Stein seines Kerkers. »Zur Strafe für das Verbrechen, ein sterbendes Kind zu retten. Ich wandte mich an den Vater, dessen Namen ich nie erfahren sollte, und wollte ihm erläutern, in welchem Zwiespalt ich steckte.« Rolens Keuchen ließ nach. »Ich sprach die Worte nie aus. Ich sah einfach das Entsetzen in seinen Augen angesichts der Vorstellung, sein kleines Mädchen sterben zu sehen. Seine Verzweiflung ging mir unter die Haut. Ich hatte schon zu viel Leid gesehen, das vermeidbar gewesen wäre, hätte es dieses Gesetz nicht gegeben. Und vielleicht würde es die Ansicht der Liga über die Berufung eines Sheson ja irgendwie zum Besseren verändern, wenn ich einem ihrer Mitglieder half. Also beugte ich mich nahe über die Kleine und legte ihr die Hände auf den Kopf. Ich sprach die Worte und rief Gesundheit aus dem Willen in den fiebrigen Körper des Kindes herab. Als die Kleine die Augen aufschlug, nahm ihre Mutter sie sanft in die Arme. Um das Kind herum streckte sie die Hand aus und berührte meine mit einem seltsamen Ausdruck von Dankbarkeit und Bekümmerung in den Augen. Ich verstand diesen Blick«, sagte Rolen voller Mitleid, »da die Frau wusste, dass ich mit dem, was ich getan hatte, vielleicht mein Leben verwirkt hatte. Aber da war noch mehr. Als ich dem Mädchen die Hände auflegte, erkannte ich die Hinterlist, mit der ich in die Falle gelockt worden war.

Dieses Kind brannte von einem Gift, das die Hände von Exigenten gemischt hatten. Diese Wahrheit durchströmte mich, als meine Forsa in sie überging. Dieses kleine Kind war vergiftet worden, um sowohl die Treue dieser Familie zur Liga als auch meinen Gehorsam dem Erlass der Regentin gegenüber auf die Probe zu stellen. In der Bevölkerung waren in letzter Zeit immer mehr Gerüchte über den Weißen in Umlauf gekommen, und es hatten schon manche den Wunsch zum Ausdruck gebracht, dass das Zivilisierungsgesetz zurückgenommen werden sollte, damit die Macht des Willens sie wieder schützen könnte. Aber ein schurkischer Sheson, der offen der Entscheidung des Höchsten Gerichts trotzte, würde der beste Beweis dafür sein, dass das Zivilisierungsgesetz vonnöten war, und dafür sorgen, dass die Leute sich mit etwas anderem beschäftigten als mit der Stille, die langsam auf uns zukommt. Das war die List, der ich zum Opfer fiel. In diesem Augenblick der Heilung hätte ich meine Hilfe noch zurückziehen können, und vielleicht hätte die Bedrohung aus dem Born das Volk geeint und zu einer Aufhebung des Zivilisierungsgesetzes geführt. Aber das Kind wäre gestorben, wenn ich das getan hätte. Es ist dieser Moment der Entscheidung – der Bereitwilligkeit –, der mir diesen grotesken Ort, an den ich geraten bin, ein wenig erträglicher erscheinen lässt. Dadurch kann ich es besser erdulden, dass mir diese Eisen die Haut aufscheuern.« Rolen seufzte tief und leckte sich die Lippen. »Der Rest geschah sehr schnell. Die Tür flog hinter mir auf, und sechs Männer in rostroten Umhängen umstellten mich mit gezogenen Schwertern. Derbe Flüche wurden ausgestoßen, und angedeutete Stöße mit ihren Waffen riefen wildes Gelächter hervor, als ich vor den scharfen Spitzen zurückzuckte. Ich erinnere mich noch, wie ich sie bat, die Tür zu schließen, weil die kalte Luft dem Kind schadete. Sie legten mich in Ketten, wandten sich dann an die Familie und fragten, wer den Sheson aufgesucht hätte, um das Mädchen heilen zu lassen. Ich sah das Erstaunen der Eltern angesichts dieser Frage – die Krankheit des Kindes war nicht allgemein bekannt gewesen, sondern plötzlich aufgetreten. Aber das wusste ich schon. Als ich das Kind geheilt hatte, hatte das Gift mir viel verraten. Ich hatte erfahren, dass die Liga diese Familie schon länger in Verdacht gehabt hatte, Mitleid mit den Sheson zu haben. Die Vergiftung des Kindes sollte diesen Verdacht entweder erhärten oder durch einen bitteren Verlust ihre Loyalität erweisen. Die Ligaten fragten nun wieder, wer sich mit mir verschworen hätte, Verrat zu begehen, indem er mich geholt hatte, um das Mädchen zu heilen. Ich sah Leia in eine Ecke zurückweichen und erbleichen, als ihr bewusst wurde, was für ein Verbrechen sie begangen hatte. Ein Teil des Zivilisierungsgesetzes bedroht nämlich nicht nur den Sheson, der den Willen lenkt, mit dem Tod, sondern auch jeden, der einen Sheson dazu auffordert, das zu tun. Ohne jedes Zögern erhob sich ihr Vater. ›Ich war es‹, sagte er. ›Ich konnte nicht mit ansehen, wie meine Tochter litt.‹ Ich merkte ihnen den Argwohn deutlich an, als er die Schuld an dem Verbrechen auf sich nahm. Schreckliches Schweigen senkte sich über den Raum, und der Mann tauschte einen langen Blick mit seiner Frau. So verabschiedeten sie sich voneinander. Er küsste seine Tochter in den Armen seiner Frau auf die Stirn, zog Leia dann in eine enge Umarmung und flüsterte ihr etwas ins Ohr. Sie blieb weinend zurück, als die Liga ihn und mich aus dem Haus führte. Als wir gingen, sah ich die Frau mit ihren Kindern in eine Ecke kriechen, die Augen feucht von Tränen der Dankbarkeit und Trauer. Noch in jener Nacht kam ich hierher«, sagte Rolen mit entrückter Stimme. »Ich bin hier geblieben, denn alles andere wäre schlimmer, als dem vergifteten Kind nie geholfen zu haben. Ich glaube, dass sie damit gerechnet haben, dass ich fliehen würde. Stell dir nur vor, was das bedeuten könnte! Gäbe es einen besseren Weg, Palamons Orden in ein schlechtes Licht zu rücken, als ein Mitglied des Ordens gefangen zu setzen, nur damit es entkommt und so beweist, dass es sich nicht den Gesetzen derjenigen unterwerfen will, denen es dient?« Rolen sprach nun klar und stolz, aber seine Stimme blieb sanft. »Ich bin ein Diener. Ich habe geschworen, die Hand auszustrecken, um den Willen zugunsten anderer zu lenken, um zu beschützen, zu stützen und meines Amtes zu walten, bis ich der Erde anheimfalle.« Der Sheson tat mehrere Atemzüge. »Dennoch hat dieser Fallstrick doppelt gut gewirkt: Er hat das Misstrauen der Bevölkerung gegen die Bereitschaft des Ordens, seinen Dienst den Gesetzen zu unterwerfen, geschürt und sorgt dafür, dass die Leute sich mit dem örtlichen Kleinkrieg befassen, während weit größere Bedrohungen auf uns alle zurollen.« Der Mann schwieg und keuchte erneut in der Dunkelheit.

»Und wenn du fliehen würdest, würdest du damit beweisen, dass das Misstrauen derjenigen, die dieses Gesetz überhaupt erst geschaffen haben, gerechtfertigt war.« Tahn schüttelte den Kopf und blickte zur Tür auf, an der gerade eine andere Wache vorbeiging und den Lichtkegel kurz verstellte. »Aber warum hat man dich zum Tode verurteilt? Die Strafe scheint dem Vergehen nicht angemessen zu sein.«

Rolen lachte leise. »Weil, wie die Liga beschwören wird, ein kleiner Ungehorsam auf einen gefährlichen Menschen hindeutet, einen Menschen, der früher oder später den Willen auf monströse Weise lenken wird, um die Macht des Rates, ja der Regentin selbst zu untergraben.« Aus seinem Ton sprach bittere Erheiterung. »Das war der Grund, den man mir genannt hat. Jedes Ratsmitglied beruft sich auf die Regentin, um seine eigenen Argumente zu stützen. Helaina genießt Respekt und ist bei den meisten in Decalam beliebt. Ihre Herrschaft ist der einzige Grund, weshalb Artixan seinen Platz an ihrem Tisch behält.«

»Artixan? Der Mann aus der heruntergekommenen Taverne in deiner Geschichte?«

»Genau. Mein Mentor sitzt im Hohen Rat, gemeinsam mit der Regentin, General Bolermy Van Steward, dem Volkstribun Hemwell Or'slaed, dem Ersten Sodalen E'Sau, dem Kaufmannssprecher Tully Dwento, dem Ersten Rat des Höchsten Gerichts Jermond I'Meiylo, Maester Belamae aus der Discantus-Kathedrale und natürlich dem Aszendenten selbst, Roth Staned, dem Vorsteher der Liga der Edukation in Vohnce. Ein Sitz ist unbesetzt.«

Tahn hörte sich die Namen an. Wussten diese Leute über Vendanji Bescheid? Über Tahn? Würden sie je erfahren, dass er in einer Gefängniszelle gelandet war? Plötzlich erschien ihm dieser Raum aus kaltem, feuchtem Stein viel kleiner als noch vor einem Augenblick.

Zum ersten Mal machte er sich ernsthaft Sorgen um Sutter. Vielleicht teilte auch der Rübenbauer seine Zelle mit jemandem. Sein Freund hasste es, zu irgendetwas gezwungen zu werden. Tahn konnte sich vorstellen, dass er sich wehrte, wenn die Wachen ihn so schlugen, wie sie auch Tahn verprügelt hatten. Der Gedanke brachte ihn zum Lächeln, so dass seine aufgesprungenen Lippen brannten.

»Niemand steht Helaina näher als Artixan. Er ficht den Erlass, den sie gegen das Lenken des Willens verkündet hat, nicht an und verstößt auch nicht dagegen. Ich vermute, dass er jetzt noch wichtiger für sie ist, da er selbst nach Verlesung des Gesetzes an ihrer Seite geblieben ist … nach meiner Festnahme. Ich habe auch den Verdacht, dass sie das Gesetz nur unter Druck unterzeichnet hat, weil eine Mehrheit dafür gestimmt hatte. Eine Regentin muss zuallererst Regentin sein, ohne auf Freundschaft Rücksicht zu nehmen. Artixan seinerseits ist steinalt, vermutlich, da er seine eigene Forsa sehr vernünftig nutzt. Dass Helaina sich so auf seinen weisen Rat verlässt, erzürnt den Aszendenten Staned. Manchmal überrascht es mich, dass es ihnen bisher nicht gelungen ist, den alten Mann umzubringen. Aber Artixan hat einen schärferen Verstand als die gesamte Liga zusammengenommen, also ist es vielleicht gar nicht so erstaunlich. Ich habe ihm ein paar Jahre lang als Gehilfe gedient, während er im Rat saß.« Zuneigung schlich sich in Rolens Stimme. »Es war mir gestattet, für den Fall, dass er etwas brauchte, in seiner Nähe zu bleiben. Jedes Ratsmitglied hat solch einen Adjutanten, der auf Abruf bereitsteht. An dem Tag, als darüber abgestimmt wurde, ob das Zivilisierungsgesetz in Kraft treten sollte, stand ich einen Schritt hinter Artixans Stuhl. Ich hörte die Debatte. Ich sah die Augen, die Artixans Blick auswichen. Nur zwei stimmten gegen das Gesetz …«

»Wer außer Artixan?«, fragte Tahn mit wachsendem Interesse. »Die Regentin?«

»Nein, es war die Sodalität. Die Regentin stimmt nicht mit ab«, erklärte Rolen. »Sie hat die Autorität, die Vorschläge des Rats anzunehmen oder abzulehnen. Es gibt Leute, die sich darüber beklagen, dass Helaina nichts anderes als eine Königin ist.

Dazu sage ich, dass das unser Glück ist. Sie wollen anscheinend, dass die Regentin endlose Ratssitzungen anberaumt, in denen dann um Rechte, Privilegien und kleinliche Vorschriften, die das Volk einengen, gerangelt und gestritten werden kann.« Ein ebenso erschöpftes wie gereiztes Seufzen entschlüpfte Rolens Lippen. »Helaina tut, was sie kann, um die sinnlosen Debatten über unwichtige Angelegenheiten abzukürzen. Sie muss alle Änderungen absegnen und kann dabei den Willen des Rates ausführen oder sich entscheiden, auf ihre eigene Weisheit zu vertrauen. In letzter Zeit spricht es sich bis auf die Straßen herum, wenn sie anderer Meinung ist als ihre Ratgeber. Das darf eigentlich nicht nach außen dringen, aber einige derjenigen, die ihr dienen, sind eher auf ihren eigenen Vorteil als auf die Wahrung der Interessen des Volkes bedacht und lassen die Gerüchte an die Öffentlichkeit dringen. Helaina stärkt den Rat, wenn sie ihm ihre Zustimmung erteilt, da die Macht von Van Stewards Armee hinter ihr steht. Aber ein Großteil des Volkes folgt Helaina, weil man sie liebt und bewundert. Sie ist nicht töricht oder gnadenlos; es hat noch nie eine gerechtere oder redlichere Regentin dieses Amt ausgeübt.«

»Warum hat sie dann dieses Zivilisierungsgesetz akzeptiert?«, fragte Tahn zweifelnd.

Rolens Worte brodelten aus der Dunkelheit hervor: »Eine Regentin muss sich entscheiden, welche Schlachten sie ausfechten will, und sie wusste, wer wirklich hinter dem Zivilisierungsgesetz steckte – die Liga der Edukation. Selbst damals schon brachten die Gerüchte darüber, dass der Schleier schwächer wurde, viele dazu, sich eine persönliche Ausgangssperre aufzuerlegen. Nachrichten über Veränderungen in den Grenzlanden im fernen Westen erschienen General Van Steward besorgniserregend genug, die Wachen zu verdoppeln und Anreize zu schaffen, in die Armee einzutreten. Es war nicht der rechte Zeitpunkt, der Liga die Stirn zu bieten. Als die Abstimmung abgehalten wurde, sah ich, wie sie Artixan die Hand auf die Schulter legte. Sie glaubte, dass eine Zeit kommen würde, in der der Sheson-Orden sich nicht mehr mit den Fesseln würde herumplagen müssen, die dieses Gesetz ihm anlegte.« Rolen rasselte mit seinen Ketten, um seine Worte zu unterstreichen. »Sie glaubt daran, weil sie den Gerüchten über die Stille glaubt. Sie glaubt, dass die Sheson wieder berufen sein werden, sich dem entgegenzustellen, was aus dem Born über uns hereinbricht. Wenn der Tag kommt, wird er der Liga einen schweren Schlag versetzen.« Rolens Stimme nahm einen seltsamen, nachdenklichen Tonfall an. »Welch eine Ironie, dass die Hoffnung, dass die Gerüchte über den Weißen falsch sind, zugleich bedeutet, die Sheson von Decalam in Ketten zu halten. Vielleicht habe ich mich geirrt. Vielleicht hätte ich diesen Ort doch verlassen sollen.« Rolens Worte klangen nun schärfer vor Zorn. »Törichten Menschen gegenüber verliere ich leicht die Geduld!«

Tahn zuckte vor der vernichtenden Bemerkung zurück.

»Ein letzter Sitz muss noch besetzt werden«, fuhr Rolen nun wieder in gleichmütigem Tonfall fort. »Der des Kindermunds.« Bevor Tahn nachfragen konnte, erklärte er: »Seit dem Krieg des Ersten Eides nimmt ein Kind einen Platz unter den Männern und Frauen ein, die herrschen und verschiedene Erwachsenengruppen vertreten. Dieser junge Mensch schenkt seine Weisheit und Einsicht denen, die sich kaum noch daran erinnern können, wie es sich anfühlt, Melura zu sein. Manche Berichte deuten darauf hin, dass die Worte des Kindes im Rat den Gang der Dinge schon in Fällen geändert haben, die sonst böse hätten enden können.« Ein weiterer Hustenanfall schüttelte Rolens Lunge. Tahn konnte das Reißen in der Brust des Sheson beinahe selbst spüren. Als Rolen die Beherrschung zurückgewonnen hatte, spuckte er erneut aus. »Aber es ist schon eine Weile her, dass der Kindessitz zuletzt besetzt war. Als Helaina die Gerüchte über die Stilletreuen und den dünner werdenden Schleier nicht länger ignorieren konnte, hat sie alle Mitglieder in den Hohen Rat zurückberufen, und sie hat den Lesherlauf angesetzt, eigentlich eine ganz einfache Angelegenheit, bei der der Sieger eines Wettrennens das Recht erwirbt, für alle Kinder zu sprechen.«

Tahn unterdrückte ein Lächeln, weil er die Risse in seinen blutenden Lippen nicht noch schlimmer machen wollte, aber der Gedanke an einen Wettlauf, der einem Kind die Gelegenheit verschaffte, sich bei *jeglicher* Gruppe von Erwachsenen Gehör zu verschaffen, entzückte ihn und ergab noch dazu auf wunderbare Weise Sinn. Ein Kind holt in einem Wettstreit, bei dem es auf die Geschwindigkeit ankommt, alles aus sich heraus und nimmt es klaglos hin, dabei zu verlieren. Tahn wünschte, er hätte dieses Rennen sehen können; als Junge hätte er gern selbst daran teilgenommen.

»Die Teilnehmer dürfen nicht älter als zwölf Jahre sein. Zwar bleibt man bis zum Alter von achtzehn Jahren Melura, aber wenn man aus der eigentlichen Kindheit schon ins Jugendalter übergegangen ist, wird man zum Lauf nicht mehr zugelassen.« Rolen versuchte sich aufzusetzen, sank aber wieder zu Boden. Sein Brustkorb hob und senkte sich von der Anstrengung, und sein Röcheln durchbrach die Stille.

Tahn ließ seine Fragen unausgesprochen und erlaubte es dem Sheson so, wieder zu Kräften zu kommen. Er veränderte seine

Körperhaltung und entlastete damit die Blutergüsse, die der Steinboden hervorgerufen hatte. Die Bewegung erinnerte ihn an seine Ketten, die klirrten und wie Bootsanker an seinen Armen zogen. Aber sein Unbehagen war nicht allein körperlicher Natur. Rolens Worte hatten ihn daran gemahnt, dass er seinem eigenen Wandel sehr nahe war und bald seine Jugendtage hinter sich lassen würde, um die Bürde der Entscheidungsfreiheit und Verantwortung auf sich zu nehmen. Vor drei Tagen war das Mindere Licht zunehmend gewesen, und Tahn hatte errechnet, dass es binnen vier Tagen ganz rund sein würde.

Es war der Vorabend seines Einstands.

Er konnte sich keinen Ort vorstellen, an dem es bitterer als hier gewesen wäre, diesen Wendepunkt zu erleben.

Schlimmer noch, es würde niemanden geben, der als Erster Beisteher für ihn fungieren würde, niemanden, der den Moment auch nur bemerken würde. Hambley war eine ganze Welt entfernt, Helligtal nur noch eine ferne Erinnerung. Das Ritual, das er durch die Fenster der Feldsteintaverne beobachtet hatte, würde für ihn nicht stattfinden. Er würde dennoch älter werden, und der Wandel würde eintreten, während das Mindere Licht wieder abnahm, bis es völlig dunkel war. Aber die Feierlichkeiten und der Beistand von Freunden würden kein Teil seiner Erinnerung sein. Stattdessen: Schmutz, Kälte, unbarmherziger Stein, düstere Schatten und Lippen, die brannten und bluteten. Wunde Haut, das misstönende Klirren der Ketten und die traurige Geschichte eines Sheson, der sich freiwillig für den Tod entschied, würden den Rahmen seiner Zeremonie bilden. Tahn ließ den Kopf hängen und murmelte verzweifelt einen Fluch über die Umstände, unter denen er ins Mannesalter eintreten würde.

Rolen fragte mit entsetztem Unterton: »Tahn, willst du damit sagen, dass du kurz davorstehst, deine Verantwortung auf dich zu nehmen?«

Tahn hatte diesen Ausdruck dafür noch nie gehört, aber er war zum dritten Mal froh, dass die Dunkelheit sein Gesicht und seine Hände verhüllte. Er wollte nicht, dass Rolen die Trauer sah, die ihn erfasste. Balatin war gestorben und würde nicht da sein, um ihm als Beisteher zu dienen. Hambley war gern bereit gewesen, die Aufgabe zu übernehmen, und Tahn hatte sich schon lange darauf gefreut, dass er ihn an jenem Tag unterstützen würde. Jetzt würde auch er nicht da sein. Tahn fluchte erneut und weigerte sich, dem Sheson zu antworten.

Tahn hörte den Lenker in der Dunkelheit auf sich zukriechen. Das Schrammen von Fleisch über den Steinboden, begleitet vom Schleifen der eisernen Kettenglieder, verstärkte die Gefühle, die in Tahn aufwallten, und drohte, ihn in Schluchzer ausbrechen zu lassen. Er biss sich auf die Lippen und hielt sich eilig die Narbe ans Gesicht, um wieder den altvertrauten Trost zu verspüren. In seiner Hast vergaß er, welche seiner Wangen unversehrt war. Seine Wunden brannten, als seine Hand sie berührte, aber er ließ sie dennoch auf seiner Wange ruhen und drückte sogar noch kräftiger zu, forderte das Brennen heraus und genoss es, als der Kummer Schmerzspitzen wich, die ihm den Hals hinab und bis in die Augen zuckten.

Dann drang eine Hand in den gelben Lichtschein zwischen ihnen vor. Tahn spähte durch den Lichtkegel und sah verschwommen die Umrisse von Rolens Kopf, wie einen mit feuchter Kohle gezeichneten Schattenriss. Aber Tahn sah ein gütiges Gesicht. Dann schaute er auf die ausgestreckte Hand des Sheson herab. Die Handschelle hatte eine so tiefe Wunde gerieben, dass unter ihr ein Ring von halb verschorftem Fleisch rot und aufgeschürft hervortrat. Rolen sagte nichts. Tahn zog seine eigene Kette straff, ignorierte das Brennen in seiner Schulter und ergriff im fahlen Schein des Lichts, das durch das Gitterfenster über ihnen fiel, die Hand des Sheson.

14

DIE SODALITÄT UND
DIE KLINGE DER ZEITALTER

Auf den Wällen loderte eine Unzahl von Fackeln. Wimpel, die im Licht flatterten, warfen geistergleiche Schatten auf die hohen Steinmauern. Soldaten, die ihre Umhänge eng um die Schultern gezogen hatten, gingen in regelmäßigen Abständen auf und ab, den Blick auf die ausgedehnten Ebenen um Decalam gerichtet. Braethen war beeindruckt von Höhe und Ausdehnung der Befestigungsanlage. In der Ferne verschmolz die Mauer mit dem Nachthimmel, bis auf die Fackeln, die sich als flackernde Reihe weit in beide Richtungen erstreckten.

Zelte, Wagen und behelfsmäßige Verkaufsstände säumten die Straße rechts und links von ihnen, und ein paar niedrige Lagerfeuer brannten in der Nacht. Aber diejenigen, die hier lebten oder Handel trieben, schliefen nun in Erwartung eines neuen Arbeitstages. Nur ein paar ruhelose Seelen saßen nahe bei den Flammen und machten sich nicht die Mühe, zu den Reisenden aufzusehen, als sie vorbeikamen. Der Geruch von Menschen, die in drückender Enge lebten, lag in der Luft: Essensreste, tröpfelndes Fett, Tiere, Unrat. Eine gewisse Leere machte sich in Braethens Herz breit, als er sich einen Weg durch die schlafende Menge suchte.

Am Tor klopfte Vendanji an und trat dann zurück. Von oben sah ein Wachsoldat herunter und wollte etwas sagen, aber als er den Sheson erspähte, verschwand er schnell außer Sicht. Einen Augenblick später quietschten die Angeln, als der linke Torflügel nach innen aufschwang und der Soldat in die Öffnung trat.

»Sheson.« Er rang nach Luft. »Vendanji, Ihr kommt spät zu uns.«

»Es freut mich, Euch zu sehen, Milon.« Vendanji nickte und streckte die Hand aus.

Der Soldat neigte den Kopf und umfasste zum Gruß vertraulich die Hand des Sheson. »Die Dinge sind hier in Bewegung, mein Freund. Es ist gut, dass Ihr nachts kommt.«

»Was gibt es Neues?«

»Ein Erlass beschränkt den Zugang zur Stadt.« Der Soldat warf über die Schulter einen Blick auf etwas hinter dem Tor. »Die Regentin hat das Große Mandat einberufen, aber bisher reagieren nur wenige Völker darauf. Wir haben eine Flut von Prätendenten auf unbesetzte niedere Sitze in der Versammlung und Bauern, die behaupten, das Recht zu haben, über die Regierung mitzubestimmen. Selbstgenähte Huraldik, auf Mistgabeln aufgepflanzt, kündigt sie an.« Milon lächelte schief.

»Huraldik?«, wiederholte Vendanji in leicht tadelndem Tonfall.

»Entschuldigt bitte, Sheson.« Der Mann verneigte sich erneut. »Aber wie richtige *Heraldik* kommt es uns hier kaum vor. Es kommen etwa dreißig niedere Sitze auf jeden König, der in der Versammlung am Haupttisch sitzt. Der Zweite Eid liegt schon so lange zurück, dass diese Mädchen und Burschen keine

Ahnung haben, was zu tun ist. Und viele von ihnen sind eben nur Möchtegerns, das sage ich Euch! Ich vermute, dass auf ihre Stimmen kein Verlass sein wird, wenn die Regentin in der Versammlung zur Eidesleistung aufruft. Aber vielleicht irre ich mich ja auch. Und bis dahin sind nur die wenigsten – ob nun wahre Sitzinhaber oder nicht – bereit, das Kommando über Männer zu übernehmen, um sie auf die Jagd nach Gerüchten zu ...«

Vendanjis Blick ließ den Mann schlagartig verstummen.

»Meine Himmel, es sind keine Gerüchte, nicht wahr?« Das Gesicht des Wachsoldaten erschlaffte merklich.

»Wir haben dringende Angelegenheiten zu erledigen, mein Freund. Du hältst den Mund über unser Kommen.«

Der Soldat nickte und gab sofort das Zeichen, das Tor weiter zu öffnen.

Neben Grant ritt Braethen als Letzter in die Stadt und staunte über die gewaltigen, dunklen Umrisse der Gebäude, die in den Nachthimmel aufragten. Es war kaum zu glauben, dass sie angekommen waren. Helligtal, Bollorg, Myrr, Sedagin und Witwendorf – das alles schien vor Ewigkeiten gewesen zu sein.

Jeder Halt auf dem Weg nach Decalam schien für ein bestimmtes Ende zu stehen – das des Friedens, das idealistischer Vorstellungen, sogar das des Lebens. Braethen grübelte, ob der Sheson es wohl immer so empfand. *Wie muss sich diese Bürde anfühlen?* Sie war Vendanjis Gesicht nicht anzumerken, allenfalls als Versprechen, etwas zu unternehmen, als sture Entschlossenheit, die Richtigkeit seines Vorgehens unter Beweis zu stellen.

Braethen taten Beine und Rücken weh, und die Schnittwunde in seiner Hand pochte, aber selbst all die Stunden auf der Flucht konnten ihm nicht das Staunen beim Anblick der Pracht von Decalam rauben, mochte es auch dunkel sein. In ein paar

Fenstern glommen schwache Kerzen, und in anderen, dunklen, hochgelegenen spiegelten sich die langen Strahlen des Sternenlichts wie ein Zwinkern des Himmels wider.

Das alles bildete einen Kontrast zum Ritt der letzten zwei Tage. Braethen hatte Bauernhöfe gesehen, deren Felder ins Kraut geschossen waren, und Pflüge, die mitten im Ziehen einer Furche stehen gelassen worden waren. Viehpferche waren leer gewesen, und Türen hatten offen gestanden, als wären die Häuser in aller Eile verlassen worden. Manche Höfe waren noch bewohnt gewesen, aber auf den meisten hatten die Leute nur aus sicherer Entfernung durchs Fenster gespäht. Die Kinder hatten sich nicht zu ihnen vorgewagt; ihre Mütter hatten sie sich eng an die Hüften gezogen. Die Männer hatten mit einem Gesichtsausdruck dagestanden, als hätten sie gern ausgespuckt.

Braethens Nervosität legte sich langsam, seine Schultern entspannten sich. Allerdings fragte er sich, was aus den Leuten werden würde, die jenseits der großen Mauer kampierten, wenn die Bar'dyn ihnen bis zur Stadt folgten.

Mira übernahm die Führung und bog nach links in eine Reihe schmaler Gässchen und Seitenstraßen ab, wo sich Abfall vor Hintertüren häufte. Das Kopfsteinpflaster war rutschig von säuerlichen Ausflüssen des Unrats, und ein paar stinkende Haufen dampften warm in der kühlen Luft. Mehr als ein Bettler rollte sich nahe bei diesen Wärmequellen zusammen und nutzte den Kehricht als Kopfkissen und Decke, ohne sich zu rühren, als Braethen und die anderen vorbeikamen. Sogar der Gestank nach Innereien und menschlichem Kot schien die Straßenbewohner nicht zu stören.

Bald kamen sie aus dem Krämerviertel in einen Stadtteil, der von großen Wohnhäusern und Gasthöfen mit Stallungen geprägt war. Die Fern zügelte ihr Pferd an der Rückseite eines schlichten, umfriedeten Hauses mit zwei Stockwerken. Ein Hinterhof lag hinter einem schmiedeeisernen Zaun von doppelter Mannshöhe. Das Mindere Licht beschien einen Springbrunnen, der von der Statue einer Frau dominiert wurde, die eine Vase trug und wie ein Gespenst bei einer unheiligen Salbung wirkte.

Mira schwang sich aus dem Sattel und kletterte über den Zaun. Sie ließ sich in den Hof fallen und ging zur Hintertür, wobei sie sich ständig umblickte. Sie klopfte leise an, und einen Moment später schwang die Tür auf, ohne dass der Lampenschein zu sehen gewesen wäre, mit dem Braethen gerechnet hatte. Ohne Zögern folgte ein Mann Mira zum Tor, schloss es auf und winkte sie alle hinein. Der Mann trug noch sein Nachthemd, schien sich aber an ihrem Eindringen nicht zu stören. Er verschloss das Tor hinter ihnen und lief zu dem kleinen Stall hinüber, der in einer Ecke des umzäunten Hofs lag. Wieder öffnete er die Tür und ließ sie ein.

Nachdem sie sich um die Pferde gekümmert hatten, führte der Mann sie ins Haus, ohne etwas zu sagen, und zündete noch nicht einmal ein Licht an, als sie sich in einer Essecke neben der Tür am Tisch niederließen. Durch hohe Fenster drang farbloses Mondlicht, das ihren Gastgeber – einen Mann mittleren Alters mit schütterem braunem Haar und kantigem Gesicht – bleich wirken ließ. Zugleich traf es Braethen mitten in die Augen und warf Schatten auf die anderen jenseits des Tisches, so dass ihr Gesichtsausdruck für ihn verhüllt war.

»Ich entschuldige mich für die Vorsichtsmaßnahme, kein Licht zu entzünden, Sheson«, begann der Mann, »aber wir werden schon seit dem Erlass der Regentin genau beobachtet und seit Rolens Festnahme mehr denn je.«

»Was ist geschehen, Malick?«, fragte Vendanji.

»Vor zwei Monaten haben die Exigenten ihm eine Falle gestellt, um ihn zu überführen.« Der Mann schüttelte angewidert den Kopf. »Ein Ligat hat eines seiner eigenen Kinder vergiftet, weil er dachte, Rolen so dazu bringen zu können, mit eigener Hand das Kind zu heilen. Und so kam es auch. Rolen wird in den Katakomben unter den Hallen des Solath Mahnus festgehalten. Er will sich nicht befreien und wartet dort auf sein Urteil.«

»Der Erlass schreibt den Tod vor«, sagte Mira.

»Das Urteil, *wie* er sterben soll, nicht, *ob* er sterben soll«, fügte Malick hinzu.

Braethen konnte Vendanjis Gesicht nicht deutlich erkennen, aber sein Zorn war mit Händen zu greifen. Grant stieß einen ungläubigen Laut aus und schnaufte Luft aus der Nase hervor. Braethen sah beiseite, zum Fenster, und konnte das Profil der Fern klar erkennen. Sie schien bereit zu sein, sofort zu einem Befreiungsversuch aufzubrechen.

»Rolen wird in den Tod gehen. Er wird sich an seinen Bund halten.« Malick rutschte auf seinem Sitz hin und her. »Vergebt mir, Sheson. Ihr wisst, was ich meine.«

»Schon gut«, sagte Vendanji spitz. »Jeder Mann muss den Eid auf seine eigene Art befolgen, Rolen auf seine, ich auf meine.«

»Wir halten zu Euch beiden«, sagte Malick in ernstem Ton.

»Ich weiß, Malick. Danke.«

Braethens Herz machte einen Sprung. *Wir halten zu Euch beiden. Ist dieser Mann Sodale?* Er musterte Malicks Gesicht und seine Kleider, konnte aber nichts sehen, was darauf hingedeutet hätte. Kein Symbol, keine Waffe, nichts im Raum, das etwas verraten hätte. Doch der Tonfall seiner Stimme und das, was er

Vendanji verkündet hatte, sagten Braethen, dass es sich so verhielt. Seine Erschöpfung fiel von ihm ab wie ein abgelegtes Kleidungsstück.

»Ihr werdet hier nicht lange sicher sein«, fuhr Malick fort. »Die Einberufung des Hohen Rats und das Große Mandat haben die Anführer der Liga verärgert. Sie befürchten, dass ihre Autorität infrage gestellt werden könnte. Die wenigen von uns, die sich noch in Decalam aufhalten, werden als Überbleibsel eines unglückseligen Zeitalters verfolgt. Am Tag lungern Männer und Frauen draußen herum und heften sich oft an unsere Fersen, wenn wir Besorgungen zu erledigen haben. Nachts lauern sie in den Schatten. Ich bete, dass niemand Euch gesehen hat, als Ihr hergekommen seid. Ganz unter uns: Ich vermute, dass sie sich Sorgen machen, dass der Rat das Zivilisierungsgesetz zurücknehmen könnte. Deshalb haben sie wohl auch Rolen in die Falle gelockt. Dass sie ihn zum Handeln gezwungen haben, hat ihnen die Unterstützung des Volks verschafft. Es braucht schließlich nicht viel, um Verdacht gegen einen Lenker des Willens zu schüren, und das Beispiel eines Sheson, der zugleich ein Gesetzesbrecher ist, unterstreicht die Notwendigkeit des Zivilisierungsgesetzes.«

»Hat jemand Widerspruch eingelegt?«, fragte Grant.

»Gegen solch eine Entscheidung kann es keinen Widerspruch geben«, sagte Malick bedauernd. »Das Höchste Gericht hat darüber abgestimmt. Helaina hätte ihrer eigenen Weisheit statt der des Gerichts vertrauen können, aber es verstößt gegen die Gesetze, gegen einen solchen Erlass vorzugehen, sobald er in Kraft getreten ist. Jemand, der dagegen protestiert, würde sich schnell mit Ketten um die Handgelenke wiederfinden.«

»Vielleicht auch nicht«, erwiderte Grant.

Braethen fragte sich, wie jemand sich dem Willen des Rats entgegenstellen und doch der Bestrafung entgehen konnte. Der Verbannte schien an etwas Bestimmtes zu denken.

»Die Ironie besteht darin, dass auch der Ligat des Verrats überführt und zum Tod durch den Strang verurteilt wurde.« Malick lächelte bitter.

»Ich hätte gern mit ihm gesprochen«, sagte Vendanji.

»Das könnt Ihr noch tun«, erklärte Malick. »Als er gerade in die Schlinge hinabfiel, durchtrennte ein Pfeil den Strick, so dass er unbeschadet auf dem Boden landete.«

Vendanji beugte sich vor und neigte fragend den Kopf zur Seite. »Von wessen Hand wurde er abgeschossen?«

»Die Liga behauptet, dass es keiner von ihren Leuten war. Aber das müssen sie gar nicht erst betonen, zumindest nicht uns gegenüber.« Malick spreizte vor sich auf dem Tisch die Finger. »Wir hier glauben nicht, dass sie versuchen würden, jenen Mann zu retten; an ihm soll ein Exempel statuiert werden. Nein, es war ein Fremder. Das Große Mandat lässt den Landadel von nah und fern herbeiströmen. Mit ihm kommen Scharen von Prätendenten, die es alle auf dieselben Sitze abgesehen haben. Manche folgen dem Lockruf des Reichtums und der Verheißung, sich mit Tapferkeit einen Namen zu machen, da alle glauben, dass ein Feldzug unmittelbar bevorsteht. Und noch weitaus mehr warten vor der Mauer, Vendanji.« Es war das erste Mal, dass der Mann den Namen des Sheson aussprach, und Braethen stellten sich dabei die Nackenhaare auf. »*Diese* Männer werden von ihren Müttern und Frauen ausgesandt, Landvolk, das behauptet, dass sie in den großen Ebenen zwischen Decalam und Confluven das Vorrücken der Stille hören. Männer und Jungen werden hierhergeschickt, um sich auf den

Krieg vorzubereiten, weil sie ihre Heimat und ihre Familien beschützen wollen. Lederwämser, Heugabeln, Hirtenstäbe, geschärfte Hacken und alte Ackergäule, Vendanji. Sie hocken auf dem freien Feld, geknechtet von einem notwendigen Erlass, der sie jenseits der Stadtmauer hält. Drinnen dagegen wimmelt es auf den Straßen von Scharlatanen, Kriegsgewinnlern, eingezogenen Ligaten, die es auf ein wenig Macht abgesehen haben, und den verweichlichten Sprösslingen aus Adelshäusern, die von Van Steward erwarten, ihnen Offizierspatente für einen Krieg zu erteilen, von dem sie hinter vorgehaltener Hand behaupten, dass er Unsinn wäre. So etwas habe ich in all meinen Himmeln noch nicht erlebt! Der Retter ist sicher auch einer dieser Kerle«, schloss Malick, »der vorhatte, sich einen Namen zu machen, indem er den Ligaten vor dem Tode durch den Strang bewahrt.« Er schüttelte den Kopf.

»Glaubst du, dass der Ligat unschuldig ist?«, fragte Vendanji schneidend.

Malicks Kopf zuckte bei der Frage zurück. »So unschuldig, wie ein Exigent eben sein kann. Pah! Aber der Mann hat eine Familie. Darin liegt eine gewisse Tragik.«

»Wo ist der Mann, der ihn gerettet hat, jetzt?«, fragte Grant.

»Denen zufolge, die uns mitfühlend gegenüberstehen, hat man den Bogenschützen in dieselbe Zelle wie Rolen gesperrt – das ist aus Sicht eines Exigenten Kränkung und Gerechtigkeit zugleich. Sie werden versuchen, die Sache als Kapitalverbrechen zu behandeln, behaupten, dass es den Wünschen der Regentin zuwiderläuft …«

»Hat dieser Bogenschütze allein gehandelt?«, unterbrach ihn Mira.

»Er war in Begleitung eines anderen. Beide sitzen im Gefängnis. Niemand kennt seinen Namen, aber er wird auf der Straße als ›der Bogenschütze‹ verflucht.«

»Dieser andere, der bei dem Bogenschützen war …«, hakte Mira nach. »Hat er einen Handschuh getragen?«

»Den Handschuh der Sedagin«, sagte Malick. »Kennt Ihr diesen Mann?«

Braethens Gedanken überschlugen sich. Tahn und Sutter waren unbeschadet nach Decalam gelangt. »Ja«, mischte er sich ein. »Es sind Freunde von mir aus Helligtal.« Zum ersten Mal schenkte Malick Braethen einen genaueren Blick. »Ich bin Braethen«, stellte er sich vor und streckte Malick im kalten Mondlicht die Hand hin.

Malick ergriff sie zum Gruß. Als sie sich die Hände schüttelten, bog Braethen instinktiv den Zeigefinger gegen Malicks Handfläche um. Angesichts dieses Zeichens sackte Malick sichtlich der Unterkiefer herunter. Auch er knickte den Zeigefinger um und drückte Braethen die Hand mit eisenhartem Griff. »Und wir sind eins«, sagte er.

Braethen fiel nur eine einzige Antwort darauf ein. »Ich bin ich«, verkündete er leise. Im fahlen Licht sah er Malicks Blick verblüfft zu Vendanji hinüberhuschen.

Der Sheson nickte feierlich. »Er trägt die Klinge der Zeitalter, Malick. Ich habe sie seinen Händen anvertraut. Seine Jugendjahre liegen noch nicht lange hinter ihm, aber er hat die Schriften studiert, und am Tor des Willens hat er das Metall angenommen, obwohl seine Schneide ihm damals fremd war und immer noch fremd ist.«

»Vergebt mir meine Zweifel, Sheson, aber wie kann das sein? Ein Knabe, der die Klinge führt. Und wie soll er seine Pflichten ihr gegenüber, uns gegenüber und … Euch gegenüber lernen?«

»Er weiß schon um einige von ihnen. Ich erteile Euch die Erlaubnis, ihn zu unterrichten, so gut Ihr könnt«, sagte Vendanji, »aber nur eine Stunde lang. Die Arbeit, die uns morgen erwartet, verlangt Schlaf.«

»Eine Stunde?« Malick schüttelte den Kopf, fasste sich dann aber. »Was soll wegen allem anderen unternommen werden?« Er löste seine Hand aus Braethens Griff und sah wieder Vendanji an.

»Wir werden mit der Regentin sprechen. Der Mann, den man ›den Bogenschützen‹ nennt, muss freigelassen werden, und sein Freund ebenfalls. Der Weiße verfolgt sie, sogar im Helligtal und in den Wäldern jenseits der Nesbitthügel.« Vendanji wandte den Blick ab, als würde er noch die westlichen Hügel vor sich sehen, die sie durchquert hatten, um nach Decalam zu gelangen. »Helaina hat recht daran getan, das Große Mandat einzuberufen. Betet, dass es nicht zu spät war.«

»Zu spät oder nicht, die Domäne Wynstout, das Fürstentum Aiyrs und mehrere andere Gebiete haben den Ruf ignoriert.« Malick klang verbittert. »Es genügt ihnen, dass die Stilletreuen ihre Täler und Weiler noch nicht angegriffen haben. Das ist der Fluch des Zweiten Eids. Dieses Zeitalter der Gerüchte macht vorsichtige Menschen töricht. Aber eine Audienz in der Kanzlei der Regentin wird schwer zu erhalten sein.« Malick richtete seine Aufmerksamkeit auf den Tisch, um nachzudenken. »Man könnte vielleicht Artixan bitten, seinen Einfluss auf Helaina geltend zu machen, aber wenn sich das herumsprechen würde, könnte er bald arg in der Klemme sitzen.« Malick blickte auf. »Der Sitz der Sodalität im Hohen Rat ist bestenfalls unsicher. Die Liga hat Reformen vorgeschlagen, die unseren Vertreter aus dem Rat entfernen würden. Wenn wir den Wunsch eines Sheson vortragen, einen Verräter zu befreien, würden nur wenige Tage vergehen, bevor man uns ganz wie den Orden offen verachten und unsere ureigensten Bräuche untersagen würde. Einige fürchten sogar die Verbannung.«

»Passt auf, was Ihr über die Verbannung sagt«, warf Grant kühl ein.

Malick fuhr fort: »Man könnte sie aus dem Gefängnis entführen. Wir haben Freunde unter den Soldaten. Van Stewards Sohn wird in unserer Lebensweise unterwiesen, und die Männer des Generals werden dazu angehalten, der Sodalität Respekt entgegenzubringen. Das nimmt die Liga nur zähneknirschend hin, aber Van Stewards Männer sind ihm äußerst treu ergeben und schätzen die Exigenten darum umso weniger. Mit den richtigen Vorbereitungen könnten der Bogenschütze und sein Freund ihren Ketten entrissen werden.«

»Nein«, sagte Grant zornig.

Die Luft schien sich durch dieses eine Wort abzukühlen.

»Deshalb hast du mich mitgenommen, Vendanji.« Grant wandte sich an Malick. »Bringt in der Morgendämmerung eine Botschaft in die Hallen des Solath Mahnus. Verkündet, dass die Gerechtigkeit eine Anhörung über das Vorgehen dieses Bogenschützen verlangt. Dass es Hinweise darauf gibt, dass dieser Ligat nicht schuldig ist und zu Recht vor der Hinrichtung bewahrt wurde. Beruft Euch denjenigen gegenüber, die Einwände machen und die Anhörung zu unterbinden versuchen, auf das Recht des Bewahrten Willens.«

Niemand sagte etwas. Das Zimmer sah fast genauso aus wie der Garten vor der Tür – bleiche Statuen im fahlen Licht.

»Ist das Argument denn stichhaltig?«, fragte Malick mit vor Unsicherheit schwacher Stimme.

»Wenn nicht«, sagte Vendanji, »dann gibt es noch mehr, was die Regentin bezüglich dieses Verbrechers bedenken sollte.«

Grant sah den Sheson stirnrunzelnd an und nickte dann.

Der Sheson wandte sich an Mira. »Geh zur Familie des verurteilten Ligaten und bring sie her, damit wir mit seinen Angehörigen sprechen können.«

Ohne Zögern öffnete die Fern die Tür und eilte lautlos ins nächtliche Decalam davon. Braethen bemerkte, wie sich ein matter Ausdruck über Grants Züge legte. Der Verbannte schien die Last der Zeit auf seinem Gesicht zu fühlen, anders als im Mal, oder vielleicht waren es auch Erinnerungen, die Braethen dort geschrieben sah.

»Ihr werdet die Botschaft selbst überbringen, Malick«, sagte Vendanji und brach so das Schweigen. »Vertraut niemandem sonst die Dinge an, über die wir geredet haben, nicht einmal Euren Brüdern.« Der Sheson sprach mit einem Unterton von Endgültigkeit.

Malick nickte. »Oben sind Zimmer, wenn Ihr bereit seid, Euch auszuruhen.« Er wandte sich an Braethen. »Ich bleibe hier unten, um mit Euch zu reden, wenn Ihr möchtet.«

Der Sodale aus Helligtal leckte sich mit trockener Zunge die Lippen. »Das möchte ich, ja.«

Vendanji und Grant gingen durch einen Gang tiefer ins Haus, und es war zu hören, wie sie die Treppe hinaufstiegen. Braethen sagte nichts, und auch Malick schwieg, während die Schritte auf den Bodendielen langsam verklangen. Braethen hatte sich immer nach dem Tag gesehnt, an dem er endlich mit jemandem würde sprechen können, der die Ideale und Hoffnungen teilte, die er sich unter A'Posians Anleitung angeeignet hatte.

»Was tragt Ihr in der Tasche bei Euch?«, fragte Malick zur Einleitung.

Braethen sah auf Ogeas Bücher hinunter, die er schon ganz vergessen hatte. »Die Bücher und Schriftrollen eines Vorlesers. Er ist zu spät zum Nordsonnfest gekommen, da er auf der Landstraße von Stilletreuen überfallen worden war. Er ist dahingeschieden, nachdem er das Siegel eines Pergaments gebrochen und seine letzte Geschichte erzählt hatte. Er hat sie mir anvertraut.«

Malick musterte Braethen zweifelnd, sagte aber nichts mehr.

Da fiel Braethen etwas ein, das der Sodale erwähnt hatte. »Vorhin habt Ihr Vendanji versichert, dass Ihr sowohl hinter ihm als auch hinter diesem anderen Sheson, Rolen, steht. Vendanji sprach von einer anderen Art, den Eid zu betrachten. Was hat das zu bedeuten?«

Malick zog eine Augenbraue hoch. Braethen fragte sich, ob der Mann beeindruckt oder argwöhnisch war. »Der Orden wurde vor unzähligen Jahren gegründet, und zwar als ein Weg zu dienen. Aber da die Welt sich ständig weiterentwickelt, besteht nicht immer Einigkeit darüber, *wie* man dienen soll. Der Schleier des Borns wird dünn, und Verrat lockt Quietus an wie nie zuvor. Die Eigensucht wird den Menschen zum Verhängnis, wie etwa der Liga, wenn sie es verbietet, hier in Decalam aus dem Willen zu schöpfen, oder den Völkern, die ihr Schweigen der stummen Stimme des Weißen hinzufügen. Angesichts dieser Veränderungen versehen manche Sheson weiterhin geduldig ihren Dienst so, wie Rolen es getan hat, und nehmen hin, was auch immer das Volk ihnen abverlangt – und sei es auch ein Gesetz, das ihnen den Gebrauch ihrer Gabe verbietet. Ich bewundere Rolen, Braethen.« Malicks Gesicht hellte sich auf, als er sich umwandte, um ins Mondlicht zu blicken. »Seiner Standhaftigkeit wohnt ein gewisser Mut inne. Er hat beschlossen, seinen Bund als einen zu betrachten, der im Einklang mit den Gesetzen des Volkes geschlossen ist, dem er dient.«

Braethen sah zur Decke auf; jenseits davon ruhte Vendanji sich aus. »Und was ist mit Vendanji?«, fragte er. »Ist er seinem Bund nicht treu?«

»So etwas solltet Ihr nie sagen«, entgegnete Malick vorwurfsvoll, doch sein strenger Gesichtsausdruck verschwand bald wieder. »Manche dienen so wie Rolen, aber andere glauben, dass es ihrem Eid entspricht, dafür zu sorgen, dass geschieht, was für die Welt am besten ist, für heute und für alle kommenden Himmel. Das tun sie ungeachtet der Gesetze und der Ungnade jener, denen sie dienen. Von ihnen sagt man, dass sie geben, ›was nötig ist, nicht aber, was für nötig *gehalten* wird‹.«

»Aber wer entscheidet, was nötig ist?«, fragte Braethen fast an sich selbst gewandt, während er über die Frage nachdachte.

»In der Tat. Das ist der Zwiespalt, den wir fürchten.« Malick richtete den Blick wieder auf Braethen und musterte ihn eindringlich. »Aber wir stehen einem Sheson bei, Braethen, ganz gleich, für welche Art des Dienstes er sich entscheidet. Das ist unsere Berufung: in die Bresche zu springen, um so einem Sheson die nötige Zeit zu verschaffen, sein eigenes Opfer zu bringen.«

Braethen schüttelte den Kopf. »Was, wenn ihre Taten ihre Absichten nicht klar erkennen lassen? Und was soll man tun, wenn zwei Sheson gegeneinander stehen?«

»Das ist noch nie geschehen und wird auch nicht geschehen. Was ein Mann des Willens tut, wird von jedem anderen Mann des Willens mit Leichtigkeit als Akt der Hoffnung erkannt. Wenn es anders wäre, wäre er kein Sheson mehr, sondern würde mit einem weit düstereren Namen belegt werden.« Malick dachte darüber nach. »Aber vielleicht ist es sogar noch einfacher. Wenn es ein Akt der Gier oder des Hochmuts wäre, würde er gar nicht erst die Gesellschaft anderer Sheson suchen. Das wäre seinem Geiste nicht gemäß.«

»Dann ist Vendanji ein Sheson der zweiten Art?«

»Und zwar ein sehr mächtiger. Ich habe andere Sheson sagen hören, dass sie über seine Begabung staunen. Die Macht, den Willen zu lenken, wird denen übertragen, die man für würdig hält, aber sie ist nicht bei jedem gleichermaßen ausgeprägt. Vendanji versteht die mächtige Mischung aus Forda I'Forsa so mühelos, wie Ihr oder ich atmen. Ich vertraue ihm blind, aber sein Weg ist einer, den einzuschlagen nicht unbedingt weise ist. Wenn er einen anblickt, sieht er am Fleisch und am Geist vorbei die Seele an – die Vermählung von Forda I'Forsa.«

Braethen erinnerte sich an hunderte von Blicken, mit denen der Sheson ihn bedacht hatte, und fragte sich, was Vendanji durch sie über ihn in Erfahrung gebracht hatte. Er erinnerte sich an seine Gefühle, als Vendanji sich bereitgemacht hatte, zu ihrer Verteidigung aus dem Willen zu schöpfen, und an die Worte, die ihm unwillkürlich selbst über die Lippen gekommen waren, als Gefahr und Not über sie hereinbrachen: *Ich bin ich*. Bei dem Gedanken an diese Worte durchliefen ihn Schauer. Verkündigung. Trotz. Gewissheit. Braethens Herz regte sich, und er verstand den Tonfall, den Malick angeschlagen hatte, wenn er sich in Miras und Grants Anwesenheit an Vendanji gewandt hatte. Ihm wurde die Offenbarung zuteil, dass alles nur einem einzigen Zweck diente und in den schlichten Satz mit einfloss, der ihm allein eingefallen war.

Eine Frage aber blieb noch.

Braethen legte die Hände auf den Tisch, um sie am Zittern zu hindern, und ließ den Blick durchs Zimmer schweifen, um sich den Moment einzuprägen, bevor er seine Frage an Malick richtete. Es hatte sich so viel geändert, seit er von zu Hause aufgebrochen war. Er fühlte sich wie ein einsamer Grashalm auf einer Ebene voller Asche, allein, verwundbar, ausgedörrt. Letzten Endes verzehrte ihn vor allem sein Wissensdurst, aber er spürte auch, dass jedes Maß an Erkenntnis weitere Erwartungen nach sich zog und dass dieser Moment, diese nächste Frage, von solchem Gewicht war, dass es ihn vielleicht zermalmen würde.

Braethen starrte Malick unverwandt an. »Und was ist hiermit?« Er legte die Handfläche auf das Schwert an seinem Gürtel. Malick folgte der Bewegung nicht. Es war auch nicht nötig. Das Gesicht des Mannes sah Braethen gleichmütig und unergründlich an. Braethens Rücken- und Brustmuskeln verspannten sich.

Malick verzog die Lippen zu einem halben, schiefen Lächeln. »Das, mein Freund, ist mehr, als ich Euch erzählen könnte … mehr, als ich selbst weiß. Vendanji hat Euch seinen Namen genannt. Ich wage es nicht, ihn zu wiederholen. Die Klinge selbst ist eine Bedrohung, die ich nicht verstehe. Behütet sie, Braethen. Erhebt sie, falls und wenn Ihr müsst, aber lernt aus ihr so viel wie aus Euren Büchern.« Malicks Augen schienen durch Braethen hindurch und über ihn hinaus zu sehen. »Bei meinem letzten Himmel … Ihr seid doch noch ein Junge!«

15

SCHRECKLICHE ERHABENHEIT

Am Morgen seines Einstands schlug Tahn die Augen in so völliger Dunkelheit auf, dass er sich nicht sicher war, sie überhaupt geöffnet zu haben. Der vertraute fahle Schein der Lampen vor seiner Zellentür war verschwunden. Unter seiner Wange diente ihm eine Kettenschlinge als unbequemes Kissen und erinnerte ihn daran, wo er schlief. Die Kälte des Steins gebot ihm, sich aufzusetzen, und er gehorchte langsam, obwohl seine Muskeln sich gegen die Bewegung sträubten. Seine Hüften und Schultern schmerzten, weil sie sein Gewicht auf der harten Felsoberfläche getragen hatten.

Tahn wandte den Kopf in der Hoffnung, irgendeinen Funken Licht zu erspähen. Er blinzelte, schaute genau hin und sah nur Leere. Und doch fühlte es sich nach jenen allmorgendlichen Stunden an, in denen er stets über den kommenden Tag nachdachte. Er starrte in die undurchdringliche Finsternis ringsum und erinnerte sich an den Sonnenaufgang von der Spitze des Windgipfels aus. Für einen ganz kurzen Moment war er dort, sah das Hervorbrechen des Lichts am blassblauen Himmel über den Seliahügeln. Aber der Augenblick verging und wich den nachtschwarzen Tiefen, die ihn umgaben. Anscheinend überlebte hier noch nicht einmal die Erinnerung sehr lange, da die Dunkelheit das Licht sogar in Gedanken verschlang. Tahn saß da, lauschte seinem eigenen Atem und erkannte an dem Geräusch, dass er noch am Leben war.

Wenn seine Einschätzung zutraf, dann war das Mindere Licht gestern Abend voll geworden – ein kompletter Zyklus war seit seinem Geburtstag vergangen. In Helligtal wären nun Vorbereitungen für die Zeremonie in der Feldsteintaverne getroffen worden. Die Dorfältesten hätten sich im Hinterzimmer versammelt. Tahn hatte sich immer die freudige Erregung ausgemalt, die damit einhergehen würde, die Melura zugunsten der Verantwortung aufzugeben, die ihn nach dem Wandel erwartete. Er hatte darüber nachgedacht, was es den Mädchen bedeuten würde, dass sie ihn vielleicht ganz anders ansehen würden, und hatte sich gefragt, welche neue Weisheit wohl in ihm heraufdämmern würde, wenn die Zeremonie vorüber war.

Danach hätte es Essen und Musik gegeben; die Männer hätten sich um ihn geschart, um ihm in ruhigem, ernstem Ton weise Ratschläge zu erteilen. Die Frauen hätten ihn prüfend gemustert, vor allem die mit Töchtern. Jüngere Knaben, die es gar nicht abwarten konnten, die Geheimnisse des Wandels zu erfahren, hätten ihn mit unzähligen Fragen bedrängt, genau wie er es selbst bei den Jungen getan hatte, die vor ihm ihren Einstand gefeiert hatten. Und im tiefsten Innern hatte Tahn gehofft, dass die Erinnerungen an eine beharrliche Stimme – die des Mannes aus seinen Träumen – für immer verschwinden würden, dass er endlich verstehen würde, was die geheimnisvollen Worte zu bedeuten hatten.

Heute ging für ihn die Sonne auf, als Wachen auf dem Gang vorbeikamen und außerhalb seiner Sichtweite eine Öllampe entzündeten. Heute würde es keine Zeremonie geben. Der Geruch der Öfen, in denen Gänse und Lämmer brieten und Gemüsepasteten und Früchte in Honig und Zimt gar wurden, gehörte nicht hierher; stattdessen stank es nach alten Steinen, menschlichen Ausscheidungen und seinem eigenen Schweiß, der seine Haut überzog und seine Kleider tränkte. Keine Menschenmenge nahm an seinem Einstand teil, weder seine Freunde noch andere Dorfbewohner – nur ein Mitgefangener, ein Mann, der hätte fliehen können, aber nicht willens war, seine Kräfte einzusetzen, um sich zu befreien.

Welche Entscheidungen habe ich getroffen, dass sie mich hierhergebracht haben? An diesem Tag meines Lebens habe ich nichts von dem, was ich mir immer erhofft habe.

Tahn begann die Möglichkeit in Betracht zu ziehen, dass er hier sterben würde, bevor Vendanji oder die anderen ihn fanden. In der Nähe lag Rolen, ein Sheson des Ordens, ein starker Mann, dessen Arme nun zu erschöpft waren, um sie länger als für einen Augenblick erhoben zu halten. Wenn der Sheson sich so schnell der Pforte des Todes näherte, dann würde Tahn Rolen vielleicht binnen einer Woche in der Erde Gesellschaft leisten.

In seiner Einsamkeit aus Dunkelheit, Kälte und Schmerz war dieser Gedanke tröstlich und stillte seinen Durst wie ein kühles Getränk nach einem Tag harter Arbeit. Doch in seiner Erschöpfung schien sogar schon der Tod zu viel verlangt zu sein. Tahn lehnte den Kopf gegen die Wand und wartete resigniert. Er gab alle Erwartungen auf, ohne es bewusst darauf angelegt zu haben; hinter so vielen Barrieren kamen sie ihm jetzt unbedeutend vor.

Das Geräusch eines Schlüssels, der in ihrer Zellentür die

Stifte im Schloss bewegte, hallte zu ihm herunter. Tahn blickte auf und sah durch das Fenster einen Gefängniswärter. Die Tür schwang nach innen auf, und ein größerer Lichtkegel fiel in die Zelle. Die Helligkeit schmerzte ihm in den Augen, und er beschirmte sie. Der erste Mann, der hereinkam, trug ein Tablett mit Brot und einer Karaffe. Ein zweiter Wachsoldat, der einen kurzen Speer in der Hand hielt, erschien. Der Mann, der die Tür geöffnet hatte, hängte sich die Schlüssel wieder an den Gürtel und zog ein kurzes Schwert, während er den anderen zu Tahn und Rolen folgte.

Ihre gestiefelten Füße trafen laut am unteren Ende der Treppe auf. Der erste Mann näherte sich Tahn vorsichtig und bückte sich, um das Tablett dann unmittelbar hinter einer Linie abzustellen, die mit Kreide auf den Boden gezeichnet war, um zu markieren, wie weit die Kette reichte. Tahn starrte das Brot und die kleine Karaffe an und hob dann den Blick, um dem Wärter in die Augen zu sehen, der immer noch gebückt vor ihm stand. Die Lippen des Mannes verzogen sich zu einem irren Lächeln. Mit quälender Langsamkeit begann er, die Karaffe umzukippen. Tahn wurde klar, dass es vielleicht mehrere Tage lang nichts mehr zu trinken geben würde, und sein Herz hämmerte in der Brust. Der Wärter neigte die Karaffe weiter, bis sie fast überschwappte, und musterte Tahn mit boshaftem Entzücken. Die beiden Männer hinter ihm begannen zu lachen.

Tahn stieß sich von der Wand ab und fiel auf die Brust. Er schürfte sich die Wange auf dem Steinboden auf, was donnerndes Gelächter von seinen Wärtern hervorrief. Die Finger des Mannes neigten die Karaffe noch weiter, bis sie beinahe umstürzte. Tahn mühte sich ab, vorwärtszukriechen. Seine Muskeln überdehnten sich, da sie verkrampft vor Kälte und noch mit Blutergüssen von den Prügeln übersät waren, die er bezogen hatte.

»Komm, rette dies bisschen Wasser, Bogenschütze«, verhöhnte ihn der Mann. »Wie flink bist du? Kannst du die Karaffe schnell genug erreichen, um zu bewahren, was sie enthält?«

Tahn arbeitete sich mit Armen und Beinen ab; er hatte Schwierigkeiten, die Knie zu beugen. Er schleppte sich auf den Mann zu, so dass das Klirren seiner Ketten fröhlich den misstönenden Klang des unaufhörlichen Kicherns der Wachen begleitete. Die Handschellen rissen ihm von neuem die Handgelenke auf, aber Tahn beachtete die Wunden gar nicht, sondern konzentrierte sich auf das Wasser. Es musste ein Spiel sein, das sie ständig spielten, aber Tahn wusste nicht, ob er am Leben bleiben würde, um es noch einmal zu spielen, wenn er die Karaffe jetzt nicht erreichte. Tief hinter seinen Augen brandeten Gefühlswellen auf ihn ein. Vielleicht war es ihm doch wichtig, nicht zu sterben. Warum sonst sollte er kriechend auf dieses sadistische Spiel eingehen? Zorn durchströmte ihn noch heftiger als zuvor. Er nutzte ihn, um sich voranzukämpfen.

»Na, diesmal wirst du nicht zum Helden des Tages.« Der Wärter versetzte der Karaffe einen letzten Stoß.

Das Gefäß fiel, und die kostbare Flüssigkeit begann auf den Kerkerboden zu strömen.

Tahn kroch schneller. Einer der Wachsoldaten schlug sich auf die Schenkel und krümmte sich vor Lachen. Ein anderer warf den Kopf in den Nacken und ließ ein heiseres Wiehern ertönen. Der dritte Mann, der sich unmittelbar vor Tahn befand, blieb in der Hocke und beobachtete mit Interesse und finsterer Heiterkeit, wie Tahn sich Zoll um Zoll auf das Wasser zuschob.

Er erreichte es und reckte einen Arm nach vorn, um das Gefäß aufzurichten. Aber einen Fingerbreit davon entfernt straffte sich seine Kette und hielt ihn davon ab. Wieder erfüllte höhnisches Gelächter die Zelle. Tahn brach am Boden zusammen und schlug sich noch einmal die Wange auf, war aber zu müde, sich zu rühren. Auf dem Stein ausgestreckt, sah er in die Schatten und fing Rolens traurigen, enttäuschten Blick auf.

Dann hörte Tahn, wie die Karaffe vom Boden aufgerichtet wurde. Das Tablett wurde näher herangeschoben, und sein Peiniger wandte sich ab, um sich neben seine Freunde an den Fuß der Treppe zu stellen.

»Ein angemessener Gast für unseren teuren Sheson«, knurrte der Speerträger.

»Beide Lebensretter – seht doch, wie sie sich nun in ihrem eigenen Kot wälzen!«, kam es von der Wache mit dem Schwert.

»Wessen Retter?«, bemerkte der Mann, der das Tablett gebracht hatte, säuerlich. »Die eines Ligaten und eines unverständigen Kindes. Und was bringt es ihnen ein? Der Exigent wird wahrscheinlich davonkommen, während diese beiden den Verrätertod am Ende ihres eigenen Stricks sterben werden – wenn sie denn Glück haben.«

Tahn keuchte, um mehr Luft zu bekommen, da er noch immer nicht in der Lage war, den Kopf zu heben. Jenseits der Dunkelheit saß Rolen reglos da; seine Ketten blieben stumm.

»Habe ich euch je von der Novizin erzählt, der ich begegnet bin?«, fragte der erste Wärter in einem lüsternen Singsang.

»Das hast du uns vorenthalten«, antwortete ein anderer, setzte sich auf die unterste Stufe und legte sich das Schwert quer über die Knie.

»Es ist die passende Gelegenheit für diese Geschichte«, fuhr der Mann fort. »Es war in meinem ersten Jahr in der Stadtwache. Ich suchte mir eines Abends eine Bitterschenke und ging daran, den Schmerz der Taubheit in meinen Fingern und Zehen zu lindern. Es war ein harter, kalter Winter. Eine junge Frau kam herein. Sie sah wie ein Hänfling aus, aber da, wo eine Frau rund sein muss, war sie rund.«

Die anderen gluckten wissend.

»Ich machte eine Bemerkung über die Kälte und die Gesellschaft einer Frau. Nun, ich rechnete mit einem Knurren oder Fluch oder so etwas. Aber sie kommt herüber und nimmt meine Hand, als hätte ich ihr das größte Kompliment gemacht! Mir war's gleich. Sie hatte das hübscheste Gesicht, das ich je aus solcher Nähe gesehen hatte. Dann greift sie in ihr Gewand und zieht eine kleine Phiole daraus hervor. Ich hielt weiter das Glas in der anderen Hand, denn obwohl ich mich über die Aufmerksamkeit freute, war ich noch durstig, das könnt ihr mir glauben. Sie sah nicht aus, als wäre sie für Geld zu haben, aber ich wollte mir keine Möglichkeiten verbauen.«

Wieder lachten die drei Männer wollüstig.

»Jedenfalls streicht sie mir dann dieses Öl auf die Hände. Sagt, ich hätte Erfrierungen und könnte die Hände vielleicht bald nicht mehr gebrauchen, wenn ich nicht darauf achten würde, sie zu schützen.« Er versetzte einem seiner Freunde einen Rippenstoß. »Und das würde ich doch nicht wollen! Wozu wäre eine Frau dann noch gut, frage ich euch?«

Die Wachen schüttelten übertrieben die Köpfe und brachen dann wieder in Gelächter aus.

»Na, jedenfalls setzte das Öl meine Haut in Brand, und ich fühlte mich gleich viel besser. Natürlich entzündete das Bitter zur selben Zeit ein anderes Feuer.« Er lachte über seine eigene

Anzüglichkeit. »Also bot ich der Dame an, sie nach Hause zu bringen. Unterwegs erzählt sie mir dann, dass sie bei irgendeinem Sheson lernt, um dem Orden beitreten zu können. Oh, sie sagte alles Mögliche, aber alles, woran ich mich erinnere, ist die üppige Fülle ihres Busens unter ihrem Winterumhang. Ich vermute, es hätte mir auch ohne ihr Öl in den Fingern gejuckt, ihr unter die Kleider zu fassen.«

Tahn schob sich zur Wand zurück, während die Männer weiterredeten. Ihr Gelächter und ihre ruppigen Zoten brandeten auf die Zelle ein.

»Wir kommen also an, wo sie hin will, und ich bitte sie, hereinkommen und ihren Mentor – ihren Adwilor – begrüßen zu dürfen. Und, was für ein Glück, der Mann ist nicht zu Hause. Die süße junge Blume sagt mir, dass es sich nicht gehört, dass ich hereinkomme, wenn er nicht da ist, und umarmt mich zum Abschied sanft. Aber da ist die Geschichte noch nicht zu Ende, Jungs, noch um tausend Sonnen nicht!« Der Mann verlagerte sein Gewicht auf sein anderes Bein, um es bequem zu haben, während er zum Herzstück seiner Erzählung kam. Er fing die Blicke seiner Kameraden auf und fuhr fort: »Als sie sich umdrehte, um ins Haus zu gehen, sah ich mich auf der Straße um und schlüpfte hinter ihr hinein, bevor sie auch nur einen Mucks von sich geben konnte. Oh, wie sie mich da ansah! Nichts facht die Kohlen so an wie Unschuld, die plötzlich wissend wird, glaubt mir! Sie versuchte, hart zu bleiben, aber ihr Widerstand schmolz rasch dahin. Ich riss ihr ohne allzu große Mühe den Umhang und das Mieder vom Leib. Lasst euch gesagt sein, sie war rein und glatt, und ich verstand ihre Schreie so, dass sie mehr wollte. Ich habe sie gleich da im Haus ihres Lehrmeisters genommen. Der Gedanke daran erregte mich, ungelogen. Schön war's. Und als ich fertig war, dankte ich ihr für alles« – wieder versetzte er seinem Freund einen Rippenstoß – »und machte mich davon. Solche Seligkeit habe ich seither nicht mehr erlebt.«

»Seligkeit ... Hör bloß auf!«, kicherte der Mann, der auf den Stufen saß.

»Das ist gelogen«, sagte der andere. »Du hast gar nicht den Mumm, eine Novizin zu vergewaltigen und den Zorn eines Sheson auf dich zu ziehen.«

Der Geschichtenerzähler sah sie an und tat, als wäre er gekränkt. »Ihr zweifelt an mir, meine Freunde? Dann werft mal einen Blick darauf!« Er zog seinen Kragen weit nach unten und hob das Kinn. »Das ist das Andenken, das sie mir hinterlassen hat. Sieht schmerzhafter aus, als es sich angefühlt hat«, setzte er hinzu.

Tahn konnte die blasse, schmale Narbe sehen, die sich vom Schlüsselbein des Mannes bis in die Mitte seiner Brust erstreckte. Der Kerl drehte sich hin und her, um jedem seiner beiden Kumpane klare Sicht auf sein Mal zu gestatten. Die Wachen nickten anerkennend.

»Und du sagst, sie war so rein wie der Honigtopf einer Jungfrau?« Der sitzende Wachsoldat klang neidisch und betört.

»So gut hat es sonst nie gepasst«, verkündete der Vergewaltiger.

Während die Männer von neuem in lüsternes Gelächter ausbrachen, schmiegte Tahn sich an die Wand. Ihm wurde angesichts der Lässigkeit übel, mit der sie sich über die Schändung eines Mädchens amüsierten. Er dachte an Wendra, die, kaum zur Frau herangereift, schon ein Kind empfangen hatte, weil sie einem Mann wie diesem zum Opfer gefallen war.

»Hört meinen Beitrag«, sagte als Nächster der Mann, der

das Tablett getragen hatte. »Im Armenviertel der Stadt errichteten die edlen Sheson ein Waisenhaus, um die Bastarde aufzunehmen, die den Lenden leichtfertiger Männer und mittelloser Frauen entsprungen sind. Es sieht wie eine wahre Bruchbude aus, und es ist eine Entweihung, dass es überhaupt besteht, ganz gleich, wie ärmlich die Umgebung sein mag. Diese widerlichen Bastarde kommen zu uns und haben keinen Ort, an den sie gehören. Ich weiß, was ich mit ihnen tun würde!«

Die anderen Männer pflichteten ihm bei und klangen nun ernst. Tahn steckte den Kopf zwischen die Knie und versuchte so, die Worte auszusperren. Aber die Erzählung hallte von den harten Steinen wider und schien ihm geradewegs in den Verstand zu dringen.

»Helaina hat ein freigiebiges Herz, was für sie spricht. Aber manche Dinge müssen von Männern erledigt werden, deren Herzen nicht unter solchen Regungen leiden.« Der Mann spazierte vor seinen Freunden hin und her, als würde er auf einer Bühne umherstolzieren. »Dem Orden wurde es gestattet, seinen Palast für vernachlässigte Kinder zu errichten, weil man hoffte, dass diese Waisen dereinst Decalam dienen würden, und annahm, dass sie geschützt werden müssten, weil Kinder auf der Landstraße zu hohen Preisen gehandelt werden. Die Sheson verbreiten schließlich immer ihre Propaganda, dass es die Stilletreuen nach Menschenkindern gelüstet, und so warnten sie davor, dass arme Mütter sich entschließen könnten, ihre Kinder zu verkaufen.« Er fuhr mit plötzlicher Heftigkeit herum. »Ich frage euch: Hat man euch in eurer Jugend nicht auch solche Schauergeschichten erzählt, um euch dazu zu bringen, euch zu benehmen?«

Die beiden Männer pflichteten dem dritten bereitwillig bei und lauschten gebannt seiner Rede.

»Schlimmer noch – wenn diese schmutzigen Waisen heranwuchsen, dienten sie ihrer Stadt gar nicht.« Der Mann lächelte verächtlich, während er wieder vor den anderen Wachen auf und ab schlenderte. »Viele gaben sich als Erwachsene dem Betrug und Schwindel hin, um auf den Straßen zu rauben und zu plündern und die Stadtbewohner auszunehmen, die ihnen einst ein Dach über dem Kopf gegeben und sie beschützt hatten. Und das waren noch die Besseren von ihnen. Pah!« Er knurrte seine Zuhörer an und hob die Stimme, wie um sicherzugehen, dass Rolen auch achtgeben würde: »Die geheime Absicht hinter der Einrichtung dieses trostlosen Hauses war natürlich, eine neue Generation von Sheson heranzuzüchten. Das Ungeziefer wurde großgezogen, unterrichtet und indoktriniert, selbst zu der Krankheit zu werden, die es am Leben erhielt.« Er drehte sich um, spähte in die Schatten zu Rolen und zeigte mit dem Finger auf ihn. Langsam ließ er den Arm sinken und grinste, wobei ein heimliches Hochgefühl im Funkeln seiner Augen aufblitzte. »Aber ich ließ mich nicht über ihre Pläne täuschen.« Er wandte sich beiläufig wieder zu seinen Kameraden um. »Einige dieser Kreaturen traten tatsächlich in die Fußstapfen ihrer Wohltäter.« Beim letzten Wort verzog sich sein Mund zu einem hämischen Lächeln. »Vielleicht war deine Eroberung ja eine von denen, Bryon.« Er zeigte auf seinen Freund und kicherte, während er mit den Hüften eine eindeutige Bewegung vollführte. Alle drei brüllten vor Lachen. »Aber die meisten von ihnen taten nichts, als die Stadt zu besudeln. Und das wollte ich nicht zulassen.«

Die Bosheit in der Stimme des Mannes ließ Tahn bis ins Mark frieren. Das Herz hämmerte ihm in der Brust, als er darauf wartete, zu hören, was dieser Soldat der Stadtwache in seinem Missfallen über das Vorgehen der Sheson getan hatte. Er wäre gern aufgestanden, um ihn dafür zur Rede zu stellen, dass er so gehässig von Kleinkindern redete, aber seine Gliedmaßen hingen schwer und taub herab.

»Ein Freund von mir bereitet den elenden Wichten ihren Brei«, sagte der Mann. »Im Jahr, bevor das Zivilisierungsgesetz ratifiziert wurde, um die Sheson auszurotten, rottete ich selbst etwas aus. Ich brachte ihnen eines Morgens persönlich den Haferbrei und goss eine Flasche mit einer recht süßen, starken Tinktur in den morgendlichen Kessel.«

»Das Verdorbene Mahl«, sagte der Vergewaltiger. »Das warst du?«

»Kein anderer.« Der Mann verneigte sich gönnerhaft.

»Hundertachtundsechzig kehrten an jenem Tag in die Erde zurück«, erinnerte sich der sitzende Mann. »Man rief mich, um die Leichen zu den städtischen Gräbern zu bringen.«

»Hundertachtundsechzig Verbrecher weniger«, verkündete der Sprecher. »Hundertachtundsechzig Lenker des Willens samt ihrer unheiligen Macht, Blitze herabzurufen, die Erde zu bewegen und *uns* zu beeinflussen.« Er schlug sich mit der Faust auf die Brust. »Sie sind nicht anders als die Velle, oder vielleicht sogar noch schlimmer, da sie ihre Taten ins Gewand des Dienstes hüllen. Wenn ihr mich fragt, dann kommen sie dem Weißen in Wesensart und Daseinszweck näher als alle Legenden aus dem Born.« Er begann, erregt hin und her zu laufen. »Alles nur Märchen! Und an uns bleibt es hängen, die Bürde ihrer Philosophie und ihrer großen Pläne zu tragen.« Er machte eine ausladende Handbewegung. »Nein, meine Herren, nicht mit mir! Ich habe ihre merkwürdige Brut vergiftet und einem Experiment ein Ende gesetzt, das nie hätte zugelassen werden dürfen. Und ich habe auch keinen Ätzkalk zu den Gräbern geschickt. Sollen ihre Leichen doch in ihrer eigenen Verwesungsflüssigkeit verfaulen.«

Beim Krieg und Allwillen, kann er so etwas wirklich über Kinder sagen?

Tahn hielt sich mit den Fäusten die Ohren zu. Das Klirren seiner Ketten drang ihm durch Arme und Hände bis in den Kopf.

»Nun, das sind recht hübsche Perlen«, sagte der Mann, der auf der Treppe saß, abfällig, »aber es fehlt ihnen an Einfallsreichtum. Wirksam, gewiss, und ich weiß eure Bemühungen zu schätzen. Aber lasst mich von meinem bescheidenen Lug und Trug berichten. Komm, Jep, mach Platz!«

Der Mann stand von der Stufe auf und scheuchte Jep zurück auf seinen Platz neben Bryon. Sie klatschten beide verhalten in die Hände, als er die Bühne übernahm. Er verzog den Mund zu einem schmallippigen Lächeln, bevor er sich verschwörerisch vorbeugte.

Tahn warf einen verstohlenen Blick zu Rolen in die Schatten. Der Sheson hatte sich nicht gerührt. Vielleicht waren die Kränkungen nicht bis in seine private Dunkelheit vorgedrungen. Tahn wünschte sich, er hätte nie von den Dingen erfahren, die er gerade gehört hatte.

»Ich bin nun schon eine ganze Weile Schließer«, begann der Mann. »Ich bin in dem Jahr hergekommen, als Van Steward seinen Vorgänger, Ulian, bezichtigt hat, ein Handlanger der Stille zu sein. Bolermy war damals erst Infanteriekommandant, aber die Regentin vertraute ihm den Befehl über ihre Armee an und heftete ihm den Lorbeer an den Ärmel. Der General selbst setzte mich hier ein. Das war keine Gunst. Der Gestank nach Öl, Wachs und Stein hier unten – gar nicht zu reden von den Gefangenen und all ihrer Lieblichkeit!« Er rümpfte die Nase. »Irgendwann hängt einem das alles zum Hals heraus, und man ist es leid. Aber«, fuhr er vertraulich fort, »diejenigen, die zur Kettenhaft verurteilt sind, stellen es schlau an, Bestechungsgelder zu verstecken, um sich ein bisschen Aufmerksamkeit zu sichern, sobald die Zelle zu ihrem Heim geworden ist.«

»Bestechungsgelder?«, wiederholten die beiden Wachen beinahe einstimmig.

»Ja, und ich denke gar nicht daran, sie mit euch zu teilen, solange ihr nicht vorhabt, euch dauerhaft hierher versetzen zu lassen, und mir helft, zu putzen und unsere feinen Gäste zu bedienen.« Um zu unterstreichen, wie abscheulich er seine Aufgabe fand, fächelte er seiner Nase Luft zu.

»Und was für Bestechungsgelder haben Verbrecher dabei, die doch schon durchsucht worden sind?«, fragte der Vergewaltiger skeptisch.

»Wie wäre es mit Ringen, Kettenanhängern und Goldstücken?« Der Schließer kicherte, während er seine Liste verbotener Beute aufzählte.

»Und wie gelingt es ihnen, solche Gegenstände an den Wachen vorbeizuschmuggeln, die sie durchsuchen?«, fragte Jep mit einem Anflug von Verständnis in der Stimme.

»Findige Leute nutzen jede Körperöffnung, die ihnen zur Verfügung steht, meine Freunde, auch die zwischen ihren Beinen«, sagte er und lächelte.

»Keine angenehme Art, sich seinen Lebensunterhalt zu verdienen«, wandte Bryon ein.

»Was spielt das schon für eine Rolle?«, fragte der Schließer und zuckte mit den Schultern. »Ich säubere die Gegenstände und verkaufe sie noch am selben Tag. Für mich kommt es auf dasselbe hinaus.« Er kicherte über seinen eigenen Witz.

Die anderen Männer tauschten einen angewiderten Blick und lachten hämisch.

»Aber das ist noch nicht alles«, fuhr der Schließer fort. »Manche würgen kleine Edelsteine oder Platinstückchen hervor, sobald sie angekettet sind. Dann suchen sie die wertvollen Stücke aus dem Dreck hervor und bieten sie mir an, um sich Vergünstigungen zu erkaufen.«

»Vergünstigungen?«, sagte Jep. »Von Bestechung zu Vergünstigungen. Komm schon, worum bitten sie?«

»Manchmal um eine Flasche Bitter, um die Geburt eines Kindes zu begießen – oder um eine Hure, wenn es männliche Begierden zu stillen gilt. Am häufigsten wollen sie ein Stück Fleisch, gebratenes Gemüse, süßes Brot.« Der Schließer sah sich um wie ein Dieb. »Und sie denken immer, sie könnten sich die Freiheit erkaufen, meine Freunde. Sie knien da und halten kleine Gaben hoch – ihre letzten, wertvollsten Habseligkeiten, die noch nach ihrem Arsch stinken oder noch glitschig von ihrem Mageninhalt sind – und kriechen im Staub, um aus ihren Ketten entlassen zu werden. Die größten Narren vertrauen mir an, dass sie völlig unschuldig sind, die gerisseneren, dass sie schuldig sind, aber alle hoffen sie, mir ein Angebot zu machen, das meine weichere Seite anspricht.« Er tätschelte seinen Rumpf und stieß einen rüpelhaften Laut aus, als würde er ein vorgegebenes Theaterstück spielen. »Sie erzählen mir etwas von kranken Familien, sehnsuchtsvollen Liebenden, mutterlosen Kindern. Sie weinen nach Sonnenlicht, Gesellschaft, der Wärme eines weichen Betts. Und für all das sind sie bereit, ihre letzten Wertsachen gegen meine Gnade einzutauschen.«

»Und was erweist du ihnen, Schlegel, Gnade oder Gier?«, fragte Bryon mit vor Sarkasmus triefender Stimme.

Schließer Schlegel prustete vor Lachen, und Tahn sah gerade noch rechtzeitig hoch, um die schäbige Antwort des Mannes mitzuerleben.

Schlegel richtete sich auf und schürzte die Lippen wie eine Frau, die zu einem Kuss ansetzt. Dann sprach er mit koketter Fistelstimme: »Mit Gnade hat noch nie jemand etwas erkauft.«

Die drei brüllten vor Lachen. Das überbordende Getöse hallte in der Zelle wider.

»Wie machst du es denn dann?«, fragte Jep und unterdrückte ein Kichern.

»Ach, Jungs, das ist das Beste.« Schlegel beugte sich wieder vor, als würde er ihnen wichtige Geheimnisse anvertrauen, und sah sich hektisch um wie ein Frettchen, bevor er erklärte: »Ich nehme diese Bestechungen freudigen Herzens an und verspreche alles, was der Bittsteller verlangt, manchmal sogar mehr. Diese erbärmlichen Narren weinen und danken mir, segnen mich für meine mildtätige Gnade und versprechen mir für meine Bereitschaft, mich auf einen solchen Handel einzulassen, mehr, als sie je haben werden. Ich lächle sie an und sage ihnen, dass ich sehen kann, welch gute Menschen sie doch sind, zu Unrecht beschuldigt, und dass ich alles tun werde, um oben in den Hallen ein gutes Wort für sie einzulegen, damit Milde oder gar eine Begnadigung beschlossen werden kann. Und dann machen sie noch mehr Aufhebens um mich und weinen wieder, küssen mir die Stiefel und preisen meinen Namen. Und ich befördere meine Beute in einen Scheuereimer voll Seifenwasser und überlasse sie ihrer Freude.« Ein bösartiges Lächeln breitete sich über seine schadhaften Zähne aus. »An den festgesetzten

Tagen kehre ich zurück, um ihnen ihre mageren Mahlzeiten zu bringen, übergieße sie dann und wann mit einem Eimer Wasser und werfe ihnen etwas Seife und einen nassen Lumpen hin. Und sie fragen nach unserer Abmachung. Und dann hocke ich mich vor sie und warte, bis sie still sind. Dann, wenn sie mir unverwandt und hoffnungsvoll in die Augen sehen, sage ich zu ihnen: ›Welche Abmachung?‹«

Bryon und Jep sackte der Unterkiefer herunter. Dann brüllten sie vor Lachen und schlugen einander vor Heiterkeit auf die Schultern.

»Ihr solltet ihre Gesichter sehen«, fuhr Schlegel fort. »Oh, Nektar, der reinste Nektar! Dieser Ausdruck der Hoffnungslosigkeit, des Verratenseins, ist der Lohn für meinen Posten, Jungs. Diese Häftlinge ihrer letzten erbärmlichen Wünsche und ihrer geringen Hoffnung zu berauben … das macht den Gestank beinahe erträglich!«

Tahn zuckte zurück und wäre gern im Stein versunken, um sich zu verstecken und sich aus der Gesellschaft dieser Männer zu entfernen. Ihre widerlichen Flüche und Schimpfwörter, obszönen Scherze und verabscheuungswürdigen Taten entsetzten ihn. War dies wirklich die Stadt des Lichts, in die Vendanji sie zu führen gedacht hatte?

Da erhob sich Rolen.

Das Rasseln seiner Ketten klang in dem hallenden Raum wie ein Vorzeichen und brachte das Gelächter zum Verstummen.

Rolen trat in den Lichtschein, der durch die Tür fiel, ausgemergelt und schmutzig, aber mit furchterregender Miene. Er öffnete den Mund und sprach mit Donnerstimme: »Genug! Ich werde eure teuflischen Zungen nicht länger dulden! Beim Allwillen, der uns formt und nährt, befehle ich euch zu schweigen – sonst lasse ich gnadenlos den Tod auf euch hinabregnen!«

Seine Worte hallten um sie wider, während er in schrecklicher Erhabenheit vor ihnen stand. Mit Ketten gefesselt, starrte er seine Wärter still und feierlich an.

Die Männer duckten sich, und die Klingen fielen ihnen aus den Händen, da ihre Arme und Beine heftig zitterten. Sie verneigten sich tief und flehten Rolen um Vergebung an.

Tahn sah in stummer Ehrfurcht und Ergriffenheit zu. Er erinnerte sich an alle Geschichten, die er je über das Höchste Gericht gehört hatte, dachte an das erste Große Mandat, das einberufen worden war, um der Bedrohung durch den Weißen zu begegnen, besann sich auf die Erzählungen der Vorleser über Völker und Könige, die sich versammelt hatten, um die Worte des Ersten Eides in die Tat umzusetzen. Aber von nun an würde Tahn Anmut und Adel auf ewig mit diesem Augenblick verbinden, den er gefesselt in dunkler Stunde in den Gewölben unter dem Solath Mahnus verbracht hatte.

Da spürte ihn Tahn: den Ruf des Willens. Schwach, leise. Er wurde Zeuge der Würde dieses gefangenen Sheson, der selbst in dieser widerwärtigen Grube noch duldsam und pflichtergeben war, und trug seine eigenen Ketten mit größerer Leichtigkeit, zumindest für den Moment. Und in diesem Augenblick dachte er, dass er etwas darüber wusste, welche Grenzen man setzen musste und auf welcher Seite er stand.

Sie starrten Sutter wortlos an, mit großen Augen, als ob es sie erstaunte, dass sie überhaupt zu sehen waren. Oder vielleicht war das glänzende Weiß dieser Augen nur der hundert Meilen weit reichende Blick der Unbehausten.

Der Nebel züngelte an ihm empor, kroch über den Steinboden, wirbelte um die Füße der körperlosen Gestalten, die mit einer sehnsüchtigen Miene vor ihm standen, die anzeigte, dass sie das Bedürfnis hatten, mit ihm zu sprechen, dazu aber nicht in der Lage waren.

Die Kälte hatte ihn geweckt, wie schon in der Nacht, die er im Haus des Ligaten Gehone verbracht hatte. Diesmal konnte er nichts tun, als sich so weit in seine Ecke zu kauern, wie seine Ketten es ihm gestatteten, und zu hoffen, dass diese Wesen nicht wie das Geschöpf waren, das sich Sevilla genannt hatte.

Sutters Herz raste; er geriet in Panik. Er wollte aufschreien, aber ihm versagte die Stimme. Diesmal würden ihn weder Tahn noch die starken Arme eines Ligaten retten. Und diese beiden Kreaturen – vielleicht verbargen sich noch mehr von ihnen in den Nebelschwaden, die ihn umwirbelten – waren vollständig für ihn sichtbar, die großen Augen in jenem ewigen Ausdruck von Erstaunen und Verlangen erstarrt.

Vielleicht waren sie ein Albtraum. Vielleicht eine Fieberphantasie.

Wenn er tatsächlich krank wurde und sich übergab, würde ihn das entsetzen. Er hatte kaum etwas gegessen, und das bisschen, was er bekommen hatte, waren verfaultes Obst und übelriechendes Wasser gewesen.

All das verschaffte Sutter das Gefühl, dass er schon begraben lag, gefesselt in der großen Kammer einer Gruft inmitten anderer erwachter Toter. Das Zittern seiner Arme und Beine wurde so heftig, dass seine Ketten zu rasseln begannen. Das Geräusch erhob sich in das Todesbild, und er fürchtete, dass er nie seine Felder wiedersehen oder seinem Vater den Dank abstatten würde, den er ihm nun so unbedingt aussprechen wollte.

Es lag gewiss an der Grabeskälte, und er schmiegte sich an den Boden, wartete darauf zu sterben und hörte wie von Ferne sein eigenes schwaches Stöhnen.

»Sutter.« Eine Stimme mischte sich ein. »Sutter!«, ertönte sie noch einmal.

Er starrte in Thalens Gesicht auf, der mit straff gespannten Fesseln seinen Namen rief. Und in dem Augenblick veränderte sich etwas. Sutter sah sich in der Zelle um. Der Nebel war verschwunden. Mit einem lauten Keuchen holte er lang und schmerzhaft Atem und stieß die Luft mit einem Schrei wieder aus, der im Kerker widerhallte.

»Er hat Schüttelkrämpfe.« Das war einer der Mimen an der anderen Wand. »Gib ihm etwas Wasser.«

Thalen hob eine Schale hoch und befeuchtete Sutter die Lippen.

»Er wird sich wieder erholen. Lass ihn weitertrinken, sogar diesen Dreck, den sie uns geben. Es wird helfen.« Der Mann sprach mit der Gewissheit eines Vaters, der schon kranke Kinder gehabt hat.

Einige Augenblicke vergingen, und Sutter begann sich bald wieder besser zu fühlen. »Danke«, stieß er hervor.

»Nichts zu danken, mein Junge«, sagte der Mime. »Hier gibt es ja ziemlich wenig zu tun.« Seine Kette rasselte, als er mit einer Handbewegung auf den Raum wies. »Ich schätze, was ich tun kann, muss ich auch tun.«

Sutter stemmte sich hoch. »Warum seid ihr hier?«

»Wir warten auf unseren Prozess wegen Aufwiegelung.«

Ein weiteres Mitglied der Mimentruppe meldete sich zu Wort: »Wir haben auf dem Platz südlich des Solath Mahnus den Zyklus des Ersten Eides gespielt. Die Liga war nicht erfreut über die Andeutung, dass ihre Gründung nicht nur unnötig, sondern sogar ein Unglück war.«

Ein schwaches Lachen ertönte aus der Dunkelheit von einem dritten der geprügelten Mimen.

Zu ihrer Linken schwang die Tür auf, so dass sich grelles Licht auf sie ergoss. Sutter blinzelte angesichts dieses Eindringens Tränen fort und beschattete sich dann die Augen, um einen klareren Blick auf die Spielleute gegenüber von ihm zu erhaschen. Eine der Frauen hatte den Kopf zwischen ihren Knien geborgen; ob sie es tat, um ihre Augen vor dem Licht zu beschirmen, oder aus Niedergeschlagenheit wusste Sutter nicht. Aber die Gesichter, die er sehen konnte, wiesen immer noch die schlampig aufgetragene, übertriebene Schminke auf, mit der die Gefängniswärter die Mimen beschmiert hatten, um sie wie Narren oder Tölpel wirken zu lassen.

Auf die Art machten die Wärter sich darüber lustig, wie diese Leute ihren Lebensunterhalt verdienten.

»Ruhe da unten!«, blaffte eine Stimme. »Ihr bekommt schon noch Gelegenheit, uns zu unterhalten. Spart euch eure Kraft besser für euren Auftritt auf!«

Die Tür wurde mit einem Knall zugeschlagen, der bis zu ihnen herab widerhallte, und segnete Sutter erneut mit Dunkelheit.

»Ich heiße Niselius. Warum bist *du* hier?«, fragte der erste Mann Sutter flüsternd.

»Ein Freund von mir hat einen Ligaten vor dem Galgen gerettet. Ich nehme an, Heldentum genießt keinen Respekt mehr.« Sutter lächelte, aber davon schmerzte sein geschwollenes Gesicht, und er hörte auf damit.

»Das Schicksal blüht uns vielleicht auch«, sagte eine Frau.

»Einige von uns glauben, dass man an uns ein Exempel statuieren wird, um alle Mimentruppen von ihren Wagen zu verscheuchen. Ich bin Mapalliel. Schön, die Dunkelheit mit dir zu teilen.«

Die Frau stieß ein sanftes Lachen aus – etwas, das Sutter in den Eingeweiden dieses Kerkers zu schätzen wusste.

»Ich bin Sutter. Wenn es wirklich so gefährlich ist, warum tut ihr es dann?« Sutter dachte daran, wie Penit in Myrr einem Ligaten die Stirn geboten hatte.

Mapalliel antwortete: »Ich habe keine große Wahl. Die haben die meisten Frauen nicht, wenn man es recht bedenkt. Wenn man keinen Mann und keine Mitgift hat, dann gibt es nur sehr wenige Dinge, für die jemand, der Geld hat, einen bezahlt.« Sie dachte einen Moment lang nach. »Und auf den Wagen gilt eine ganz eigene Ehre. Es trifft zwar vielleicht zu, dass manch ein Foliett doppeldeutig ist und dazu dient, den Leuten die Vergangenheit und die Lehren, die sie aus ihr ziehen können, näherzubringen. Aber eine Hinrichtung, nur weil man ein Spektakel aufgeführt hat? Die Regentin hat die Faust in ihrem Handschuh verloren, wenn es so weit gekommen ist.«

»Steht dahinter nicht die Liga?« Sutter rutschte nach rechts hinüber. Seine Ketten scharrten über den Steinboden.

»Ja«, sagte Niselius. »Aber ein Gesetz, das solch eine strenge Strafe festlegt, muss vom Hohen Rat verabschiedet worden sein. Die Regentin führt dort die Aufsicht, und etwas muss sehr im Argen sein, wenn sie nicht in der Lage ist, ein solches Gesetz abzulehnen.«

»Vielleicht weiß sie nichts darüber«, schlug Sutter vor.

»Vielleicht.« Das war eine neue Stimme, tief aus dem Dunkeln. Sie klang, als würde sie zwischen den geschwollenen Lippen eines Menschen hervordringen, dem heftig ins Gesicht geschlagen worden war. »Das ist dann also Zivilisation«, fügte der namenlose Mann hinzu. »Dass die Liga die Geschichten unterdrückt, von denen sie annimmt, dass sie ihre eigenen Freiheiten beschränken. Aber was ist mit der Freiheit, überhaupt eine Geschichte zu erzählen? Hier droht vielem der Untergang, nicht nur einigen von uns.«

Sutter verstand das meiste von dem, was der Mann gesagt hatte, obwohl er mit aufgeplatzten Lippen sprach.

Die Dunkelheit senkte sich erneut wie ein schweigendes Leichentuch über sie. Sutter wusste nicht, was er noch sagen sollte. Sie hatten selbst diese Wahl getroffen, und die alten Wunden brachen wieder in ihm auf und erschwerten es ihm, Mitleid für sie zu empfinden.

Allerdings verstörte ihn irgendetwas an dem irren gemalten Grinsen auf den zerschlagenen Gesichtern dieser einfachen Spielleute und weckte ein klein wenig Mitgefühl in ihm.

»Kommt, genug gegrübelt. Lasst uns unsere Begabungen einsetzen und sogar hier ein Foliett spielen – und zwar für uns selbst.« Niselius stand auf und streckte Mapalliel die Hand hin, um ihr auf die Beine zu helfen.

Sutter sah zu, wie die beiden anderen Mimen sich aufrappelten. Sie stellten sich alle in eine Reihe.

Niselius verneigte sich. »Was soll es sein, meine Freunde? Welche Geschichte wollt ihr von uns hören?«

Sutter fiel nichts ein, aber das war auch nicht nötig. Aus dem Winkel hinter ihm sagte Thalen ruhig: »Die Letzte Ernte der Schnitter.«

Die Truppe stand einige Augenblicke lang in stummer Ehrfurcht da. Dann begannen sie auf ein feierliches Nicken ihres

Anführers hin. Sie erzählten eine erstaunliche Geschichte über Heldentum im äußersten Nordwesten, aus der Zeit, in der das Kummertal seinen Namen erhalten hatte, als Quietus sich mit schrecklicher Macht gegen eine kleine Armee aus Decalam und eine Schar Sheson gewandt hatte.

Die Velle ließen Feuer und Wind auf die wenigen Überlebenden des Zweiten Eides herabregnen, und die vorrückende Front der Stilletreuen glich einer dunklen Welle, die binnen weniger Minuten über sie hinwegbranden würde. Als schon die völlige Niederlage drohte und die ausgebildeten, wohlgerüsteten Soldaten aus Decalam so gut wie vernichtet waren, traf nach einem dreitägigen Gewaltmarsch ohne Schlaf die kleine Truppe aus Risill Ond ein.
Aber die Bauern, die mit Sensen an langen Stangen und vielen kurzen Sicheln bewaffnet waren, rasteten nicht. Sie marschierten an den Sheson vorbei, die genug Zeit und Deckung benötigten, um sich zu einem letzten Schöpfen aus Erde und Himmel die Hände zu reichen und dem Krieg ein Ende zu setzen. Sie marschierten mitten in die Gefahr hinein und bildeten eine mächtige Reihe von Männern, die kaum mehr hatten als das Vertrauen, das sie in ihre Sensen setzten.
Mit Muskeln, die lange, arbeitsreiche Sommer abgehärtet hatten, hielten sie die Stilletreuen in Schach und mähten den Feind wie eine stahlharte Welle nieder. Sie verschafften den Sheson die Zeit, die sie so dringend brauchten, und als die große Anrufung des Willens aufstieg, lag jeder einzelne Mann aus Risill Ond tot am Boden, die meisten noch mit ihrem Ackergerät in den Fäusten.
Man würde stets über sie sagen, dass sie ihre Erntewerkzeuge mit Kraft und Zutrauen geschwungen hatten, nachdem sie die Welt durchquert hatten, um mit ihrem Leben einen einzigen Augenblick zu erkaufen.

Als die Mimen zum Ende kamen, standen sie da und erwiesen der Geschichte ihren Respekt, die sie gerade in einer düsteren Kerkerzelle vor zwei Bauern aus abgelegenen Orten im Osten gespielt hatten.

Stiller Stolz erfüllte Sutters Brust, die Art, die einen anregte, selbst mit der Tapferkeit derjenigen, derer in der Erzählung gedacht wurde, kämpfen und sterben zu wollen. Und der Rübenbauer von Helligtal hörte ein Schniefen hinter sich, das ihn an ein selbstgesticktes Wappen auf einem alten Teppich und die Ehre denken ließ, einen Eid zu erfüllen, der schon vor Generationen geschworen worden war.

Dann durchzuckten wieder ein plötzlicher Lichteinfall und das Knallen der aufschwingenden Tür die Dunkelheit. Ihr Schließer eilte geschäftig herein, kettete wortlos zwei der Spielleute von der Wand los und trieb sie die Stufen hinauf zur Außentür. Unter den beiden war auch die Frau, die einen Großteil ihrer Zeit mit dem Kopf auf den Knien verbracht hatte.

Als sie mit nackten Füßen über den kalten Stein zu schlurfen begann, sah sie auf Niselius hinunter und sagte mit aller Ernsthaftigkeit aus tiefster Seele: »Sag meinen Kindern, dass ich sie liebe.« Tränen strömten ihr übers Gesicht, aus dem entsetzliche Ungewissheit sprach.

An der Tür warfen sie und der andere Mime noch einen Blick zurück zu ihren Freunden, und da erkannte Sutter ihre Gesichter. An der Tür fiel das Licht anders auf sie, und die Prellungen, das Blut und die grelle Farbe verblassten vor seinen Augen, um die wahren Gesichter darunter zu enthüllen.

Es waren die Gesichter aus seinem entsetzlichen Wachtraum.

Die Gesichter der Toten.

Sutter überkam eine Vorsehung von schrecklicher Gewissheit, genau wie ihm jetzt bewusst wurde, dass er den Geist der Frau, die in Ulayla verbrannt worden war, in der Nacht vor ihrer Hinrichtung am Fenster gesehen hatte.

Die Tür fiel zu und ließ sie in verstörtem Schweigen und Finsternis zurück.

Sutter weinte stumme Tränen, weil er wusste, dass die Frau ihre Kleinen nie wieder sehen würde.

Auch die Kinder würden ihre Mutter kein letztes Mal sehen. Und das rührte ebenfalls an seine alten Wunden, und Sutter weinte um jedes einzelne von ihnen.

16

DER LESHERLAUF

Wendra trat auf die Straße, die vor der Discantus-Kathedrale entlangführte. Shanbe ging rechts von ihr, Penit links. Der Junge drückte unwillkürlich ihre Finger, als er die festlichen Dekorationen der Stadt sah, die sich über Nacht geradezu verwandelt hatte. Sogar die Straßen im Krämerviertel feierten den Lesherlauf; Wimpel hingen in tiefen Bögen zwischen Läden, Fensterstürzen und Simsen, die mit behelfsmäßigen Girlanden aus Maisschalen und getrockneten Ranken geschmückt waren. Männer und Frauen hatten sich kleine Sträuße verschiedenster grüner Kräuter an die Rockaufschläge oder in die Brusttasche gesteckt, um zu zeigen, dass sie um das Rennen wussten und es unterstützten.

Penit lief voraus und zog Wendra mit. Sie hatte nicht damit gerechnet, dass der Junge tatsächlich an dem Lauf teilnehmen würde, aber das verschaffte ihr einen guten Vorwand, die Grübeleien hinter sich zu lassen, die Belamaes Worte in ihr ausgelöst hatten, und sich in die Fröhlichkeit des Festtreibens zu stürzen.

Der Lehrer wollte, dass sie für mehrere Monate bei ihm in der Kathedrale blieb, um zu lernen, und hatte sie davor gewarnt, sich dagegen zu entscheiden. Seit ihrer Ankunft hatten sie noch zwei Mal miteinander gesprochen, einmal am vergangenen Abend und dann erneut an diesem Morgen. Belamae hatte ihr die Wunder der Musik vorgeführt, angedeutet, welche Methoden und Techniken sie lernen konnte, um ihre Kunst zu vervollkommnen. Es verblüffte sie, welche Möglichkeiten es gab, Musik zu komponieren und zu organisieren, und sie hatte gespürt, dass die Dinge, die Belamae ihr mitgeteilt hatte, nur die waren, die er jedem Schüler beibrachte, den er betreute. Aber unter dieser Oberfläche, jenseits davon, würde – so schienen seine Augen zu sagen – ihre wahre Ausbildung überlegene Methoden beinhalten, von denen man im Kreise der anderen Schüler nichts erzählte. Aber Wendra beteuerte weiterhin, dass sie nicht in der Lage war, so schöpferisch tätig zu werden, wie Shanbe es beschrieben hatte. Jedes Mal, wenn sie es leugnete, verdüsterten Belamaes Augen sich vor Enttäuschung und Besorgnis.

Aber sie hatte keine Zeit dafür. Sie hatte ihre Gründe gehabt, zuzustimmen, Penit am Rennen teilnehmen zu lassen. Sie wollte die anderen finden, wenn sie es überhaupt geschafft hatten, und da die Straßen so voll waren, fühlte sie sich sicher vor verborgenen oder unerwarteten Gefahren.

Marktschreier priesen Speisen und Andenken an den Lesherlauf an, Straßenkünstler sangen Lieder, die, wie Wendra bald aufging, so fest zum Renntag gehören mussten wie die Nordsonngesänge – alte Volksweisen, die mittlerweile jeder kannte. Aufgeregtes Gemurmel war überall zu hören, und Passanten tauschten gespannt Spekulationen aus, aber die Geräusche waren, wie Wendra mit Erleichterung vermerkte, fröhlich und deuteten nicht auf die Art gefährlicher Meute hin, die sie vor kurzem in Galadell gehört hatte. *Ganz wie das Nordsonnfest,* dachte Wendra, da eine gewisse Brüderlichkeit aus allen Gesichtern, Worten und Liedern sprach.

Es wimmelte auf den Straßen von Kutschen und Wagen; Räder und Zaumzeug waren mit weiteren Girlanden durchflochten. Der süße Duft würziger Getränke stieg Wendra in die Nase, und hier und da erhielt ein Kind in Penits Alter Ratschläge von seinen Eltern oder anderen Erwachsenen, während sie alle auf die Hallen des Solath Mahnus zuströmten.

Jenseits des Krämerviertels summten die Straßen und Gassen vor Leben, und die Leute bewegten sich zielstrebiger, aber nicht mit weniger Begeisterung. Männer, die in feine Tuchwämser mit zwei Knopfreihen auf der Brust und glänzende Stiefel gekleidet waren, trugen hohe, schmale Gläser mit etwas, das nach einem Rumpunsch aussah, den Wendra selbst gern probiert hätte. Andere Männer gingen in auf Hochglanz polierten Rüstungen einher, ließen die eine Hand bequem im Takt ihrer Schritte mitschwingen und trugen eine Zeremonialwaffe in der anderen. Frauen hielten Blumensträuße in der Armbeuge, schlanke grünweiße Gräser, in die sich rote Blüten und gelbe Rosen mischten. Hier saßen die Kinder höflich da; ihre Schuhe waren weniger abgetragen, und ihre Hemden wiesen Längsstreifen in leuchtenden Farben auf, die oft zur Kleidung ihrer Eltern passten.

Mädchen und Jungen schienen gleichermaßen für das Rennen eingekleidet zu sein, aber sie waren immer schon fast zwölf Jahre alt und hatten längere Beine und verfügten sichtlich über eine bessere Körperbeherrschung als die jüngeren Läufer. Manche der hoffungsvollen Teilnehmer hatten schon den Wachstumsschub ihrer Jugendjahre begonnen und überragten die anderen – mehr als ein Junge hatte bereits erste Barthaare und einen kräftigen Brustkorb. Wendra konnte sich nicht vorstellen, wie die jüngeren Läufer mithalten sollten, aber das war auch gleichgültig. Sie wollte nicht, dass Penit gewann; sie war eigentlich sogar froh, Gegner zu sehen, die ihm so deutlich überlegen waren.

Sie suchten sich einen Weg durch die verstopften Straßen und behielten dabei immer die höchsten Turmspitzen und Kuppeln des Solath Mahnus auf seinem niedrigen Hügel im Auge, der die umgebende Stadt überragte. Als der Beginn des Rennens näher rückte, wurde es schwierig, voranzukommen, da der Verkehr sich auf den Durchgangsstraßen staute und man sich nur noch zu Fuß durchschlängeln konnte. Soldaten in den Farben von Decalam waren überall zu sehen. Ihre Umhänge und Helme erinnerten ständig an den Zweck des Lesherlaufs.

Der Ta'Opin drängte sich mühelos durch die Massen, setzte die mächtigen Schultern ein, um sich durch schmale Öffnungen zu zwängen, und schuf so bisweilen mehr Platz für Wendra und Penit. Shanbe schien selbst von der übersprudelnden Erregung ergriffen zu sein und bleckte die Zähne zu einem ständigen Lächeln.

Sie kamen an Männern und Frauen mit Gefolge vorbei: Fahnen auf Stangen steckten einen Teil der Straße ab, der einer hochstehenden Familie oder einem Mitglied des Landadels vorbehalten war. Menschen drängten sich um Akrobaten, sahen aber auch häufig in Erwartung des Rennens in eine ganz andere Richtung. Penit sprang dann und wann hoch, um einen Blick auf das zu erhaschen, was vor ihnen lag. Seine kleine Hand war schweißnass vor Vorfreude.

Shanbe führte sie zwei weniger überfüllte Seitengassen entlang und brachte sie auf einen breiten Sammelplatz, der zu der Mauer führte, die den Solath Mahnus vom Rest der Stadt trennte.

»Das ist ein Teil der Rennstrecke«, sagte Shanbe. »Die Kinder folgen einer Linie, die in die Straße eingemeißelt ist. Sie führt sie weiter bis zur Mauer des Gedenkens und durch einige der alten Straßen von Decalam, wo einst die ersten Regenten lebten. Dann geht der Lauf zurück hierher und endet am Tor zum Hof des Solath Mahnus. Die Begleiter von Läufern dürfen an der Mauer Aufstellung nehmen, um sie anzufeuern. Die übrigen Zuschauer säumen die Außenseite der Straßen; die Männer des Generals halten sie gut unter Kontrolle, aber das ist eigentlich unnötig, da es kaum jemand wagen würde, ins Rennen einzugreifen, obwohl es lange her ist, dass der letzte Lesherlauf stattgefunden hat – die Traditionen und die Geschichten darüber werden beständig liebevoll weitergegeben.«

Wendra hörte geistesabwesend zu. Sie suchte die Menge nach Hinweisen auf Tahn, Sutter und die anderen ab. Leute spazierten umher und verschwanden dann so schnell wieder, dass ihr bald klar wurde, wie töricht es war zu hoffen, ihnen zufällig in so einer riesigen Stadt zu begegnen. Aber sie hielt weiter Ausschau, auch als Shanbe sie zu einem Tisch in der Nähe des inneren Stadttors zu führen begann.

Während sie sich in eine Schlange von Eltern einreihten, die ihren Kindern letzte Anweisungen erteilten, ertönten von anderen Freudenschreie und aufmunternde Zurufe. Ein paar Stimmen lallten weniger passende Anfeuerungen, aber die meisten jubelten den Teilnehmern zu und wünschten ihnen alles Gute.

»Ein Bursche, der jeder Regentin würdig ist«, brüllte einer.

»Du wirst die wahrhaftigste Stimme am Tisch des Hohen Rats sein«, rief ein anderer. »Lass dich nicht von ihnen einschüchtern!«

»He, Simbas Häher ist klein genug«, schrie ein Geselle. »Darf er da am Rennen teilnehmen?« Die Umstehenden brüllten vor Lachen.

Wendra konnte ein Lächeln nicht unterdrücken, da sie natürlich ahnte, was mit »Häher« gemeint war. Binnen kürzester Frist standen sie am Tisch, an dem zwei Männer mit einnehmenden, klugen Gesichtern saßen.

»Nimmst du heute am Lauf teil, mein Junge?«, fragte einer von ihnen.

»Ja, bitte«, antwortete Penit begeistert.

»Sehr gut. Ist das deine Mutter?« Der Mann schaute mit nachdenklichem Blick zu Wendra auf.

Wendra erstarrte und sah den Mann ihrerseits ausdruckslos an.

»So ist es«, warf Shanbe ein. »Es ist alles etwas zu viel für sie. Sie sind beide zum ersten Mal in Decalam.«

»Ach so! Lasst Euch davon keinen Schreck einjagen, Anais. Es ist hier im Augenblick ein bisschen überfüllt, aber Decalam besteht weiter, weil seine Bewohner anständig sind. Ist es nicht so?« Der Mann wandte sich seinem Tischnachbarn zu.

»Genau«, sagte der andere. »Dürfen wir Eure Namen erfahren?«

Wendra nannte dem Schreiber ihren und Penits Namen, und er hielt sie in einem Buch fest. Nachdem er die Namen niedergeschrieben hatte, reichte der Mann Penit eine blaue Anstecknadel, die er an seinem Hemd befestigen sollte. Dann musterte er den Jungen mit ernster Miene.

»Streng dich an, aber verhalte dich redlich, mein Sohn. Der einzige Verlierer ist derjenige, der nicht alles, was er hat, in den Lauf einbringt. Aber wenn jemand betrügt, macht er dem Lesherlauf Schande und muss einen Monat lang in den Ställen der Regentin Hilfsarbeiten für Schlitzer erledigen.« Er wandte sich an seinen Partner. »Hättest du Lust, für den alten Schlitzer zu arbeiten?«

»Nein, lieber nicht!«, sagte sein Freund. »Er ist ein fürchterlicher Griesgram. Jeder Augenblick wäre Plackerei. Das würde ich nicht wollen.«

»Ich werde nicht schummeln«, erwiderte Penit. »Und ich werde gewinnen, Ihr werdet schon sehen.«

»So spricht ein wahrer Sieger«, sagte der Schreiber. Er zwinkerte Shanbe und Wendra zu und bedeutete ihnen, nach links zu gehen.

Die Kinder reihten sich hinter einem breiten Band auf, das vom Tor zu einem Gebäude jenseits des Sammelplatzes gespannt war. Eine Reihe von Wachen hielt die Menge auf der gegenüberliegenden Seite zurück. Weitere Soldaten begannen, mehrere Gassen zu räumen, die dort von der Hauptdurchgangsstraße abgingen, wo die Laufstrecke sich von der Mauer löste und durch mehrere Häuserblocks der Stadt führte. Ein Mann mit einem Stab trat vor und bot an, Wendra und Shanbe zu einem Platz an der Mauer zu führen, von dem aus sie das Rennen beobachten konnten. Wendra sah zu Penit hinab; die Augen des Jungen funkelten vor Selbstvertrauen.

»Hab einfach Spaß«, sagte sie und küsste ihn auf die Wange.

Penit nickte und rief plötzlich: »Dwayn!« Er rannte zu einem Jungen inmitten einer Schar anderer Kinder und redete aufgeregt mit ihm. Die beiden fielen einander immer wieder gegenseitig ins Wort, während sie über Dinge plauderten, die Wendra nicht ganz verstehen konnte. Dann führte der Mann mit dem Zeigestab sie und den Ta'Opin zu einem Platz an der Mauer ganz nahe beim Tor zum Hof.

Fast eine Stunde lang ließen weitere Teilnehmer ihre Namen eintragen und wurden zum Band geschickt. Es standen hundert Kinder nebeneinander, gewiss zehn Reihen tief. Manche der Wartenden waren nicht älter als sechs Jahre und von ehrgeizigen Eltern aus verfehlten Hoffnungen heraus zum Rennen angemeldet worden. Die kräftigsten Jungen drängten sich nach vorn durch. Fast die Hälfte aller Läufer waren Mädchen, von denen manche sogar noch größer als die ältesten Jungen waren.

Die Läufer zappelten unruhig und warfen Schulterblicke zu ihren Eltern hinüber, die ihnen über den Lärm hinweg weitere Anweisungen zuriefen. Jugendliche Gesichter sahen unsicher drein, nickten aber doch verstehend; andere Kinder schüttelten verwirrt den Kopf. Penit stand zusammen mit Dwayn mitten im Getümmel, und die beiden redeten immer noch begeistert miteinander. Keiner von beiden war so hoch aufgeschossen wie die größten Jungen, aber sie waren beide nicht klein. Wendra dachte dankbar, dass Penit zumindest nicht als Letzter ins Ziel kommen würde. *Ich kann ihn stolz auf seinen Platz machen.*

Das Gemurmel der Menge schwoll plötzlich zu einem Tosen an, als in der sonnenklaren Luft über der Mauer Trompeten schmetterten. Die Männer am Tisch schlugen ihre Bücher zu und zogen sich mit ihrem Schreibwerkzeug von der Straße auf den Hof zurück. Ein steif wirkender Mann mit einem dünnen Schnurrbart trat aus einer Tür im Inneren Tor hervor und begann zu sprechen. Seine ersten Worte gingen in dem Tumult unter, aber die Versammelten kamen rasch zur Ruhe.

»… diesen Lesherlauf um den Platz des Kindermunds am Hohen Tisch, darum, mit denen im Rat zu sitzen, die für ihre Wähler sprechen. So ermitteln wir, wie es Brauch und Gesetz entspricht, unseren Kindermund aus diesem würdigen Feld von Teilnehmern.«

Neuerlicher Jubel stieg aus der Menge auf. Der Mann fuhr fort, aber er kam bereits zum Ende, bevor das Volk wieder ruhig wurde, schritt würdevoll zum Beginn des Bandes und ließ den Blick feierlich über die Läufer schweifen. Über die hitzigen Spekulationen und elterlichen Ratschläge hinweg konnte Wendra gerade noch die gleiche Ermahnung ausmachen, die der Schreiber an Penit gerichtet hatte: »Strengt euch an, aber verhaltet euch redlich.«

Dann regnete von oben Konfetti herab, und Luftschlangen wurden aus den Fenstern und von den Dächern geschleudert. Die Trompeten schmetterten eine triumphale Fanfare, und die Kinder gingen in die Hocke und machten sich laufbereit.

Der Mann schritt zur Wand, hob seinen Stab und ergriff das Band. Auf der gegenüberliegenden Seite des Platzes tat ein anderer es ihm gleich. Inmitten von buntem Konfetti, Jubel und Hörnerklang senkten die beiden Männer gleichzeitig die Stäbe und ließen das Band los. Tausend Kinder schnellten vorwärts und rannten los, um sich den begehrten Siegespreis des Lesherlaufs zu sichern.

Mehrere stürzten, als Beine sich verhedderten und übereinander stolperten, aber alle sprangen schnell wieder auf und schlossen sich dem laufenden Feld an. Ohne sich dessen so recht bewusst zu sein, wurde Wendra von Erregung über das Rennen erfasst, als sie beobachtete, wie die Kinder ihr Tempo fanden. Sie konnte Penit immer noch sehen, dessen Kopf im

Takt schneller Schritte wippte. Er rannte inmitten des dichtgedrängten Feldes. Die gleiche Erregung und Vorfreude, die immer mit dem Kottenrein einhergingen, durchliefen Wendra, und sie vergaß ihre Bedenken und feuerte Penit an. Die Rufe und der Jubel der Massen übertönten Wendras eigene, aber sie winkte Penits Rücken nach, als die ersten Kinder um eine Ecke der Mauer bogen.

Als alle Läufer verschwunden waren, blickte Wendra zu Shanbe auf, der ihr ein sonderbares Lächeln schenkte. »Es packt einen richtig, nicht wahr?«

Ein wenig verlegen nickte Wendra und wandte sich in die andere Richtung, aus der die Kinder zurückkehren würden. Die Menge beruhigte sich, und das Jauchzen verklang zu Gemurmel und überschäumender Erwartung. Männer und Frauen warfen weiter Konfetti und Luftschlangen in die Luft, während die Menge die Rückkehr der Kinder aus den Straßen hinter der Umfassungsmauer des Solath Mahnus erwartete. In der Ferne pflanzte sich der Jubel der Zuschauer in einer wandernden Welle fort, als die Läufer auf der Strecke an ihnen vorbeikamen. Der Lärm wurde immer schwächer, als das Rennen sich der Rückseite des Hügels näherte.

»Was werdet Ihr tun, wenn der Junge gewinnt?«, fragte Shanbe.

Wendra zuckte zusammen, als die Frage ihr Bewusstsein durchdrang. »Er wird nicht gewinnen«, antwortete sie und war angesichts dieser Einschätzung über sich selbst enttäuscht. »Er ist schnell, aber die älteren Jungen werden den Sieg davontragen.«

»Den Lesherlauf gewinnt der Läufer mit dem größten Herzen«, wandte Shanbe ein. »Es gibt Geschichten über ein Mädchen, das drei Jahre jünger war als der größte, stärkste Junge. Und doch fand sie eine Geschwindigkeit in ihren Beinen, die sie selbst nicht für möglich gehalten hätte.« Er zog die Augenbrauen hoch, um seine Aussage zu unterstreichen. »Der Lauf entscheidet darüber, wer den Sitz erhält, Wendra, nicht das Kind. Es ist ein Rennen, ja, aber neben allem, was das Kind selbst leisten kann, hilft noch etwas anderes dem Sieger, das Band zu erreichen.«

»Es klingt wie eine Legende, wie die vom Weißen Hirsch oder der Armentrommel.« Wendra stellte sich auf die Zehenspitzen und spähte in die Richtung, aus der die Kinder kommen würden.

»Legenden werden uns nicht ohne Grund überliefert, Anais«, sagte Shanbe. »Wie die Legenden über Lieder, die mehr bewirken, als nur zu unterhalten.«

Wendra warf ihm einen vernichtenden Blick zu, aber der Ta'Opin zuckte angesichts ihrer finsteren Miene nicht einmal mit der Wimper.

Weit entfernt begann der Jubel der Menge einen Bogen zu ihnen zurück zu schlagen. Als das Tosen näher kam, begannen die Leute um Wendra und Shanbe herum von einem Fuß auf den anderen zu treten und zu rufen. Die Aufregung über das Rennen wurde vor ihm hergetragen wie Blätter, die sich in einem Windhauch regten, der dem Sturm vorausging.

Wenige Augenblicke später bog eine Kindergruppe um die Ecke und stürmte über den langen Platz. Zu zwölft rannten sie mit pumpenden Armen und im Wind ihrer eigenen Geschwindigkeit flatternden Haaren und flogen über das Kopfsteinpflaster der Straße, auf das ihre Füße in einem unglaublichen Rhythmus auftrafen. Hände und Arme wurden zur Anfeuerung hochgereckt, als die Läufer vorbeirasten. Zwanzig Schritt hinter ihnen bog eine zweite Schar Kinder um die Ecke und ließ den Jubel der Zuschauer abermals anschwellen. Hinter dieser Teilnehmergruppe kamen weitere Kinder in weit auseinandergezogenen Formationen. Jeder einzelne Läufer ließ Füße, Knie und Arme mit aller Kraft arbeiten.

Die erste Gruppe kam klarer in Sicht. Wendra stellte sich wieder auf die Zehenspitzen und musterte die Gesichter. Am Ende der Schar mühten sich Penit und Dwayn ab, mit den vorderen Läufern Schritt zu halten. Schweiß strömte ihnen über Wangen und Schläfen und ließ ihnen die Haare am Kopf kleben. Zwei Jungen rannten an der Spitze der führenden Gruppe, liefen mühelos dahin und schienen noch nicht von ihrer Anstrengung erschöpft zu sein. Eine Handvoll Mädchen bildete die Mitte der Schar; Pferdeschwänze hüpften bei jedem langen Schritt hin und her. Ein paar weitere Jungen liefen rechts und links von den Mädchen und beäugten ihre Gegenstücke, während sie die Beine vorschnellen ließen. Penit und Dwayn rannten im hinteren Drittel der Gruppe. Ihre Schritte waren kürzer und flinker als die langen, anmutigen Sprünge der anderen.

Wendra schrie Penits Namen, aber sie konnte ihre eigene Stimme kaum hören. Inmitten des ohrenbetäubenden Lärms fragte sie sich plötzlich, ob auch einem ungehörten Lied Kraft innewohnte, aber der Gedanke entfiel ihrem Verstand wieder, weil sie Penit so überschwänglich anfeuerte. Die bunten Konfettistücke gingen wie ein Schneesturm auf die Straße nieder und wirbelten um die Leiber der vorbeilaufenden Kinder. Ein paar kleine Fetzen blieben am Schweiß in ihren Gesichtern und auf ihren Unterarmen kleben. Pfiffe übertönten das Getöse,

Klappern und Rasseln schlugen Lärm, und ein paar Feiernde stießen selbst ins Horn.

Dann bog die Führungsgruppe ab und folgte der Strecke in eine enge Seitenstraße. Auch dort war der Laufweg von einer Menschenmenge gesäumt, und die Leute stießen einander beiseite, um einen Blick auf die Kinder zu erhaschen, als die ersten Läufer an ihnen vorbeischossen. Jetzt erhoben sich unzählige Stimmen rings um Wendra, während die ganze Zeit über Läufer in einer langen Prozession vorüberzogen. Das Getöse hallte von den Steingebäuden wider, und Wendra malte sich aus, dass es die Stimme von Decalam war, eine Fülle von Tonhöhen und Worten, die sich zu einer einzigen gewaltigen Stimme vereinten.

Die letzten Läufer kamen an ihnen vorbei und bogen in die Straße links von Wendra ab, während es auf dem Rückweg schon vor Aufregung über die Führenden laut zu werden begann. Wendra fasste sich ans Mieder und versuchte, ihr Herz zu zwingen, ruhiger zu schlagen, aber ohne Erfolg. Jedes Pochen in ihrer Brust fühlte sich an, als würde ein Hammer niedersausen.

Die bisherige Inbrunst der Menge war gegen das, was jetzt kam, nichts gewesen. Jeder einzelne Zuschauer heulte und jubelte aus voller Kehle. Zusammengenommen fühlte es sich an, als müsste es die Luft gleich zerreißen oder als hätte die Dichte des Lärms Gewicht und Substanz genug, um mit Händen zu greifen zu sein. Die gewaltige Lautstärke presste gegen Wendras Augen und ließ ihr jedes einzelne Haar am Körper zu Berge stehen. Sie fühlte sich, als wäre sie in einen winterlichen Fluss gestürzt und würde zugleich am Bratspieß geröstet, aber beides war nicht schmerzhaft. Stattdessen hatte sie solchen Auftrieb, dass es ihr vorkam, als hätte sie nur die Arme heben müssen, um zu schweben.

Dann erschien Penit auf dem Rückweg.

Seine Schultern waren vornübergebeugt, und seine Arme arbeiteten vor schierer Entschlossenheit. Er kam zehn Schritte vor Dwayn aus dem Gässchen hervorgeschossen. Mittlerweile hatte er einen stetigen Schritt gefunden: Seine Beine trommelten wie die eines Rennpferds in einem langgezogenen, kraftvollen Rhythmus. Seine Füße huschten über die Pflastersteine, ohne dass seine Fersen je den Boden berührt hätten. Tränen des Stolzes stiegen Wendra in die Augen, als sie ihre Stimme dem unglaublichen Chor der jubelnden Festbesucher hinzufügte.

Penit rannte über den breiten Platz und schien mit jedem Schritt schneller zu werden. Die Menge kannte ihren Sieger und wartete in begeisterter Vorfreude darauf, dass er das Band erreichen würde, das die Männer mit den Stäben nun wieder erhoben hatten. Penit lief zwischen den Ufern der Zuschauer, die ihn bereits zum Gewinner ausriefen. Ihre hektische Energie stand im Gegensatz zu der glatten, eleganten Geschwindigkeit, mit der Penit über den offenen Platz auf die Ziellinie zulief. Er kam näher, und Wendra konnte den ruhigen, aber entschlossenen Gesichtsausdruck des Jungen erkennen – den gleichen, den sie bei ihm gesehen hatte, als er aus der Höhle aufgebrochen war, um Hilfe für sie zu suchen. Sie kostete seinen bevorstehenden Triumph und alles, was geschehen war, um ihn sicher nach Decalam zu bringen, voll aus. Vergessen waren ihre Befürchtungen, was ein Sieg bedeuten mochte. Sie hielt den Atem an und gab sich der Freude hin, die ihr Herz durchströmte.

Plötzlich huschte ein seltsamer Ausdruck über Penits Züge,

eine Art nachdenklicher Besorgnis. Er warf einen Blick über die Schulter zu Dwayn, der nun zwanzig Schritt hinter ihm war, während der Rest der Führungsgruppe gerade erst aus der Gasse hervorkam. Seine Beine trugen ihn weiter vorwärts, aber Wendra glaubte, seinen Augen eine Erkenntnis anzusehen, die noch nicht bis zu seinen Füßen durchgedrungen war.

Fünfzehn Schritt vor dem Band blieb Penit stehen.

17

SIEGER UND WEISHEIT

Penit kam schlitternd zum Stehen, atmete keuchend und betrachtete das Band vor ihm.

Die Menge tobte vor enttäuschter Erwartung. Manche verhöhnten ihn, andere brüllten vor Verwirrung. Wendra bemerkte, dass der Ton tiefer wurde und sich zu etwas weniger Bewunderndem verschob. Heftige Gesten feuerten Penit an, das Rennen zu beenden, weiterzulaufen. Ein paar Leute schüttelten verärgert die Köpfe. Wendra war sich sicher, dass so etwas in der ganzen Geschichte des Lesherlaufs noch nicht passiert war.

Penit hätte die verbliebene Strecke in langsamem Trab laufen und das Rennen dennoch gewinnen können. Stattdessen drehte er sich um und sah zu, wie Dwayn angerannt kam. Sein Freund sah ihn fragend an. Penit nickte Dwayn mit zufriedener, beruhigender Miene zu, und der Junge rannte nach einem kurzen Blick an ihm vorüber.

Kurz darauf durchbrach Dwayn das Band. Siegesgeheul folgte, und der Junge wurde hochgehoben und bei denen, die sich auf den Straßen versammelt hatten, als nächster Kindermund des Hohen Rats gepriesen. Andere Kinder sausten an Penit vorbei, um das Rennen um der Ehre willen zu beenden. Manche wurden langsamer, blieben stehen und wichen von der Strecke ab, um zu ihren Eltern zurückzukehren.

Die Menge strömte auf die Straße, und viele schienen in ihrer Hast, Dwayn zu gratulieren, Penit ganz zu vergessen. Ein paar Leute spazierten nahe an ihn heran und beäugten ihn verwundert. Wendra kämpfte sich durch die Menschenwand zu Penit und hörte harsche, abfällige Bemerkungen, die dem Kind galten, bevor sie den Jungen an sich zog und die Nörgler mit einem vernichtenden Blick zum Schweigen brachte. Shanbe bahnte ihnen einen Weg zurück zur Wand neben dem Tor, wo Wendra sich hinkniete und Penit für mehrere Augenblicke in den Arm nahm, bevor ihr auffiel, dass er weder weinte noch sonst schlecht gelaunt wirkte.

Sie zog sich zurück und musterte ihn argwöhnisch. »Penit, warum bist du stehen geblieben?«

Er spähte über ihre Schulter, vermutlich zu Dwayn. Sein Gesicht war ein wahres Bild der Befriedigung und verzog sich zu einem Lächeln.

Wendra drehte sich um, um Penits Blick zu folgen, und sah, dass der Rennleiter mit dem Stab in der Hand auf sie zumarschierte. Hinter ihm umstellte eine Gruppe von Aufsehern in den Farben der Stadt Dwayn und bildete eine wachsame Eskorte. Wendra dachte erst, dass der Mann mit raschem, zielstrebigem Schritt an ihnen vorbeigehen würde, aber er blieb unvermittelt neben ihnen stehen.

»Ihr werdet mitkommen, alle drei«, sagte er und wies auf Wendra und Shanbe, während er den Blick unverwandt auf Penit gerichtet hielt. »Ich werde nicht zulassen, dass es einen Disput über mein Rennen gibt. Die Regentin und ihr Rat werden sich sowohl Euren Bericht als auch den des jungen Dwayn anhören und dann ihre Meinung darüber kundtun.«

Er blieb lange genug stehen, um seinen Mitarbeitern mit einer Stabbewegung zu bedeuten, wen er gemeint hatte, und ging dann schneidig davon, Richtung Tor. Die Männer im leuchtenden Scharlachrot von Decalam schlossen sie in den Kreis mit ein, den sie um Dwayn und einen verschlagen wirkenden Mann gebildet hatten, den Wendra zu erkennen meinte, ohne einordnen zu können, wo sie ihn schon einmal gesehen hatte. Zusammen gingen die fünf durchs Innere Tor und gelangten auf das glatte Pflaster des Hofs des Solath Mahnus. Ihre Absätze klapperten laut auf den Steinen. Lange Schieferplatten waren so sauber aneinandergefügt worden, dass sie fast nahtlos miteinander abschlossen. Bänke aus dunklem Marmor säumten das Gelände. Hier und da saßen Männer in Rüstungen und Frauen in kostbaren Kleidern darauf. Pflanzkübel standen beiderseits jeder Steinbank. Die beschnittenen Bäumchen darin boten wenig Schatten, sondern bildeten nur steifen Zierrat.

Auf der gegenüberliegenden Seite des Hofs öffnete sich im Hügel ein Torbogen, der breit genug war, zwei Kutschen nebeneinander Platz zu bieten. Darüber erhoben sich die ausgedehnten Höfe und Hallen des Solath Mahnus. Alle Dächer wiesen zinnenbewehrte Eckpfeiler auf, die eher schmückend als nützlich waren. In die Steine der Außenmauern waren verschiedene Wappen eingemeißelt, die für Häuser und Familien standen.

Der Ordner führte Wendra, Shanbe und Penit in einen Tunnel, der von Öllampen hell erleuchtet war. Mehrere Quergänge zweigten im rechten Winkel davon ab, bevor sie schließlich eine breite Treppe erreichten, die von vier Männern mit Hellebarden bewacht wurde. Der kleinliche Stabträger machte sich nicht einmal die Mühe, den Wachen zuzunicken, sondern eilte mit kraftvollen, kurzen Schritten an ihnen vorbei und die Stufen hinauf. Tore hingen von der Decke über ihnen. Ein rascher Schlag hätte sie zuschwingen lassen, um ihnen den Weg nach oben abzuschneiden. Wendra sah seltsame Klammern, mit denen die Wand an den Treppenrändern besetzt war und in die die Tore wohl einrasteten, sobald sie zufielen.

Wendras Beine hatten längst zu brennen begonnen, als sie in ein großes Zimmer mit Gewölbedecke traten, das mit Rüstungen und Waffen geschmückt war, die auf Ständern aus geöltem Holz ruhten, während auf Sockeln unter Glasstürzen sepiafarbene Pergamente auf Staffeleien ausgestellt waren. Viele waren an den Rändern versengt oder wiesen Brandlöcher wie von einer Fackel auf. Große Gemälde zierten die Wand, und lange, einfarbige Vorhänge in gedämpften Tönen hingen von Messingstangen herab, die hoch oben an der prächtigen Decke des Raums befestigt waren. Ringsum zeugte kohlschwarzer Marmor mit federgleichem Muster von der Würde des Hofes und der Kunstfertigkeit der Handwerker.

Ihr Führer war von dieser Umgebung offensichtlich nicht mehr zu beeindrucken, sondern geleitete sie durch die Halle in einen zweiten Raum, der von Türen gesäumt war und von einer schmalen Treppe beherrscht wurde, die in der Mitte des Zimmers begann und am ersten und zweiten Stock vorbei geradewegs bis in den dritten führte. Marmorgeländer verliefen an den Rändern aller Absätze entlang, obwohl Wendra keine Ahnung hatte, wie viele Leute überhaupt in diese Stockwerke gelangten. Ganz oben verstellten ihnen mehrere Soldaten geübt den Weg und warteten, bis der Rennleiter irgendetwas zu ihnen sagte; dann traten sie zurück. Sie gingen durch eine große, zweiflüglige

Tür und sahen eine Anzahl von Landkarten und langen Schriftrollen auf Tischen, an denen Männer und Frauen mit gehetzter Miene saßen. Manche gestikulierten, während andere den Kopf in die Hände gestützt hatten.

Die Hälfte der Menschen im Raum waren Soldaten, die zumeist makellose Uniformen trugen und so wirkten, als ob es ihnen nicht behagte, so sauber und herausgeputzt zu sein. Sonnenstrahlen fielen durch lange, hohe Fenster und durchfluteten den Raum mit Licht; als sie einen Blick aus diesen Fenstern warf, konnte Wendra schon von der Tür aus Decalams gewaltige Ausdehnung sehen. Ihr wurde schwindlig, und sie konzentrierte sich lieber wieder darauf, dem geschäftigen kleinen Herrn zu folgen.

Einige der Leute im Raum blickten auf, als sie vorüberkamen. Manche schienen zu begreifen, um wen es sich bei ihnen handelte, und vergaßen die Belange, mit denen sie gerade beschäftigt waren. Hinter ihnen standen Männer mit Wasserkrügen bereit, um Gläser auf dem Tisch neu zu füllen. Wendra spürte, dass ihr Mund trocken war, und hätte gern um etwas zu trinken gebeten, doch das Schweigen, das ihnen durch den Raum folgte, hielt sie davon ab, eine Bitte zu äußern.

An der Rückseite des Saals wurde eine zweite zweiflüglige Tür von acht Männern bewacht. Der Rennleiter winkte ihnen ungeduldig zu beiseitezugehen, als sie näher kamen. Die Soldaten traten zurück, und die Türflügel wurden aufgezogen, um sie durchzulassen. Hinter der Tür erstreckte sich der nächste Gang, von dem in großen Abständen auf beiden Seiten Türen abgingen, in die Worte in einer Sprache eingeschnitzt waren, die Wendra nicht kannte. Am Ende des Ganges führte eine letzte Treppe zu einer zweiflügligen Tür, die nicht bewacht war. Dorthin brachte ihr energischer Führer sie. Wendra drehte sich der Magen um. Sie ergriff Penits Hand und dann auch noch Shanbes, als sie gerade das Ende des Flurs erreichten.

Ihr Führer blieb an der Tür stehen und drehte sich zu ihnen um. »Ich habe um eine Audienz ersuchen lassen.« Er musterte sie einen nach dem anderen und zeigte mit gekrümmtem Finger auf jeden von ihnen, als würde er sie abzählen. »Die Regentin duldet diese Störung, weil es um die Vervollständigung ihres Hohen Rates geht, aber das ist keine Einladung, das Wort zu ergreifen. Wenn man Euch eine Frage stellt, dürft Ihr antworten. ›Herrin‹ ist eine recht angemessene Anrede für die Regentin. Abgesehen davon verhaltet Euch ruhig.«

Der Mann wartete nicht auf Fragen oder Einwände, sondern stieß mit einem leisen Ächzen die schweren Türflügel zur Kanzlei der Regentin auf. Alle Oberflächen waren aus glänzendem alabasterfarbenem Marmor. Nur ganz winzige Farbabweichungen zeigten, dass er nicht vollkommen weiß war. Fensterbögen reichten in breiten Streifen vom Boden bis zur Decke und ließen Licht ins Zimmer fallen. Wendra konnte sich nicht erinnern, vom Hof aus Fenster gesehen zu haben. In jeder Ecke gab es eine Feuerstelle, um die herum hochlehnige Stühle und niedrige Bänke angeordnet waren. Auf einem Tisch vor den Kaminen lagen Bücher, manche davon aufgeschlagen, als seien sie mitten im Lesen liegen gelassen worden. In die Rückwand der Kanzlei war ein Messingrelief eingelassen. Es zeigte einen König im vollen Ornat, der seine Krone abnahm. Inschriften funkelten darauf im Licht. Darunter saß auf einer steinernen Estrade eine elegante ältere Frau auf einem großen, gepolsterten Lehnstuhl – die Regentin, wie Wendra annahm.

Bei ihrem Anblick verspürte Wendra plötzlich den Drang,

niederzuknien. Die Frau hatte einen gebieterischen Blick und verlieh Wendra das Gefühl, sich in der Gegenwart echter Macht zu befinden. Sie hätte nie gedacht, dass sie sich einmal im selben Zimmer befinden würde wie solch eine Frau. Ihr Herz schlug stärker, als bestünde zwischen ihnen eine Art Schwesternschaft.

In der Mitte des Saals stand ein großer, kreisrunder Tisch. Gegenüber von Wendra hatte der Tisch eine Lücke, so dass man die Fläche innerhalb des Rings, den er bildete, betreten konnte. Am äußeren Rand des Tisches saßen in unregelmäßigen Abständen Männer und Frauen, getrennt von leeren Stühlen. Als die Türen sich hinter ihnen schlossen, wurde Wendra auf einen hageren Mann aufmerksam, der ganz in Schwarz gekleidet war und auf der Fläche innerhalb des Tischrings auf und ab ging. Er spazierte lässig in einem kleineren Kreis umher und sah abwechselnd alle Leute an, die um ihn herum saßen, während er in entspanntem, selbstbewusstem Ton zu ihnen sprach.

»Die Einberufung des Lesherlaufs durch unsere Regentin ist statthaft, während die Gerüchte, die die Meinung des gemeinen Mannes auf der Straße prägen, auf die Einfälle leerer Mägen zurückgehen, die es auf einen Sündenbock abgesehen haben, den sie ihrer Unzufriedenheit zum Opfer bringen können!« Er breitete die Arme mit nach oben gewandten Handflächen aus, um das Bild, das er beschrieb, zu unterstreichen. »Jedenfalls kann man weder ihr noch dem Volk einen Vorwurf machen, meine Freunde. Es ist nur recht und billig, zu einer Übereinkunft zu gelangen, und die Wiedervereinigung des Hohen Rats könnte genau das bewirken. Und wenn Männer und Frauen lustlos über die Märkte und durch ihre Heimatstadt schlendern, ist Führungsstärke gefragt. Aber was die angebliche Stille im Land betrifft« – er zuckte mit den Schultern und warf die Hände in die Luft –, »hat auch nur einer von Euch sie gesehen? Über welche Beweise dafür verfügen wir? Unser verehrter Freund Artixan tritt für diesen Glauben ein«, fuhr der Sprecher fort und deutete auf einen weißbärtigen Mann, der würdevoll dasaß, obwohl die Last des Alters seine Schultern niederdrückte. »Aber seine Leute sind sich nicht zu schade, gegen die Gesetze zu verstoßen.«

Artixan erhob sich halb. »Um das Kind eines Eurer eigenen Männer zu retten, Aszendent Staned. Vergessen wir nicht, wer in den Genuss dieser Großzügigkeit gekommen ist.«

Wendra sah Artixan an. Er war Sheson, das spürte sie.

»Es spielt keine Rolle, wer gerettet wurde, mein Guter, überhaupt keine. Es hätte die Regentin selbst sein können – es wäre dennoch ein Verstoß gegen das Gesetz gewesen. Ich habe nicht um Milde zugunsten der Liga geschachert, als einer meiner eigenen Männer verurteilt wurde! Und ich sage Euch jetzt noch einmal, was ich Euch bereits erläutert habe: Der Bogenschütze ist kein Mitglied der Liga. Er mag dem, was unsere Sache adelt, wohlgesinnt gegenüberstehen, aber er hat aus eigenem Antrieb gehandelt, darauf könnt Ihr Gift nehmen.«

»Unnötig, Roth, Eure Worte sind schon giftig genug«, sagte Artixan. Die anderen am Tisch lachten höflich.

Kurz huschte ein unwilliger Ausdruck über das Gesicht des Aszendenten, bevor er wieder eine diplomatische Miene aufsetzte. »Es ist kein Wunder, dass die Regentin Euch im Rat behält, Artixan; kein Herrscher könnte je hoffen, sich einen besseren Spaßmacher zu halten.«

»Und Ihr seid mein rechtmäßiger Erbe, Eure Führerschaft … Euer Geschwätz ist ein nimmer endender Witz«, konterte

Artixan. Das Lächeln des Sheson erstarb. »Und doch werde ich unserem Disput ein Ende setzen. Gerücht hin oder her, viele verzweifeln an ihrer Lage, und ihrer Mutlosigkeit wohnt ein Dämon inne. Lasst ihn uns ausreißen, was auch immer der Grund dafür sein mag.«

»Wahr gesprochen«, antwortete Roth. »Und fasst Euch ein Herz, falls es sich erweisen sollte, dass der Stachel in ihrem Fleisch Sheson heißt.«

»Oder Exigent«, schloss Artixan.

Aszendent Staned setzte sich mit einem gezwungenen Lächeln und wahrte nur mit Mühe die Fassung.

Als alle saßen, räusperte sich der Rennleiter und trat vor. »Herrin, ich stelle Euch den Gewinner des Lesherlaufs und seinen Vater vor.«

Die Frau, die auf dem Lehnstuhl auf der Estrade gesessen hatte, erhob sich. Ihr Umhang glitt in fließenden Falten zu Boden. Auch sie war altersgebeugt. Tiefe Falten verrieten, dass sie ein Leben voller Sorgen und Lachen hinter sich hatte. Braune Altersflecken auf ihrer Stirn, ihrem Hals und ihren Händen hatten dieselbe Farbe wie die Erde, in die sie bald zurückkehren würde. Doch ihre Augen funkelten vor Feuer und Klarheit. Ihr schien keine Einzelheit zu entgehen, und sie sprach erst, als sie genau hingesehen und diejenigen, an die sie sich wandte, gemustert hatte. Sie warf einen kurzen Blick zum Tisch hinüber, und auf einen wortlosen Befehl hin standen alle dort ebenfalls auf und wandten sich Wendra und ihren Begleitern zu.

»Man sagt mir, dass der Gewinner des Sitzes des Kindes nicht so offensichtlich feststeht, wie Ihr behauptet.« Die Regentin wies auf die beiden Jungen.

»Es ist unumstritten, welcher Junge das Band zuerst überquert hat, Herrin«, antwortete der Rennleiter, »aber es steht vielleicht nicht fest, wer der Sieger ist.«

»Schindet nicht unnötig Zeit, Jonel«, drängte sie. »Kommt auf den Punkt.«

»Dieses Kind«, begann er und bedeutete Dwayn, sich vor ihn zu stellen, »hat das Band vor allen anderen überschritten.« Er sah Penit an und hieß ihn mit einem Blick vortreten. »Aber dieses Kind lag im Rennen bis kurz vor dem Ziel in Führung, ist dann aber stehen geblieben und hat sich von dem Bandreißer überholen lassen.«

Die Regentin hob die Hand. »Ist das wahr?«, fragte sie und sah Penit direkt an.

Er nickte. Der Rennleiter drückte ihm sanft einen Fingerknöchel in den Rücken. »Ja, Anais, ich meine, Herrin.«

Penit schaute sofort auf, um zu sehen, in welche Gefahr er sich damit gebracht hatte, dass er die Regentin so angeredet hatte.

Helaina überraschte alle, indem sie gnädig lächelte. »Es ist lange her, dass jemand mich so geehrt hat«, sagte sie und tauschte einen Blick mit dem Sheson. »Würdet Ihr mir nicht zustimmen, Artixan?«

»Das würde ich«, verkündete der alte Mann.

»Wir sind besorgt, dass die Kinder sich verschworen haben könnten, die natürliche Entscheidung des Lesherlaufs zu vereiteln, Herrin«, sagte der Leiter, »und ich bringe die Angelegenheit vor Euch, damit Ihr entscheiden könnt, ob noch ein Rennen abgehalten werden muss oder ob das Ergebnis dieses Laufs bestehen bleibt. Ich möchte, dass im Protokoll meine Sorgfalt bei der Auswahl des passenden Kindermunds vermerkt wird.«

Die Regentin nickte. »Sie ist vermerkt, und das ist auch klug so, Jonel. Danke.« Dann stieg sie ihre einzelne Stufe herab, ging mit langsamen, zielstrebigen Schritten um den Tisch herum und stützte sich dabei auf einen perlweißen Stock, der aus zwei ineinander verschlungenen Holzstücken bestand. Niemand regte sich oder sagte ein Wort, während sie zu Penit kam. Das Geräusch ihrer schlurfenden Schritte und das Klacken ihres Krückstocks auf dem Marmorboden füllten den stillen Raum aus.

Am Ende stand sie vor ihnen. »Kommt zu mir«, sagte sie, lehnte sich den Stock an die Hüfte und streckte Penit und Dwayn die Hände hin.

Jonel versetzte beiden Jungen einen sanften Stoß gegen den Rücken, und sie taten wie geheißen, traten vor und nahmen jeder eine Hand der Regentin.

»Eure Namen?«, fragte sie.

Jeder der beiden Jungen nannte seinen.

Sie sah Dwayn an und nagelte ihn mit ernstem Blick fest. »Hast du dich mit Penit verschworen, um den Lesherlauf zu gewinnen?«

Dwayn schüttelte den Kopf. »Nein, Herrin. Ich bin so schnell gelaufen, wie ich nur konnte. Ich habe nicht damit gerechnet, dass Penit stehen bleiben würde, aber als er es getan hat, bin ich einfach an ihm vorbeigerannt.«

Die Regentin nickte befriedigt, bevor sie sich mit stahlhartem Blick Penit zuwandte. »Und du, mein Sohn? Wenn du dir des Sieges schon gewiss warst, warum bist du dann stehen geblieben?«

Penit sah sich nach Wendra um. Seine Augen blickten flehentlich, aber sie konnte nichts tun, als ihm aufmunternd zuzunicken. Die Geste schien ihn zu beruhigen, und er drehte sich wieder zur Regentin um.

»Dwayn ist viel schlauer als ich, Herrin, viel schlauer.« Er versuchte, seine Füße anzusehen, aber die Regentin ergriff sein Kinn und hob es wieder hoch.

»Und was hat das damit zu tun, dass du absichtlich den Lesherlauf verloren hast?«

Penit zuckte mit den Schultern. »Ich wollte gewinnen. Wendra und ich sind den ganzen Weg von Myrr hergekommen, und ich dachte, wenn ich gewinnen würde, könnte ich uns aus den Schwierigkeiten mit den Stilletreuen herausholen – und Vendanji und alle anderen.« Wendra sah die Regentin zusammenzucken, bevor sie Penit noch unverwandter musterte. »Aber als wir uns dann dem Band näherten, wurde mir ziemlich plötzlich etwas klar. Wer auch immer das Rennen gewinnt, darf wichtige Entscheidungen für die ganze Stadt fällen. Dwayn wird seine Sache dabei besser machen, als ich es könnte. Er weiß mehr; er durchschaut die Dinge besser als ich. Wenn die Kinder jemanden haben sollen, der für sie spricht, dann sollte es eher Dwayn sein als ich.«

»Woher kennst du Dwayn, wenn du aus Myrr stammst? Man hat mir mitgeteilt, der neue Kindermund sei ein Einwohner von Decalam.«

»Das weiß ich nicht.« Penit schüttelte den Kopf. »Wir sind uns in Galadell begegnet, dort, wo ...«

»Halt«, unterbrach ihn die Regentin.

Wendra beobachtete, dass Dwayns Vater sich nach der Tür umzusehen begann, während sich Schweißperlen an seinen Schläfen bildeten.

»Wir vertagen uns«, rief die Regentin. »Zur ersten Stunde tritt der Tisch wieder zusammen.« Der gebieterische Tonfall ihrer Stimme strafte ihr Alter Lügen, und die Leute, die eben noch am runden Tisch gesessen hatten, gingen stumm an ihnen vorbei und durch die einzige Tür des Saals.

Der Anführer der Liga blieb kurz in ihrer Nähe stehen, um beide Jungen genau zu mustern. Dann kam der Sheson mit langsameren, weniger sicheren Schritten.

»Bleibt bei mir, Artixan«, sagte die Regentin. »Ich könnte, glaube ich, Euren Rat gebrauchen.«

»Wie Ihr befehlt«, antwortete Artixan.

Als der Saal sich geleert hatte, bedeutete die Regentin ihnen, am Tisch Platz zu nehmen. Dann kehrte sie langsam zu ihrem eigenen Stuhl zurück, ließ ihren alten Körper auf den gepolsterten Sitz sinken und schöpfte Atem, bevor sie sprach.

»Fahre jetzt fort, Penit, und achte darauf, die Wahrheit zu sagen. Mit Lügen gehen wir unnachsichtig um.« Die Regentin lehnte ihren Gehstock an eine der Armlehnen und richtete die scharfen Augen wieder auf den Jungen.

»Wendra und ich sind von einem Wegelagerer nach Galadell gebracht worden. Erst hat er mich verschleppt, weil Wendra krank geworden war und ich losgezogen bin, um Hilfe zu suchen«, sprudelte die Geschichte aus Penit hervor. »Dann ist Wendra gekommen und hat mich gerettet, aber bevor sie gekommen ist, habe ich Dwayn getroffen. Er stand dort auch zum Verkauf. Sie haben uns viel rennen lassen und die schnelleren Kinder von den langsameren getrennt. Dwayn und ich wurden zusammengesperrt, und danach haben wir besseres Essen bekommen. Dwayn ist sehr schlau. Er kennt nicht so viele Geschichten wie ich, weil ich sie für die Theaterstücke auf den Wagen lernen musste. Aber er hatte einen richtigen Fluchtplan, und ich habe gesehen, wie er den jüngeren Kindern geholfen hat, wenn sie Angst hatten. Er hat sogar den Männern und

Damen geholfen und ihnen beigebracht, wie sie mit den Händlern umgehen mussten. Ich bin bloß froh, dass er am Ende entkommen ist.« Penit sah zu Dwayns Vater hinüber.

Die Regentin legte einen Finger an die Lippen, während sie zuhörte. Ihr scharfer Blick wandelte sich nicht, während sie über Penits Worte nachdachte. »Aber du musst doch wissen, dass der Lesherlauf seine eigene Wahl trifft. Es steht dir nicht zu, darüber zu entscheiden, wer den Sitz des Kindes einnimmt.« Helaina sprach mit würdevoller Ruhe, aber nicht ohne eine gewisse Strenge.

»Ja, Herrin«, sagte Penit. »Aber vielleicht hat mich ja der Lesherlauf selbst stehen bleiben lassen. Das glaube ich zumindest.« Penit strich mit den Armen über die glänzende Tischplatte. »Das Rennen hat kein Gehirn, es kann nicht nachdenken. Ich bin zu dem Schluss gekommen, dass der Lesherlauf ein Rennen ist, bei dem alle Kinder mitlaufen und ihr Bestes geben, eines zu ermitteln, das an diesem Tisch sitzen darf. Ich bin vielleicht der Schnellste, Herrin, aber das Beste, was ich tun kann, ist sicherzustellen, dass Ihr den Klügsten bekommt, damit er Euch beim Regieren hilft. Und das ist zweifelsohne Dwayn.«

Die Regentin lächelte um ihren Finger herum.

»Und vielleicht muss ich mir jetzt ohnehin keine Sorgen mehr um die Bar'dyn und Vendanji und den Rest machen. *Ihr* könnt ihnen helfen.«

Das Lächeln erstarb auf Helainas alten Lippen. »Du hast die Bar'dyn gesehen, Junge? Und Vendanji? Hast du mit ihm gesprochen?«

»Ja. Vendanji hat uns geholfen, vor den Bar'dyn zu fliehen. Shanbe auch.« Penit drehte sich um und lächelte den Ta'Opin an. »Aber wir wurden von Tahn und Sutter und Braethen und Mira getrennt und haben sie seitdem nicht mehr gesehen.«

»Wir werden später über all das sprechen«, verkündete die Regentin in gebieterischem Ton. »Für den Augenblick muss ich mich mit diesem beispiellosen Ausgang des Lesherlaufs befassen und mich der Frage widmen, wer den Sitz an meinem Tisch einnehmen soll.« Sie musterte die Gesichter beider Jungen forschend. »Penit hätte der rechtmäßige Sieger sein sollen, und dass er das Rennen aufgegeben hat, stellt seine Bescheidenheit und Weisheit umso mehr unter Beweis, da er glaubte, im Interesse des Rates zu handeln. Doch das Volk hat mit angesehen, wie Dwayn das Band heruntergerissen hat, und wird ihn daher zum rechtmäßigen Kindermund erklären.« Sie lehnte sich auf ihrem Stuhl zurück und straffte die hängenden Schultern. Wendra glaubte einen Moment lang, die frühere Schönheit und Erhabenheit der Regentin sehen zu können, als Helaina mit königlich erhobenem Haupt und großem Nachdruck fortfuhr: »Mehr noch, der junge Penit erinnert uns an den Geist des Lesherlaufs, den Geist dieses Tisches. Wir entehren uns selbst, wenn wir sein Opfer infrage stellen.« Sie sah Penit an. »Außerdem, mein Sohn … obwohl ich mich freuen würde, dir hier einen dauerhaften Sitz zuzuweisen, vertraue ich deiner Einschätzung des jungen Dwayn. Ich hoffe, dass mir die Weisheit zugutekommt, die du ihm zuschreibst.«

Dann sah die Regentin Artixan an, der die ganze Zeit über geschwiegen hatte. Der Sheson nickte mit befriedigter Miene. Im selben Augenblick öffnete sich die Tür, und ein Page verneigte sich tief.

»Entschuldigt bitte, Regentin«, sagte er. »Aber das Höchste Gericht ist von einem Augenblick auf den anderen zusammengerufen worden, um die Verteidigung des Bogenschützen zu hören.«

»Was soll das heißen?«, fragte die Regentin, stand auf und ergriff ihren Gehstock. Feuer brannte in ihren Augen. »Wir können das nicht der Justiz überlassen, sonst kommt es zu Unruhen.«

»Vergebt, Herrin«, fuhr der Page fort, »aber gegen alle Widerstände unseres Magistrats hat sich jemand auf das Recht des Bewahrten Willens berufen, und dieses Gesetz ist laut den Annalen immer noch gültig. Man hat mir aufgetragen, Euch dorthin zu bringen, damit Ihr Euch das Gesuch anhört und darüber befindet. Gerichtsrat Hiliard vom Höchsten Gericht will ohne Eure Billigung kein Urteil über den Widerspruch fällen.«

Die Regentin sah sich um. Der Zorn war ihr klar und deutlich vom Gesicht abzulesen. Ihre faltigen Wangen röteten sich. Sie sagte nichts, presste aber den Mund zu einer dünnen, verkniffenen Linie zusammen. Am Ende klopfte sie einmal mit dem Stock auf den Boden und stieg dann die Stufe zum Boden des Saals hinab.

»Folgt mir, Artixan«, sagte sie. »Ihr anderen auch. Ich steige diese Treppen heute nicht noch einmal hinauf. Wir reden bei der letzten Mahlzeit des Tages über den Rest Eurer Enthüllungen.«

Sie rauschte an ihnen vorbei und klopfte mit dem Stock auf dem Marmorboden den Takt dazu. Wendra ging zu Penit und drückte ihn kurz an sich, als sie alle der Regentin durch die Tür und die vielen Stufen zum Höchsten Gericht hinunter folgten.

18

BEWAHRTER WILLE

Wendra konnte den Gerichtssaal bereits hören, bevor sie auch nur in seine Nähe kamen. Spekulationen und Murren erhoben sich vielstimmig wie das Summen eines Bienenstocks. Gerichtsdiener kamen in Sicht und huschten wieder davon, erledigten hastig Besorgungen und überbrachten Nachrichten. Wachen standen gleichmütig neben dem Eingang. Viele weitere wandelten in den offenen Gängen umher; manche standen in kleinen Grüppchen beisammen, flüsterten miteinander und schüttelten die Köpfe. Als die Regentin vorbeikam, nahmen diese Männer Haltung an. Sie ignorierte sie völlig.

Die Tür zum Gerichtssaal schwang bei ihrem Erscheinen auf, so dass eine Welle aus Geschwätz und Lärm über alle hinwegbrandete. Helaina blieb einen Moment lang stehen und straffte sich. Dann ließ die Türwache sie ein und hob die Standarten, sobald sie aus dem überdachten Eingang hinaus in den eigentlichen Saal getreten war, woraufhin sich die ganze Versammlung erhob und verneigte. Die Regentin grüßte die Menge mit einer Handbewegung und schritt in das große, kreisförmige Amphitheater. Ringsum erhoben sich Sitzreihen, die jeweils von einer niedrigen Balustrade begrenzt waren. Kein einziger

Sitzplatz war frei. Sogar die Gänge quollen von Schaulustigen über. Männer und Frauen, alt und jung, gestärktes Tuch und zerknitterte Hemdschöße saßen nebeneinander. Der Geruch der Erwartung und die Wärme dicht zusammengedrängter Körper füllten den Saal aus.

Auf einer Seite der Arena saßen mehrere Männer hinter einem langen Hartholztisch, der mit dunkelrotbraunem Lack überzogen war. Diese Männer trugen hochgeschlossene Gewänder aus dichtgewobenem schwarzen Stoff, die mit weißen Schulterstücken besetzt waren. Vor ihnen auf dem Tisch lagen Dutzende von Büchern und fleckigen Schriftrollen. Vier von ihnen saßen mit verhärmten Gesichtern und ohne jedes Lächeln vollkommen still da. Wendra fand, dass unter den strengen Mienen der Ausdruck eines Tieres in der Falle mit ihrer fast makellosen Selbstbeherrschung rang.

Auf der anderen Seite der runden Arena stand ein zweiter Tisch, der genau wie der erste aussah. In der lackierten Tischplatte spiegelten sich die grimmigen Gesichter von Vendanji und einem zweiten Mann, den Wendra nicht kannte. Hinter ihnen, an der kurzen Wand, wo sich die erste Reihe des Theaters erhob, saßen Mira und Braethen – die Fern wie eine Statue, Braethen mit großen, staunenden Augen.

Sie haben es geschafft!

Wendra war wie betäubt. Sie erkannte, dass ein Teil von ihr gar nicht mehr damit gerechnet hatte, sie wiederzusehen.

Als der erste Schreck sich legte, konnte sie sich kaum zurückhalten, zu Braethen hinüberzulaufen und ihn zu umarmen. Aber es war nicht der rechte Zeitpunkt dafür. Vendanji hatte sie mit einem Nicken zur Kenntnis genommen, ebenso Mira. Braethen flüsterte irgendetwas, bevor Mira ihm die Hand auf den Arm legte, um ihn zum Schweigen zu bringen. Wendra verstand. Braethen fragte nach Tahn und Sutter. Sie schüttelte den Kopf.

Die Regentin ging zwischen beiden Seiten hindurch und stieg einige flache Stufen zu einer bescheidenen Estrade empor, auf der ein alter Holzstuhl stand, der mit Stoff aus Rosshaar bezogen war. Der Stuhl war bestoßen und schadhaft, aber seine stämmigen Beine knarrten und wankten nicht, als Helaina sich langsam darauf niederließ. Sie benötigte einen Moment, um Atem zu schöpfen, bevor sie ihren Gehstock anlehnte und den Blick auf den Männern gegenüber von Vendanji ruhen ließ, die in förmliche Gerichtsroben gekleidet waren.

Immer noch sprach niemand. Mit der Haltung ihres Kinns, der Eindringlichkeit ihres Blicks und ihrer kraftvollen Präsenz beeinflusste die Regentin die Stimmung im ganzen Saal. So greisenhaft sie auch war, forderte sie doch allein schon durch die Art, wie sie aussah und auftrat, Aufmerksamkeit ein. Wendra fragte sich, ob die Frau aufgrund dieser Eigenschaft Regentin geworden war oder ob das Regentinnendasein sie ihr erst verliehen hatte; da sie sie bereits hatte sprechen hören, vermutete sie, dass Ersteres der Fall war.

Die Wachen schlossen die Türen des Höchsten Gerichts, und das Krachen hallte im Saal wider. Wendra, Penit und die anderen setzten sich im überdachten Eingangsbereich auf den Boden.

»Dieser Fall ist bereits abgehandelt und ins Protokoll eingetragen.« Die Regentin richtete ihre Bemerkungen an den ersten Beamten, der um die Schultern eine weiße Kordel trug, deren Enden über einer Reihe winziger Fransen verknotet waren. »Warum werden wir deswegen erneut einberufen, Erster Rat?«

Der Mann stand auf und räusperte sich. Er kam um seinen Tisch herum und nahm eine Rednerpose ein. »Mein Gesetz«, redete er Helaina an, »diese Sache wurde in der Tat bereits gehört und entschieden. Der Täter sitzt heute in Ketten, die er sich redlich verdient hat. Was mich betrifft, so habe ich nicht den Wunsch, die Angelegenheit wieder vor das Höchste Gericht zu tragen, und Ihr könnt ihr hier und jetzt ein Ende setzen …«

»Ich kenne meine Machtbefugnisse, Erster Rat«, sagte die Regentin knapp.

»Vergebt, mein Gesetz.« Er verneigte sich.

»Kommt auf den Punkt«, sagte die Regentin mit wachsender Ungeduld.

Wieder räusperte er sich, wobei sich seine hageren, ältlichen Wangen aufblähten. »Unser Urteil ist angefochten worden. Mit einem alten Einwand …« Er warf einen Blick zurück auf die staubigen Schriftrollen auf seinem Tisch. »Aber wir haben keinen hinreichenden Grund gefunden, den Einwand außer Acht zu lassen. Wir könnten das vielleicht umgehen, mein Gesetz, wenn Ihr die Anhörung aufschiebt, bis wir uns in die Angelegenheit eingelesen haben.«

»Wie lautet der Einwand?«, fragte die Regentin.

»Bewahrter Wille, mein Gesetz.«

Ein plötzliches Durcheinander aus Flüstern und Aufkeuchen stieg wie das Rauschen des Windes empor.

Die Regentin hob den Blick zu den vielen kreisförmigen Sitzreihen und brachte die Menge zum Schweigen. Wendra beobachtete Helaina und konnte nicht einschätzen, was die Regentin selbst von dem Einspruch hielt. Nicht bevor Helaina zum Tisch des Beschwerdeführers sah, was sie bis zu diesem Moment sorgfältig vermieden hatte. Dann verriet ihr Gesicht ihr volles Alter, und der strenge, gebieterische Ausdruck ihrer Stirn und ihrer Wangen erschlaffte. Ihr Antlitz erstarrte zu einer Maske entsetzlicher Erinnerungen und Schuldgefühle, die aber rasch wieder verschwand. Die Regentin gewann die Beherrschung zurück.

»Könnt Ihr das beweisen?«, fragte die Regentin und sah Vendanji mit strengem Blick an. Wendra bemerkte, dass Artixan, der neben ihr saß, selbst zur Antwort nickte.

Aber es war nicht Vendanji, der aufstand. Stattdessen erhob sich sein Begleiter, ging um den Tisch herum und baute sich breitbeinig mitten im Gerichtssaal auf. Er ließ den Blick langsam von rechts nach links schweifen und schien dabei in jedes Augenpaar schauen zu wollen. Am Ende wandte er sich mit grimmiger Miene an die Regentin. »Das können wir, Herrin. Wir werden Euch heute zeigen, wie ehrliche Männer in den Gefängnissen schmachten, die Ihr für sie erschafft.«

Die Regentin sah ihn mit stiller Eindringlichkeit an. »Ihr werdet Euch selbst Eure Schlinge knüpfen, Beistand, wenn Ihr vorhabt, diesem Gericht Schande zu machen.«

»Ich habe nicht vor, dem *Gericht* Schande zu machen«, sagte er und betonte dieses eine Wort übertrieben.

Die Beleidigung war offenkundig, aber die Regentin ließ sie ihm durchgehen. Wendra hatte sofort das Gefühl, dass dieser Beschwerdeführer, der mit Vendanji am selben Tisch gesessen hatte, die Regentin nicht erst seit heute kannte. Sie spürte zugleich, dass Helaina keine zweite unterschwellige Kränkung dulden würde, gemeinsame Vergangenheit hin oder her. Das zu tun hätte ihre Autorität in den Augen aller Anwesenden untergraben. Der Beschwerdeführer schien das ebenfalls zu wissen und setzte sich wieder auf seinen Platz.

»Eure Bücher«, sagte die Regentin und richtete ihre Aufmerksamkeit erneut auf den Ersten Rat, der noch immer in Rednerpose dastand. »Was sagen sie zu dem Einwand? Es ist schon lange nicht mehr vorgekommen, dass sich jemand hier darauf berufen hat.«

»Das ist die Schwierigkeit, mein Gesetz«, antwortete der Mann, ohne dass seine eingefallenen Wangen daran beteiligt gewesen wären, die Worte zu formen. Er sprach in säuerlichem, pessimistischem Ton. »Sein Gebrauch liegt weiter zurück als die Erinnerung der meisten hier Anwesenden. Die Überlieferung besagt, dass Regelungen, die schon so lange außer Gebrauch sind, nicht immer besonders bedeutend für unsere Verwaltung sind, mein Gesetz.« Er verneigte sich erneut.

Der Beschwerdeführer erhob sich wieder von seinem Sitz. »Die Überlieferung besagt auch, dass Gesetze, die in der Charta gewährt worden sind, die Ränke listiger Gerichtsräte und die Reformen der Regierung unnötig machen.«

Die Regentin ließ sich nicht ablenken, sondern sah weiter dem Ersten Rat in die Augen. »Habt Ihr also die Rechtmäßigkeit dieses Einspruchs festgestellt, Pleades?«

Es schien den Rat aus dem Takt zu bringen, dass sie seinen Namen gebrauchte, aber er nickte. »In der Tat, mein Gesetz, wenn Ihr nicht vorhabt, Widerspruch dagegen einzulegen, steht es uns nicht zu, dem Publikum eine Anhörung zu versagen, um das Argument zu überprüfen.« Der Mann klang niedergeschlagen, während er Bericht erstattete. »Aber Ihr könnt uns gestatten, es näher zu überprüfen, mein Gesetz, und manche Dinge … vergehen im Laufe der Zeit einfach.«

Wendra hörte einen unheilvollen Unterton in der Art, wie der Mann schloss. Sie erkannte, dass derjenige, der festgehalten wurde, vermutlich tot sein würde, bevor das Höchste Gericht wieder zusammentrat, um über ihn zu beraten, wenn es dem Ersten Rat gelang, die Regentin zu überreden, diese Überprüfung zu gestatten.

»Nein«, sagte Helaina. Sie wandte sich an Vendanji. »Und Ihr unterstützt als Beistand diesen Einspruch, Sheson?«

Vendanji nickte.

»Ihr seid Euch der Einschränkungen bewusst, die Eurem Orden innerhalb der Mauern von Decalam und im ganzen Land Vohnce auferlegt sind?«

»Das bin ich.«

»Wir werden als Beweismaterial alles anerkennen, was unser hochverehrter Erster Rat im Zuge der früheren Beratung über diesen Übeltäter durch seine Bemühungen und die Erleuchtung des Allwillens ans Tageslicht gebracht hat.« Sie richtete den durchdringenden Blick wieder auf den Beschwerdeführer. »Was könnt Ihr dem hinzufügen, um uns von der angemessenen Vorgehensweise, die wir eingeschlagen haben, abzubringen? Und achtet nur ja darauf, dass Ihr unsere Zeit und Geduld nicht unnötig beansprucht. Wir dulden hier keine Lügen oder Missetaten.«

»Ich habe für beides keine Zeit, Herrin, heute ebenso wenig wie in früheren Jahren.«

Die Regentin nickte steif, und auf ihren Wink hin traten durch Türen beiderseits ihres Stuhls, die Wendra bis dahin nicht aufgefallen waren, sechs Männer und sechs Frauen ein. Die Neuankömmlinge stiegen würdevoll die Stufen hinunter, die Männer zur Linken, die Frauen zur Rechten. Von ihren Schultern flossen lange Roben in den Farben von Decalam, und jeder von ihnen trug ein weißes Emblem in Form eines Baums mit

Wurzeln auf beiden Brustseiten. Wendra konnte Hosenbeine, Hemdsärmel und Kragen unter den Roben hervorlugen sehen, als ob diese Leute ihre zeremoniellen Übergewänder hastig angelegt hätten. Sie gingen zu getrennten Reihen von Stühlen, die dem der Regentin ähnelten und in der vom Boden aus gesehen ersten Sitzreihe standen, und ließen sich darauf nieder.

Nachdem sie Platz genommen hatten, hob die Regentin ihren Stock, schlug damit laut auf den Marmor und bedeutete dem Ersten Rat zu beginnen. Dann lehnte sie sich zurück. Wendra verfolgte Pleades' lange Schritte: Er verschränkte die Hände hinterm Rücken und ging vor den Männern an seinem eigenen Tisch auf und ab. Mehrere Augenblicke vergingen, und leises Raunen begann aus den höheren Sitzreihen des runden Saals aufzusteigen. Das Gesicht des Ersten Rats war zu einer finsteren Miene verzerrt: Die Haut oberhalb seiner dünnen weißen Augenbrauen hatte sich zu wulstigen Falten verformt. Auf einmal blieb er stehen und verschränkte die Arme vor der Brust. Er baute sich breitbeinig auf, um den Beschwerdeführer anzusehen.

»Das Protokoll erfordert Euren Namen«, sagte Pleades. In der einfachen Bitte schien eine unterschwellige Verhöhnung zu liegen, die Wendra nicht ganz verstand.

Der Beschwerdeführer starrte ihn unverwandt an. Seine Haut war trocken und glänzte dunkel, da sie lange der Sonne ausgesetzt gewesen war. Dann erschien ein Lächeln auf seinen Lippen, und er nickte anerkennend. »Ein hübscher Spielzug, Erster Rat, der jedes Logikbuches würdig ist, das Ihr studiert habt, um Euren Posten zu erringen. Meinen Namen festzuhalten schadet unserer Glaubwürdigkeit, wenn man meine Vergangenheit vor diesem Gericht bedenkt, nicht wahr?« Er drohte ihm in spielerischer Nachahmung eines Tadels mit dem Finger. »Was haltet Ihr davon, den Namen des Dreirings, Vendanji, in Euer Protokoll aufzunehmen? Dann bin ich lediglich die Stimme dieser Beschwerde.«

Pleades setzte zu einem Einwand an.

»Oh nein«, fiel der Beschwerdeführer ihm ins Wort. »Die Akten verlangen nicht, dass Beschwerdeführer und Sprecher derselbe sind, also lasst uns doch auf listige Winkelzüge verzichten, die mich meiner Glaubwürdigkeit berauben sollen, bevor wir auch nur angefangen haben, und stattdessen diesem Machtmissbrauch abhelfen.«

Der Erste Rat warf die Hände in die Luft, anscheinend verärgert über den mangelnden Respekt, den sein Gegner dem Höchsten Gericht zollte.

»Gut«, sagte der Beschwerdeführer. »Schreibt seinen Namen auf, wenn Ihr die Zeit dazu findet. Ich will mich nicht mit Euch herumzanken, während unschuldige Männer in Eurem Verlies schmachten. Ihr habt zwei Melura verhaftet und ins Gefängnis geworfen, weil sie Euren Versuch hintertrieben haben, einen Ligaten hinzurichten, der beschuldigt war, sich verschworen zu haben, das Gesetz der Regentin zu brechen. Während Melura der Tradition gemäß für ihr Fehlverhalten im Geiste nicht verantwortlich gemacht werden können, dürfen sie körperlich dafür bestraft werden.« Der Beschwerdeführer zeigte wild mit dem Finger auf den Ersten Rat. »Ihr habt vor, diesen Bogenschützen und seinen Freund dafür zum Tode zu verurteilen, dass sie in Euer Justizritual eingegriffen haben, und wollt auch den Ligaten hängen, den der Schütze gerettet hat, weil Ihr glaubt, dass dieser Ligat einen Sheson um Hilfe ersucht hat, um seine sterbende Tochter zu heilen. Ist das korrekt?«

»Die Zusammenfassung? Ja. Euer Benehmen? Nein«, sagte Pleades knapp.

Aus dem Publikum ertönte unterdrücktes Gelächter.

Der Beschwerdeführer trat in die Mitte des großen Runds und drehte sich langsam im Kreis, als würde er kurz einen Blick in jedes Augenpaar im Amphitheater werfen. »Unser Einspruch lautet wie folgt: Die Taten dieses Bogenschützen sind nicht strafbar, weil der Ligat unschuldig ist.«

Ein wisperndes Raunen durchlief das Publikum: Keuchen, Seufzen, Widerspruch, Spekulationen.

»In ihrer Hast, Schuldzuweisungen auszusprechen, haben die Räte das offensichtlichste Beweismittel übersehen, das ihnen zur Verfügung stand: eine Zeugin.« Der Beschwerdeführer schüttelte den Kopf und begann, langsam einen engen Kreis abzuschreiten, während er weiter zu der Versammlung von Bürgern sprach, als würde er sich gezielt weigern, die in Gerichtsroben gekleideten Menschen an den Wänden neben der Regentin zur Kenntnis zu nehmen. Dann hob er die Hände und schloss die Augen. Er murmelte etwas bei sich, und Wendra glaubte, ihm das Wort »Charta« von den Lippen ablesen zu können. Mit noch immer geschlossenen Augen fuhr er fort: »Fangen wir mit etwas Einfachem an. Ihr habt in der Stadt Decalam und im Land Vohnce ein Gesetz, das als das Zivilisierungsgesetz bekannt ist und besagt, dass jeder Sheson, der aus dem Willen schöpft, und jeder Bürger, der einen Sheson *ersucht,* den Willen zu lenken, eines Verbrechens schuldig ist. Dieses Verbrechen ist auf vielerlei Arten strafbar, unter anderem auch mit dem Tod.«

Köpfe nickten zustimmend.

»Wenn also«, legte der Beschwerdeführer dar, »der Ligat den Sheson gar nicht aufgefordert hat, den Willen zu lenken, und sich nicht mit ihm verschworen hat, dann ist er nicht schuldig und hat den Tod nicht verdient. Und wenn dieser Bogenschütze und sein Freund ihn davor bewahrt haben, aufgrund einer ungerechtfertigten Anklage bestraft zu werden, dann haben diese Melura, die Ihr verurteilt habt, nur getan, was jeder Mensch, der ein Gewissen hat, tun sollte.«

»Gegen Eure Logik ist nichts einzuwenden«, erklärte der Erste Rat in unverbindlichem Ton, »aber jemand hätte Euch unterrichten – und uns allen so viel Zeit sparen – sollen, dass der Angeklagte dieses Verbrechen gestanden hat. Er hat sich entschlossen, nicht einmal etwas zu seiner Verteidigung zu sagen.« Der Rat wandte sich zum Gehen und drehte dem Beschwerdeführer verächtlich den Rücken zu. »Ihr hättet bei Eurem eigenen Prozess vor vielen Jahren gut daran getan, Euch auch dafür zu entscheiden.«

Wendra zuckte vor dem düsteren Ausdruck zurück, der auf dem Gesicht des Beschwerdeführers erschien. In dem Moment fürchtete sie um das Leben des Ersten Rats. Mira rückte sogar auf ihrem Stuhl vor, als mache sie sich bereit, körperlich einzugreifen. Aber der Beschwerdeführer rührte sich nicht. Im ganzen Saal wurde es still. Penit ergriff Wendras Hand.

Der Beschwerdeführer starrte den Rücken des Ersten Rats ausdruckslos an und wandte sich dann ab, um die Mitglieder des Tribunals in ihren scharlachroten Roben anzusehen. »Lasst Euch eines gesagt sein«, begann er, und Wendra kämpfte gegen den Schauer an, der ihr über den Rücken lief. »Ihr macht drei Männer für Verbrechen verantwortlich, die sie nicht begangen haben. Ihr habt sie zum Tode verurteilt oder werdet sie sterben lassen, während Ihr über ihr Schicksal verhandelt. Ich bin bereit, für meine Verfehlungen einzustehen – seid Ihr es auch?«

Mehrere Augenblicke lang sprach niemand. Der Erste Rat nahm schließlich seinen Sitzplatz wieder ein und versuchte, so zu tun, als wäre er sehr damit beschäftigt, die Pergamente durchzusehen, die auf dem Tisch lagen. Seine Hände zitterten dabei. Am Ende drehte sich der Beschwerdeführer um und nickte Mira zu, die aufstand und zu einer weiteren Tür in der Nähe ihres eigenen Stuhls ging. Die Fern trat hindurch und kehrte sogleich mit einem jungen Mädchen zurück. Sie war in rußverschmierte Lumpen gekleidet und hatte sich das Haar mit einem ausgefransten Band zurückgebunden, damit ihr die verfilzten Strähnen nicht in die Augen fielen. Auf das Drängen der Fern hin trat sie zögernd vor. Der Beschwerdeführer ging auf sie zu, und Mira reichte die Hand des Mädchens an ihn weiter. Sanft führte der Beschwerdeführer sie in die Mitte des Kreises. Er flüsterte ihr etwas ins Ohr. Das Mädchen duckte sich und starrte den Boden an. Während sie ihre Zeugenaussage machte, blieb der Beschwerdeführer hinter ihr stehen und ließ unterstützend die Hand auf ihrer Schulter ruhen.

»Mein Name ist Leia«, begann sie. »Mein Vater ist den Sheson nicht holen gegangen … Ich war das.«

Das Publikum brach in entsetzte Rufe aus. Für eine volle Minute gelang es der Regentin nicht, die Ordnung wiederherzustellen. Am Ende sorgte das Pochen ihres Gehstocks auf dem Marmorboden für Ruhe im Gerichtssaal. »Sprich weiter, Kind«, sagte die Regentin.

»Ich kenne Rolen«, fuhr Leia fort, »weil ich ihm dabei helfe, Essen an die Armen im Bettlerviertel zu verteilen. Das tue ich schon seit Monaten, weil es mir hilft, für das dankbar zu sein, was *meine* Familie hat. Und Rolen gibt mir zum Dank für meine Hilfe immer einen Brotlaib. Als meine kleine Schwester Illia dann krank wurde und Mutter ihr nicht helfen konnte und wir kein Geld für einen Heiler hatten …«

»Fahr fort«, forderte sie der Beschwerdeführer auf.

»Da dachte ich an Rolen, weil ich wusste, dass Sheson den Willen gebrauchen können, um Leute zu heilen. Ich wusste, dass Mutter und Vater wegen des Gesetzes nie zu Rolen gegangen wären. Oder zumindest dachte ich, dass sie es nicht tun würden. Aber ich konnte doch Illia nicht einfach sterben lassen! Und Rolen ist immer so gut zu mir …«

Bevor das Mädchen oder der Beschwerdeführer noch mehr sagen konnte, stand ein anderer der Räte vom zweiten Tisch auf. Dieser trug das Emblem der Liga unterhalb seiner Schulterstücke. Er legte unter dem Kinn die Fingerspitzen aneinander und bedachte das Mädchen mit einem väterlichen Lächeln. »Sollen wir den ehrenwerten Beschluss dieses Gerichts auf die Worte eines Kindes hin umstoßen? Es ist bemerkenswert, dass sie lügt, um ihren Vater zu retten, aber kaum zulässig …«

»Und warum nicht zulässig?«, fragte der Beschwerdeführer fordernd. »Warum seid Ihr so erpicht darauf, ein Mitglied Eurer eigenen Bruderschaft hinzurichten, wenn ich hier bin, um Euch zu sagen, dass der Mann unschuldig ist? Dass er getan hat, was jeder Vater tun würde, und die Verantwortung für eine Sünde auf sich genommen hat, um sein Kind zu retten?«

Der Rat der Liga kochte einen Moment lang vor Zorn, bevor ihm eine Antwort einfiel. »Lasst mich das mit einer Frage beantworten. Warum seid Ihr so erpicht darauf, anstelle der väterlichen Tapferkeit, von der Ihr sprecht, das Mädchen hier mit seinem Leben für dieses Verbrechen büßen zu lassen?«

Angesichts dieser Umkehrung der Logik ging ein Raunen durchs Publikum, und Wendra ertappte sich dabei zuzustimmen. Dieser Beschwerdeführer, der neben Vendanji gesessen hatte, schien dafür einzutreten, dass dieses junge, vielleicht zwölfjährige Mädchen eine Gesetzesbrecherin war, die gehängt werden sollte. Sie sah zu Penit hinunter, und ihr wurde wieder einmal bewusst, wie trügerisch Sicherheit war.

Der Mann mit der tief gebräunten Haut, der hinter Leia stand, legte ihr die andere Hand auf die freie Schulter. Er stand so da, wie ein Vater es vielleicht getan hätte, um das, was das Mädchen gleich sagen würde, voll und ganz zu unterstützen. »Ihr habt noch nicht alles gehört«, verkündete er und wartete geduldig ab, bis Leia fortfuhr.

Das Mädchen zitterte. Sie konnte nur den Boden ansehen, da sie große Angst vor dem hatte, was als Nächstes kommen musste. Mit vor Gefühlsbewegung fast brechender Stimme sagte sie: »Mutter hat uns oft gepflegt, wenn wir krank waren. Sie ist keine Heilerin oder Sodalin, aber sie kennt sich mit Krankheiten aus. Sie hat uns gefragt, ob einer unserer Freunde krank war oder ob irgendeiner der Bettler nicht gesund ausgesehen hätte, als ich dort war, um Rolen zu helfen, Brot zu verteilen. Sie sagt, dass man krank werden kann, wenn man in ihrer Nähe ist. Aber Illia und ich sagten ihr, dass es nicht so war. Erst als sie Rolen abführten, fiel mir dann wieder ein, dass Mutter uns auch gesagt hatte, dass wir Bauchschmerzen bekommen könnten, wenn wir zu viele Süßigkeiten und Früchte essen würden … das, und die Geschenke, die Illia und ich an dem Morgen bekommen hatten.«

Nun drehte sich der Beschwerdeführer zu dem Gerichtsrat aus der Liga um, der wieder aufgestanden war. Wendra hatte den Eindruck, dass der Mann ein wenig blasser wirkte. Er wandte sich an die Regentin: »Euer Gesetz, das Kind ist hysterisch und hätte nie gezwungen werden sollen, hier zu erscheinen. Und trotz ihrer Liebe zu ihrem Vater verschwendet dieser Auftritt hier die Zeit des Höchsten Gerichts. Wir sollten …«

»Setzt Euch«, unterbrach ihn der Beschwerdeführer. »Leia wird sagen, was zu sagen sie gekommen ist.« Er bat die Regentin nicht um Erlaubnis zu sprechen, sondern bedeutete nur dem Mädchen durch ein tröstendes Schulterklopfen fortzufahren.

»Illia und ich waren hinter unserem Haus und spielten, als ein paar von den Ligaten, die Vater kennt, auf den Hof traten. Das hat mich eigentlich nicht überrascht, denn sie kamen oft zum Abendessen oder einfach nur, um Vater abzuholen, wenn sie auf dem Weg zu einer Wache waren. Aber an dem Morgen brachten sie Illia und mir jeweils ein Geschenk. Sie gaben mir einen Blumenstrauß und sagten mir, dass ich zu einer schönen Frau heranwachsen würde. Und Illia schenkten sie eine Schachtel Zuckerwerk …«

Der Beschwerdeführer klopfte Leia noch einmal väterlich auf die Schulter und flüsterte ihr etwas zu, diesmal so leise, dass niemand sonst es hören konnte. Dann hob er den Kopf und wandte sich an das Tribunal. »Das Verhandlungsprotokoll des Sheson Rolen hält fest, dass er ausgesagt hat, im Körper des Kindes Illia hätte sich Gift befunden …«

»Wagt es ja nicht, so etwas anzudeuten!« Der Liga-Rat sprang ein drittes Mal auf. Nun war es an ihm, anklagend mit ausgestreckter Hand auf den Beschwerdeführer zu zeigen.

Der Beschwerdeführer drehte sich um und sah den Mann direkt an, als er sagte: »Ich mache geltend, dass die Verschwörung in dieser Angelegenheit nicht von dem Ligaten ausging und auch nicht darin besteht, dass seine Tochter den Sheson gebeten hat, ihre Schwester zu heilen. Verschworen hat sich die Liga selbst, die ein Kind vergiftet hat, um die Familie eines ihrer Mitglieder zu zwingen, eine unmögliche Wahl zu treffen: zwischen dem Leben einer Vierjährigen und der Befolgung dieses unmoralischen Gesetzes.«

Eine Flut von Spekulationen, Gerüchten, entsetzten Aufschreien und Zwischenrufen brandete von der Galerie in die Arena des Tribunals herab. Sogar die gewöhnlich so gleichmütigen Mienen der Geschworenen wirkten besorgt. Die Regentin schien den Drang zu verspüren, etwas zu sagen, und doch nicht die rechten Worte zu finden.

Das gelang am Ende zuerst dem Rat der Liga. Sobald er die Beherrschung wiedergewonnen hatte, starrte er den Beschwerdeführer an. »Bei allem Respekt – wir haben immer noch nur das Wort eines jungen Mädchens, das über die Haft seines Vaters bestürzt ist. Eines Mädchens, wie ich hinzufügen könnte, das anscheinend von unserem verehrten Beschwerdeführer auf seine Zeugenaussage *vorbereitet* worden ist. Von einem Mann, der, wie wir wissen, diesem Tribunal keinerlei Respekt entgegenbringt und dem es um die Freiheit derjenigen zu tun ist, die versucht haben, den Vater des Mädchens zu retten.« Er lächelte. »Man muss nicht groß nachdenken, um dahinterzukommen, was hier wirklich gespielt wird. Und ich kann Euch versichern, dass alle Süßigkeiten der Liga nicht nur harmlos, sondern sogar sehr schmackhaft sind.«

Gedämpftes Gelächter durchlief den Saal.

Daraufhin flüsterte der Beschwerdeführer Leia erneut etwas ins Ohr. Das Mädchen griff in die Tasche seines zerlumpten Kittels und zog ein kleines, eingewickeltes Bonbon daraus hervor. »Illia hat mir eine ihrer Süßigkeiten abgegeben, bevor sie den Rest gegessen hat. Ich habe sie mir für einen besonderen Anlass aufgehoben.« Sie hielt sie dem Höchsten Gericht auf der offenen Handfläche entgegen.

Der Beschwerdeführer nahm ihr den Leckerbissen aus der Hand und ging damit zu Pleades' Tisch. Er hielt ihn dem Liga-Rat hin. »Erkennt Ihr das Emblem auf dem Einwickelpapier? Wenn sich in den letzten paar Jahrzehnten nichts geändert hat, gehe ich davon aus, dass nur Mitglieder der Liga dieses Zuckerwerk herstellen dürfen.«

Die Augen des Liga-Rats richteten sich noch nicht einmal auf die Süßigkeit. »Und jeder hätte sich in den Wochen seit dem Verbrechen daran zu schaffen machen können«, bemerkte er.

Der Beschwerdeführer schüttelte den Kopf. »Das Siegel ist nicht gebrochen. Machen wir es doch noch einfacher. Esst das hier. Esst es und beweist, dass es einfach nur ein Geschenk an ein Kind war, kein Werkzeug der Verschwörung und des Todes.«

Ein Raunen stieg auf wie ein sachter Wind. Der Liga-Rat öffnete den Mund, um den Vorschlag zurückzuweisen, aber ihm fehlten die Worte. Der Beschwerdeführer hatte seinem Gegner eine Falle gestellt, und er war hineingetappt. Mehrfach setzte er zum Sprechen an, was ihn wie eine Bachforelle aussehen ließ, die Wasser durch das Maul und an den Kiemen vorbei einsog. Am Ende gelang es ihm, etwas zu sagen: »Das ist eine Autorengeschichte, die Einbildung eines Kindes! Abgesehen davon ist mit dieser Süßigkeit alles möglich, wenn Sheson die Hand im Spiel haben.« Der Liga-Rat warf einen Blick zu Vendanji hinüber.

Vendanji erhob sich zum ersten Mal und sah den Ligaten über die Freifläche hinweg an. Ein schreckliches Stirnrunzeln trat auf sein Gesicht. Wendra konnte sogar Artixan und der Regentin ihre aufrichtige Besorgnis ansehen. Ein drohendes Verhängnis schien in der Luft zu liegen.

Die Kraft der Worte hallte im Stein selbst wider, obwohl sie leise gesprochen waren: »Ihr werdet diese Andeutung nicht wiederholen. Der Gerichtshof wird sie bei seiner Beratung nicht in Betracht ziehen. Und ich werde keine falschen Beschuldigungen gegen meinen Charakter dulden, ungeachtet Eurer Gesetze. Habe ich mich verständlich ausgedrückt?«

Der Liga-Rat konnte nur nicken.

»Esst das«, wiederholte der Beschwerdeführer.

Der Rat nahm die Süßigkeit in die Hand und drehte sie in der Luft vor seinen Augen hin und her. »Das werde ich nicht tun«, beschloss er. »Das ist doch alles nur Spekulation! Ich denke, wir haben genug über diesen Einspruch gehört, um die Geschworenen eine Entscheidung darüber fällen zu lassen, ob er statthaft ist.«

»Das nehme ich wieder an mich«, sagte der Beschwerdeführer und meinte den Leckerbissen. Nach kurzem Zögern gab der Mann ihn ihm zurück. Sofort wandte sich der Beschwerdeführer an die Regentin. »Euer Gesetz, wie viel Vertrauen setzt Ihr in Euren Liga-Rat? Würdet Ihr das Risiko eingehen, dieses Zuckerwerk zu verzehren und so zu beweisen, dass das Vertrauen des Gerichtshofs in diesen Mann gerechtfertigt ist?«

Schweigen breitete sich im ganzen Saal aus.

Die Regentin erwiderte den Blick des Beschwerdeführers mit königlicher Verachtung. »Wir sind hier fertig«, verkündete sie und pochte mit dem Stock auf den Boden. »Bringt Euer abschließendes Argument vor oder lasst die Angelegenheit ruhen.«

Der Beschwerdeführer bedeutete dem Mädchen, zu Mira zurückzugehen, und sah dann erst die Regentin an und danach den Liga-Rat. In die geballte Stille hinein sagte er: »Ihr habt von der Verhaftung des Sheson Rolen profitiert. Die Meinung des Volkes hat sich infolge seines angeblichen Verbrechens und seiner Verurteilung zu Euren Gunsten gewandelt. Jemandem wie Euch bedeutet das Leben eines einzelnen Menschen weniger als die Anweisungen Eurer Anführer, und mithilfe all dieser Ablenkung habt Ihr dafür gesorgt, dass die Leute die Bedrohung aus dem Born vergessen haben, die auf uns zurast.«

Der Liga-Rat knirschte angesichts der Rhetorik des Beschwerdeführers mit den Zähnen; sein Kiefer ließ Muskeln in der Nähe seiner Schläfen zucken. »Es gibt keine Bedrohung …«

»Unterbrecht mich nicht.« Der Beschwerdeführer wandte sich wieder an den Rat. »Die Liga war besorgt, dass diese Familie den Sheson gewogen sein könnte, vielleicht, weil Ligaten wussten oder gehört hatten, dass Leia Zeit damit verbrachte, Rolen beim Brotverteilen zu helfen, vielleicht aus anderen Gründen. So ließ man sich einen Weg einfallen, die Treue dieser Familie auf die Probe zu stellen. Entweder das«, fuhr er fort, »oder die Familie dieses Mannes war ein Bauernopfer in einer größeren Intrige, bei der es darum ging, das Zivilisierungsgesetz zu stärken oder die Aufmerksamkeit des Volkes von den Gerüchten über Stilletreue im Land abzulenken. Und die Gründe dafür, dass die Liga es auf solch eine Ablenkung abgesehen hat, sollten uns allen Sorgen machen. Aber ich bin nicht hier, um Ränke ans Tageslicht zu bringen. Ich bin hier, weil jetzt zwei weitere Menschen von dieser schamlosen Hinterlist betroffen sind, zwei Jungen, die einen Mann befreit haben, der das Verbrechen nicht begangen hat, das ihm beinahe zum Verhängnis geworden wäre. Sie müssen freigelassen werden. Sie haben vielleicht die Ausführung der Befehle unserer Regentin gestört, aber indem sie das getan haben, haben sie dem höheren Gesetz der Charta gehorcht, und deshalb müssen sie heute freigesprochen werden. Oder haben wir das Fundament vergessen, das alle Zeitalter hindurch seine Gültigkeit bewahrt hat?«

»Das ist sehr bemühte Logik«, rief der Liga-Rat aus. »Wir haben immer noch nicht mehr als das Wort eines Kindes gegen die Schlussfolgerungen des Höchsten Gerichts. Wir haben einen Mann, der dem Gesetz trotzt ...«

»Wir haben«, fiel ihm der Beschwerdeführer mit neuerlicher Heftigkeit ins Wort, »einen Eurer eigenen Männer, der gerettet worden ist, und Ihr wollt ihn lieber gehängt sehen, als mich seine Unschuld beweisen zu lassen. Was stört Euch daran so?«

»Niemanden schmerzt es mehr als mich, dass einer meiner Brüder in der Edukation in die Erde zurückkehren soll, bevor er alles getan hat, was er hätte tun können«, sagte der Liga-Rat und setzte eine verzweifelte Miene auf. »Aber neben allem anderen, was wir tun, stehen wir vor allem hinter den Regeln, die uns Ordnung und Frieden bringen. Wir nehmen uns selbst nicht davon aus, selbst wenn sie uns schwer und persönlich treffen.«

»Das ist gut zu wissen«, erwiderte der Beschwerdeführer, und sein Tonfall verriet seine wahren Gefühle. »Doch wir haben eine Zeugin, die junge Leia, die aussagt, dass der Mann, den Ihr hängen lassen wollt, sich nicht der Bitte um Hilfe an den Sheson schuldig gemacht hat. Und wir wissen, dass Ligaten bei ihm zu Hause aufgetaucht sind, nachdem der Sheson dort gerade das vergiftete Mädchen geheilt hatte, als hätten sie mit seiner Ankunft gerechnet und sich im Voraus bereitgemacht, sich auf ihn zu stürzen. Der Zeitablauf ist interessant ...«

»Die zeitlichen Umstände deuten in dieser Angelegenheit nicht im Geringsten auf eine Verschwörung hin«, sagte der Liga-Rat mit Nachdruck und verschränkte die Arme.

»Die Frage, die dem Höchsten Gericht vorliegt, ist doch folgende«, fuhr der Beschwerdeführer fort. »Ein Sheson, der das Leben eines vergifteten Kindes gerettet hat, ein unschuldiger Mann, dem vorgeworfen wird, um die Hilfe dieses Sheson ersucht zu haben, und zwei Jungen, die Willen und Leben des Angeklagten bewahrt haben, sind alle im feuchten Stein Eurer Katakomben eingesperrt. Ihr mögt einwenden, dass der Sheson trotz allem gegen das Gesetz verstoßen hat, woraufhin ich Euch bitten würde, darüber nachzudenken, wie er dazu gekommen ist. Denn wenn er sterben soll, dann müsst Ihr Nachforschungen über die Ligaten anstellen, die dem Mädchen, das zu retten er sich entschlossen hat, verdorbenes Zuckerwerk geschenkt hatten.« Der Beschwerdeführer senkte die Stimme zu einem Flüstern. »Und die einzige andere Gesetzesbrecherin hier ist Leia, die Hilfe geholt hat, um ihre kleine Schwester zu retten. Das Gesetz verurteilt sie dafür, um die Hilfe des Sheson ersucht zu haben. Aber ich lege Euch folgende Frage vor: Ist sie wahrhaft schuldig? Sie hätte diese Hilfe nicht erbitten müssen, wenn die tödlichen Süßigkeiten nicht gewesen wären, die ihre Schwester erhalten hatte. Oder einfacher ausgedrückt: Macht Ihr es Leia zum Vorwurf, dass sie den Willen einer Angehörigen bewahrt hat, ganz gleich unter welchen Umständen?« Langes Schweigen trat in der ganzen Versammlung ein. Dann schloss der Beschwerdeführer: »Ihr werdet sie gewiss freilassen.«

Der Beschwerdeführer setzte sich wieder neben Vendanji, dessen Gesicht keine Regung verriet. Dennoch hatte Wendra den Eindruck, dass der Sheson befriedigt war. Die Worte des

Beschwerdeführers schienen noch im runden Saal widerzuhallen. Mehrere Augenblicke lang äußerte und rührte sich niemand. Die Räte gegenüber von Vendanjis Tisch starrten ausdruckslos zu ihm und den anderen hinüber. Langsam begannen die Zuschauer mit gesenkten Stimmen zu flüstern. Niemand versuchte, sie zum Schweigen zu bringen.

Wendra beobachtete die in Roben gekleideten Mitglieder des Tribunals, deren Mienen unergründlich waren. Shanbe lehnte sich zurück und flüsterte ihr ins Ohr: »Das Tribunal wird sich nicht erheben, bis es bereit ist, eine Entscheidung zu verkünden. Es ist schon vorgekommen, dass man drei Tage zur Entscheidungsfindung benötigt hat.«

»Sprechen sie denn gar nicht über die neuen Beweise?«, fragte Wendra und sah an dem Ta'Opin vorbei zu den leuchtend roten Roben des Tribunals.

»Jedes Mitglied entscheidet allein und fällt ein Urteil. Die Stimmenmehrheit entscheidet.« Shanbe folgte Wendras Blick. »Die Regentin kann die Entscheidung umstoßen, aber das geschieht so selten, dass ich mich nicht entsinnen kann, dass es schon einmal vorgekommen wäre. Allerdings gibt es Geschichten über Prozesse in längst vergangenen Zeitaltern, bei denen ein Regent dem Gerichtshof getrotzt hat.«

Wendra nickte und lehnte sich zurück, um auf die Entscheidung zu warten. Braethen beobachtete alles aufmerksam; Mira stand neben ihrem Stuhl, den sie der Zeugin überlassen hatte. Der Beschwerdeführer und Vendanji, aus deren Gesichtern unterschwellige Verachtung sprach, sahen über die dazwischenliegende Bodenfläche hinweg zur Reihe der Gerichtsräte.

Das Raunen hielt an und wurde mehrfach davon unterbrochen, dass ein selbsternannter Ordner die Versammelten zum

Schweigen ermahnte. Die Luft wurde immer stickiger vor Hitze und einer Mischung aus menschlichen Ausdünstungen. Wendra sah sich nach Artixan um, der an der Wand direkt hinter ihr saß. Der Sheson musterte Vendanji genau und blinzelte dann langsam, als ob ihn die Verhandlung gar nicht kümmerte und seine Aufmerksamkeit stattdessen von irgendeiner unausgesprochenen Frage in Anspruch genommen würde.

Plötzlich stand ein Mitglied des Tribunals auf. Die Robe der Frau fiel in langen, tiefen Falten herab. Dann erhoben sich auch die anderen Geschworenen einer nach dem anderen. Als die Urteilsfindung vorüber war, nickte die Regentin, und die Geschworene ganz links hob den Arm und zeigte auf den Tisch der Gerichtsräte. Der Mann neben ihr tat es ihr nach. Nach und nach hob jeder Geschworene einen Arm, so dass der weite Ärmel im tiefen Bogen vom Handgelenk hing. Alle Arme zeigten auf den Ersten Rat und seine Beisitzer. Das Gemurmel der Zuschauer schwoll mit jeder Stimme an: Ein überraschtes, entzücktes oder verunsichertes Aufkeuchen entschlüpfte hunderten von Mündern auf einmal, gefolgt von einer neuen Vielzahl an Spekulationen.

Die Abstimmung ging weiter: Tribunalsmitglieder zeigten auf die würdigen Herren in den feinen schwarzen Gewändern. Die schlichte Strenge ihrer hohlen Wangen wich einem selbstsicheren Ausdruck. Alle Hände bestätigten die Gültigkeit ihres früheren Urteils – alle bis auf die letzte, die sich ruhig auf den Beschwerdeführer richtete. Es kam zu einem Tumult, der sich rasch wieder legte, bevor die Regentin sich gezwungen sehen konnte, ihn zu unterdrücken. Aber der ganze Saal war so erstaunt, dass alle Blicke sich auf die Frau richteten, die zuletzt abgestimmt hatte. Dieses letzte Mitglied des Tribunals sah direkt den Mann mit der sonnengebräunten Haut an, dann Vendanji, Braethen, Mira und das Mädchen. Sie schien es nicht auf Beifall dafür abgesehen zu haben, dass sie für sie abgestimmt hatte, aber Wendra hatte den Eindruck, dass der Frau daran gelegen war, die fünf auch über ihren ausgestreckten Arm hinaus wissen zu lassen, wie entschlossen sie war.

Der Beschwerdeführer nickte anerkennend, obwohl er Stirn und Lippen angewidert und niedergeschlagen verzogen hatte. Ein kleiner Mann trat eilig vor und hielt ein Register hoch, in das er etwas einzutragen begann.

»Verzeihung!«, rief Vendanji mit volltönender Stimme.

Im Höchsten Gericht wurde es sofort still, und der zwergenhafte Schreiber hob seinen Grafitstift aus dem Buch.

Vendanji schob seinen Stuhl zurück und ging um den Tisch herum. Er beachtete weder die Gerichtsräte gegenüber von ihm noch die Geschworenen, die immer noch die Arme erhoben hielten, um anzuzeigen, für wen sie stimmten. Stattdessen ging er mit trotzigem, selbstsicherem Schritt einzig und allein auf die Regentin zu. Er erreichte den Fuß der marmornen Treppe und stellte einen Stiefel auf die unterste Stufe. So stand er da und starrte die Regentin an, die seinen unverwandten Blick eine ganze Weile lang erwiderte. Die beiden schienen miteinander zu ringen.

Als Vendanji zum Sprechen ansetzte, hörte Wendra, wie Artixan hinter ihr unruhig hin und her rutschte. Der alte Willenslenker murmelte irgendetwas in seinen Bart. Wendra konnte es nicht verstehen, aber sein Tonfall war beifällig.

»Regentin Storalaith, ich lade Euch ein, Euch über die Vorgabe dieses Höchsten Gerichts hinwegzusetzen und Euch auf Euer Vorrecht als Regentin zu berufen.« Vendanji senkte die

Stimme ein wenig. »Lasst diese Männer frei. Es könnte kein größeres Unrecht geben, als dieses Urteil aufrechtzuerhalten.«

»Sheson«, sagte die Regentin, »ich erweise dem, wofür Euer Emblem steht, noch immer Ehre. Ich habe mich dafür eingesetzt, dass der Sitz Eures Ordens an meinem Tisch erhalten bleibt. Aber dieses Tribunal ist gerecht. Ich werde nicht zulassen, dass es in der Ausübung seines Amtes behindert wird.«

»Herrin«, beharrte Vendanji. »Ist es denn nicht möglich, dass wir noch nicht die Wahrheit ermittelt haben, obwohl alles gesagt ist? Oder dass das, was dem Gesetz entspricht, nicht das richtige Vorgehen ist?«

»Ich lasse mich auf keine philosophische Diskussion mit Euch ein, Sheson.« Die Regentin warf über Vendanjis Schultern hinweg einen Blick auf den Tisch der Gerichtsräte und auf den Beschwerdeführer. »Aber wenn Ihr von mir verlangt, ein Urteil zu fällen, das meinem Gewissen entspricht, und dabei den Beschluss dieser Kammer zu ignorieren, wird Euch mein Beschluss nicht gefallen. Ich bin nicht überzeugt und möchte Euch gern die Demütigung ersparen, mich zu bitten, von meinem Vorrecht Gebrauch zu machen, nur damit ich Euch ein zweites Mal zurückweise.«

Vendanji antwortete nicht sofort, sondern schien über Alternativen nachzudenken. Er drehte sich halb um und sah erst Wendra und Penit und dann Braethen an. Der harte Ausdruck seiner Augen und die zusammengepressten Lippen verstörten Wendra, ebenso sein kurzes Zögern. Warum? Dann wandte er sich wieder an die Regentin und sprach in gemessenem Tonfall.

»Seid Ihr bereit, uns zu seiner Zelle zu folgen?« Vendanji deutete auf den Beschwerdeführer. »Euch den Angeklagten zumindest ein einziges Mal anzusehen, bevor Ihr den Fall für abgeschlossen erklärt?«

Die Regentin senkte das Kinn. Sie blickte Vendanji in die Augen und schien darin nach den Gründen für diesen seinen Wunsch zu suchen. Abrupt hob sie den Kopf wieder. »Nein.« Sie winkte den Schreiber heran, der mit seinem Buch und seinem Grafitstift an ihre Seite eilte. Als er ihr das Buch auf den Schoß legte, deutete sie mit dem Stock auf den Tisch der Gerichtsräte. »Ihr seid entlassen.« Dann blickte sie zu den kreisförmig übereinander angeordneten Sitzreihen des Publikums auf. »Ihr habt gesehen, wie Gerechtigkeit und Vernunft ihr Werk getan haben. Jetzt kehrt nach Hause zurück und enthaltet Euch jeglicher Vergehen, die Euch hierherbringen könnten.« Ihre Stimme tönte wie Eisen aus einer klaren Kehle hervor, obwohl die Haut an ihrem Hals in lockeren Falten hing.

Der Saal begann sich zu leeren. Vendanji rührte sich nicht. Das Tribunal verschränkte die Arme in den Roben und verschwand wieder hinter den Türen, durch die es eingetreten war. Wendra und die anderen standen auf und pressten sich flach an die Wände des Eingangsbereichs, um den Zuschauern zu erlauben, den Saal zu verlassen. Binnen weniger Augenblicke hatte sich das große Rund geleert. Wendra eilte zu Braethen hinüber und stellte fest, dass ihr plötzlich Tränen in den Augen standen. Penit streckte die Hand aus und begrüßte den Sodalen in aller Form. Braethen lächelte und schüttelte die ausgestreckte Hand des Jungen.

»Es geht Euch gut«, bemerkte Mira, während sie erst Wendra und dann Penit musterte.

»Gut«, bestätigte Wendra.

»Sehr gut«, fügte Penit hinzu.

Braethen hielt Wendras Hände eine Weile fest. »Es gibt so viel zu erzählen.«

»Wir haben selbst einiges erlebt«, sagte Wendra und verdrehte vor Erschöpfung die Augen.

»Dafür ist später noch genug Zeit«, mischte sich Mira ein und drehte sich um, als Vendanji und die Regentin zu ihnen herüberkamen.

Shanbe umarmte Wendra, versprach ihr, dass sie sich später noch sehen würden, und verabschiedete sich dann. Wendra erwiderte die Umarmung und fragte sich, ob es tatsächlich so kommen würde.

Helaina rief die Türwachen zu sich. »Eskortiert das Mädchen nach Hause«, sagte sie und wies auf die Zeugin. »Sorgt dafür, dass man ihr wegen ihrer heutigen Zeugenaussage keine Schwierigkeiten macht.« Leia verneigte sich und folgte den beiden Soldaten aus dem Saal. Dann wandte Helaina sich an den Beschwerdeführer. »Ich kann nicht glauben, dass Ihr es seid, Denolan. Ihr seid kein bisschen gealtert.«

»Ich bin Grant, Regentin«, sagte der Beschwerdeführer kalt, »und Ihr habt Euch auch nicht stärker verändert als ich.« Er sah den leeren Gerichtssaal an, um zu unterstreichen, was er meinte. Wendra kam der Gedanke, dass die beiden sich an diesem Ort schon einmal gegenübergestanden hatten.

»Spart Euch die Beleidigungen«, sagte die Regentin eisig. »Ich habe die Sitzung unterbrochen, weil es undenkbar ist, sich in unserer höchsten Gerichtsversammlung den Forderungen Fremder zu beugen. Aber ich werde Euch begleiten, um mir diesen Bogenschützen anzusehen – aus Ehrerbietung dem Orden gegenüber, der mir immer noch dient.« Sie sah kurz zu Artixan hinüber, der ein paar Schritte abseits stand, und wandte sich dann wieder an Grant. »Vendanji bittet darum, dass Ihr mich in die Zelle des Gefangenen begleitet. Das gewähre ich. Aber glaubt ja nicht, dass Eure Jahre in der Verbannung dafür gesorgt haben, dass ich Euren bitteren Anklagen und zornigen Worten mein Ohr leihe. So etwas höre ich mir nicht an.« Sie hob die Stimme nicht, ließ aber keinen Raum für Widerspruch. »Bleibt nahe bei uns«, sagte sie zu dem Schreiber, der sich das Buch vor die Brust gepresst hielt, als könnte es sonst davonfliegen. »Artixan«, fuhr die Regentin dann fort, indem sie den alten Sheson heranwinkte, »Dwayn wird den Sitz des Kindermunds an meinem Tisch übernehmen. Behütet ihn, bis ich unter vier Augen mit ihm sprechen kann.«

Artixan schenkte ihr ein Lächeln, kehrte zu Dwayn und seinem Vater zurück und führte sie aus dem Saal.

»Nun … Grant«, sagte die Regentin, »nehmt meinen Arm und führt mich zu diesem Fremden, an dem Euch so viel gelegen ist. Und wenn Ihr Glück habt, erinnere ich meinen Rat nicht daran, dass Eure Rückkehr hierher Eure Hinrichtung nach sich ziehen sollte.«

Widerwillig bot der Beschwerdeführer ihr den Arm. Die Regentin hakte sich bei ihm ein, und gemeinsam gingen sie hinaus. Wendra nahm Penits Hand, und sie folgten Vendanji. Freudige Erregung machte sich in ihr breit. Es musste Tahn sein, den sie aufsuchen würden. Er war am Leben!

Mira begleitete die Zeugin zurück zu ihrer Mutter. Die kleine Hand des Mädchens war kalt und zitterte in Miras eigener. Durch einen schmalen Flur gingen sie in einen schlecht beleuchteten Raum unter den erhöhten Sitzreihen. Die Last der Erwartung lag drückend in der Luft, als sie eintraten.

Die Frau stand auf, und ihre Tochter lief zu ihr. Die beiden umarmten sich fest, während Mira gleich hinter der Tür stehen blieb. Die Frau sah Mira mit fragendem Blick an. Mira schaute zu Leia hinunter und erwartete, dass sie von dem Urteil berichten würde, aber Leia hatte solche Angst gehabt, dass sie anscheinend das Urteil der Regentin entweder nicht gehört oder nicht verstanden hatte. Die Augen des Mädchens schauten ebenfalls abwartend und hoffnungsvoll zu Mira auf.

Das Schweigen umfing sie.

Dann stählte sich Mira. »Es tut mir leid. Die Regentin war nicht bereit, das Urteil aufzuheben. Die Beschwerde ist gescheitert.«

»Papa«, schrie das Kind, »Papa.« Sie schmiegte sich eng an ihre Mutter.

Die Frau versuchte, weiterhin tapfer dreinzublicken und ihre Tränen zurückzuhalten. Aber all das Leid und die Endgültigkeit überwältigten sie, und sie begann zu weinen. Sie fiel auf die Knie, unfähig, sich in ihrer Trauer aufrecht zu halten, und nahm ihr kleines Mädchen in die Arme. Gemeinsam beweinten sie aufs Neue den Verlust von Leias Vater, weinten, weil die Ehrlichkeit und Tapferkeit des Mädchens keinen Erfolg gehabt hatten, das Gericht zu überzeugen, dass ein Irrtum vorlag.

Sie weinten und hielten einander fest, da sie nun Mann und Vater endgültig verloren hatten.

Angesichts ihrer Trauer dachte Mira darüber nach, welche Zukunft dieser Familie wohl bevorstand, wenn der unschuldige Ligat sie nicht weiter ernähren konnte. Wenn sie sonst keine Angehörigen oder Mittel hatten, blieben Frauen in einer Stadt nur wenige Möglichkeiten, ihren Lebensunterhalt zu verdienen, und was sie zu verkaufen hatten, würden Männer, deren Atem nach Alkohol stank, grob an sich reißen.

Als Mira Zeugin dieses privaten Augenblicks voll herzzerreißendem Schmerz und Hoffnungslosigkeit wurde, überschlugen sich angesichts des Übermaßes von Verlust und Kummer ihre Gedanken.

Diesmal nicht.

Mira durchquerte den Raum und ließ sich vor Mutter und Tochter auf ein Knie nieder. Sie ergriff noch einmal Leias Hand und zog so ihre Aufmerksamkeit auf sich. »Leia, hör mir zu und achte gut auf das, was ich sage. Fass dir ein Herz und verleih deiner Mutter die Kraft, die du selbst heute vor dem Höchsten Gericht unter Beweis gestellt hast. Kannst du das?«

Nach einem kurzen Zögern nickte das Mädchen. »Ja, das kann ich.« Sie sah ihre Mutter an. »Ich helfe dir, Mama.« Dann blickte sie wieder zu Mira. »Was werdet Ihr tun?«

Entschlossenheit durchströmte Mira, als sie auf das Kind hinabsah. »Ich werde deinen Vater befreien.«

Das Mädchen starrte Mira an. Auf ihren Wangen standen noch immer große Tränen. »Könnt Ihr das wirklich? Könnt Ihr Papa retten?«

Aus fernster Vergangenheit hörte Mira ihre eigenen Fragen über den Verlust ihrer Eltern, und sie dachte über das nach, was sie nun tun würde, um ihr Versprechen an das junge Mädchen zu halten. Der Preis war hoch. Aber es war der richtige Preis, und Mira würde nicht zulassen, dass sich Zweifel in ihre Gedanken schlichen.

Sie bedachte die Mutter des Mädchens mit einem zuversichtlichen Blick und umschloss dann Leias tränennasses Gesicht mit den Händen. »Ich glaube, das kann ich, Leia. Du hoffst, und ich beeile mich.« Und damit drückte Mira Mutter und Tochter die Hand und ging, um die anderen einzuholen und abzuwägen, was genau sie würde geben müssen, um Wort zu halten – sowohl dem Sheson und den Helligtalern als auch Leia gegenüber, damit sie ihren Vater nicht verlor.

19

EINSTAND

Die Schwärze hielt Tahn fest im Griff, da das Licht, das durch die Zellentür fiel, fahler und weniger grell als sonst war. Nach der Dunkelheit zu urteilen, die in der Zelle herrschte, hätte es jenseits der Mauern von Tahns Gefängnis noch Nacht sein können. Aber er wusste instinktiv, dass ein neuer Tag angebrochen war, und diesen Tag kannte er besser als jeden anderen – den Tag seines Einstands.

Der Hunger bereitete ihm Schmerzen – ihm knurrte vor Entbehrung der Magen, und er hatte einen säuerlichen Geschmack im Mund. Seine Blutergüsse und Schnittwunden hatten genässt und waren in den Stunden, seit die Wachen Rolen und ihn endlich in Ruhe gelassen hatten, weiter angeschwollen. Schon das Atmen allein ließ seine Rippen schmerzen. Seine Muskeln brannten vor starrer Reglosigkeit. Wenn Tahn versuchte, eine andere Haltung auf dem harten Steinboden einzunehmen, tat es ihm entsetzlich weh, Hände und Beine zu bewegen, wann immer die eisernen Ketten über Schorf und wunde Stellen schrammten. Einen Augenblick lang war Tahn dankbar, dass keine Fliegen in diese Dunkelheit vordrangen. Bei der Vorstellung, sie ständig verscheuchen zu müssen oder sonst zu riskieren, dass sie in seinen Wunden Eier ablegen würden, zuckte er zusammen. Er beschloss, dass dieser tiefe Keller selbst für Aasfresser zu faulig stank.

Ob sie mir heute wohl etwas zu essen bringen?

Tahn hob versuchsweise das Handgelenk mit der Handschelle, bevor er angesichts des Brennens aufgab. Er lag still und lächelte im Dunkeln bei der Erinnerung daran, wie Rolen sich hoch aufgerichtet gegen die Verderbtheit aus dem Mund ihrer Wärter verwahrt hatte. Dieser eine Augenblick des Triumphes hielt ihn warm, wenn ihn Gedanken an Sutter, Wendra oder Braethen überkamen oder wenn die alten Worte, die er in seinen Träumen immer wieder sprach, ihm keinen Trost spendeten.

Er warf einen Blick in Rolens Ecke. Er konnte nichts sehen, aber der Sheson lag dort sicher in den Schatten, und die Vorstellung verschaffte Tahn zumindest ein wenig Trost.

Dann hörte er aus dem Vorhang der Dunkelheit: »Deine Zeit ist gekommen, Tahn. Bereit oder nicht, du überschreitest heute eine Grenze, so sicher, wie die Nacht dem Tage weicht.« Rolen setzte sich auf, und seine Ketten klirrten in der Stille. »Ich werde als Erster Beisteher für dich eintreten, wenn du das möchtest.«

Angesichts des Angebots war Tahn wie betäubt. Er hatte sich damit abgefunden, dass dieser Tag vorübergehen würde, ohne durch ein Ritual oder besondere Feierlichkeit hervorgehoben zu sein. Vor drei Jahren war Balatin gestorben, und schon vor Tagen hatte er jede Hoffnung aufgegeben, dass er Hambley an seiner Seite haben würde. In der endlosen Dunkelheit, seit er hergekommen war, hatte der Wandel begonnen, ihm viel weniger zu bedeuten. Was auch immer jenseits dieses Tages lag, konnte von dort, wo er im Augenblick gefesselt und hungrig saß, nicht viel besser aussehen. In manchen Augenblicken wäre es ihm lieber gewesen, den Bar'dyn ausgeliefert zu sein als dem allmählichen Tod, der ihm, wie er spürte, mithilfe des Schmutzes, der Kälte, des Hungers und der undurchdringlichen Steine in die Knochen kroch.

»Nein«, antwortete Tahn. »Nicht hier. Es hat keinen Sinn, an diesem Ort zu feiern. Ich bin mir nicht einmal sicher, ob es jetzt überhaupt wichtig ist.«

»Es ist immer wichtig, hier vielleicht mehr als irgendwo sonst«, sagte Rolen in leicht tadelndem Tonfall. »Lass nicht zu, dass die Umstände dich dessen berauben, was dir lieb und teuer ist, Tahn. Selbst in Ketten verfügst du noch über die wichtigste Gabe von allen. Das ist es, was der Wandel einen lehren sollte.« Der Sheson seufzte in der Dunkelheit. »Unglücklicherweise bleibt die Wahrheit dieses Tages leider oft unbemerkt, wenn man die Wärme und ein Fest mit Essen und Liedern genießt.«

»Was meinst du damit – unbemerkt?«, fragte Tahn.

Rolen sagte nicht sofort etwas, aber einige Augenblicke später erhob seine Stimme sich in der Stille: »Jedes Kind muss einmal Verantwortung übernehmen, Tahn – jeder von uns wird erwachsen. Aber nicht alle von uns feiern ihren Einstand. Für den Einstand ist ein Beisteher vonnöten, und während der Augenblicke des Wandels ist der Beistand in der Lage, demjenigen, der ins Erwachsenenalter übergeht, einen Teil seines Geistes zu übertragen. Es ist eine besondere Gabe, Tahn, etwas, das vielen Melura vorenthalten wird, weil sie niemanden haben, der ihnen Beistand leistet, oder weil ihre Beisteher vergessen haben, dass es gilt, ein Geschenk zu überreichen.«

Tahn setzte sich stöhnend auf und zuckte zusammen, als die Eisen seine wunde Haut weiter aufscheuerten. Langsam streckte er die Arme und Beine aus, die sich in seiner vorherigen Haltung verkrampft hatten. »Erzählst du mir von diesem Geschenk?«, fragte Tahn.

»Steh auf, Tahn«, sagte Rolen, und seine Ketten rasselten erneut. »Vielleicht hast du mehr Glück als alle anderen, dass dein Einstand inmitten von Stein und Eisen stattfindet und dein erstes Mahl der Schaum eines hungrigen Mundes ist.«

Tahn hörte, wie der Sheson auf die Beine kam und auf ihn zuzuschlurfen begann. Er wusste, dass er jetzt nicht wieder einschlafen würde, und bald hätte ihn ohnehin das beharrliche Bild der Morgendämmerung geweckt. Widerwillig stand er auf und verbiss sich die Flüche, die sein gepeinigter Körper seinen Lippen abzuringen versuchte. Er wandte sich dem schwachen Lichtschein zu, der durchs Fenster am oberen Ende der Steintreppe drang, und beobachtete, wie der Schatten eines Mannes ins Licht trat.

Weiße, schmutzige Haut spannte sich straff über den Knochen und enthüllte scharf geschnittene Gesichtszüge. Wellige braune Haare hingen in verfilzten Strähnen herab, während einige Flecken auf Rolens Schädel schon kahl waren, als hätte seine Kopfhaut den Willen verloren, seine Locken weiter zu tragen. Tahn fragte sich, ob dieses Verlies und die schlechte Ernährung für den Haarausfall verantwortlich waren. Rolens Gesicht war von einem borstigen Bart bedeckt, der seinen Mund verhüllte. Seine Robe hing ihm von den Schultern wie ein Laken von einer Wäscheleine. Wie viel Fleisch er auch immer am Körper getragen hatte, bevor er hierhergekommen war, nun war es verschwunden. Dunkle Ringe unter seinen Augen zeugten von vielen schlaflosen Stunden.

Tahn glaubte, ein angedeutetes Lächeln auf den Lippen des

Mannes wahrzunehmen, aber am meisten beeindruckte ihn der Ausdruck von Rolens Augen. Vor dem abstoßenden Hintergrund von Dunkelheit, Hunger und Entwürdigung sah Rolen ihn mit sanfter Hoffnung an. Er wirkte überhaupt nicht wie ein Mann, der in Ketten lag und mit jedem Atemzug dem Grabe näher kam. Er hätte am Kopfende eines Tisches beim Nordsonnessen stehen können, einen vollen Weinbecher in der Hand, umgeben von seinen Kindern und Freunden, von denen kaum einer Arges von ihm dachte.

Der Sheson winkte Tahn zu sich heran, und Tahn eilte zu ihm. »Weißt du, wo Osten liegt?«, fragte Rolen.

Tahn nickte.

»Dann sieh dorthin.«

Tahn drehte sich um und starrte in die Dunkelheit, während Rolen zwei Schritte weiterschlurfte und sich zu seiner Linken einen halben Schritt hinter ihm aufstellte. Der Sheson legte Tahn die rechte Hand auf die linke Schulter und sah mit ihm nach Osten in die Dunkelheit, in der niemals die Sonne aufgehen würde.

In die kühle, abgestandene Luft hinein sprach er mit leiser, klarer Stimme: »Aus der Wiege kommst du, mein Sohn, und hast hundert Tage durchwandert, tausend und mehr. Beine, die erst gekrochen, dann gegangen und schließlich gelaufen sind. Hände, die erst den Finger einer Mutter umklammert, dann Steine gehalten und schließlich schreiben gelernt haben. Aber all das geschah in Unschuld, zum Spaß, im Scherz und im Heranwachsen, und auch wenn du manchmal die Folgen deiner Taten gesehen hast, musstest du doch nie die Verantwortung dafür übernehmen.« Rolens warmer Tonfall drang nun tiefer aus seiner Brust. »Denk daran zu laufen, um deine Beine in

Übung zu halten; denk daran zu schreiben, damit die, die nach uns kommen, von deinen Gedanken erfahren können. Deine Tage erstrecken sich von nun an wie eine Perlenkette vor dir, unendlich kostbar und doch unvollkommen gefertigt. Diese unvollkommenen Augenblicke sind die Entscheidungen, die du auf dich nehmen musst, mögen sie nun gut und wahr oder eigensüchtig und falsch sein. Wie es darum bestellt ist, erfährst du vielleicht erst aufgrund der Wellen, die deine Entscheidungen schlagen. Aber ob du sie nun triffst oder vor ihnen zurückscheust, sie gehören dir, anders, als es war, solange du Melura warst.«

Rolen hielt inne. Plötzlich breitete sich Wärme in Tahns Oberkörper, Armen und Beinen aus. Hitze rötete seine Wangen, und die eisige Kälte seines Kerkers wich für einen Augenblick zurück.

»Ich gelobe, dein Prüfstein zu sein, Tahn.« Bei diesen Worten lief ein kalter Schauer über Tahns gerade erst erwärmte Haut. »Dir die Folgen zu zeigen, die du hervorrufst. Aber nur, wenn du mich darum bittest. Ich kann in dir leben, als Erinnerung, als Gefährte, sogar, um dich anzuspornen. Aber erst der Wert der Wege, die du allein einzuschlagen beschließt, entscheidet darüber, ob du dich beweist oder der Verdammnis anheimfällst. Ich stehe dir am Ort dieser Verheißung bei, Tahn. Aber die Verheißung bewegt sich weiter, wenn du dich bewegst, denn sie ist der Nährboden für deine Seele, die dir Zuflucht bieten wird.«

Tahn hob die Hand und legte sie über Rolens Finger. Er hörte das Klirren seiner Ketten kaum. Er starrte in die Schwärze der Zelle und vergaß das Scheuern der Eisen an seinen Füßen, die Leere seiner Eingeweide. Die Hölle, in der er sich befand, blieb bestehen, schien aber keinerlei Bedeutung mehr zu haben, während er, seinen Zellengenossen sicher hinter sich, dastand und über diesen Tag hinaus in das Leben blickte, das vor ihm lag.

»Du trittst nun der großen Bruderschaft bei, Tahn.« Rolens Tonfall veränderte sich und wurde ehrfürchtiger. »Nimm dich in Acht, was dein Verhalten angeht. Die Neigungen der Jugend sind nicht verschwunden. Der Übergang, den du durchlebst, sorgt nicht dafür, dass du alles hinter dir lässt, was bisher war.« Rolen drehte Tahn herum und umfasste seine Schultern mit beiden Händen; die Ketten hingen herab und klirrten aufdringlich in der Stille. »Dein Weg ist ein tiefer Fluss, Tahn, angefüllt mit Strömungen, die reißend dahineilen. Oft wirst du den Eindruck haben, dass sie getrennt von dir sind, aber wisse, dass sie dein sind. Jedes widerstreitende Gefühl beweist, dass du lebst und atmest und bist. Lass dir diese Selbstgewissheit niemals nehmen. Ganz gleich, welchen Preis du dafür zahlen musst, Tahn, stell deinen eigenen Atem nicht infrage. Er ist so sicher wie die Sonne, die die Nacht vom Tag scheidet.« Nun zitterte Rolens Stimme, und er stieß bruchstückhaft Worte hervor, als würde er Bilder schildern, die nur kurz vor seinen Augen aufblitzten. »Aber hüte dich, Tahn! Die Grenze, die das Licht von der Dunkelheit scheidet, ist ein Ort, an dem man leicht seine Überzeugungen verlieren kann, ist sie doch die umgekehrte Dunkelheit, das auf den Kopf gestellte Licht. Sie lockt, verwirrt einen aber zugleich. In ihr liegt eine Gedankenstarre, die einen unmerklich auf den Weißen zuführt. Und die Verderbtheit unter dieser Oberfläche verdirbt die Seele, die du bewahren möchtest: deine eigene.«

Tahn runzelte bei diesen Worten die Stirn. Sie ergaben für ihn keinen Sinn.

Aber Rolen lächelte angesichts seiner Verwirrung nur und tätschelte ihm die Schulter, so dass seine Kette misstönend klirrte. »Ich hätte allerdings darauf gehofft, mir mit dir einen Gänsebraten zum Morgenbrot zu teilen.« Er schenkte ihm ein schiefes Lächeln.

»Ist das der Wandel?«, fragte Tahn. »Ist das alles?«

»Was sollte er denn deiner Ansicht nach sonst noch sein?« Rolen sah ihn durchdringend an.

»Sutter und ich warten schon so lange auf diesen Augenblick«, jammerte Tahn. »Mädchen ...« Er ließ ein verlegenes Lächeln über seine Mundwinkel huschen. »Wir haben einfach immer gedacht, dass ...«

Aber insgeheim hatte Tahn stets gehofft, dass der Wandel die Kindheit wiederherstellen würde, an die er sich nicht erinnern konnte, und ihm die Geheimnisse der Worte, die zu sprechen er gezwungen war, wann immer er seinen Bogen spannte, und das Gesicht des Mannes in seinen Träumen enthüllen würde, und auch – obwohl ihm das Angst machte – die Stimme, die ihm bisweilen antwortete, wenn er sich erhob, um den nächsten Sonnenaufgang zu beobachten, eine Stimme, die in väterlichem Tonfall sprach. Der Wandel war die einzig echte, letzte Hoffnung auf diese Antworten gewesen, an die Tahn sich geklammert hatte. Tiefe Niedergeschlagenheit machte sich in seinem Herzen breit.

»Ich weiß«, sagte Rolen in mildem Ton. Er drückte Tahns Schulter, um seine Aufmerksamkeit zu erzwingen. »Aber der Wandel ist nicht weniger wichtig, als deine Erwartungen dich haben glauben lassen, Tahn. Ich habe dir mich selbst zum Geschenk gemacht, auf eine Art, wie es dein Vater sicher tun wollte. Das ist Feuer für deine Seele, wenn du dich dafür entscheidest.«

Tahn starrte ihn ausdruckslos an.

Rolen erwiderte seinen Blick verständnisvoll. »Es ist nichts, was du jetzt spürst, ich weiß. Aber vertrau mir, was das betrifft.« Er ließ mit schmerzverzerrtem Gesicht einen Arm sinken.

Tahn erinnerte sich an die Wärme, die ihn einen Augenblick lang durchströmt hatte, als Rolen seine Worte vorgetragen hatte, und fragte sich, ob das die Gabe war, von der der Sheson sprach. Neben all den Jahren der Vorfreude hatte Tahn auf eine große, neue Fähigkeit oder Erkenntnis gehofft. Stattdessen fühlte er nur eine neue Last auf sich ruhen.

Rolen schien ihm die Gedanken am Gesichtsausdruck abzulesen. »Verzweifle nicht, mein Freund. Blicke in dich selbst hinein und sieh, ob du nicht schon über innere Ruhe verfügst. Der Wandel ist weder eine sichere Offenbarung noch die Übertragung unermesslicher Weisheit und Stärke. Er ist die Freiheit, in deinen Ketten zu stehen oder zu sitzen, Tahn, den Biss des Stahls im Fleisch zu ertragen, deinen Hunger zu unterdrücken und den drohenden Tod nicht zu spüren.«

Der gleiche ruhige Ausdruck, den Tahn gesehen hatte, als Rolen zum ersten Mal in den Lichtkegel getreten war, erfüllte die verhärmten Züge des Sheson, aber Tahn verstand immer noch nicht, was er meinte. Dennoch fühlte er sich gewandelt. Als er Rolen musterte, dessen Gesicht halb in fahles Licht getaucht, halb von den Schatten verhüllt war, sah Tahn edel erduldetes Leid. Er sah auch das Gesicht des Alters. Tahn fragte sich, ob er jemals wieder im Herbst durch die Haine von Helligtal streifen und dem abgefallenen Laub nur deshalb einen Tritt versetzen würde, weil der Wind es auf dem Waldboden zu Haufen zusammenwehte.

Welche Folgen hat diese Entscheidung nach sich gezogen, einfach herumzulaufen und die Blätter zu treten?

Er kam sich vor, als sei er mitten in Rolens Land der umgekehrten Dunkelheit und des auf den Kopf gestellten Lichts.

Rolen verschwand wieder im Dunkel seiner Ecke und schleppte seine Ketten hinter sich her. Tahn hatte nicht den Wunsch, sich hinzusetzen oder sich überhaupt zu bewegen. Er wusste nicht, wie lange er dastand, nachdachte und doch versuchte, nicht zu denken. Am Ende drehte er sich um, richtete den Blick nach oben in das Gewölbe des düsteren Kerkers und malte sich aus, wie das Hohe Licht sich langsam an einem aschgrauen Himmel ausbreitete, verhüllt von Wolken, die baldigen Regen verhießen. Das Bild hielt lange genug vor, um es Tahn zu erlauben, den nötigen Mut zu schöpfen, sich wieder auf den gleichgültigen Stein zu setzen. Sobald er dort war, rollte er sich zusammen und raffte seine Ketten zu einem Knäuel, auf das er den Kopf betten konnte. Das Gesicht zur Wand gedreht und sorgsam vom matten Licht des hochgelegenen Fensters abgeschirmt, jagte er alten Erinnerungen bis in den Schlaf nach. Das Letzte, was ihm in den Sinn kam, war, wie Sutter an den Kleidern der Mädchen gezupft hatte, wenn sie zu nah an Hambleys Hintertreppe herangekommen waren, unter der er und Tahn im Verborgenen gesessen hatten. Tahn hoffte, dass es Sutter gut ging.

Der Tag von Sutters Wandel brach an.

Er wusste es, weil er jetzt schon seit vielen Zyklen die Tage zählte. Früher hatte er sich immer vorgestellt, dass er an diesem Tag von seinem Rübenbauernhof aufbrechen und mehr aus seinem Leben machen würde. Aber jener Tag war ein wenig eher gekommen, und der Weg, den er an ihm eingeschlagen hatte, hatte ihn hierhergeführt.

Es war noch tief in den dunklen Stunden der Nacht. Wie in der Erwartung, wieder die Augen der Toten zu sehen, war er erwacht.

Doch stattdessen hatten ihn nur die Stille und die Dunkelheit begrüßt.

Die anderen hier schliefen noch.

Sutter stemmte sich vom rauen Stein hoch und setzte sich auf. Seine Knochen und Muskeln schmerzten bei jeder Bewegung. Er blickte die Wand gegenüber von sich an: Die beiden Spielleute waren nicht zurückgekehrt. Er hatte ihre Gestalten heute Nacht noch nicht gesehen. Sutter versuchte, gar nicht erst daran zu denken, was das heißen mochte. Vielleicht waren diese Albträume in Wirklichkeit nur ein Fieberwahn. Wenn es sich tatsächlich um die Geister der Toten handelte, sah er sie vielleicht nur, wenn sie in der Nähe waren. Womöglich hatte man die Mimen auch freigelassen.

Sutter richtete seine Gedanken auf seinen Einstand. Heute vermisste er Filmoere besonders. Sein Vater würde nicht da sein, um ihm als Beisteher zu dienen. Das würde niemand tun. Er nahm an, dass er dennoch seine Melurajahre hinter sich lassen würde, aber sie würden sich winselnd davonschleichen, und es würde nichts bis auf den feuchten, erstickenden Gestank des Drecks und ein paar bescheidene Zellengenossen geben, um ihn einmal an dieses Fest zu erinnern.

Er verbrachte einen Augenblick damit, in die Dunkelheit zu starren und Thalen anzusehen. Er konnte seine Umrisse kaum erkennen. Vielleicht konnte er als Erster Beisteher einspringen, aber würde er wissen, was er zu sagen oder zu tun hatte? Sutter hatte immer die gleichen oder doch fast die gleichen Worte gehört, wenn jemand den Wandel gesprochen hatte. Ein Schnitter aus Risill Ond wäre keine schlechte Wahl, wie er fand. Nicht nach der Geschichte, die die Spielleute erzählt hatten.

Er musterte seine Zellengenossen von den Spielwagen. Vielleicht kannten sie ja die richtigen Worte und konnten noch etwas Zeremonielles hinzufügen. Aber ihm wurde schleichend bewusst, welch finstere Ironie darin gelegen hätte – wieder seine alten Wunden. Selbst für den Fall, dass sie sich dazu bereit erklärten, war Sutter sich nicht sicher, ob er jemals einen Wagenmimen als Beisteher dulden könnte.

Aber er gestattete es seinem Verstand dennoch nicht, sich zurück in die Vergangenheit zu begeben.

Und er beklagte in jenen frühen Morgenstunden lange Zeit seine Flucht aus Helligtal, nicht aus Heimweh nach dem Ort, sondern aus unausgesprochener Dankbarkeit den einfachen Leuten gegenüber, die ihm ein Zuhause und genug Hoffnung geschenkt hatten, um ihn überhaupt erst glauben zu lassen, dass er es verdient hätte, Helligtal zugunsten von etwas Größerem und Besserem zu verlassen.

Wieder wünschte er sich, er hätte Gelegenheit gehabt, seiner Mutter und seinem Vater vor Beginn dieser Reise ein paar Dinge zu sagen. Und im Moment fragte er sich, ob sie stolz auf ihn sein würden. Ihm wurde plötzlich bewusst, dass er das wollte. Am Tag seines Wandels wollte er das mehr als alles andere.

Dann wandten sich seine Gedanken wie immer Tahn zu.

Der Bursche hatte vielleicht Geheimnisse!

Ein paar davon hatte er Sutter erst vor wenigen Tagen am Ufer des tiefen Stroms verraten. Aber Sutter spürte mehr. Und doch spielte nichts davon eine Rolle. Sein Freund hatte ihn immer gut behandelt, was vielen in Helligtal angesichts seiner nimmer endenden Scherze schwerfiel.

Er hoffte, dass Tahn seine eigenen Prügel hier im Verlies von Decalam überlebt hatte. Wenn ja, wie würde sein Freund seinen eigenen Wandel begehen? Was würden sie beide tun, wenn sie weder fliehen konnten noch freigelassen wurden? Würden die anderen sie finden? Warum waren der Sheson und die Fern überhaupt nach Helligtal gekommen?

Sutter wusste, dass seine ernsten Grübeleien von den Schlägen, dem Schlafmangel und der Trostlosigkeit dieses Ortes begünstigt wurden.

Er war auf jeden Fall erschöpft.

Und das, wie er wusste, nicht nur aufgrund der Flucht, auf der sie sich seit Helligtal befunden hatten. Der Tribut, der ihm abverlangt wurde, war älter und ging tiefer.

Also legte er sich wieder auf den Stein und versuchte, noch für ein paar Stunden in den Schlaf zu flüchten. Und der Schlaf überkam ihn schnell und linderte vielerlei Schmerzen.

Bis wieder ein Gesicht im Nebel aufstieg.

Bis wieder ein Wachtraum begann.

Diesmal allerdings zitterte Sutter nicht ganz so heftig, vielleicht, weil er sich langsam daran gewöhnte, oder auch, weil alles so traurig war, dass es seine Furcht milderte.

Er starrte lange Zeit in die leeren Augen dieses Geistes, der bald sterben würde.

20

ENTSCHEIDUNGEN UND OFFENBARUNGEN

Das Echo zahlreicher Schritte ließ Tahn halb erwachen. Auf dem Gang jenseits ihrer Zellentür wimmelte es von ungewöhnlich vielen Wachen. Dann ließ das Scharren eines Schlüssels, der im Schloss gedreht wurde, Tahn endgültig hochschrecken. Zuvor hatte dieses Geräusch ihm immer ein gewisses Maß an Hoffnung beschert, aber heute wandte er nicht den Kopf, um die Wärter zu begrüßen. Stattdessen lag er regungslos auf dem Steinboden und wartete darauf, dass sie entweder sein Essen abstellen oder ihn wieder verprügeln würden.

Ein greller Lichtschein erhellte plötzlich die Zelle. Tahn kniff die Augen gegen das einfallende Licht zusammen, obwohl er der Tür den Rücken zugewandt hatte. Stimmengemurmel durchbrach die Einsamkeit so ungestüm wie das Licht auf der Steintreppe, und weiche Schuhe trugen ihre Besitzer herab in Tahns und Rolens Welt. Die Wachen schritten auf harten Sohlen einher, so dass Tahn sich fragte, was für Besucher dies wohl sein mochten. Er hob den Kopf, aber die Anstrengung ließ einen stechenden Schmerz durch seinen Hals fahren. Das helle Licht blendete ihn, und seine Augen begannen zu tränen. Aus dem Augenwinkel konnte er mehrere Leute die Stufen herabsteigen sehen, dunkle Schattenrisse wie die Gestalten in seinen Träumen.

»Da«, hörte er jemanden sagen.

Eine ganze Anzahl von Füßen huschte geschmeidig die Stufen hinunter. Langsam gewöhnten sich Tahns Augen an das Licht. Er blinzelte die Tränen fort und versuchte, sich zu konzentrieren. Gesichter wurden klar erkennbar und verschwammen wieder, kamen ihm vertraut vor, nur um sich dann wieder zu verlieren.

Eine der Gestalten begann auf ihn zuzugehen, aber ein Mann neben ihr umfasste ihren Arm. »Geduld, Anais. Es wird später noch genug Zeit für ein Wiedersehen und Heilung sein. Erst gilt es, einen Disput beizulegen.«

Tahn kannte diese Stimme, aber es lag weiterhin ein Dunstschleier über seinem Verstand. Er rang darum, sich aufzusetzen, aber es gelang ihm nur, sich auf den Rücken zu wälzen. Er keuchte vor Anstrengung. Da er ausgestreckt auf dem Stein lag, musste er zumindest nicht mehr den Kopf hochhalten. Er kniff die Augen zusammen, da das Licht ihm nun geradewegs hineinschien, und spähte in Richtung der Versammlung, während in ihm Zorn darüber aufkeimte, dass alle einfach dastanden und ihn angafften, während er am ersten Tag seiner Alchera zerschlagen und außer Atem dalag.

»Was starrt ihr mich an?«, sagte er, unfähig, so vorwurfsvoll zu klingen, wie er es vorgehabt hatte. Er stieß die Worte ungleichmäßig zwischen röchelnden Atemzügen hervor.

Niemand antwortete. Tahn fühlte sich plötzlich wie in einem Traum: vage bekannte Gesichter und Stimmen, weiche Schuhe, spärliches, aber durchdringendes Licht. Vielleicht war alles nur ein Traum gewesen: Rolen als Beisteher bei seinem Einstand; das Zittern der Wachen beim Befehl des Sheson; die höhnischen Worte, die Schläge. Vielleicht würde er aufwachen und erkennen, dass er in seinem Bett in Helligtal schlief, und Wendra würde schon Äpfel und Sahne für das Frühstück in der Pfanne haben, wenn er die Augen aufschlug.

Dann löste sich in seinem Traum eine der am Fuß der Treppe versammelten Gestalten von den anderen, kam auf ihn zu und blieb nicht an der mit Kreide auf den Stein gezeichneten Linie stehen, die die Reichweite eines Gefangenen bezeichnete. Der Mann schritt darüber hinweg, richtete den Blick unverwandt auf Tahn und ließ sich neben ihm auf ein Knie nieder. Sein Kopf verdeckte das Licht, das durch die Tür fiel, und verschwamm zu einem unförmigen Schattenriss, in dem Tahn kein Gesicht erkennen konnte. Er blinzelte in dem Versuch, klarer zu sehen, und erkannte doch immer noch nichts. Der Mann ergriff Tahns Hand, hob sie ins Licht und schien die Narbe darauf zu betrachten. Sanft legte der Fremde sie dann wieder auf den Boden und wandte sich den Übrigen zu.

»Das müsst Ihr selbst sehen«, sagte er. Und wieder dachte Tahn, dass er die Stimme kannte, obwohl sie heiserer klang, als er sie in Erinnerung hatte, als ob zu viel Wind und Hitze hindurchgegangen wären.

Eine zweite Gestalt trat ins Licht. Tahn fand, dass sie alt, aber nicht gebrechlich wirkte. Sie ging auf einen Stock gestützt, der im Takt ihrer langsamen Schritte auf Tahns hartes Bett klopfte.

»Sorgt dafür, dass er sich benimmt«, sagte die Frau.

»Er ist nicht in der Verfassung, Euch zu bedrohen«, erwiderte der Mann bei Tahn. Er stand auf und trat beiseite, um ihr

Platz zu machen. »Helaina, dieser Bogenschütze, den Ihr habt in Ketten legen lassen, ist der Junge Tahn.«

Die Frau klopfte sich näher heran und beugte sich über ihn. Ein Ausdruck des Verstehens keimte in ihren Augen auf. Sie ließ den Gehstock fallen, sank auf die Knie und umfasste Tahns Gesicht mit faltigen Händen. Tränen quollen über ihre unteren Augenlider und tropften Tahn geradewegs aufs Kinn. Binnen eines einzigen Augenblicks wurde Tahn Zeuge von Freude, Erleichterung, Besorgnis und Beschämung. Die alte Frau schmiegte das Gesicht an Tahns Hals und weinte mit stummen Schluchzern. Heiße Tränen flossen ihm über die Haut in den Kragen. Er war verwirrt, aber dankbar über die Wärme der Tränen und der Umarmung der Frau.

Die Frau wiederholte immer wieder irgendetwas, aber Tahn konnte sie nicht verstehen, weil ihre Wange ihm das Ohr zuhielt. Als die Tränen versiegten, zog sie sich zurück und sah ihn mit vor Alter bereits glasigen Augen an. Ein Ausdruck von Trauer lag in ihren Zügen, als sie ihre Stirn an die von Tahn lehnte und flüsterte: »Beim guten Allwillen!«

Die Frau ließ Tahns Gesicht los, wischte sich Augen und Wangen ab und streckte eine Hand aus, damit man ihr aufhalf. Der erste Mann kam ihr zu Hilfe.

»Lasst ihn frei«, sagte sie, woraufhin ein Wachsoldat herbeieilte und sich über Tahns Handschellen hermachte. Das Ruckeln der Ketten brannte ihm auf der wunden Haut, aber er hatte nicht die Kraft, sich zu beklagen. »Bringt ihn auf der Stelle zu den Erhabenen Heilern. Wir werden gleich zu euch stoßen. Lasst ihn nicht allein, bevor ich bei euch bin.« Sie drehte sich auf dem Absatz um. »Schreiber.« Der Mann mit dem Register eilte an ihre Seite. »Schreibt nieder, dass Decalam dem

Zeitalter der Charta Ehre erweist. Die Berufung auf den Bewahrten Willen ist in dieser Angelegenheit rechtens und wiegt schwerer als das Urteil des Hohen Rats. Die Gefangenen sind frei.« Sie klopfte auf sein Buch. »Sorgt dafür, dass das Höchste Gericht darüber in Kenntnis gesetzt wird. Ich komme später zu Euch, um mich zu vergewissern, dass das geschehen ist. Geht.«

Tahn sah zu, wie die Leute sich beeilten, den Befehlen dieser seltsamen Frau nachzukommen, die noch vor einem Augenblick an seinem Hals geweint hatte. Sie wies auf einen zweiten Wärter – es war der Mann, der damals Tahns Wasserration auf den Steinboden gegossen hatte. Der Soldat ging rasch zu ihr hinüber und beugte das Knie. »Du wirst den anderen freilassen. Benötigt auch er die Aufmerksamkeit eines Heilers?«

»Ich bedaure, sagen zu müssen, dass dem so ist, Herrin.«

»Dann bring ihn ebenfalls zum Heiler«, sagte sie in anklagendem Ton. »Und sorge dafür, dass es nicht zu einem Vorfall kommt, der einem dieser Jungen auch nur einen Hauch von Schaden zufügen könnte.«

Der erste Soldat wurde damit fertig, Tahn die Ketten abzunehmen, und hob ihn so mühelos hoch, wie ein Vater es mit einem Kind hätte tun können. Tahns Muskeln protestierten schmerzhaft gegen das plötzliche Holpern, aber er verbiss sich einen Aufschrei. Der Soldat machte Anstalten, ihn wegzutragen. Plötzlich durchzuckte ihn ein greller Blitz von Klarheit und Tatendrang.

»Wartet«, sagte Tahn. Der Wärter ging weiter. »Wartet!« Nun schrie Tahn, so dass die ganze Zelle von seinem wilden Protest widerhallte. Jetzt blieb der Wärter stehen und warf der Frau einen fragenden Blick zu, als würde er auf Anweisungen warten.

Tahn ignorierte sie beide und wandte sich den Schatten zu, in die gehüllt Rolen vergessen dasaß.

»Ihr müsst auch ihn freilassen«, sagte Tahn. Er biss die Zähne zusammen, um die Schmerzen zu unterdrücken, die in jedem Schnitt und jeder wunden Stelle pochten. »Wenn ich unschuldig bin, wenn der Mann, den ich gerettet habe …«

»Tahn.« Das war Rolen. Seine Stimme ertönte wie die Ruhe selbst aus dem umschatteten Winkel und unterbrach Tahns Fürsprache. Einen Augenblick später trat der Sheson langsam ins Licht. »Mach dir keine Sorgen um mich. Vergiss nicht, ich habe mich freiwillig dazu entschieden.«

»Aber Rolen«, wandte Tahn ein. »Sie sehen doch, dass es eine Falle war. Sie lassen mich frei, weil der Mann, den ich gerettet habe, unschuldig war. Du solltest nicht …«

»Tahn.« Wieder diese Stimme voll heiterer Ruhe und Überzeugung. »Ob es nun eine Falle war oder nicht, ich habe gegen das Gesetz verstoßen. Ich wusste, was ich tat, und das, was ich heute hier gesehen habe, verleiht mir neue Kraft, meine Haft zu ertragen.«

»Was meinst du damit?«, fragte Tahn. »Es ist nicht gerecht. Es ist nicht richtig.« Er rang darum, sich aus den Armen des Wärters zu befreien, aber in seinem Körper steckte nicht mehr viel Kampfgeist.

»Ich nehme keine Begnadigung von der Regentin an, wenn diese Begnadigung ihr Tadel eintragen würde.« Rolen wandte sich der Frau zu.

Erkenntnis breitete sich in Tahn aus, und er hörte auf, sich zu wehren.

Im selben Augenblick sah er zum ersten Mal deutlich die Gesichter derjenigen, die an der Wand standen: Vendanji,

Wendra, Braethen, Penit und Mira. Selbst im Dunkeln und geschwächt konnte er Miras graue Augen erkennen, und sogar jetzt weckten sie ein Feuer in seinen Lenden. Eine Welle von Gefühlen brandete auf ihn ein. Sein Herz freute sich, seine Schwester unversehrt wiederzusehen, ebenso seinen alten Freund. Sogar Vendanjis Anblick war tröstlich. Die Rührung schnürte Tahn die Kehle zu, und er konnte nicht sprechen. Bald würde auch Sutter zu ihnen stoßen. Während ihm noch vor inniger Dankbarkeit und angesichts der verstörenden Worte der Frau, die Rolen als Regentin bezeichnet hatte, schwindelig war, trat Vendanji auf ihn zu.

»Du bist schwach, aber es geht dir gut«, sagte Vendanji.

»Vendanji …«, begann Tahn. Sein Mund gehorchte ihm nicht und beraubte ihn jeglicher Worte. Er leckte sich die Lippen und schluckte. »Vendanji, lass bitte nicht zu, dass sie das tun. Du musst über Rolen Bescheid wissen. Er gehört deinem Orden an. Er hat nur versucht, einem sterbenden Kind zu helfen, und dafür ist er verurteilt worden. Bitte.«

Vendanji musterte Tahn aufmerksam und ging dann an ihm vorbei zu Rolen hinüber.

»Möchtest du auf diese Art dienen, Fraterna?«, fragte Vendanji.

»Ja«, antwortete Rolen. »Wenn ich versuche, mich der Strafe für mein Verbrechen zu entziehen, wird die Uneinigkeit zwischen dem Volk und den Räten wachsen.« Er lächelte schwach. »Ich glaube nicht an dieses Gesetz, aber ich bin daran gebunden, so wie auch andere an die Regeln gebunden sind, die über sie bestimmen. Was für ein Diener bin ich, wenn *ich* mir aussuche, welche Gesetze gerecht sind?«

»Darüber werden wir uns nicht einig«, sagte Vendanji, »und

ich gehe keinen solchen Bund ein. Wenn du darum bittest, werde ich das Risiko für dich auf mich nehmen und dich von diesem Ort fortbringen.«

»Nein«, sagte Rolen. »Es muss so sein. Ich bereue nichts.« Er blickte an Vendanji vorbei zu Tahn. »Ich sehe darin mittlerweile einen Sinn, der darüber hinausgeht, meinen Eid nicht zu brechen.« Nun richtete er den Blick wieder auf Vendanji. »Dir ist es bestimmt, weit größeren Beistand zu leisten, mein Bruder. Widme dich der Aufgabe gut.«

Vendanji neigte den Kopf. Rolen tat es ihm nach.

Der Wärter wandte sich mit Tahn zum Gehen. Als sie die Treppe hinaufstiegen, folgten ihnen die Blicke aller – nur die Frau und Rolen sahen ihnen nicht nach.

An der Tür streckte Tahn die Hand aus, hielt sich an der Wand fest und erzwang so einen neuerlichen Halt. Er blickte in die Kerkerzelle hinunter und sah die Regentin in ihrem prächtigen Kleid vor dem schmutzigen Sheson stehen, der vor ihr dennoch eine edle Haltung angenommen hatte. »Ich werde dein Geschenk nicht vergessen, Rolen. Danke.«

Der Sheson wandte sich um und sah zu ihm hinauf. »Mein Freund, das war der ehrenvollste Augenblick meines Lebens.«

Der Wachsoldat trug Tahn davon.

Tahn lag still, während Pflegerinnen schnell, aber methodisch ihre Behandlungen vornahmen. Eine Frau, die einen Schal fest ums Gesicht gewunden trug, strich eine kühle Salbe auf seine Hand- und Fußgelenke. Die Paste roch nach Pfefferminze und Nussölen und brannte eisig, lindernd. Danach umwickelte sie die Stellen mit sauberen weißen Stoffstreifen. Eine zweite Frau tränkte einen Lappen mit einer durchdringend riechenden

Flüssigkeit und rieb damit die purpurnen Blutergüsse ab, von denen Tahns Körper bedeckt war. Eine dritte zwang ihn, Wasser aus einem Glas zu nippen, und wusch ihm Kopf und Gesicht mit einem feuchten Handtuch.

Als sie fertig waren, erschien eine weitere Frau und schickte die anderen fort. Sie ging ums Bett herum und betrachtete Tahns nackten Körper aufmerksam und distanziert. Tahn wünschte sich, er hätte seine Nacktheit bedecken können. Außer in den Bädern von Myrr war er noch nie so den Blicken einer Frau ausgesetzt gewesen. Sie ächzte leise, trat vor, beugte sich über sein Bett und sah ihm nacheinander in beide Augen. Sie zog die Hände aus den Falten ihrer schweren Robe hervor, legte die Daumen neben Tahns Nase und umfasste mit den Fingern die Seiten seines Kopfes. Ein Ausdruck von Verwirrung machte sich auf ihrem Gesicht breit.

Genau in diesem Augenblick kam Vendanji herein. »Danke für Eure Hilfe. Ich kümmere mich um alles Übrige.«

Die Frau nahm den Sheson gar nicht zur Kenntnis.

»Tut, was ich Euch sage«, sagte Vendanji.

Der Befehlston seiner Stimme brachte die Frau dazu, die Hände von Tahns Gesicht zu lösen. Ihr Kopf schoss hoch, und sie setzte eine widerstrebende Miene auf. »Der hier ist nicht ganz. Er …«

»Er ist schwach, Anais«, sagte der Sheson sanfter. »Danke. Ich kümmere mich um ihn.« Vendanji wies zur Tür.

Die Frau schob die Hände in ihre Robe und huschte aus dem Zimmer. Die Blässe ihres Gesichts verstörte Tahn. Oder vielleicht auch die Art, wie ihre Lippen zitterten. Aber diese Wirkung hatte Vendanji nun einmal auf viele Leute.

Als die Frau hinausging, führten zwei Wachen Sutter herein,

der sich mit beiden Armen auf ihre Schultern stützte. Eines seiner Augen war zugeschwollen, und sein Kragen war mit getrocknetem Blut verkrustet. Er belastete seinen linken Fuß nicht.

»Was ist dir zugestoßen?«, fragte Tahn.

»Ich habe mich über mein Essen beschwert«, sagte Sutter, während die Wachen ihn auf ein zweites Bett hievten. »Wie ich sehe, bist du noch gut davongekommen.« Mit dem gesunden Auge blickte Sutter sich in dem geräumigen Zimmer um.

»Ja, von Rübenbauern hält man hier einfach nicht viel«, erwiderte Tahn kichernd. Das Lachen drang ihm in einem quälenden Hustenanfall bis tief in die Brust.

»Spart euch das Geplänkel für später auf«, tadelte Vendanji die beiden.

Der Sheson trat an Tahns Seite, während die ersten drei Frauen zurückkehrten und Sutters Wunden zu versorgen begannen. »Du hast deinen Wandel hinter dir«, sagte Vendanji. Es war keine Frage.

»Heute Morgen«, erwiderte Tahn. »Ich habe den Tageswechsel wahrgenommen.«

»Rolen war dein Beisteher.« Wieder sprach der Sheson voller Gewissheit.

»Ja, auch wenn ich mir nicht sicher bin, warum wir so viel Aufhebens um diesen Tag machen. Ich glaube, es wäre mir vielleicht sogar lieber, mein Leben weiterhin als Melura zu verbringen ...«

Tahn hatte den Eindruck, dass Vendanjis Lippen sich ganz leicht zu einem ehrlichen Grinsen verzogen. Der Sheson holte sein schmales Holzkästchen aus seinem Umhang hervor und entnahm ihm ein Zweiglein. Statt es Tahn in die Hand zu geben, legte Vendanji es ihm unter die Zunge. Das Stückchen

Grün löste sich rasch auf und hinterließ einen Hauch von etwas, das fast, aber nicht ganz nach Pfefferminze schmeckte. Beinahe sofort spürte Tahn, wie sich seine verkrampften Muskeln zu entspannen begannen.

Der Sheson trat an Sutters Seite und legte ihm eine Hand aufs Auge. Dann gab Vendanji auch Sutter ein Zweiglein, wie zuvor Tahn, und tauschte einen langen Blick mit dem Rübenbauern, während die drei Frauen letzte Hand an die Verbände legten und dann stumm hinausgingen. Tahn hatte den Eindruck, dass der Sheson an Sutters Augen vorbeisah. Unwillkürlich huschte vor seinem inneren Auge das Bild vorüber, wie sein Freund nackt unter dem Bett eines Ligaten gekauert hatte. *Kann Vendanji solche Dinge sehen?*

»Auch du hast deinen Wandel hinter dir«, sagte Vendanji, der Sutter noch immer musterte.

Der Rübenbauer nickte.

»Lass uns deine Geschichte hören«, drängte Tahn. »Ich muss einfach wissen, was für Gesindel den Beisteher für dich gemacht hat!«

Sutter lachte ohne Heiterkeit. Dann sah er den Sheson an. »Die Liga hat einen Sitzinhaber unter falschen Vorwürfen festgenommen, Vendanji. Sie plant, den Sitz von Risill Ond an seiner Stelle einzunehmen.«

»Die Schnitter«, sagte Vendanji leise.

»Ich befürchte für ihn Schlimmeres als bloße Kerkerhaft. Gibt es irgendetwas, das du unternehmen kannst?« Sutters Worte klangen nun ängstlicher.

»Sei beruhigt, Sutter. Ich werde mit der Regentin darüber sprechen.« Vendanji legte Sutter tröstend die Hand auf die Brust. »Jetzt ruht euch aus, alle beide.«

Als die Erhabenen Frauen gingen, kam Wendra ins Zimmer gestürmt und eilte an Tahns Seite. »Dem Himmel und Allwillen sei Dank!« Sie umarmte ihn so fest, wie sie es wagte, und küsste ihn auf die Wange. »In was für einen Schlamassel hast du dich da nur hineingeritten?« Ihr Mund verzog sich zu einem Lächeln und strafte ihren Tadel Lügen. »Was ist geschehen?«

Tahn sah Vendanji an. »Später«, sagte er und hob die Hand, um sanft ihre zu ergreifen. »Ich bin jetzt etwas müde.«

»Natürlich. Es tut mir leid.« Sie küsste ihn erneut und drehte sich um, als Penit erschien und sich neben sie stellte. »Wir sind alle unversehrt«, fügte sie hinzu und legte Penit einen Arm um die Schultern.

Tahn bemerkte, wie Wendra den Jungen ansah. Auf den ersten Blick erinnerte es ihn an die Mutterschaft, die sie verloren hatte, aber auch noch an etwas anderes. Etwas hatte sich verändert. Nun wirkte es mehr wie eine Maske als wie das wild entschlossene Behüten, das sie ihm gegenüber zuvor an den Tag gelegt hatte. Tahn schüttelte den Eindruck ab; er hatte selbst einige Fährnisse durchgemacht. Alles, was er sah, musste notwendigerweise irgendwie anders wirken. Vielleicht hatte der Wandel seinen Blickwinkel verändert.

Mira trat ins Zimmer. Die Fern kam an Tahns Seite und ließ ihn mit einem Blick zu Eis erstarren. »Es verlangt viel Mut, einen Mann vor dem Galgen zu retten, selbst wenn es ein Ligat ist.« Und sie schenkte ihm ihr kleines Lächeln. »Ein Tag in Eisen ist hundert in der Schlacht wert. Ein Mann, der schon einmal gefangen war, kämpft danach umso entschlossener. Vergiss diese Tage nicht.«

Ihr Anblick richtete für seine Seele so viel aus wie die heilenden Hände der Erhabenen für seinen Körper.

»Ich bin froh, dass es dir gut geht.« Und nun erwiderte sie endlich den stürmischen Kuss, den er ihr vor einigen Tagen gegeben hatte, und drückte ihm kurz die weichen Lippen auf die Wange.

Er hatte kaum Zeit, darüber nachzudenken, wie langsam der Kuss ihm im Vergleich zur zielstrebigen Schnelligkeit der meisten Dinge in ihrem Leben erschien, da Braethen hereinkam. Er trug Tahns Waffen, sein Gepäck und seinen Umhang. Beim Anblick all dessen setzte Tahn sich auf. »Bring alles her«, befahl er.

»Sachte, Tahn«, sagte Braethen. »Du solltest dich ausruhen. Deinen Habseligkeiten ist nichts geschehen.«

»Sofort. Bring sie sofort her!«, beharrte Tahn.

»Schon gut«, sagte Braethen. »Freut mich übrigens auch, dich zu sehen.«

Tahn schüttelte den Kopf. »Es ist wichtig.«

Während Tahn Braethen den Umhang aus der Hand riss, kamen hinter ihnen vier Wachsoldaten in den Raum. Zwei bezogen an der Wand links von der Tür Stellung, die anderen beiden rechts davon. Dann erschien die Frau, die sie als Regentin bezeichnet hatten. Sie ging vorsichtig und setzte ihren Gehstock in stetigem Takt auf. Hinter ihr schritt der Mann, der sich in der Zelle als Erster neben Tahn gekniet hatte. Alle im Zimmer verneigten sich, nur der Mann hinter der Regentin nicht, dessen wettergegerbtes Gesicht kaum Gefühle verriet.

Der Letzte, der eintrat, war ein alter Mann, der am Hals das gleiche Symbol wie Vendanji trug. Ein schneeweißer Bart fiel ihm über die Brust, und das wellige weiße Haar reichte ihm bis auf die Schultern. Eine Brille zierte seine Knollennase, und der Mann bewegte sich ebenso zielstrebig wie die Regentin mit vorsichtigen Schritten. Sobald er eingetreten war, schloss er die

Tür und nickte Vendanji zu, bevor er seine Aufmerksamkeit auf die Regentin richtete.

»Zweifellos«, begann die alte Frau, »hat dies alles viel mit den Gerüchten zu tun, die in den Ratssälen des Solath Mahnus herumspuken.« Sie sprach in einem Ton, der keinen Widerspruch duldete. »Ihr wisst, was ich davon halte, Sheson. Ich habe das Große Mandat einberufen. Lästerzungen werfen mir politische Winkelzüge vor, aber ich bin zu alt, um mir Sorgen um mein Vermächtnis zu machen. Ich habe die Vögel und Herolde ausgeschickt, weil es Berichte über Bar'dyn im Süden gibt und weil tagtäglich am Stadttor eine Flut von Menschen erscheint, die ihr Heim verlassen haben, um Schutz hinter den Mauern von Decalam zu suchen. Ich vermute, dass es in den Städten überall in den Südlanden ähnlich aussieht. Allerdings kann ich die Opportunisten nicht ausstehen« – sie blickte finster drein –, »Männer und Frauen, die sich mit Wappen schmücken, während andere sich ein Emblem zulegen, und das alles nur, um sich um Offiziersposten zu zanken oder einen Sitz in einem Rat zu ergattern, der seit dem Zweiten Eid tot ist, seit hundert Generationen oder mehr – und nun stolzieren sie in allem Pomp und Gehabe einher! Es ist eine Schande und zugleich auch der einzige Grund dafür, dass ich froh bin, dass so viele der Eidessitze leer bleiben. Aber das spielt keine Rolle«, schloss sie. »Nun, was lockt Grant aus seinem Mal hervor?«

Grant sagte nichts; er sah einfach den Rücken der Regentin an.

Als Vendanji antwortete, sah er zu Tahn hinüber. »Dieselbe Notlage, die Euch zwingt, das Große Mandat und zugleich Euren Hohen Rat vollzählig wieder einzuberufen, Herrin: die Bedrohung durch die Stille. Er begleitet uns zum Fels der Erneuerung, um das Schicksal eines Einzigen an den Absichten des Allwillens zu erproben.«

»Ihr meint nicht, dass Grant vorhat, sich der Erneuerung zu stellen.« In der Stimme der alten Frau schwang ein Hauch von Erheiterung mit.

Da drehte Vendanji sich um und trat an Tahns Bett. »Heute ruhst du dich aus«, sagte er und sah auf ihn hinab. »Länger können wir nicht warten. Binnen einer Woche müssen wir zum Fels der Erneuerung gelangen. Wenn wir es nicht tun, dann ist womöglich alles, was wir sonst unternehmen, bedeutungslos.«

Tahn setzte dazu an, hunderte von Fragen zu stellen, die ihm auf der Seele brannten.

Der Sheson hob die Hand, bevor er auch nur ein einziges Wort sagen konnte. »Spar dir deine Kraft auf, Tahn. Es gibt viel zu besprechen, ich weiß, und ich möchte irgendwann auch erfahren, was dir seit Sedagin zugestoßen ist, wem du begegnet bist, in allen Einzelheiten. Aber das muss warten. Ich habe Vorbereitungen zu treffen.«

Tahn kämpfte sich auf die Ellbogen hoch. »Nein!«, rief er. Die Anstrengung schwächte ihn, und sein Kopf sank aufs Kissen zurück. »Ich folge dir keinen weiteren Schritt, ohne mehr über diesen Fels der Erneuerung zu wissen.«

Vendanji starrte mit nachdenklicher Miene auf ihn herab. Dann begann er gedämpft, aber doch so laut, dass alle ihn hören konnten, zu sprechen: »Der Fels der Erneuerung liegt weit im Nordosten, jenseits des Soliel, tief in den Saeculoren. Der Fels besteht aus einer Reihe großer Klippen, die manche als ›Schöpfungsende‹ bezeichnen, andere als ›Endland‹ und bestimmte Geschichtsbücher schließlich als ›Weltenbrunnen‹.« Der Sheson sah zu Braethen hinüber, der wie gebannt lauschte, aber doch den Eindruck machte, als ob er um diese Dinge wusste. »Jenseits dieser Klippen liegen die Nebel des Abgrunds. Eine urtümliche Kraft wohnt diesen Nebeln inne, eine Kraft, die es sonst nirgendwo gibt ... eine Kraft, die den Geist auf die Probe stellt.« Vendanji sah wieder Tahn an und musterte ihn mit festem, aber tröstlichem Blick. »Das war von Anfang an unser eigentliches Ziel, Tahn – seit wir aus Helligtal geflohen sind.«

Die Worte ließen Tahn eiskalt werden. Er rang mit etwas, das ihm plötzlich zur Gewissheit wurde: Diese Erneuerung hatte sehr viel mit ihm zu tun.

»Sind die Stilletreuen in Helligtal eingedrungen?«, fragte die Regentin sichtlich verstört.

Der Sheson nickte. »Wir sind ab diesem Zeitpunkt von Velle und anderen Geschöpfen aus dem Born gejagt worden. Am Nordrand von Sedagin wurden wir voneinander getrennt. Nur der gute Allwille und günstige Himmel haben uns alle lebend hierhergelangen lassen.«

»Ist Tahn einer derjenigen aus Helligtal?« Die Regentin starrte Tahn an, schien aber zugleich etwas Entfernteres zu sehen.

»Das ist er, Helaina.« Vendanji wandte sich der Regentin zu. »Es wurde vor Euch geheim gehalten, weil die Wände im Solath Mahnus Ohren haben. Das Mal ist sicher, aber die Sicherheit dort ist menschlicher Natur. Helligtal hatte die Weihe durch die Ersten zu bieten und darüber hinaus noch gute Menschen.«

»Aber die Stilletreuen sind dort eingedrungen?« Sie schloss die Augen.

»Das sind sie«, sagte Vendanji. Seine Worte klangen wie eine Grabinschrift. »Veränderungen verderben die alten Sitten und alles, was wir zu wissen glaubten.« Vendanji sah Grant an. »Denolan sieht dem Mann, den Ihr vor langen Jahren verbannt habt, noch so ähnlich, weil die Zeit im Mal wenig Bedeutung hat. Die Zyklen drehen seine Erde und seinen Himmel nicht so schnell, wie sie es jenseits seiner Grenzen tun. Der Fluch der Velle durchdringt immer noch seinen Erdboden und breitet sich wie eine Seuche aus. Der Schutz, den wir bisher genossen haben, löst sich auf. Ich habe die monströsen Scharen aus der Ödnis jenseits der Bahrenberge die Fruchtbarkeit unserer vorzüglichsten Haine niedertrampeln sehen, während die Regierungen sich über Vorrang und Einfluss streiten, während heimliche Bündnisse in den Vorzimmern niederer Tavernen und prächtiger Paläste besiegelt werden. Männer und Frauen, die nichts von den dunklen Bünden verstehen, die sie eingehen, lassen sich übereilt auf bluttriefende Übereinkünfte ein, während der Schleier reißt und der Schatten der Hand erscheint, um den Handel einzulösen.«

Tahn wurde kalt. Penit schmiegte sich an Wendras Hüfte, und Tahns Schwester fasste sich abwehrend an die Brust. Allen stand der Mund offen. Nur Miras stoische Miene und der reglose Gesichtsausdruck dieses neuen Mannes, Grant, verrieten Gleichgültigkeit angesichts dieser ernüchternden Worte.

»Was ist mit den Maliern und Nordwacht?«, fragte die Regentin.

»Von den Maliern haben wir keine Nachricht erhalten.« Vendanji hob die Hand mit nach oben gerichteter Handfläche und drehte sie dann um. »Viele sind genauso wenig bereit, dorthin zu reisen, wie in den Born selbst.« Vendanji senkte die Hand. »Nordwacht ist vermutlich gefallen. Ich bezweifle, dass wir von dort eine Warnung oder Gegenwehr zu erwarten haben.«

Die Regentin blinzelte und stützte sich schwer auf ihren Stock. »Wir müssen in Erfahrung bringen, ob die Hand sich schon ganz geöffnet hat«, sagte sie. Sie senkte die Stimme und schien mit sich selbst zu sprechen: »Und wir sind untereinander zerstritten.«

»Der Weiße stemmt sich gegen die alten Fesseln«, sagte Vendanji, »in der Hoffnung, ein Ende der Schöpfung einzuläuten und uns zu dem Tag zu führen, an dem die Luft selbst so unverrückbar ist wie schwerer Erdboden … Delighast.« Hier warf Mira Vendanji einen wachsamen Blick zu. »Seine Dunkelheit breitet sich Seele um Seele aus. Manchen wird das Leben geraubt, andere geben sich gegen leere Versprechungen freiwillig dem Einen hin. Beiden wird abgezapft, was er an Forda I'Forsa zu seinen Zwecken benötigt. Und diejenigen, die ihm schon immer gefolgt sind, die Völker, die hinter den Schleier verbannt sind, werden kommen. Sie haben lange Zeit im Born verbracht. Ihr Hass und ihr Neid sind grenzenlos.«

Tahn erinnerte sich plötzlich an die seltsamen Worte, die er von dem Bar'dyn gehört hatte, als Sutter und er vor den schwarzen Winden an der Nordwand geflohen waren: *Ihr flieht nur Lügen … Eure Lügen und die eurer Väter zeigen wir euch dann.* Er wollte den Sheson fragen, was das zu bedeuten hatte, aber er fühlte sich schwach und rang noch immer mit dem Gefühl, dass die Erneuerung etwas mit ihm zu tun hatte und jetzt sogar noch mehr Geheimnisse vor ihm verbarg.

»Und um dagegen vorzugehen, bringt Ihr ein Kind zur Erneuerung«, sagte die Regentin. Ein Hauch von Verwirrung lag in ihren Worten.

»Gerade aufgrund seiner Jugend, Herrin. Aber er ist kein Kind mehr«, antwortete Vendanji. »Er hat seinen Wandel vollzogen. Wir eilen nun gegen die Zeit zum Fels der Erneuerung.«

»Und was ist mit den anderen?« Die Regentin hob ihren Stock und schwenkte ihn durch den Raum. »Was rechtfertigt, dass sie das Risiko eingehen?«

Vendanji wandte den Kopf ein wenig zur Seite und zog die Augenbrauen hoch. »Ihre Entscheidung«, sagte er schließlich, als könnte er sich des Gedankens nicht erwehren, dass die Regentin die Antwort kannte. Sein Gesicht entspannte sich wieder. »Und mehr als das, Herrin, aber alles Übrige spielt keine Rolle.«

Die Antwort schien ihr zu genügen, aber sie wirkte nicht erfreut. Tahn fand, dass die gebieterischen Augen dieser ältlichen Frau immer noch wie Zähne und Klauen blitzten.

Die Regentin wandte sich um und warf einen kurzen Blick auf Artixan, der den Kopf zu einem halben Nicken neigte. Irgendwie beruhigte sie das. Als sie sich wieder umdrehte, lag ein entschlossener Ausdruck auf ihrem Gesicht. »Nun gut, Sheson. Wie können wir Euch behilflich sein?«

»Es muss sofort eine Gesandtschaft zur Bibliothek von Kumram geschickt werden. Stilletreue werden sie aufsuchen, um sie in ihren Besitz zu bringen oder zu zerstören. Sogar ihnen ist bekannt, dass es sich dabei um den größten Wissensschatz handelt, den wir über die Sprache des Bundes besitzen. Es wird eines ihrer wichtigsten Ziele werden, sich eine Zunge zu verschaffen, die in der Verlorenen Sprache geübt ist, da ihrem Gebrauch die Macht innewohnt, zu erzeugen und zu zerstören. Schickt General Van Stewards beste hundert Mann. Gepanzerte Wagen. Und bringt die ganze Bibliothek hierher, wo sie behütet werden kann.«

Tahn besann sich plötzlich auf seinen Mantel. Rasch schob er die Hände hinein und seufzte erleichtert, als er die Stäbe ertastete, die darin noch immer verborgen waren. Er hatte keine Gelegenheit gehabt, Dolun'pel ausfindig zu machen, und beschloss, dass er dem Sheson den Inhalt der Pergamente würde anvertrauen müssen, die in seinem Mantel verborgen waren. Er zog sie hervor und hielt sie hoch. »Sutter und ich waren gezwungen, hinter Squim die Straße zu verlassen. Wir sind nach Osten zum Fluss gereist und dann nach Norden, wo wir Feuer rochen.«

Vendanji nahm Tahn die Stäbe aus den zitternden Fingern. Der Sheson schien das Ende der Erzählung aus ihrem Anfang zu erraten.

Tahn erzählte von Edholm dem Schreiber und dem geschmolzenen Fels der Bibliothek von Kumram. Er erklärte, wie sie hineingegangen waren, wie der Schreiber sie beide jeweils einen Bericht über das, was geschehen war, hatte abfassen lassen und wie er sie aufgefordert hatte, die Pergamente in diesen Stäben nach Decalam zu tragen.

Vendanji brach die Siegel auf und zog die Berichte heraus. Er las erst Sutters, dann Tahns. Als Nächstes entrollte er Edholms Pergament und überflog es. Während sein Blick über die Zeilen huschte, trat stiller, ruhiger Zorn auf seine Züge. Als er fertig war, senkte er die Schriftrolle, und seine Wut strahlte in spürbaren Wellen von ihm ab. Am Ende hielt er den vierten, größeren Stab hoch, öffnete ihn aber nicht.

»Die Bibliothek ist verbrannt. Nichts ist übrig geblieben.« Vendanji schob die Rollen in ihre jeweiligen Stäbe zurück. »Es gibt jetzt keine Kopie der Verse der Verlassenen mehr. Eine Übersetzung wäre ohne die Generationen von Forschung und

Gelehrsamkeit, die sich damit befasst haben, ohnehin unmöglich. Was wir selbst über die Sprache des Bundes zu erfahren hoffen konnten, ist verloren.« Vendanji wandte sich an die Regentin. »Benachrichtigt die Discantus-Kathedrale. Dort hat man nun nicht mehr den Schutz des doppelten Vorhandenseins. Wenn den Versen etwas zustößt, können wir nur noch aus der Erinnerung ihrer Sänger schöpfen.«

Tahns Gedanken überschlugen sich. Ein Dutzend Geschichten, die man zu Nordsonn erzählte, brachen auf einmal über ihn herein, Dinge, an die er seit Jahren nicht mehr gedacht hatte, Legenden, die er sich in den späten Abendstunden selbst vorgelesen hatte. Alle schwiegen angesichts dieser Enthüllung. Tahn nahm in Miras Gesicht eine Art heiterer Ruhe wahr, die entweder den Tod willkommen hieß oder sich keine Sorgen um den Verlust in Kumram machte. Er war wie gebannt von der Standhaftigkeit der Fern – nun, da er den Wandel hinter sich hatte, vielleicht mehr denn je – und von ihren sanften, leuchtenden Augen.

Vendanji fuhr fort: »Regentin, schickt die hundert Mann, die ihr sonst nach Kumram gesandt hättet, stattdessen aus, um die Kathedrale zu bewachen. Hüllt sie in gewöhnliche Kleidung. Rüstungen und Uniformen würden nur Spekulationen herausfordern. Aber geht nicht das Risiko ein, die Kathedrale ungeschützt zu lassen. Die Verse der Verlassenen sind zwar für dieses Zeitalter der Menschheit nur ein Märchen, aber sie nehmen eine Schlüsselrolle ein, und wir können es uns nicht leisten, sie zu verlieren. Ohne sie wären wir dem Untergang geweiht.«

Penit stieß Wendra an, die ihn so eng an sich gezogen hatte, dass er, als sie ihn losließ, nach Luft schnappte. Sie lächelte entschuldigend, und er ergriff freundlich ihre Hand. Hinter ihrer ernsten Miene schien auch sie Geheimnisse zu haben. Tahn verabscheute diesen Anblick. Wendra hatte sonst immer gelächelt, ganz gleich, ob sie die Scheune ausgemistet oder die Kochtöpfe gespült hatte.

Die Regentin räusperte sich leise. »Das wird eine Abstimmung im Hohen Rat erfordern, aber es soll geschehen. Wir werden unseren neuen Kindermund auf die Probe stellen.« Die Regentin sah zu Penit hinab. »Ihr solltet wissen, dass der Junge höchste Ehre und Weisheit unter Beweis gestellt hat, Sheson. Er hat sich geweigert, das Band beim Lesherlauf herunterzureißen, damit ein anderer, der besser geeignet war, den Platz an meinem Tisch einnehmen konnte. Sein persönliches Opfer für das Gemeinwohl macht mir Mut. Dafür hätte ich ihm beinahe den Sitz verliehen. Aber nun scheint es so, als ob er andere Aufgaben zu erfüllen hätte.«

Vendanji bedachte Penit mit einem wissenden Blick, beäugte kurz Tahn und wandte sich dann wieder dem Jungen zu. »Das hat er in der Tat.«

Es gefiel Tahn nicht, wie Vendanji das sagte. Es lag an dem unheilverkündenden, mehrdeutigen Unterton des Sheson, und der Ausdruck in Vendanjis Augen glich nichts so sehr wie dem eines Bauern, der im Frühling seinen Viehbestand mustert. Er erinnerte Tahn an die Gleichgültigkeit, die er schon früher bei dem Sheson erlebt hatte. Das durfte er nicht vergessen. Und als er zu Sutter hinübersah, erkannte Tahn, dass auch sein Freund offensichtlich um den Jungen besorgt war. Sutter hatte in den Worten des Sheson ebenfalls eine unterschwellige Bedeutung wahrgenommen.

»Was ist zu tun?«, mischte sich Grant ein. »Die Jungen werden bis zum Einbruch der Dunkelheit schlafen. Ich habe nicht vor, auch nur einen unnötigen Augenblick inmitten der marmornen Arroganz des Solath Mahnus zu verbringen.«

Die Regentin versteifte sich. Sie drehte sich langsam zu dem Mann um und sah ihn an. »Wenn es nicht grausamer wäre, Euch im Exil zu belassen, würde ich dafür sorgen, dass man Euch unverzüglich aufknüpft. Was für eine Verschwendung von einem Menschen Ihr doch seid! Ich gestatte Euch, den Sheson um seinetwillen zu begleiten, aber haltet Eure Zunge im Zaum, bis Ihr draußen bei den Tieren seid, sonst werdet Ihr bald Striemen tragen, die Euch so gut passen wie Eure Stiefel. Ich bin vielleicht alt, aber nicht *zu* alt, um meines Amtes zu walten.«

Furchterregende Autorität sprach aus der Stimme der Regentin, und Tahn glaubte, dass man so etwas nicht einfach lernen konnte, indem man eine Rolle spielte. Die Wachen neben der Tür nahmen angesichts des Tonfalls Haltung an.

Grant stand trotz ihrer Drohung ruhig da. Ohne jegliche Furcht antwortete er mit leiser Stimme: »Zeigt Euch das alles nicht, dass ich schon damals recht hatte?« Er erwiderte den Blick der Regentin noch einen Moment lang, öffnete dann die Tür, ging und schloss sie sanft wieder.

»Geh mit ihm«, sagte Vendanji zu Mira. »Mach alles bereit.«

In dem Schweigen, das auf Miras Aufbruch folgte, trug Braethen ein Bündel Kleider zu Sutter und legte dessen Schwert ans Fußende seines Betts.

»Sehr liebenswürdig von ihnen, meine Habseligkeiten nicht beim Pfandleiher zu versetzen«, scherzte Sutter.

Braethen lächelte ohne Überzeugung. Die anderen beachteten Sutter gar nicht.

Wendra sagte: »Penit sollte nicht mitkommen. Er ist ein

kleiner Junge. Was auch immer am Fels der Erneuerung getan werden muss, kann doch unter keinen Umständen etwas mit ihm zu tun haben.« Sie hielt inne und sah sich verständnislosen Gesichtern gegenüber. »Das lasse ich nicht zu.«

Statt ihr zu antworten, ging Vendanji um Tahns Bett herum, kniete sich vor Penit hin und sah dem Jungen in die Augen. »Kind, was wir vorhaben, ist gefährlich. Wenn du mitkommst, wird vielleicht ein sehr hoher Preis von dir gefordert. Der höchste Preis. Verstehst du?«

Penit schien darüber nachzudenken.

»Es ist deine Entscheidung«, fuhr Vendanji fort. »Niemand wird sie für dich fällen.«

»Er ist ein kleiner Junge«, wiederholte Wendra. »Zehn Jahre alt. Wie könnt Ihr von ihm verlangen, eine solche Entscheidung zu fällen?«

Vendanji sah Wendra gereizt an. »Es wäre mir auch lieber, wenn es warten könnte, Anais, aber das kann es nicht. Niemand hat Euch aufgehalten, als Ihr Euch uns in Helligtal angeschlossen habt. Penit darf die Entscheidung selbst fällen. Das Risiko ist ihm bewusst.« Wendra machte Anstalten, zu widersprechen, aber Vendanji nagelte sie mit einem Blick fest. »Wendra, Eure Besorgnis ist edel, aber Ihr seid nicht seine Mutter.«

Worte hingen in Wendras offenem Mund. Die Feststellung des Sheson hatte so sicher eine Wunde aufgerissen, als ob er sie mit einer Klinge aufgeschlitzt hätte.

Der Sheson richtete seine Aufmerksamkeit wieder auf Penit. »Entscheide dich.«

Penit zuckte vor seinem strengen Blick zurück. »Ich komme mit«, sagte er, drehte sich zu Wendra um und umarmte ihren Bauch.

Vendanji erhob sich. Tahn hatte damit gerechnet, dass er befriedigt dreinblicken würde, aber der Sheson wandte sich nur an die Regentin. »Benötigt Ihr einen Moment allein hier?«

»Nein«, sagte sie mit einem Kopfschütteln. »Ich habe viel zu tun, um mich auf das Mandat vorzubereiten.« Dann trat sie auf ihren Stock gestützt an Tahns Bett. Obwohl ihr Rücken leicht gebeugt war, wirkte sie weiterhin königlich. Ihre milchigen blauen Augen starrten auf ihn herab, und Tahn glaubte, eine gewisse Besorgnis darin zu lesen. Aber am Ende legte sie ihm nur sanft die Hand auf den Arm und sagte: »Pass auf dich auf.« Dann wandte sie sich ab und rauschte an Vendanji vorbei. Die Wachen ließen sie hinaus, und der Mann mit dem weißen Haar und Bart, der das Ordenssymbol an der Kehle trug, streckte Vendanji die hohle Hand mit zum Boden gerichteter Handfläche hin. Vendanji tat dasselbe, und Tahn sah, dass aus der Geste eine gewisse Bewunderung sprach. Dann folgte der ältere Mann der Regentin aus dem Zimmer.

»Wie können wir den Fels der Erneuerung schnell erreichen?«, fragte Braethen, als die Tür sich schloss. »Laut der Legende der Erneuerung liegt er schließlich in den Saeculoren, beim Himmel! Das ist selbst mit dem schnellsten Pferd eine mehrwöchige, wenn nicht gar mehrmonatige Reise.«

»Es gibt Mittel und Wege«, sagte der Sheson. Er verschränkte die Arme und bedachte Wendra mit einem wissenden Blick. »Wart Ihr in der Kathedrale?«, fragte er sie.

Wendra hatte begonnen, Penit mit den Händen durchs Haar zu streichen, den Blick in weite Ferne gerichtet. Sie schaute erschrocken auf. Als sie sah, wer die Frage gestellt hatte, sah sie zu Boden, als ob sie sich wieder an das erinnert fühlte, was der Sheson gesagt hatte. Sie nickte, wandte rasch den Blick ab und beschäftigte sich wieder ganz mit Penit, der sie weiterhin eng umschlungen hielt.

»Nach dem Abendessen, wenn ein Großteil der Stadt zu Bett gegangen ist, werden wir den Solath Mahnus verlassen und Eure Kathedrale aufsuchen, Anais. Die Talente dort werden unsere Reise kurz machen.« Vendanji holte tief Atem. »Sodale, es wird Zeit, sich Ogeas Bücher genau anzusehen. Entnimm ihnen über den Fels der Erneuerung, was du nur kannst.«

»Wart Ihr schon dort?«, fragte Braethen.

Der Gedanke, dass Vendanji sie vielleicht an einen Ort führen würde, den er nicht kannte, und von Braethen erwartete, ihm dabei zu helfen, erfüllte Tahn mit plötzlicher Furcht.

»Ja«, erwiderte Vendanji. »Aber ihr nicht.« Die Antwort minderte Tahns Besorgnis nicht unbedingt. Als er Ogea zum letzten Mal hatte sprechen hören, hatte der Vorleser unwirkliche Dinge von Hambleys Dach gerufen.

Was wird Braethen wohl in Erfahrung bringen, wenn er beginnt, diese Bücher durchzusehen?

Tahn war sich nicht sicher, ob er es herausfinden wollte.

Vendanji nahm die Schriftrolle des Schreibers Edholm und schob sie sich ins Umhangfutter. »Ich komme nach dem Abendessen zurück. Esst gut. Penit, komm mit. Wir haben einiges zu besprechen.«

Der Sheson und der Junge gingen ohne ein weiteres Wort und ließen die vier Helligtaler allein im Zimmer zurück. Tahn sank wieder auf sein Kopfkissen und seufzte.

»Den möchte ich unbedingt zu meiner nächsten Geburtstagsfeier einladen!«, witzelte Sutter.

Die Übrigen unterdrückten ein Kichern, das den Schatten verscheuchte, den sie alle auf sich lasten fühlten. Bald sprachen sie eilig über alles, was ihnen begegnet war, redeten offen und lachten staunend über die wundersamen Geschehnisse. Tahn hielt ein paar Dinge zurück, da er seinen Freunden keine Sorgen machen wollte, und war unfähig, die Worte zu vergessen, die der Sheson an Penit gerichtet hatte: *Der höchste Preis.*

21

UNTERPFAND

Vendanji schritt durch die marmornen Hallen des Solath Mahnus. Er hatte eine Verabredung einzuhalten. Oder vielmehr: Die Regentin und sein alter Freund Artixan mussten ihn empfangen. Es gab vieles zu besprechen, und er wollte nicht länger stumm bleiben oder sich gedulden. So achtete er gar nicht auf die Pracht der Säle, die historischen Ereignisse, die in den Marmor eingemeißelt waren, die Statuen und anderen Kunstwerke, die Könige und Kriege darstellten, und die schöne Verheißung des Landes, die die hohen Gewölbe des Sitzes der Regentin und ihres Rats erfüllte.

Heute Abend würden Helaina und Artixan Vendanjis Rat annehmen.

Mira begleitete ihn. Vendanji hatte ihr gesagt, dass er vorhatte, die Regentin und den ehrwürdigen Sheson allein aufzusuchen, aber sie hatte darauf bestanden mitzukommen, was ungewöhnlich für sie war. So hatte er ihrer Bitte entsprochen.

Er wusste, wo er die beiden finden würde: in der Kanzlei der Regentin, dem einzigen Raum am höchsten Punkt des Solath Mahnus, von dem aus man nach acht Seiten eine einzigartige Aussicht auf Decalam hatte. Nach den Ereignissen des Tages würden Strategien zu planen sein, und das tat die Regentin immer zuerst mit Artixan, wie es auch nur angemessen war.

An der letzten Treppe versperrten zwei Angehörige ihrer Elitegarde Vendanji und Mira den Weg. Andere Wachen hatten sich bei ihrem Aufstieg durch den Solath Mahnus dem Dreiringwappen an Vendanjis Hals gebeugt. Diese taten es nicht.

»Ich bin nicht Sheson Rolen«, sagte Vendanji kühl. »Wenn ich der Regentin schaden wollte, wäre sie bereits tot. Ihr wisst, dass ich heute schon in ihrer Gesellschaft war.«

Die beiden tauschten einen argwöhnischen Blick und traten dann beiseite. Vendanji stieg die lange Marmortreppe hinauf, die fensterlos und dunkel war, und klopfte an ihrem oberen Ende gar nicht erst an, sondern stieß einfach die zweiflüglige Tür auf und trat ein. Mira schlüpfte stumm hinter ihm ins Zimmer und stellte sich wie ein Schatten unmittelbar neben der Tür an die Wand.

»Kommt nur zu uns«, verlangte die Regentin.

»Ich habe Euch ja gesagt, dass er kommen würde«, sagte Artixan lächelnd zu ihr.

»Ja, aber Ihr habt nicht gesagt, dass er so wenig Respekt an den Tag legen würde.« Sie bedachte Vendanji mit einem gemessenen Blick.

»Ich habe keine Zeit für Etikette oder für Ehrfurchtsbezeugungen, Herrin. Ihr wisst, wie sehr ich Euch schätze, aber uns läuft die Zeit davon.« Vendanji schloss die Tür hinter sich.

»Es ist noch schlimmer, als Ihr wisst.« Artixan trat vor das große Fenster, das nach Süden hinausging. »Der Anführer der Liga, Aszendent Staned, hat eine Sitzung des Hohen Rats einberufen, um die besondere Gnade zu überprüfen, die die Regentin den beiden Jungen mit der Freilassung erwiesen hat.«

»Das ist das Vorrecht der Regentin und seit undenklichen Zeiten im Gesetz von Decalam so festgeschrieben.« Vendanji sah die alte Frau an. »Gestattet es ihm nicht, eine solche Anhörung abzuhalten. Das wird Eure Autorität vollkommen untergraben, und wir benötigen die Kraft Eures Amtes noch, wenn das Große Mandat beginnt.«

Die Regentin schenkte ihm ein mattes Lächeln. »Es ist zu spät. Ich wusste, dass die Freilassung der beiden Roth zu diesem Schritt veranlassen würde. Er hat es seit langem darauf abgesehen, die Macht meines Amtes einzuschränken, wenn er es schon nicht selbst übernehmen kann. Er betreibt auch eine Aufspaltung des Befehls über die Armee von Decalam. Van Steward ist sehr beliebt und ein mächtiger General, und so hat der Aszendent im Augenblick an dieser politischen Front keinen Erfolg. Aber«, fuhr sie fort, »wenn er sich mit seinem Angriff auf mein Recht, die Entscheidungen des Gerichts umzustoßen, durchsetzt, wird es nicht lange dauern, bis das Regentenamt nur noch rein zeremonielle Funktion hat.« Sie sah sich in der prächtigen Kanzlei um.

Vendanji ließ den Blick ebenfalls durch das Prunkgemach schweifen. Es war ein Zufluchtsort, den man oberhalb der vielen Hallen und Säle errichtet hatte, die im Herzen von Decalam einen menschengemachten Berg bildeten. Hier bewahrte Helaina ihre kostbaren Bücher und strategischen Kriegskarten ebenso auf wie andere Geheimnisse, die eine Regentin haben musste. Die Kanzlei zeugte zugleich von ihrer Kultiviertheit: Der weiße Marmor war sparsam, aber elegant verziert.

»Was ist mit Eurer Reise zum Fels der Erneuerung?« Artixan sah noch immer nach Süden aus dem Fenster.

»Wenn die Jungen sich ausgeruht haben, brechen wir auf. Sie sind noch schwach.«

Die Regentin nahm an ihrem langen Schreibtisch Platz. »Ihr müsst rasch abreisen, heute Nacht, im Schutze der Dunkelheit. Und wisst, dass ich selbst dann gezwungen sein mag, meine Garde zu Eurer Verfolgung abzustellen. Roth ruht nicht.«

Vendanji nickte verständnisvoll.

»Die Erneuerung, Vendanji. Glaubst du an den Jungen?«, fragte Artixan.

»Er hat viele Fragen, und es sind angemessene Fragen. Aber sie benebeln seinen Verstand.« Vendanji durchquerte das Zimmer und sah aus dem Nordwestfenster. »Nichts ist gewiss, nur, dass die Stille sich auf uns herabsenkt. Kein Maß an Redekunst in diesen Hallen kann daran etwas ändern. Das Leugnen der Liga ist entweder naiv oder hat einen weit heimtückischeren Hintergrund. Wie auch immer, die Liga spaltet die Aufmerksamkeit des Volkes und sorgt dafür, dass wir unvorbereitet bleiben.«

»Die Aufmerksamkeit des Volkes ist nicht das Einzige, was gespalten ist, Vendanji.« Artixan trat in die Mitte der Kanzlei. »Und das wisst Ihr auch. Der Shesonorden ist zerbrochen. Wenn Ihr am Fels der Erneuerung versagt, wird auch die Unterstützung für die Art schwinden, auf die der Orden Eurer Meinung nach dieser Bedrohung begegnen soll. Dann bleibt Euch bloß noch die Wahl, Gesetzloser zu werden.« Er seufzte. »Davon seid Ihr jetzt nur noch einen halben Schritt entfernt.«

Vendanji wandte sich zu ihnen um. »Da ist noch mehr. Die Liga hat den Sitzinhaber aus Risill Ond festgenommen. Nach all dieser Zeit in friedlicher Abgeschiedenheit sind die Menschen dort dem Aufruf zum Großen Mandat der Regentin gefolgt, nur um die Gastfreundschaft Eurer Kerker zu erfahren.

Die Liga wird diese Stimme beim Großen Mandat für sich beanspruchen, wenn Ihr den Mann nicht befreit und alles in Ordnung bringt.«

Bei dieser Nachricht legte sich die Stirn der Regentin in Falten.

»Und wenn schon dieser Sitz gefährdet ist, für wie viele gilt das dann noch?« Artixans Frage klang leise, traurig und unheilverkündend.

»Ich überlasse es Euch, mit den Anführern der Liga fertigzuwerden. Aber was das Übrige angeht …« Vendanji ging zu dem langen Tisch, der der Regentin als Schreibtisch diente. Er musterte über die polierte Tischplatte hinweg Helainas erschöpftes Gesicht und verspürte ein gewisses Mitgefühl, aber zugleich Empörung. Er erinnerte sich an eine Namensliste und das Grab eines Säuglings, und das Feuer entflammte sein Herz erneut. Mit ruhigen Fingern öffnete er seinen Beutel und warf einen Schlangenkopf und ein Stück Kinderdecke auf den Tisch vor ihr.

Die Regentin zuckte zurück, nicht vor Angst, sondern vor Überraschung, musterte dann aber die beiden Gegenstände. Artixan trat nahe heran.

»Die Schmach, die Ihr Denolan bereitet habt, mag nicht unverdient gewesen sein, aber dieses Urteil war es. Mit der Wiege am Rande des Mals ist es vorbei.«

»Ihr verfügt nicht über die nötige Machtvollkommenheit …«

»Ich *nehme* sie mir!«, rief Vendanji. »Ich empfinde Euch gegenüber keinen Hass, Helaina. Aber bei der Macht des Willens, die mir verliehen ist – ich werde sogar Euch niederstrecken, wenn Ihr diese verabscheuungswürdige Kette, die Denolan dort angebunden hält, nicht endlich löst!«

»Ihr vergesst Euch!« Die Regentin erhob sich.

Artixan stellte sich rechts neben sie. »Vendanji, deine Leidenschaft macht dich unklug.«

»Nein«, sagte er. »Ich sehe klarer als Ihr beiden, weil ich an die Orte gelange, an denen große Not herrscht und die Schreie der Leidenden unbeantwortet bleiben und in Vergessenheit geraten.« Er hob das Stück Decke auf, und es zerriss ihm das Herz, es auch nur zu berühren. Das Unterpfand verlieh dem, was er als Nächstes sagte, stille Erhabenheit. »Es ist keine drei Tage her, dass ich mit Eurem Verbannten zu Eurer Wiege im Mal gelangt bin und dort einen toten Säugling vorgefunden habe – gebissen von einer Viper, die aus dem Born hierhergebracht worden ist. Als Zeichen. Als Botschaft.«

Die Regentin und ihr Shesonberater betrachteten den Schlangenkopf. Aus ihren Blicken sprach langsames Begreifen.

»Die Stille weiß, wie Ihr Euren früheren Meritus fesselt, Helaina, und hat ihm nachgestellt, indem sie einem Menschen das Leben geraubt hat, der noch zu klein war, um auch nur zu wissen, dass er der Verteidigung bedurfte.« Vendanji starrte beide an. »Es hat ein Ende damit. Sofort.«

Sie erwiderten seinen Blick und begannen, wie er annahm, eine gewisse Trauer angesichts des Verlusts zu empfinden. Sie sagten nichts – wie er hoffte, weil ihnen das schreckliche Bild dessen, was geschehen war, die Kehlen zuschnürte.

»Grant wird im Mal bleiben, wenn Ihr es von ihm verlangt und wenn es das ist, was Ihr als angemessene Strafe für seinen Verrat betrachtet. Aber er geht mit mir zum Fels der Erneuerung – obwohl er seine öde Heimat lieber nicht verlassen würde und obwohl ihm in der Gesellschaft anderer Menschen längst nicht mehr wohl ist – und kommt mit, um diesen Kindern aus Helligtal zu helfen, einer Not zu gehorchen, die größer ist, als sie begreifen. Ich weiß nicht, wie lange er fort sein wird. Aber das eine, was ich ihm gern ersparen würde und was Ihr uns allen zu ersparen wünschen solltet, ist die Sorge, dass ein kleines Kind sterben könnte, weil er nicht da ist, um es in Empfang zu nehmen. Lasst Euch eines gesagt sein: Ich werde keinen zweiten Säugling begraben. An dem Tag, an dem ich das tun muss, werde ich diese Gewänder hier ablegen und mir alle zu Todfeinden machen, die Kinder einer solchen Gefahr aussetzen.«

Die Regentin hörte die Drohung, brach aber unter Vendanjis unverwandt finsterem Blick nicht zusammen; allerdings tadelte sie ihn auch nicht.

»Tut das«, schloss Vendanji, »oder tötet Denolan, wenn wir vom Ende aller Dinge zurückkehren. Lasst ihn hinrichten wie jeden beliebigen Verräter. Ihr kennt ihn, Helaina. Er wäre dazu bereit.«

Die Regentin erwiderte seinen Blick nachdenklich. »Ja«, sagte sie. »Das wäre er.«

Vendanjis Zorn legte sich. Er sah diese alten Freunde an. »Ich verlange es«, sagte er, »weil es richtig ist. Wenn Ihr in Eure Herzen blickt, werdet auch Ihr das erkennen.«

Die Regentin streckte die Hand aus, und Vendanji legte das Stück von der Decke des Kindes hinein. Als sie darauf hinabsah, kamen ihr die Tränen. Diesen einen Augenblick lang wich die Regentin der Mutter, die ihr Kind verloren hatte. Ohne aufzuschauen, nickte sie. »Ich werde keine Kinder mehr in die Wiege legen lassen«, erklärte sie leise. »Bitte sagt das Denolan.«

Vendanji streckte die Hand aus und legte sie über die der Regentin, während sie das Stoffstück glattstrich. »Danke, Anais.«

Er blickte zu Artixan auf, aus dessen faltigem Gesicht trotz der Grobheit, die er Vendanji hatte an den Tag legen sehen, ein

Hauch von Stolz sprach. *Jeder Diener hat seine eigene Vorgehensweise,* sagte dieser Blick. Und Vendanji seinerseits hatte jedes Wort ernst gemeint, das er gesprochen hatte. In manchen Belangen durfte man keine halben Sachen machen.

»Eines wollte ich Euch schon vorhin fragen«, sagte Artixan. »Was ist mit dem vierten Stab des Schreibers? Was steckt darin?«

Vendanji sah an der Regentin und dem alternden Sheson vorbei zu dem Fenster, das es gestattete, weit in den Westen zu blicken. »Ich habe ihn noch nicht geöffnet. Mein Herz hält mich zurück. Aber ich kenne seinen Zweck, und ich fürchte den Tag, an dem es notwendig sein wird, dieses Siegel aufzubrechen. Ich bete, dass es nie so weit kommt.« Dann erinnerte er sich an ein Versprechen, das er abgelegt hatte, und fügte hinzu: »Unser Freund Ogea ist in die Erde zurückgekehrt. Die Stilletreuen haben ihn dorthin gebracht.« Vendanji hielt inne und dachte an den Vorleser zurück. »Er wollte, dass Ihr erfahrt, dass etwas, das Ihr ihn gelehrt hattet, ihm geholfen hat, den Bar'dyn lange genug zu entkommen, um Helligtal zu erreichen, bevor er seinen Wunden erlag.«

Vendanji hatte sich bereits zum Gehen gewandt, da er alles erledigt hatte, als Mira in die Mitte des Raums trat und die Aufmerksamkeit der Regentin auf sich zog.

»Und was wollt Ihr uns sagen, Mira Fern? Ich hoffe, dass Eure Worte besser mit mir umgehen werden als die Eures Freundes.« Die Regentin schenkte ihr ein angedeutetes Lächeln.

Mira starrte die Frau einen Moment lang stumm an und dachte noch ein letztes Mal über das nach, was sie gleich tun würde. Die Regentin erwiderte ihren Blick, noch immer kraftvollen Geistes und mit dem Oberbefehl über eine Armee, die ihr treu ergeben war, nicht zu reden von der Gunst vieler, wenngleich nicht aller Völker. »Ich habe einen Handel anzubieten. Einen, den auszuschlagen Ihr Euch kaum leisten könnt.«

Die Regentin tauschte einen Blick mit Artixan und sogar mit Vendanji, in dessen Augen noch immer etwas Erstaunen darüber stand, dass Mira sich überhaupt entschlossen hatte, etwas zu sagen und gar noch einen Handel anzubieten. »Fahrt fort«, sagte die Regentin.

»Euer Großes Mandat wird dieses dritte Mal nicht vollständig sein, genauso wenig wie beim zweiten oder ersten Mal vor vielen Zeitaltern.« Mira erwiderte den Blick der Regentin. »Aber diesmal – mit Verlaub, Herrin – wird alles andere als eine *vollzählige* Teilnahme Eure Bemühungen zum Scheitern verurteilen, bevor sie recht begonnen haben. Seid Ihr anderer Meinung?«

Die Regentin nahm sich die Zeit, darüber nachzudenken, bevor sie antwortete. In ihren Augen sah Mira die Last eines ganzen Lebens voller Erfahrung. »Nein, ich bin nicht anderer Meinung. Aber was soll ›vollzählige Teilnahme‹ schon heißen? Die Malier sind nie zu uns gestoßen, die Lande jenseits des Meeres auch nicht, und die wenigen Fürstentümer, die uns ihre Schwerter nicht leihen, würden unserer politischen und militärischen Macht ohnehin nicht viel hinzufügen …«

»Die Fern haben nie auf Euren Ruf geantwortet«, unterbrach Mira sie. »In der Vergangenheit sind beide Bitten, dass der Fernkönig sich am Großen Mandat beteiligen möge, um sein stummes, fernes Volk zu vertreten, unbeantwortet geblieben.«

Die Regentin beugte sich auf ihrem Stuhl vor, und eine Vorahnung dessen, was nun kommen würde, zeichnete sich auf ihrem Gesicht ab. »Nein, die Fern haben nicht geantwortet. Und doch hatte das Große Mandat Erfolg.«

Es lag eine Herausforderung in den Worten, aber Mira wusste, dass sie hohl war.

Artixan trat nahe heran und starrte sie über den Kopf der Regentin hinweg an. »Nehmt Euch in Acht, was Ihr sagt, Mira Fern. In der Abgeschiedenheit der Kanzlei ist die Regentin stärker als sonst sie selbst, aber sie spricht dennoch immer für die Regierung von Decalam und ganz Vohnce. Passt also auf, was Ihr sagt und versprecht.«

Mira hatte das, was nun kommen würde, wohl erwogen. Sie setzte eine ruhige Miene auf. »Regentin von Vohnce, meine Schwester ist die Königin der Fern oder war es zumindest bis vor wenigen Tagen, als sie aus diesem Leben schied.«

»Es tut mir leid, das zu hören«, sagte die alte Frau.

»Danke, Herrin.« Mira hielt einen Augenblick lang inne, denn das, was sie gleich tun würde, war nicht nur beispiellos, sondern würde auch äußerst folgenreich sein. »Ich übernehme die Garantie dafür, dass König Elan, oder wer auch immer jetzt der rechtmäßige Nachfolger sein mag, sich sofort hierher begeben wird, um den Sitz der Fern einzunehmen. Und möge unsere Teilnahme ein Segen für das Große Mandat sein.«

Die Regentin starrte sie ungläubig an. Mira wusste, dass andere Völker und Königreiche schon vor langer Zeit aufgehört hatten, sich auf die Fern zu verlassen, und das in einem Ausmaß, dass die meisten gar nicht mehr annahmen, dass es ihr Volk überhaupt gab, wenn sie denn je daran geglaubt hatten.

»Und was verlangt Ihr im Gegenzug?«, fragte die Regentin.

Ohne Zögern antwortete Mira: »Die Freiheit des Ligaten,

der bei unserem Disput heute zu Unrecht beschuldigt worden ist.«

Die Regentin setzte dazu an, den Kopf zu schütteln. »Nein, das würde meine Autorität untergraben …«

»Im Gegenteil. Eure diesbezügliche Entscheidung würde Eurem Volk zeigen, dass Ihr Euch nicht davor fürchtet, Beschlüsse zu fassen, die der Liga nicht genehm sind, und es hätte den zusätzlichen Vorteil, den Leuten deutlich zu machen, dass Ihr keine Angst davor habt, die Sheson auf der Straße ihre Pflicht tun zu lassen.« Dann wartete Mira, während die Regentin und ihr Berater nachdachten.

»Wie könnt Ihr garantieren, was der König der Fern tun wird?«

Mira nickte, um anzudeuten, dass die Frage berechtigt war. »Ihr werdet mir vertrauen müssen. Aber wenn Ihr jemanden braucht, der meine Ehrenhaftigkeit bezeugt, kann Vendanji sich gut genug dazu äußern.«

Die Regentin stand auf und ging um ihren langen Tisch herum, um sich vor Mira zu stellen. Sie starrte ihr erst in ein Auge, dann in das andere, und schien darauf zu warten, dass eine Frage in ihr Gestalt annehmen würde. »Warum?«, fragte sie. »Was bedeutet es Euch, ob er stirbt?«

Es war eine kalte Frage, wie Mira fand, aber nicht unerwartet von einer Frau, die Armeen in Kriege geschickt hatte, die viele Todesopfer gefordert hatten. Mira fragte sich, ob die Regentin die Frage auch dann gestellt hätte, wenn sie die Mutter und ihre Tochter in dem kleinen Raum unter den Sitzreihen hätte trauern sehen. »Früher oder später werdet Ihr entscheiden müssen, ob Decalam weiter in der wachsenden Unwissenheit versinken soll, die es letzten Endes versklaven wird, oder erkennen soll, dass ein Krieg nicht nur droht, sondern schon jetzt auf Euch zurückt. Ich habe nur kleine Spuren des Krieges gesehen, der bald über Euch hereinbrechen wird.« Miras scharfer Blick war unbarmherzig, und sie achtete darauf, der Regentin jedes der folgenden Worte deutlich zu machen: »Euer Großes Mandat wird ein glorreiches Scheitern in höchster Not sein, wenn die Fern sich nicht mit den Menschen verbünden, um die Stille ein für alle Mal zurückzuschlagen.«

»Aber was ist mit dem Ligaten?«, wiederholte die Regentin.

»Das ist ganz einfach«, sagte Mira in sanftem Ton. »Er ist unschuldig. Er ist Vater. Dieses Unrecht trifft nicht allein den Mann, den Ihr in Ketten gelegt habt.«

Die Regentin nickte verstehend. »Nun gut. Ich werde ihn freilassen, damit er zu seiner Familie zurückkehren kann. Aber ich werde von Euch verlangen, dass Ihr Euer Versprechen einlöst, Mira Fern.«

Als hätte sie es nicht gehört, drängte Mira: »Ich brauche mehr als nur Euer Wort, dass Ihr ihn freilassen werdet. Ihr müsst ihm und seiner Familie Wachen zuteilen, um sie zu beschützen. Wenn ihm irgendetwas Unnatürliches zustößt, werden die Schuldigen zur Verantwortung gezogen werden … von mir. Ich werde dafür sorgen, dass die Rechnung beglichen wird, und das wird bitter sein.«

»Ihr und der Sheson befleißigt Euch einer einzigartigen Form von Diplomatie.« Die Worte der Regentin entlockten Artixan ein leises Lachen. »Nun gut, der Ligat soll noch heute freigelassen werden und ein neues Leben erhalten, weit genug entfernt von hier, dass niemand ihn und seine Familie mit diesem unerhörten Vorfall in Verbindung bringen kann, so dass sie in Frieden leben können.«

Mira nickte. Warme Befriedigung durchströmte sie.

Sie fing einen Blick von Vendanji auf, der dreinschaute, als wollte er sagen, dass er sie noch nie so viel auf einmal hatte reden hören. Sie glaubte, Zustimmung und ein neues Maß an Respekt zu erkennen.

Jetzt musste sie nur noch König Elan überzeugen, zur Versammlung zu erscheinen. Dieses Zusammenströmen von Bannern und Kronen würde, wie sie spürte, das letzte sein, bevor der Gedanke an ein Großes Mandat verlorenging oder für immer abgeschafft wurde. Wenn die Fern jemals in die Menschenwelt zurückkehren wollten, musste es jetzt geschehen, besonders für den Fall, dass Tahn am Fels der Erneuerung versagte. Denn wenn der Junge aus Helligtal scheiterte, würde nur noch das Verteidigungsbündnis der Völker zwischen den Landen südlich der Bahrenberge und der Stille stehen.

Sie hatte vielleicht gerade die Fern in einen Krieg hineingezogen, um einen Mann und seine Familie zu retten. Aber ihr Volk konnte sich nicht länger abseits von den Belangen der Menschen halten oder seinen Auftrag, die Bundessprache zu bewahren, weiterhin allein erfüllen. Wenn die Stille kam, würde das Schweigen des Borns alle Völker der Ostlande in gleichem Maße erfassen. Und die Menschheit brauchte die Fern ganz gewiss.

Es war an der Zeit, zu kämpfen oder zu sterben.

Aber König Elan vertrat, was das betraf, eine eigene Meinung und würde höchst erzürnt sein.

Mira plante schon, auch diesbezüglich Abhilfe zu schaffen.

22

GARLENS ERZÄHLUNG

Hinter dem Fenster des Krankenzimmers der Erhabenen Heiler hatte sich die Dunkelheit herabgesenkt und wurde nur vom Lichtschein ferner Fenster der Häuser von Decalam durchbrochen. Braethen starrte hinaus. Auf ihm lastete neues Wissen. Die anderen waren zurückgekehrt, gegen die Kälte in dicke Umhänge und Mäntel mit hohen Kragen gehüllt. Vendanji und Grant sprachen an der Tür leise miteinander. Nur Mira war noch nicht wieder da.

Braethens Gedärme verkrampften sich vor Unbehagen.

Er hatte Stunden damit verbracht, alles zu lesen, was er über den Fels der Erneuerung hatte finden können. Er war ein Endpunkt jenseits des Ewigen Hains.

Das meiste von dem, was er gefunden hatte, war in fremden Sprachen oder in Schriften abgefasst gewesen, die zu entziffern ihm schwerfiel, aber bei dem, was er daraus hatte entnehmen können, war es um Sühne gegangen.

Und keine Geschichte über dieses Thema, die Braethen kannte, ging jemals gut aus.

Der Sodale sah zu, wie seine jüngst befreiten Freunde abwechselnd zu einem im Krankenzimmer aufgestellten Becken hinüberliefen, um die Speisen, die sie gegessen hatten, wieder hervorzuwürgen. Ihre empfindlichen Mägen, die so lange ohne Nahrung hatten auskommen müssen, verkrafteten das Festmahl nicht. Sie hatten einfach zu viel gegessen, und das zu schnell. Als ihre Mägen wieder leer waren, lehnten sie sich an die Wand, um Atem zu schöpfen.

»Bereit«, sagte Sutter und legte das Lederarmband mit der seltsamen Schlinge an, die um seinen Mittelfinger führte. »Auf zum Fels der Erneuerung.« Er hielt immer noch einen Brotkanten in der Hand, von dem er nun ein Stück abbiss.

Tahn lächelte. »Fresssack.«

Die Tür öffnete sich, und Mira trat ein. Sie unterhielt sich leise mit Vendanji und Grant, öffnete die Tür dann erneut, warf einen Blick auf den Gang hinaus und nickte Vendanji zu.

»Kommt«, sagte Vendanji. »Es wird Zeit. Verhaltet euch leise. In den Sälen des Solath Mahnus tobt Streit über die Entscheidung der Regentin, ihr Recht wahrzunehmen, Tahn und Sutter zu befreien. Die Liga hat ihr Vorgehen infrage gestellt. Bald wird sie gezwungen sein, ihre Garde auf die Suche nach uns zu schicken, während der Rat in aller Form zusammentritt.«

Grant lachte. »Widerspricht das nicht dem Zweck ihres herrscherlichen Rechts, eine Amnestie zu gewähren?«

Vendanji nickte. »Und doch ist es wahr. So sind eben die Zeiten, in denen wir leben. Nach Tahn und Sutter sucht man schon jetzt. Wir sind sicherer, wenn wir ungehört und ungesehen aufbrechen. Schnell.«

Mira führte sie den Gang entlang und durch ein Zwischengeschoss. Unterwegs wurde Braethen plötzlich und zum ersten Mal bewusst, dass er sich tatsächlich in den großen Sälen von

Decalam befand. Wände aus prächtigem Marmor gingen in Decken über, in die kunstvolle Muster eingemeißelt waren. Der Boden glänzte im Licht hunderter Laternen. Hier und da waren auf weinroten, zu großen Quadraten zugeschnittenen Teppichen breite, niedrige Sessel im Kreis angeordnet. In der Mitte standen auf kleinen Tischen Flaschen mit Würzwein und Platten voll Brot, Honig und Butter.

Sie stiegen eine Treppe hinab in einen weiteren Gang. Nischen links und rechts von ihnen enthielten Statuen, leere Rüstungen und dann und wann eine Tür in einen anderen Raum.

Am Ende des Ganges führte eine weitere Wendeltreppe hinab. Mira ging immer noch voran, und nach kurzer Zeit erreichten sie eine Werkstatt. Lange Tische waren überhäuft mit Hämmern, Stahlringen, scharfen Speeren und Lederrollen. An den Wänden hingen an Haken unvollendete Rüstungen, Sättel, Geschirre und Zaumzeug neben Lederstücken, die noch aushärten mussten. Rechts loderte eine Esse, unter der Wassertröge standen, um erhitztes Metall abzukühlen. Der ganze Raum roch stark nach Waffenöl und ungegerbtem Leder. Drückende, feuchte Hitze ließ die Luft stickig werden, die noch dazu nach arbeitenden Menschen stank.

Zu diesem Zeitpunkt war der Raum bis auf drei Männer leer. Einer hielt etwas in das sengende Feuer der Esse. Als Mira gerade Anstalten machte, zu einem breiten, offenen Durchgang gegenüber von ihnen zu gehen, steckte der Mann ein Stück rotglühendes Eisen ins Wasser, so dass eine Dampfwolke und ein lautes Zischen aus dem Trog aufstiegen.

Die anderen Männer schlugen auf doppelt zusammengefaltetes Leder und hämmerten in regelmäßigen Abständen Nieten hinein. Sie arbeiteten mit nacktem Oberkörper, und ihre dicken

Bäuche glänzten unter den muskulösen Brustkörben und Schultern vor Schweiß. Jeder Schlag landete genau dort, wo sie ihn haben wollten.

Einer der Lederarbeiter sah auf, als sie zwei Tische von ihm entfernt vorüberkamen. Er hämmerte ohne Unterbrechung weiter und knurrte nur, als Vendanji ihm beiläufig zunickte.

Das gegenüberliegende Ende der Waffenschmiede war offen, um den Feuern Luft zuzuführen und den Männern Abkühlung zu verschaffen. Der Wind blies kräftig in starken Böen in die Schmiede hinein. Zehn Schritt von diesem offenen Hof entfernt blieb Mira abrupt stehen und zog ihre Schwerter mit einer unglaublich schnellen Doppelbewegung. Braethen hörte auch Grant seine Waffe ziehen. Binnen eines Augenblicks kamen vier Ligaten in Sicht und verstellten ihnen den Weg zum Stallhof.

»Seine Führerschaft hatte recht. Seht nur, was wir gefunden haben.« Einer der Ligaten lachte, und alle zogen ihre Schwerter.

»Wir haben keinen Streit mit Euch«, sagte Vendanji, »aber wir haben dringend etwas zu erledigen und werden uns nicht aufhalten lassen.«

»*Werden uns nicht aufhalten lassen*«, spottete der Ligat. »Dafür landest du im Loch, Sheson! Und wenn du die Hände hebst, um aus dem Willen zu schöpfen, wirst du zum Tode verurteilt! Verstehst du, welche Wahl dir bleibt?«

Mira sprang vorwärts. Ihre Klingen durchschnitten die Luft. Der Wind wirbelte Funken aus der Esse empor, die wie Glühwürmchen durch die Luft um sie herum sausten, als sie sich bewegte. Bevor der Ligat sich verteidigen konnte, lag eine ihrer Klingen schon an seinem Hals.

»Ich schneide dir die Kehle durch, wenn du noch eine Beleidigung aussprichst«, sagte Mira. An die übrigen Ligaten gewandt fuhr sie fort: »Wir gehen jetzt. Wenn ihr versucht, uns aufzuhalten, stirbt euer Freund.«

»Schnell«, rief Vendanji.

Braethen rannte mit den anderen auf den Stallhof, wo ihre Pferde bereitstanden.

Sie waren alle schon aufgesessen, als der Ligat beschloss herauszufinden, ob Mira die Drohung wahrmachen würde, und Alarm zu schlagen begann. Seine Rufe stiegen in die stille Nachtluft auf. Aus fernen Gassen tönten schnelle Schritte aus allen Richtungen zu ihnen herüber.

Braethen wartete darauf, dass die Fern den Mann töten würde, und der Magen drehte sich ihm bei dem Gedanken um. Stattdessen durchtrennte sie dem Ligaten an beiden Füßen die Sehnen oberhalb der Knöchel – er würde sie nicht verfolgen. Dann sprang sie auf ihr eigenes Pferd. Vendanji schnalzte zweimal mit der Zunge und spornte Suensin so an, im Galopp aufs Tor des Stallhofes zuzupreschen. Das Hufgetrappel toste wie Applaus über den steingepflasterten Hof.

Sie ritten schnell und ohne Pause, da das Kopfsteinpflaster zu glatt für eisenbeschlagene Hufe war, um anzuhalten. Eine Pferdelänge von dem verriegelten Tor entfernt streckte Vendanji die Handfläche aus und ließ die Türflügel auffliegen wie Stroh in einem Sommersturm. Sie strömten auf die Straße hinaus und wandten sich dann an der Außenmauer des Solath Mahnus entlang nach Süden. Warnrufe ertönten hinter ihnen, aber sie gingen bald in der Ferne und im Rauschen des Bluts in Braethens Ohren unter.

Nach einer scharfen Kurve endete die gepflasterte Straße und ging in nackten Erdboden über. Braethen seufzte vor Erleichterung darüber, dass die Hufe ihrer Pferde nun weniger Lärm machten.

Sie schossen unter dem Vollmond dahin, der ihren Weg beleuchtete. Um sie herum hatte die Stadt einzuschlafen begonnen: Hinter den Fenstern brannten weniger Lichter, und kaum ein Hund bellte, wenn sie vorbeikamen.

Nach nur wenigen Minuten zügelte Vendanji plötzlich sein Pferd, sprang aus dem Sattel und rannte in zwei Schritten zu einer Tür hinüber, die von einem matten gelben Leuchten umrahmt war. Er klopfte leise an den Türsturz, während Braethen und die anderen ebenfalls anhielten und verwirrt zu ihm hinabsahen. Das hier war keine Kathedrale. Mira bedeutete ihnen abzusteigen, sammelte die Zügel ein und führte die Reittiere in eine überdachte Nische neben dem Haus. Grant half ihr, während seine Augen die Nacht mit der gleichen durchdringenden Aufmerksamkeit absuchten wie die der Fern.

Das Quietschen der Tür erregte Braethens Aufmerksamkeit. Er sah zwischen Tür und Türrahmen einen Ausschnitt eines alten Gesichts, fahle Wangen unter einer schneeweißen Haarmähne. Ein Ausdruck unglücklichen Erstaunens war auf dem Teil des Gesichts, den Braethen sehen konnte, deutlich zu erkennen. Aber der Mann öffnete die Tür, um den Sheson einzulassen. Vendanji wandte sich halb um und bedeutete den anderen stumm, ihm zu folgen.

Alle gehorchten der Aufforderung, bis auf Mira und Grant, die wie ein perfektes Paar wirkten und sich der Gegenwart des jeweils anderen bewusst waren, während ihre Aufmerksamkeit nach außen gerichtet blieb, in die Nacht von Decalam hinein.

Braethen hatte die Tür eben erst durchschritten, als Vendanji sie fest schloss und den Sodalen anwies, die Straße durchs

Fenster zu beobachten. Dann trat der Sheson in den Schein einer Laterne, die von einem Deckenbalken hing. Er musterte ihren Gastgeber genau. Der alte, müde wirkende Mann erwiderte den Blick mit hochgezogenen Augenbrauen.

»Ich brauche eine Erzählung, Garlen, und ich brauche sie binnen eines Eintauchens deines Federkiels in die Tinte.« Vendanji sprach schnell, aber deutlich.

»Was auch sonst?«, antwortete der Mann. »Ich sollte den Klang von Suensins Hufen mittlerweile kennen. Jedes Mal, wenn sie zu meiner Veranda geklappert kommen, erwartest du Worte von mir. Und das in aller Eile.« Ein widerspenstiger Tonfall schlich sich in die Stimme des alten Mannes. »So, wie es steht, könnte es mir schon ein paar Striemen einbringen, dass ich nur mit dir gesprochen habe, und ausgehend davon, könnten einige dieser Hofnarren im Rat entscheiden, dass das Autorenhandwerk mit deinem in Verbindung steht, und den mageren Einkünften ein Ende setzen, die ich den geizigen Kaufleuten noch abringen kann.«

Braethen starrte den Mann an. Ein Autor. Er war so auf seine Aufgabe konzentriert gewesen, dass ihm völlig entgangen war, dass das Haus voller Bücher und Pergamente war. In diesem vollgestopften Heim, das sich in einem ärmlichen Viertel von Decalam verbarg, quollen die Tische vor Pergamentfetzen und Büchern verschiedenster Größe über, von denen einige in Tierhäute, andere dagegen in Stoff gebunden oder mit Bindfäden umwickelt waren. Überfüllte Regale bogen sich unter der Last der Bände und wirkten so wie eine Reihe dünn lächelnder Münder. Geöffnete Truhen, deren Inhalt zu weit daraus hervorragte, um die Deckel noch zu schließen, standen auf dem Boden, und inmitten all dessen schien Garlen für vollkommene

Ordnung zu sorgen. Braethen dachte, dass er hier vielleicht den Verstand des Autors vor sich sah, ein Gewölbe voll angehäuften Wissens, die Gedanken und Eindrücke tausender Historiker, Geschichten, die durch alle Zeiten hindurch überliefert worden waren, Geschichten aus Garlens eigener Feder.

»Bitte, Garlen«, sagte Vendanji. »Ich habe nicht die Zeit, über den Verfall einer Gesellschaft zu debattieren, die deine Fähigkeiten nicht zu schätzen weiß, und ich habe dich immer großzügig für deine Arbeit entlohnt.«

»Da bist du der Einzige«, entgegnete Garlen, stieg keuchend eine kleine Treppe hoch und setzte sich auf einen hohen Hocker, der an einem Lesepult stand, das volle zwei Schritt vom Boden aufragte.

»Wir müssen nach Nordosten«, fuhr Vendanji fort. »Die Worte müssen von einem Ort am Rande dessen erzählen, was der gewöhnlichen Geschichtsschreibung bekannt ist – oder auch deiner Erinnerung.«

»Nun kommen wir der Sache schon näher.« Garlen lächelte und zwinkerte. »Bei mir erscheinst du, wenn mein Alter deinen Zwecken entgegenkommt, aber die Federn Jüngerer decken tändelnd deinen Bedarf an Erzählungen, wenn du andere Sorgen hast.«

»Unfug«, rief Vendanji. »Es gibt sonst keine Feder in Decalam, der ich vertraue oder die ich benutze. Keine schärfere, keine schnellere. Und auf Eile kommt es an, mein Freund. Die besagten Hofnarren sind uns jetzt schon auf den Fersen, gewiss aufgrund der Lügen, die sie aus dem Munde der Liga gehört haben.«

»Nun hör doch nicht schon auf, Vendanji«, prustete Garlen lachend. »Heraus damit! Wir haben die Stille im Land! Geduldige Schattenwesen, die einen Makel mit sich bringen, nicht nur den Makel der Verderbtheit, sondern den von Geheimnissen, die die Menschheit viel zu lange gar nicht beachtet hat. Das habe ich tausendfach auf Pergament festgehalten, mein Freund, tausendfach allein in diesem Zyklus. Männer wie Anais gleichermaßen klatschen sklavisch Beifall und legen mir für meine gewitzten Erzählungen und ausgefeilten Geschichten doch nicht einmal ein Kupferstück in die Hand. Sie halten sich alle an die Texte, die das Siegel der Regentin tragen, weißt du? Die Lügen, dass wir in Sicherheit wären.«

»Ich weiß, Garlen. Aber genug! Kannst du so etwas schreiben?« Vendanji hätte genauso gut die Faust gegen das Pult schmettern können. Die Lautstärke seines Schreis ließ die Fasern des Holzes erbeben.

Garlen hob das Kinn und kniff ein Auge zusammen. Auf seinem Schreibschemel an dem unmöglich hohen Pult glänzte sein weißes Haar im Licht der Lampe, die gleich daneben hing. Seine Brille spiegelte einen Schimmer der Flamme darin wider. Der Autor starrte Vendanji einen schrecklichen Moment lang an und stellte die Geduld des Sheson auf die Probe. Dann zeigte er mit dem Federkiel auf ihn.

»Ihr geht zum Fels der Erneuerung.« Er hielt inne und drehte die Feder zwischen den Fingern hin und her. »Das ist ein gefährlicher Ort, mein Freund, kein Ort, an den man mit einem solchen Gefolge spazieren sollte.« Die Feder beschrieb einen Bogen durch den Raum, um auf die Helligtaler und Penit zu zeigen.

Vendanji öffnete den Mund, um zu sprechen.

Garlen unterbrach ihn, bevor er ein Wort sagen konnte. »Ja, das kann ich schreiben. Oder fast. Ich habe den Soliel gesehen und bin wie ein verlorener Welpe an Orten herumgestreift, über die die meisten Menschen nicht schreiben würden.« Der Autor wurde still, sein Blick nachdenklich. »Aber ich habe noch nie über so etwas geschrieben – noch nie. Das Gebiet, auf das die Fern Anspruch erheben, rührt man besser nicht an.« Dann hob Garlen die Stimme, als würde er aufwachen: »Aber ja, das kann ich schreiben! Ich nehme das Doppelte von dem, was du gewöhnlich bezahlst, und es wäre mir lieb, wenn du deinen Bänkelsängern in der Kathedrale gegenüber erwähnen könntest, dass wir unmusikalischen Rüpel reichlich Lieder allein im gesprochenen Wort finden.«

Vendanji sagte nichts dazu, aber er bemerkte am Ende: »Wir müssen nach Naltus.«

Ein Ausdruck von Besorgnis huschte über das Gesicht des Autors. »Dort war ich noch nicht. Ich bin mir nicht sicher, ob ich die Erzählung zutreffend verfassen könnte. Aber ich kann Euch im Soliel absetzen. Von dort aus …«

»Habt Ihr Haswalds *Gesammelte Werke*?«, warf Braethen ein.

Garlen spähte mit zusammengekniffenen Augen von seinem Sitz hinab ins Halbdunkel beim Fenster, an dem Braethen Wache hielt. »Wer ist das? Und was geht dich meine Büchersammlung an?«

»Habt Ihr sie?«, fragte Braethen.

»Kein Autor hält sich für …«

»Wo?«

Der Autor zeigte in die entsprechende Richtung, und Braethen rannte zu einem Regal links von dem Mann an der gegenüberliegenden Wand. Er überflog die Buchtitel und fand rasch die richtigen. Es waren acht Bände. Er betastete in fliegender Hast die Buchrücken und zog den zweiten Band aus dem Regal. Mit hörbarem Knacken öffnete er das Buch und blätterte aus der Erinnerung heraus ein Drittel der Seiten durch. Er überflog sie, während sein Herz, sein Verstand und sein Gedächtnis mit rasendem Eifer arbeiteten.

»Hier!« Braethen reichte Garlen das aufgeschlagene Buch hinauf. »In der Mitte der linken Seite.«

Der Autor nahm das Buch mit skeptischer Miene entgegen, las aber, was auf der gedruckten Seite stand. Ein verschwörerisches Lächeln trat auf sein Gesicht, und bevor er irgendetwas anderes tat, streckte er die Hand aus. Braethen nahm sie und erkannte den vertrauten Griff des Autors.

»Hab ich's mir doch gedacht«, sagte der alte Mann. »Danke, mein Junge. Natürlich ist das eine sehr nüchterne Ausdrucksweise, die sich nicht für eine Erzählung eignet.« Er räusperte sich. »Aber sie verschafft mir, was ich benötige.« Er schüttelte den Kopf und ließ mit boshafter Freude den Blick über Braethen und die anderen schweifen. Dann hob der winzige Mann den Arm, um sich den Ärmel aufzukrempeln, und tauchte mit großer Geste seine Feder in ein Tintenfass. Sein Blick huschte über seine Brille hinweg zu Vendanji, als er das Schreibwerkzeug wieder herauszog, und schien zu fragen, ob der Sheson das, was der Autor niederzuschreiben gedachte, wirklich verwenden wollte. Vendanji nickte feierlich.

Als Braethen zum Fenster zurückkehrte, um die Straße zu beobachten, hielt der Sheson ihn am Arm fest und bedachte ihn mit einem knappen, dankbaren Nicken. Für Braethen war es Welten von der Enttäuschung entfernt, die er einst über seine Entscheidungen und seine Eignung empfunden hatte. Die Haut eines Sodalen schien ihm ein Stück besser zu passen als zuvor.

Garlen sah auf sein Pult hinab, setzte den Federkiel auf Pergament und begann zu schreiben. Das Kratzen der Feder war laut, aber Garlen schaute kein einziges Mal auf, und seine Hand bewegte sich mit geübter Leichtigkeit zum Tintenfass. Es trat keine Pause ein, kein Warten auf eine Eingebung, was er nun schreiben sollte. Er kritzelte fieberhaft, aber nicht panisch. Braethen beobachtete, dass die Augen des Autors über die Seite hinaus auf das blickten, was er schuf. In diesen Momenten wirkten Garlens hagere Wangen voller und seine greisenhaften Augen klar. Braethen lief beim bloßen Gedanken daran, was der Mann wohl im Kopf erschuf und dem Pergament anvertraute, ein Schauer über den Rücken.

Niemand sprach oder rührte sich. Keiner wollte den Bann des Schweigens brechen. In der Stille kam das einzige Geräusch von dem einsamen Federkiel, der mit schwarzer Tinte seine Spur über ein Stück Pergament zog. Dieses Geräusch wirkte auf Braethen unendlich einsam und zugleich unermesslich wichtig. Es erinnerte ihn an die Arbeit seines Vaters und sorgte dafür, dass sich hier, so fern von zu Hause, sein Respekt vor A'Posian vervielfachte.

Der Sodale wartete neben der Tür, eine Hand locker auf den Schwertgriff an seiner Hüfte gelegt. Penit, der neben Wendra stand, lächelte. Der Junge schien die Vorstellung von Worten, die als Geschichte niedergeschrieben wurden, zu genießen. Braethen hatte fast vergessen, dass Penit bis vor recht kurzer Zeit sein Auskommen gefunden hatte, indem er die Worte von Autoren vorgetragen und die Rolle von Figuren in den Stücken von Autoren gespielt hatte. Auf Wendras Gesicht war ein seltsamer Ausdruck getreten, und zwar, wie Braethen glaubte, als Garlen die Kathedrale erwähnt hatte.

Aber er betrachtete den Mann mit stummer Ehrfurcht. Vendanji beobachtete den Autor mit höchster Aufmerksamkeit. Das Gesicht des Sheson war nach oben in den sanften Schein der Lampe des alten Mannes gewandt. Braethen wusste nicht, wie lange sie da standen, warteten und zusahen, wie Garlen seine Erzählung schuf. Wie lange es auch dauern mochte, es kam ihm vor wie ein Augenblick. Der Autor fand Worte, die man – wie Braethen dank seiner langjährigen Studien wusste – singen konnte, um große Abstände zu überbrücken. Die Legenden über solche Erzählungen waren wie die über die Fern.

Plötzlich flog die Tür auf. Mira stürmte an Braethen vorbei zu Vendanji, der den Blick nicht von Garlen abwandte.

»Der Pöbel durchsucht die angrenzende Straße«, sagte sie leise in eindringlichem Ton. »Hierher kommen die Leute als Nächstes. Wenn wir jetzt nicht aufbrechen, sind wir in der Unterzahl …«

Vendanji schien sie gar nicht zu hören, und Garlen ließ sich nicht stören. Der Autor war mit seinen Worten allein in einem Raum voller Fremder.

»Soll ich nach Süden laufen, um sie abzulenken? Grant und ich könnten sie so lange in die Irre führen, dass ihr die Kathedrale erreichen könntet.« Mira schaute zu Garlen hoch. »Ist er bald fertig?«

Vendanji hob die Hand, um sie zum Schweigen zu bringen. Im selben Moment brach vor dem Haus ein Kampf aus. Mira schoss von Vendanjis Seite auf die Straße hinaus, als Metallklirren und Ächzen verrieten, dass hinter der Tür ein Schwertkampf stattfand. Alarmrufe wurden laut.

»Hier drüben!«, brüllte ein Mann erbittert.

Pferde bäumten sich auf und wieherten laut, und Hufschläge

tönten immer hörbarer zu ihnen herüber. Eilige Stiefeltritte trommelten über die ungepflasterte Straße, und das Klirren von Rüstungen und Klingen zerrte an Braethens Nerven. Die Rufe und Schreie klangen mittlerweile zornig. Der Lärm der Schwerthiebe war von Flüchen begleitet. Verwünschungen schollen über den festgestampften Boden der Straße.

Der Sheson sah wieder zu Garlen empor. Der Federkiel des Autors hüpfte noch immer über die Seite, ohne dass er sich von dem Kampf vor seiner Tür hätte stören lassen. Das Gefecht schien nun näher an der Veranda zu toben. Mehrfach prallte von draußen etwas gegen die Wand. Die Glasscheiben erzitterten in ihren Rahmen, und die Wandbehänge machten einen Satz, wenn sie durch die Wucht eines Schlags kurzfristig aus dem Gleichgewicht gebracht wurden. Ein schriller Schrei ertönte – er zeugte von einer tödlichen Wunde. Das Grollen des Pöbels, misstönendes Kreischen und das Brüllen blinder Angriffslust rückten auf sie zu. Immer noch schrieb Garlen; immer noch beobachtete Vendanji ihn beim Schreiben. Keiner von beiden ließ sich aus der Ruhe bringen.

Jemand kam an die Tür und grölte eine Todesdrohung, doch die Worte erstarben noch in seiner Kehle zu einem Röcheln, da Miras Klinge der Verwünschung ein Ende setzte. Ein dumpfer Aufprall folgte, als der Mann quer vor der Tür niederstürzte.

Tahn schaute auf und sah einen manischen Ausdruck in Garlens Augen. Die Lippen des Autors bewegten sich über seinen gelblichen Zähnen. Die Haare auf dem Kopf und in den Ohren schienen ihm allesamt zu Berge zu stehen. Es war, als hätte er Schüttelfrost, und doch hörte er nicht auf zu schreiben. Seine Feder arbeitete nun mit solcher Geschwindigkeit, dass es klang, als würde sie einen einzigen langen Strich ziehen. Die einzelnen Buchstaben und Wörter waren nicht mehr vom großen Ganzen zu unterscheiden.

»Hier!«

Garlen ließ die Feder ins Tintenfass fallen und bestäubte das Pergament mit Sand, um die Tinte zu löschen. Dann rollte er das Blatt mit Stummelfingern zusammen, verschnürte es mit einer Kordel aus Rosshaar und warf es dem Sheson zu.

Vendanji fing die Schriftrolle mit geschickter Hand auf und schob sie mit derselben Bewegung in die Falten seines Umhangs.

Die Laterne über Garlens Kopf schwankte leicht. Der Autor beugte sich über das Pult, das ihm zum Schreiben diente. »Vergiss nie, dass du diese Erzählung von mir verlangt hast, Vendanji. Ich bin froh, dass ich die Namen deiner Begleiter nicht kenne.«

Vendanji zog einen kleinen Beutel aus dem Umhang und legte ihn auf einen nahen Tisch. »Für viele künftige Himmel, mein Freund. Pass gut auf dich auf. Ich bedaure, was heute Abend deine Straße heimsucht.« Damit wirbelte Vendanji herum und schritt zur Tür. Die anderen folgten ihm. Braethen blieb noch einen Moment stehen, um Garlens seltsamen Gesichtsausdruck auf sich wirken zu lassen. Es war, als wäre er gerade von einem entfernten Ort zurückgekehrt und nun erleichtert, wieder in dieser Welt zu sein. Der Autor wandte sich ihm zu. Garlen sagte nichts, aber er lächelte Braethen noch einmal dankbar an und nickte.

Dann eilte der Sodale zur Tür. Er stieg über den Leichnam auf der Schwelle hinweg auf die Veranda. Acht Männer, die in die Farben der Liga gekleidet waren, standen vor Mira und Grant. Die beiden hatten sie erfolgreich in Schach gehalten.

Vendanji rannte in die Straßenmitte und schob sich den Umhang hinter die Schultern zurück. Eine Faust in die rechte Hüfte gestemmt, reckte er die freie Hand mit gespreizten Fingern gen Himmel.

Wind kam auf.

Vendanji senkte den Arm in Richtung der Männer. Ein schwacher gelber Schimmer umhüllte sie, und im selben Augenblick fuhr der Wind in heftigen Böen herab. Kleine Holzstücke von Häusern weiter vorn in der Straße rissen sich von ihren Nägeln los, Steine und weggeworfene Eisenteile wirbelten vom Boden hoch. Glasscheiben barsten; Fensterläden, Fässer und andere Gegenstände gingen in Stücke, sausten durch die Luft und wirbelten um die Männer herum. Ein Hagel aus Abfall fuhr wie ein Insektenschwarm auf sie nieder. Ein paar flüchteten, andere stürzten unter dem Aufprall zu Boden. Ihre Körper wanden sich unter hunderten von scharfen Spitzen und der stumpfen Gewalt von Stein und Metall.

Binnen eines Augenblicks schwangen sich Braethen und seine Gefährten auf ihre Pferde und flohen, während der Wind an ihnen vorbeiheulte, an ihren Mänteln zerrte und ihnen Staub in die Augen trieb.

23

ABSCHIED VOM FRIEDEN

Weitere Rufe folgten ihnen. Leute, die sie entdeckten, als sie durch die Straßen preschten, gaben Alarm, zeigten anklagend mit dem Finger auf sie und spornten ihre Reittiere zu größerer Schnelligkeit an. Schatten huschten verschwommen an ihnen vorbei, graue Schlieren im hellen Mondlicht. Wendra hatte den Eindruck, dass sich lange, geschmeidige Arme auf sie zuschlängelten, als sie durch die tiefere Dunkelheit schmaler Gässchen zwischen hohen Häusern ritten.

Dann bogen sie auf die breite Straße ab, die vor den Stufen der Discantus-Kathedrale endete. Wendra war erleichtert, sie zu sehen. Im Schein des Minderen Lichts ragte die Kathedrale wie ein Fels in den sternklaren Himmel auf. Die großen Kuppeln beschrieben dunkle Halbkreise in der Nacht. Von dort oben drang durch hochgelegene Fenster matter Kerzenschein.

Sie ritten zur Kathedrale und blickten dabei immer wieder zurück, um festzustellen, ob sie noch verfolgt wurden. Wendra sah sich ebenfalls um und bemerkte, wie angespannt Grant und Braethen dreinblickten, die die Nachhut bildeten. Sutter ritt mit gesenktem Kopf neben ihr und ließ seinem Pferd die Zügel schießen, während er ihm Tritte in die Flanken versetzte.

Wendra hielt Penit mit einem Arm an sich gezogen und trieb ihr Tier mit den Zügeln an.

Beiderseits der Straße flammten weitere Lichter auf, und ein paar Männer, die sich rasch Schwertgürtel über die Nachthemden schnallten, erschienen in Türen.

»He, ihr da!«, rief einer.

»Ja, haltet an, sonst halten wir euch auf!«, forderte ein anderer.

Vor ihnen begannen sich weitere Bewohner dieses schäbigen Viertels von Decalam am Straßenrand zu drängen. Mira sprengte noch schneller vorwärts und zielte mit dem Schwert auf einen Mann, der angriffslustig heranstürmte. Ihre Warnung ließ ihn wie angewurzelt stehen bleiben.

Plötzlich brach hinter ihnen ein Tumult los. Wendra warf einen Blick über die Schulter und sah, dass nur einen Häuserblock hinter ihnen viele Reiter auf die Straße hervorbrachen. Ein Chor von Schlachtrufen, angestimmt von Männern im Rostrot der Liga und im Scharlachrot von Decalam, erscholl hinter ihnen. Die Farben wirkten im fahlen Licht des großen Mondes gedämpft. Die Verfolger drangen unter blutrünstigem Geschrei auf sie ein.

Wendra sah wieder nach vorn, und ihr sackte das Herz in die Hose, als drei Reiter am Ende der Straße erschienen und vor den Stufen der Kathedrale in Stellung gingen, um ihnen den Durchgang zu versperren. Selbst wenn es ihnen irgendwie gelang, diesen neuen Herausforderern zu entgehen, würden die Verfolger sie sicher eingeholt haben, bevor sie hinter dem Portal der Kathedrale in Sicherheit waren.

Aber Mira wurde nicht langsamer. Sie zog auch noch das zweite Schwert und ritt mit müheloser Anmut weiter auf Solus'

Rücken, während sie das Hindernis in Augenschein nahm. Als sie sich dem Ende der Straße näherten, zog Grant an Wendra vorbei und ging neben der Fern in Stellung. Gemeinsam preschten sie auf die drei Reiter zu.

Als sie sich der Kathedrale näherten, sah Wendra, dass die Männer auf alten Sätteln auf Pferden saßen, die so zottig wie Ackergäule waren. Sie trugen Rüstungen, die aus allem zusammengestückelt waren, was gerade zur Hand gewesen war, und führten Wappen, die wirkten, als hätten sie sie selbst genäht. Sie hatten es darauf abgesehen, sich im Solath Mahnus in dieser Zeit des Großen Mandats einen Ruf und Respekt zu erwerben. Aber sie schienen kaum mehr als Wegelagerer oder Glücksritter zu sein – zumindest bis auf einen, der schlichte Kleidung aus schwarzem Leder und einen Streitkolben trug, der aus gleichermaßen schwarzem Metall geschmiedet war. Obwohl er keinen Umhang hatte, war sein Gesicht von einer Kapuze umhüllt, und das sorgte mehr als alles andere dafür, dass sich Furcht in Wendras Herzen regte.

Mira wurde noch immer nicht langsamer.

Ein misstönender Chor ärgerlicher Schreie ertönte von denen, die ihr den Weg versperrten. Wendra senkte den Kopf und folgte den anderen ins Handgemenge.

Der Mann mit der Kapuze ließ sein Pferd steigen und zielte mit dem Streitkolben auf Mira. Die Fern ließ sich nicht einschüchtern, sondern preschte weiter vorwärts und trieb ihr Pferd genau auf ihn zu. Grant wandte sich nach rechts, um den Reiter am Ende der Reihe anzugreifen. Vendanji beugte sich vor und spornte sein Pferd an.

Plötzlich überholte Braethen Tahn von links, peitschte auf sein Pferd ein und zog sein eigenes Schwert, während er nach vorn stürmte und wie ein Pfeil auf den Reiter ganz links zuschoss.

An beiden Straßenrändern flammten Fackeln auf, da die wachsende Menge darauf erpicht war, den Kampf, der sich anbahnte, nicht nur zu hören, sondern auch zu sehen. Männer schrien laut vor Schadenfreude, forderten Blut und rühmten ihre eigene Tüchtigkeit. Aber die Worte schwollen an und ab, Wellen heftigen Lärms, die sich dem Hintergrundrauschen des Bluts beigesellten, das in Wendras Ohren toste.

Sie drehte sich um und hielt nach ihren Verfolgern Ausschau. Der Pöbel füllte nun die ganze Straße aus, eine Wand aus Männern und Pferdeleibern. Der Widerschein des Feuers auf stumpfem Metall blinkte ihr entgegen, und ihr wurde bewusst, dass Sutter und sie jetzt die Nachhut bildeten. Wenn die drei Reiter sie lange genug aufhielten, würde der Schwarm sie als Erste erreichen, und Sutter und sie würden untergehen wie gekenterte Boote auf stürmischer See.

Vor ihnen hob der Mann mit der dunklen Kapuze seinen schwarzen Streitkolben und begann ihn in schwindelerregendem Tempo zu schwingen, so dass er mithilfe seiner Waffe eine wirbelnde Sperre bildete. In der Luft begann ein unheilverkündendes, schmerzliches Stöhnen anzuschwellen, wie das Todesröcheln einer ganzen Generation – das hier war kein gewöhnlicher Krieger. Der Klang verschlug Wendra den Atem, und sie begann, nach Luft zu ringen. Sie griff sich an die Kehle und warf einen Blick zu Sutter hinüber, der das Gleiche tat.

Ein Kreischen durchschnitt die Luft, und Wendra wandte sich dem Geräusch gerade noch rechtzeitig zu, um zu sehen, wie Mira ihren eigenen Schwung ausnutzte, um sich aus dem Sattel auf den Mann in der schwarzen Lederrüstung zuzuschwingen. Einen ganzen Augenblick lang schien sie in der Luft zu hängen und auf den wirbelnden Streitkolben zuzusegeln. Dann schoss ihr Arm vor und fing die Waffe ab, hielt sie im selben Moment auf, als ihre zweite Klinge auf das verhüllte Gesicht zufuhr. Der Reiter lehnte sich zurück, um dem Schlag zu entgehen, und rollte sich von seinem Pferd ab auf den Boden, wobei er die Waffe weiter fest umklammert hielt.

Grant trieb sein Pferd in einen Zusammenstoß mit dem Reiter zur Rechten, der einen schwachen Versuch machte, Grant das Schwert in die Brust zu rammen. Der Mann aus dem Mal krallte die Faust in die Haare des anderen und hebelte ihn aus dem Sattel. Ein misstönendes Knirschen gestückelter Rüstungsteile, begleitet vom Knacken eines Knochens, und der Mann kroch eilig auf den Knien davon und schleppte einen Arm nutzlos hinter sich her.

Zur Linken reckte Braethen seine Klinge hoch, die in der Nacht strahlend weiß zu leuchten begann. Er schlug einen Weg ein, der ihn seitlich an dem Reiter vorbeiführen würde, und hielt sein Schwert zum Hieb erhoben. Als der Sodale sich seinem Gegner näherte, erspähte Wendra eine schattenhafte Bewegung ein gutes Stück links von ihm. An der Ecke des letzten Gebäudes kauerten zwei Männer, zielten mit Armbrüsten auf ihn und hielten die gesenkten Köpfe so still, wie es, wie Wendra wusste, nur unmittelbar vor dem Schuss geschah.

Tahn zog seinen Bogen vom Rücken, legte einen Pfeil an die Sehne und schoss ihn auf den ersten Mann ab.

Der Pfeil traf die Ecke des Steingebäudes und schlug in den Schatten Funken, aber er reichte aus, um die Konzentration des Armbrustschützen zu durchbrechen. Der Bolzen segelte zu hoch in die Luft und verschwand in der Schwärze jenseits der

Straße. Ein boshafter Blick richtete sich auf Tahn – der des Mannes, der noch nicht geschossen hatte. Er schwenkte die Armbrust in Tahns Richtung, so dass die Bolzenspitze auf ihn zielte.

Im vollen Galopp war Tahn nicht in der Lage, so schnell einen zweiten Pfeil anzulegen, wie er es zu Fuß gekonnt hätte. Er würde zu spät kommen. Sutter konnte nicht helfen. Wendra sah den Mann an und brach in zornigen Gesang aus. Der Klang erfüllte das Ende der Straße vor der großen Fassade der Discantus-Kathedrale, und die Kraft des Schalls prallte auf den Armbrustschützen wie die Wucht eines großen Hammers. Binnen eines Augenblicks brach er reglos auf seiner Waffe zusammen. Das Echo von Wendras kurzem Lied mischte sich ins Lärmen des Pöbels.

Ein Schrei durchbrach den Klang ihres ersterbenden Liedes.

Wendra wandte sich in Richtung des schmerzerfüllten Lauts und sah den Reiter zur Linken ein gezacktes Schwert aus Braethens Bein ziehen. Sie wusste, was geschehen war. Ihre harsche Melodie hatte auch Braethen getroffen und ihn verunsichert. Der Sodale hatte versucht, seine strahlende Klinge in Richtung des Angreifers zu schwingen, aber sein Hieb war aus dem Gleichgewicht geraten und deshalb schwach und harmlos geblieben. Es war Braethen gelungen, sein Schwert in der Hand zu behalten, aber nun war er dem Angriff wehrlos ausgesetzt. Der Reiter setzte ein triumphierendes Grinsen auf und schlug sich mit dem Handschuh zweimal selbstgefällig auf den Brustharnisch. Dann hob er die Klinge, um Braethen den Todesstoß zu versetzen.

Sein Schwert sauste nie herab. Er öffnete überrascht den Mund und schloss die Augen in Todesqual. Wendra sah, wie

Mira den Mann aus dem Sattel stieß und zugleich beide Klingen aus seinem Rücken hervorriss.

Nun ritt Vendanji an dem Getümmel vorbei und die Stufen zur Kathedrale empor. Zu Wendras Erleichterung öffnete Maester Belamae die breiten Türflügel des Portals. Wendra und Penit ritten ebenfalls hinauf, dicht gefolgt von Tahn und Sutter.

Die Hufe klapperten laut auf den Steinen. Rufe des Unmuts und widerwärtige Verwünschungen hallten von der Fassade der Kathedrale wider. Die Wand aus Verfolgern brach über Braethen, Mira, Grant und den Mann mit der schwarzen Kapuze herein.

Wieder erhob sich ein klagendes Stöhnen. Der Mann in der schwarzen Lederrüstung, der hinter Mira stand, hatte dazu angesetzt, seinen Streitkolben in vernichtenden Bögen nach ihr zu schwingen. Die Fern tänzelte einen Schritt zurück und hob zur Abwehr die Schwerter.

Weniger als zwanzig Schritt trennten die angreifende Menschenmenge noch von Mira. Sie hätte ihnen allen mühelos entkommen und die Treppe hinaufsteigen können, aber sie stand zwischen dem dunklen Reiter und Braethen wie eine Bergkatze vor ihren Jungen.

Vendanji befahl Wendra und den anderen, sich ins Innere der Kathedrale zu begeben, wo sich mehrere Leute mit weit aufgerissenen Augen bereithielten.

»Schnell!«, rief Vendanji. »Ihr Schicksal ist nicht das Eure!« Der Sheson folgte ihnen und sah zum Fuß der Treppe.

Maester Belamae zog Wendra und Penit hinein. Sutter sprang vom Pferd und setzte, beide Hände am Schwertgriff, dazu an, die Stufen hinabzulaufen.

»Nein!«, befahl Vendanji. »Deine eine Klinge kann gegen so viele nichts ausrichten.«

Sutter sah Vendanji finster an, blieb aber stehen und schaute wieder zu Braethen.

Geschrei und Geheul, Hufschläge und Waffenklirren tosten lärmend um sie herum.

Dann erschien Grant wie aus dem Nichts. Er stürzte sich rasch und zielstrebig auf den Rücken des vermummten Mannes, duckte sich im letzten Augenblick und rammte dem Kerl ein Messer in die Wade.

Der Streitkolben sank herab, das Stöhnen kam zum Erliegen. Aber stattdessen ertönte ein Kreischen voller Zorn und Empörung und hallte wie ein bösartiges Gebet wider. Der Schatten unter der Kapuze wandte sich Grant zu, der sich zurückzog, um auf den Gegenangriff zu warten.

Mira zögerte nicht. Sie packte die Zügel von Braethens Pferd und die ihres eigenen und begann, die Stufen hinaufzueilen. Grant nahm sein eigenes Pferd und folgte ihr, während der vermummte Reiter in die Dunkelheit eines nahen Gässchens verschwand. Ein Pfeilhagel begann auf die Stufen ringsum niederzugehen: Steinsplitter stoben auf, und Funken sprühten dort, wo Metall auf Stein traf. Aber kein Pfeil erreichte sein Ziel. Alle wichen um ein winziges Stück von ihrer Bahn ab, als würden sie einen Umweg um ihre Beute machen.

Erst jetzt fiel Wendra auf, dass sie eine Melodie hörte, die wie ein Schlachtengesang klang, aber leiser und zielgerichteter war. Sie drehte sich um, damit Mira und Grant mit ihren Pferden an ihr vorbeikonnten, und sah, dass Belamae den Blick unverwandt auf ihre Freunde gerichtet hatte und kaum hörbar sang.

Die Ligaten und Stadtwachen hatten die Stufen zur Kathedrale erreicht. Sie zügelten ihre Pferde so plötzlich, dass sie schlitternd stehen blieben. Mehrere Stimmen riefen Befehle und Warnungen, aber sie verklangen, als auch Braethen endlich hereingezogen wurde.

Sobald die Tür zugefallen war, schoben zwei Männer und zwei Frauen Riegel durch große Eisenringe, um sie zu versperren. Belamae erteilte ihnen ein paar leise Anweisungen, und sie führten rasch die Pferde weg.

Dann richtete Belamae den geduldigen Blick seiner klaren Augen auf Vendanji und sah ihn fragend an.

»Eine Erzählung«, sagte Vendanji, »schnell. Sie muss präzise vorgetragen werden, ohne Abweichung.« Vendanji hielt inne, zog die Schriftrolle unter seinem Umhang hervor und reichte sie dem Mann. »Und ich entschuldige mich, dass ich Euch das hier zugemutet habe, Maester. Es wird nicht einfach für Euch sein, selbst wenn die Regentin Euch ihre Gunst erweist.«

Belamae lächelte, während er das Pergament von Vendanji entgegennahm. »Da habt Ihr recht, Sheson.« Seine Stimme tönte tief und rein. »Aber obwohl unsere Giebel und Turmspitzen besudelt sind, sind unsere Absichten es nicht. Dass Ihr in Begleitung dieser Frau seid, hat es uns erleichtert, Euch die Tür zu öffnen.« Er sah Wendra an. »Ihr habt sie beschützt. Damit habt Ihr in mir einen Verbündeten gewonnen. Aber sie muss jetzt hierbleiben. Wohin auch immer Euer Autor Euch geschrieben hat, es ist nach dem Gesindel dort draußen zu urteilen gewiss kein sicherer Zufluchtsort.«

Vendanji wandte sich Wendra zu und schien seine Ungeduld, zu erledigen, was zu tun war, für einen Augenblick zu vergessen. Dann führten der Maester und Vendanji Wendra ein Stück von den anderen weg.

Der Sheson sah sie feierlich an, aber sein Tonfall war sanft: »Wendra, als ich nach Helligtal gekommen bin, war ich nicht nur um Tahns willen dort, sondern auch Euretwegen. Ich kannte Eure Eltern.« Er hielt kurz inne und schien zu überlegen, was er nun sagen sollte. »Noch vor Euch selbst wusste ich um die Begabung, über die Ihr verfügt. Es ist eine mächtige Gabe, und sie wird hier verzweifelt benötigt.« Der Sheson sah nach oben, wies auf die Discantus-Kathedrale.

Wendra fühlte sich, als ob es ihr den Atem verschlagen hätte. Vendanji hatte Bescheid gewusst? Ihr Vater etwa auch? Ihre Mutter? Sie fühlte sich hinters Licht geführt, getäuscht. Sie war im Zuge dieser ganzen Angelegenheit beinahe an die Bar'dyn verkauft worden. Dann wurde ihr klar, dass ihre Stimme sie zugleich vor diesem Schicksal bewahrt hatte. Und natürlich wäre sie sonst auch Penit nie begegnet. Sie drehte sich um und sah den Jungen an. Dass er in Sicherheit war, reichte schon aus, ihr Herz kurz Erleichterung verspüren zu lassen.

Dann sah sie wieder Vendanji und Belamae an. »Warum?«, fragte sie. »Geht es um das, was hinter Euren Spiegelteichen liegt, Belamae?«

Der Maester erklärte ihr, dass das Leidenslied die gesungene Form der Verse der Verlassenen war und dass es ohne Unterlass gesungen werden musste, um den Schleier aufrechtzuerhalten, der die Stille in den Born bannte. Er erläuterte, dass es nur wenige Leiholan gab und dass sie … müde waren.

Nachdem er geendet hatte, ergriff wieder Vendanji das Wort. »Ihr seid der Grund, weshalb wir nach Decalam gekommen sind, Wendra. Es gibt noch viel zu tun, und um diese Aufgaben müssen wir uns jetzt kümmern. Aber Euer Platz ist hier.«

Wieder verschlug es ihr den Atem. Die Enthüllungen waren

zu schnell und unvermittelt auf sie eingestürmt. »Was ist mit Penit?«

Vendanji wandte sich nicht ab, als er sagte: »Er kommt mit uns. Ihr werdet ihn gehen lassen müssen.«

In mancherlei Hinsicht machte das Wendra mehr Angst als alles andere, was sie gehört hatte. Verzweiflung regte sich in ihrer Brust. Sie spürte, wie die Last der bevorstehenden Entscheidung auf sie einstürzte, und hatte das Gefühl, in der Falle zu sitzen.

Oft, wenn sie in Panik geriet, sang oder summte sie oder spielte sogar im Geiste eine Melodie, um sich zu beruhigen. Aber jetzt erinnerte sie der Gedanke daran, das zu tun, nur an die Wahl, vor der sie stand. Sie konnte sich unmöglich entscheiden. Dann sah sie erneut den Jungen an, dachte an ihr verlorenes Neugeborenes und an alles, was sie getan hatte, um Penit zurückzuholen, nachdem sie auch ihn verloren hatte.

Ihre Ruhe kehrte zurück. Sie wandte sich wieder Vendanji zu und sah ihm unverwandt in die Augen. Der durchdringende Blick des Sheson musterte ihre Stirn, ihre Wangen und ihr Kinn, bevor er den Maester ansah.

»Sie hat sich entschieden«, sagte Vendanji. »Sie wird uns begleiten. Aber ich gebe Euch mein Wort, dass ich sie beschützen werde, Belamae.«

Das Auftreten des Mannes veränderte sich merklich; Wendra hatte den Eindruck, dass daraus weniger Zorn als Besorgnis sprach. Der Maester nickte, wandte sich zum Gehen und führte sie einen dunklen Gang entlang.

Niemand sagte etwas. Vendanji ging unmittelbar hinter Belamae, dichtauf gefolgt von Wendra und Penit. Danach kamen Tahn und Sutter. Mira und Grant, die Braethen von beiden Seiten stützten, bildeten den Abschluss. Aus der Ferne hörte Wendra das gleiche melodische Summen wie zuvor: das Leidenslied, das tief in der Kathedrale gesungen wurde.

Jenseits der Mauern war noch immer Geschrei zu hören, das ihre Schritte zu größerer Eile anspornte.

Wenn sie die Kathedrale zu stürmen versuchen, wird das Portal dann halten?

Belamae führte sie durch mehrere Gänge, in denen kleine Kerzen auf schmalen Regalen brannten und ihren Weg schwach beleuchteten. Sie gingen an geschlossenen Türen vorbei, schnappten Gesangsfetzen auf, daneben auch Melodien, die auf Zithern, Flöten und Geigen gespielt wurden – manchmal gemeinsam, manchmal allein. Die kurzen Liedstücke klangen in Wendras Ohren traurig.

Der Maester schritt auf eine abgeschlossene Tür zu. Er zog einen Schlüssel aus der Tasche, sperrte auf und ließ die anderen ein, bevor er selbst durch die Tür trat und sie hinter sich verschloss.

»Welche Stimme?«, fragte Vendanji.

»Ich würde mich auf niemand anderen als mich selbst verlassen, Sheson«, antwortete Belamae.

Ohne ein weiteres Wort machte der Mann eine Runde durch den Raum und zündete mehrere Lampen an. Stück für Stück wichen die Schatten zurück und enthüllten Wendras Augen ein ovales Zimmer mit fünfzig Schritt hoher Decke, die von Gemälden bedeckt war, deren Einzelheiten aus dieser Entfernung kaum zu erkennen waren. Ein großer ovaler Teppich mit verschlungenem blauweißen Muster erstreckte sich bis an die Wände, ließ aber ein kleineres, konzentrisches Steinoval in der Mitte des Raumes frei. Der Stein dort hatte keine Fugen und glänzte wie ein schwarzer Spiegel.

Stühle waren in regelmäßigen Abständen um das innere Oval herum aufgestellt und wirkten, als stünden sie am Ufer eines dunklen, ruhigen Teichs. An der Rückwand des Zimmers stand ein Lesepult wie Garlens, das aus dem gleichen glatten Stein wie der Boden gearbeitet war.

Der Maester ging zu Wendra und blieb stumm vor ihr stehen. Er ergriff sanft ihre Hand und umschloss sie mit seinen eigenen, stieß einen Seufzer aus und lächelte matt. »Ihr werdet nie wissen, wie schwer es mir fällt, Euch gehen zu lassen«, sagte Belamae. Seine Stimme stockte vor Ergriffenheit. Er schluckte und tätschelte Wendra die Hand. »Passt auf Euch auf, junge Frau«, sagte er. »Vergesst nicht, dass Ihr Verantwortung tragt, wann immer Ihr den Mund öffnet, um ein Lied zu erschaffen. Raue, gequälte Töne haben ihren Nutzen, Kind, aber sie werden immer vergessen und erschaffen nie etwas. Euch ist eine besondere Gabe zu eigen, Wendra, und Ihr seid die Einzige, die darauf achtgeben kann, sobald Ihr diesen Ort verlassen habt. Bitte kommt zurück zu mir. Es hängt so viel davon …« Der Maester unterbrach sich selbst, obwohl es den Anschein hatte, dass er gern noch mehr gesagt hätte.

Als die Worte erstarben, wurde Wendra bewusst, dass sie es erst nach einer langsam verklingenden Welle von Echos taten. Das Zimmer hallte vom Klang von Belamaes Stimme wider, machte jedes Wort überlebensgroß und verlieh ihm eine Tiefe und ein Ausmaß, wie Wendra es noch nie zuvor gehört hatte.

»Eure Pferde werden bald bei Euch sein«, sagte der Maester zu Vendanji, ohne sich von Wendra abzuwenden, die immer noch Penits Hand hielt.

Sie lächelte den alten Mann dankbar an, hatte aber im Herzen noch immer Vorbehalte. Eine *Gabe*? War es das wirklich?

Der Maester hätte den Begriff vielleicht nicht verwendet, wenn ihm ein Kind aus dem Leib gerissen, ein anderes auf dem Auktionsblock versteigert und er selbst zum Einsatz in einem Glücksspiel gemacht worden wäre.

Der Maester ließ sie stehen und ging um das schwarze Oval herum zum Lesepult. Er stieg eine Treppe dahinter hinauf und hatte bald aus mehreren Schritt Höhe einen Überblick über den Raum. Seine Augen lasen die Worte. Er schaute auf. »Das ist Garlen – das erkenne ich.« Er lächelte. »Bitte nehmt Platz«, sagte er.

Vendanji wies auf die Stühle. Jeder setzte sich auf einen, aber Wendra hielt weiterhin Penits Hand fest.

Der Sheson ließ sich als Letzter nieder und wandte sich an den Maester: »Belamae, setzt Euch mit Nachdruck für Helaina ein, wenn Euch die Möglichkeit dazu gegeben wird. Bei all den zaudernden Sitzinhabern, Hochstaplern, Ligaten und Stilletreuen … Helft Ihr bei diesem Großen Mandat, wo immer Ihr könnt. Wir brechen in dem Versuch auf, eine wichtige Aufgabe zu erfüllen, aber unser Erfolg ist vielleicht bedeutungslos, wenn das Große Mandat scheitert.«

Der alte Mann lächelte diabolisch, als ob er sich schon auf die Debatten freute, die ihm mit Roth Staned und seinesgleichen bevorstanden. Er legte sich in einer Geste, die wie ein Gruß wirkte, einen Finger an die Nase. Der Sheson antwortete mit einem dankbaren Nicken.

Als sie zur Ruhe kamen, begann der Maester mit volltönender, tiefer Stimme zu summen, deren Klang im Zimmer widerhallte, bis er den ganzen Raum auszufüllen schien. Wendra hatte den Eindruck, den Ton von allen Seiten zu hören, und er brandete über sie hinweg wie ihre lebhaftesten Träume. Die

Musik entwickelte ein Eigenleben, so dass sie sich nicht sicher sein konnte, ob der Maester sie überhaupt sang. Die Erzählung entfaltete sich in allen prachtvollen Einzelheiten, und die Worte fügten sich so natürlich und rhythmisch aneinander wie nur irgendein Liedtext, den Wendra je gehört hatte. Jeder Satz tanzte, spielte und hauchte den Worten und dem, was sie beschrieben, Leben ein, und von den Lippen des Maesters stieg die Musik auf, als könnte sie sich endlos nach außen und oben ausdehnen.

In manchen Augenblicken verschmolzen die Worte mit dem Lied und wurden so zu etwas Größerem, das Wendra tief berührte und sowohl in ihrem Körper als auch in ihrem Geist eine Saite zum Klingen brachte. Wendra spürte, wie das Zimmer um sie herum zurückzuweichen begann, unwirklich wurde und nur noch als Teilstück von etwas weit Gewaltigerem sichtbar blieb.

Über dem funkelnden Oval begann die Luft sich zu Fäden zu drehen, wie Stoff auf einem Webstuhl, Raumranken, die die Farbe dessen, was hinter ihnen lag, in dünnen Wellenlinien widerspiegelten. Hunderte und dann tausende dieser Streifen schimmerten nebeneinander und wuchsen, bis sie den Raum zwischen den Stühlen ausfüllten.

Durch diese Wellen sah Tahn die Gesichter von Grant und Mira wie durch bewegtes Wasser, aber es waren langsame, senkrechte Wellen, die dünn wie Haarsträhnen waren.

Als das Lied sich entfaltete, erhaschte Wendra einen Blick auf die Gabe, die in ihr lebte. Sie dachte, dass sie vielleicht Angst hätte haben müssen, sich aber in der Umarmung von Belamaes Lied sicher fühlte.

Der Maester sang ein Crescendo, das sich über ihnen zu einem unsteten, schillernden Muster verwob. Garlens Worte, denen so eine Stimme verliehen wurde, begannen ein Bild zu erschaffen. Die Fäden bewegten sich, wechselten die Farbe und verflochten sich zu neuen Mustern. Wendra spürte einen Ruck, als ob die Welt, der äußerliche Raum dieses Zimmers, sich zu verschieben begann. Die Fäden tanzten im Takt des Liedes, die Worte gaben ihnen die Richtung vor, und tausende haarfeiner Risse in der Luft gehorchten, bewegten sich und formten um, was sie sah.

Das Gewebe verdichtete sich, straffte sich und nahm Gestalt an. Die einzelnen Fäden begannen zu verschwinden und schufen eine neue Ordnung anstelle der alten. Der Maester sang weiter, bis aus der Brise ein Wind wurde und Wendra die Ebene roch, auf die sie blickte, und Donnergrollen an einem dunklen Himmel hörte.

»Tretet hindurch«, sagte Vendanji so leise, dass er das Lied nicht störte.

Obwohl Wendra nicht an dem neuen Vorhang vorbeiblicken konnte, der in der Luft vor ihr hing, sah sie plötzlich Mira und Grant auf dem Boden der Landschaft erscheinen, die sich über dem schwarzen ovalen Spiegel erhob, dann auch Vendanji und Braethen. Zu ihrer Linken stand Sutter, der Tahn begeistert zunickte und selbst hindurchtrat. Dann Tahn. Und Penit.

Wendra sah noch einmal den Maester an, der weitersang, ihr aber aufmunternd zunickte. Ein Brausen der Musik bestürmte ihren Verstand, und poetische Sprache unterdrückte allen Unglauben. Wendra trat in den Bildteppich. Unvermittelt von Bekümmerung und Zweifeln ergriffen, ließ sie die Discantus-Kathedrale hinter sich.

24

KINDER DES SOLIEL

Tahn hörte feinen Schiefer unter seinen Füßen knirschen, als er auf die riesige, dunkle Ebene hinaustrat. Ein feuchter Wind hob sanft sein Haar an, und er zählte schnell seine Freunde durch. Alle waren sicher angekommen. Er sah sich nach dem Stoff um und erblickte ein in die leere Luft gerissenes Loch, das die Stühle und den Raum zeigte, in dem der Maester sein Lied leise zu Ende brachte. Die gewebten Fäden begannen sich aufzulösen, kehrten in ihre frühere Form zurück und verzerrten das Bild, das hinter ihnen lag. Binnen weniger Augenblicke war das erleuchtete Zimmer verschwunden und einer undurchbrochenen Landschaft gewichen, die am Horizont in dunkle Wolken überging.

Vendanji eilte zu Braethen, half dem Sodalen, sich auf den Boden zu legen, und rollte seinen Umhang als Kopfkissen für ihn zusammen.

»Atme ruhig«, sagte der Sheson sanft.

Dann legte Vendanji eine Hand auf die Wunde in Braethens Bein und hielt ihm die andere Hand über den Bauchnabel. Er sagte etwas, das Tahn nicht verstehen konnte, weil sein Umhang laut im Wind flatterte. Wenige Momente später entspannte sich Braethens Gesicht. Vendanji trug eine Salbe auf und verband die Wunde sorgfältig.

Ein durchdringendes Geräusch zog Tahns Aufmerksamkeit auf sich. Als er aufblickte, sah er wenige Schritte entfernt ein sich immer wieder wandelndes, blendendes Lichterspiel. Mira ging auf die irisierende Helligkeit zu, und kurz darauf traten ihre Pferde aus einem neuen Fenster aus schimmernden Fäden hervor. Die Fern sammelte die Pferde und verließ die Bresche, bevor sie sich wieder schließen konnte, um gleich darauf die Zügel an den jeweiligen Besitzer weiterzureichen.

Ein ferner Blitz flammte neben einer zerklüfteten Bergkette auf, gefolgt von dumpfem Donnergrollen. Die Kohlschwärze des Schiefers verschmolz nach und nach mit der Dunkelheit der Berge und der Gewitterwolken, die sie umgaben.

»Der Soliel«, sagte Mira gleichmütig. »Garlen ist immer für eine Überraschung gut.« Sie sprang auf Solus' Rücken und sah sich um. »Wir sind nicht weit von Naltus. Wir sollten vor dem Gewitter Unterschlupf suchen.«

Ein neuer Blitz erhellte die Nacht, und bald darauf grollte und dröhnte der Donner ringsum; in weiter Ferne heulten Kojoten oder Wölfe dem Lärm ihren Trotz entgegen.

Während des Ritts erhaschte Tahn dann und wann einen Blick auf die Umrisse des Mannes mit der sonnengebräunten Haut, der ihn ständig ansah. Vielleicht *schien* es auch nur so, als ob Grant ihn beobachtete, aber im matten Licht eines Blitzes ruhte sein Blick bedrohlich und voll verborgener Absichten allein auf Tahn.

Sie kamen an einem Gewirr aus gebleichten Knochen im Schiefer vorbei; kleine Spitzen versteinerter Skelette ragten aus der Erde auf, und die Größe der Knochen der Geschöpfe hinderte Tahn an jeder Vermutung darüber, was sie zu Lebzeiten gewesen sein mochten. Mehr als einmal hatte Tahn den Eindruck, Schieferreihen zu grabähnlichen Hügeln aufgeschichtet zu sehen, da die Härte des Erdbodens es nur gestattete, einen Leichnam zu bedecken, statt ihn in den Eingeweiden des Landes zur letzten Ruhe zu betten.

Dann erhob sich vor ihnen plötzlich wie aus dem Nichts eine Stadt.

Gewaltige Mauern waren mithilfe von Mörtel aus dem gleichen Schiefer, der sie umgab, aufgeschichtet worden, so dass die Stadt schwer zu erkennen war, besonders in den Schatten des Zwielichts. Als Tahn genauer hinsah, erkannte er noch etwas: Er konnte weder Wachen noch sonst irgendeine Bewegung sehen, ja, noch nicht einmal ein Tor in der Stadtmauer, und davor auch keine Pilger oder Händler, die ihn und die anderen auf dem Weg in die Stadt hätten belästigen können.

Welcher Reisende würde auch schon hierherkommen? Alles hier fühlt sich einsam an … verlassen …

Als sie sich der Stadt näherten, wandte sich Mira an die Übrigen: »Fremde werden selten durchs Tor gelassen.« Sie machte keine Anstalten, das genauer zu erläutern. »Seid respektvoll.«

Sutter flüsterte: »Ich wette, wenn man kein Fern ist, ist man gleich ein Außenseiter.« Er lächelte.

»Wir haben bisher noch nicht einmal jemanden gesehen und sind schon gar nicht aufgehalten worden. Wie sicher werden wir sein?«, fragte Wendra.

»Es gibt keine Geheimnisse im Soliel«, erklärte Vendanji, der ihr Flüstern gehört hatte. »Nicht für die Fern. Sie wissen von uns, seit wir durch die Erzählung hierhergelangt sind. Die Entscheidung darüber, ob wir eingelassen werden sollen, wird wahrscheinlich bis zu unserem Eintreffen an der Stadtmauer aufgeschoben.«

»Und was, wenn sie uns nicht einlassen wollen?«

»Der Auftrag, in dem wir unterwegs sind, wird sich gegen jeglichen Widerspruch durchsetzen, da bin ich mir sicher. Aber ihr seid mehr als Gäste hier.« Der Sheson musterte sie eindringlich. »Jeder Mensch, der in den Soliel kommt, ganz gleich ob Mann oder Frau, ist unwissentlich ein Abbild des Lebens, wie es in den Landen im Süden und Westen geführt wird – manchmal sind es Kaufleute, manchmal Landstreicher, manchmal eitle Abenteurer. Die Absichten solcher Menschen tauchen unseresgleichen in schlechtes Licht. Jenseits von hier liegen der Born im Norden und die Saeculoren im Nordosten. Und jenseits der Saeculoren endet das Land. Aber ihr geht diesen Weg zu einem anderen Zweck als diejenigen, die ich aufgezählt habe.« Vendanji richtete drohend den Blick auf sie alle. »Besudelt diesen Zweck nicht mit irgendwelchen Schlichen oder euren privaten Zwistigkeiten.«

Die Mauern von Naltus Fern waren weitaus höher und breiter, als sie von weitem ausgesehen hatten. Die Wehrgänge mit Blicken abzumessen erwies sich im Dunkeln als schwierig, aber ihr oberes Ende war jedes Mal klar zu erkennen, wenn Blitze den Himmel durchzuckten.

Als sie näher herankamen, sah Tahn, dass die Mauern sich als glatte, nahtlose Flächen erhoben. Keine Fugen oder vorspringenden Steine boten Halt, und es gab kein Tor. Mira führte sie zum Fuß der großen Mauer. Mit sicheren Bewegungen zeichnete sie mit den Fingerspitzen ein Symbol auf die glatte Oberfläche. Dann wiederholte sie das Muster und zeichnete es schließlich ein drittes Mal.

Nachdem sie den letzten Durchgang beendet hatte, ertönte ein leises Rauschen von Luft aus der Mauer, und ein großes Tor begann nach innen aufzuschwingen. Tahn reckte sich, um zu erkennen, was die Fern getan hatte, sah aber keine Zeichnung auf der Tür und auch kein Schloss im üblichen Sinne. Das Tor bewegte sich in einem langsamen, gezielten Bogen, aber es ertönte kein Laut, weder ein Knirschen von Stein noch ein Quietschen der Angeln. Binnen kurzer Zeit hatte sich ein Eingang, der groß genug war, ein Pferd durchzulassen, in der Mauer aufgetan. Mira setzte sich in Bewegung.

Als sie alle das Tor passiert hatten, sah Tahn Mira stumm vor einem männlichen Fern stehen. Mira hob die rechte Hand und legte ihm die mittleren drei Finger mit einer Zärtlichkeit an die Lippen, um die Tahn ihn beneidete. Während ihre Hand noch auf seinen Lippen ruhte, erwiderte der Fern die Geste. Keiner von beiden sprach ein Wort. Mira zog die Hand zurück und bedeutete den anderen, ihr zu folgen.

Die Stadt erhob sich in schnörkellosen Konturen aus Schiefer. An manchen Stellen war in den Gebäuden auch dunkles Holz als Stützbalken oder Fensterrahmen verbaut, aber die undurchdringliche Düsternis des schwarzen Schiefers prägte beinahe jedes Haus.

»Sehr hübsch ist das nicht«, murmelte Tahn.

»Ich weiß nicht«, sagte Braethen hinter ihm. »Darin liegt eine Art schlichte Schönheit, finde ich, zumindest eine Art Einfachheit. Außerdem glaube ich nicht, dass sie den Schiefer verwendet haben, weil sie nichts anderes hatten.«

»Was meinst du damit?« Der Rübenbauer drehte sich im Sattel nach dem Sodalen um, der eifrig die Umgebung in sich aufnahm.

»Ich meine damit, dass die Fern sich den Soliel ausgesucht haben, *weil* er von Schiefer geprägt ist.« Braethen sah Tahn an. »Oder dass die Edlen sie wegen des Schiefers hierher *gesandt* haben.«

»Warum? Hat das etwas mit ihrer Persönlichkeit zu tun?«, fragte Sutter und vergewisserte sich rasch, dass niemand ihn gehört hatte.

Braethen lächelte und erklärte: »Schiefer wird in den Geschichtsbüchern als Element ohne Forsa beschrieben, oder zumindest mit so wenig Forsa, dass es keinen Wert für die …«

»… Stilletreuen hat.« Grant brachte sie mit seiner Einmischung zum Schweigen. Er starrte unverwandt geradeaus, schien aber weder den Stein noch Tahn und seine Gefährten zu sehen. Tahn hatte das Gefühl, dass das, was der Mann vor sich sah, sich immer noch im Mal befand, dass Grant selbst innerlich vielleicht für immer dort bleiben würde. »Das Land kann sich im Laufe der Zeit von selbst wieder erholen, wenn man es in Ruhe lässt … falls es dem Allwillen entspricht, dass es so geschieht. Dieser Ort dagegen ist schon zur ewigen Ruhe gebettet.« Grant konzentrierte sich auf Mira, die den Zug anführte. »Wie sie hier im Wohlstand leben können, und das schon vom ersten Tag an … Das ist ein Wunder. Es muss einen Grund dafür geben, ein ganzes Volk in die Verbannung zu schicken.«

Der Fern, der sie empfangen hatte, führte sie nur um ein paar Biegungen. Die Hufe trommelten auf Schieferpflaster, das von unzähligen Wohnhäusern, Läden und Speichern umrahmt war, aber Tahn sah keinen einzigen Fern auf die Straße treten, um die Reiter zu begaffen. Es kam auch niemand beiläufig vorbeispaziert, und er sah keine Gesichter aus Fenstern spähen. Er hörte nicht die üblichen Musikfetzen aus Tavernen oder das übermütige Gelächter und Geschrei von Männern und Frauen, die sich betranken. Alles war still, als würde die Stadt schlafen, obwohl hinter vielen Fenstern sogar zu dieser späten Stunde noch Licht brannte.

Eine ganze Stadt wie Mira. Sind sie alle so schön?

Sie machten vor einem großen, rechteckigen Gebäude halt, dessen runde, geriffelte Säulen ein Dach trugen, das einen umlaufenden Gang beschirmte. Weit hinter den Säulen erhob sich eine drei Stockwerke hohe Halle. Lange Stufen führten terrassenförmig in Zweiergruppen von der Straße ins Erdgeschoss empor. Mira stieg ab und reichte die Zügel dem Mann, der sie hierher begleitet hatte.

»Danke, Sekretär Bridgoe«, sagte sie so leise, dass ihre Worte kaum an Tahns Ohren drangen.

»Sie sind zusammengekommen, als wir von Eurer Rückkehr in den Soliel erfahren haben. Man erwartet Euch«, erwiderte der Sekretär.

Tahn und die anderen stiegen ab, und der Fern nahm auch ihre Zügel und brachte die Pferde fort, während Mira Vendanji und die anderen mit langsamen, aber zielstrebigen Schritten zu dem großen Gebäude führte. In der Nähe der Steinmauer beugte sie ein Knie, neigte den Kopf in Richtung der inneren Halle und verharrte für eine Zeitspanne, die Tahn lang erschien, in dieser ungeschützten Haltung.

Als sie weitergingen, klang es wie Kleiderrascheln, und Tahn hatte den Eindruck, dass sie alle auf Zehenspitzen liefen, um das Klappern der Stiefelabsätze so gering wie möglich zu halten. In den stillen, unendlich tiefen Schatten herrschte noch Nacht.

Mehrere Schritte weiter stiegen sie eine Treppe hinauf in ein Zwischengeschoss. Im Licht großer Lampen erhaschte Tahn einen Blick auf lange Regalreihen. Die hohen Bücherschränke warfen große, quadratische Schatten auf die gewölbten Decken über ihnen. Vor ihnen lagen mehrere geschlossene Türen. An jedem Portal hing eine andere Waffe, als sollte sie anzeigen, was man in dem jeweiligen Raum finden konnte.

Gleich rechts von Tahn wurde eine große Wand von einer riesigen Landkarte eingenommen, die sich vom Boden bis zur Decke erstreckte. In enger, eleganter Schrift waren Namen darauf verzeichnet, und Tahn entdeckte Städte, von denen er nie gehört hatte, und das, obwohl diese Orte noch näher an Helligtal lagen als Myrr. Neben allen von ihnen fand er Daten. Tahn sah die Namen von Schlachten, Kriegen und Anführern, deren Vermächtnis bisweilen noch in den Geschichten weiterlebte, die zu Nordsonn oder spät nachts erzählt wurden, wenn der Gedanke an die eigene Sterblichkeit selbst kleine Jungen überkam.

Calem Fersenstein an der Shalinhöhe im Krieg des Ersten Eides; Vancet Jonasilith I'Nesbitt, der Fürst von Nallan, der Severens gehalten hatte, während sein Volk nach Süden geflohen war; Olan Forants Name stand neben dem Gefecht in Süd-Malort. Und noch weitere, so viele, dass die Landkarte dicht gedrängt mit Tinte überzogen war. Einer allein war in Rot verzeichnet: Kieronit Dalo, dessen Name den Rand der Berge beherrschte, die zwischen Naltus und dem Soliel lagen. Der Nachname zeigte im letzten Federstrich einen langgezogenen Schnörkel, der das Geschlecht bezeichnete – eine Frau, wie Tahn schloss, indem er in der Nähe von Decalam Helainas Namen suchte und fand. Diese Kieronit hatte sich mit dem, was sie getan hatte, eine herausragende Stellung erworben, und ihr Name war der vorletzte, der vor der Markierung der Saeculoren noch zu sehen war.

Ein letzter Name stand dort noch: Elan. Dieser schien erst kürzlich eingetragen worden zu sein und ging weit im Norden in die Zeichnung der Saeculoren über. Anscheinend hatte dort eine Schlacht stattgefunden, und dieser Fern, Elan, hatte seine Leute zum Sieg geführt – sein Name war sogar an mehreren Stellen am oberen Ende der Karte verzeichnet.

Tahn überflog die scharfen Einschnitte und gezackten Linien, bis er eine letzte lesbare Beschriftung erspähte, in der er den Fels der Erneuerung zu finden meinte. Aber die Bezeichnung, die dort stand, war keine, die Tahn kannte. Er starrte sie im schwachen Licht an und bemühte sich, sie zu entziffern. Dort, in die entfernteste Ecke der Karte gekritzelt, standen zwei Wörter: *Rudierd Tillinghast.*

Allein beim Lesen durchliefen Tahn heiße Schauer. Dann und wann hatten fahrende Spielleute, die nach Helligtal gekommen waren, ihre Lieder gespielt und die edelsten Eigenschaften, die Tahn sich vorstellen konnte, heraufbeschworen, um zu beschreiben, welchen Wert es hatte, sein Leben für die Freiheit hinzugeben. Mehr als einmal hatte A'Posian sich bei einem Fest für sie hingesetzt und laut die Früchte seiner Feder vorgetragen, so dass seine Worte über das Feuer hinweg erklungen waren und in Tahns Kopf Bilder erweckt hatten, bei denen sich ihm die Nackenhaare aufgestellt hatten. Und als Tahn zum ersten Mal einen Bar'dyn gesehen hatte – den, dessen grobe Hände gewiegt hatten, was er dem Schoß seiner Schwester hatte entreißen können –, hatte auch das heftige Gefühle in ihm hervorgerufen.

Die Regung, die diese Worte am Rand der Karte der Fern in ihm auslösten, war stärker als alle vorgenannten zusammengenommen, war irgendwie Bedrohung und Verheißung zugleich,

Verdammung und Freiheit in einem Atemzug. Er formte die beiden Wörter mit dem Mund, wollte sie aber nicht laut aussprechen. Allein dass er sie gelesen hatte, hatte ihn der Sprache beraubt.

Was könnte man wohl damit anrichten, dass man sie tatsächlich laut ausspricht?

Bevor er weiterging, wusste Tahn bereits im Herzen, dass diese Bezeichnung auf der Karte für den Ort stand, den sie suchten, den Ort, zu dem Vendanji schon von der Feuerstelle in Hambleys Taverne aus aufgebrochen war. Bei jedem Schritt auf dem Weg hierher hatte der Sheson gewiss mehr über das gewusst, was Tahn erwartete, als er je verraten hatte. Diese Ecke der Landkarte blieb ihm ein Rätsel, ein ferner Ort, der eher ein Mythos als Wirklichkeit war. Aber die beiden Wörter, *Rudierd Tillinghast,* brannten sich ihm in Gedanken und Herz so unauslöschlich ein, als wären sie schon immer da gewesen. Und plötzlich glaubte er, dass er sich auch schon immer vor ihnen gefürchtet hatte.

Wäre ich mitgekommen, wenn ich das gewusst hätte? Vielleicht hat Vendanji recht daran getan, Geheimnisse zu haben.

Die Fern hatte sich nach links gewandt. Sie folgten ihr eine weitere Treppe hinunter, deren längliche Stufen sie in ein tiefer gelegenes Stockwerk führten. Als sie den Rand des Zwischengeschosses erreichten, sah Tahn von dort auf eine kleine Versammlung von Fern hinab, die in von einem Mittelgang durchbrochenen Reihen saßen. Vor ihnen stand ein junger Mann, der einen kurzen Hirtenstab in der Hand hielt, den er nachdenklich streichelte.

Lichtträger standen reglos um die Gruppe herum. Die Stangen, von denen die Laternen hingen, waren nur wenig höher als ihre Besitzer. Die leuchtenden Lampen wirkten in der gewaltigen Halle klein. Ihr Vorhandensein erschien Tahn eher symbolisch, als dass es wirklich viel Licht gespendet hätte. Er erinnerte sich daran, wie Mira nachts mit leuchtenden grauen Augen Wache gehalten und alles in sich aufgenommen hatte, was die Dunkelheit zu verbergen suchte. Es hatte nie so gewirkt, als ob sie Licht benötigte, um in die Nacht zu spähen. Wenn dem so war, dann konnte er sich vorstellen, dass die Fern hier über die gleiche Fähigkeit verfügten. Vielleicht waren die Laternen also für Miras Freunde gedacht – ein Willkommensgruß.

Keiner der Fern sah zu ihnen hoch, als sie die Treppe hinabstiegen. Hohl hallten ihre Schritte im Saal wider und kündigten so ihr Kommen an. Noch immer wandte sich kein einziger Kopf, um sie zu begrüßen. Am Fuß der Treppe hob Mira die Hand, um sie aufzufordern, haltzumachen, bevor sie zu dem Mann hinüberging, der vor den Versammelten stand.

Einen Schritt von ihm entfernt blieb sie stehen und neigte den Kopf. Sie hob ihn erst wieder, nachdem der Mann sanft ihre Schulter mit dem Hirtenstab berührt hatte. Irgendetwas an der Versammlung kam Tahn seltsam vor. Vielleicht war es die Demut der Gebärden, derer sich die Fern bedienten, um sich miteinander zu verständigen, und die nichts mit dem gemein hatten, was er bisher bei Miras Umgang mit anderen erlebt hatte, seit sie nach Helligtal gekommen war. Aber daran allein lag es nicht. Da war noch etwas.

Mira sprach mit dem Mann, ohne dass Tahn ihre Worte hätte hören können. Dann trat er zurück, und Vendanji ging auf ihn zu. Sein hochgewachsener Körper wirkte selbst in den Tiefen des großen Saals imposant. Er neigte ehrerbietig den Kopf vor dem Mann, der rasch mit dem Hirtenstab Vendanjis Schulter berührte. Aus der Schnelligkeit der Geste schien Respekt zu sprechen. Vendanji sah nur einen Moment lang auf, bevor er sich dem Rest der Versammlung zuwandte. Er sagte nicht sofort etwas, sondern ließ den Blick zunächst über jeden einzelnen Fern schweifen.

Tahn wurde bewusst, was ihm so seltsam vorgekommen war. Als er dem Blick des Sheson folgte, sah er, dass keiner der Fern älter als Sutter oder er selbst sein konnte. Als er genauer hinschaute, stellte er fest, dass einige sogar mehrere Jahre jünger zu sein schienen. Vielen war eine Lebenserfahrung anzusehen, die ihren Gesichtern einen Ausdruck verlieh, der um Jahre älter als ihre Körper wirkte. Kein einziger Fern zeigte die Unschuld eines Melura, obwohl jeder zugleich mit glatter Stirn dasaß, als würde er sich nie Sorgen machen. Und auf seine eigene Art war jeder so schön wie Mira, vielleicht, wie Tahn dachte, aufgrund der Jugend der Fern oder vielleicht, weil sie alle so selbstsicher zu sein schienen.

Der Willenslenker beendete seine Musterung des Publikums. Seine glänzenden Augen schienen in Flammen zu stehen, da sie das Licht der Lampen der Laternenträger widerspiegelten. Er nahm die senkrechten Säume seines Umhangs, schlug ihn über die Schultern zurück und entblößte den Dreiringanhänger an der kurzen Kette, die er um den Hals trug. Eine raschelnde Bewegung durchlief die Fern. Kein Wort ertönte, kein einziger Ausruf, aber scharrende Füße und Hälse, die gereckt wurden, um einen besseren Blick auf den Sheson zu erhaschen, verrieten gleichermaßen Verwunderung.

»Kinder des Soliel«, sagte Vendanji. »Habt Dank, dass Ihr uns Unterschlupf vor dem Sturm und den Schatten gewährt, die aufrecht das Land durchstreifen. Ich bitte für diese eine

Nacht um Eure Geduld; danach überlassen wir Euch wieder Euren Pflichten.«

Vendanji hielt inne, und Tahn nahm an, dass der Sheson über die Pflichten nachdachte, von denen er gerade gesprochen hatte.

Dann nickte der Willenslenker, als hätte er eine Entscheidung gefällt. »Euer Hüteramt wird heute aufgrund der Neuigkeiten, die ich bringe, nur umso wertvoller. Keine Quelle erwähnt auch nur einen Zeitpunkt, zu dem Ihr Eurem Ersten Erbe keine Ehre erwiesen hättet oder ihm nicht gerecht geworden wärt: einem Leben, das Ihr nur bis zu Eurem Einstand lebt, nach dem Euer Geist in das übergeht, was jenseits des Todes liegt. Als Belohnung dafür, dass Ihr den Auftrag erfüllt, die Sprache des Bundes zu bewahren, ist Euch der Segen zuteilgeworden, ein weiteres Leben zu leben, nachdem Ihr diese Welt verlassen habt, in dem Ihr dann Eure Familie um Euch scharen dürft. Und Ihr habt Euch dieses Vertrauens als würdig erwiesen.« Vendanjis Stirn umwölkte sich. »Aber der Weiße wird nach zahllosen Zeitaltern in seinem Grab ruhelos. Seine missgestalteten Geschöpfe schlüpfen am Schatten der Hand durch den Schleier und wechseln aus dem Born in den Westen über. Sie würden Euch und uns alle gern der Hoffnung berauben, die Ihr hütet.«

Sutter flüsterte Tahn zu: »Wovon spricht er?«

Tahn zuckte mit den Schultern.

»Sei still, dann verstehst du es vielleicht«, sagte Grant sanft über ihre Schultern hinweg. »Der Melura verrät sich anderen am ehesten, wenn er den Mund aufmacht.« Tahn dachte, dass dies von allem, was der Mann aus dem Mal bisher gesagt hatte, einem Scherz am nächsten kam, und unterdrückte ein Grinsen.

»Ich habe die Dolmen über Euren Schiefer hinweg gesehen,

und andere, die schon zu Boden gestürzt sind. Das ist eine Entweihung, die nur die Stilletreuen begangen haben können, die nun gegen Euch ziehen. Selbst in diesem Schiefertal seid Ihr nicht sicher. Das wisst Ihr. Es ist unvermeidlich, dass das, was aus dem Born hervorströmt, sich ausbreitet, und die Bedrohung hat es auf Euch abgesehen.« Vendanji trat näher heran und bannte sie mit einem ernsten Blick. »Aber die Stilletreuen haben schon tief im Land zugeschlagen. Vor noch nicht vierzehn Tagen wurde die Bibliothek von Kumram zu Asche verbrannt, so dass Generationen von Gelehrsamkeit über die Sprache des Bundes zerstört wurden. Es gibt andere Aufbewahrungsorte, aber die Bibliothek wurde von mehr als nur ihrem Berg geschützt, um den herum Sheson Schutzzauber gewirkt hatten.« Vendanji hielt inne. »Und sie enthielt die einzige Kopie der Verse der Verlassenen, abgesehen von der, die in der Discantus-Kathedrale aufbewahrt wird. Das Wissen um die Sprache des Bundes ist nun den Händen der Menschen entzogen. Euer Hüteramt für die Bundessprache ist entscheidender und gefährdeter denn je.« Vendanji sah an ihnen vorbei, und seine Augen blickten in weite Ferne. »Wenn die Stilletreuen mit Kumram so kurzen Prozess gemacht haben, fürchte ich, dass Delighast naht … das Ende aller Dinge.« Er schwieg kurz. Alle Fern lauschten aufmerksam. »Was auch immer die Menschen unternehmen, um dieser Bedrohung zu begegnen, Ihr dürft hier nicht daran scheitern, Euren Auftrag zu erfüllen: Die Sprache des Bundes darf nie zerstört oder gestohlen werden. Keine wolkenverhangene Nacht inmitten des Schiefers ist so schwarz wie das, was uns erwartet, wenn das geschieht.« Er machte erneut eine Kunstpause. »Ich fürchte, die Bedrohung wird wieder nach Naltus kommen … diesmal noch stärker …«

Tahn konnte sich nicht erinnern, es zuvor jemals erlebt zu haben, dass Vendanji einen Gedanken nicht zu Ende führte.

Der Sheson trat wieder neben Mira. Der junge Mann legte den kleinen Hirtenstab auf den Tisch hinter sich. Die Versammlung der Fern erhob sich, als sei sie förmlich entlassen worden, und entfernte sich stumm. Die Laternenträger steckten ihre Stäbe in Löcher im Boden, bevor auch sie den Raum verließen. Nach wenigen Augenblicken war der Saal bis auf Tahns Gefährten und den einen Fern, der den Hirtenstab getragen hatte, leer.

Er setzte sich auf die Tischkante. »Es ist gut, Euch zu sehen, Vendanji. Ihr seid für uns ein würdiger Vertreter der Menschheit. Ihr seid hier stets willkommen.« Tahn fand, dass es sich eher nach einer Bitte als nach einer Einladung anhörte.

»Danke, König Elan«, erwiderte Vendanji und nickte voller Dankbarkeit und Respekt. »Aber es gibt mehr zu sagen, und ich würde dieses Gespräch lieber ohne Eure Hauptleute führen.«

»Das habe ich mir schon gedacht«, antwortete der König und verzog die Lippen zu einem angedeuteten schiefen Lächeln. »Soll ich Wasser schöpfen lassen?«

»Sie brauchen es«, antwortete Mira und nickte zu Tahn und den anderen hinüber.

Elan drehte sich zu dem Diener um, der sich an der Rückwand in Bereitschaft hielt, und hob den Arm. Der Diener verließ den Raum, erschien bald mit zwei Wasserkaraffen und einem Tablett voll kleiner Gläser, stellte alles auf dem Tisch ab und zog sich sofort zurück.

Elan schenkte das Wasser ein und lud sie alle ein, sich ein Glas zu nehmen. Während Tahn trank, musterte er Elan und machte sich bewusst, dass er nicht nur den lebenden König der Fern vor sich sah, sondern zugleich jemanden, der seine Armee mehr als einmal in die Schlacht geführt hatte und immer siegreich daraus hervorgegangen war. Als alle getrunken hatten, schritt Vendanji in den Gang zwischen den Stühlen und wirbelte scharf auf dem Absatz herum, um sich zu Elan und den anderen umzudrehen.

»Es gibt mehrere Dutzend Orte der Gelehrsamkeit zwischen Naltus und Kumram, und die Stille wird sie wahrscheinlich alle heimsuchen. Aber wenn sie je Besitz von den Versen der Verlassenen ergreift …«

Elan trank noch einen Schluck. Seine Stirn blieb glatt, und er wirkte unbesorgt. »Decalam wird nicht fallen.«

»So einfach ist es nicht«, fuhr Vendanji fort. »Die Stilletreuen sind schon in die Nähe der Stadt gelangt, einer sogar …« Der Sheson unterbrach sich, als sein Blick auf Tahn fiel. »Sie sind ins Helligtal vorgedrungen, zu den geheiligten Hainen, die im Zeitalter des Tabernakels geweiht wurden. Das Land wird unfruchtbar.« Vendanji tauschte einen Blick mit Grant. »Das Gleichgewicht von Forda I'Forsa ist gestört. Es ist diesmal kein Krieg an nur einer Front, Elan. Eure Rolle ist ganz entscheidend, aber wir sind wie Fäden, die auf einen Webstuhl gespannt sind, und ein einziger Webfehler sorgt für einen Makel im großen Ganzen.« Vendanji schwieg für eine Weile und senkte gedankenverloren den Blick.

»Seid Ihr von so weit her gekommen, um uns diese Nachricht zu überbringen, und das noch dazu mit einem Kind?« Elan musterte Penit mit verstörter Miene, als ob er in dem Jungen etwas erkannte, das Tahn nicht sehen konnte.

Vendanji schaute mit gerunzelter Stirn auf. »Wir kommen

hier auf dem Weg in die Saeculoren vorbei … zum Rudierd Tillinghast.«

Elan warf Vendanji einen Blick voll entsetzter Verwunderung zu. Der Fern drehte sich um und starrte in Richtung der Berge, über denen der Sturm tobte. Immer noch von den anderen abgewandt, sagte er: »Das sind unerfreuliche Neuigkeiten, Sheson. Stilletreue so tief im Land, Angriffe auf die Gewölbe der Weisheit, das ist beunruhigend …« Elan drehte sich wieder zu Vendanji um. »Aber dass die Menschen zum Fels der Erneuerung zurückkehren … Dass Ihr Euch an den Bergen versuchen wollt, ist der finsterste Scherz, den die Fern kennen, und dass Ihr glaubt, zum Tillinghast reisen zu müssen, nimmt mir den Mut. Was ist damit zu gewinnen?« Er wartete auf eine Antwort.

Vendanji blinzelte langsam. »Ihr Fern haltet Euch an Euer Erstes Erbe, Elan, und lebt ohne die Fesseln jeglicher Konsequenzen, da Ihr noch vor Eurem Einstand in den Schoß der Erde zurückkehrt. Der Fels der Erneuerung kann Euch nichts wiedergeben, da jemand, der seinen Wandel noch nicht durchlebt hat, weder im Guten noch im Bösen Erneuerung erfahren kann. Aber für einen Menschen ist das nur in seiner Jugend so, und selbst dann ist er nicht so geschützt wie Ihr durch Euren Bund. Und nach dem Tag seines Einstands wird der Fels für ihn zu etwas ganz anderem. Der Abgrund, der am Tillinghast nagt, ist die Substanz unsichtbarer Dinge, die Formel von Forda I'Forsa, und er stellt denen, die dort ankommen, die tiefgründigste aller Fragen …«

Welche Frage? Noch mehr unvollendete Gedanken. Tahn war noch beunruhigter als zuvor.

Er versuchte, selbst auf die Antwort zu kommen. Der Sheson brachte Tahn an diesen Ort, dessen bloße Erwähnung die Macht hatte, Elan um seine gleichmütige Miene zu bringen. *Was ist die tiefgründigste aller Fragen?*

Vendanji unterbrach seine Gedanken, indem er sagte: »Wir müssen die Antworten kennen, um zu verstehen, wie wir den Dienern des Weißen und jedem Huf oder Fuß, der sich aus dem Born hervorwagt, entgegentreten sollen.«

Elan nippte an seinem Wasser, den Blick wieder in weite Ferne gerichtet, als würde er an etwas zurückdenken. »Der Fels ist zu rein, zu übernatürlich für menschliches Fleisch. Die großen Nebelholzbäume wachsen dort nur, weil sie hart wie Eisen sind und dem Nebel widerstehen können. Sie sind älter als alle historischen Aufzeichnungen, und ihre Wurzeln reichen in große Tiefen, um ihre Stämme gegen den Wind zu sichern.«

»Nein, mehr noch«, fügte Vendanji mit tiefer Ehrfurcht hinzu. »Ihre Wurzeln am Fels der Erneuerung wachsen in die Nebel selbst hinein und bilden neuen Erdboden. Es ist ein Wunder. Dem Nebelholz wohnt eine besondere Vorsehung inne. Es ist mehr als ein bloßer Baum.«

»Und wie anders als solch ein Baum ist ein Mensch«, sagte Elan. »Eure Hoffnungen zerschlagen sich vielleicht mit dem Verfall menschlichen Fleisches, wenn es mit den Nebeln des Tillinghast in Berührung kommt, die jenseits des Felsens brodeln. Die schiere Wirkmacht, die dort waltet, reißt jedem Menschen das Herz heraus, der weniger ist als die Verheißung, die in ihm angelegt ist.«

Vendanji nickte zustimmend. »Das Wagnis ist aber notwendig. Dem, was uns in künftigen Zeiten erwartet, müssen sich diejenigen stellen, deren Leben an sich schon ein Geschenk des Allwillens ist. Wir können das über niemanden wissen, der noch nicht am Tillinghast gestanden hat, und jeder, der den Felsen wieder verlässt, hat sich vielleicht nicht mehr als einen schicksalhaften Tod verdient, wenn der Weiße aus seinem Grab entkommt.«

Elan sah ernüchtert auf. »Und doch verlangt Ihr von diesen Menschen hier, sich die Erinnerung und die Konsequenzen all ihrer Entscheidungen zurückgeben zu lassen, damit Ihr Euch von ihrer Würdigkeit überzeugen könnt?«

Der Sheson sah den Fernkönig stirnrunzelnd an. Elan wich nicht zurück, aber ein unbehaglicher Ausdruck trat auf sein Gesicht. Vendanji erwiderte seinen Blick starr und mit grimmiger Entschlossenheit.

Tahn fühlte sich angesichts der immer weitergehenden Enthüllungen hinsichtlich seiner Rolle auf der Reise zum Fels der Erneuerung ein wenig betrogen. Er hatte sich noch nie gern hinters Licht führen lassen, noch nicht einmal, wenn es um Überraschungsgeschenke ging. Aber das Feuer in Vendanjis Augen war unbarmherzig und verriet kein Mitgefühl angesichts der Opfer, die gebracht werden mussten.

Ein Donnergrollen hallte in der großen Halle wider.

»Mit Verlaub, Sheson«, sagte Elan schließlich, »ich zweifle nicht an Euren guten Absichten, aber in unserer eigenen Geschichte gab es mehr als nur ein paar, die in den Bergen, die sich aus dem Soliel erheben, ums Leben gekommen sind. Ihre Schönheit ist wild und trügerisch. Was dort gedeiht, ist für Menschen nicht essbar, und das Leben, das sich davon nährt, ist aus Spalten und Löchern hervorgekrochen, in denen das Schöpfungswerk unvollkommen ist.«

»Wie kann das sein?«, warf Wendra ein. Tahn zuckte bei der plötzlichen Einmischung dieser neuen Stimme zusammen und sah, als er sich umdrehte, Besorgnis in den Augen seiner Schwester. »Die Lebenszyklen sind so beständig und verlässlich wie der Umlauf des Hohen Lichts. Die Bergkatze ist ein wildes Raubtier, aber doch Teil des Gleichgewichts, auch wenn sie tötet.«

Elan wandte sich Wendra zu. »Unvollkommen nur deshalb, Anais, weil der Wandel und das Wachstum in den Bergen in der Nähe des Tillinghast nicht für Euer Überleben geeignet sind. Neues Leben wird dort aus den Nebeln und der Wirkmacht, die ihnen innewohnt, geboren. Es ist die Ironie des Tillinghast, dass er benutzt wird, um festzustellen, ob jemand im Gleichgewicht ist, und doch zugleich von einem Gelände umgeben ist, das die Harmonie des Menschen bedroht.« Elan sah wieder zu der Wand hinüber, die den Bergen im Norden zugewandt lag. »Tillinghast«, flüsterte er. »Wir kennen seinen Zweck nicht vollkommen; seine Geheimnisse sind wohlgehütet. Sogar die Autoren, die behaupten, dort gewesen zu sein, sind sich nicht einig. Es gewährt Erneuerung, das steht fest, aber …«

»Genug«, fiel Vendanji Elan sanft ins Wort. »Die Furcht vor der Erneuerung ist bereits den Bemühungen ansonsten guter Menschen zum Verhängnis geworden. In vergangenen Zeitaltern haben sich ganze Generationen damit abgeplagt herauszufinden, wie der Weiße je aus seinen Banden entkommen könnte, während der Groll und ganze Legionen jenseits des Borns wuchsen. Der Schatten der Hand wird länger, und die heutigen Gerüchte deuten darauf hin, dass Delighast beginnt. Genug!« Vendanjis Stimme hallte dröhnend in dem großen Saal wider. »Das Blut vieler klebt an meinen Händen, und auch an denen derjenigen, die mich begleiten. Sogar ihren Familien wurde abverlangt, schmerzliche Wege einzuschlagen. Diese Opfer sollen nicht verhöhnt oder vergessen werden.« Sein Tonfall wurde kühl. »Aber es gehört zu unseren Schwächen, dass die meisten im jetzigen Zeitalter nicht mehr bereit sind, Opfer zu bringen, um der Bedrohung aus dem Born zu begegnen. Unsere große ›Zivilisation‹ begegnet dem Gedanken mit Empörung oder, schlimmer noch, mit Unglauben und Gleichgültigkeit.« Vendanji hielt inne und richtete den Blick nach oben. Tahn hörte, wie der Sheson einen langen Atemzug tat. Als Vendanji den Kopf wieder senkte, erhellte ein Ausdruck der Unbeugsamkeit sein Gesicht. »Diesmal wird es nicht so sein.«

Tahn spürte eine beinahe schmerzhafte Gänsehaut. Er hatte den Eindruck, dass der Sheson andeuten wollte, dass Tahn und die anderen vielleicht berufen sein würden, noch etwas zu opfern, bevor alles vorbei war.

Mira sah Tahn an, und in ihrem Blick lag ein Mitgefühl, das er bisher noch nie darin wahrgenommen hatte. Es tröstete und ängstigte ihn zugleich.

Der Sheson zog sich den Umhang um die Schultern und musterte abwägend die Mienen der Umstehenden. Nur Grant schien gar keinen Gesichtsausdruck zu haben. Der Verbannte aus dem Mal zog die Nase hoch und wartete. Zu jedem anderen Zeitpunkt hätte die Abgebrühtheit in Grants Blick Tahn gestört, aber die Stille, die auf die Worte des Sheson folgte, senkte sich wie ein Leichentuch über alles herab.

»Ihr sollt Zimmer in meinem Haus bekommen«, sagte Elan schließlich und brach so das Schweigen. »Sheson, ich muss darauf bestehen, dass Ihr Wächter mit in jedes Zimmer nehmt.«

»Um bei uns zu schlafen?«, platzte Sutter heraus.

Der Fernkönig lächelte. »Nicht um zu schlafen. Es ist so Sitte, dass Besucher in Naltus ständig bewacht werden, selbst wenn sie sich ausruhen. Es kommt selten vor, dass menschliche

Stiefel über den Schiefer der Fern schreiten, aber der Brauch ist immer befolgt worden, und ich werde nicht davon abweichen.«

»Weise gesprochen«, warf Vendanji ein. »Ich bedaure, dass Ihr Euch selbst größerer Gefahr aussetzt, indem Ihr uns Unterschlupf gewährt.«

»Wir übernehmen die Verantwortung, die mit unserem Hüteramt einhergeht.« Elan sah zu Vendanji hoch. »Es wäre nicht das erste Mal, dass die Stille gegen uns zieht, und wenn sie es tut, werden wir bereit sein.«

Vendanji wandte sich an Mira. »Du setzt dich zu Tahn. Um die anderen werden sich Mitglieder von Elans Garde kümmern.«

Der Fernkönig nickte, ergriff seinen Hirtenstab und ging davon. Vendanji folgte ihm. Ein Dutzend seiner langen, kraftvollen Schritte brachte ihn auf eine Höhe mit Elan. Die beiden sprachen miteinander, während Mira den Übrigen bedeutete, ihr zu folgen. Sutter sagte nichts. Er schüttelte nur mit einem schiefen Lächeln den Kopf.

Tahn warf über die Schulter einen Blick in den großen Saal zurück, auf die standartengleichen Laternen, die Stuhlreihen und das Zwischengeschoss, in dem er die Landkarte gesehen hatte, die Rudierd Tillinghast zeigte. Er dachte über das nach, was Vendanji zu Elans Hauptleuten gesagt hatte. Er spürte, dass sich irgendwo in diesen Worten Antworten für ihn verbargen, doch zugleich ertappte er sich bei dem Gedanken, dass er sie vielleicht gar nicht mehr hören wollte.

An der Tür legte Grant ihm tröstend eine Hand auf die Schulter und schob ihn hindurch.

25

EIN EINZIGES BETT, DERSELBE TRAUM

Mira ging an Tahn vorbei und ließ den Blick durchs Zimmer schweifen: Bett und Kommode auf einer Seite, Tisch und Stuhl am Fenster auf der anderen. Tahn kam nur bis zum Bett – es war nur eines. Erregung durchströmte ihn, gefolgt von Nervosität. Langsam schloss er die Tür. Als er sich wieder umdrehte, hatte Mira sich bereits auf dem Stuhl am Fenster niedergelassen und ihr ölgetränktes Tuch hervorgezogen, um ihre Klingen zu reinigen. Während sie sich daranmachte, eines ihrer Schwerter abzuwischen, nahm Tahn den Bogen von der Schulter, legte den Umhang ab und warf ihn über das Fußende des Bettes.

Vor dem Fenster zuckten immer noch Blitze durch die Dunkelheit im Norden. Windböen schüttelten die Dachtraufe und schrillten wie dünne Rohrpfeifen. Eine einzige Lampe stand auf dem Tisch, aber der Docht war schon so weit heruntergebrannt, dass das Öl die Flamme zu löschen drohte.

Tahn drehte den Docht höher, so dass es im Zimmer heller wurde, und hielt die Hände näher ans Glas, um sie zu wärmen. Dann setzte er sich neben seinen Umhang und sah die Fern an. Mira schien ihn gar nicht zu beachten, sondern fuhr gleichmäßig mit dem Lappen über die Klinge ihrer Waffe, in der sich die Flamme spiegelte.

Fragen wirbelten Tahn durch den Kopf, Dinge, die er gern gefragt hätte, ohne es zu wagen: *Wie viel von alledem wusste sie von Anfang an? Dachte sie, dass es für einen Jungen aus Helligtal und ein Fernmädchen möglich wäre …*

Tahn betrachtete sie im Lampenlicht. Anders als die Frauen in Helligtal es taten, wenn der Frühling in voller Blüte stand, trug sie keine zarte Bluse, deren eckiger Ausschnitt den Busen umrahmte. Miras Umhang war weiterhin an ihrem Hals festgesteckt, und die grauen Falten fielen wie ein Wasserfall um ihren Stuhl hinab bis auf den Boden. Keine Schminke färbte ihre Lippen oder Augen. Aber das Leuchten der Flamme berührte sanft ihre Haut und verlieh ihr trotz ihrer entschlossenen Miene Wärme. Die weißen Blitze, die den Himmel durchzuckten, stachen davon ab und beleuchteten ihr Gesicht für kurze Augenblicke grell.

»Brennt dir etwas auf der Seele?«, fragte sie und drehte ihre Klinge hin und her, um beide Schneiden zu überprüfen.

Tahn suchte nach Worten. »Ich weiß nicht. Ja.«

»Dann solltest du es sagen, damit du keinen Schlaf mit der Frage danach verschwendest, ob ich antworten werde.«

»Nun gut. Ich habe Helligtal verlassen, weil ich dachte, dass meine Anwesenheit dort das Dorf gefährden würde. Ich weiß jetzt, dass die Bar'dyn und Velle Jagd auf mich machen. Aber ich weiß nicht, warum.« Durch seine eigenen Worte kühner geworden, beugte er sich zu ihr. »Und ich erfahre nur dann etwas über diesen Fels der Erneuerung, wenn ich höre, wie Vendanji jemand anderem davon erzählt. Er könnte mich mit einer Handbewegung töten, aber – beim Namen meines Vaters! – ich bin es leid, der Letzte zu sein, der erfährt, worum es eigentlich geht!«

Mira schob ein Schwert in die Scheide und zog das andere. Ohne aufzusehen, sagte sie: »Die Antwort darauf muss ich dir doch nicht erst geben, oder?«

Tahns Schwung verebbte. Er richtete sich wieder auf. Nachdenklich berührte er das Mal auf seinem Handrücken. »Warum ich?«, fragte er schließlich.

»Wird dir das die Sache leichter machen?«, fragte Mira und legte ihr ölgetränktes Tuch zusammen.

Tahn ballte die Hand zur Faust. »Würde es dir nicht auch so gehen?«

Mira arbeitete weiter. »Nein.«

»Na, wie schön für dich!«, schimpfte Tahn. »Du bist ja auch eine Fern. Selbstsicher! Schnell!«

»Nicht so laut«, sagte Mira ruhig. »Andere versuchen zu schlafen.«

»Weißt du es etwa nicht?«, fragte Tahn mit einigem Ingrimm. »Bist du auch nur eine Marionette?«

Mira setzte ihre sorgfältige Reinigung der Waffe fort. »Wir sind alle Marionetten, Tahn«, sagte sie.

Tahn hatte das Gefühl, dass Miras Worte auch für sie selbst eine persönliche Bedeutung haben mochten.

»Und doch«, fuhr sie fort, »steht das Ziel nicht immer von Anfang an fest. Besonders für eine Marionette nicht. Sei froh, dass dein Leben dir die Zeit lassen wird festzustellen, dass dein Weg auch wirklich der deine ist.«

»Das ist noch so etwas«, entgegnete Tahn. »Ich bin die Rätsel leid. Sag mir, warum du das sagst. Sag mir, warum ich hier bin. Wenn ich mich dem Tillinghast stellen soll, habe ich das Recht zu erfahren, warum ich es tun muss und nicht irgendjemand anders.« Ihm versagte vor Aufregung fast die Stimme.

Mira hörte auf, ihre Klingen zu reinigen, und sah ihn mitfühlend an. »Ich kenne nicht alle Antworten, die du suchst, Tahn, und selbst wenn ich sie wüsste, glaube ich nicht, dass dir leichter ums Herz wäre, wenn du sie von mir hören würdest. Aber was ich tun kann, ist, dir von mir zu erzählen. Vielleicht wird dir das helfen, für den Augenblick mit der Ungewissheit zu leben. Du hast vor kurzem deinen Einstand erlebt, einen Tag, der das Ablegen der Kindheit und die Annahme des Lebens symbolisiert, das danach kommt. Im Licht zehntausend weiterer Himmel wirst du dich abmühen, lachen und leiden. Aber was du den Tag deines Wandels nennst, ist der letzte Himmel einer Fern. Für die Menschen ist es ein Festtag, aber für die Fern ist es ein Abgesang. Es geht mit unserem Hüteramt einher, dass wir nur bis zum Wandel leben. Das verleiht uns die Freiheit, zu sagen und zu tun, was notwendig ist, um die Bundessprache zu behüten, die die Verfasser der Charta uns hinterlassen haben, und dabei nie für die Dinge zur Verantwortung gezogen zu werden, die wir unternehmen müssen, um sie zu beschützen – nie unsere Seelen in Gefahr zu bringen. Aber wir bedauern das nicht ... Nach dem Dahinscheiden meiner Schwester bin ich jetzt der letzte Spross meiner Familie. Sie war Elans Frau. Und bevor ich abreise, wird er mich bitten zu bleiben. Ihre Krone anzunehmen und einen Erben zur Welt zu bringen. Es wird eine Ehre sein, darum gebeten zu werden, und unser Volk hat es bitter nötig.« Sie hielt inne und sah ihn eindringlich an. »Aber ich will nicht Königin werden. Und ich will kein Kind haben, das ich nie meinen Namen sagen hören werde.«

Tahn vergaß zu atmen. Ihre ganze Rede hindurch hatte Mira

sich kein einziges Mal Verzweiflung über all das anmerken lassen. Tahn staunte über ihre Stärke. »Es ist seltsam. Du erinnerst dich nicht an deine Eltern, weil sie in die Erde zurückgekehrt sind, als du noch zu klein warst, um später daran zurückdenken zu können. Ich dagegen kann das Gesicht meines Vaters sogar jetzt noch vor meinem inneren Auge sehen und seine Stimme hören – und doch kann ich mich nicht an meine Kindheit erinnern.«

Er hatte es ausgesprochen. Er hatte sich eine der großen Bürden, die auf ihm lasteten, von der Seele geredet. Und es fühlte sich gut an, es Mira gegenüber zu tun.

Die Fern erwiderte seinen Blick nachdenklich. Er sah ihrem Gesicht an, dass sie verstand, wie schwerwiegend das war, was er gerade gesagt hatte. »Warum ist es dir so wichtig, dich an deine Kindheit zu erinnern, Tahn? Wer du bist, wird von den Entscheidungen bestimmt, die du jetzt triffst, und für dich gilt das noch weitaus mehr als für die meisten anderen.«

Tahn dachte über ihre Worte nach. »Vielleicht hast du recht.« Und dann fügte er hinzu: »Und das Gleiche würde auf jedes Kind, das du hast, zutreffen.«

Sie saßen da und sahen einander an, und er wünschte sich, er hätte die Arme um sie schlingen können, wusste aber nicht, wie er es anders als unbeholfen tun sollte. Das Zischen der Lampe war plötzlich sehr laut.

Tahn dachte darüber nach, dass sein Leben fast wie die Kehrseite von dem der Fern wirkte. Tahn konnte sich an die meisten seiner Melurajahre nicht erinnern, aber die Möglichkeit eines langen Lebens lag vor ihm. Miras Leben war schon fast vorbei. Aber in einer Hinsicht ähnelten sie sich: Ein Großteil ihrer Kindheit war vaterlos gewesen, ob es nun am Tod oder am Fehlen einer Erinnerung lag. Tahn fragte sich, ob sie das beide geprägt hatte. Für Mira schien die Frage keine Rolle zu spielen, aber für Tahn tat sie es noch. Die Dinge, die ihn am meisten geprägt hatten, stammten aus einer Vergangenheit, die ihm unbekannt war.

Vielleicht sollte ihm Miras Entschlossenheit, diese Reise zum Fels der Erneuerung zu unternehmen, eine Lehre sein, würde sie dafür doch schließlich so viel von ihrem Leben opfern, das so bald enden würde.

Als er darüber nachdachte, kam Tahn sich selbstsüchtig vor.

Aber er wusste so vieles noch nicht. Die Bar'dyn waren nach Helligtal eingedrungen, und jetzt führten ein Sheson und eine Fern Tahn und die anderen zum Fels der Erneuerung. Die Empfindungen, die sich in ihm regten, zwangen ihn, Entscheidungen zu fällen, die er nicht verstand. Dann war da noch das Mal auf seinem Handrücken. Was hatte das alles zu bedeuten?

Und unter allem verbarg sich die vage Erinnerung an einen Mann, auf dessen Gesicht er sich nicht besinnen konnte, dessen Ratschläge aber immer noch tief in seinem Geist nachhallten.

Der gesichtslose Mann aus seinen Träumen und die Stimme aus seinen Albträumen.

Er versuchte, an Rolen und die Weisheit zurückzudenken, die er ihm in den Eingeweiden des Solath Mahnus vermittelt hatte, und glaubte, dass ihm etwas leichter ums Herz wurde, als er sich den Sheson ins Gedächtnis rief, der ihn daran erinnerte, über sich selbst hinauszublicken.

Dann spannte er aus reiner Gewohnheit mehrmals kräftig den Bogen, wärmte das Holz und dehnte die Sehne, bevor er sie abnahm. Im Kopf hörte er die Worte: *Den Bogen spannen meine Arme, doch der Wille löst den Pfeil.* Auch ihre Vertrautheit tröstete

Tahn, und er wiederholte sie zweimal laut und brach so das Schweigen. Die Worte strömten von seinen Lippen wie ein Gebet.

Er hatte vergessen, dass Mira da war.

Als er aufblickte, sah sie ihn aufmerksam an. Keiner von ihnen sagte etwas, bis er aussprach, was er im Sinn gehabt hatte, seit er ihr in Helligtal begegnet war: »Hat je eine Fern einen Menschen geheiratet?«

Mira lächelte ihr prachtvolles schiefes Lächeln, antwortete aber nicht. Er ahnte, dass sie ihn necken wollte, indem sie ihm die Antwort vorenthielt. Er hatte noch eine Frage, aber die beantwortete sie schon, bevor er sie stellen konnte: »Ich werde hier sitzen bleiben und Wache halten. Du wirst das Bett für dich allein haben.«

Dunst und Nebel wallten über die Klippe und leckten am Stein. Die Dunkelheit fühlte sich an wie nasses Laub, das an seiner Haut klebte. Nur ein schwacher Lichtschimmer beleuchtete die Leere jenseits des Felsens, als ob dem Leichentuch, das zwischen dem Körperlichen und dem Unwirklichen lag, eine eigene düstere Energie innewohnte ...

Als Steine unter seinem Absatz knirschten, verschluckte der Nebel den Laut, so dass im Tillinghast weiterhin Grabesruhe herrschte.

Tahn umklammerte mit der Faust den Bogen. Das einzige Geräusch stammte von dem Leder, das in seinem Griff knarrte. Zu seiner Rechten stand auf der Klippe ein gewaltiger Baum, der in den Schleier aus Dunst und Dunkelheit aufragte. Die Rinde des Baums war so schwarz wie die Nacht ringsum. Er war ein vergessener Wachposten am Rande des Nirgendwo.

Ein schrilles Zischen erhob sich, als würde Wind über gezackte Felsen fegen. Nebelstrudel wirbelten und lösten sich auf, und in der Dunkelheit, mehrere Schritte vom Ende des Bodens entfernt, begannen die Nebel des Rudierd

Tillinghast zusammenzuströmen. Ein Schatten, der die Umrisse eines Augenpaars und eines Mundes bildete, durch den Nebelschwaden flatterten und das Bild für einen Augenblick bestimmten, bevor sie sich auflösten. Die Züge des Gesichts veränderten sich nie. Die Nebel fügten im Vorbeiwehen nur weitere Einzelheiten hinzu.

Dann verengten sich die Augen und sahen Tahn böse an. Hier gibt es keinen Morgen, Tahn. Aus der Asche des gestrigen Tages steigt kein Hohes Licht empor.

Die Worte ertönten in seinem Kopf mit der Kraft von tausend Glocken. Tahn presste sich die Hände auf die Ohren, konnte aber nichts gegen das Getöse in seinem Verstand ausrichten.

Erneuerung, Quilleszent, ist die Magd, die das Unrecht aller Zeiten ungeschehen machen wird, seit der Rat sich aufgelöst hat. Du wirst die Qual zahlloser Menschenalter durchleben, als Spielfigur derjenigen, die zu schwach sind, für das Verbrechen zur Verantwortung gezogen zu werden, das begangen wurde – an mir!

Das letzte Wort der Stimme ertönte wie eine Totenglocke und ließ den Boden des Tillinghast erbeben. Die gewaltigen Zweige des Baums neben Tahn schwankten in den dicken Nebelbänken.

Ich werde nicht für immer stumm bleiben, nur weil ich getan habe, was man von mir verlangt hat und was schon so viele Male getan worden ist, wie Sterne vom Himmel scheinen. Es ist ihr Versagen, Quilleszent, ihr Verbrechen, das dich verdammt. Glaubst du, dass du ein Gegengewicht zu einem Land, einem ganzen Volk, einer … Welt bilden kannst? Du bist dir doch selbst noch nicht einmal sicher, was das bedeutet. *Tahn erhaschte inmitten der Nebelschwaden einen Blick auf ein boshaftes Lächeln.* Und wie schön, dass das Werkzeug, das alle in den Staub niederstrecken wird, genau das ist, wovor die Edlen, die diesen Ort überhaupt erst den Launen der Menschen anheimgegeben haben, solche Ehrfurcht hatten. Weißt du das, toter Mann? Hat der Makel deiner Geburt es dir verraten?

Tahn zuckte vor den Worten zurück und hob den Arm, um sein Gesicht zu beschirmen, da der Klang in seinem Kopf widerhallte und ihm in den Augen brannte. Ein Grollen in der Erde sorgte dafür, dass große Felsbrocken sich verschoben und umstürzten. Das Krachen von Ästen in der Baumkrone dröhnte wie ein Donnergrollen. Tahn sah sich panisch nach Hilfe um, aber niemand stand auf dem Pfad, der zur Klippe führte. In diesem Augenblick verdunkelte sich die Welt, und das verzerrte Gesicht blieb einen Hauch fahler in die Nebel eingeprägt zurück.

Eine schreckliche Gewissheit bemächtigte sich Tahns und sorgte dafür, dass das Gesicht noch einen Hauch heller wurde. Es wurde vor der krassen Schwärze des Abgrunds immer weißer, und Gelächter begann durch Tahns Kopf zu dröhnen, tiefe, volltönende Vibrationen, als würde das Land entzweigerissen und der Himmel einstürzen.

Tahn fiel auf die Knie und hielt sich weiter die Ohren zu. Er schüttelte den Kopf. Dann wurde das Gesicht ein letztes Mal heller, während Nebelschwaden seine Züge umpeitschten. Erbärmlichkeit prägte sich den Umrissen seines Kiefers und den bösartigen Augen auf. Mit einem heiseren Flüstern sprach es erneut: Es ist nichts als deine Entscheidung, du leere Hülle. Sie wird auch deine Vergangenheit verdammen und dir die Zukunft verschließen. Und alles wird ewige Nacht werden, genau wie es auf jeder Welt ohne Ausnahme geschehen ist. Das ist dein angestammtes Recht, Quilleszent. Das ist dein Tillinghast.

Ohrenbetäubendes Gelächter brach um Tahn herum los. Er stürzte vornüber auf den harten Stein des Felsens und versuchte, es auszublenden. Nebel züngelten und strichen über sein Gesicht wie Erde, die durch einen Riss in einem Sarg rieselte.

Schwer atmend und schweißüberströmt setzte sich Tahn im Bett auf. Einen Moment lang wusste er nicht, wo er war. Er sah sich hektisch um. Mira wachte über ihn.

Sie sagte nichts, trat aber an sein Bett und ergriff seine Hand. Auf diese Berührung hatte er gehofft, seit er der Fern begegnet war. Aber heute Nacht reichte sie kaum aus, die Angst zu verdrängen, die sich in seinem Herzen ausbreitete.

Die Welt jenseits des Fensters war noch dunkel, aber es würde nicht lange so bleiben. Langsam legte er sich wieder hin und wandte den Kopf nach Osten, während Mira noch immer seine Hand hielt. Es gelang ihm, sich einen Sonnenaufgang über dem Dach von Balatins Viehstall auszumalen, bevor auch dieses Bild nicht mehr wichtig genug war, um vor seinem inneren Auge Bestand zu haben. Er konzentrierte sich auf seine Atmung und konnte den Rhythmus bald genug beherrschen, um sein Herz zu beruhigen und die wache Welt wieder zu verlassen, wenn auch nur für kurze Zeit.

26

ABSCHIEDE

Mira kniete am Grab ihrer Schwester in der Halle des Abschieds. Hier erstrahlte der glänzende Schiefer düster im Licht großer Kohlebecken, die Namen und Daten beleuchteten, die tief in den Stein eingemeißelt waren.

Es schmerzte sie, Lebewohl zu sagen.

Abschied von einer Fern zu nehmen sollte nichts Trauriges sein. Ihr Übergang ins Jenseits wurde von einem Bund gewährleistet, der so alt wie die Welt selbst war, und Lyra hatte ein freudvolles Leben geführt und so gut und wohlüberlegt regiert, dass sie sich außergewöhnlichen Respekt erworben hatte.

Aber sie hatte keinen Erben geboren.

Die Fern waren alle Hüter der Sprache des Bundes, aber nur wenigen Abstammungslinien war die Gabe jener Sprache verliehen, und die wurde benötigt, um ihren Auftrag zu erfüllen, denn sonst …

Da Miras Schwester in die Erde zurückgekehrt war, stand ihre Linie am Ende, und der Zeitraum, in dem eine Fern Kinder bekommen konnte, war naturgemäß kurz.

Das war aber nicht der Grund für Miras Kummer. Sie nahm es ihrer Schwester nicht übel, ihr diese Verantwortung auferlegt zu haben. Es war kein Gesetz, dass sie den Platz ihrer Schwester einnehmen musste. Aber wenn sie ehrlich war, wurde es durchaus zu Recht von ihr erwartet. Mehr noch, es würde sich vielleicht als unbedingt notwendig erweisen. Die Familie durfte nicht aussterben; nur wenige Fern verfügten über die besondere Fähigkeit, die Bundessprache nicht nur zu schützen, sondern auch zu *verstehen*.

Das war die Angst, die sie in ihrem Herzen trug.

Und zum ersten Mal, seit sie zurückdenken konnte, hatte diese Angst sie von einer Nachtwache weggerufen – gerade eben erst, als sie über Tahn gewacht hatte. Er würde in Naltus, und noch dazu auf dem Anwesen des Königs, sicher sein, aber sonst neigte sie nicht zu einem solchen Verhalten.

Sie hatte diesen Augenblick zum Nachdenken und zum Beten gebraucht. Der Weg, der vor ihr lag, erschien ihr so ungewiss.

Doch es bestand noch eine andere Notwendigkeit in der Menschenwelt, eine, der sie sich zusammen mit dem Sheson schon seit Monaten widmete. Dem Melura aus Helligtal zu begegnen war eine angenehme Überraschung gewesen. Er war mutig, wenn auch aus Unwissenheit eigensinnig, und sie fühlte sich in seiner Nähe wohl.

Und doch war es ein Traum. Sie hatte nur noch wenige Jahre zu leben. Sie hätte nicht über die Verheißung ihrer Berufung hinausdenken sollen, die Bundessprache zu beschützen.

Aber am Grab ihrer liebenden Schwester warf sie sich vor, dass sie vorgehabt hatte, genau das zu tun – ihren eigenen Bund aufzukündigen. Nur, dass ihr Weg sie von den schwarzen Schiefertoren von Naltus fortführte. Sie verabscheute den Gedanken, wie ähnlich sie dadurch vielleicht dem Verbannten Grant werden würde. Wenn sie dem Mann davon erzählt hätte, wäre wohl ein strahlendes Lächeln auf sein ledriges Gesicht getreten.

Lyra, was soll ich tun?

Wie zur Antwort darauf erklangen Schritte auf dem harten Boden. Sie musste sich nicht umdrehen, um zu wissen, wem sie gehörten.

»Ist mir nicht einmal diese eine Stunde vergönnt, um für meine Schwester zu beten?«

»Gebete sind nicht nötig, Mira, das weißt du. Und ich würde dich nicht dabei unterbrechen, ihr die letzte Ehre zu erweisen. Sie war meine Frau, und ich habe sie geliebt. Aber deine Gefährten machen sich zum Aufstieg in die Saeculoren bereit, und ich möchte gern deine Antwort hören.«

»Ein Mensch würde deinen Antrag nicht besonders zärtlich finden.« Mira strich mit den Händen über die Inschrift mit dem Namen ihrer Schwester.

Die Stimme des Fernkönigs wurde sanfter. »Wir sind keine Menschen. Uns ist ein anderes Schicksal bestimmt.«

»Ein besseres?« Ihre Stimme war vorwurfsvoll.

Seiner Natur gemäß antwortete Elan: »Nein, Mira. Aber es ist eine hohe Berufung, an die wir gebunden sind. Mir bleibt selbst auch nicht mehr viel Zeit auf dieser Welt. Ich handle nur im Interesse unseres Auftrags hier an diesem abgelegenen Ort. Das musst du doch wissen.«

Schweigen senkte sich in der Halle des Abschieds herab. Elan bedrängte sie nicht weiter, ging aber auch nicht.

Mira blieb auf den Knien und grübelte weiter. »Sag mir, was ich tun soll«, flüsterte sie dem toten Körper ihrer Schwester zu.

Sie stand auf und wandte sich Elan zu. Er war ein guter König, stark und ein hervorragender Stratege. Er trat sanft an sie heran und berührte ihr Gesicht. Aus seinen Augen sprach aufrichtiges Mitgefühl.

»Es ist nicht so einfach«, sagte sie.

»Selbst bei einem Volk wie den Fern ist die Bürde der Herrschaft nicht mühelos zu schultern.« Er lächelte, und ein matter Ausdruck trat auf sein Gesicht, was sie bei ihm noch nie zuvor erlebt hatte. Vielleicht würde es ein glückliches letztes Kapitel ihres kurzen Lebens sein, an seiner Seite zu sitzen und einen Erben zur Welt zu bringen.

»Ich bin ehrlich und freundlich«, sagte er. »Das ist so wahr, wie es notwendig ist, die Traditionen und die Herrschaft fortzuführen, die wir eingesetzt haben, und zu dem Zweck muss es ein Kind geben.«

Mira sah den Fernkönig an und schenkte ihm ihrerseits ein mattes Lächeln. »Feinsinnig«, sagte sie.

Ein verwirrter Ausdruck trat auf sein Gesicht, verschwand aber rasch wieder, als er sie auf den Stallhof hinausbegleitete. Dort, im strahlenden Sonnenschein von Naltus, küsste sie ihn auf die Wange, während ihre Gefährten einer nach dem anderen aus dem Haus des Königs ins Freie kamen. »Ich muss das hier erst zu Ende führen.« Sie wandte den Blick ab und sah zu den Saeculoren hinüber. »Aber ich habe eine Bitte an meinen König.«

König Elan zog eine Augenbraue hoch und wartete.

»Du sagst, dass wir das Schicksal der Menschen nicht teilen. Aber wenn der Schleier fällt, ist unser Schicksal unentrinnbar mit ihrem verknüpft.« Mira kam sanft, aber entschlossen auf ihre Bitte zu sprechen: »Wir müssen unseren Platz beim Großen Mandat einnehmen. Die Menschenwelt braucht unsere Kraft und Weisheit. Die meisten glauben nicht länger an das, was wir sind, und die Regentin hat es in ihrem eigenen Herrschaftsgebiet mit Aufwiegelung zu tun. Die Sheson werden gejagt. Elan …« Mira berührte ihn sacht am Arm. »Du musst gehen, den Sitz in der Versammlung einnehmen und ihnen in Erinnerung rufen, was sie vergessen haben und welche Hoffnung dank des Hüteramts, das wir versehen, vielleicht noch für sie besteht.«

Mehrere Augenblicke vergingen, bevor der König antwortete. »Mira, du verlangst etwas Außergewöhnliches von mir, obwohl du es zugleich hinauszögerst, meine eigene Bitte zu beantworten. Unser Volk braucht eine Königin und den Fortbestand der Dynastie. Was du verlangst, ist sogar noch undurchführbarer, wenn du deinen Platz an meiner Seite nicht einnimmst, weil ich dann allein herrschen würde. Was würde wohl geschehen, wenn ich ohne Nachfolger sterben würde? Du verlangst etwas Unmögliches.«

»Siehst du denn nicht, dass diese Versammlung scheitern wird, wenn du nicht teilnimmst? In vergangenen Zeiten hatten sie auch ohne unsere Hilfe Erfolg, aber nur knapp, und der Preis dafür war sehr hoch. Und deshalb konnte die Stille die Schwächen der Menschen besser erforschen. In diesem Zeitalter ist es anders, Elan. Ich habe es gesehen.« Mira dachte ans Grab ihrer Schwester. »Unser Bund muss nicht nur den Ersten gelten, die uns ihr Vertrauen geschenkt haben. Wir sind ein Teil dieser Welt; unsere Schicksale sind verbunden.« Dann berührte Mira ihren Bauch und dachte an Mütter und Töchter. »Und Versprechen muss man halten«, flüsterte sie.

König Elan runzelte die Stirn. Er war gerecht, aber er ließ sich nicht gängeln. »Du denkst nicht klar, Mira. Das kann einfach nicht geschehen. Ich will nichts mehr davon hören.«

Da sah sie ihn ebenso ruhig wie herausfordernd an. »Elan,

wenn du nicht gehst, dann nehme ich meinen Platz als Königin ein und gehe selbst.« Mira konnte sehen, dass ihre Dreistigkeit ihn wie ein Fausthieb traf. Sie hatte nicht die Absicht, ihm in den Rücken zu fallen, aber das hier würde sie ihm dennoch nicht durchgehen lassen. »Denk darüber nach, Elan. Aber lass dir nicht allzu viel Zeit damit. Man versammelt sich bereits in Decalam. Zwei Wochen noch, vielleicht drei, dann werden alle, die den Ruf vernommen und ihm zu folgen beschlossen haben, im Solath Mahnus eingetroffen sein. Derjenige, der aus Naltus dorthin reist, solltest du sein. Der Bedrohung, die auf uns zukommt, können nur die klügsten Köpfe und wackersten Herzen begegnen. Und das sage ich nicht einfach so dahin.«

Der König lächelte sanft. »Ich weiß, Mira. Anscheinend müssen wir beide über etwas nachdenken.«

»Ich bin stolz darauf, dass du mein König bist und der Mann meiner Schwester warst«, sagte Mira. »Und ich werde immer nur gut von dir denken.«

»Danke, Mira. Ich habe Lyra geliebt und tue es noch und werde auch von dir immer nur gut denken.« Damit hob er Miras Hand und reichte ihr einen Brief, die letzte Nachricht ihrer Schwester an sie auf einer kleinen Pergamentrolle. »Lies das, wenn deine Reisen vorüber sind.«

Sie folgten Vendanji auf den großen Stallhof. Weicher Lehm gab stark unter ihren Füßen nach. Sie traten ins Licht des Tages. Leichter Dunst stieg vom Boden auf, der von der Sonne erwärmt wurde. Eine Anzahl von Nebengebäuden, die fein säuberlich in einer Reihe angeordnet waren, begrenzte eine Seite des Hofs. Vor dem mittleren Gebäude waren ihre Pferde an einen Pfahl gebunden. Neben Solus stand Mira und sprach mit

Elan. Die beiden waren vor dem dunklen Stein des Stalls deutlich zu erkennen.

Als sie näher herankamen, sah Tahn, wie Elan Miras Arm am Handgelenk umfasste und ihre Hand flach ausstreckte. Mit der anderen Hand legte ihr der König etwas auf die offene Handfläche, um dann ihre Finger um den Gegenstand zu schließen. Sie verbarg ihn in ihrem Mantel.

Als sie sich umdrehte, glaubte Tahn, ihr aufrichtige Freude über seinen Anblick anzumerken. Mira kam an seine Seite, so dass sie weit genug von den anderen entfernt waren, um nicht belauscht zu werden.

Während sie ihm half, Sattel und Zaumzeug zu überprüfen, sagte sie: »Du sprichst im Schlaf. Das ist eine gefährliche Schwäche.«

Er konnte ihren Gesichtsausdruck nicht deuten. Es erschien ihm seltsam, dass sie daran Anstoß nahm, besonders, da er sich sicher war, dass sie überhaupt nicht hatte schlafen wollen.

»Und warum?«, fragte er.

»Weil du auch antwortest, wenn jemand dich anspricht.«

Sie starrten einander eine ganze Weile an, bevor Mira lächelte. Tahn vergaß zu atmen und grinste, um seinen entsetzten Gesichtsausdruck zu überspielen. »Was habe ich denn gesagt?«, brachte er schließlich heraus.

Ihr Lächeln hielt noch einen Moment lang an, bevor es verblasste. »Nicht so wichtig, Bogenschütze«, sagte sie und wollte sich zum Gehen wenden, beugte sich dann aber noch einmal zurück und flüsterte: »Oh, und es ist auch nicht klug, nackt zu schlafen. Man weiß doch nie, wann man einmal in aller Eile aufstehen muss.«

Sie huschte davon, bevor Tahn lachen oder rot werden konnte.

»Meine Kundschafter sind heute Morgen zurückgekehrt und haben gemeldet, dass sie im Tal keine Spur der Stilletreuen gefunden haben«, sagte König Elan gerade zu Vendanji. »Aber im Soliel ist es nicht einfach, sich zu verstecken. An Eurer Stelle würde ich nur selten Rast machen, bevor Ihr die Saeculoren erreicht. Sogar die Stilletreuen überlegen es sich vielleicht noch einmal, Euch dahin zu folgen, so schrecklich sind die Geheimnisse, die dort verborgen liegen. Eure Bündel sind voll, Eure Wasserschläuche aufgefüllt.« Elan ließ den Blick aufmerksam über die Reittiere schweifen. »Wir haben uns um Eure Pferde gekümmert. Sie werden wenig außer Wasser brauchen, bis Ihr den Soliel verlassen habt.« Er zog fragend die Augenbrauen hoch. »Tillinghast?«

Vendanji nickte nur.

»Dann rühren wir an den Stoff der Charta und der Verse der Verlassenen. Ich bete, dass das, was Euch dort zurückgegeben wird, die notwendige Summe Eures Ersten Erbes ist, meine Freunde.« Elan musterte sie kurz, wie er es zuvor bei ihren Pferden getan hatte. Bei Tahn schien er einen Augenblick zu verweilen. »Seid wachsam. Entschlossenheit lässt oft nach, wenn ein Ziel in greifbare Nähe rückt. Die Saeculoren werden wahrscheinlich dafür sorgen, und wenn nicht sie, dann der Tillinghast.«

Tahn sah auf den Fernkönig hinunter. Eine Welle des Zweifels durchströmte ihn.

»Danke, Elan«, sagte Vendanji und schwang sich in den Sattel.

Die anderen traten unter dem lauten Knarren von Leder in ihre Steigbügel. Tahn fühlte sich an den Augenblick beim Kottenrein erinnert, wenn die Männer auf ihre Ackergäule stiegen, um an der rituellen Jagd teilzunehmen. Erregung durchzuckte ihn. Sutters Gesicht spiegelte das Gefühl perfekt wider; so begeistert hatte der Rübenbauer noch nie dreingeblickt. Die Aussicht auf ihr Vorhaben sorgte dafür, dass er sich im Sattel gerader aufrichtete. Braethen saß lesend auf dem Pferd, in der einen Hand die Zügel, in der anderen ein Buch.

Die Fern hatten ein Pferd für Penit bereitgestellt. Wendra schloss zu ihm auf und drückte ihm mit einer Hand den Arm.

Grant ritt neben Tahn und musterte ihn. Tahn hatte den Eindruck, dass der Verbannte bekümmert wirkte. Es hätte beim besten Willen kein Ausdruck weniger zum Gesicht des Mannes passen können. Dann streckte Grant Tahn ein kleines Bündel hin. Tahn nahm es.

»Du bist zu spät zum Morgenbrot gekommen, also habe ich dir etwas beiseitegelegt«, erklärte Grant.

»Danke«, erwiderte Tahn verwirrt.

»Es wird Zeit«, sagte Vendanji und sah Tahn geradewegs an, bevor er sein Pferd mit einem Tritt antrieb.

»Eichhörnchen, ich weiß nicht, was du getan hast, um dir die Verehrung dieses Mannes zu verdienen, aber ich glaube, mir wäre ein Nest zorniger Hornissen vorn in der Hose lieber als die seltsame Verbundenheit mit dir, die er zu empfinden scheint.«

Ein einziges kurzes Auflachen entschlüpfte Grant. Als Sutter und Tahn ihn fragend ansahen, deutete der Verbannte nur aufs Hoftor und forderte sie so auf, sich in Bewegung zu setzen. Mira rammte Solus die Fersen in die Flanken, ohne sich noch einmal umzublicken, und führte die anderen vom Stallhof.

Im Sonnenschein funkelte der Schiefer. Sie ritten acht Stunden am Stück und rasteten zwischenzeitlich nur kurz, damit ihre Pferde sich ausruhen konnten.

Spät am Tag wich der Schiefer rostroter Erde, die hier und da von einer Oase aus hohem grünem Gras rings um ein Wasserloch durchbrochen wurde. Dornige Blumen wuchsen auf der Erde und überzogen den Boden als riesiges Netz miteinander verbundener Ranken. Bäume mit langen dünnen Blättern ragten verstreut im Gelände auf. In ihrem Schatten sprossen blutrote Farne und gelbliche Büsche mit Blättern, die wie dumpfe Rasseln raschelten.

Vor ihnen ragten die Berge näher als zuvor in die Höhe und erhoben sich so jäh aus dem Boden, als wären sie von einem heftigen Erdbeben in den Himmel emporgestoßen worden. Je näher sie kamen, desto abweisender erschienen die Klippen und steilen Schluchten. Doch Vendanji wurde nicht langsamer. Es war, als würde er vor etwas Unsichtbarem fliehen, obwohl er sich nie umdrehte.

Hinter ihnen begann die Sonne unterzugehen. Goldene Farbtöne verblassten zu Braunrot und schließlich zum gedämpften Blau des Zwielichts. Als es dunkel wurde, machten sie endlich halt, um zu rasten. Mira spannte in der Nähe eines Wasserlochs ein Halteseil und band Solus daran fest. Die anderen taten es ihr nach und lösten ihr Bettzeug von den Sätteln.

Sutter ließ sich behutsam nieder und schnitt eine Grimasse, weil ihm Oberschenkel und Hinterteil wehtaten. Als er erst einmal saß, zog er sofort ein Stück gesalzenes Fleisch aus dem Bündel und nahm einen großen Bissen. Mit vollem Mund sagte er: »Wir müssen noch nicht unbedingt haltmachen. Ich spüre meinen Hintern noch.«

Tahn setzte sich neben ihn und trank einen großen Schluck aus seinem Wasserschlauch. Als er fertig war, sagte er: »Du lügst – vom Hals an abwärts hast du doch noch nie etwas gespürt.«

Braethen und Wendra lachten schwach und suchten sich Stellen am Boden, wo sie ihr Bettzeug ausbreiten konnten. Braethen kümmerte sich um das Feuer. Vendanji trat in die Mitte ihres behelfsmäßigen Kreises. »Esst und schlaft danach rasch. Wir brechen auf, bevor es hell ist. Hat irgendeiner von Euch unerträgliche Schmerzen?«

Sogar Sutter schwieg.

Aber dann schlug er Tahn auf den Schenkel, um ihn aus seinen Gedanken zu reißen. »Los, hören wir uns doch eine Geschichte an!«, sagte er. »Penit, komm her und lass dir etwas für uns einfallen. Ich bezahle auch.« Er warf anstelle einer Münze einen Stein in die Mitte des Kreises, den sie gebildet hatten. »Und lass es nicht an Geist fehlen!«

Tahn hatte bereits bemerkt, dass Sutter eine Art väterlicher Zuneigung zu Penit zu empfinden schien, was ihn überraschte.

Penit kam wie geheißen und lächelte verlegen. Grant saß auf einem Stein, hatte ihnen den Rücken zugewandt und beobachtete den südlichen Himmel, wo vor dem Hintergrund der Dunkelheit die Sterne aufzuflammen begannen.

»Welche Geschichte möchtet ihr denn hören?«, fragte Penit.

»Welche auch immer«, sagte Wendra. »Etwas Bewegendes. Vielleicht etwas Vertrautes. Ach, entscheide du.«

Penit beäugte den Rücken des Verbannten und räusperte sich. Braethen war gerade damit fertig geworden, Holz für ein Feuer aufzuschichten, und entzündete es, als Penit begann.

Grant vollführte eine Vierteldrehung, aber nicht so weit, dass er hätte zusehen können, wie der Junge sein Garn spann.

Penit hob den Kopf, wie Tahn es ihn auf dem Bühnenwagen in Myrr hatte tun sehen, und die Worte begannen einem vertrauten Muster zu folgen, das gewiss ein begabter Autor verfasst hatte: »Vor Jahren trat das Höchste Gericht von Decalam zusammen, um über das Leben eines Mannes zu befinden, der, wie die Leute sagten, verurteilt wurde, weil er das Leben nicht achtete.« Penit schritt zum aufflackernden Feuer und warf sich in Rednerpose.

Sutter lachte begeistert. Tahn lächelte darüber, diese hochgestochenen Sätze von den jugendlichen Lippen des Jungen zu hören. Das Feuer loderte höher und warf Schatten um sie herum. Vendanji trat an den äußeren Rand ihres Kreises und sah mit geringem Interesse zu.

»Fahr fort«, bat Wendra eifrig.

Penit neigte den Kopf leicht zur Seite und sprach weiter, hob aber diesmal die flache Hand, um seine Geschichte zu unterstreichen: »Unser Mann in dieser Erzählung musste sich der Bürde dieser Anklage stellen, während der Adel, die Ratsmitglieder und der Kaufmannsstand allesamt zusahen.« Penit senkte die Stimme zu einem Flüstern. »Und die Worte, die er sprach, hallen angeblich immer noch im Höchsten Gericht von Decalam wider. Und so geschah es«, sagte Penit und machte sich bereit, eines der größten Rhei-Fols aufzuführen, die er kannte.

27

RHEI-FOL: DER DISPUT

Und so geschah es«, wiederholte Penit und drehte sich auf der Stelle. Nachdem er einen vollständigen Kreis beschrieben hatte, waren seine Arme eng vor der Brust verschränkt, und er hatte eine ernste Miene aufgesetzt. Seine Augen blickten streng und waren nach unten, zum Feuer, gerichtet. Das Flackern der Flammen trug sehr zu dem vernichtenden Gesichtsausdruck des Jungen bei. »Ihr werdet des Hochverrats bezichtigt, Denolan SeFeery«, sagte Penit in erstaunlich gebieterischem Ton.

Braethen hatte bisher nur betrübt dreingeblickt, doch nun verzog er das Gesicht zu einem traurigen Stirnrunzeln.

Penit fuhr fort: »Seid Ihr Euch der Verbrechen bewusst, die Euch hierherbringen?«

Er drehte sich im Kreis – ein Rollenwechsel – und starrte nach oben in die sternenklare Nacht. Die Haltung seines Kinns drückte eindeutig Trotz aus. »Ich weiß, warum Ihr mich hierhergebracht habt, Herrin«, sagte Penit mit fester Entschlossenheit und einer zweiten verstellten Stimme, die ruhig, aber unversöhnlich war. »Aber es sind Eure Arroganz und Unwissenheit, die meine Taten als Verbrechen bezeichnen. Setzt dieser Verhandlung ein Ende, bevor Ihr Euch in Eurer Hast, einen Sündenbock zu finden, selbst verdammt. Ich bin kein Verräter.«

Penit wirbelte herum und verschränkte die Arme wieder. »Genug!« Die Heftigkeit des Befehls traf Tahn unvorbereitet. »Ihr werdet die Fragen, die man Euch stellt, beantworten, mehr nicht.« Penit zeigte mit dem Finger anklagend aufs Feuer und verzog angewidert die Oberlippe.

»Es spricht vieles dafür, dass ich auf diese … Artigkeiten lieber verzichten würde … aber ich werde vor allem die Gesetze des Landes befolgen.«

Penit lächelte hämisch. »Gesegnet seien Himmel und Allwillen dafür, dass wir hier *zivilisiert* sind, sonst hättet Ihr jetzt bereits gute Bekanntschaft mit der Erde geschlossen. Ich bin nicht bereit, der Verteidigungsrede, die Ihr zu halten vorhabt, Gehör zu schenken, SeFeery, doch wir werden vorgehen wie bei jedem Disput, der in den Hallen des Solath Mahnus verhandelt wird. Und Ihr werdet Euch die ganze Zeit über wie ein mustergültiger Bürger verhalten. Gerichtsrat, fahrt fort.«

Penit drehte sich wieder um, so dass seine Füße eine Staubwolke aufwirbelten, die in den Strom heißer Luft gesogen wurde, der nun vom Feuer aufstieg. Er wirbelte zwei Schritte entfernt in eine neue Haltung und setzte eine ruhige, berechnende Miene auf – die des Gerichtsrats. »Vor zwei Tagen brachte unsere gute und edle Regentin ihr Kind zur Welt. Fanfaren verkündeten seine Geburt, und Chorgesänge ertönten. Bei der Nachricht begann man zu feiern … doch ein Geheimnis wurde von den vertrautesten Dienern der Regentin streng gewahrt.« Penit hielt inne und kniff die Augen noch weiter zusammen. »Das Kind wurde ohne Lebensodem geboren.«

Penit wirbelte in einer langen Drehung zurück auf den Platz

des Angeklagten. Hoch erhobenen Hauptes und mit der selbstsicheren Gelassenheit eines weit Älteren sagte er: »Diese Worte weben ein Netz der Täuschung, das mich verteufeln soll, Herrin. In der Stadt ist kein solcher Jubel ausgebrochen. Das Kind der Regentin ist nicht der Erbe ihres Sitzes, und viele haben den Verdacht, dass der Zeitpunkt der Geburt dieses Kindes …«

Penit glitt mit einer engen Umdrehung zurück auf seine erste Position. »Ruhe!« Unverkennbarer Hass loderte aus Penits Augen. »Ihr seid bereits ermahnt worden, die Würde dieses Verfahrens nicht mit Füßen zu treten. Fahrt jetzt fort, Gerichtsrat.«

Wieder drehte sich Penit um, und der kühle, intelligente Blick kehrte zurück. »Ja«, begann er selbstbewusst, »das Kind hat kein Geburtsrecht, einst zu herrschen. Das entspricht nicht unseren Sitten. Aber Ihr steht heute nicht vor uns, weil die Gefahr bestand, einen Monarchen zu verlieren.« Penit grinste boshaft und schüttelte den Kopf. »Ihr müsst uns vielmehr die Frage beantworten, warum Ihr der Ansicht wart, ein Recht zu haben, die Wiederherstellung des Lebens dieses Kindes durch die heilkräftigen Fertigkeiten des Shesonordens aufzuhalten. Ich möchte hinzufügen, dass der Versuch, die Sheson daran zu hindern, das Kind zu retten, sich nicht sehr von einem Mord unterscheidet, denn ein Leben zu rauben und seine Wiedererlangung zu verhindern sind nahe miteinander verwandt, nicht wahr?« Ein höhnischer Ausdruck huschte über Penits Gesicht.

In der Dunkelheit schien Vendanji finster dreinzublicken. Er hatte selbst die Arme verschränkt und verfolgte Penits dramatische Wiedergabe der Geschichte.

Penit führte erneut seinen kreisförmigen Tanz auf und landete in der Rolle des Beschuldigten. »Obwohl Ihr es als Frage formuliert, Herr, nehme ich an, dass Ihr es nicht so gemeint habt. Ich überlasse diese Frage der Vernichtung durch den gesunden Menschenverstand.«

Wieder wirbelte der Junge herum und blieb am Platz der Anklage stehen, während ein dünner Staubschleier in der Nähe des Feuers um seine Füße herum schwebte. »Nun gut. Über diese semantische Spitzfindigkeit können wir ein andermal verhandeln.« Penit ging ein paar Schritte auf und ab, bevor er den Kopf zur Seite legte und fragend ins Feuer starrte. »Wie kommt es, dass Ihr wusstet, wo die Zeremonie stattfinden würde?«

Penit drehte sich wieder, diesmal langsamer, so dass seine Umrisse Schatten warfen. Als Angeklagter sprach er zum Himmel: »Ich genoss das Vertrauen der Regentin als besonderer Adjutant und Leibwächter, Ersteres, um auf Grundlage der jahrelangen Ausbildung, die ich selbst bei Julian A'sa genossen hatte, zu lehren und zu unterweisen, Letzteres, um ihren Schutz unter besonderen Umständen zu gewährleisten, wenn die Gardisten der Regentin zu auffällig gewesen wären. Ich bin Meritus.«

Penit drehte sich um. »Ich verstehe.« Seine Augen leuchteten wie die eines Kindes, das etwas in die Finger bekommen hat, womit es spielen kann. »Dann hatte sie Euch anvertraut, wann und wo die Sachwalter des Willens sich des Kindes annehmen würden, um ihm die Möglichkeit zu verschaffen zu leben. Ihr habt Euer Wissen nicht nur genutzt, um diese Möglichkeit zu vereiteln, sondern zugleich den Wünschen der Regentin zuwidergehandelt. Ist das«, fuhr Penit mit zweifelnd hochgezogenen Augenbrauen fort, »auch ein Netz der Täuschung? Oder habe ich zutreffend die Umstände und Eure diesbezüglichen Absichten geschildert?«

Penit trat zielstrebiger als sonst in seinen langsamen Kreisbogen, und Tahn sah, wie sein Gesichtsausdruck sich veränderte, als der Junge den Standort des Angeklagten erreichte. Sein Mund drückte Ruhe aus, als er wieder zum sternenübersäten Himmel zu sprechen schien. »Eure Schilderung ist … unvollständig. Es ist wahr, dass es wenig gab, was ich über die Angelegenheiten der Regentin nicht wusste. Und mit der Zeit begann sie, sich auf mein Urteil zu verlassen.« Penit verlagerte seinen Blick, als ob er ihn von dem Fragesteller zu der unsichtbaren Richterin hinüberwandern ließ, die den Vorsitz bei der Verhandlung führte. »Ich war vielleicht mittlerweile der Einzige, der in der Lage … oder willens war«, stieß Penit in einem plötzlichen Zornesausbruch hervor, als er wieder dorthin sah, wo der Verhörende hätte stehen können, »ihr zu sagen, dass sie unrecht hatte.«

Wendra und Sutter keuchten auf, da sie so gebannt von der Geschichte waren, dass sie das Entsetzen über diese aufrührerischen Worte vor dem Höchsten Gericht mitempfanden. Tahn ertappte sich dabei, unwillkürlich in die Richtung zu sehen, in die Penit schaute, wenn er zu der Richterin sprach, als könnte er die Phantasiegestalt erblicken. Braethen nickte verständnisinnig.

Eine ganze Weile ließ Penit die Worte über dem Feuer und seinem betörten Publikum in der Luft hängen. Als Tahn wieder einen Blick auf Vendanji warf, hatte der Sheson sich nicht gerührt. Schatten umspielten seine verfinsterten Züge, während das Feuer Funken spie, aufloderte und seinen Dreiringanhänger matt glänzen ließ. Zweifellos war ihm die Geschichte vertraut; das Wiedererkennen war ihm deutlich an den Augen abzulesen. Aber dort verbarg sich noch etwas, das so unerbittlich wie eine Wasserflut bei heftigem Frühlingsregen war.

Dann machte der Junge zwei Schritte und vollendete anmutig seine Wendung, um wieder die Rolle des Gerichtsrats zu spielen. Ein dünnes Lächeln breitete sich über seine Lippen aus. »›Ihr zu sagen, dass sie unrecht hatte‹, sagt Ihr. Bei einer Gegenpartei wie Euch, SeFeery, muss ich hier wohl kaum Beweise vorlegen. Eure arrogante Berufung auf das Vertrauen meiner Herrin ist keineswegs der Freibrief, für den Ihr sie vielleicht haltet.« Penit ließ sein Grinsen verschwinden. »Und auf alle Fälle klafft ein weiter Abstand zwischen der Freiheit, offene Ratschläge zu erteilen, und dem Ergreifen von Maßnahmen, die Taten oder Entscheidungen der Regentin hintertreiben. Was Letzteres betrifft, haben wir Zeugen, die Euren Verrat belegen. Wünscht Ihr ihre Aussagen zu hören, oder räumt Ihr auch so ein, dass ihre Worte der Wahrheit entsprechen?«

Penit drehte sich zurück und hob in stummer Ergebenheit den Blick. »Ich habe ihre schriftlichen Aussagen gelesen. Sie sind wahrheitsgemäße Berichte über das, was sie gesehen haben.« Penit hob eine Augenbraue, während er fortfuhr: »Aber ich muss das Höchste Gericht in dieser Hinsicht tadeln. Jedes dieser Dokumente unterscheidet sich bezüglich der Einzelheiten, und aus jedem spricht ein gewisses Maß an Abneigung oder Wohlwollen mir gegenüber. Sie sind nichts wert, wenn man feststellen will, ob meine Handlungsweise *richtig* war.«

Mit einem knappen Schritt und einer raschen Wendung kehrte Penit in seine erste Position zurück und setzte einen unversöhnlichen, finsteren Blick auf. »Ruhe!« Der schrille Aufschrei brachte Grant dazu, sein Profil dem Feuer zuzuwenden. In den tiefen Falten seiner gebräunten Haut hielten sich die Schatten der Nacht. »Wir sind hier nicht zusammengekommen, um festzustellen, ob *Ihr* an die Richtigkeit Eurer eigenen

Handlungsweise glaubt. Welch eifernder Wahn könnte hier zur Verteidigung vorgebracht werden, wenn wir das Gesetz ignorieren würden, um stattdessen die aufrichtige Überzeugung eines Verbrechers gelten zu lassen, dass seine Untat gerechtfertigt war?« Penit trat ans Feuer und beugte sich nahe heran. Er starrte böse voller Verachtung darauf hinab. »Ihr, Kerl, wärt wahrscheinlich bald eine Handvoll Münzen im Geldbeutel eines Meuchelmörders, wenn ich den Rächer, der Euch töten würde, begnadigen und mich in meiner *Handlungsweise* gerechtfertigt fühlen würde.«

»Es war *ihr* Kind«, flüsterte Wendra in plötzlicher Erkenntnis. »Die Richterin ist die Regentin selbst, und der Mann hat versucht, ihr Kind zu töten.« Sie sah mit hängendem Unterkiefer und weit aufgerissenen Augen zu Tahn hinüber.

»Die Einzelheiten sind unerheblich«, fuhr Penit fort. »Ihr habt in eigenen Worten zugegeben, dass Ihr unserer Herrin offen getrotzt habt. Es ist wohlbekannt, dass Ihr in die heikelsten Geheimnisse des Reiches eingeweiht seid. Ihr erkennt die Aussagen von Zeugen als Wahrheit an, die beschreiben, dass Ihr den Wünschen unserer Herrin zuwidergehandelt habt. Und Ihr erscheint hier heute, bereit, Eure Moralvorstellungen über das Gesetz dieses Höchsten Gerichts und die Tradition zu stellen, die in Decalam seit den Feigen Jahren befolgt wird.« Penit wedelte mit der Hand, als wollte er das unerträgliche Bild des Angeklagten beiseitewischen, und richtete sich langsam aus seiner leichten Hocke auf. »Wir könnten jetzt schon fertig sein. Euer Hals sehnt sich nach dem Strick. Streitet Ihr irgendetwas davon ab?«

Penit drehte sich gezielt um und entspannte sein Gesicht zu fast völliger Ruhe. »Ja.«

Wieder keuchten Wendra und Sutter. Braethen schaute zu Penit hoch, der erneut seine Aufmerksamkeit geweckt hatte.

»In diesem Saal sind schon keine sicheren, friedlichen Traditionen mehr befolgt worden, seit die Dunklen Zeitalter auf das Tabernakel des Himmels gefolgt sind. Der Solath Mahnus ist ein Denkmal der Möglichkeiten, aber heute sind viele Stühle in den Ratssälen unbesetzt, und das bereits seit dem Zweiten Eid. Blutlinien von Familien, die sich bis zum Krieg des Ersten Eides zurückverfolgen lassen, sind heute mit der Feigheit der *Zivilisation* verwässert. Wir sind jetzt nur noch mehrere Völker, die in einem weiten Land lose Beziehungen unterhalten, aber die großen Reden, die wir schwingen, lassen es vielleicht wirken, als ob wir bedeutender wären, als wir es sind.« Penit baute sich breitbeinig auf und sah noch herausfordernder als zuvor gen Himmel. »Wir sind Männer, Frauen und Kinder. Wir sind hoffnungsvoll und fähig. Unser Verständnis ist in vielerlei Hinsicht gewachsen, und wir erfreuen uns seit Generationen des Friedens.« Penit brach ab. Seine Augen schienen das Licht der Sterne aufzufangen. Seine Stimme wurde leiser und tiefer. »Aber wir sind *keine Götter.*«

Tahn lief ein Schauer über den Rücken. Penit stand entschlossen da, blieb weiter in seiner Rolle und blickte zu einer Richterin auf, die niemand sehen konnte.

Die Miene des Sheson verfinsterte sich.

Dann wirbelte Penit heftig herum, so dass seine Füße einen Regen aus Staub und Steinen auffliegen ließen, als er sich zwang, stehen zu bleiben. »Welch eine Dreistigkeit! Welch eine Respektlosigkeit! Wie könnt Ihr es wagen, so etwas zu ihr zu sagen, die unsere oberste Herrscherin ist, die große Lenkerin unseres Reiches! Ihr seid ein sturer Esel. Ihr entweiht die vornehme Gesinnung, zu deren Ehren dieser Saal einst errichtet wurde. Welch ein Vorwurf! Ihr seid nicht hier, um kleinliche Urteile über unsere Regentin zu fällen. Ich werde Euch in Fesseln legen lassen …«

Penit machte einen Satz und verzichtete auf die Drehung. »Interessant, dass Ihr davon ausgeht, dass meine Worte sich nur an unsere Regentin richten. Entweder seid Ihr verschlagen genug, meine Äußerung dahingehend zu verengen und so Eure Herrin zum Zorn zu reizen, oder es behagt Euch selbst nicht ganz, welchen Anteil Ihr daran habt, Rechte und Macht zu beanspruchen, die eigentlich niemand anderem als den Ersten vorbehalten sind. Solcher Hochmut bleibt nicht ohne Folgen!«

Sutter schüttelte den Kopf und nickte dann, bevor er ihn wieder schüttelte. Wendra sah ganz wie die Mutter aus, die sie ihrem eigenen Kind gewesen wäre: stolz, aufmerksam, glücklich.

Penit glitt zum Platz der Regentin hinüber. »Wir kommen anscheinend oft auf den Stolz zurück.« Die Empörung wich aus seinem Gesicht, und Mitleid trat an ihre Stelle. »Aber uns wurde durch den Shesonorden die Macht verliehen, aus dem Willen zu schöpfen. Diese Gabe wird angewandt, wie es den Sheson angemessen erscheint. Ich darf sie um etwas bitten, darf aber keinen von ihnen zwingen, seine Forsa um meinetwillen hinzugeben. Das wäre sowohl unmoralisch als auch rechtswidrig. Habt Ihr also bei Eurer Argumentation bedacht, dass der Versuch, die Erneuerung eines Lebens zu unterbinden, genau die Selbstüberhebung der Macht über Leben und Tod darstellt, die Ihr uns zum Vorwurf macht? Ihr«, klagte Penit heftig an und ließ die Regentin mit dem Finger aufs Feuer zeigen, »seid derjenige, der sich schuldig gemacht hat, Anspruch auf Göttlichkeit zu erheben. Ihr seid ein Verräter. Mehr noch, Ihr seid ein Heuchler.«

Eine kurze Drehung, und Penit hob den Kopf. »Ich glaube nicht, dass die Sheson von sich aus zugestimmt haben. Welches Druckmittel hat ihre Mithilfe erkauft? Welche Versprechungen wurden ihnen gemacht? Ihre Berufung ist geheiligt; sie hätten sich nicht freiwillig an der Sache beteiligt, da eine Wiederbelebung bekanntermaßen Häresie ist. Nur Velle schöpfen aus dem Willen, um etwas damit zu gewinnen. Ein wahrer Inhaber des Willens würde eher jegliche Demütigung erdulden, als sich dazu zwingen zu lassen.« Penit ballte die Faust und hob sie an den Mund, um mit zitternder Stimme fortzufahren: »Oder Euch zumindest mit aller Kraft Widerstand leisten.«

Erneut hielt Penit inne. Das Holz knisterte und prasselte in den Flammen, Funken stoben orangefarben aufblitzend in die Nacht und verglommen. Die Worte des Jungen ließen sie alle erstarren, und die Schwere der Anschuldigungen warf einen Schatten auf das ganze Lager, obwohl doch alles nur ein Rhei-Fol war.

Penit drehte sich diesmal nicht um, sondern schritt einen weiten Kreis, um wieder die Rolle des Anklägers einzunehmen. »Lasst uns dem hier ein Ende setzen«, sagte er im Ton der Endgültigkeit und winkte mit der rechten Hand jemanden heran. Dann trat er auf die andere Seite des Feuers und blickte ruhig über die Flammen. »Wir werden Artixan anhören, den Sheson, der im Rat der Regentin sitzt und zugleich der Willenslenker war, der begann, ihr Kind wiederzubeleben, bevor SeFeery erschien, um ihn daran zu hindern.«

Penit schritt feierlich zur gegenüberliegenden Seite des Feuers, wo er seinen Platz einnahm und einen Blick zurück über die

Flammen warf. Er flüsterte gequält: »Nein, Artixan! Tut das bitte nicht!«

Wieder ging der Junge langsamen Schrittes ums Feuer. Penits Augen wurden glasig vor Tränen, als er eine verzweifelte Miene aufsetzte und für Artixan sprach: »Ein vollkommenes Kind, ein schönes Kind, kam aus ihrem Leib hervor. Doch der Säugling erwachte nicht auf dieser Welt. Ihre Gnaden trauerte und machte Anstalten, die Beerdigung eines totgeborenen Kindes vorzubereiten. Solchen Mut habe ich nur selten erlebt. Es ist seit langem bekannt, dass Helainas Schoß unfruchtbar ist, und doch kam es zu diesem Wunder, das ihr zu ihrem Entzücken den Bauch rundete.« Eine Träne rann über Penits Wange. »Wie schmerzlich, dann das Wunder zu erwarten und im Augenblick seiner Erfüllung solch eine Tragödie zu erleben. Es entspricht nicht unserem Brauch, aus dem Willen zu schöpfen, um alle Himmel eines Kindes zu retten, aber hier heiligte der Zweck das Mittel, die Tradition außer Acht zu lassen, und ich erklärte mich freiwillig dazu bereit.« Penit sah flehend über das Feuer hinweg. »Es war notwendig, Denolan. Könnt Ihr das nicht einsehen? Ausgerechnet Ihr? Muss ich es in diesem Gerichtssaal laut aussprechen? Überdenkt Eure Haltung bitte noch einmal, bevor es zu spät ist …«

Penit machte schnell einen Schritt nach links. Seine Züge nahmen einen vorwurfsvollen Ausdruck an. »Das ist alles, Sheson, danke.«

»Zu spät« wofür?, fragte sich Tahn. Irgendetwas war unausgesprochen geblieben, da der schlaue Inquisitor dem Sheson das Wort abgeschnitten hatte.

Mit der Stimme des Anklägers wandte sich Penit an den Angeklagten, den Tahn beinahe vor sich zu sehen meinte. »Ihr habt jetzt das Zeugnis des Mannes gehört, den Ihr aufzuhalten versucht habt. Er hat vor diesem Gericht beschworen, dass er freiwillig und aus eigenem Antrieb bestrebt war, dem Kind zu helfen. Und« – Penit hob einen Finger, um die einzelnen Punkte aufzuzählen – »er ist ein geehrtes Mitglied des Ordens, das großes Ansehen genießt – das nur, falls Ihr vorhaben solltet, seinen Ruf hier zu besudeln, indem Ihr ihn bezichtigt, stilletreu zu sein.« Penit senkte die Hand, schaute auf und sah sich dort um, wo das Publikum in dem großen, runden Saal hätte sitzen können. »Es ist, wie ich annehme, Euer Glück, dass Euer Schicksal nicht der Willkür des Volkes anheimgestellt wird.« Penit verschränkte die Arme und beendete so seine Rede in der Rolle des Verhörenden.

Dann nahm der Junge anmutig wieder den Platz ein, von dem aus er mit der Stimme der Regentin sprach. »Ihr dürft eine Widerlegung vortragen, wenn Ihr möchtet. Aber seid gewarnt, dass Lügen Euch hier höchstwahrscheinlich eine härtere Strafe einbringen.« Penit atmete langsam durch die Nase aus, bevor er fortfuhr: »Noch eines. Ich fordere Euch auf, bei der Verteidigung, die Ihr vortragt, Besonnenheit an den Tag zu legen. Aber Ihr dürft Euch nicht davon abgehalten fühlen, jegliche Einzelheit zu erwähnen, von der Ihr glaubt, dass sie in diesem Prozess von Wert oder von Bedeutung ist. Ganz gleich, was es andere kostet.« Penit zog die Augenbrauen hoch, legte die Stirn in tiefe Falten und schloss: »Es steht Euch frei, von allem und jedem zu sprechen, um Euch von diesen Anschuldigungen reinzuwaschen. Versteht Ihr?« Penit blickte erwartungsvoll ins Feuer.

Noch eine stolze Umdrehung, und sein Kopf hob sich den Sternen entgegen, die tief am südlichen Horizont standen. Er nickte, und in diesem Moment beobachtete Tahn, wie der Junge die standhafteste, ehrenhafteste Haltung einnahm, die er sich nur vorstellen konnte. »Ich erschauere über das, was hier geschehen wird«, sagte Penit leise in resigniertem Ton. »Ich saß zu Füßen von Julian A'sa, wenn alle Böden gefegt und alle Tiere versorgt waren, und hörte zu. Ich kenne die Geschichten hundert anderer Autoren bis in alle Einzelheiten und auch die Bedeutung hinter ihren Worten. Stunde um Stunde habe ich jahrelang die Kriegskunst und Kampftaktiken studiert, den Körper, seine Bewegungen, seine Fähigkeiten, seinen Zweck. Aufgrund meiner Ausbildung war ich für die Männer und Frauen wertvoll, die einen Sitz in den Räten innehaben. Bald stand ich diesen Leuten zur Seite, wenn sie zu ihren Ratssitzungen zusammenkamen. Ich sah und hörte, wie das Leben eines einzelnen Menschen unbekümmert in den Wind geschlagen werden konnte. Später, in höheren, prächtigeren Sälen, war es das Leben Dutzender von Menschen, und nicht allein von Soldaten, sondern von unschuldigen Stadtbewohnern und großen Teilen dieses Volkes, deren Lebensunterhalt stets gefährdet ist und nur von den Entscheidungen abhängt, die einige wenige am Banketttisch treffen.« Penit schluckte, als würde ihm die Gefühlsaufwallung die Kehle zuschnüren. »Ich wurde Zeuge all dessen, aber ich bewahrte mir die Hoffnung auf das schlichte, elegante Gleichgewicht des Lebens, da ich überzeugt war, dass wir unseren Weg selbst wählen und dass sich unser Leben eigentlich nur daran messen lässt, wie wir damit umgehen.«

Sutter nickte. Tahn sah, dass auch Wendra und Braethen zustimmend zu Penits Worten nickten. Mehrere Schritte entfernt saß Grant immer noch im Profil zum Feuer, dessen Licht seine ledrige, wettergegerbte Haut beschien. Er hatte Penits Geschichte noch nicht in irgendeiner Form gewürdigt, aber seine Augen zeigten deutlich, dass er aufmerksam lauschte.

Vendanji lauerte etwas weiter entfernt hinter Penit. Der Sheson musterte den Jungen, als käme es ihm darauf an, dass Penit genau die richtigen Worte finden würde.

Dann regte sich etwas in Tahn. Er hatte den Eindruck, dass alles, was er gerade hörte, tatsächlich der Wahrheit entsprach. Aber das stimmte nicht ganz. Nicht die Geschichte an sich, obwohl sie in allen Einzelheiten zutreffend sein mochte – das konnte Tahn nicht einschätzen. Doch er wurde von einem überwältigenden Gefühl der Gewissheit durchströmt, dass der Kern dessen, was Penits Gestalten sagten, nicht erfunden war. Eine vertraute Tröstlichkeit und Bestärkung umfing ihn und löschte seine kurzzeitigen Befürchtungen und alles, was seit Helligtal geschehen war, aus. Binnen eines Augenblicks erkannte er das Gefühl als dasselbe, das er verspürt hatte, als Rolen ihm in der Gefängniszelle als Beisteher gedient hatte.

»Was ich getan habe, streite ich nicht ab«, fuhr Penit mit fester Entschlossenheit fort. »Es war meine Entscheidung, und ich würde sie wieder so treffen. Ich fühle mich nicht schuldig und schäme mich auch nicht dafür.« Penit hob die Arme leicht mit nach oben gewandten Handflächen. »Wir versammeln uns, errichten Städte und Siedlungen und ziehen Grenzen durchs Land, um Wohlstand zu schaffen oder ein Gefühl der Sicherheit zu erzeugen. Aber unsere Versuche, das Gesetz festzuschreiben, sind dürftig. Sie erwachsen aus der Fehleinschätzung, dass eine Gruppe von Menschen mehr davon versteht als eine andere, und wir gehen in die Irre, wenn wir einen Weg einschlagen, der die Macht von Forda I'Forsa missbraucht, wenn wir mehr Macht ausüben, als uns zusteht. Dieses Leben ist unbequem, aber ihm den Stachel zu rauben bedeutet zugleich, ihm seinen Sinn zu nehmen.« Penit holte tief Atem, sah sich um und fing den Blick jedes seiner Zuschauer auf, zuletzt den von Tahn. Indem er wieder dorthin sah, wo sich die Regentin hätte befinden können, sagte er: »Ich erkenne die Autorität dieses höchsten Gerichts nicht an, meiner Taten wegen über mich ein Urteil zu fällen. Es ist ein Tribunal aus Männern und Frauen, die zu befangen in ihren eigenen Traditionen sind, um ein höheres Recht gelten zu lassen. Hiermit gewähre ich mir selbst Amnestie vom Urteil dieses Gerichts. Seine Entscheidungsfindung soll keine Auswirkungen auf mein Leben haben. Ihr werdet tun, was Ihr wollt, aber ich für meinen Teil sage noch einmal, dass ich mir selbst eine Freiheit gewähre, die von diesem Mummenschanz unabhängig ist.«

Jenseits des Feuers seufzte Braethen voller Mitgefühl mit dem Mann, den Penit spielte. Der Sodale ließ den Kopf hängen und umklammerte das Buch, das er in der Hand hielt. Neben ihm starrte Wendra Penit an und schien sich über das, was er gesagt hatte, genauso zu freuen wie über die Tatsache, dass er es ausgesprochen hatte. Tahn hatte den Eindruck, dass sie nahe daran war, den Jungen durch die Luft zu wirbeln und fest an sich zu drücken. Sutter sah nur unverwandt zu und sann vermutlich über die Dinge nach, die gesagt worden waren. Wer auch immer der Mann war, für den Penit sprach, er ähnelte dem Rübenbauern in seinem entschiedenen Eigensinn. Aber Tahn verspürte weder Mitleid noch Stolz, nur die Gewissheit, dass der Stoff der Erzählung richtig war.

Vendanji strich sich mit Daumen und Zeigefinger über den Bart und wandte sich ab, der Nacht zu. Und während die Szene, die Penit gespielt hatte, stillstand, während alle über das nachdachten, was sie gehört hatten, sah Grant den Jungen endlich an, so dass sein Gesicht den Feuerschein auffing und sein warmes Leuchten widerspiegelte. Es lag vielleicht an der Hitze der Flammen oder einfach an der Helligkeit des Feuers, aber die Augen des Mannes schienen vor Ergriffenheit zu funkeln. Sein sonst so gleichmütiges Gesicht verlor für einen Augenblick die Beherrschung, wenn auch nur durch einen Hauch unvergossener Tränen. Der Verbannte tauschte einen langen Blick mit Penit und brachte so stumm seine Wertschätzung für die Erzählung zum Ausdruck, bevor er sich wieder der Dunkelheit und seiner Wache zuwandte.

Penit drehte sich ein letztes Mal um und nahm die Ausgangsposition seiner Erzählung ein. Ein entschlossener Ausdruck trat auf sein Gesicht, eine Miene, die sich von denen der anderen Figuren unterschied, die er dargestellt hatte. Der Junge sah ins Feuer und begann, mit der Stimme der Regentin zu sprechen: »Ich werde Euch Eure Blasphemie verzeihen, weil ich weiß, dass Ihr vor der großen Herausforderung steht, die Gerechtigkeit mit Euren Taten in Einklang zu bringen.« Mit einem boshaften Blick fuhr Penit fort: »Ihr seid nicht anders als die unzähligen Männer und Frauen, die hergebracht werden und ihre Verbrechen zu vertuschen oder zu rechtfertigen versuchen, weil sie ein hartes Urteil fürchten.« Noch zorniger fügte er hinzu: »Ich bedaure nur, dass ich Euch ins Vertrauen gezogen habe. Ich frage mich, ob Ihr Euch so untadelig fühlen würdet, wenn Ihr nie zum Meritus der Regentin erhoben worden wärt. Vielleicht seid Ihr selbst zu dem scheinheiligen Adel geworden, den Ihr so verachtet.« Penit machte eine wegwerfende Handbewegung. »Ich gestatte nicht, dass das Gericht sich zur Entscheidungsfindung zurückzieht. Ich will, dass sofort per Handzeichen über die Schuld des Angeklagten abgestimmt wird.« Penit ließ den Blick in die Runde schweifen. Der verstörte Ausdruck des Jungen, als er sich im Kreis ums Feuer umsah, ließ Tahn bis ins Mark erschauern. Ohne auch nur einen einzigen Geschworenen zu sehen, wusste er, wie die Abstimmung verlaufen war. Mit beunruhigendem Vergnügen verkündete Penit: »Das Protokoll wird ein einstimmiges Urteil festhalten. Schreibt alles Übrige so nieder, wie ich es nun sage.« Penit hob den Kopf, um hochnäsig auf die Flammen herabzublicken – auf den Verurteilten. »Hiermit wird verkündet, dass Denolan SeFeery aufgrund des Verbrechens des Verrats unwürdig ist, Bürger der Freien Stadt Decalam zu sein. Des Weiteren wird mit diesem Erlass verkündet und bezeugt, dass Meritus Denolan SeFeery willentlich Verrat an dem ihm übertragenen Beisteheramt und an der vom Höchsten Gericht und von der Liga der Edukation festgesetzten rechten Vorgehensweise begangen hat. Im Interesse der Gerechtigkeit wird Denolan SeFeery somit auf immer in die Ödnis, die als das Mal bekannt ist, verbannt. Mit Ausnahme des Ersten Sitzes am Tisch der Regentin soll er allein wissen, welches Vertrauen dieses Urteil zum Ausdruck bringt. Jeder, von dem man weiß, dass er Denolan SeFeery Unterschlupf gewährt, soll fortan wie er als Verräter gelten und entsprechend bestraft werden. Vom heutigen Tag an wird Denolan SeFeery nicht mehr mit dem seinem einstigen Amt entsprechenden Ehrentitel eines Meritus bezeichnet werden. Sollte er je in die freien Mauern von Decalam zurückkehren, soll das als Angriff gelten und sofort mit dem Tode bestraft werden. So sei es«, schloss Penit, dessen letztes Wort zugleich der Schlag eines Richterhammers und das Zufallen eines Buches war. Alles Gesagte hing in der Luft und schien Widerspruch herauszufordern. Es klang nach einer Grabinschrift, nach Worten, die man auf Stein oder im Tagebuch eines Toten las. Der Soliel verschlang das Gefühl, nahm es in sich auf. Es blieb ohrenbetäubende Stille, die nur vom Prasseln des Feuers unterbrochen wurde.

Dann beugte Penit sich mit einem Hauch von Vertraulichkeit vor. »Der Tod ist zu gut für Euch, Denolan. In der Verbannung werdet Ihr die Last Eurer Verbrechen spüren, und die Unfruchtbarkeit des Mals wird Euch an die Unfruchtbarkeit meines Schoßes erinnern, dessen einzige Frucht mir jetzt genommen ist. Dort werdet Ihr leben, und Eure Sehnen werden hart und am Ende steif werden. Und was wird Euch dort halten, fragt Ihr Euch das? Eure Ehre? Eine Wache? Eine Armee?« Penit lachte sarkastisch. »Wohl kaum. Nein, es wird die Einrichtung eines Waisenhauses für Findelkinder, Ausgesetzte und die Kinder untauglicher Eltern sein. Genau das, was Ihr zu verhindern gehofft habt, wird zu der Fessel werden, die Euch an den sonnenverbrannten Felsen bindet. Nachlässige Eltern sollen gezwungen werden, ihren Nachwuchs dem Gericht zu übergeben, das entscheiden wird, wo die Kinder aufgezogen werden sollen. Und einige von ihnen wird man Euch senden. Ein Baum wird als Wegmarke und Wiege am Rande Eurer Wirkungsstätte ausgehöhlt werden. An einem festgesetzten Tag wird dort ein Kind abgelegt und Eurer Fürsorge anvertraut werden.« Penits hämisches Lächeln war äußerst vorwurfsvoll. »Und wenn Ihr nicht kommt, um das Kind abzuholen, wird es sterben. Und so werdet Ihr in jedem Zyklus des Minderen Lichts die Wiege überprüfen. An manchen Tagen werdet Ihr nur mit dem, was Ihr mitbringt, zurückkehren. An anderen werdet Ihr etwas Lebendiges an Eure Brust ziehen und langsamer nach Hause reiten.« Penit trat zurück und verzog die Lippen zu einem befriedigten Lächeln. »Entweder nehmt Ihr das Urteil an oder Ihr werdet tatsächlich zu dem Mörder, der zu werden Ihr Euch vor zwei Tagen verschworen habt. Meine Offiziere werden alles beobachten; jeder andere als Ihr, der versucht, die Kinder an sich zu nehmen, soll getötet werden. Welche Ehre Euch noch innewohnt, wird Euch an das Urteil binden. Wenn nicht« – Penits Lächeln verblasste, und seine Augen wurden im Feuerschein ausdruckslos –, »dann werden Euch die Tode unzähliger Unschuldiger tagtäglich verfolgen und lauthals gegen Euch sprechen, wenn Euer Leben vorüber ist. Ihr gewährt Euch also selbst Amnestie? Ihr gewährt Euch Freiheit von diesem Mummenschanz? Den Mummenschanz betreibt Ihr selbst, Denolan SeFeery – Ihr verhöhnt das Leben selbst. Ich bin fertig mit Euch.« Penit schwieg und starrte ins Feuer.

Mit glasigem Blick tat der Junge in einem letzten Rollenwechsel nicht mehr, als den Kopf zum Himmel zu heben. »Und ich mit Euch. Mein Name aus Eurem Mund und der Klatsch Eures Hofes sind wie Schlangenbisse. Ich werde nicht mehr darauf hören. Es steht Euch nicht zu, mich zur Verantwortung zu ziehen, wenn Euer Gesetz verderbt ist. Wenn Ihr gegen die grundlegende Charta der Menschheit verstoßt, ist meine Verpflichtung Euch gegenüber aufgehoben. Ich bin frei. Ich bin rein … Ich bin Grant.«

Wendra und Sutter wandten sich zugleich mit Tahn um und sahen die breiten Schultern ihres Reisegefährten an, der immer noch auf einem Felsen in der Nähe saß. Entsetzen und Respekt sprachen aus Sutters Gesicht, während er tonlos etwas flüsterte, das Tahn nicht verstehen konnte. Braethen sah als Einziger nicht hin. Hatte er Bescheid gewusst? Warum hatte er nichts gesagt?

Plötzlich brandete ein Luftrauschen auf sie zu. Grant sprang auf und machte einen Schritt in die Nacht hinein. In seiner Hand blitzte sein Schwert auf. Binnen eines Augenblicks kam Mira aus der Dunkelheit auf sie zugestürmt. Über ihren Kopf hinweg sausten brennende Pfeile, die an ihr vorbeizischten und gleißend die Luft über ihrem Kreis durchschnitten.

»Hoch mit euch!«, brüllte die Fern und blieb neben dem Verbannten stehen, um sich den unsichtbaren Verfolgern zu stellen.

Tahn sprang auf, legte einen Pfeil an die Bogensehne und spannte sie mit derselben fließenden Bewegung. Aber er hielt die Spitze verunsichert auf die Dunkelheit jenseits des Feuers gerichtet, weil er nicht wusste, worauf er zielen sollte.

Weitere brennende Pfeile schossen hell aus der Nacht empor und rasten auf sie zu. Die Schäfte beschrieben auf der Suche nach ihren Zielen einen Bogen. Lichtstreifen flogen zuerst auf Mira und Grant zu und durchschnitten die Nacht in schneller Bahn. Vor Tahns Augen tänzelten die Fern und der Verbannte aus der Schusslinie oder schlugen die Pfeile mit einem schnellen Schwerthieb beiseite, so dass sie keinen Schaden anrichteten.

Sutter und Braethen gingen ein paar Schritte hinter Mira in Stellung, und Wendra baute sich zwischen den Pfeilen und Penit auf.

In der Ferne hörte Tahn tiefe, volltönende Trommelschläge. Bei dem unheilverkündenden Dröhnen richteten sich seine Nackenhaare auf. Irgendwo da draußen rückten im Schutze der Nacht Bar'dyn auf sie zu. Wie viele, war schwer einzuschätzen, aber bevor jemand daran denken konnte, die Ausdauer der Pferde auf die Probe zu stellen und nach Norden zu fliehen, antworteten hinter ihnen wie ein Echo andere Trommelschläge. Sie waren umzingelt. Tahn zielte mit dem Pfeil in die andere Richtung, sah aber immer noch nichts. Wendra trat von einem Fuß auf den anderen und versuchte sich zu entscheiden, von welcher Seite sie den Jungen beschirmen sollte.

»Sie wollen uns nur in Angst und Schrecken versetzen«, sagte Grant laut, aber ruhig, den Blick weiterhin nach Süden gerichtet. »Sie haben sicher nicht so schnell mit einem ganzen Cullach zu uns aufgeschlossen. Aber die Bar'dyn haben uns nicht ohne Hilfe aufgespürt.«

Die Trommeln wurden lauter, kamen näher. Wo steckte Vendanji? Tahn suchte die Dunkelheit nach dem Sheson ab, sah ihn aber nicht. Jenseits des dichten Schleiers der Nacht hörte Tahn Schritte näher kommen – mühevolle, schwere Schritte, die aber nicht unbeholfen oder unvorsichtig klangen. Das Geräusch brach aus dem Dunkel über sie herein.

Dann spiegelte sich in der Ferne ein Lichtschein in zwei Kugeln wider, die in der Dunkelheit auf und ab wippten. Ein zweites Augenpaar erschien und fing das Licht auf. Hinter ihnen folgten noch zwei weitere. Dann brachen alle vier Bar'dyn im Laufschritt aus der Nacht hervor. Ihre stämmigen Beine bewegten ihr beträchtliches Gewicht mit unglaublicher Geschwindigkeit. Aus ihren Gesichtern sprach nicht die wahnwitzige Kampfeslust eines Überfalls oder schierer Blutrünstigkeit, als sie Streitkolben und Schwerter hochrissen, um Grant und Mira zum Kampf zu stellen.

Über ihnen erhellten weiterhin flammende Pfeile den Himmel, aber diesmal flogen sie in gerader Linie durch die Luft und sollten wohl eher Verwirrung stiften als einem richtigen Angriff dienen.

Von Vendanji fehlte immer noch jede Spur.

Die Trommelschläge kamen noch näher und dröhnten in chaotischen Rhythmen. Und gerade, als die Bar'dyn bis auf drei Armeslängen an Mira herangekommen waren, ließen Schritte den Boden hinter ihnen erzittern. Tahn wirbelte herum und sah zwei Bar'dyn von Norden heranpreschen. Wendra warf Tahn einen finsteren Blick zu und wirbelte herum, um dem Flankenangriff zu begegnen. Tahn zielte auf den ersten Bar'dyn, der sich von hinten näherte.

Er flüsterte seinen alten Satz, der mittlerweile eher ein Gedanke als sonst etwas war, und ließ das Geschoss fliegen.

Tahns Pfeil traf die vorderste Kreatur in den Arm. Ohne langsamer zu werden, riss der Bar'dyn sich den Pfeil heraus, als wäre er bloß ein Splitter, und ließ ihn sich vor die Füße fallen. Als Tahn erneut anlegte, hörte er hinter sich Waffen und Körper zusammenprallen. Er glaubte, Sutter aufschreien zu hören, hatte aber keine Zeit, sich nach dem Rübenbauern umzusehen. Er schoss erneut und zielte auf den Kopf des Bar'dyn. Der Pfeil traf das Geschöpf unmittelbar unter dem Auge. Ein wahnsinniges Kreischen entrang sich seiner Kehle. Der zweite Bar'dyn raste an seinem verwundeten Bruder vorbei und stürmte ins Lager, auf Wendra und Penit zu.

Als Tahn ein drittes Mal anlegte und auf den Stilletreuen zielte, der sich seiner Schwester näherte, sang Wendra eine Reihe von Silben zu einer misstönenden Melodie. Die Luft begann zu schimmern, bis sie einem Horizont in sengender Hitze glich. Als Wendras Stimme lauter und zorniger wurde, fing das Lager an, sich zu drehen. Blut begann dem ersten Bar'dyn aus Augen, Nase und Ohren zu strömen, aber er stapfte weiter, als würde er sich durch die Strömung eines Flusses kämpfen, und bewegte sich mit tödlicher Zielstrebigkeit auf Wendra zu. Einen Moment später streckte er die gewaltige Faust nach Wendras Hals aus und legte sie ihr um die Kehle.

Sie hörte zu singen auf. Das Schimmern der Luft endete, und die Trägheit des Bar'dyn verflog. Wendra wehrte sich gegen den Griff der Bestie und wurde zu Boden und damit auf Penit geschleudert. Tahn versuchte, sich ein paar Schritte zurückzuziehen, aber die beiden Bar'dyn versperrten ihm den Weg und begannen, ihn vom Feuerschein wegzutreiben. Tahn schoss so schnell Pfeile ab, wie seine Flinkheit und Fingerfertigkeit es ihm nur irgend erlaubten. Manche glitten an der zähen Haut der Bar'dyn ab, andere trafen jedoch ihr Ziel und blieben in den Geschöpfen stecken, die aufheulten, wenn sie Wunden davontrugen. Dennoch hatte Tahn das Gefühl, dass die Bar'dyn ihre Waffen nicht schwangen, um zu töten. Und doch drangen sie weiter auf ihn ein, drängten ihn immer weiter vom Feuer weg. Tahn wurde klar, dass sie ihn von den anderen trennen wollten. Und ihm waren die Pfeile ausgegangen.

Er sah zu Wendra hinüber. Er konnte nicht erkennen, ob sie noch atmete. Penit mühte sich ab, unter ihr hervorzukriechen. Hinter den Stilletreuen, die Tahn vor sich hertrieben, fielen Mira und Grant gleichzeitig mit im schwachen Licht blitzenden Schwertern über einen Bar'dyn her. Der Stilletreue brach zusammen. An ihrer Seite schwang Sutter sein Langschwert in einer riesigen, ausladenden Acht. Seine Arme arbeiteten mit fortwährender Anspannung, und er drängte einen Bar'dyn mehrere Schritte zurück. Ein weiterer Bar'dyn versuchte, den Rübenbauern von der Seite anzugreifen, aber bevor er einen Treffer landen konnte, war Braethen zur Stelle. Wie ein gleißend heller Blitz durchschnitt seine Klinge die Dunkelheit, gefolgt von einem verzweifelten Aufschrei, als der Bar'dyn fiel.

Mira und Grant trennten sich und lockten zwei weitere Stilletreue weg. Das Zischen von Stahl, der von mächtigen Armen geschwungen wurde, sauste auf die Fern zu. Sie riss einen Arm hoch, wehrte den Schlag ab, ließ dann direkt ihren eigenen folgen und traf den Bar'dyn in den Hals. Ein Blutschwall spritzte Mira ins Gesicht.

Eine zweite, vorsichtigere Kreatur wartete auf Grants Angriff. Sie hielt eine bedrohliche Axt schlagbereit erhoben. Der Verbannte wartete geduldiger als der Bar'dyn und ließ das Schwert locker an seiner Seite herabhängen. Der Stilletreue holte aus, und sein riesiges Beil fuhr wie ein Verhängnis herab. Grant kam der Bewegung zuvor und sprang nahe an den breiten Brustkorb des Bar'dyn heran. Mit einem wütenden Stoß rammte der Verbannte dem Geschöpf das Schwert von unten durchs Kinn. Die Bewegungen des Wesens kamen sofort zum Erliegen.

Tahn sah wieder die Bar'dyn an, die ihn von seinen Freunden abdrängten. Es schien ihnen nichts auszumachen, dass ihre Kameraden zu Tode gekommen waren. Die Trommeln dröhnten weiter und erfüllten die Nacht mit dumpfen Klängen.

Tahn sah sich um. *Wo ist Vendanji?*

»Ich bin ich!« Wie aus dem Nichts raste Braethen in Tahns Gesichtsfeld. Sein Kampfschrei übertönte die Trommelschläge und ließ Tahn einen Schauer über die Haut laufen. In Raserei stürzte der Sodale sich auf die Bar'dyn, die Tahn immer weiter vom Lager wegtrieben. Sutter eilte an Braethens Seite. Aber bevor sie ihm zu Hilfe kommen konnten, trafen Pfeile sie in die Beine, und sie stürzten beide zu Boden.

Tahn war allein.

Dann kam ihm ein Gedanke.

Er spannte den leeren Bogen, sagte die ältesten Worte auf, die er kannte, und zielte.

Ein Ausdruck des Wiedererkennens blitzte in den Augen des Bar'dyn auf. »Wir tun das hier nicht freiwillig, Quilleszent. Hüte dich, nicht selbst der Vernichtung anheimzufallen, wenn du es auf unsere abgesehen hast!« Er sprach mit einer begütigenden Intelligenz, die Tahn überrumpelte.

Im nächsten Augenblick wurde es im Lager ruhig. Still.

Die Trommeln verstummten.

Alles Licht verblasste; das Feuer flackerte. Tahns eigene Wachheit schien nachzulassen. Eine Erscheinung im weißen Umhang schwebte zwischen den beiden Stilletreuen, die Tahn von den anderen getrennt hielten, in der Luft. Sogar die Sterne funkelten nur noch gedämpft, und ihr unwandelbares Licht fiel dem Schatten zum Opfer, der die Gestalt umgab. Eisige Furcht lähmte Tahn, und er ließ den Bogen fallen. Eine schlanke Hand erhob sich von weiten Ärmeln umhüllt. Sie deutete auf Tahn. Tahn wandte den Blick ab. Er hatte das Gefühl, das Raunen einer ganzen Generation binnen eines Augenblicks in seine Ohren strömen zu hören. Seine Beine wurden schlagartig so vollkommen schwach, dass er mit dem Gesicht voran zu Boden stürzte.

Aber beinahe sofort zerfetzte eine Flammenexplosion die Erscheinung, und Vendanji stand vor ihm, die Arme nach Tahn ausgestreckt. Der Sheson schwang die Hände zum Himmel empor, und eine Erdwelle verschlang die letzten beiden Bar'dyn. Die Kreaturen fielen hin und wurden unter dem Mahlen von Felsen und verkrümmten Wurzeln in den Boden gezogen. Sie kreischten in den Soliel hinein und riefen wild mit kehligen Stimmen, während sie hinabgezogen wurden und ihre Münder sich mit Schmutz und Sand füllten, der absichtlich hineinzufließen schien, um ihre Schreie zu ersticken.

Aber in der plötzlichen Stille, bevor ihre Münder ihnen nichts mehr nützten, sah einer der Bar'dyn mit ausdruckslosen, forschenden Augen zu Tahn auf. »Du verstehst es immer noch nicht, oder?«, fragte der Bar'dyn und wandte kurz den Blick zum Boden, von dem seine toten Kameraden verschlungen worden waren. »Du kannst keinen Krieg gegen einen Feind gewinnen, der nichts zu verlieren hat.«

Dann war sein Mund voll, und das Leben schwand aus seinen Augen.

Vendanji eilte an Wendras Seite. Der Sheson zog sein Holzkästchen aus dem Innenfutter seines Umhangs. Er nahm ein einzelnes Zweiglein daraus hervor, öffnete Wendras Mund und schob es ihr unter die Zunge. Dann ergriff er ihre Hand und legte sie sich mit gespreizten Fingern auf die Brust, während er die eigenen Fingerspitzen an Wendras Hals ruhen ließ. Ein kehliges Summen stieg von den Lippen des Sheson auf. Penit saß in der Nähe und beobachtete Vendanji ebenso gebannt wie besorgt. Während Vendanji arbeitete, waren die anderen still, sahen zu und hofften.

Ein paar Augenblicke später zuckte Wendra krampfartig zusammen und tat dann einen langen, zitternden Atemzug. Ihre Augen flogen auf und hielten sofort nach Penit Ausschau. Als sie ihn sah, kam sie unter Vendanjis Händen zur Ruhe und begann, normal zu atmen.

Danach kümmerte sich der Sheson schnell um Braethen und Sutter, deren Wunden nicht schwer waren. Sutter hinkte ins

Lager zurück, das Schwert locker in den Händen. Seine Achseln und sein Hals waren schweißüberströmt. Zwischen keuchenden Atemzügen murmelte er: »Habe … ihnen … Angst … gemacht.«

Tahn zitterte noch immer von seiner Begegnung mit der Erscheinung, kroch ins Lager zurück und fragte Vendanji das, was sicher alle dachten: »Wo warst du?« Sein Gesicht fühlte sich wund und schmutzig an, aber er machte sich nicht die Mühe, den Dreck wegzuwischen. Er starrte durchs Feuer den Sheson an. »Wir hätten dich in diesem Kampf gebrauchen können. Meine Schwester wäre beinahe gestorben.« Tahn begann zu husten.

Vendanjis Gesicht blieb gleichmütig, als er Tahn ansah. »Ich musste herausfinden, was sie wissen, Tahn. Ich muss ihre Absichten verstehen. Also habe ich Euch dieser Bedrohung ausgesetzt. Ich war die ganze Zeit über in der Nähe. Aber hier war es ungefährlicher, als es in den Saeculoren sein wird.« Der Sheson blickte ins Dunkel hinaus. »Sie sind hergekommen, um uns auf die Probe zu stellen. Es war nur ein Trupp von Spähern.« Dann ließ Vendanji sich auf den Boden fallen. Der Aufwand an persönlicher Forsa holte ihn ein; sein Gesicht wirkte verhärmt und bleich. Im Feuerschein glänzten winzige Schweißperlen auf seiner Stirn. »Sie haben die Hügel vor uns erreicht. Sie wissen, dass wir nur einen einzigen Grund haben können, nach Norden zu reisen.« Er schüttelte den Kopf. »Es spielt keine Rolle. Wir müssen dorthin. Sie wissen, was wir bei uns haben.« Vendanji sah Wendra an. »Sie wissen um Eure Begabung. Deshalb haben sie als Erstes versucht, Euch zum Schweigen zu bringen. Und dich.« Der Sheson warf Tahn einen bedeutungsschweren Blick zu. »Merk dir eines: Sie wissen über dich Bescheid. Nicht so, wie sie über dich Bescheid wussten, als sie damals nach Helligtal gekommen sind. Da du ihnen einen leeren Bogen gezeigt hast, werden sie jetzt glauben, dass du dich selbst kennst.« Diesmal tauschte Vendanji einen Blick mit Grant, bevor er sich wieder an Tahn wandte. »Es ist besser für dich zu sterben, als in ihren Diensten zu leben. Vergiss das nicht, wenn du Entscheidungen zu treffen hast.«

Tahn erwiderte Vendanjis Blick. Nun, da er den Sheson von Entscheidungen sprechen hörte, ganz wie andere es im Laufe der letzten paar Wochen schon getan hatten, begann Tahn zu verstehen, dass das, was ihn in diesem Gebirge erwartete, ihm eine schwierige Entscheidung abverlangen würde.

»Ruht euch eine Weile aus. Wir reiten nach Norden, wenn ihr wieder bei Kräften seid.« Vendanji schloss die Augen, atmete tief durch und entnahm dem Holzkästchen ein Blatt für seine eigene Zunge.

Tahn schöpfte Atem und fragte sich, was es wohl zu bedeuten hatte, dass er den leeren Bogen gehoben hatte. Er war sich nicht sicher, ob er verstand, warum er es getan hatte. Dann tönten ihm erneut die Worte des Sheson in den Ohren: *Es ist besser für dich zu sterben ...*

Tahn sammelte seine Pfeile ein. Einige Zeit später stiegen sie wieder auf und ritten auf die Saeculoren zu.

28

ABSTAMMUNG

Es war dunkel, als Vendanji ihn weckte.

Sie waren mehrere Stunden lang geritten, um Abstand von den Stilletreuen zu gewinnen, und hatten dann einige nicht sonderlich tiefe Höhlen auf einer Anhöhe entdeckt, die sich gut verteidigen ließ. Tahn hatte noch kaum geschlafen.

»Tahn, bitte komm mit. Wir haben einiges zu besprechen.«

Es war mitten in der Nacht. Tahn kroch aus seinem kalten Bett hervor und gesellte sich weit von den anderen entfernt im Schein der Sterne und eines harten Mondes zu dem Sheson. Vendanji wartete, bis eine dritte dunkle Gestalt in den Schatten zu ihnen stieß. Mehrere Augenblicke lang standen sie stumm beieinander, bevor der Sheson mit leiser Stimme zu sprechen begann.

»Sehr bald, Tahn, werde ich dir erklären, was du hier in den Saeculoren, am Fels der Erneuerung, erreichen sollst. Ich werde dir alles verraten. Aber zunächst müssen wir dir einige Dinge enthüllen, die wir bisher geheim gehalten haben. Denn du musst vorher darüber Bescheid wissen; sie dürfen dich nicht überraschen oder erschrecken, wenn du zum Tillinghast gelangst.« Vendanji streckte die Hand aus und drückte beruhigend Tahns

Arm. »Es wird dir schwerfallen, dir diese Dinge anzuhören, Tahn, und du wirst mit der Zeit begreifen, dass meine bisherige Geheimniskrämerei nur dazu gedient hat, dir zu gestatten, dich ganz auf dieses eine Ziel auszurichten. Verstehst du?«

Tahn verstand es in der Tat, sosehr er Geheimnisse auch verabscheute. »Aber warum erzählst du mir jetzt davon? Gibt es am Fels der Erneuerung etwas, das mich bedroht?« Er sah die dunkle Gestalt an, die gerade so weit in den Schatten stand, dass er nicht erkennen konnte, wer es war.

Vendanji schwieg einen Moment lang. »Der Tillinghast bedroht uns alle, aber dich noch mehr als die Übrigen. Mehr sage ich erst, wenn wir näher am Felsen sind. Aber jetzt möchte ich dir ein Geschenk machen. Es ist eine Art Erneuerung und wird viele deiner Fragen beantworten.« Er trat ganz nahe heran und flüsterte: »Nur Mut, Tahn, und vergiss deinen Einstand nicht. Du bist jetzt verantwortlich.«

Der Sheson legte Tahn die Hände auf den Kopf und begann, in einer Sprache zu sprechen, die Tahn noch nie gehört hatte. Die Berührung von Vendanjis Händen wärmte seinen Kopf, entspannte ihn und sorgte dafür, dass er sich sicher und behaglich fühlte. Er konnte die Worte des Sheson eigentlich nicht verstehen, verstand sie aber doch gefühlsmäßig im Herzen. Dann löste sich langsam etwas, das Tahn nur als Schleier beschreiben konnte, von seinem Verstand, und im Zuge dessen kehrten Erinnerungen zurück, Erinnerungen an seine Kindheit, bevor er in Helligtal gelebt hatte.

Tahn stürzte auf den harten Felsboden.

Im Geiste stürzte er noch weiter, einen langen Tunnel aus vergessenen Dingen entlang, die Gedanken und Gefühle einen Sinn ergeben ließen, die seit Jahren dafür sorgten, dass er sich seltsam oder manchmal sogar krank fühlte. Erinnerungen brachen über ihn herein wie Wildwasser.

Er verschloss die Augen vor den Bildern. Er wusste, ohne hinzusehen, dass der Schatten hinter ihm Grant war.

Und er wusste, dass der Mann sein Vater war.

Der gesichtslose Mann aus seinen Träumen und Albträumen; der Mann, der ihm beigebracht hatte, auf einer Klippe zu stehen und den Bogen zu spannen und dass das, worauf es ankam, seine *Absicht* war, da es kein Ziel geben würde; der Mann auf der öden Ebene – dem Mal; der Mann mit der windgepeinigten Stimme; der Mann, der ihm beigebracht hatte, seine schlummernde Gabe zu erkennen, das Raunen des Willens zu hören und sie mit seiner Waffe harmonieren zu lassen, indem er jedes Mal in seinem Leben, wenn er die Sehne spannte, diese Worte rezitierte: *Den Bogen spannen meine Arme, doch der Wille löst den Pfeil.* Worte, die ihn auf eine Weise geprägt hatten, die oft dafür gesorgt hatte, dass er sich wie rasend fühlte.

Diese Worte hatten ihn aufgehalten, als er seine Schwester gegen den Bar'dyn hätte verteidigen sollen …

Tahns Augen flogen auf, und er sah die Gestalt im Schatten an. »Du *Teufel!* Wendra! Ist sie überhaupt meine Schwester?«

Grant eilte zu Tahn, aber der stemmte ihm den Stiefel gegen die Brust. »Antworte mir!«

Der Wind heulte im Licht des spröden Mondes um den Rand der Klippe.

»Nein«, sagte Grant. »Das ist sie nicht.«

Tahn starrte auf die langgestreckte, dunkle Solielebene hinab. »Balatin! Warum hast du mir das nie gesagt?«

Er sah vor seinem inneren Auge hundert Erinnerungen an Gesang, Tanz, Jagd, Spiele, Essen, Nordsonnfeiern und Balatins warmherzige Liebe ... Und das war alles eine *Lüge* gewesen! Das Leben, an das er sich geklammert hatte, obwohl er sich an die ferne Vergangenheit nicht hatte erinnern können, war nichts als Lug und Trug gewesen, ein Komplott, das die Menschen geschmiedet hatten, die behaupteten, ihn zu lieben. Und jetzt konnte er darunter die Jahre der trockenen, einsamen Hoffnungslosigkeit spüren, die er mit Grant im Mal verbracht hatte. Er verstand, dass er dort gelernt hatte zu kämpfen, zu prüfen und zu leben, alles nur im Hinblick auf den Tag, an dem er an diesen Ort der letzten Dinge kommen und als Opfer für den Sheson und sein Märtyrervorhaben, recht zu behalten, dienen würde. In Tahns Verstand keimten Mordgedanken auf.

Das spürte der Sheson wohl, denn seine Hände berührten Tahn wieder und ließen ein gewisses Maß an Frieden in sein verstörtes Herz strömen. Aufs Neue spürte Tahn Wärme.

Aber sie reichte nicht aus, um den Zorn zu verscheuchen, der in ihm schwelte. Als Vendanji die Hände zurückzog, kniete Tahn im unbarmherzigen Mondschein und schwor einen Eid: »Ich werde dafür sorgen, dass ihr beide von Tod und Verwesung in Stücke gerissen und aus jedem Buch, das euren Namen enthält, für immer getilgt werdet. Und wenn irgendetwas in mir steckt, das mich befähigt, mich dem Tillinghast zu stellen, dann habt ihr versagt!«, schrie er ins Gewölbe des Himmels empor. »Denn ich werde nicht hingehen! Angesichts eurer Lügen und Täuschungen und weil ihr mir alles geraubt habt, was einfach, ehrlich und wahr ist, wäre es mir lieber, wenn die Stille kommen und die Sonne im Osten sterben würde, als euch dabei zu helfen, den Plan in die Tat umzusetzen, dem ich zum Opfer fallen soll.« Er holte tief Luft. *»Nein!«*

Er brach erneut zusammen und weinte bittere Tränen.

Er verstand jetzt so viel, konnte sich all die Fragen beantworten, die er sich ein Leben lang nur zögerlich gestellt hatte, weil ein zu tiefes Nachsinnen an Möglichkeiten gerührt hätte, über die er lieber nichts erfahren wollte. Aber dank der fürchterlichen Enthüllung unter den Händen dieses Sheson verstand er nun alles. Er war Grants Sohn, der zehn Jahre lang in der Ödnis des Mals ausgebildet worden war, um ihn auf eine Zeit vorzubereiten, von der sie alle hofften, dass sie nie anbrechen würde, aber dann nach Helligtal geschickt worden war, um ihr Geheimnis zu wahren – nach Helligtal, wohin Grant seinen besten Freund und dessen Frau entsandt hatte, die er aus seinem Leben in Decalam vor seinem Exil gekannt und geschätzt hatte, damit sie Tahn als ihren eigenen Sohn aufzogen.

»Balatin«, schrie Tahn. »Warum?« Die Tränen strömten ihm heiß und schmerzlich über die Wangen.

Als er unter denselben Sternen lag, die einst die Fixpunkte seiner Träume gewesen waren, wurde ihm klar, dass der Mann, der ihn früher und mehr als jeder andere hätte lieben sollen, sein wahrer Vater, zugleich derjenige war, der ihn weggeschickt hatte.

Und während er weiter in den Abgrund glitt – eine Reihe von Schatten aus seinem eigenen ewigen Albtraum –, erkannte Tahn, dass er sich, obwohl er nun die schreckliche Wahrheit über seinen leiblichen Vater kannte, immer noch nicht an das Gesicht der Frau erinnern konnte, die ihn zur Welt gebracht hatte. Sogar jetzt noch blieben Geheimnisse.

Tahn schrie erneut auf. In seinem Herzen rangen Zorn, Enttäuschung und Trauer miteinander. Er war ein Werkzeug gewesen. Nur darum war es in seinem ganzen Leben gegangen. Die Tage seit seiner vergessenen Kindheit, die Tage in Helligtal, hatte er durchleben und in Erinnerung behalten dürfen. Aber sie waren nur Tarnung, um den Zweck zu verhüllen, von dem Vendanji und Grant annahmen, dass er ihn eines Tages würde erfüllen müssen und zu dem er aus der Gesellschaft derer entfernt worden war, die ihn hätten lieben sollen.

Aber sein Herz weinte auch um den Verlust der Erinnerungen an das Leben und die Familie, die er für seine eigenen gehalten hatte. Um Balatin, Voncencia und Wendra. Ihretwegen brach es ihm am meisten das Herz. Aufgrund der Dinge, die man seinem Kopf über den Allwillen eingeflüstert hatte, war er nicht einmal in der Lage gewesen, sie zu beschützen. Die Schuldgefühle und Qualen hätten eigentlich eher diesen abscheulichen Beistehern gebührt, die sich an diesem entlegenen Ort über ihn beugten. Hätte er doch nur *diesen* Preis auf sie übertragen können, wie die Velle es mit ihrer schurkischen Kunst taten! Er wusste jetzt, dass der Sheson einen Schleier über seine Erinnerung gebreitet hatte, der dafür gesorgt hatte, dass er alles vergaß, was vor seiner Ankunft in Helligtal geschehen war. Zugleich wusste er, dass der Sheson etwas mit Wendras Gedächtnis angestellt hatte, da sie Tahn doch für ihren Bruder hielt.

Ins dunkle, unnachgiebige Gestein der Saeculoren hinein brüllte er: »Wer bin ich? Wer bin ich!«

Er fragte sich, ob die seltsamen Männer mit den fremden Wappen, die er auf Balatins Beerdigung gesehen hatte, zu den Verschwörern gehört hatten. War sein echter Vater da gewesen und hatte sich ihm doch nicht vorgestellt?

Während er bittere Tränen in die Felsspalten weinte, wurde Tahns Zorn zu Hass, und er beschloss, dass es ihm gleichgültig war. Er hoffte, dass Grant für immer im Mal bleiben würde, wo die Sonne und die Leblosigkeit ohne Unterlass auf ihn einbrennen konnten, bis die Zeit an ihm vorüberging.

Bis auf die Kleinen in der Wiege … an die er sich mit schmerzlicher Klarheit erinnerte. Sogar jetzt noch hörte er die Schreie der Säuglinge, die er gehalten hatte, während Grant und er ein Zuhause für sie gesucht hatten.

Dann sprach der Sheson: »Es gab viele Gründe dafür, dass Grant uns begleiten musste, Tahn. Aber einer ist der wichtigste davon: Er ist dein Vater. Hör dir an, was er zu sagen hat.«

Tahn starrte böse zu dem Verbannten empor.

Grant erwiderte seinen Blick mit schwer zu deutender Miene. »Tahn, du erinnerst dich jetzt, dass du mit mir im Mal gelebt hast. Zehn Jahre lang hast du dort geübt, bevor ich dich fortgesandt habe. Ich könnte dir sagen, dass es dazu diente, dir ein besseres Leben zu verschaffen, und das wäre keine Lüge. Aber es ist auch nicht der wahre Grund, denn ich hätte dich auf jeden Fall dorthin geschickt.« Der Verbannte sah zu Vendanji hoch und fuhr dann fort: »Früh in deinem Leben, Tahn, wurde deutlich, dass du über eine besondere Begabung verfügst. Es besteht ein gewisses Band zwischen dir und dem Allwillen, so dass du manchmal Dinge spürst, die kein anderer wahrnehmen kann. Nicht immer, und nicht unter allen Umständen, zumindest nicht, als du noch ein Kind warst. Aber mit der Zeit verstärkte sich diese Fähigkeit. Ich wusste, dass ich das sogar im Mal nicht vor denen würde verbergen können, die es darauf abgesehen hatten, deine Gabe zu missbrauchen oder dich sogar zu töten … wie die Stille es nun versucht. Deshalb habe ich dich nach Helligtal geschickt. Es wurde einst von den Ersten auserkoren – geheiligt –, um als sicherer Zufluchtsort vor der Stille zu dienen. Ich dachte, dass du dort in Sicherheit sein würdest, besonders in der Obhut meines engsten Freundes … Balatin Junell.«

Eine neuerliche Welle der Verzweiflung schnürte Tahn Brust und Kehle zu, und er unterdrückte weitere Tränen. Grant versuchte, ihn zu berühren, um ihn zu trösten, aber Tahn riss sich los. Der Mann zog die Hand zurück.

»Aber sogar, bevor ich dich nach Helligtal sandte, Tahn, hatten wir schon den Verdacht, dass deine Gabe eines Tages auf die Weise gebraucht werden könnte, wie es nun der Fall ist. Deshalb habe ich dir beigebracht, den Bogen mit den Armen zu spannen, aber den Pfeil vom Willen lösen zu lassen.«

Die Worte zu hören, die ihn sein Leben lang gepeinigt, ihn in den Wahnsinn getrieben und ihn aufgehalten hatten, als er seiner Schwester – nicht seiner Schwester, Wendra – hatte helfen wollen, sie hier und jetzt von dem Mann gesprochen zu hören, der ihn im Stich gelassen hatte … das war fast mehr, als Tahn ertragen konnte. Er schloss die Augen und wartete darauf, dass der Albtraum ein Ende nehmen würde.

»Verstehst du, Tahn, wenn du dich zum Fels der Erneuerung begibst, werden all deine Entscheidungen zu dir zurückkehren. Sogar für einen Melura ist das eine große Gefahr, aber für dich … Deine Entscheidungen sind von deiner einmaligen Empfindsamkeit und Bindung an den Willen gelenkt worden. Du bist weniger arglistig, Tahn. Es wird immer noch schmerzlich sein, aber deine Begabung macht dich vielleicht zur einzigen Person, die am Fels der Erneuerung stehen, die Liebkosungen des Abgrunds spüren und es dennoch überleben kann, sich einem ganzen Leben voller Zweifel, Missetaten, Arroganz und Verbitterung auf einmal zu stellen.«

Tahn schlug die Augen wieder auf und starrte den Verbannten hasserfüllt an. »Warum? Was geschieht, wenn ich die Erneuerung überlebe?«

Weder der Sheson noch Grant antworteten sofort. Am Ende sagte Vendanji: »Wir werden dich bald darauf vorbereiten, Tahn. Aber du hast heute Nacht schon genug erfahren. Vielleicht sogar zu viel. Dennoch musst du mit dem, was wir dir gezeigt haben, deinen Frieden machen. Nicht sofort, aber bald. Sehr bald. Du hast deinen Einstand hinter dir, Tahn. Jetzt wird dir mehr abverlangt.«

Tahn holte tief Luft, um sich zu sammeln, und versuchte, die Beherrschung zurückzugewinnen. Aber das würde nichts nützen, zumindest nicht heute Nacht. Um dies alles zu ertragen, konnte er nur sein Herz verhärten. Die vielen langen Jahre, in denen er an Zweifeln der tiefsten Art gelitten hatte ... ihm waren seine Selbstgewissheit und sein Wert genommen worden. Wenn er jetzt zurückblickte, glaubte er, die fragenden Blicke der Bewohner seines eigenen Zuhauses sehen zu können. Balatin, Voncencia ... Hatten sie sich je wirklich um Tahn gesorgt, der nur das Werkzeug von Ränken war, die Verbannte geschmiedet hatten?

Entfernt nahm er war, dass der Sheson und der Verbannte (dessen Namen er nicht einmal in Gedanken aussprechen mochte) versuchten, mit ihm zu reden. Aber Tahn hörte sie nicht mehr.

Er kroch über den rauen Stein zurück in die flache Höhle, legte sich hin und fragte sich, ob die Träume, die kommen würden, endlich wirklich seine eigenen sein würden und ob sie nach dieser Nacht vielleicht noch düsterer als alle Geheimnisse, Lügen und Zweifel werden würden, die ihn all die Jahre über gequält hatten.

Als er auf einen Albtraum zusank, zitterte er nicht aufgrund der Kälte der Saeculoren, sondern aufgrund der seelischen Wunden, von denen er nicht wusste, wie er sie heilen sollte.

Die Schuldgefühle brachen schlagartig über Grant herein.

Er setzte sich an den Rand der Klippe, während sein Sohn davonkroch, und ließ sich von den Selbstvorwürfen geißeln. Die sanfte, aber feste Hand des Sheson auf seiner Schulter tröstete ihn nur wenig, bevor der Dreiring ging, um sich seinen eigenen Bedürfnissen zu widmen. In der dunklen Einsamkeit wurden Grants eigene Erinnerungen vollständig und bitter.

Er wusste und glaubte auch noch immer, dass es das Richtige gewesen war, Tahn nach Helligtal zu schicken. Der Junge hatte von ihm das erhalten, was ihm sein Leben lang dienen würde, aber das Mal und Grants Gesellschaft waren für ihn nicht gesund gewesen. Wichtiger noch, er war in Helligtal sicherer gewesen.

Und dennoch: Er hatte seinen eigenen Sohn weggeschickt, und der Gedanke daran war ihm immer wieder gekommen. Wenn seiner Verbannung tatsächlich eine echte Strafe innewohnte, dann diese eine.

Er hatte seinem Sohn nicht die ganze Zeit über zur Seite gestanden.

Stattdessen hatte er das Nächstbeste getan und seinen engsten Freund, Balatin, überzeugt, sein Leben in Decalam hinter sich zu lassen und mit seiner jungen Braut nach Helligtal zu gehen, um Grants Sohn großzuziehen. Balatin war ein guter Vater gewesen, Voncencia eine gute Mutter. Der Junge hatte ein gutes, einfaches, sicheres Leben geführt. Dennoch regten sich in Grants Herzen Reue und Scham.

Verlassen. Etwas, womit Grant sich auskannte und was er an sich selbst hasste.

Als er in die Ferne starrte, wusste er, dass die langen Jahre, in denen er die Kinder aus der vergessenen Wiege in die Häuser derjenigen gebracht hatte, die vielleicht in der Lage waren, besser für sie zu sorgen, eine Art persönlicher Buße gewesen waren. Nicht, weil Helaina ihn dazu verurteilt hatte, sondern weil er durch diesen Dienst versucht hatte, wiedergutzumachen, dass er selbst jemanden verlassen hatte.

Und wenn er ehrlich war, verabscheute er sogar seinen alten Freund, Balatin, trotz des gewaltigen Gefallens, den der Mann ihm getan hatte. Denn er stellte sich die Augenblicke vor, die sein Freund gemeinsam mit Tahn verbracht hatte und die Grant selbst nie erleben würde.

Aber die vielen Jahre, in denen er Mündel im Mal großgezogen und diejenigen beschützt hatte, die er hier und da untergebracht hatte, verliehen ihm die Überzeugung, dass er wusste, was für ein Kind oder einen jungen Mann das Beste war. In diesem Wissen würde er Trost suchen müssen. Vielleicht würde er sogar darauf zurückgreifen müssen, um Tahn später in den Saeculoren anzuleiten.

Oder danach, wenn Tahn den Fels der Erneuerung überstand.

Und obwohl das Mal nicht so in Tahn eingedrungen war wie in ihn, sah er in seinem Sohn trotz allem viel von sich selbst: Aufrichtigkeit und Sturheit im Dienste dessen, was richtig war. Es freute ihn so, wie es jeden Vater gefreut hätte, aber diese Eigenschaften hatten Grant zugleich ein ganzes Leben voller Kummer eingebracht. Er konnte nur hoffen, dass es Tahn nicht genauso ergehen würde.

Letzten Endes jedoch war die Schuld unentrinnbar. Sie brach ihm das Herz. Er konnte nicht ungeschehen machen, was vergangen war. Er konnte vielleicht hoffen, dass es seinen Sohn auf das, was vor ihm lag, vorbereitet hatte, aber er täuschte sich nicht darüber, dass er, selbst wenn Tahn überlebte, nie wirklich der Vater des Jungen sein würde.

Die Ehre hatte er fortgegeben.

Und so war die Erneuerung, die der Sheson auf dieser Felsklippe vorgenommen hatte, gleich doppelt gewesen. Grants eigenes Leben kam zu ihm zurückgewirbelt und ließ ihn so unentrinnbar und vollkommen im Mal zurück, als ob er das Ödland nie verlassen hätte.

Grant musste sein Herz langsam wieder zu Stein verhärten, um den Schmerz angesichts der Erinnerung und Entscheidung zu lindern.

Wenn sein Leben im Mal mit irgendetwas gesegnet war, dann mit der Leere, die es in einem auslöste, und es gab Zeitpunkte, zu denen der Verbannte darauf zurückgreifen konnte, um sich zu beruhigen.

Hier, an seinem eigenen Tillinghast, hoffte er, dass sie sich in ihm einstellen würde.

29

WACHTRÄUME UND VERGEBUNG

Tahn erwachte vom Knirschen von Erde und Geröll unter Sutters Stiefeln. Sein Freund war ungewohnterweise vor Sonnenaufgang wach und schritt allein in die Nacht davon. Einen Augenblick später folgte ihm Tahn.

Eiskalter Wind fegte die Bergflanke hinab und wurde von der Hitze gezähmt, die aus dem Soliel aufstieg. Am Rande der steilen Klippe hockte Tahn sich neben Sutter, der sich eine Spalte gesucht hatte, in die er sich setzen konnte. An dieser windgeschützten Stelle wurde alles plötzlich still, und Tahn starrte mit seinem Freund in der Dunkelheit unmittelbar vor der Morgendämmerung über die Ebene, fern in den Südwesten und außer Sichtweite.

Sie saßen in freundschaftlichem Schweigen da.

In vielleicht einer Stunde würde alles zur Geburt eines neuen Tages erwachen. Tahn versuchte sich daran zu erinnern, wie aufregend der Morgen früher für ihn gewesen war, wenn der Duft nach Kalmus und Eiern die Luft erfüllte, die auf einem Rost über dem Feuer brutzelten. Starker, warmer Tee kochte in Balatins Topf, und vom Hof her war zu hören, wie Holz gespalten wurde, um das Morgenbrotfeuer zu nähren, und wie die

Tiere gefüttert wurden. Danach erledigte Tahn eilig seine Arbeit, bevor er in den Wald aufbrach und einen neuen Weg zu Sutters Haus entdeckte, wo sein Freund hoffentlich über seine Furchen gebeugt stehen würde, so dass Tahn ihm einen Dreckklumpen an den Hintern schleudern konnte, ohne gehört zu werden …

Als er vom Grat der Saeculoren tief in die Dunkelheit spähte, sah Tahn vor seinem geistigen Auge ein Hohes Licht, das matt und gleichgültig über die Gipfel dieser fernen Berge schien. Die Verheißung, die er immer empfunden hatte, wenn er sich die Sonne vorgestellt hatte, war irgendwie verschwunden.

Warum glaubt man überhaupt an seinen nächsten Tag? Warum will man ihn erleben?

Tahn schloss die Augen und ließ den Kopf am Felsen ruhen, dankbar nur für eines auf der Welt: seinen Freund, Sutter, der nicht versuchte, in dieser Stunde vor Anbruch der Dämmerung die Luft mit Worten oder Scherzen zu erfüllen. Der Rübenbauer war der einzige Mensch überhaupt, mit dem Tahn über das Entsetzen seiner letzten paar Stunden sprechen konnte. Und Sutter würde vielleicht mehr Verständnis als irgendjemand sonst dafür haben.

Sein Freund war selbst verlassen worden.

Am Ende durchbrach Tahn das Schweigen.

»Du bist mir immer ein guter Freund gewesen, Sutter«, begann er, »trotz der seltsamen Dinge, die du all die Jahre mit mir erlebt hast, und obwohl du sicher Fragen hattest … die du nie gestellt hast. Unsere Freundschaft hat nie darunter gelitten.«

Sutter, der immer noch auf die dunkle Ebene hinausstarrte, schenkte ihm ein angedeutetes Lächeln. »Du warst doch auch immer mein Freund.«

»Kann ich dich dann etwas fragen? Etwas über deine Eltern … über *all* deine Eltern?«

Sutter drehte sich um und nickte.

Tahn musste nicht erst mit sich ringen, ob er Sutter die ganze Wahrheit erzählen sollte. »Gestern Nacht hat der Sheson irgendwie meine Erinnerungen an meine Kindheit wiederhergestellt, Sutter, und abgesehen von allerlei Geheimnissen habe ich erfahren, dass ich nicht Balatins Sohn bin. Die Träume und der Gedächtnisverlust, all die Dinge, die mich schon so lange quälen, gehen auf meinen wahren Vater zurück … Grant.«

In der Dunkelheit weiteten sich Sutters Augen. Aber er sprach nicht, so dass Tahn ungehindert fortfahren konnte.

»Ich habe viele Jahre bei ihm verbracht, aber am Ende hat er mich fortgeschickt, um mich in Helligtal bei Balatin und Voncencia aufwachsen zu lassen, die Bescheid wussten, mir aber nichts gesagt haben. Ein Sheson hat mir den Verstand getrübt, so dass ich mich nicht an meine wahren Eltern erinnern konnte, oder auch nur daran, wer ich wirklich war.« Tahn würgte die Worte hervor. »Warum wollte er mich nicht, Sutter? Warum wollen Eltern ihre Kinder nicht?«

Stumm weinte Sutter mit seinem Freund und packte seine Hand im festen Helligtalgriff. Unter Tränen sagte er: »Tahn, Grant ist nicht dein Vater. Dein Vater ist Balatin; deine Mutter ist Voncencia. Ich kenne nicht alle Gründe, weshalb sie den Fehler gemacht haben, dir nicht die Wahrheit zu sagen, aber sie haben dich geliebt, Tahn. Zweifle nicht daran. Ich war in deinem Zuhause, ich kannte deinen Vater. Halte dich daran fest.«

»Wie macht man das? Wie schiebt man es einfach von sich, dass Vater und Mutter einen verlassen haben?« Tahn wartete und hoffte auf irgendeine Wahrheit, die ihm helfen würde.

Wenn überhaupt jemand eine anzubieten hatte, dann doch wohl Sutter.

Sein Freund sah ihn mit gedankenverlorenem Blick an. »Vielleicht tut man das nie.« Ruhe trat auf sein Gesicht. »Ich glaube, man muss einen Weg finden, daran vorbeizuleben. Was mich betrifft ... ich betrachte mich als Waisenkind. Nicht, weil meine leiblichen Eltern schon tot gewesen wären. Das waren sie nicht.« Sutter blickte auf die Landschaft hinaus. »Sie wollten mich einfach nicht.« Er weinte noch mehr stumme Tränen und sprach dann von dem Schmerz, den er ihr ganzes Leben lang vor Tahn geheim gehalten hatte. »Ich dachte lange Zeit, dass ich wollte, dass sie sterben. Ich erinnere mich, dass ich mir gewünscht habe, ich könnte es geschehen sehen. Ich habe sie gehasst. Sie waren Mimen auf einem Bühnenwagen, genau wie Penit, und wollten sich in ihrem Vagabundenleben mit nichts belasten. Mein wahrer Vater, Filmoere, hat sie eines Tages auf einer Wiese entdeckt, als sie mit ihren Wagen nach Helligtal gekommen waren, um ein Rhei-Fol aufzuführen.« Sutters Augen starrten in die Vergangenheit. »Sie waren allein im hohen Gras, verborgen, aber mein Vater geht diese Wiese jeden Tag ab, um den Hof in Augenschein zu nehmen, und so traf er zufällig auf sie. Die Geburt war gerade erst vorüber, Tahn. Dort, auf einer Wiese unter freiem Himmel, hatten sie ihr Kind zwischen Aufführungen auf dem Wagen, auf dem sie für Geld herumstapften, zur Welt gebracht.« Nun sah Sutter Tahn wieder an, und seine Augen wirkten unendlich traurig, als er fortfuhr: »Der Mann, der mich gezeugt hatte, wollte mich gerade in einem Wassereimer ertränken, um meine Schreie verstummen zu lassen und meinem Leben ein Ende zu setzen, bevor es begonnen hatte.«

Die Enthüllung verschlug Tahn den Atem. Wie lange lebte sein Freund schon mit diesem Wissen? Es tat Tahn weh, auch nur davon zu hören, und das Bild erhob sich wie ein Spuk, von dem sogar Tahn wusste, dass er ihn nie wieder würde vergessen können.

Sutter sah Tahn in die Augen und fuhr mit leiser Stimme fort: »Er hat mich gerettet, Tahn. Filmoere, mein Vater, hat mich als seinen eigenen Sohn angenommen. Mich großgezogen. Mir ein Leben geschenkt. Und er hat mir die Wahrheit darüber gesagt, weil er fand, dass die Wahrheit der einzige Weg war.« Dann weinte Sutter erneut, aber nur stumm. »Er hat mir gesagt, die bessere Wahrheit sei die, dass er stolz auf mich sei und dass nichts von dem auf der Wiese wichtig wäre. Hat mir gesagt, dass er mich lieb hat.« Als er sich beruhigt hatte, blickte Sutter Tahn erneut an. »Also ist Balatin immer noch dein Vater. Er hat Fehler begangen, und er hätte dir die Wahrheit sagen sollen, aber er hat dich nicht im Stich gelassen, das kann ich bezeugen.«

Sie saßen lange Zeit im Dunkel der Felsspalte beisammen und blickten auf den Soliel hinaus. Tahns Laune besserte sich ein wenig, und er malte sich die Morgendämmerung aus, allerdings nur kurz.

Bis Sutter abermals sprach.

»Tahn, hast du je mit offenen Augen geträumt?«, fragte Sutter. Er ließ die Frage in der Luft hängen. »Hast du je am Fenster gestanden und überirdische Dinge gesehen, von denen du nicht glauben wolltest, dass sie echt sind?«

Eine Böe umtoste die Klippe über ihnen, und als sie vorüber war, wurde es völlig windstill. In der Ferne tauchte die erste Spur des neuen Tages den Himmel in dunkelviolette Farbschattierungen.

Am Ende schüttelte Tahn den Kopf.

»Ich habe ein paar Dinge gesehen«, fuhr Sutter fort. »So hatte ich etwa Träume in den Augenblicken, bevor ich aufwache, und in den letzten Momenten, bevor ich einschlafe. Ich weiß nicht, was ich davon halten soll – vielleicht ist es Übermüdung. Keine Ernte hat mich je so angestrengt wie das hier.« Er wies in Richtung der Pferde und der anderen. »Aber ich glaube, es sind nicht nur Träume. Ich habe sie auch, wenn ich weiß, dass ich wach bin, und sosehr ich mich auch bemühe, sie verschwinden nicht, wenn ich ihnen sage, dass sie gehen sollen. Es fällt mir schwer zu schlafen. Ich muss jemandem davon erzählen, Tahn. Ich muss es dir erzählen.«

Tahn nickte. »Was hast du gesehen?«

Sutter wandte den Blick ab und sah zum Horizont. Der Himmel war von Lichtstreifen durchzogen. »Gestern Nacht, als ich unter den Augen der Fern geschlafen habe, war es stärker denn je. Aber seit dem Gefängnis in Decalam habe ich es jede Nacht erlebt ...«

»Was denn?« Tahn veränderte seine Sitzposition. Die mögliche Tragweite der Worte seines Freundes behagte ihm nicht.

»Ich sehe Gesichter, Tahn. Die ganze Zeit, und nicht so, wie du es tust, wenn du an sie denkst und dich zurückerinnerst. Das ist es nicht.« Sutters Stimme begann zu zittern. »Manchmal habe ich den Eindruck, dass sie mich ansehen und versuchen, mir etwas mitzuteilen. Aber ihre Augen sind leer; es ist, als würden sie durch mich hindurchsehen oder als wären sie gar nicht wirklich auf dieser Welt, so dass ich nur einen Blick auf sie in der anderen Welt erhaschen kann, die *sie* bewohnen.«

»Auf wen?«, hakte Tahn nach. »Wen siehst du?«

Sutter wandte mit unheilverkündender Langsamkeit den

Kopf. »Glaubst du mir, wenn ich es ausspreche? Und verzeihst du mir, wenn es wahr ist?«

»Was?«, fragte Tahn. Aber innerlich war er sich nicht sicher, ob er es wissen wollte.

»Hattest du je den Eindruck, dass die Geschichten, die wir uns am Feuer erzählt haben, mehr wären als nur abendliche Unterhaltung? Hast du je« – Sutter schluckte – »die Seele eines Menschen gesehen, Tahn? Denn ich glaube, dass ich sie sehe. Ich glaube, dass ich den Tod sehe, bevor er eintritt.« In ruhigem Ton schloss er: »Und ich glaube, er begleitet uns zum Tillinghast.« Sutter wandte den Blick von seinem Freund ab.

Tahn tätschelte Sutters Bein. »Vielleicht fehlt dir nur ein bisschen Schlaf, Rübenbauer. Ich könnte jedenfalls welchen gebrauchen!«

»Vielleicht«, pflichtete Sutter ihm bei, doch er war nicht überzeugt. Er zupfte an der Lederschlinge um seinen Finger, die der Sedagin ihm geschenkt hatte. Tahn glaubte, dass sie Sutter an eine andere Art von Kraft und Wahrheit erinnerte, von der er wusste, dass er darüber verfügen konnte. Er ballte die Faust und setzte sich gerader hin. »Die Nacht, die wir im Haus des Ligaten verbracht haben«, sagte Sutter langsam. »Erinnerst du dich daran?«

»Natürlich. Du hast die halbe Nacht im Fieberwahn unter deinem Bett gekauert.«

Sutter verbesserte ihn: »Das war kein Fieberwahn. Ich weiß nicht, was es war, Tahn. Ich war nahe am Einschlafen, aber noch wach, als mir kalt zu werden begann. Ich stand auf, um das Fenster anzulehnen. Als ich zum Fensterbrett kam, erhob sich aus der Dunkelheit hinter dem Glas ein Gesicht.«

»Es ging dir ziemlich schlecht«, wandte Tahn ein. »Hast du vielleicht dein Spiegelbild gesehen?«

»Das dachte ich zuerst auch. Ich erinnere mich sogar noch, wie ich über mich gelacht habe, weil mein eigenes Spiegelbild mich so erschreckt hatte … Bis ich mich dann bewegte und das Bild es nicht tat.«

»Aber das klingt alles nach einem Fiebertraum, Rübenbauer«, gab Tahn zu bedenken. »Du könntest es dir nur eingebildet haben, um dann am Ende aus dem Bett zu fallen und unter die Matratze zu rollen.«

Sutter starrte ihn an; sogar jetzt noch fürchtete er sich davor, es laut auszusprechen. »Das Gesicht, das ich in jener Nacht durchs Fenster gesehen habe, gehörte der Frau, die man am nächsten Tag verbrannt hat.«

Sutters Gesicht erschlaffte, und Tahns Herz pochte heftig. Seine Gedanken überschlugen sich.

»Beim Himmel und Allwillen, Rübenbauer, bist du dir sicher?«

»So sicher, als wäre es meine eigene Mutter gewesen«, antwortete Sutter.

»Glaubst du, dass sie Lethur entkommen konnte, lange genug, um an unser Fenster zu gelangen und uns einen Schreck einzujagen?« Tahn war von seiner eigenen Erklärung nicht überzeugt.

»Das hätte ich mir vielleicht einreden können, bis ich die Geister zweier Spielleute in meiner Zelle im Solath Mahnus sah. Zwei Gesichter, Tahn … die gehängt wurden, nachdem ich eine Nacht unter ihren unwirklichen starren Blicken verbracht hatte.« Er schaute Tahn an. »Ich sehe die Toten, bevor sie in die Erde zurückkehren. Und das macht mir Angst, Tahn. Es macht mir Angst.«

Stille senkte sich über sie. Sutter wandte sich ab und sah nachdenklich in die Kälte der Morgendämmerung hinaus.

Tahn ergriff Sutters Hand erneut im Helligtalgriff und erntete einen Blick voll derart überwältigender Dankbarkeit, dass er beinahe in Tränen ausgebrochen wäre. Sutter wusste gewiss, dass Tahn ihm glaubte, ganz gleich, woran es lag, dass er die Dinge sah, die er sah.

Der Tod schritt mit ihnen zum Tillinghast.

»Das ist noch nicht alles, Tahn.« Sutter zog die Beine an die Brust und schlang sich die Arme um die Knie. Das Hohe Licht spendete weder seinem Körper noch seinen Gedanken Wärme. Ein leises Rascheln von Blättern, die sich in einer kalten Brise regten, raunte eine Warnung, als Sutter sich anschickte, Tahn den Rest zu erzählen.

Es war solch eine Bürde, die Verzweiflung, den Verlust, die Verwirrung und das Bedauern auf den Gesichtern dieser Penaebra zu sehen, die aufgrund ihres bevorstehenden Todes aus ihren Körpern verstoßen waren und von Sutter angezogen wurden. Würde diese Eigenschaft ihm für immer innewohnen? Wie sollte er damit leben? Wie sollte er je die Liebe finden und eine Familie gründen, wenn er wusste, dass er eines Tages ihre Seelen sehen würde, bevor sie starben, und dann diesen letzten Tag in dem Wissen, was kommen würde, mit ihnen würde verbringen müssen?

Und was war mit seinen Eltern, Filmoere und Kaylla, die ihm ein Leben und ein Zuhause geschenkt hatten? Sutter fürchtete sich schon jetzt vor dem Tag, an dem er Vorboten ihres Todes sehen und um sie trauern würde, obwohl sie noch lebten.

Es war zu viel.

Ich würde gern zu meinen Wurzeln zurückkehren. Einfach den Boden bestellen und den Fels der Erneuerung und alles andere zurücklassen. Keine entsetzlichen Wachträume mehr. Keine Schatten des Todes, die zu mir kommen. Nicht meine Freunde. Nicht meine Eltern …

Aber er packte fest Tahns Hand und blickte ihm in die Augen, als ob er irgendwo tief in seinem Innern glauben wollte, dass die Dinge, die er sah, sich ändern ließen. »Das Gesicht, das ich jetzt jede Nacht seit dem Solath Mahnus sehe … ist Mira.«

Tahn saß stumm da. Vergessen waren das vernarbte Mal auf seiner Hand – ein Brandmal, von dem er jetzt wusste, dass es den Kindern des Mals gehörte – und sein Unbehagen über die Geheimnisse, Vendanji und den Tillinghast. Seine Augen schmerzten von den schlaflosen Nächten und der endlosen Reihe von Tagen, die ihnen vorausgegangen waren. Vor seinem inneren Auge sah er das Bild einer schrecklichen Wasserhose, die einen hilflosen Hirsch in den Schlamm drückte, und erinnerte sich daran, dass das Tier nicht hatte sterben sollen. Was empfand er angesichts von Miras Tod? Sollte *sie* sterben?

Tahn schüttelte den Gedanken ab, als Sutter weitersprach: »Glaubst du, es wird für immer so bleiben? Werde ich nun mein Leben lang alle sehen, die bald sterben, bis ich ihnen irgendwann Gesellschaft leiste?«

»Ich weiß es nicht, Sutter. Aber ich sage dir, was ich weiß. Solange du mich brauchst, werde ich dir gegen diese Visionen beistehen, so gut es mir möglich ist.«

Tahn konnte sehen, dass seine Worte seinem Freund halfen. Sutter biss entschlossen die Zähne zusammen. »Ich weiß nicht, was am Ende dieses Gebirges liegt, Tahn. Ich weiß nicht, was uns am Fels der Erneuerung erwartet. Aber was es auch sei, ich werde alles, was in mir steckt, geben, um dir zu helfen. Und wenn wir schwach werden, werden die Gesichter, an die wir uns erinnern, die Gesichter, für die wir bis zum Ende durchhalten werden, die unserer Väter sein, die uns beigestanden haben, als andere nicht dazu bereit waren.«

Tahn hatte einen Kloß im Hals, und ihm kamen die Tränen. Er umarmte seinen Freund und stand dann auf, den Kopf noch immer angefüllt vom Schmerz der Enthüllungen, aber nun auch von der Warnung, Zweifeln und einer namenlosen Sehnsucht. Er ließ Sutter, in der Felsspalte kauernd, zurück und ging zu Jole, um seinen Sattel und seinen Proviant zu überprüfen und sich mit jeder nur denkbaren gewöhnlichen und alltäglichen Aufgabe zu beschäftigen.

Als er an den Sattelgurten herumspielte, stellte Wendra sich neben ihn.

»Wie geht es dir?«, fragte sie mit belegter Stimme.

Tahn wurde bewusst, dass er und seine Schwester zum ersten Mal seit dem Angriff der Bar'dyn miteinander sprachen, und die Schuldgefühle, die ihn durchzuckten, ließen ihn erröten und ein schwaches Lächeln auf seine Lippen treten. »Ich hatte schon bessere Tage. Wie geht es dir?« Er deutete auf ihre Kehle.

Wendra berührte behutsam ihren Hals. »Tut noch weh«, brachte sie heraus. »Fühlt sich an, als ob der Bluterguss bis tief in meine Kehle reicht. Reden allein ist schon anstrengend.« Sie hustete leicht.

»Dann tu es nicht«, sagte Tahn. »Wir können uns später unterhalten. Aber ich bin froh, dass du auf den Beinen bist. Ich nehme an, ich habe immerhin *einen* Grund, Vendanji dankbar zu sein.« Tahn sah den Hügel hinauf, wo der Sheson mehrere Schritte entfernt seinen Raubvogelblick über dasselbe Panorama schweifen ließ, bei dessen Betrachtung er Sutter zurückgelassen hatte. »Hast du manchmal das Gefühl, dass es vielleicht besser gewesen wäre, wenn wir einfach in Helligtal geblieben wären?«

Wendra folgte Tahns Blick und deutete dann auf Penit, der methodisch seinem Pferd die Beine abrieb und leise Teile eines Liedes summte, das Tahn Wendra oft hatte singen hören. Sie flüsterte: »Manchmal. Aber im Großen und Ganzen bin ich froh, mitgekommen zu sein. Sonst wäre ich Penit nie begegnet, und trotz der Gefahr ist es für mich schon die ganze Zeit über eine Art Segen, mich um ihn zu kümmern.« Sie wandte sich wieder Tahn zu. »Und Balatin hätte gewollt, dass ich bei dir bin. Er hat mir oft erzählt, welche Pflichten wir einander gegenüber haben.« Sie ergriff seine Hand. »Ich habe dich lieb. Du bist jetzt meine einzige Familie.«

Heftige Gefühle wallten in Tahn auf. Als er Wendra ansah, liebte er sie immer noch wie eine Schwester, aber sein neues Wissen warf einen Schatten auf diese Zärtlichkeit. Sie war nicht seine echte Schwester, obwohl sie das nicht wusste. Tahn sah zu dem Sheson hinüber und fragte sich, ob er Wendra alles erzählen sollte. Welche Folgen mochte das haben? Er beschloss, es erst einmal zu lassen. Sie hatte schon zu viel durchgemacht.

»Außerdem werden wir doch, wenn dieser ganze Spaß vorbei ist, zurückkehren, und Hambley wird uns die Teller immer mit heißem Essen vollhäufen, weil wir seinen Gästen so viele Geschichten zu erzählen haben.« Wendra verdrehte spielerisch die Augen. »Vielleicht bringt mir das sogar etwas Aufmerksamkeit von anderen heiratsfähigen Männern als Sutter ein.« Sie hustete erneut und unterdrückte das Geräusch rasch mit der Handfläche.

Tahn staunte über die Widerstandskraft seiner Schwester und war dankbar für diesen Augenblick, der so den Tagen vor ihrer Schwangerschaft glich, vor der Nacht, in der er gesehen hatte, wie sich die Verderbtheit des Borns über ihr Kindbett gebeugt hatte, und er unfähig gewesen war, sie zu beschützen. Aber wie sehr hätte er ihr überhaupt helfen können? Die Worte, die er sprach, wenn er den Bogen spannte, sein Bedürfnis, sich im Einklang mit dem Allwillen zu fühlen … War das alles wirklich er selbst? Vielleicht waren die Geheimnisse des Sheson und seines Vaters – Grant – für seine Untätigkeit verantwortlich. Plötzlich wollte er Wendra unbedingt alles erzählen, damit sie verstehen konnte, was geschehen war, als ihr Kind in die Nacht verschleppt worden war.

Also tat er es. Er redete sich eines seiner ältesten Geheimnisse von der Seele, die Notwendigkeit, die Richtigkeit jedes Schusses zu überprüfen, die Worte, die er deshalb rezitierte. Und er erklärte ihr, wie er diese Worte ausgesprochen hatte, als er auf den Bar'dyn gezielt hatte, der in ihr Haus eingedrungen war, um das Kind zu rauben. »Ich hatte das Gefühl, nicht schießen zu dürfen«, sagte er. »Ich kann es nicht erklären, Wendra. Es ergibt keinen Sinn. Aber es tut mir so leid. Wenn ich mir je gewünscht habe, zu einem bestimmten Zeitpunkt in meinem Leben nicht auf diese Gefühle geachtet zu haben …«

Wendra lächelte matt.

»Ich will diesen Schuss zurück«, sagte er. »Selbst wenn ich das Kind nicht hätte retten können, will ich noch einmal die Gelegenheit haben, diesen Pfeil abzuschießen.«

Im Innersten seines Herzen war er sich aber nicht sicher, ob er es hätte anders machen können, wenn sich ihm die Gelegenheit geboten hätte.

Wendra schüttelte den Kopf. »Sag so etwas nicht. Wenn diese Gefühle in dir aufrichtig sind, musst du auf sie hören.«

Tahn blickte zu dem Sheson hinüber, der sich auf den weiteren Aufstieg in die Saeculoren vorbereitete. »Sie sagen mir, dass diese Fähigkeit der Grund dafür ist, dass sie mich aus Helligtal geholt haben.« Er musterte sie und hoffte, das schwesterliche Mitgefühl zu sehen, das er immer bei ihr gefunden hatte. »Sie wollen, dass ich am Fels der Erneuerung darauf zurückgreife. Sie glauben, dass sie vielleicht ausreicht, mich zu bewahren …«

»Dich zu bewahren? Wovor?«, fragte Wendra rasch. Dann sah sie selbst in Vendanjis Richtung.

»Ich weiß es nicht«, antwortete Tahn. »Aber es kommt mir vor, als wäre es lange her, dass wir Helligtal verlassen haben. Es ist so viel geschehen. Ich fühle mich nicht mehr wie ich selbst.« Er hielt inne und sammelte sich. »Es tut mir leid, Wendra. Es tut mir so leid.«

Als er endete, fragte er sich, was sie wohl von alledem halten würde.

Wendra legte ihm die Hände an die Wangen und drehte sein Gesicht ganz zu ihrem eigenen herum. Sie sah ihn liebevoll an, und Tahn erkannte in ihr die Kraft seines Vaters Balatin, eine Stärke, die alles übertraf, was er sonst je gesehen hatte: den Willen zu vergeben.

Mit eindringlicher Miene flüsterte Wendra: »Mach dich frei davon. Ich gebe dir nicht die Schuld daran.«

Plötzlich hatte er den Eindruck, dass er vielleicht einfach zum Tillinghast gehen und dort bestehen konnte. Diese Frau hatte ihm vergeben, obwohl er unfähig gewesen war, sich selbst zu verzeihen. Er wünschte, er hätte einen Teil ihrer Kraft gehabt. Er zog Wendra eng an sich und schlang die Arme fest um sie. »Danke«, sagte er und sah, als er aufschaute, dass Vendanji sie beobachtete.

Tahn warf einen Blick auf Penit, dessen Aufmerksamkeit seine und Wendras Umarmung ebenfalls erregt hatte. Ein freudiger Ausdruck huschte über seine glatten Züge.

Dann richtete Wendra wieder das Wort an ihn: »Enthüllungen sind ein Teil dieser ganzen Reise.« Sie musterte ihn unverwandt; ihre Worte waren doppeldeutig.

»Wie meinst du das?«, fragte Tahn.

»Ich habe auch etwas über mich selbst erfahren, Tahn. Anscheinend liegen Begabungen in der Familie.« Sie lächelte ihn an und erläuterte ihm die Macht ihres Gesangs. Sie erzählte ihm von Jastail, vom Sklavenmarkt und dem schrecklichen Lied, das sie auf die Bar'dyn hinabgesungen hatte. Sie erzählte von Shanbe, der Discantus-Kathedrale und den Maesteri. »Ich habe erfahren, warum Vendanji mich aus Helligtal mitgenommen hat«, sagte sie. »Er wollte, dass ich an der Discantus-Kathedrale eine musikalische Ausbildung erhalte und den Leiholan beitrete, die das Leidenslied singen.« Ein bekümmerter Ausdruck huschte über ihr Gesicht. »Belamae brauchte meine Hilfe, aber ich konnte nicht bleiben, Tahn. Ich muss mich vergewissern, dass Penit weiterhin nicht in Gefahr ist. Doch Belamaes enttäuschter Gesichtsausdruck ... Ich hoffe, ich habe selbst nicht die schlimmste Entscheidung überhaupt getroffen. Der Sheson hat uns nur meinetwegen alle nach Decalam geführt. Und ich bin nicht geblieben ...«

Die Erkenntnis traf ihn: Wendra war die andere Hälfte dessen, was Tahn am Fels der Erneuerung bewirken sollte. Vendanji hatte gewollt, dass sie mithalf, den Schleier durch ihre Sangeskunst stark zu halten, und der Sheson wollte Tahns Geist dort auf die Probe stellen, wo die Welt den Abgrund berührte, so dass er jeden Augenblick noch einmal durchleben würde, von dem er hoffte, sich nie daran erinnern zu müssen. Warum? Es musste etwas mit Wendra und dem Schleier zu tun haben. Er glaubte, dass die Antwort trügerisch einfach sein musste, und doch entglitt sie ihm und erfüllte sein Herz mit Furcht.

Bis Wendra ihn bei den Schultern packte und eine Armeslänge zurücktrat. »Jetzt zu Wichtigerem.« Sie sah sich um und schien eine Bestandsaufnahme all ihrer Gefährten zu machen. »Wie zutreffend sind diese Gerüchte, dass du etwas für die Fern empfindest?« Ein schelmisches Lächeln spielte um ihre Lippen.

Tahn schüttelte den Kopf. »Du hast mit Sutter geredet.«

»Nein, ich habe ihn nur belauscht. Man sollte doch annehmen, dass ein Rübenbauer, der es gewohnt ist, allein zu sein, gelernt hätte, leiser zu sprechen. Aber er scheint nur eine einzige Lautstärke zu kennen, und ich konnte gar nicht anders, als mehr als eine Bemerkung über deine Zuneigung zu ihr aufzuschnappen.«

Tahn legte Wendra die Hände auf die Schultern. »Schwester, wenn ich jemals eine Entscheidung in Bezug auf Mira fälle, bist du die Erste, die davon erfährt.«

»Schon gut, Bruder«, erwiderte Wendra. »Du fühlst dich eindeutig zu ihr hingezogen, aber ich frage mich, ob du darüber nachgedacht hast, was daraus werden könnte.«

Die Frage überrumpelte Tahn. »Mach dir keine Gedanken um mich«, sagte er. »Ich habe meine Tage als hoffnungsloser Melura gerade beendet.« Er lächelte matt. »Ich nehme an, es ist ganz natürlich, dass ich in Sachen Liebe ein paar Fehler begehe. Kümmer du dich lieber um deine Stimme. Ich vermisse deine Lieder.«

Sie küsste ihn auf die Wange und ging zu Penit. Die beiden kehrten Arm in Arm zu ihrem Pferd zurück.

»Sie ist eine starke Frau.«

Die Stimme ließ Tahn zusammenschrecken. Er drehte sich um und stellte fest, dass Grant neben ihm stand.

»Wendra, deine Schwester.« Grant nickte in Wendras Richtung. »Sie wird deine größte Verbündete sein, wenn du ihr die Treue hältst.«

Galle stieg Tahn in den Rachen. Sein Zorn pulsierte in ihm, so dass er noch nicht einmal Worte hervorstoßen konnte, um den Mann zu beschimpfen.

»Tahn, ich will …«

Seine Worte fanden ihn. »Es kümmert mich nicht, was du willst, Verbannter. Du hast schon vor langer Zeit dein Recht verwirkt, mir Ratschläge zu erteilen. Du bist eine Beleidigung für jeden, der dich kennt.«

Der gleichmütige Ausdruck in Grants Augen geriet ins Wanken. Ein anderer Mann hätte sich vielleicht provozieren lassen, aber dieser hier erwiderte Tahns Blick nur mit der Geduld langer Einsamkeit. »Was du zu denken beschließt, ist deine Entscheidung. Aber du solltest besser dein neugewonnenes Gedächtnis durchforsten. Jenseits dieser Berge wartet eine Aufgabe auf dich, und du musst in Herz und Verstand gefestigt sein, um sie zu erfüllen. Ich wollte dich nicht wegschicken. Es war das Beste und Sicherste für dich. Und ich habe meinen engsten Freund und seine Frau überredet, nach Helligtal zu gehen, um dich und ihre kleine Tochter großzuziehen, weil ich wollte, dass du das beste nur mögliche Leben hast.« In Grants Stimme schwang keine Entschuldigung mit.

Es war nicht die Stimme der Versöhnung. Nicht die Stimme eines Vaters.

Und dafür hasste Tahn ihn umso mehr. »Doch soweit ich

weiß, bist du den Kindern im Mal ein Vater. Wie bist du zu der Entscheidung gelangt, dass *sie* deiner Sorge und deines Schutzes würdig sind, dein eigener Sohn hingegen nicht?« Tahn hob die Hand. »Nein. Ich will keine Antwort. Eine andere als eine Lüge hättest du ja doch nicht zu bieten, und die werde ich mir nicht mehr anhören. Balatin war vielleicht zu schwach, mir die Wahrheit zu sagen, aber er hat mich geliebt. Er war gut zu mir. *Er* war mein Vater. Du bist nur eine müde, ausgelaugte Hülle, die an einem sterbenden Ort Wache hält. Sogar der Tod ist noch zu gut für dich.«

»Es war nicht einfach …«, begann Grant und wusste nicht weiter.

Tahn hatte kein Mitleid. »Du hast mir meine Kindheit gleich zweifach gestohlen: einmal, als du sie missbraucht hast, um mich zu deinen eigenen Zwecken auszubilden, und dann noch einmal, als du sie mir aus dem Verstand gelöscht und mich weggeschickt hast. Wenn ich zum Tillinghast gehe, dann ist das nur dem Anstand eines anderen Mannes zu verdanken, nicht den Geheimnissen und Lügen eines Verbannten.«

Grant stand einen Moment lang so da, als ob er versuchen wollte, noch etwas zu sagen, aber am Ende ging er einfach davon.

30

MAKEL

Der Wind vertrieb die Wolken aus den Saeculoren und ließ Tahn und die anderen in zermürbender Kälte unter einem klaren Himmel zurück. Zwei Tage lang zogen sie tiefer in die Berge, begleitet von einem Ächzen, das ebenso sehr ein Beben unter ihren Füßen wie eine Warnung für ihre Ohren war. Die Berge selbst schienen ihnen Widerstand zu leisten und sich dem Vorhaben entgegenzustellen, zu dessen Ausführung Vendanji seine Begleiter hierhergebracht hatte.

Die meiste Zeit über blieb Tahn schweigend für sich. Er war nicht umgekehrt, aber er hatte sich auch noch nicht entschieden, ob er zum Fels der Erneuerung gehen würde, und er wollte von niemandem einen diesbezüglichen Ratschlag annehmen.

Am Morgen des dritten Tages erstrahlten auf einer Schneedecke im schimmernden Tageslicht glitzernde Punkte aus reflektierten Sonnenstrahlen wie Juwelen. Der reine, helle Anblick linderte ein wenig die Verdrossenheit, die auf ihnen allen lastete, seit sie in die Saeculoren vorgedrungen waren. Irgendwie schien diese Helligkeit von einem neuen Zeitalter zu erzählen, in dem Samen, die bisher geschlafen hatten, aufkeimen und einen neuen Zyklus in Gang setzen würden.

Zum ersten Mal seit ihrem Kuss suchte Tahn Miras Gesellschaft. »Wir sind bald da, oder?«

Sie fuhr fort, mit Blicken die Baumgrenze abzusuchen. »Ja. Und wie geht es dir?«

Ein bitteres Lächeln umspielte Tahns aufgesprungene Lippen. »Ich bin immer noch auf dem Weg zum Tillinghast.«

»Ich habe deine Schreie auf der Klippe über dem Soliel gehört und dem Sheson Fragen gestellt. Es gereicht dir zur Ehre, dass du auf diesem Weg geblieben bist.«

»Ich bin nicht umgekehrt«, stellte Tahn eilig richtig, »aber ich weiß auch nicht, ob ich zum Fels der Erneuerung gehen kann, Mira. Ich versuche, es zu verstehen ...«

»Das ist alles, was man von dir verlangen kann, Tahn. Aber ich vertraue darauf, dass du deinen Weg finden wirst. In dir steckt viel mehr als der Jäger, der Helligtal verlassen hat. Das habe ich gesehen.« Sie lächelte. »Und nicht nur unter einer Ferndecke.«

Tahn lachte zum ersten Mal seit längerer Zeit, als er sich erinnern konnte. Dann sah er zu Boden. »Wird der Schnee es den Stilletreuen nicht leicht machen, uns zu verfolgen oder zu hören?« Tahn war häufig unmittelbar nach einem winterlichen Schneefall, der das Jagen erleichterte, in den Helligwald aufgebrochen.

»Ja, aber es ist kein Geheimnis, wohin wir wollen. Die Bar'dyn wissen es. Die Velle haben ihren Spähern gewiss geraten, einen günstigen Ort für den Kampf auszuwählen.« Sie ließ den Blick über den zarten grünweißen Teppich aus Kiefern und Schnee schweifen, der sich unter ihnen ausbreitete. »Und du, Tahn, hast dich geopfert, indem du den Bar'dynkundschaftern gezeigt hast, auf wen von uns es ankommt.«

»Wie meinst du das?« Tahns Atem bildete Wölkchen in der Luft.

»Als die Stilletreuen neulich über uns hergefallen sind, hast du ihnen gezeigt, dass du dir bewusst bist, was in dir steckt, als du mit dem Bogen ohne Pfeil auf sie geschossen hast. Sie werden nicht zögern, uns alle zu töten.« Sie hielt inne und schien darüber nachzudenken, ob sie noch mehr sagen sollte. »Aber ich glaube, sie werden dich gefangen nehmen wollen, um deine Begabungen im Interesse derer einzusetzen, die im Born lauern … im Interesse von Quietus selbst.«

Die unbeantworteten Fragen aus ihrer gemeinsamen Nacht in Naltus fielen ihm mit neuerlichem Zorn wieder ein. »Ich bin diese Einschüchterung durch Geheimnisse leid. Wenn die Stille mich will, dann sag mir, warum. Weshalb kommen ein Sheson und eine Fern nach Helligtal, um einen Jäger zu suchen? Es muss doch an mehr als an meiner Verbindung mit dem Willen liegen. Und was erwartet uns am Tillinghast? Habe ich nicht das Recht, das zu erfahren?«

Tahns letzte Worte hallten über den Baumwipfeln unter ihnen wider und scheuchten mehrere Raben auf. Als Flügelschläge auf Tahns Wut antworteten und die Morgenluft erfüllten, wandte Mira sich ihm zu. »Lass mich offen mit dir sprechen, Jäger.« Dass sie statt seines Namens diese Allerweltsbezeichnung verwendete, war wie ein Schlag ins Gesicht. »Ich achte deine Bereitschaft, hier zu sein und auf einen Willenslenker und seine Pläne zu vertrauen. Aber bring uns nicht mit deiner Torheit und deinen Unsicherheiten noch mehr in Gefahr. Warum, glaubst du, hat Vendanji über so vieles geschwiegen? Vielleicht liegt es daran, dass ein Kind, das noch kaum zum Manne geworden ist, nicht die innere Stärke hat, die ganze

Wahrheit zu hören. Vielleicht wärst du, wenn du alles wüsstest, vor der Aufgabe zurückgescheut ...«

Tahn spürte, wie schneidend ihre Worte waren, und wäre gern geflüchtet, aber er konnte nirgendwohin, und ihm wurde bewusst, dass alle Ohren diese Unterhaltung mit anhörten.

»Wir können den Tillinghast durchaus unbeschadet erreichen. Ich rate dir, deinen Frieden mit deinem Entschluss mitzukommen, zu machen und uns mit allen Fähigkeiten, die dir zu Gebote stehen, dabei zu helfen, unser Ziel zu erreichen. Verstehst du? Was für eine Verschwendung von Wörtern, dir das alles sagen zu müssen. Vielleicht hast du unsere Verfolger mit deiner Berufung auf dein *Recht* auf uns aufmerksam gemacht. Kehr doch um, wenn du es keinen Augenblick länger ertragen kannst, wenn deine Unsicherheit dein Herz schwach werden lässt. Denn das bewirkt gewiss, dass du am Tillinghast versagst!«

Sie schwieg; die Stille, die folgte, war ohrenbetäubend. Tahn konnte ihren Blick nicht länger ertragen und sah auf die friedliche Landschaft hinaus, die er noch vor einem Moment glücklich mit ihr geteilt hatte. Als Vendanji schließlich in die Bäume hinabritt, folgten ihm die anderen. Zu Tahns Verblüffung legte Mira eine Hand auf seine, die auf dem Sattelknauf ruhte. »Manchmal müssen wir ein ernstes Wort mit denjenigen reden, die uns wichtig sind. Aber hab keine Angst, Tahn. Ich glaube an dich.«

Damit trieb sie Solus an, überholte alle und verschwand tief im Kiefernwald.

Tahn dachte an das, was Sutter gesagt hatte, an sein Entsetzen über seine wahren Eltern und das, was ihm beinahe zugestoßen war. Er dachte an das, was sein Freund über ihre Väter gesagt hatte, diejenigen, die sie nicht im Stich gelassen hatten. Er dachte an Wendras Vergebung.

Und dann dachte er an die schneidende Wahrheit in den Worten, die Mira gerade an ihn gerichtet hatte.

Die Unschlüssigkeit, die er seit den schmerzlichen Enthüllungen verspürt hatte, war verschwunden. Diese vielen kleinen Wunder an Worten und Taten hatten Tahns Entschlossenheit gestärkt. Er würde sich dem Tillinghast stellen, was auch immer das heißen mochte.

Und noch stärker als dies war seine Liebe zu der Fern – eine Liebe, die er weder erklären noch leugnen konnte. Doch sogar das machte ihn besorgt, als er an Sutters Vision zurückdachte.

Sie bewegten sich vorsichtig über die unberührte Schneefläche. Hohe Kiefern ragten um sie herum auf; viele davon hatten eine elfenbeinfarbene Rinde, wie Tahn sie noch nie gesehen hatte. Sonnenstrahlen fielen hier und da durch die Bäume und erschufen kristallgleiche Splitter aus reflektiertem Licht. Dank des Dufts der Kiefernnadeln und des Schnees roch die Luft rein, frei vom Moder des Laubs vom Vorjahr. Das Knirschen der Hufe durchbrach die Stille und klang in dieser Ruhe viel lauter als sonst, aber sogar Grant wirkte recht entspannt, bis das Dröhnen eines Trommelschlags die Morgenluft durchschnitt.

Der tiefe Ton erschreckte die Pferde. Mehrere von ihnen bäumten sich auf, als ob sie erkannten, wie unheilverkündend die Trommeln waren. Ihr schrilles Wiehern ließ den Morgen im Chaos versinken, während eine zweite Trommel der ersten antwortete und eine dritte den Ruf der anderen beiden erwiderte, von vorn, hangaufwärts und hangabwärts … Sie saßen in der Falle.

Als die Pferde sich beruhigten, sah Tahn sich schnell in alle

Richtungen um. Er spannte seinen Bogen und legte einen Pfeil an die Sehne. Braethen hielt sein Schwert bereits in der Hand und betastete nachdenklich die Klinge. Dann ertönte von fern das Geräusch von Füßen, die aus allen vier Himmelsrichtungen durch den Schnee brachen, und brandete wie das Zischen einer Mutter, die ihr Kind ermahnt, still zu sein, auf sie ein.

Mira stieg ab und zog Tahn aus Joles Sattel. Sie rannten auf eine Lichtung unmittelbar hangaufwärts von dem Pfad, auf dem sie geritten waren. Vendanji und Grant standen bereits am Nordrand. Der Sheson hob die Hände, während der Verbannte Schnee beiseitetrat und sich so einen großen Kreis als Standfläche schuf. Wendra lief ebenfalls auf die Lichtung, brachte Penit hinter Sutter und Braethen in Sicherheit und warf Tahn besorgte Blicke zu. Nur Sutter schien sowohl vorbereitet als auch nervös zu sein. Er zeichnete mit seiner Sedaginklinge mehrere Formen in die Luft. Seine Muskeln waren den Gebrauch der Waffe jetzt besser gewohnt.

Wieder ertönten die Trommeln, näher und tiefer, und hallten zwischen den dicken elfenbeinfarbenen Stämmen der immergrünen Bäume ringsum wider. Der Boden selbst erbebte im Takt, so dass sich Schnee verschob und Eiskrusten aufbrachen. Vögel flogen empor und suchten zwitschernd das Weite, so dass die Gefährten vollkommen allein zurückblieben.

Das Stapfen schwerer Schritte kam näher, und das sanfte Rauschen steigerte sich, bis es wie Hufgetrappel klang. Das Splittern von Holz ging damit einher, und Tahn stellte sich vor, dass dünne Bäume unter dem Gewicht der hoch aufragenden Bar'dyn wie Kleinholz zerbrachen. Aus dem Augenwinkel nahm er eine Bewegung wahr und schaute gerade noch rechtzeitig auf, um einen Baumwipfel dreißig Schritt nördlich verschwinden zu sehen. Die Stilletreuen stürmten auf sie zu. Gewalt und Tod lagen in der Luft.

Dann erschienen unmittelbar links von Vendanji und Grant sechs Bar'dyn auf der Lichtung. Der Verbannte wartete geduldig auf der Fläche, die er vom Schnee befreit hatte. Der Sheson schlug die Hände zusammen und beschwor einen Wirbelwind herauf, der den Schnee, die harten, kalten Steine und die Erde darunter in einen Strudel hochriss. Dann streckte er beide Hände den näher kommenden Stilletreuen entgegen. Der Wirbelwind fiel die Bar'dyn an. Drei wurden in das Gewirr aus Schnee, Stein und Eis gesogen, von den Beinen gerissen und herumgewirbelt, zerschlagen und zerkratzt.

Zwei Stilletreue griffen Grant an, während der verbliebene den Blick auf Tahn richtete und in die Mitte der Lichtung aufbrach. Währenddessen kamen sechs weitere Bar'dyn in vollem Lauf aus Richtung Osten herbeigestürmt. Aber sie sahen anders aus. Sie waren in kohlschwarze Tuniken mit einem grauen Wappen auf der Brust gekleidet, das einen einzelnen Baum zeigte, dessen Wurzeln sich ausbreiteten und nach unten wuchsen, um zu mehreren kleineren, verdorrten Bäumen zu werden. Die sechs trugen jeweils einen schweren Spieß in der einen und einen dornenbesetzten Schild in der anderen Hand.

Sutter wandte sich diesen sechs zu, während Tahn seinen ersten Pfeil auf den Stilletreuen ganz links abschoss. Der Bar'dyn schlug das Geschoss mit dem Schild beiseite, als wäre es nur eine Fliege.

Braethen machte Anstalten, an Vendanjis Seite zu eilen, aber der Sheson rief ihm zu, dass er mit Sutter ihre Flanke decken sollte. Die drei Bar'dyn, die Vendanjis Wirbelwind erfasst hatte, waren tot zu Boden gekracht. Die beiden, die es auf Grant abgesehen hatten, drangen in den Kreis des Verbannten vor. Sie trennten sich rasch, um von unterschiedlichen Seiten auf ihn einzudringen, aber bevor sie ihren Angriff planen konnten, zog Grant ein kleines verstecktes Messer aus dem Gürtel und warf es nicht ins Gesicht des ersten Bar'dyn, sondern in seinen Knöchel. Sein Aufbrüllen dröhnte schrecklich und tief, und Tahn hatte den Eindruck, es bis in die Eingeweide zu spüren. Der zweite Bar'dyn nutzte Grants Entscheidung zu diesem Angriff aus, indem er sich einfach auf den Verbannten fallen ließ und ihn zu Boden riss.

Vendanji richtete seine Aufmerksamkeit auf die dunkel gekleideten sechs und begann erst mit einer, dann mit beiden Händen in ihre Richtung zu gestikulieren. Rindenstücke lösten sich von den Baumstämmen und flogen so scharf und bedrohlich wie winzige Dolche auf die Augen der Bar'dyn zu. Zwei wurden sofort geblendet. Die anderen wehrten sich gegen den Angriff und beschirmten ihre Gesichter, während sie weiter vorrückten.

Der einzelne Bar'dyn, der auf Tahn zuhielt, wurde langsamer, als er in Miras Nähe gelangte. Er zog ein zweites Schwert, schwang beide in engen, raschen Kreisen und sorgte so mit den Armen dafür, dass sich eine Wand aus zischenden Klingen auf die Fern zubewegte.

Mira tat etwas, das Tahn sie noch nie hatte tun sehen. Sie hob einfach ein Schwert auf Augenhöhe und ließ es fallen. Vor Überraschung unterbrach der Bar'dyn seine eindrucksvolle Vorführung. Die Fern schnellte vor, duckte sich tief und stieß mit brutaler Zielstrebigkeit zu. Das Geräusch splitternder Knochen zerfetzte die Luft des hellen Morgens, als Miras Klinge ins Knie des Bar'dyn drang. Er stolperte zurück und stieß einen kehligen Schrei aus, bis Mira einen Sprung machte und ihm das Schwert ins offene Maul rammte.

Ein riesiger Streitflegel traf Sutter. Die dornenbesetzte Kugel riss ihn in die Luft und schleuderte ihn schwer zu Boden. Der angreifende Bar'dyn hob seine Waffe zum tödlichen Schlag. Binnen eines Augenblicks ließ Tahn einen Pfeil vom bis zum Anschlag gespannten Bogen fliegen. Das Geschoss traf den Bar'dyn in den Hals. Schon bevor der erste Pfeil sein Ziel traf, schoss Tahn einen zweiten und dann einen dritten ab. Alle drei trafen den Bar'dyn an derselben Stelle und trieben ihn zurück.

Ein zweiter Bar'dyn fiel Sutter an, der im Schnee lag. Bevor das Ungeheuer zuschlagen konnte, erfüllte ein Schrei die Luft: *»Ich bin ich!«*

Bei diesem zutiefst urtümlichen Ruf, der keinen Widerspruch duldete, stellten sich Tahn die Nackenhaare auf. Braethen stürzte sich in die Lücke zwischen Sutter und dem Stilletreuen und führte einen brutalen Hieb gegen die Kreatur. Der Stahl traf sein Ziel und versengte das Fleisch der Bestie, als er ihr eine tiefe Wunde in der Brust schlug.

Grant entkam dem Bar'dyn, der ihn zu Boden gerungen hatte, und im selben Augenblick hob Vendanji die Hände zu einer ausladenden Bewegung, die das Geschöpf dreißig Schritt hoch in den Himmel schleuderte. Dann fiel der Sheson zu Boden und blieb schwer atmend im Schnee liegen.

Die beiden verbliebenen Stilletreuen rannten an Braethen vorbei auf Wendra zu. Ihre dunklen Tuniken hoben sich unheilverkündend von dem weißen Pulverschnee ab, der vor ihnen aufstob. Nichts lag zwischen ihnen und Tahns Schwester, und Tahn wusste, dass er sie nicht rechtzeitig erreichen würde.

Er legte einen weiteren Pfeil an. Von seiner Bogensehne bis

zu dem Bar'dyn dauerte es kaum einen Augenblick, aber obwohl das Geschoss die Bestie in die Seite traf, ließ es sie kaum langsamer werden.

Wendra zog Penit hinter sich und starrte wild die Stilletreuen an, die auf sie zustürmten. Dann öffnete sie den Mund, als wollte sie sprechen oder singen, aber ihr Gesicht nahm einen erschrockenen Ausdruck an, da sie nur heiser etwas hervorstoßen konnte, dem jegliche Stimmgewalt fehlte. Sie versuchte es noch einmal, begann aber zugleich, sich zurückzuziehen, und schob Penit dabei vor sich her.

Tahn schoss erneut und verfehlte die Bar'dyn diesmal. Wendra drehte sich zu Penit um und versuchte ihn zur Flucht zu zwingen. Das Kind schüttelte den Kopf. Wendra versetzte ihm eine schallende Ohrfeige und stieß ihn in eine sichere Richtung. Penit rieb sich zweimal das Gesicht und begann davonzulaufen. Wendra wirbelte herum und wandte sich in eine andere Richtung. Sie hoffte, die Aufmerksamkeit der Bar'dyn von dem Jungen abzulenken, ihn zu retten, indem sie die Kreaturen mit ihrem eigenen Leben verlockte. Aber als sie beiseitehuschte, stürmten die beiden Stilletreuen an ihr vorbei und verfolgten Penit. Tahn konnte nicht verstehen, warum, aber die Jagd hatte begonnen. Nur Mira konnte sie einholen. Tahn rief nach der Fern, die das Dilemma sofort erkannte und die Verfolgung aufnahm. In acht Schritten hatte sie zu den Bar'dyn aufgeschlossen, und es sah aus, als könnte sie Penit retten.

Wendra stand hilflos da und beobachtete, wie Mira auf den Jungen zueilte. Einer der Bar'dyn, die Penit verfolgten, wechselte plötzlich die Richtung und fing die Fern ab. Überrumpelt rannte Mira das Ungeheuer beinahe um. Ein drohendes Grinsen breitete sich auf den derben, rauen Gesichtszügen des

Stilletreuen aus, als er Mira niederschlug, ihr einen Fuß auf den Arm stellte und ihr das Schwert aus der anderen Hand trat.

Tahn und Wendra schrien einstimmig: »Nein!«

Er meinte Mira, sie das Kind.

Vendanji lag mehrere Schritte entfernt völlig erschöpft im glitzernden Schnee. Grant, Sutter und Braethen begannen auf die Bar'dyn zuzustapfen, waren aber zu weit entfernt. Nur Tahn …

Er hob den Bogen und legte einen Pfeil an.

Er richtete ihn auf den Bar'dyn, der Penit verfolgte, verlagerte sein Ziel dann aber auf den Stilletreuen, der sich über die Frau beugte, die er liebte. Der Augenblick zog sich in die Länge, und die Welt wurde entsetzlich still. Schwerer Atem hing als Wölkchen in der Luft und dehnte sich mit unnatürlicher Trägheit aus.

Tahn sah den erschöpften Sheson an, dessen Gesicht verhärmt und weiß wie der Schnee war, dann seine Schwester, die den Jungen wie ein eigenes Kind angenommen hatte. Wendra warf Tahn einen flehenden Blick zu, und die Erinnerung an sein verzögertes Handeln, als ihr ein anderes Kind genommen worden war, füllte seine Gedanken aus.

Die Rückbesinnung darauf quälte ihn trotz ihrer Vergebung noch immer.

Nicht Balatins Sohn. Nicht Tahn.

Er hatte doch nicht wirklich die Hände in den Schoß gelegt, als sie ihn gebraucht hatte, oder?

Aber Tahn dachte auch an das Gesicht in Sutters Visionen, Miras Gesicht. Der Rübenbauer hatte das verstörte, verzweifelte Antlitz der Frau, die von der Liga verbrannt worden war, in der Nacht vor ihrem Tode gesehen; zumindest nahm er das an. Sutter glaubte es, und so glaubte Tahn es auch.

Er sprach seine Worte im Geiste, während ringsum Aufschreie und Rufe ertönten. Er dachte daran, wie Rolen ihm in einer feuchtkalten Kerkerzelle als Beisteher gedient hatte, und fühlte sich sofort daran erinnert, dass er nun für seine Entscheidungen zur Rechenschaft gezogen werden konnte.

Dann zielte Tahn genauer und ließ sein Geschoss zwischen den hoch aufragenden Kiefern hindurch über den Schnee fliegen.

Der Pfeil hielt sich an seine Bahn, durchschnitt die dünne Morgenluft und zischte auf sein Ziel zu. Als er den Bar'dyn niederstreckte, stieß Wendra einen Schrei aus, als wollte sie das Ende all ihrer Himmel herbeirufen. Der Stilletreue, der Mira festgehalten hatte, fiel hintenüber und ließ die Fern los. Einen Moment später wurde Penit gefangen und in den Wald verschleppt.

Tahn fiel auf die Knie. Tränen brannten ihm in den Augen, obwohl er den Schrei, der aus seiner eigenen Kehle drang, nicht hören konnte. Alle Geräusche und alles Licht lösten sich ebenfalls auf und ließen ihn mit seinen Gedanken allein. Er stürzte vornüber in den Schnee, erhaschte aber noch einen Blick auf den gequälten Gesichtsausdruck seiner Schwester, bevor die tröstliche Kälte des Eises sein Gesicht umfing, als er den Kopf und seine eigenen Verzweiflungsschreie im Schnee begrub.

Eine Weile später drang ein leises Schluchzen zu ihm durch. Er öffnete die Augen, die ihm aus nächster Nähe das ausdruckslose Gesicht des Sheson und über seine Schulter hinweg Mira zeigten. In der Miene der Fern vermischten sich Dankbarkeit und Enttäuschung. Vendanji half Tahn, sich aufzusetzen, so dass er die unbewegten Mienen der anderen sehen konnte. Nur in Sutters Augen stand kein Vorwurf. Tahn wischte sich den Schnee von den Wangen und legte angewidert den Bogen ab, den er bis dahin umklammert gehalten hatte.

»Du hast deine Wahl getroffen, Tahn.« Der Sheson starrte Tahn mit unbarmherzigem Blick an. »Du musst dich dazu bekennen. Weise sie nicht von dir, indem du deine Waffe ablegst.«

Tahn sah zu seinen Freunden hinüber. Braethen stand mit dick verbundenem Arm und Blut am Hals da. Der Sodale wirkte zu erschöpft, um sich aufrecht zu halten, wankte und versuchte, sich auf sein Schwert zu stützen. Sutter zuckte alle paar Sekunden zusammen und setzte sich schließlich auf einen großen Stein, um sich das Hosenbein hochzukrempeln, das einen purpurnen Bluterguss enthüllte, der von der Wade bis zum Knie verlief. Dann legte sich der Rübenbauer zaghaft die Finger auf den Scheitel. Sie waren blutig, als er sie wieder wegzog. Er schüttelte den Kopf, lächelte aber schief, bevor er erneut vor Schmerz zusammenzuckte. Der Verbannte schien unverletzt zu sein und hielt Abstand zu den anderen.

Dann sah Tahn Wendra an, die auf der gegenüberliegenden Seite der Lichtung zusammengebrochen war. Sie weinte bitterlich, aber leise, und hatte ihr Gesicht tief in ihren Kleidern verborgen. Das Geräusch drang heiser aus ihrer gequetschten Kehle hervor. Die erbarmenswerte Szene, die sich um Tahn herum abspielte, fand im verhüllten Gesicht der weinenden Frau ihren deutlichsten Ausdruck. Er hatte lieber Mira gerettet als das Leben eines Kindes, des Kindes, das Wendra geradezu als ihr eigenes beansprucht hatte. Der Widerschein des Sonnenlichts auf dem Schnee und die Frische und Freude, für die er stand, machten Tahns Verzweiflung nur umso dunkler und bitterer.

Vendanji fasste dies in Worte, indem er leise und gemessen sagte: »Es war ein selbstsüchtiger Schuss.«

Tahn riss den Kopf zu dem Sheson herum. Zorn wallte in ihm auf, und er war einen Moment lang dankbar dafür, da die Wut den Schmerz verdrängte, der in ihm um Wendra und den verlorenen Jungen wuchs, den Schmerz, ein zweites Mal an ihr versagt zu haben. Was hatten die Worte *Den Bogen spannen meine Arme ...* schon zu bedeuten, wenn er sich dann, wenn er sich mehr denn je an sie hätte halten sollen, stattdessen entschloss, an sich selbst zu denken?

Und doch tat es ihm nicht leid, wenn er Mira ansah. Der Schmerz in ihm verebbte noch weiter, als er sich kurz die Möglichkeit ausmalte, dass sie eines Tages zusammen sein könnten, dass er dem Sog der schlaflosen Dämmerungen und sie den Nachtwachen, die sie ständig zu halten schien, würde entkommen können. Der Gedanke tröstete ihn selbst in seiner tiefsten Trauer.

»Sutter, Braethen, holt die Pferde«, befahl Vendanji. »Seid schnell und leise. Wenn sie zu weit davongelaufen sind, überlasst sie ihren Instinkten.« Dann richtete der Sheson die scharfen Augen wieder auf Tahn. »Ich nehme einen Teil der Schuld auf mich«, erklärte er, »weil ich dir etwas verschwiegen habe, das deinen Fehlschuss vielleicht verhindert hätte.«

»Fehlschuss!«, wiederholte Tahn ungläubig. Er konzentrierte sich auf seinen Zorn, da er ihm lieber war als die Beschämung, die er empfand, wenn er Wendras Schluchzen hörte. »Ich weiß, dass der Junge noch klein war, aber er hätte uns wenig dabei geholfen, den Tillinghast zu erreichen. Mira ist eine Fern, eine geübte Kämpferin; ihr Beitrag wiegt seinen Verlust mehr als auf.«

Die Worte tönten durch die kalte Stille und ließen Wendras Gesicht aus den Tiefen ihrer Kapuze auftauchen.

»Du Dreckskerl«, sagte sie kalt. »Willst du das Leben eines Kindes gegen irgendetwas anderes aufwiegen? Welcher Mann hebt erst die Arme, um einen Jungen oder seine Familie zu verteidigen, und handelt dann nicht einmal? Gewiss kein Sohn von Balatin, das sage ich dir!« Die Tränen strömten ihr über die Wangen, die vor Hass und Empörung scharf hervortraten. »Ich habe nichts gegen Mira, aber wie konntest du dich nur entscheiden, einen Unschuldigen in die Hände der Stilletreuen fallen zu lassen? Du bist ein Feigling!«, schrie sie mit ihrer geschädigten Stimme. »Du machst mir Schande; du machst deinem Vater Schande!« Ihre Worte stiegen in die kalte Bergluft auf. »Wenn ich die Stimme dafür hätte, würde ich den Fluch eines ganzen Menschenlebens auf dich herabsingen!«

Dann begann Wendra offener zu weinen, die Hand nach Tahn ausgestreckt, wie um eine Entschuldigung, die Übermüdung ihres Geistes, Verwirrung und Verlust zugleich auszudrücken.

Tahn wandte sich wieder Vendanji zu, der langsam ausatmete und dann zu einer Erklärung ansetzte: »Tahn, was ich für mich behalten habe, ist, wie wichtig das Kind als Versicherung gegen deinen eigenen Fehltritt war. Ich habe von Anfang an befürchtet, dass wir den Fels der Erneuerung nicht erreichen würden, bevor du mit deinem Einstand deine Melurajahre hinter dir lassen und die Verantwortung für deinen eigenen Willen übernehmen würdest. Es war ein glücklicher Zufall, dass das Kind mitgekommen ist, von seiner Jugend zutiefst vor den Folgen seiner Entscheidungen geschützt. Sein Wert, Tahn, bestand in seiner Unschuld, abgesehen von dem Wert, den jedes Leben hat.«

Tahn schüttelte den Kopf; er konnte es nicht verstehen.

»Er sollte als Opfer dienen, Tahn, um eine schlechte Entscheidung deinerseits auf sich zu nehmen, falls du eine fällen würdest, bevor wir den Tillinghast erreichten – nicht als Blutopfer. Aber wir hätten den Makel dieser Entscheidung auf Penit übertragen können. Dank seiner Unschuld hätte er jeglichen Fehler, der dich vom rechten Weg abgebracht hätte, auf sich nehmen können, um dich so davon zu reinigen.«

Langsam begann Tahn zu begreifen. »Wie etwa einen Schuss, der dazu diente, meine eigene Begierde zu stillen, statt mich vom Willen lenken zu lassen.«

Vendanji nickte. »Aber mit dieser Entscheidung, Tahn, hast du dich nicht nur mit dem Makel der Eigensucht besudelt, sondern zugleich auch das Gefäß verloren, auf das wir diesen Makel übertragen hätten, um dich aus deinem befleckten Zustand zu erlösen.« Vendanji trat zurück, sah sich um und machte eine Bestandsaufnahme. Als sein Blick am Ende wieder auf Tahn ruhte, sagte er noch einmal leise in resigniertem Ton: »Es war ein selbstsüchtiger Schuss.«

Der Sheson kroch ein paar Schritte weiter und lehnte sich mit dem Rücken an einen Felsen. Er schien selbst tief in Gedanken und Erschöpfung zu versinken und ließ Tahn allein, der Mira anstarrte. Die Fern erwiderte seinen Blick für eine ganze Weile; ihre grauen Augen blickten mitfühlend und bekümmert zugleich. Sie machte einen kleinen Schritt und berührte Vendanji sacht an der Schulter. Sie tauschten einen Blick, mit dem in einem kurzen Moment vieles zwischen ihnen hin und her zu gehen schien und der mit einem beiderseitigen Nicken endete. Dann trat Mira näher an Tahn heran und kniete sich neben ihn in den Schnee. Sie sah ihm eindringlich in die Augen. Lautlos formte sie mit den Lippen das Wort: »Danke.«

Das war die einzige Belohnung, die Tahn brauchte.

Dann begann Mira zu sprechen: »Melura ist ein Wort aus der Bundessprache, der Sprache der Charta, und heißt so viel wie *Erstes Erbe*. Es ist den Fern vorherbestimmt, ihr gesamtes kurzes Leben in diesem Zustand zu verbringen.« Sie warf Tahn einen tröstenden Blick zu.

Und in dem Moment überkam ihn die Erkenntnis, was sie ihm gleich vorschlagen würde.

»Als jemand, der unbefleckt in seinem Ersten Erbe steht, biete ich dir an, den Makel auf mich zu nehmen, mit dem du dich durch deinen Versuch besudelt hast, mir das Leben zu retten.«

Das Knirschen des Schnees zeigte an, dass Grant herumwirbelte und sich schließlich doch dem zuwandte, was sich hinter ihm abspielte. Sein sonst so gleichmütiges Gesicht war vor Besorgnis und Staunen verzerrt. Er hob halb die Hand, aber ohne ersichtlichen Zweck, bevor er sie wieder auf sein Schwert fallen ließ.

Tahn wusste nicht, was er darauf erwidern sollte, und warf Vendanji einen Blick zu. Der Sheson ließ sich weder Zustimmung noch Ablehnung anmerken. Er schien auf Tahns Antwort zu warten. Tahn warf einen verstohlenen Blick auf Wendra, aus deren Miene bittere Verurteilung sprach.

Er sah wieder in Miras glattes Gesicht und ihre reinen Augen und suchte in seinem Innern nach Lenkung. »Was würde das für dich bedeuten?«

»Es steht dir nicht an, den Preis abzuwägen, Tahn. Dir kommt es nur zu, mein Geschenk anzunehmen oder auszuschlagen.« Sie senkte die Stimme zu einem Flüstern. »Aber es gibt keine Alternative. Wenn du die Übertragung dieses Vergehens auf mich nicht erlaubst, dann war alles, was wir bisher getan haben, vergebens. Du kannst nicht belastet zum Fels der Erneuerung gehen …«

Sie beendete den Satz nicht und ließ Tahn daran zweifeln, dass auch nur Mira völlig aufrichtig zu ihm war. Es schmerzte ihn, dass seine Liebe zu ihr sie zu solch einer Entscheidung gedrängt hatte. Sutter und Braethen waren nicht zu sehen, und Tahn vermutete, dass der Sheson ihnen ihre Aufgaben genau deshalb übertragen hatte, damit sie sich für eine Weile entfernten. Vendanji blinzelte nicht und gab ihm keinen Rat. Tahn wünschte, Balatin wäre da gewesen; er hätte Tahn sicher etwas Weises zu sagen gehabt. Aber zum ersten Mal, seit er zurückdenken konnte, fühlte er sich völlig einsam.

Unfähig, sich zu entscheiden, sagte er schlicht: »Ich weiß nicht, was ich tun soll.«

»Dann tu, worum ich dich bitte, Tahn, und lass mich dies für dich tun, um unser aller willen.«

»Ist es nicht eigensüchtig von mir, mich von meinem eigenen Fehler erlösen zu lassen?«

»Du hast das hier nicht von mir verlangt«, sagte Mira. »Ich biete es dir freiwillig an.« Sie beugte sich näher über ihn und nahm mit einem gütigen Lächeln seinen Widerwillen zur Kenntnis. Dieser Anblick linderte Tahns Besorgnis, wenn auch nur leicht. Aber da Mira sein Bedürfnis erkannte, mehr zu erfahren, erklärte sie: »Indem ich diesen Makel auf mich nehme, verzichte ich auf mein Erstes Erbe.«

Tahn riss die Augen weit auf. »Ich kann nicht zulassen, dass du den Segen aufgibst, mit dem die Edlen dich belegt haben, nur damit du die Schuld für etwas auf dich nehmen kannst, das ich getan habe.«

Sie lächelte wieder ihr leichtes, fast unmerkliches Lächeln. »Leute tun so etwas oft für diejenigen, die ihnen wichtig sind.«

Die Offenbarung überwältigte Tahn und brachte ihn zu der Überzeugung, dass er dies nicht von ihr verlangen konnte. Als er Anstalten machte zu widersprechen, unterbrach sie ihn.

»Wir haben keine Zeit, lange nachzudenken oder halbherzig zu handeln. Du hast das Gefühl, im Dunkeln zu sein, aber ich bitte dich, Mut zu fassen und mir zu vertrauen. Ich weiß, dass es das Richtige ist.«

Tahn dachte an den inneren Zwang, auf den Sonnenaufgang zu warten, an sein wiederhergestelltes Gedächtnis und an die Dinge, die er und Sutter auf dem Weg nach Decalam gemeinsam erlebt hatten.

»Vertrau mir«, wiederholte Mira, »und glaub mir, dass es getan werden muss.«

Erneut wollte Tahn etwas einwenden. Diesmal legte Mira ihm einen Finger auf die Lippen.

»Tahn, selbst wenn du ein Fremder wärst, der zum Tillinghast reisen würde, um der Bedrohung durch die Stille Herr zu werden, würde ich darauf bestehen.«

Er sah ihr lange Zeit tief in die grauen Augen.

»Es fällt mir umso leichter, da du keiner bist«, erklärte sie.

Tahn fühlte sich, als wäre er wieder unfähig, jemanden zu beschützen, den er liebte, genau wie er es in Helligtal zu Beginn dieses ganzen Wahnsinns gewesen war … Aber er vertraute Mira tatsächlich. Langsam bekundete er mit einem bloßen Nicken seine Zustimmung.

Vendanji stand auf und kam zu ihnen. Er legte Tahns Hände

auf Miras und band sie mit einer seidenen Schnur zusammen, die er aus seinem Umhang hervorzog. Der Sheson umfasste die Hände der beiden und begann einen Sprechgesang voll rätselhafter Wendungen. Wärme breitete sich Tahns Arm hinauf aus, und Licht erstrahlte um ihre vier verschlungenen Hände, heller als die Sonne, die vom Schnee darunter reflektiert wurde. Vor Tahns innerem Auge blitzte der Moment seiner Entscheidung auf. Er sah von hoch über der Lichtung, auf der er jetzt saß, wie er mit dem Bogen auf den Bar'dyn zielte. Er beobachtete mit fürchterlicher Klarheit, wie er den Pfeil abschoss. Der Augenblick ließ ihn nach Luft ringen. Er spürte deutlich, wie er absichtlich das Vertrauen auf den angemessenen Schuss missbraucht hatte. Und ihm wurde noch etwas klar: Mira war zwar gerettet, aber die Folgen, die alles für das Leben des Kindes, Penit, haben würde, gingen auch ihn etwas an.

Und bald Mira.

In dem Moment brach eine Welle des Entsetzens über Tahn herein, als er begriff, dass das, was aus seinem Fehler geboren war, das Leben vieler betreffen würde. Denn er sah einen Regen aus brennenden Buchseiten, sah, wie die Luft selbst zerfetzt wurde, als sei die Welt vernichtet worden. Und inmitten dessen eine Gestalt aus Asche, die Arme und Mund zum Himmel erhoben hatte, ohne dass Tahn hätte erkennen können, ob daraus Triumph oder Leid sprach.

Dann fühlte Tahn sich leichter, erneuert. Er hob den Blick und sah, dass Vendanji nicht ihn, sondern Mira aufmerksam anstarrte. Aus ihren Augen sprach immer noch messerscharfes Bewusstsein, aber sie runzelte die Stirn mit einer Besorgnis, die er bei ihr noch nie gesehen hatte.

Und Tahn wusste, dass es vollbracht war.

Mira kroch auf allen vieren über den Schnee davon und versicherte den anderen, dass es ihr gut ging, dass sie aber allein sein wollte.

Dort, wo sie die brennenden Tränen der Erleichterung und Reue spüren konnte.

Mit Tahns Makel behaftet, konnte sie keinen Erben mehr für Elan und für ihr Volk zur Welt bringen. Ihre langgehegte Furcht, sich für ein paar kurze Monate um ein Kind zu kümmern, bevor sie aus diesem Leben schied, war vorbei, und das erleichterte ihr Herz auf eine Art und Weise, die sie überraschte, da ihr Bund sich nun nicht erfüllen konnte. Makelbehaftet würde sie der Verheißung der Fern nicht teilhaftig werden. Was auch immer sie jenseits dieses Lebens erwartete, ihr war nun ein minderer Platz bestimmt, und das bedeutete, dass sie nicht mit denen wiedervereint werden würde, deren Gesichter sie gekannt und zu lieben gelernt hatte.

Dann überkam sie eine fürchterliche Erkenntnis, und sie ließ das Gesicht in den Schnee sinken und weinte bitterlich. Das Aussterben ihrer Familie war nun besiegelt. Und damit würde vielleicht das Ende der Fern als Volk einhergehen, und damit auch das des Bundes, der die Sprache behütete, auf deren Verheißung die Hoffnung der Menschheit ruhte.

Hatte sie gerade – ganz gleich, wie gut gemeint ihr Opfer für diese Queste, für Vendanji, für Tahn gewesen war – alle dem Untergang geweiht?

Das ganze Ausmaß wurde ihr bewusst. Noch stand nichts fest. Aber es war durchaus möglich, dass sie recht hatte, und wenn dem so war, dann konnte es kein Opfer geben, das groß genug war, um diesen Fehler aufzuwiegen.

Mira schauderte und konnte nur hoffen, dass der Junge aus

Helligtal all die Aufgaben erfüllen würde, für die sie sich auf ihn verließen.

Vendanji sank zurück in den Schnee, legte sich hin und starrte hinauf ins tiefe Blau. Sein Körper und seine Seele waren ausgelaugt, und das nicht nur, weil er aus dem Willen geschöpft hatte. Diese Flucht aus Helligtal hatte ihn an eine Vergangenheit erinnert, die er zu vergessen versucht hatte. Je mehr sie sich dem Tillinghast näherten und je größer ihre Verluste wurden, desto deutlicher zeichnete sich diese Vergangenheit in seinem Verstand ab.

Er atmete schwer, und in der eiskalten Luft über ihm bildeten sich Wölkchen, als er an den Jungen, Penit, dachte, der nun ebenso dahin war wie seine Frau und sein Kind. Er schloss die Augen und gab sich einer jüngeren Erinnerung hin. In den Sälen des Solath Mahnus waren Penit und er Seite an Seite gewandelt, und Vendanji hatte erfahren, was für ein bemerkenswerter Junge Penit war. Vendanji hatte das von Anfang an vermutet, da er gesehen hatte, wie ausdrucksvoll der Junge die Geschichten der Vergangenheit zu spielen verstand. Dann hatte er Penit von dem Zweck erzählt, der ihm das Recht verlieh, mit den anderen zum Fels der Erneuerung zu reisen – möglicherweise zum Gefäß zu werden, das im Falle eines Falles einen Makel aufnahm.

Den Jungen auch nur darum zu bitten hatte Vendanji Schuld aufgebürdet, aber der Allwille hatte ihnen eine Versicherung gegen Tahns möglichen Fehltritt zur Verfügung gestellt, und Vendanji hatte erkannt, dass er zumindest fragen musste. Es war die Entscheidung des Jungen gewesen. Vendanji wäre es lieber gewesen, *nicht* zu fragen, doch in der Zukunft lauerten

Schatten, die er nicht genau erkennen konnte, und sie mussten auf etwas zurückgreifen können. Dass der Junge sich ihrer Gemeinschaft angeschlossen hatte, schien mehr als ein Zufall zu sein.

Die Folgen all dieser Entscheidungen lasteten schwer auf Vendanji. Er drückte Hände voll Schnee mit den Fäusten zusammen und hieß das Brennen des Eises auf der Haut willkommen. Diese Gedanken waren ebenso sehr wie das Willenslenken für sein schweres Atmen in der frostigen Luft verantwortlich.

Denn er wusste auch, dass die Stille sie alle genau in Augenschein genommen hatte. Ihre Verfolger kannten die Gedanken und Schicksale seiner Gefährten und wussten bestimmt, dass der Junge der Schlüssel dazu war, Wendra zu beherrschen, deren Begabung als Leiholan sich zu entfalten begonnen hatte. Vendanji nahm an, dass sie mittlerweile auch wussten, dass Mira nahe daran gewesen war, die Nachfolge im Herrscherhaus der Fern und in der großen Berufung ihres Volkes anzutreten. Der Angriff der Bar'dyn hatte außer Tahn sicher noch mehrere weitere Ziele gehabt, und die Stilletreuen mussten es unter anderem auch darauf abgesehen haben, den Jungen zu entführen, von dem sie wohl gewusst hatten, dass er den Makel von Fehlentscheidungen auf sich nehmen konnte, womit nur eine weitere Person blieb, die dazu in der Lage war, wenn sie nicht auch sie töten konnten – Mira. Und wenn die Fern auch nur einen Makel auf sich nahm, war die Bundessprache ernsthaft bedroht.

Und Quietus' Pläne, in die Menschenwelt herabzusteigen, würden sich umso schneller in die Tat umsetzen lassen.

Vielleicht war der Junge noch am Leben. Vendanji hatte das

Gefühl, dass dem so war, und wenn seine Kraft zurückkehrte, würde er das auch seinen Gefährten sagen, besonders Wendra. Doch sie konnten nicht gleich nach Penit suchen.

Der Fels der Erneuerung erwartete sie.

Für Vendanji hatte bereits jeder Augenblick dieser langen Reise eine kleine Erneuerung bedeutet. Er war von Dunkelheit umgeben und würde sich sehr lange nicht daraus befreien können.

Wendra saß im Schnee, als Tahn auf sie zuging. Sie machte keine Anstalten, sich zu bewegen oder ihn auch nur zu beachten. Der Schnee hörte auf zu knirschen, als ihr Bruder nur einen Schritt von ihr entfernt haltmachte.

»Wendra … es tut mir so leid«, sagte er.

Sie machte sich nicht die Mühe, ihn anzusehen.

»Ich erwarte nicht von dir, mir zu verzeihen. Ich kann mir kaum vorstellen, wie du dich fühlen musst …« Tahn versagte die Stimme. Ihm fehlten die Worte. »Ich musste eine einfache Entscheidung fällen, Wendra. Ich konnte sie nicht beide retten. Ich weiß, wie wichtig dir Penit war.«

»Er ist nicht tot«, sagte sie ausdruckslos.

Tahn wartete einen Augenblick und fuhr dann fort: »Es war der falsche Schuss, Wendra, wenn ich ihn nur am Allwillen allein messe … aber obwohl ich wusste, dass ich schießen musste, um Penit zu retten, wurde mir in dem Moment klar, dass ich Mira liebe, und ich musste einfach versuchen, sie zu retten. Bitte versteh das. Ich habe zum ersten Mal nicht auf das Raunen in meinem Kopf geachtet. Ich weiß nicht, wie all das hier sich noch entwickelt, Wendra. Aber nach dem, was zu Hause geschehen war, hatte ich beschlossen, dass ich bei einem solchen

Schuss nie mehr auf der falschen Seite stehen würde. Dass ich den Schuss nicht vermeiden würde, wann immer es um Liebe ging.« Tahn verstummte erneut.

Wendra nahm an, dass ihm die schreckliche Ironie bewusst war, dass eine Lektion, die er auf ihre Kosten gelernt hatte, dafür verantwortlich war, dass sie nun wieder trauerte. Sie hoffte, dass dieses Wissen ihm Schmerzen zufügte, da sie es selbst nicht tun konnte.

Am Ende fügte er schlicht hinzu: »Ich musste es tun, Wendra … Ich liebe sie.«

Wendra blieb seinem Flehen und seinen Entschuldigungen gegenüber gleichgültig und saß da, ohne ihn anzusehen. Am Ende ging ihr Bruder davon und ließ sie allein, was ein Segen war.

Dann versank sie tief in ihrem eigenen Schmerz, konnte ihm aber keinen Ausdruck verleihen.

Sie hatte ihrem Bruder in den ersten Augenblicken nach seinem Schuss ihre Vorwürfe und ihren Hass an den Kopf gekrächzt. Sie fühlte sich nicht mehr verpflichtet, Balatins Mahnung zu befolgen, Tahn wichtiger als alles andere zu nehmen. Mittlerweile hatte er sie schon zweimal im Stich gelassen, und dazu die jungen Leben, die sie zu lieben und schützen geschworen hatte, obwohl diese Kinder unter so unglücklichen Umständen zu ihr gekommen waren. In ihrem Innersten wusste sie, dass er es nicht böse meinte, aber genauso wenig hielt er sich an den Rat ihres Vaters, dass sie aufeinander aufpassen sollten.

Sie fühlte sich erbärmlich.

Visionen hilfloser Kinder in den Händen ihrer Peiniger quälten sie. Für Wendra war es eines, wenn Männer oder Frauen die Folgen ihrer eigenen Fehlentscheidungen oder sogar das, was der Wille eines anderen ihnen aufzwang, erdulden mussten, aber etwas ganz anderes, wenn die Schreie von Kindern, die bei Erwachsenen Geborgenheit suchten, ungehört verhallten.

Das Lied regte sich in ihr, und sie sehnte sich schmerzlich danach, ihm eine Stimme zu verleihen, obwohl sie sich selbst nicht sicher sein konnte, ob sie es hören und seine Auswirkungen spüren wollte. Seine Düsternis ließ ihr alles vor den Augen verschwimmen, so dass trotz des hellen Tageslichts jede Farbe aus der Welt zu schwinden schien.

Sie dachte an ihr eigenes Neugeborenes, das verschleppt worden war, so dass sie mit den Armen einer Mutter zurückgeblieben war, die nie das Gefühl kennen würde, ihr eigenes Kind zu halten. Sie erinnerte sich an die stillen Momente, in denen sie dagelegen, seine Bewegungen in ihrem Bauch gespürt und es geliebt hatte, bevor es auch nur zur Welt gekommen war. Sie dachte an einen Jungen, der an die Meistbietenden hatte verkauft werden sollen, die sicher eine Fülle abscheulicher Absichten mit ihm gehabt hatten; erinnerte sich an den Mut, den er bewiesen hatte, als er ihre Höhle verlassen und sich allein auf die Suche nach Hilfe gemacht hatte, als sie verwundet gewesen war. Letzten Endes dachte sie an ihre eigene Unfähigkeit, auch nur eines der beiden Kinder zu beschützen. Sie fühlte sich wie ein Gefäß, das zum Vergnügen anderer benutzt wurde, um ihre Wünsche zu befriedigen. Ihre quälenden Gedanken ließen sie in unbeherrschtes Schluchzen ausbrechen. Sie kannte jetzt nur noch den Klang ihrer Trauer, die sich, wie sie fand, so anhörte, als würde sie laut ihren eigenen Tod beklagen.

Sie war sich bewusst, dass sie kaum Wahlmöglichkeiten hatte. Entweder konnte sie bis zum Fels der Erneuerung durchhalten oder Penit folgen. Auf Ersteres hatte sie wenig Lust, aber zu Letzterem war sie nicht in der Lage. Sie sammelte Hände voll Schnee auf, wusch sich das Gesicht und beruhigte sich dank des eisigen Brennens. Sie würde erst einmal mit zum Tillinghast reisen. Aber es würde ein Zeitpunkt kommen, zu dem sie mitsamt ihrer Hoffnung und ihren furchterregenden Liedern dem Jungen folgen würde, um ihn zu befreien, Vergeltung zu üben oder mit ihm unterzugehen.

Bis dahin würde die Last ihrer Verachtung ihr Herz ausfüllen, den Schmerz des Verlusts lindern und Klänge weben, von denen sie wusste, dass sie ihnen eines Tages ihre Stimme leihen würde, sobald sie genesen war und Gelegenheit dazu hatte. Und dann würde sie niemandem mehr vertrauen.

Niemandem.

31

EIN GRASHALM

Während Braethen Vendanji in den Sattel half, setzte Grant dem Leiden des verletzten Pferdes ein Ende.

»Haltet euch nicht lange auf«, befahl Mira. Ihre Stimme hatte wieder einen beherrschten Tonfall angenommen, der keinen Widerspruch duldete.

Sie stiegen alle auf. Wendra zuckte ein wenig zusammen, als Sutter sich auf Penits Pferd schwang. Braethen ließ den Blick über die Reihe der Reisenden schweifen. Sie saßen alle unsicher im Sattel, da sie gegen die Schmerzen ankämpfen mussten, die ihre Wunden ihnen bereiteten. Wendra suchte die Bäume ab, als würde sie glauben, dass sie vielleicht den kleinen Penit erspähen könnte, und bedachte Tahn von Zeit zu Zeit mit einem vernichtenden Blick. Vendanji saß vornübergebeugt auf dem Pferd und wirkte verhärmter denn je. Er hatte lange reglos im Schnee gelegen. Braethen hatte getan, was er nur konnte, um ihm zu helfen. Mira war weiterhin entschlossen und wachsam, blickte aber drein wie eine Frau, die über eine unbrauchbar gewordene Brücke zurückstarrte. Grants sonnenverbranntes Gesicht war vor Bedauern und Unmut verzogen; vielleicht, wie Braethen vermutete, weil er ein Pferd hatte töten müssen, aber vielleicht auch, weil sie den Jungen, Penit, verloren hatten.

Sie wandten sich wieder einem schmalen Pass zu, der nach Nordosten führte, und kämpften sich weiter Richtung Tillinghast vor. Braethen machte sich bewusst, was für ein Preis seinen Gefährten abverlangt wurde, und dachte darüber nach, welchen Preis er wohl selbst würde zahlen müssen.

Als sie höher in die Saeculoren hinaufkamen, strengte ihn das Atmen immer mehr an. Er konnte sich die Lunge nicht mehr ganz füllen, stellte jedoch fest, dass er seine Panik ein wenig lindern konnte, wenn er langsam atmete. Aber ganz gleich, was er tat, die Furcht blieb bestehen und wuchs, nicht nur angesichts dessen, was gerade geschehen war, sondern allein schon aus dem Wissen heraus, dass sie sich dem Tillinghast näherten.

Es war ein Ort, der in den Geschichten der Autoren Erwähnung fand, aber eigentliche historische Aufzeichnungen darüber waren nicht aufzutreiben. Es war kein Ort, den Menschen aufsuchen sollten. Die hohen Gipfel der Saeculoren, die Pässe, die sie zum Fels der Erneuerung führten, hätten ein Mythos sein können – nur dass Braethen alles ringsum anstarren konnte. Die schlichte Schönheit des dunklen Berggesteins beeindruckte ihn. Klippen ragten mehrere hundert Fuß hoch auf, als wollten sie jedem den Zugang verwehren. Kleine Wolken schwebten in der Nähe und wurden in die wirbelnden Aufwinde gesogen, die sie zu Fetzen zerrissen, die sich bald in nichts auflösten. Der Schweiß an den Flanken ihrer Pferde hatte zu gefrieren begonnen. Als sie dann die Bäume hinter sich ließen und dem Wind ausgesetzt waren, bildeten sich Eiskristalle in den Mähnen.

Am späten Nachmittag enthüllte der Himmel ihnen tiefere Einsichten. Als er aufschaute, konnte Braethen trotz des Tageslichts schwach die Sterne dahinter sehen. Bisweilen wirkte alles blau, dann wieder sorgte ein besonderer Lichteinfall dafür, dass ihm der Himmel dunkelviolett erschien, und er glaubte, einen Blick auf das Gewölbe des Himmels selbst zu erhaschen.

Als sie in den Schatten und Schutz einer hoch aufragenden Klippe gelangten, forderte die Fern sie auf, Rast zu machen.

»Die Pferde sterben, wenn wir sie noch weiter antreiben. Wir lassen sie hier und legen den Rest des Weges zu Fuß zurück. Nehmt euch einen Moment Zeit, Atem zu schöpfen und genug zu trinken, bevor wir weitergehen.« Dann setzte sie sich mit dem Rücken zur Klippe hin und begann, ihre Klingen mit dem ölgetränkten Tuch zu bearbeiten.

Wendra ließ sich ebenfalls nieder und sah den Weg zurück, den sie gekommen waren. Braethen beobachtete zweimal, wie Tahn Anstalten machte, zu Wendra zu gehen, um mit ihr zu sprechen, und beide Male zu seinem Pferd zurückkehrte, ohne es getan zu haben. Vendanji und Grant berieten sich erst und stritten dann miteinander. Ihre erhobenen Stimmen tönten die Klippe hinauf und verloren sich im Heulen des Windes um die scharfen Felsvorsprünge. Es kümmerte Braethen nicht länger, was sie zu sagen hatten.

Er entlastete seinen verletzten Arm, beugte sich tief über sein Buch und fuhr mit einem Finger der gesunden Hand unter jeder Zeile entlang, die er las. Am Ende setzte Tahn sich neben ihn.

»Wir sind ganz schön weit weg von Helligtal«, begann er.

Braethen unterbrach seine Lektüre kurz, las dann aber weiter. Tahn war schon nahe genug an ihn herangerückt, um mitzulesen, als Braethen wieder innehielt.

Er starrte auf die Seite vor sich und hing seinen Erinnerungen nach. »Ich habe früher immer auf der Veranda gesessen und auf den Regen gewartet. Mein Vater hat mich gelehrt, dass eine Geschichte aus jedem Tropfen geboren werden könnte, der auf die Erde fällt, und dass der Chor ihres Auftreffens auf den Dächern und Grasflächen in Helligtal ein ganzes Leben voll offenbarter Wahrheit wäre.« Er wandte den Kopf und sah Tahn an. »So etwas pflegte er zu sagen, wenn ich es nicht abwarten konnte, dass Ogea kam, um die alten Geschichten zu erzählen, oder wenn ich vor lauter Wissbegierde unverschämt wurde. Und einmal«, fuhr der Sodale fort und schloss die Augen, als ob er sich so vor seinen eigenen Worten beschirmen könnte, »als ich die Klinge zu verstehen versuchte, setzte er sich mit mir hin, um eine Wildrose zu betrachten, während sie sich den ersten Lichtstrahlen des Tages öffnete. Als die Nacht noch alles fest im Griff hatte, weckte er mich auf, und wir gingen im Laternenschein hinaus und setzten uns ins nasse Gras vor den wilden Busch. Ich erinnere mich an den Gesang der Vögel, die den Morgen verkündeten, daran, wie der Rauch aus den Schornsteinen aufstieg, unter denen eben erst die Morgenbrotfeuer entzündet worden waren. Ich zitterte, bis die Sonne hoch genug aufstieg, um die Umgebung unseres Brunnens zu beleuchten. Aber selbst dann noch blieb die Rose geschlossen. Erst am späten Vormittag öffneten sich ihre Blüten, um die Sonne zu begrüßen.« Braethen öffnete die Augen. »Ich weiß nicht, ob ich gelernt habe, was A'Posian mir mit solchen Lektionen beibringen wollte, Tahn, denn alles, woran ich denken kann, ist, dass die Zeit, die uns zur Verfügung steht, entsetzlich kurz ist. Hierin liegt Wissen.« Er stemmte sein Buch hoch und legte es sich dann wieder auf den Schoß. »Aber ich scheine ihm nicht das zu entnehmen, was nötig ist. Und jedes Mal, wenn ich zum Schwert greife, habe ich Angst, verschlungen zu werden. Es öffnet …«

Tahn legte Braethen die Hand auf den Arm. »Später wirst du besser verstehen, was ich gleich sagen werde, aber tröste dich für den Augenblick damit, dass dein Vater ein anständiges Leben führt. Ich weiß, dass er wollte, dass du Autor wirst, und auch, dass dein Traum, Sodale zu werden, zu Spannungen zwischen euch geführt hat, aber diese Augenblicke mit den Blüten, Braethen … du hast Glück, dass dir dieser Mann von der Wiege an den Rücken gestärkt hat, finde ich. Ich weiß, dass es dir deshalb leichterfällt, hier zu sein, fern von Helligtal.«

Braethen sagte: »In der Tat, mein Freund, aber ich verfüge weder über Sutters Kampfesdurst noch über die Geduld, die dir eigen zu sein scheint.«

»Geduld?«

»Ich habe gesehen, wie du deinen Bogen spannst, Tahn – so als ob viel vom Ergebnis deines Schusses abhängt. Das scheint eine wohlüberlegte …«

Tahn hob die Hand. »Es liegt mehr Unentschlossenheit als Überlegung in meinen Taten, Braethen, und sieh dir doch an, was sie mir eingebracht hat.« Er wies auf Wendra. »Und in meinem eigenen Leben ist alles auf den Kopf gestellt …«

Der Sodale blickte zu Tahns Schwester hinüber und bemerkte dann: »Familienbande sind stärker als Schmerz.«

Angesichts dessen sah Tahn ihn mit ausdruckslosen Augen an, in denen gleichwohl etwas Tiefgründiges zu liegen schien. Kurz darauf trat ein gequältes Stirnrunzeln auf sein Gesicht, das Braethen aus irgendeinem Grund daran erinnerte, wie er damals den Pokal seines Vaters zerbrochen hatte.

Am Ende blinzelte Tahn und richtete den Blick auf Braethen,

konzentrierte sich auf das, was einen anderen belastete – das war die Eigenschaft, die Braethen immer am besten an ihm gefallen hatte. Er sah auf das Buch auf Braethens Schoß hinab. »Vielleicht liest du nicht die richtigen Geschichten?«, schlug er vor. »Was genau hoffst du zu finden?«

Der Sodale hob den Finger aus dem Buch. »Ich bin mir nicht sicher. Ich versuche, etwas über die Erneuerung herauszufinden, aber das meiste davon ist in Rätseln verhüllt oder in uralten Sprachen geschrieben, die ich nicht entziffern kann. Der Sheson gibt mir nur wenige Hinweise.«

Tahn lachte leise. »Er ist eben begabt darin, ausweichend zu sein.«

Dann erinnerte sich Braethen an den Tag, an dem Ogea endlich in Helligtal eingetroffen war, daran, wie der Vorleser langsam die Leiter an Hambleys Taverne hinaufgestiegen war. Der alte Mann hatte das Siegel einer Schriftrolle aufgebrochen und aus der Erinnerung die Worte rezitiert, von denen alle angenommen hatten, dass sie auf dem Pergament niedergeschrieben wären. Größtenteils an sich selbst gewandt, sagte Braethen: »Was ist mit der Geschichte, die Ogea zum letzten Nordsonnfest erzählt hat?«

»Was besagt sie?«, fragte Tahn.

Braethen legte eine Hand auf die Tasche an seiner Seite. »Ich habe die Schriftrolle drei Mal geöffnet …«

»Nur geöffnet?«, fragte Tahn verwirrt.

Braethen sah Tahn ruhig an. »Sie ist leer.«

»Was hast du herausgefunden?« Die Stimme ließ sie zusammenzucken.

Tahn und Braethen schauten auf und sahen, dass Vendanji über sie gebeugt dastand. Der Sheson hatte die Kapuze hochgeschlagen, so dass seine hohlen Wangen im Schatten lagen. Er sprach leise, als müsste er sich seine Kräfte sorgsam einteilen.

Braethen warf kurz einen Blick auf die leere Schriftrolle. »Nichts, Sheson.« Seine Stimme war genauso leise, und aus seinem Tonfall sprach Versagen.

»Unfug«, entgegnete Vendanji, doch die mangelnde Betonung ließ das Wort wenig überzeugend klingen. »Leg dein Buch eine Weile beiseite, Sodale, und sag mir eines: Hast du ein eigenes Wappen?«

»Ich trage das Zeichen der Sodalität. Es ist …«

»… ein achtbares Symbol«, schloss Vendanji. »Aber es gehört dir nur so sehr, wie der Himmel oder die Erde dein sind. Wir werden alle in größere Familien aufgenommen. Das ist notwendig und wichtig, aber es ist nicht einzigartig. Verstehst du?«

Braethen nickte. »Ich habe kein Familienwappen. In Helligtal schien dazu nie die Notwendigkeit zu bestehen. Alle kannten meinen Namen …«

»Das ist nicht der eigentliche Zweck eines persönlichen Siegels, Sodale.« Vendanji hielt inne, um nachzudenken, ohne den Blick von Braethen abzuwenden. »Vielleicht hast du genau das herausgefunden, was du gesagt hast.« Nichts. Der Sheson sprach zwar mit wenig Nachdruck, aber seine Worte verrieten merkliche Enttäuschung.

Nach allem, was er getan und gehofft und gegeben hatte, tat diese Enttäuschung weh.

Doch der Sheson rührte sich nicht, schien Braethen zu mustern und ihn vielleicht dadurch, dass er ihm seine Gegenwart auferlegte, zu irgendeiner Erkenntnis drängen zu wollen.

Dann berührte Braethen sacht die leere Schriftrolle und murmelte noch einmal: »Alle kannten meinen *Namen* …«

Ohne Hast zog er eine grüne Phiole und einen Federkiel aus seinem Gepäck hervor. Er löste den Korken aus der Phiole, tauchte die Feder ein und stellte die Tinte beiseite. Dann legte er Ogeas leeres Pergament auf das Buch auf seinem Schoß und zeichnete oben in die Mitte einen einzelnen Grashalm. Er gab ihn so kunstvoll wieder, als würde er im Kopf genau das vor sich sehen, was er zu zeichnen plante.

Braethen schaute nicht zu dem Sheson auf, sondern starrte auf das Bild hinab, als die Tinte trocknete. Nach mehreren Augenblicken flüsterte er: »Ja'Nien.«

Vendanji wirkte befriedigt. Er nickte und sagte: »Deine eigene Geschichte, Sodale. Sie ist wichtig.« Damit ging er davon.

Braethen rollte das Pergament zusammen und schob es vorsichtig in sein Bündel. Als er die Hände wieder hervorzog, hielt er darin eine Nadel und mehrere Garnstränge. Er hob seinen Mantel hoch und ging daran, auf der linken Brustseite das Symbol, das er auf das Pergament gezeichnet hatte, in den Wollstoff zu sticken.

»Du hast doch wohl vor, mir zu sagen, warum du dich gerade für dieses Wappen entschieden hast, oder?« Tahn lächelte und stieß Braethen an.

»Wir werden bald einen ganzen Sack voller Geheimnisse austauschen«, antwortete Braethen und stickte weiter. Er gestattete sich ein kleines, zweifelndes Lächeln, als er Tahns fragendem Blick begegnete.

»Ich freue mich darauf«, sagte Tahn und stupste seinen Freund noch einmal.

Wenige Augenblicke später rief Mira: »Packt eure Sachen zusammen.«

Braethen schlug das Buch zu und sammelte seine Habseligkeiten ein. Er schulterte Ogeas Tasche und schob sein Schwert in die Scheide. »Na, dann auf zum Tillinghast!«

Sobald sie den Pass überquert hatten, wurde die Luft plötzlich wärmer, als hätten die Jahreszeiten der Menschenwelt jenseits davon keine Geltung. Ein flaches Tal erstreckte sich vor ihnen. Dahinter ragten wieder die Berge auf.

Überall auf dem Talboden lagen umgestürzte Bäume, deren Stämme halb im Erdreich begraben waren. Einst fein verästeltes Wurzelwerk ragte in verschlungenen Knoten in die Luft. Tahn hatte den Eindruck, sich einem Garten voller Steinstatuen gegenüberzusehen, die bei einem Erdbeben umgestürzt waren. Die Länge der Baumstämme verschaffte ihm einen Eindruck davon, wie majestätisch sie gewirkt haben mussten, als sie noch aufrecht gestanden und nach dem Himmel gegriffen hatten.

Auf dem undurchschaubaren Gesicht des Sheson zeichnete sich eine Art von Verzweiflung ab, die Tahn, soweit er sich erinnern konnte, noch nie bei ihm gesehen hatte.

Mit einem vorsichtigen Flüstern erklärte der Sodale: »Die Berge am Ende der Saeculoren sind den Beschreibungen zufolge von der Schönheit und Pracht der Nebelbäume erfüllt, die mehr als hundert Schritt hoch aufragen. Ihre Äste und Stämme sind widerstandsfähiger als tausendfach gefalteter Stahl. Sie sind als der Ewige Hain oder der Unsterbliche Wald bekannt, weil ihr Holz angeblich für die Äxte der Menschen undurchdringlich und ihre Rinde unanfällig für Krankheiten ist. Es steht geschrieben, dass der Nebelbaum pro Jahrhundert nur um einen Jahresring wächst und jeder Ring sich so nahe an seinen Nachbarn fügt, dass man sie kaum voneinander unterscheiden kann.«

Unterdessen folgte der Sheson Mira weiter voran.

Braethen fuhr mit gesenkter Stimme fort, aus Ehrfurcht vor einem Wald, der nun verschwunden war und das Land so in gewisser Weise nackt zurückgelassen hatte – es war nur noch vereinzelt mit Eichengestrüpp, niedrigen Zedern und Gräsern bewachsen, die vom frühen Anbruch des Herbstes braun geworden waren. »Die historischen Aufzeichnungen halten fest, dass die Ersten den Hain am Ende der Welt als Quelle der Erneuerung und des Wachstums schufen. In seinem starken Wurzelwerk konnte sich das Gewebe der Welt fortsetzen, wenn sich die Menschen als schlechte Hüter erweisen sollten. Obwohl die Väter diese Welt verlassen haben, nachdem der Kreateur ihre Wirkmacht mit seinem skrupellosen Ehrgeiz besudelt hatte, glaubt man, dass sie hofften, dass das Land und seine Bewohner mithilfe der Kraft der eisenharten Wurzeln würden überleben können, die einen neuen Lössboden weben sollten, auf dem die Menschen Feldfrüchte anbauen konnten – und mithilfe der einstigen Wiederkehr der Bundessprache.« Braethen hielt kurz inne und dachte über seine eigenen Worte nach. »Ein Großteil des Gleichgewichts zwischen Forda und Forsa besteht aus dem besonderen Willenslenken des Nebelwaldes, da er dem Abgrund, in den seine Wurzeln ragen, eine Form abringt.«

Tahn drehte sich zu ihm um. »Dort werden wir den Tillinghast finden, nicht wahr?«

Braethen sah ihn an. »Ja.« Der Sodale hielt kurz inne, bevor er fortfuhr: »Aber der Nebelwald ist …« Er brach ab.

Die Gefährten waren zwischen die umgestürzten Wächter hinabgestiegen. Der Umfang der halb versunkenen Stämme entsprach dem Doppelten bis Dreifachen von Vendanjis Körpergröße. Mira führte sie zwischen zwei parallel liegenden Bäumen hindurch, die einen dachlosen Tunnel durch das Hochtal bildeten. Braethen trat nahe an einen der Bäume heran und legte eine Hand auf die knorrige Rinde. »Deshalb dehnt das Mal sich aus. Das Gleichgewicht ist zerstört.«

Mehrere Schritte weiter vorn verkündete Vendanji mit Donnerstimme: »Das ist noch nicht alles!« Der Sheson wirbelte herum und sorgte so dafür, dass sie alle mitten im Schritt erstarrten. »Der Verlust dieser Hüter und Symbole« – er wies auf das tote Holz ringsum, ohne es anzusehen – »gereicht uns allen zum Vorwurf. Er ist ein Makel, den wir als ganzes Volk tragen, jeder Mann und jede Frau auf der behaglichen Seite des Borns. Aber er ist zugleich die abscheuliche Hervorbringung der Stilletreuen, hochmütiger, lüsterner, verächtlicher Kreaturen, die alles an sich reißen und es uns überlassen, die schlimmen Folgen zu ertragen, die ihre Gier im Körper eines geschundenen Landes hinterlässt. Wir haben nur eines, was wahrlich uns gehört und was wir wirklich verschenken dürfen. Alles andere gehört uns nicht, sondern kann von uns nur entweder bewacht oder verprasst werden.« Vendanji schaute sich im Kreis um und sah jedem in vorwurfsvoller Ermahnung in die Augen. »Es liegt darin kein großes Geheimnis, und doch ist es kostbarer als alles, was ihr je euer Eigen nennen könntet.« Dann wurde seine Stimme sanfter. »Aber manche verschenken es so billig und besudelt wie die Bettwäsche einer Hure.« Seine Augen verharrten auf Tahn. »Es ist unser Wille. Nichts sonst gehört für immer uns, auf nichts sonst haben es diejenigen so eifrig abgesehen, die hoffen, unsere Welt in Stille zu stürzen, und nichts sonst wird von den edlen, vernunftbegabten Ungeheuern, zu denen wir geworden sind, so abschätzig behandelt.« Wieder suchte sein Blick den seiner Gefährten und sprach so jeden Einzelnen stumm an. »Jenseits dieses Tales liegen die letzten Felsen und die letzte Erde, die sich aus den Wurzeln dieser gefallenen Wächter erhoben haben.« Er wies auf die Gipfel einer anderen Bergkette, die gerade noch über die umgestürzten Nebelbäume hinweg zu sehen waren. »Und wo diese Erde ein Ende nimmt, liegt der Tillinghast, der Fels der Erneuerung, hinter dem es nur Leere gibt, die Nebel der Erneuerung, die vor Wandlungen der zahllosen Leben und Entscheidungen überquellen. Es ist ein Kessel des Atems, der Forsa, ein Spiegel, um uns zu helfen, einen Blick hinter unsere eigene Maske zu werfen.« Vendanji hob die Arme zum Himmel und ballte die Fäuste, als wollte er etwas damit ergreifen.

Tahn ertastete die Umrisse der Narbe auf seinem Handrücken, die so sehr einem Hammer glich.

»Wir kommen mit unseren kleinlichen Streitigkeiten, unserem Unwillen, und wenn wir die Nebel auf den Zungen schmecken, werden sie zu einer Geißel, die uns zu vernichten droht – oder wir werden uns sogar *wünschen*, vernichtet zu werden, wenn der Tillinghast uns unser wahres Selbst zeigt.« Vendanji stand eine Weile reglos da. Dann trat er leise näher an Tahn heran und flüsterte ihm zu: »Straf mich Lügen. Sei am Tillinghast standhaft.«

Tief in seinem Innern spürte Tahn Hoffnung aufkeimen. Genau das wollte er unbedingt.

Er wandte sich zu Sutter um. Sein Freund war bleich, als hätte er einen Geist gesehen, die Penaebra eines verlorenen Lebens.

Was hat er gesehen?

Sie wanderten weiter, und als sie sich einer schmalen Felsspalte am gegenüberliegenden Ende des Tals näherten, verschwand die Sonne hinter den Bergen in ihrem Rücken, so dass alles in blauen Schatten versank. Mit ihnen breitete sich eine übernatürliche Stille aus: Da keine Grillen zirpten, keine Lerchen auf dem Weg zu ihren Nestern sangen, klang jeder Schritt besonders laut. Sutter entzündete ein Feuer, um die Kälte zu vertreiben.

Aber bevor Tahn dorthin gehen konnte, trieb Grant ihn bei einem umgestürzten Nebelbaum in die Enge. »Ich weiß, dass du mir nicht zuhören willst, aber tu es dieses eine Mal, auch wenn du es sonst nie wieder möchtest. Bitte.«

Es war das erste Mal, dass Tahn den Verbannten dieses Wort benutzen hörte. Das Flehen, das darin lag, erweichte Tahn genug, um ihn nicken zu lassen.

»Ich bin nicht nach Decalam oder mit dem Sheson gekommen, um dich um ein Wiedersehen anzubetteln, Tahn. Ich will ehrlich zu dir sein: Ich weiß nicht, ob irgendetwas, das wir tun können, den Verlauf dessen aufhalten wird, was in unserer Welt begonnen hat. Ich sitze tagtäglich inmitten all dessen, und manchmal glaube ich, dass die Stille schon gekommen ist und wir nur das Echo unseres eigenen Todeskampfs hören. Die dunklen Dichter sagen, dass wir nicht mehr als wandelnde Erde, aufrechter Staub und unwissend vergeudeter Atem sind.«

Tahn erinnerte sich sofort daran, dass er diese Worte von der Kreatur in der Wildnis von Steinsberg gehört hatte. Er hatte damals schon gedacht, dass sie ihm vertraut vorkamen. Jetzt wusste er dank seines wiederhergestellten Gedächtnisses, wo er sie zuerst gehört hatte.

»Es gibt Tage«, fuhr Grant fort, »an denen ich das halb glaube. Aber …« Er hielt inne und suchte nach Worten. »Aber ganz gleich, was du am Ende von mir hältst oder für mich empfindest, ich will, dass du – besonders, da du zum Fels der Erneuerung gehst – erfährst, dass deine Mutter und ich stolz auf dich sind. Sie hat dich lieb, Tahn. Ihr Schmerz, als wir uns den Plan haben einfallen lassen, dich vor neugierigen Augen zu verbergen, hätte sie fast umgebracht, und was mich betrifft, hätte ich lieber ein Todesurteil hingenommen, als in die Verbannung im Mal zu gehen. Aber wir wollten dir die Hoffnung auf ein gutes Leben schenken, und ich wollte dir die nötige körperliche und innerliche Stärke anerziehen, dich dem Fels der Erneuerung zu stellen, falls es denn dazu kommen würde ...« Er legte Tahn die Hand auf die Schulter. »Ich weiß jetzt, dass du zu allem geworden bist, was wir uns je erhoffen konnten. Die Zukunft mag schwarz sein und dich oder sogar die ganze Menschenwelt zerstören. Ich weiß es nicht. Aber bis zu diesem Moment, hier und jetzt, hätte man nicht mehr von dir verlangen können. Und ob nun die Stille kommt oder vielerlei Stimmen, Tahn, ich stehe mit allem, was ich geben kann, hinter dir ... mit allem.« Damit zog er die Hand zurück und ließ Tahn ohne ein weiteres Wort oder einen Blick stehen.

Tahn wusste nicht, was er empfinden sollte, aber er sah etwas, das er zuvor noch nicht gesehen hatte, weil Grant dieses eine Mal nicht seine Kampfhandschuhe trug: eine Narbe auf seinem linken Handrücken in der Form eines Hammers oder Schlegels. Das Bild ließ Tahns geplagten Verstand ahnen, dass noch mehr Ähnlichkeiten zwischen ihm und dem Verbannten bestanden, aber er verdrängte sie vorerst. Jetzt, so nahe am Fels der Erneuerung, konnte er nicht mehr ertragen.

Der Verbannte ging zum Feuer, um sich zu wärmen.

Vendanji starrte Tahn an; Flammen flackerten in seinen

stahlhart blickenden Augen. Er strich sich über den Bart und begann zu sprechen: »Morgen werden wir zum Tillinghast gelangen. Ihr müsst vorbereitet sein.«

Tahn glaubte, dass der Sheson sich zwar an alle wandte, aber ganz besonders ihn meinte.

»In der Morgendämmerung werdet ihr den Ort erreichen, an dem Forda und Forsa sich begegnen, Ars und Arsa. Es ist ein Ort absoluter Macht, absoluter Möglichkeiten ... zumindest jetzt noch. Am Tillinghast gelten keine Ausflüchte, Tahn. Er steht zwar für das schönste und machtvollste Geschenk, das den Menschen im Leben gegeben ist, aber er ist dir und deinen Hoffnungen gegenüber gleichgültig. Achte darauf, dich vollkommen aufrichtig zu verhalten.« Dann sah der Sheson Tahn so tief in die Augen, dass er abermals vermutete, dass der Willenslenker seine geheimen Gedanken lesen konnte. Während er ihn noch ansah, fuhr er in sanfterem Ton fort: »Dir wird alles wiedergegeben werden, was du getan hast, alles, was du bist. Du hast den Schild der Melura, um dich für die meisten deiner Jahre zu verantworten, aber wir sind nicht rasch genug hierhergekommen, um dir vollständigen Schutz zu verleihen, und er würde ohnehin nicht ausreichen. Obwohl du vor deinem Einstand für nichts zur Verantwortung gezogen werden kannst, müssen dir diese Dinge zurückgegeben werden – jeder Zweifel, jeder böse Gedanke. Das wird schmerzlich genug sein. Die indirekten Auswirkungen deiner Bosheiten und deines Unfugs sind etwas, das du nicht abstreiten kannst, und du wirst sie sehen und spüren, musst dich dazu bekennen.«

Jetzt verstand Tahn, warum der Sheson ihm das Gedächtnis zurückgegeben hatte: wenn er es nicht getan hätte, hätte der Tillinghast dafür gesorgt. Das Entsetzen, das Tahn dort darüber empfunden hätte, wäre ihnen vielleicht allen zum Verhängnis geworden.

»Aber die Erneuerung ist mehr als Erinnerung«, erklärte Vendanji, »mehr als eine Waage, um Würdigkeit oder Wert zu bemessen. Die Erneuerung wird benennen, wer du geworden bist, wer du sein kannst. Darum geht es uns«, erläuterte der Sheson weiter, »das ist der Zweck all der Nächte, die du fern von deinen Himmeln über Helligtal verbracht hast. Das ist die Bedeutung, die in deinem Sonnenaufgang liegt.«

Es verwirrte Tahn zu erfahren, dass der Sheson über Tahns Morgenwacht Bescheid wusste, und zugleich zu spüren, dass Vendanji auch nicht besser als er selbst erklären konnte, warum er gezwungen war, Zeuge der Geburt jeder neuen Dämmerung zu werden.

»Wir haben die Zerstörung dessen gesehen, was wir einst für zeitlos gehalten haben. Beim Herkommen haben wir erfahren, dass die Bedrohung allen gilt, vom einfachsten Grashalm« – Vendanji warf einen Blick auf Braethen – »bis zur größten unserer Nationen. Der Weiße ist ruhelos. Sein Einfluss weitet sich aus, und das auf unseren eigenen Wunsch hin. Gegen seine zahllosen Legionen und seine Kunstfertigkeit im Lenken des Willens sind wir unbedeutend. Und doch hat er versucht, unsere Absichten zu vereiteln. Warum? Weil er jeden fürchtet, den er nicht versklaven kann.« Vendanji kniff die Augen zusammen und verlieh seinen Worten Nachdruck: »Du wirst morgen am Fels der Erneuerung deinen Bogen spannen, Tahn, um herauszufinden, ob du auserwählt bist, Quietus weiterhin Widerstand zu leisten und – beim Himmel und Allwillen! – Quietus selbst die Stirn zu bieten, wenn die Zeit gekommen ist.« Noch leiser fügte der Sheson hinzu: »Das ist die letztgültige Antwort auf deine Frage, wozu wir aufgebrochen sind.«

Die Enthüllung brach über Tahn herein und verschlug ihm den Atem. *Teure Väter, sie wollen, dass ich mich dem Weißen entgegenstelle!* Er versuchte zu sprechen und konnte es nicht. Er sah Sutter an, auf dessen Gesicht ein Ausdruck schierer Fassungslosigkeit lag. Dann musterte Tahn jeden einzelnen seiner Gefährten und wusste selbst nicht, wonach er dabei Ausschau hielt, aber hatte das Gefühl, sich an irgendetwas, irgendjemandem festhalten zu müssen.

Da kam in der Felsspalte heftiger Wind auf und gellte durch die Nachtluft: »Wann sagst du dem Jungen die Wahrheit, Sheson? Er ist der Quilleszent.«

Das Wort ließ Tahn bis ins Mark erschauern. Obwohl es von der entsetzlichen Stimme dieses dunklen Eindringlings ausgesprochen wurde, haftete ihm irgendwie der Klang der Wahrheit an. Tahn wusste nicht, was es hieß, aber als er herumfuhr, um in die Felsspalte zu spähen, sah er ein unheilverkündendes Wesen ohne äußere Hilfe aus ihren Tiefen emporschweben und wusste, dass es ihm schaden würde, ganz gleich, was es zu bedeuten hatte.

Vendanji schlug seinen Umhang zurück und erhob sich mit einer anmutigen Bewegung. Grant und Braethen sprangen an seine Seite und hoben ihre Klingen, während der Sheson die Arme vor der Brust verschränkte und über sie hinweg die tiefe Kapuze der schwebenden Gestalt anstarrte.

Das Wesen erhob sich drei Schritte über den Rand der Felsspalte und spähte auf die Gefährten hinab. »Das ist die Hoffnung, an die sich die Menschen klammern?« Ein bitteres Lachen schien die Luft selbst aufzuschürfen und ließ den Fels unter ihnen und um sie herum erbeben. »Quilleszent hin oder her, das Maß deines Willens ist gering.« Die Kapuze verschob sich sichtlich und wandte sich Tahn zu. »Ein Fehler, den ich mit einem einzigen Wort korrigieren könnte.«

»Du hast hier keinen Herrschaftsanspruch!«, rief Vendanji über das Heulen des Windes hinweg, das immer noch aus der Felsspalte hervordrang. »Und kein Herz unter uns wird sich dir ergeben!«

»Keinen Herrschaftsanspruch? Ich bin Zephora«, verkündete die Kreatur. »Meine Macht ist so alt wie der erste Draethmorte, der nach den Ungerechtigkeiten der Juliade, dem Verschließen des Borns und der Einkerkerung von Quietus und allen Werken seiner Hand heraufbeschworen wurde.« Zephoras Tonfall wurde noch harscher: »Ich bin hier weit eher Herr als all eure Räte; ich bin dauerhafter als all eure erneuerten Entscheidungen.« Er warf den Kopf in den Nacken und lachte mit der Stimme der Verdammten.

Tahn hatte nicht erst den Namen hören müssen, um zu spüren, dass sich diese Kreatur von den Stilletreuen unterschied, die ihn seit ihrem Aufbruch aus Helligtal verfolgt hatten. Zephoras verhülltes Antlitz strahlte Erbärmlichkeit aus – eine Spur von einem Gesicht in der Kapuze sah sie voller Zorn und Bedauern stirnrunzelnd an. Unter diesem bösen Blick bekam Tahn eine Gänsehaut, und seine Finger juckten so stark, dass kein Kratzen half. Irgendwie fühlte er sich an den Geruch und die Textur des schwitzenden Kerkersteins in seiner Zelle unter dem Solath Mahnus erinnert. Nur Rolens Licht und Wille hatten die Herabwürdigung gelindert, die jener Ort Tahns geplagtem Verstand aufgezwungen hatte. Und doch kam die Erinnerung an die Verzweiflung und Bosheit dieses neuen Wesens nur so weit heran wie ein Espenschössling an einen Nebelholzbaum. Schon Zephoras Stimme erinnerte Tahn an das Heulen des Winterwindes zwischen toten Bäumen und an das Elend eines Trauernden, der zu bestürzt war, um seinen Kummer in Worte zu fassen. Daran, und an die Geduld und Stille eines Beinhauses. Zephora drang in Tahns Verstand ein wie ein Geheimnis, das sein Gewissen plagte, und bewegte sich im Einklang mit dem Boden unter seinen Füßen, als würde er ein Begräbnis überwachen.

Mira wich vor der Kreatur zurück, die Schwerter abwehrend vor sich gestreckt.

Tahn hob den Bogen und legte einen Pfeil an die Sehne, während Sutter neben ihm sein Schwert zog und es fest mit beiden Händen umklammerte. Vor allem an sich selbst gewandt flüsterte der Rübenbauer: »Er hat ›der erste Draethmorte‹ gesagt.«

Braethens Schwert begann in einem klaren Ton zu summen, als sein pulsierendes Licht erstrahlte. Der Sodale stellte sich schützend vor Vendanji, wurde aber mit einem leisen Befehl wieder an seinen vorherigen Platz zurückbeordert.

Zephora senkte sich auf den Rand der Felsspalte herab und landete sanft, immer noch Tahn zugewandt. Auf dem Boden war er so groß wie Vendanji, aber dünner, und er wirkte zerbrechlicher. »Ergebt euch«, sagte der Stilletreue. »Werdet nicht zu Märtyrern, indem ihr euch gegen meine uralte Begierde und meine Macht stellt, vollkommener als ihr aus dem Willen zu schöpfen, der euch bindet.« Er wies auf Vendanji. »Auf dir lasten die Fehlurteile ganzer Generationen, die den Inhalt einer Charta nicht richtig gedeutet haben, deren Verfassern es gar nicht zustand, sie aufzusetzen. Wie du mit diesen kostbaren Gaben umgegangen bist, gereicht dir nicht zur Ehre, da du es darauf abgesehen hast, ein Gefängnis verschlossen zu halten, ohne etwas über seine Insassen zu wissen.« Zorn loderte auf, und Zephora stieß die nächsten Worte mit glutheißem Atem hervor: »Und wir sind es mittlerweile leid! Das Geschwätz all dieser Generationen facht unsere Leidenschaft für die Stille weiter an. Wir werden die Fesseln nicht länger dulden, die uns angelegt worden sind, weil …« Die Worte der Kreatur verkamen zu einem qualvollen Brüllen. »Macht euch bereit!«

Als die Falten von Zephoras Umhang sich aufzufächern begannen und er die Arme ausstreckte, um irgendeinen Bann zu wirken, senkte Vendanji die Handgelenke und krümmte die Handflächen. Licht blitzte in den Händen des Sheson auf und wurde rasch heller. Der Bergpass wurde erleuchtet, als würde er von zwei Sonnen beschienen, und dann führte Vendanji auf einmal beide Hände zusammen und ballte sie zu Fäusten. Licht brach zwischen seinen Fingern hervor und schoss auf Zephora zu, drang aus den Händen des Willenslenkers wie Sonnenstrahlen durch eine düstere Wolke.

Der Angriff schleuderte Zephora zurück, aber nur für kurze Zeit. Die Lichtstrahlen begannen, einen Bogen um ihn zu machen, als wollten oder könnten sie ihn nicht länger berühren. In den Tiefen von Zephoras Kapuze meinte Tahn ein finsteres Lächeln zu erspähen.

Vendanji packte Mira an der Schulter, zog sie grob zu sich heran und sah ihr in die Augen, sagte aber nichts. Die Fern nickte, als würde sie etwas Unausgesprochenes hören. Sie stürmte an Vendanji und Grant vorbei und packte Tahn. »Komm!«, befahl sie.

Tahn zögerte nicht, Mira zu folgen, als sie zur gegenüberliegenden Seite des Passes rannte. Er machte lange Schritte, damit sie nicht auf ihn warten musste. Als sie drüben angekommen waren, sah Tahn sich um und erkannte, dass die anderen sich zwischen ihn und Zephora stellten. Er beobachtete, dass der dunkle Draethmorte keinen übereilten oder machtvollen Gegenschlag führte – keine Flammen, kein Erdbeben. Stattdessen öffnete der Flüchtling aus dem Born langsam und mit einem düster betörenden Lächeln die Arme, als wollte er sie alle an seine Brust ziehen – und mit dieser anmutigen Gebärde senkte sich eine kalte Stille über den Pass, ließ alle Geräusche verstummen und ersetzte sie durch unbeschreibliche Traurigkeit, eine mörderische Seelenqual, die Tahn gründlicher frieren ließ, als Regen oder Eis es je vermocht hatten. Sie ließ ihn stocksteif stehen bleiben. Sie lastete auf allem, schien Stein und Sand niederzudrücken, die Luft zu beschweren und den Herzen bittere Galle einzuflößen. Zephora wirkte diesen Augenblick der Bosheit und Zerstörung beinahe liebevoll, fast wie eine Mutter, die ihr schlafendes Kind betrachtet, als wäre dies das reinste, kraftvollste Gefühl und Bedürfnis der Kreatur.

Ein Tod durch Stille …

Der Moment zog sich in die Länge und drohte, sie alle vollkommen zu verschlingen, bis plötzlich ein triumphierender Schrei das Schweigen durchschnitt: »Ich bin ich!« Der volltönende Ruf stammte von Braethens Lippen und brach in die Totenstille hervor wie das erste Morgenlicht, so dass Tahn vor Hoffnung ein Schauer über den Rücken lief. Der Bann war gebrochen: Mira riss ihn vorwärts, und sie rannten bergauf. Tahn wurde mit plötzlichem Entsetzen bewusst, dass sie ihn zum Tillinghast führte.

Während sie über Sternenschatten und Steine rasten, warf

Tahn über die Schulter einen Blick zurück auf das, was sich am Rande des Passes abspielte. Wendras Kopf zuckte hin und her, während sie zurückwich und versuchte, ihrer verletzten Kehle hörbare Töne abzuringen. Tahn fragte sich, ob es das letzte Mal war, dass er sie je sah, und wünschte sich, er hätte doch noch einmal versucht, mit ihr zu reden. Grant und Braethen tänzelten nahe an Zephora heran und versuchten, den Stilletreuen durch ihren Doppelangriff zu verwirren und unschädlich zu machen. Mit einer beiläufigen Handbewegung schleuderte Zephora sie beide über den unebenen Boden wie Vogelscheuchen, die eine herbstliche Windböe umgerissen hatte.

Vendanji warf einen Blick den Berg hinauf zu Tahn, bevor er ruhig eine Handfläche zur Erde drehte und sich die Finger der anderen Hand gespreizt auf die Brust legte. Im nächsten Augenblick schien der Fels selbst zum Leben zu erwachen, mit scharfen Zungen an Zephora zu lecken und ihn mit unbarmherzigen Fäusten zu packen. Eine schlug nach der Brust des Stilletreuen, bevor Zephora sich auf ein Knie niederließ und eine knochige Hand in den harten Boden rammte. Mit erschreckender Geschwindigkeit nahm die Erde eine Totenblässe an, die sich um die Gefährten herum auszubreiten begann.

Tahn und Mira eilten über die Passhöhe und gelangten auf ebenen Boden, während die Welt hinter ihnen in einer Explosion aus Dunkelheit verschwand, die so versengend und schmerzhaft war wie glühende Kohlen. Die Druckwelle schleuderte sie nach vorn und ließ Tahn zu Boden stürzen. Der Knall hallte in langen, sich abschwächenden Wellen an ihnen vorbei und hinterließ eine Leere, von der Tahn befürchtete, dass sie vielleicht die Schreie und das Leid seiner Freunde verschluckt hatte. Er hörte nur sein eigenes Keuchen und die Schritte seiner

Stiefel, die im Schotter der Saeculoren knirschten, als er der Fern zum Fels der Erneuerung folgte.

Der Himmel über ihnen leuchtete düster und enthüllte jeden Stern, den Tahn jemals lange genug angesehen hatte, um ihn sich einzuprägen. Er hatte gehofft, Zeit zu haben, über Vendanjis Worte nachzudenken – und über alles, was zu diesem Augenblick geführt hatte. All seine Gedanken verschwammen in seinem Verstand zu einem Nebel und wurden schließlich von Schritten durchbrochen, die ihnen weit unten am Berg in stetigem, zielstrebigem Takt nachstiegen. Vielleicht Vendanji … vielleicht auch nicht. Tahn mühte sich ab, flinker zu klettern, und drängte die Fern, schneller zu laufen.

32

RUDIERD TILLINGHAST

Tahn starrte vor Schweiß, der ihm auch in den Augen brannte. Je höher sie kletterten, desto zugeschnürter fühlte sich seine Brust an. Der Druck ließ ihn keuchen. Bei tiefen Atemzügen durchschnitt ein stechender Schmerz seinen Körper.

Aber sie kletterten weiter.

Zweimal schaute Tahn sich um und sah nichts. Aber als er einen Moment lang den Atem anhielt, konnte er die Schritte hören, die weiter den Felssteig entlangkamen.

Mit neuer Entschlossenheit nahm er den Weg in Angriff und schlitterte hinter Mira her. Sie kämpften sich durch dichtes Brombeergestrüpp. Bisweilen ließ die steile Steigung es scheinen, als würden sie Wände emporlaufen; die trittsicheren Schritte der Fern zeigten Tahn, wohin er die Füße setzen musste. Das Geräusch seines eigenen Herzschlags toste ihm in den Ohren, hinter den Augen und an den Handgelenken. Er konnte sich nicht erinnern, sich jemals des Fließens seines eigenen Herzbluts so bewusst gewesen zu sein und sich doch zugleich dem Grabe so nah gefühlt zu haben.

Als er hinter Mira einen steilen Felsvorsprung zur Linken hinaufeilte, dachte er an seine Freunde aus Helligtal, Sutter,

Braethen und Wendra, und Trauer durchzuckte ihn. Die dunkle Explosion hatte sie sicher völlig versengt und alle das Leben gekostet. In diesem Augenblick ließ seine Konzentration nach, und er trat daneben, stürzte und rutschte auf losgetretener Erde und flachen Steinen zum Rand des Felsens. Er versuchte, sich an trockenem Gras und scharfen, eingesunkenen Steinen festzuhalten, die ihm die Hände aufschürften und große Wunden hineinrissen.

Seine Beine und sein Oberkörper glitten über den Rand des Steigs und hingen ins Leere, hundert Fuß über einem Geröllfeld voll scharfkantiger Steine. Tahn hing an den Händen und starrte am Berg vorbei nach oben zum Himmel, der von hellen Sternen übergossen war, die ihm alles vor den Augen verschwimmen ließen. Er bekam nicht einmal mehr genug Luft, um zu schreien, und spürte, dass seine Hände schwächer wurden.

Er lächelte, da er es seltsam fand, dass er auf diese Weise versagte, nachdem er bereits so weit gekommen war … Er raffte alle Kraftreserven zusammen und versuchte, sich wieder hochzuziehen. Er hatte schon fast die Beine über die Kante geschwungen, als er wieder hinabfiel und aufs Neue an den Händen baumelte … und ihm ging die Kraft aus. Dann rutschte eine Hand ab. Ein schwaches Stöhnen entschlüpfte seinen Lippen.

Was ist daran schon so tragisch?, dachte er und richtete den Blick nach unten, wohin er gleich stürzen würde. *Meine Familie ist nicht mehr da, meine Freunde auch nicht, und ich kann keinen weiteren Tag ertragen. Ich bin nicht der, den sie in mir zu finden hoffen. Hätte ich nicht einfach mein Leben in Helligtal zu Ende führen können? Ich wäre zufrieden gewesen.*

Als er weiter hinabzugleiten begann, war er sich nicht mehr sicher, ob für seinen Sturz nur seine schwachen Hände verantwortlich waren.

Von oben schoss eine Hand herab und packte seinen Arm, bevor seine Finger aufgeben konnten. Der Kopf fiel ihm in den Nacken, und er sah die stirnrunzelnde Fern. Das Haar hing ihr ums Gesicht, aber Tahn glaubte, etwas Neues in ihren Augen zu erkennen. Sie ergriff Tahns Handgelenk mit der anderen Hand und hievte ihn mit einem kraftvollen Ruck hinauf. Er saß einen Moment lang da, während der Wind mit seinem Haar spielte, und versuchte, genug Atem zu schöpfen, um ihr zu danken. Bevor er etwas sagen konnte, drückte sie ihm den Bogen in die Hand und half ihm auf die Beine. Als sie nickte und weiterzuklettern begann, konnte sich ihre entschlossene Miene durchaus mit der des Sheson messen.

Tahn warf einen Blick zurück über mehrere enge Serpentinen und erhaschte einen Blick auf eine dunkle Gestalt, die aufholte. Sein Verstand rief eine Warnung, und er rannte Mira nach.

Als der Hang sich abzuflachen begann, wurde die Luft diesig vor Nebel und regte sich wie in einem aufkommenden Sturm. Als Tahn sich hindurchbewegte, nahm er plötzlich seine Haut bewusst war. Während er und Mira weiterliefen, teilten sich die Nebel und flossen ihm glatt über Stirn, Wangen und Handrücken. Tahn hatte den Eindruck, als ob diese Nebelwolken vernunftbegabt wären, obwohl er nicht wusste, wie das sein konnte. Seine Haut erwachte bei ihrer Berührung zum Leben und tauschte sich unabhängig von seinen Gedanken mit dem ätherischen Element aus. Die Nebel wurden dichter, so dass die Sichtweite zurückging und sie langsamer vorankamen.

Mira hielt an und schien sich zu orientieren. Als sie dann nebeneinander im dichten Nebel standen und das Rascheln von Blättern sich um sie regte, packte Mira Tahn an der Schulter, stieß ihn vorwärts und ließ sich einen halben Schritt hinter ihn zurückfallen.

Ein niedriger Grat tauchte aus dem Nebel auf. Sie gingen direkt darauf zu und bogen dann zu einem Felseinschnitt zu ihrer Rechten ab. Sie durchquerten den Wall aus schwarzem Stein, der unvermittelt in einen wenige Schritt breiten weichen Lössboden überging, bevor eine Klippe steil ins Nichts abfiel.

Mira blieb stehen. »Tillinghast.«

Der Nebel wirbelte in langsamen Mustern, drehte sich um sich selbst und faltete sich endlos zusammen. Als er den Blick zum Himmel wandte, konnte Tahn eine Fortsetzung des Schauspiels sehen, wenn auch dünner. Jenseits des Klippenrands wurde der Nebel dichter bis hin zur Dunkelheit. Tahn machte einen zögerlichen Schritt, und sein Fuß sackte in den üppig duftenden Erdboden ein. Er sah seinen eingesunkenen Stiefel an und dann an der Klippe entlang, wo er undeutlich die Umrisse eines einzelnen Nebelbaums erkennen konnte, der sich am äußersten Rand des festen Bodens erhob. Seine Wurzeln ragten zum Teil in den Abgrund und wanden sich wie knochige, tastende Finger in die Wolken hinab. Nach oben hin verschwand der Baum im Nebel, und seine Krone war nicht zu sehen. An seinem Fuße lag ein einzelner herabgefallener Ast, der in einem Sturm abgebrochen sein mochte.

Tahn sah Mira an, deren Augen vor Zuversicht strahlten.

Dann tastete er sich langsam zur Abbruchkante vor, da er einen Blick hinabwerfen wollte, wobei seine Stiefel tiefe Spuren in der Erde hinterließen. Auf halbem Weg zum Rand hörte er

Mira ihre Schwerter ziehen und sah, als er sich umdrehte, Zephora aus der Felsenge hervorschlüpfen. Die Nebel wichen vor seinem schwarzen Umhang zurück, als verspürten sie Widerwillen gegen ihn.

Der Stilletreue beachtete Mira gar nicht, sondern sah an ihr vorbei zu Tahn. »Quilleszent.«

Mira wartete nicht. Mit unglaublicher Schnelligkeit stürzte sie sich auf den Draethmorte. Ihre Klingen durchschnitten den Nebel so rasch, dass er sich bei ihrem Vorbeisausen nicht einmal regte. Mehrere Hiebe schienen die Kreatur direkt zu treffen, aber Zephora zuckte nicht einmal zusammen – das, was eine Klinge anrichten konnte, war für sein Fleisch anscheinend nicht von Bedeutung. Mira sprang zurück und ging in Verteidigungsstellung.

Tahn konnte es nicht deutlich erkennen, aber anscheinend waren alle Risse und Wunden, die Miras Angriff hinterlassen hatte, von selbst wieder geheilt.

»Deine Bestimmung ist größer, als das Menschengeschlecht es zulässt, Quilleszent.« Die Worte des Draethmorte klangen düster. »Du bist mehr, als die Menschen wissen. Ihre Arroganz und Gier haben einen Weg eröffnet, die Gräuel der Ersten wiedergutzumachen. Du kannst der Ausführende sein und ganze Zeitalter der Vernachlässigung und Grausamkeit auslöschen.«

»Das sind nur Lügen, Tahn«, rief Mira. »Absurde Behauptungen, die dich verwirren sollen. Gib nichts auf Worte, die aus Dunkelheit Licht und aus Licht Dunkelheit machen! Die List des Kreateurs besteht darin, dich erst sanft zu führen, bevor er dich in Fesseln schlägt, die dich für immer um den Verstand bringen.«

Mit einer kleinen Bewegung schleuderte Zephora eine dunkle

Lichtsalve, die Mira mitten auf die Brust traf und sie an den äußersten Rand des Tillinghast schleuderte.

»Auch sie kann dein werden, Tahn«, sagte Zephora mit samtweicher Stimme. »In der schützenden hohlen Hand der Stille wird dir nur das zurückgegeben werden, was du dir wünschst, und dir wird alles zuteilwerden, was du nur begehren kannst: Erinnerung, Macht, Sicherheit. Du kannst sogar Dinge, die du getan hast, ungeschehen machen, Quilleszent. Gibt es noch irgendeine Tat, von der du dir wünschst, du könntest sie zurücknehmen? Das Angebot, das ich dir mache, stellt wahre Macht dar. Es ist keine Schurkerei, Tahn.«

Es verstörte ihn, dass Zephora seinen Namen gebrauchte. Er löste den Griff um seinen Bogen. »Warum fürchtet der Orden euch dann? Was hat er zu verlieren?«, fragte er den Draethmorte.

Mira stöhnte und mühte sich ab, aufzustehen, aber Tahn konzentrierte sich auf die in den Umhang gehüllte Gestalt.

»Seine eigene Macht, seinen Einfluss.« Zephora trat beiläufig einen Schritt auf Tahn zu. »So war es doch schon immer. Eure historischen Aufzeichnungen sind unvollständig und geben nur eine fehlerhafte Version der Ereignisse wieder, um alle, die im Born gefangen sitzen, zu verteufeln.«

»Bar'dyn haben mir nach dem Leben getrachtet und mich gezwungen, meine Heimat zu verlassen … Sie haben das Kind meiner Schwester auf dem Gewissen! Und du redest, als ob *ihr* die Opfer wärt! Mira hat recht, du versuchst nur, mich zu täuschen!«

Zorniger als zuvor erklärte Zephora: »Wir haben dir nicht nach dem Leben getrachtet, Quilleszent, aber es wäre besser für dich zu sterben, als deine Gaben denen anzuvertrauen, die sie gebrauchen würden, um unsere Verlassenheit zu bekräftigen und weiterzuführen.«

Es wäre besser für dich zu sterben … Solche Worte hatte Tahn jetzt schon von beiden Seiten dieses hasserfüllten Konflikts gehört.

»Aus Unwissenheit bist du von Hass und Furcht erfüllt. Lass das nicht zu! Ich kann dir Antworten geben und dafür sorgen, dass dir die ganze Welt offensteht.« Zephoras Stimme wurde tiefer und hallte im Erdreich unter Tahns Füßen wider. Er schlug die Kapuze zurück und enthüllte ein skelettartiges Gesicht. Die Haut teilte sich zu einem schiefen Lächeln. »Oder ich kann am Tillinghast für immer dem Leben ein Ende setzen, das dir nie gehört hat.«

Tahn wurde von einem unkontrollierbaren Zittern geschüttelt, durch das hindurch er mühsam fragte: »Warum nennst du mich ›Quilleszent‹?«

Der Draethmorte lachte. »Das ist es, was du wirklich bist, Tahn – das Geheimnis, das der Sheson nicht mit dir zu teilen bereit ist. Du warst …«

Genau in diesem Augenblick unterbrach ein lautes Klirren die Kreatur. Als Tahn sich umsah, entdeckte er Mira, die ein zerbrochenes Schwert über einen Felsen streckte. In der anderen Hand hielt sie den Stein, mit dem sie ihre Klinge gerade zerschmettert hatte. Zorn loderte in ihren Augen, als sie aufstand und mit dem zerbrochenen Schwert auf Zephora zielte. »Im Namen der Fern verwerfe ich dich. Beim Bunde derjenigen, denen ein besonderes Alter verliehen ist, fordere ich dich heraus!«

Tahn hatte keine Ahnung, was Mira gerade gesagt oder getan hatte, aber auf Zephoras Gesicht trat kurz ein Anflug von Besorgnis. Genauso schnell war der Ausdruck wieder verschwunden, und er wandte sich der Fern zu und machte sich bereit, indem er die von einer Robe umhüllten Arme hob.

»Eidbrecherin!«, zischte das Geschöpf Mira zu, wobei eine Art fürchterliches Entzücken in seiner Stimme lag, als es das Wort aussprach.

Dann stieg ein Kreischen von ihm auf, das aus seinem Umhang, seinen Poren, seinen Augen hervordrang. Es verlieh der Luft etwas Säuerliches, das sich zu einer greifbaren Form zusammenfügte, von der Tahn annahm, dass sie die Haut von den Muskeln lösen würde. Sie flog durch den Nebel auf Mira zu. Die Fern sprang nach rechts, aus dem Weg, und das Kreischen segelte wie ein großer Speer in den Dunst und verlor seine Macht schlagartig an die Stille. Mira schritt leichtfüßig mit dem gezackten Schwertstumpf zu Zephora hinüber.

»Du verschwendest meine Zeit!«, brüllte Zephora.

Bevor Tahn wusste, was er tat, hatte er seine Waffe wieder erhoben. Er sah Blut aus seinen verletzten Händen zwischen den Fingern hervorquellen, die sich fest um den Bogen krampften, aber er zielte und spannte die Sehne.

Diesmal benutzte er ganz gewiss keinen Pfeil.

Der Bogen war immer nur ein Mittel, sich zu konzentrieren, wenn der rechte Zeitpunkt gekommen war. Er wusste aus den Jahren, die er mit Grant im Mal verbracht hatte, dass es nur auf die *Absicht* seines Schusses ankam, und auf dem Weg von Helligtal hierher hatte er etwas Neues über sich gelernt, eine tiefergehende Fähigkeit, wenn er die leere Sehne spannte.

Im Geiste begann er gezielt die Worte zu sprechen.

Den Bogen spannen …

»Sei kein Narr, Quilleszent! Du weißt ja nicht, was du da tust!«

Mira umkreiste den Draethmorte.

Ein leises Summen begann in Tahns Kopf.

... meine Arme ...

»Zwing mich nicht, dich zu vernichten! Entscheide dich jetzt, sonst sorge ich dafür, dass der Fall des Nebelwalds im Vergleich zu dem Leid, das deine Ars und Arsa für immer erdulden werden, noch ein rosiger Tod war!«

Tahn spannte die Sehne immer stärker, obwohl sein Körper weiterhin zitterte und sein Fleisch schwach und kalt war. Er war sogar jetzt noch verunsichert, da ihn Fragen und Trauer peinigten, während das Summen in seinem Geist immer lauter wurde, als würde sich eine Töpferscheibe schneller und schneller drehen. Mira hob ihr zerbrochenes Schwert und begann leise etwas zu flüstern. Tahn hatte den Eindruck, dass ihr Körper unwirklicher als sonst aussah, aber das mochte am Nebel liegen.

... doch der Wille ...

»Willst du der Ungerechtigkeit dienen, Quilleszent? Diejenigen ehren und beschirmen, die Geschöpfe, die ihnen an Ruhm und Möglichkeiten gleichkommen, vor dem Angesicht der Sonne verbergen?« Zephora trat herausfordernd einen Schritt vor. Dabei erzitterte Tahns Körper, und sein Geist füllte sich mit formlosen Ängsten und Zweifeln. »Ich trotze dir! Ich nenne dich unverzeihlich, einen trübsinnigen kleinen Bogenschützen, der ohne seine eigene Kindheit zum Tillinghast gekommen ist! Wenn du höher zielst, dann brandmarke ich dich für alle Brüder aus dem Born als Retter, der zum Verräter geworden ist. Ich rufe den Zahn der Zeit auf dich herab! Durch die Zeitalter eilt die Dunkelheit auf der Suche nach dir heran, Quilleszent. Mit der Macht des Hasses und der Verzweiflung, die in den entlegensten Gegenden des Borns gewachsen sind, wird sie über dich und die deinen herfallen. Genug davon! Ich werde mir meine Belohnung holen!«

Zephora schoss eine Welle entsetzlicher Dunkelheit aus seinen ausgestreckten Händen. Tahn wurde mit voller Wucht auf den Lehm am Rande der Klippe geschleudert; sein Körper fühlte sich an, als wäre er auf die harten Steine eines winterlichen Flusses gestürzt. Er konnte nichts hören, aber Bilder aus all seinen Träumen und Visionen jagten durch seinen Verstand: brennende Buchseiten, die wie Asche aus der Luft herniederregneten; Ströme von Blut, die aus dem Tabernakel des Himmels hervorflossen; Männer und Frauen, die mit aus dem Hals gerissenen Kehlen strauchelten, als die letzten Töne des Leidenslieds verklangen; der Schleier, der fiel; und ein großer weißer Berg am bitteren Ende all dessen, was Licht ist, der vom Hass vieler Zeitalter dröhnend geschüttelt wurde.

Als diese schrecklichen Bilder vor seinem inneren Auge vorbeizogen, verzagte seine Seele, und er sehnte sich nach Trost. Aber stattdessen sah er sich selbst in der Dunkelheit vor der Morgendämmerung sitzen und auf das Wunder warten, das nicht eintrat.

Das war etwas, von dem er wusste, dass er es nicht ertragen konnte.

Er dachte an Sutters wirres Gestammel in der Wildnis: *Der Geist ist nicht ganz, Tahn. Er ist nicht ganz. Er kann geteilt werden. Verschenkt. Genommen. Kleine Stücke können vom Ganzen abgespalten werden …*

Und an das Gefühl in den Augenblicken, in denen er ohne Pfeil geschossen hatte, und daran, was er loszulassen beabsichtigte.

Tahn spannte seinen Bogen erneut, spannte ihn kräftig und schoss auf die Abscheulichkeit, die aus dem Born entkommen war. Ein unsichtbarer Pfeil flog von der Sehne und traf Zephora in die Brust. Der Dämon jaulte auf, ein Schrei, der einem Chor von Trauernden glich, die den Tod ihrer Lieben beklagten.

Tahn staunte über das, was geschehen war, aber er wusste, dass er seinen Bogen, eine Waffe von dieser Welt, genutzt hatte, um sein Herz auf einen Gegner abzuschießen – einen kleinen Teil seines Geistes, dem die Makel fremd waren, die ihn hätten verringern können. Die Makel, die in ihrer Gesamtheit zu der Fäulnis wurden, die vor ihm stand.

Aber Zephora war noch nicht fertig.

Der Feind hatte selbst ein Herz, und in einem Moment des Aufbegehrens gegen Tahns kleinen Akt der Tapferkeit zerriss er sein Gewand und legte sein schreckliches Fleisch bloß. Aus Erde, Abgrund und Himmel zugleich ertönte ein dröhnender Donnerschlag, von dem Tahn wusste, dass er ihn nur im Geiste hörte.

Da überkam ihn ein Vorgeschmack auf die Stille.

Bosheit und Hass und die Energie, die sie zum Leben erwecken konnte, verdichteten sich zum Glanz des Weißen und erfüllten Tahns Gedanken. Sie stahlen ihm die eigene Stimme und jede Möglichkeit zur Gegenwehr oder zur Verteidigung gegen den Anbruch des Weltendes, raubten ihm jegliche noch verbliebene Kraft, sich zu entscheiden, zu hoffen.

Tahn stürzte. Sein Körper war taub, aber er war noch bei Bewusstsein. Er lag nach einem entsetzlichen, düsteren Beifallssturm reglos in ohrenbetäubender Stille. Sein Tatendrang versiegte, da er die Last endloser Trauer und Verzweiflung spürte.

In dem Moment verlor er seinen Namen und die ganze Geschichte, die wohl oder übel die seine gewesen war.

Verantwortung spielte überhaupt keine Rolle mehr.

Und plötzlich sah er sich selbst verblassen und mit einer so gewaltigen und grellen weißen Kuppel verschmelzen, dass er sich nicht sicher sein konnte, ob er nicht blind war. Das Universum war so leer wie frisches Pergament, auf dem er nur einen unsichtbaren Fleck bildete.

Jenseits seiner Niederlage, als die Bedeutungslosigkeit ihn so gut wie verschlungen hatte, ertönte das Klirren einer zweiten Klinge, die in der Luft der Erneuerung zerbrochen wurde.

Dann ertönten sanfte Worte, die eine vertraute Stimme leise in einer uralten Sprache äußerte. Vielleicht in der Bundessprache.

Das gab ihm irgendwie genug Gedanken zurück, um nach dem um Hilfe zu rufen, der ihm im Verlies unter dem Solath Mahnus geholfen hatte: *Rolen!*

Der Schrei füllte seinen Geist aus und hallte in die Stille, in der er schlicht hörte: *Sei ruhig, Tahn. Sei ruhig. Erinnere dich daran, wie du in der Dunkelheit gestanden hast, und an das prächtige sanfte Licht tausender Sonnenaufgänge.*

Diese Worte hörte Tahn. Er öffnete die Augen und sah Mira zwischen ihm und Zephora stehen. Sie berief sich auf irgendeine uralte Verheißung und hielt einen von Quietus' Großen in Schach, wenn auch nur noch für einen Augenblick.

Tahns Körper und Geist waren ausgelaugt. Es war nur noch das übrig, was sein Wille aufbieten konnte. Tahn streckte die halb zerfetzte Hand aus und umklammerte seinen Bogen mit Fingern, die vom Lehm des Tillinghast verschmiert waren. Die Bewegung ließ ihn an Sutter denken und brachte eine Flut von Erinnerungen mit sich: an Wendra, an ihr verlorenes Kind, an verlassene Väter. Als all diese Opfer auf ihn einstürzten, erinnerte sich Tahn an Rolen und seinen Einstand und hörte die sanfte Stimme des Mannes. Rolen, Diener seines eigenen Untergangs.

Tahn stemmte sich hinter der Fern, die sich betend mit zerbrochenem Schwert verteidigte, auf die Beine. Als Zephora vor Wahnsinn aufkreischte, beendete Tahn sein eigenes Gebet.

… löst den Pfeil.

Und schoss mit leerer Sehne.

Nicht auf Zephora.

Sondern in den Abgrund.

Damit wurde er weggerissen, in den brodelnden Nebel getragen, als Pfeil seines eigenen Schusses.

Ein lautes Brüllen brach hinter ihm los und ließ Tahn an den Tod ganzer Völker denken. Dann war es verschwunden, ausgesperrt vom Tillinghast.

Er verschwand in den Wolken, sah nicht sich selbst, sondern nur das Vorbeirasen von Gestalten, die sich um ihn herum im leeren Nebel zusammenfügten und wieder auflösten. Er spürte, dass er seinen Körper zurückgelassen hatte und zu etwas Reinerem, Verwundbarerem geworden war. Er wurde von dem Gefühl ergriffen, sich zu bewegen – nicht körperlich, sondern durch die Zeit, durch Möglichkeiten.

Gesichter erschienen vor ihm, wie aus dem Nebel geformte Gedanken. Manche der Gesichter lächelten, andere runzelten die Stirn, und wieder andere sprachen, aber Tahn konnte keine Worte hören. Dann brach plötzlich eine Bilderflut über ihn herein. Die Bilder waren so seltsam, dass er sie nicht benennen konnte, obwohl sie ihm vertraut vorkamen. Aber mehr noch: Er hatte das Gefühl, dass manche dieser Dinge vor ihm verborgen wurden.

Der Wille des Allwillens.

Sein Verstand raste weiter, strömte durch den Abgrund, während Licht und Dunkelheit nahe an ihn heranwirbelten und wieder davonhuschten. Jedes Mal sah er eine Entscheidung, ein Wort, eine Tat, eine Antwort, die ihn zu anderen Entscheidungen weiterlenkte. Er staunte über die Windungen seines eigenen Weges durch dieses Gewebe miteinander verflochtener Momente.

Manche davon beschämten ihn, brachten ihn dazu, sich abzuwenden, obwohl er den Szenen, die sich vor ihm abspielten, nie entkommen konnte. Noch schmerzlicher waren Bilder aus seiner Vergangenheit, in denen er nichts tat, sich zum Nichthandeln entschied, das andere in Bedrängnis brachte. Diese Bilder zogen weitere nach sich, die das Leben vieler zeigten, für die Tahns Unentschlossenheit düstere Folgen gezeitigt hatte. Er erkannte sofort die schmerzlichen Gefühle der Menschen, die mit Trauer oder Einsamkeit rangen, weil er ihnen in einem wichtigen Augenblick keine Aufmerksamkeit geschenkt hatte. Gelegenheiten, etwas zu verändern, stürzten in wilder Folge auf ihn ein, Gelegenheiten, die er hatte verstreichen lassen, weil er zu selbstsüchtig gewesen war, Hilfe zu leisten.

Andere Bilder brachten ihn zum Lachen, besonders die mit Balatin und Sutter. Die Gefühle der Liebe und Verbundenheit waren so stark wie damals, als er sie zum ersten Mal empfunden hatte. Tahns Sehnsucht, noch einmal mit seinem Vater zu reden, ließ ihn nach den Erinnerungen rufen. Obwohl er zu sprechen glaubte, hörte er nichts. Dennoch genoss er vieles, was ihm wieder einfiel, nachdem er es lange vergessen gehabt hatte, und sonnte sich in dem sorglosen Lächeln, das Wendra so oft zeigte. Er beobachtete, wie Balatin seine Pfeife rauchte, sang oder Geschichten erzählte. Er sah, wie Hambley einen Gegner nach dem anderen beim Armdrücken besiegte und dem Mann dann aufhalf, um ihm einen Becher Bitter auszugeben. Er sah Licht durch die Espen auf den Naghenhöhen fallen, auf einer Jagd vor mehreren Jahren. Er hatte dort auf die Morgendämmerung gewartet, wie er es immer tat, und ein wenig Vergnügen bei der Geburt des neuen Tages empfunden, da er irgendwie das Gefühl gehabt hatte, dass es notwendig war, dass er Zeuge des Ereignisses wurde.

Dann verschoben sich die Nebel, und Tahn beobachtete seine Reise von Helligtal bis zum Tillinghast. Er durchlebte sein Misstrauen und seine Ablehnung. Er empfand noch einmal die ersten Regungen bei Miras Anblick. Er spürte wieder die Handschellen und den Biss von Stahl in einer offenen Wunde, während er gefangen saß und sich für vergessen hielt. Er besann sich auf eine verlassene Stadt und darauf, wie er Sutter unerwartet mit leerer Bogensehne verteidigt hatte.

Vor allem aber erinnerte er sich daran, wie er es mehrfach versäumt hatte, Wendra zu Hilfe zu kommen. Beim ersten Mal, weil er nicht geglaubt hatte, dass er auf den Bar'dyn schießen sollte. Beim zweiten Mal, weil er geglaubt hatte, verliebt zu sein. Letzteres war seine schmerzlichste Erinnerung überhaupt am Tillinghast. Aber die Entscheidung brannte nicht mehr so wie zuvor, und Tahn wusste, dass er das Miras Opfer zu verdanken hatte.

Ein großes Rauschen begann, Nebel strömte auf ihn zu und wurde im Näherkommen immer schneller. Tahn sah vollkommen erstaunt zu, als tausend unterschiedliche Pfade aus tausend verschiedenen Entscheidungen durch seinen Verstand rasten. Im Kontrast zu seinem geschärften Bewusstsein, zu wem er geworden war, wurden ihm plötzlich zahllose Versionen seiner selbst gezeigt, die er nie sein würde. Er empfand abwechselnd Dankbarkeit für kleine Siege und Schuldgefühle über verpasste Gelegenheiten. Damit einher ging ein Sinn dafür, wie bedeutungslos das Messen von Zeit und Raum war. Er verglich es damit, auf einem hohen Berg zu stehen, von dem aus er einen Blick auf jeden Weg und seine Windungen hatte, während doch alle zum Gipfel emporführten. Oder vielleicht stand er auch auf tausend Bergen zugleich.

Wie ein Gewitter brachten die Nebel Lichtblitze und Zusammenballungen von Dunkelheit hervor. Erschreckende Bilder gingen daraus hervor, verwoben mit friedlichen Augenblicken. Das Ineinandergreifen widersprüchlicher Bilder wurde irgendwie leichter zu ertragen, und Tahn entspannte sich inmitten des Mahlstroms. Alles begann auf ihn zuzuwirbeln – seine Erinnerungen, seine Entscheidungen – und streifte seinen Verstand mit Möglichkeiten. Manche Dinge waren gewiss und unvermeidlich, andere unwahrscheinlich, aber verständlich.

Der Nebel züngelte an ihm entlang, durch ihn hindurch, drang in seine Sinne ein und betörte ihn, alles hinzunehmen. Er wurde ohrenbetäubend, füllte ihn aus, bis Tahn keines bewussten Gedankens mehr fähig war. Er schwebte im Abgrund und *war* einfach, und das war genug.

Dann endete es, und die Stille entsetzte ihn. Seine Augen waren bereits offen, und er konnte plötzlich wieder sehen und fand sich da wieder, wo er gestanden hatte, um in den Tillinghast hinauszuschießen, die Füße immer noch im Lehm verankert.

Er empfand ... Frieden. Dann brach er zusammen und wurde ohnmächtig.

33

EIN EINZIGER AST

Der Geruch fruchtbarer Erde weckte ihn, so frisch wie ein Kessel aufgekochter Gewürznelken. Einen Moment lang stellte er sich vor, dass Sutter ihm aus Spaß eine Handvoll Wurzeln unter die Nase hielt. Der Gedanke an seinen Freund ließ ein Lächeln auf sein Gesicht treten, und er hielt es dort, da er spürte, dass die Einbildung zerspringen würde, sobald er die Augen aufschlug. Er atmete tief durch und spürte die kühle Feuchte der Luft, als sie ihm in die Lunge strömte: Nebel.

Der Abgrund.

Tahn öffnete die Augen und sah, allerdings einige Schritte entfernt, die Stelle, an der der Fels der Erneuerung ins Nichts überging, verhüllt vom anmutigen Wallen der Wolken. Er rührte sich nicht sofort, da ihm plötzlich bewusst wurde, dass er sich schon eine ganze Weile nicht ausgeruht hatte. Als er leer vor sich hinstarrte, drohten Nebelschwaden sich zu vertrauten Formen zusammenzufügen, als würden sie aus seinen Gedanken schöpfen. Aber der Nebel wirbelte weiter.

Dann erinnerte er sich so schlagartig, als würde ein Eimer mit winterlichem Flusswasser über ihm ausgeleert, an Zephoras Erscheinen und Mira. Er stemmte sich hoch, und eine Welle der Übelkeit und des Schwindels brandete aus seinem Bauch bis in den Kopf empor. Als er wieder klar sehen konnte, hielt er hektisch nach der Fern Ausschau, da er sich erinnerte, wie sie zuletzt dagestanden hatte, um einen Schutzwall zwischen ihm und dem Draethmorte zu bilden.

Beim Himmel und Allwillen, ich habe sie allein mit ihm ringen lassen.

Er kämpfte sich auf die Knie und zwang sich, dorthin zu kriechen, wo er Mira zuletzt hatte stehen sehen. Als Tahn näher herankam, erspähte er eine Gestalt. Er konnte sich nicht ganz sicher sein, aber dort schien jemand auf dem Bauch ausgestreckt völlig reglos dazuliegen. Tahn beeilte sich, trieb sich über die Grenzen seiner Kraft hinaus und stürzte mit dem Gesicht voran in den Lehm. Der weiche Boden dämpfte seinen Fall, und die Erde drang ihm in den Mund.

Tahn spuckte sie aus. »Mira!« Der Schrei entrang sich heiser seiner Kehle, die sich so gequetscht anfühlte, wie Wendras zuletzt geklungen hatte.

Beim Gedanken an Wendra blieb ihm das Herz stehen.

Das Letzte, was er gesehen hatte, war die Explosion aus Dunkelheit und Helligkeit gewesen, die aus dem Gipfelpass hervorgebrochen war, und der Einzige, der Tahn zum Tillinghast gefolgt war, war Zephora gewesen. Er schlug schwach mit den Fäusten auf den Lehm ein, während ihm salzige Tränen die Nase entlang bis in den Mund liefen. »Nein«, flüsterte er. »Nein. Nicht auch noch du, Wendra!«

Tahn richtete sich wieder auf die Knie auf. Resigniert kroch er auf den Körper zu. In seiner Trauer dachte er gar nicht an Vorsicht, und als er die leblose Gestalt erreichte, zog er an ihrer Schulter, um sie mit dem Gesicht nach oben zu drehen.

Das klaffende Maul und die wulstigen Knochen von Zephoras Gesicht lächelten ihn im Tode an. Tahn zuckte zurück und kroch hastig davon. Sofort begannen seine Hände zu brennen. Er steckte sie in den Lehm und schrubbte sie wie mit Seife. Langsam ließ der Schmerz nach, und er war allein mit dem uralten Wesen. Mira war nicht zu sehen.

Tahn versuchte aufzustehen, aber die Beine gaben unter ihm nach, und er sackte wieder auf die Knie. Seine Gedanken überschlugen sich vor Panik, vor allem, da er mehr und mehr überzeugt war, nun wirklich ganz allein zu sein. Der Draethmorte musste Mira irgendwie in den Nebel gebannt haben, bevor er gestorben war. Alle, die Tahn liebte, waren nun nicht mehr da. Er kniete nur wenige Schritte vom Ende der Welt entfernt und sah den Tillinghast hasserfüllt an.

Die Opfer, die ihn hergeführt und die größtenteils andere gebracht hatten, rasten ihm durch den Kopf. Welchen Nutzen oder Zweck hatte dieser Ort für ihn, für irgendjemanden, wenn er einem nur das zurückgeben konnte, was schon gekommen und vergangen war? Er erschien Tahn wie ein Folterwerkzeug, und er erschauerte vor Abscheu darüber. Er sah in den brodelnden Nebel.

Noch etwas war hier geschehen. War der Tillinghast in ihn eingedrungen?

Es überstieg seine Fähigkeiten, das zu verstehen, und er war zu nichts anderem mehr in der Lage, als leer in den Abgrund zu starren, der vor ihm wogte.

Nachdem er einen Augenblick lang nachgedacht hatte, riss Tahn mehrere lange Zweige von einem nahen Busch ab. Er verflocht sie zu einem flachen, behelfsmäßigen Korb. Als er fertig war, stand er schwankend auf und trug, auf seinen Bogen gestützt, den Korb zum Fuße des Nebelbaums. Dort ließ er sich wieder auf die Knie sinken und stellte den Korb nahe an den Stamm zwischen zwei große Wurzeln. Dann suchte Tahn nach einem kleinen Stein. Als er einen fand, ließ er ihn in den Korb fallen. »Einen für jedes Mal, wenn ich den Tillinghast besuche, mein Freund.« Irgendwie glaubte er, dass er zurückkehren würde.

Tahn hob den abgefallenen Nebelholzast auf, der neben seinem Korb lag, und streifte mit einiger Mühe das tote Laub davon ab. Er stützte sich auf den Ast, um das Gleichgewicht zu halten, richtete sich auf und begann, an den Rand der Klippe zu schlurfen. Er schämte sich und war zornig, dass seinetwegen so viel verloren gegangen war. So oder so, er wollte nicht, dass all diese Opfer unbelohnt blieben.

Als er in Zephoras Nähe kam, hielt er inne. Mit plötzlicher Wut begann er, den Leichnam mit seinem behelfsmäßigen Gehstock auf die Kante zuzurollen. Obwohl der Draethmorte groß war, wog er sehr wenig. Als Tahn die Leiche umdrehte, fiel eine Silberkette mit einem Anhänger auf Zephoras dünnen, bleichen Hals. Bei jeder Umdrehung schwang sie weiter herum, bis Tahn innehielt, um das Schmuckstück in Augenschein zu nehmen.

Er drehte es mithilfe seines Messers um und versuchte, die Gestaltung zu verstehen. Ein einzelner Silberring hing von der Kette, und in seiner Mitte befand sich ein kleines Plättchen, das eine Art Zielscheibe bildete. Aber nichts verband das Innenteil mit dem äußeren Ring. Tahn fuhr mit dem Dolch durch den Freiraum, der die Mittelscheibe umgab – die Waffe glitt hindurch, ohne hängen zu bleiben. Als er auf die Scheibe selbst klopfte, rührte sie sich nicht.

Tahn nahm dem toten Draethmorte die Halskette ab. Im

Aufstehen stieß er den Stilletreuen in den Abgrund. Er fiel lautlos, stürzte von der Klippe und dann binnen eines Atemzugs außer Sicht. Der Nebel umhüllte ihn so vollständig wie jedes andere Geheimnis.

Tahn drehte sich auf dem Absatz um und begann sich langsam vom Tillinghast zu entfernen. Unmittelbar hinter der Felswand drang das Geräusch von Laub, das unter Schritten raschelte, wie aus großer Entfernung zu ihm. Er blieb stehen und war sich unsicher, ob er vielleicht nur gehört hatte, wie sich die Überreste des Nebelwalds in einer leichten Brise regten. Das Rascheln wurde lauter.

Hoffnung keimte in seiner Brust auf, und er begann, den Weg zurückzueilen, den Mira und er gekommen waren. »Wendra, Sutter … Mira?«, rief er im Laufen und stolperte oft, da seine Beine unter ihm nachzugeben drohten. Jenseits der Wiese ertönten zur Antwort Stimmen. Er konnte ihre Worte nicht verstehen, aber was das zu bedeuten hatte, war klar genug: Wenigstens einige von ihnen hatten überlebt!

Tahn rannte weiter und achtete nicht auf das Brennen in seiner Brust, als er nach Luft rang. Er bog um das Wurzelgewirr eines umgestürzten Nebelbaums und sah seine Freunde in vollem Lauf auf sich zurennen. Er brach erschöpft zusammen, doch ihm schwoll die Brust vor Freude. Sie kamen, jeder Einzelne von ihnen, allen voran Mira. Ihre Stiefel wirbelten die harten Blätter auf und zertraten andere. Binnen eines Augenblicks erreichte ihn Mira. Sie umarmte ihn fest und hielt ihn lange an sich gezogen. Dann eilte sie an ihm vorbei zum Tillinghast. Tahn nahm an, dass sie nach Zephora sehen wollte, aber er hatte keine Zeit, ihr zu sagen, dass er den Draethmorte beseitigt hatte, oder sie zu fragen, wie sie ihn besiegt hatte.

Dann waren seine Freunde bei ihm. Sutter schlitterte heran, so dass sich ein Laubhaufen zwischen ihnen bildete und auf Tahns Schoß landete. »Eichhörnchen, bei meinen Himmeln, ich hätte nie gedacht, dass ich einmal so froh sein würde, dich zu sehen!« Er drückte Tahn einen dicken Kuss auf die Wange und warf ein paar Blätter in die Luft, als würde er bei einem Fest Luftschlangen auf ihn herabregnen lassen. Die schweren Blätter hagelten wie kleine Kieselsteine auf Tahns Kopf.

Tahn grinste. »Und ich war noch nie so froh, die Gesellschaft eines Mannes ertragen zu müssen, der im Dreck spielt.«

Sutter lachte, verzog dann aber das Gesicht. »Als ich dich über den Pass habe verschwinden sehen, war ich mir nicht sicher, ob ich dich je wiedersehen würde.« Er umfasste die Hand seines Freundes im vertrauten Helligtalgriff und hielt ihn fest. »Nicht, dass ich an dir gezweifelt hätte, Tahn. Aber niemand wusste, was der Tillinghast für dich bereithalten würde, und ich wünschte, ich hätte mitkommen können ...«

»Es würde dir da gut gefallen«, sagte Tahn. »Der Lehm ist sechs Zoll tief und vom Duft künftigen Wachstums geschwängert.« Dann bedachte er den Rübenbauern mit einem schelmischen Lächeln, bevor er die Arme um ihn schlang.

Braethen trat heran, als die beiden sich aus ihrer Umarmung lösten. »Es ist gut, dich zu sehen, Tahn.« Der Sodale kauerte sich auf der anderen Seite neben Tahn. »Wie es scheint, hast du dich am Fels der Erneuerung bewiesen.« Dann flüsterte er: »Danke.«

Tahn umfasste auch die Hand des Sodalen im Helligtalgriff.

Wendra kam als Nächste und blieb einige Schritte entfernt langsam stehen. Sie sah ihm lange genug in die Augen, um zu sagen: »Es freut mich, dass du noch am Leben bist, Tahn … auch wenn andere nicht so viel Glück hatten wie du.«

Obwohl diese Worte zwischen ihnen standen, schnürte die Rührung bei ihrem Anblick Tahn die Kehle zu. Er wäre gern aufgestanden, um sie in die Arme zu nehmen, sich für seine Untaten zu entschuldigen und ihr zu versprechen, dass jetzt alles anders werden würde. Er wollte spüren, wie ihr Herz auftaute, und die Nähe wiedererlangen, die zwischen ihnen immer bestanden hatte.

Dann trat Wendra beiseite, da Vendanji, dichtauf gefolgt von Grant, näher kam.

Der Sheson wirkte todkrank. Er schwitzte wie sie alle, aber das Fleisch hing ihm schlaff vom Gesicht, und er hatte dunkle Ringe unter den Augen. Er hatte die Kapuze abgenommen, so dass sein schweißnasses dunkles Haar zu sehen war, das an der bleichen Haut klebte. Er ließ die Schultern so tief hängen, als ob das Gewicht seines eigenen Mantels schon mehr sei, als er ertragen konnte.

Er blieb stehen, versuchte aber nicht gleich, etwas zu sagen. Er betrachtete Tahn forschend. Wieder hatte Tahn den Eindruck, dass er vom durchdringenden Blick des Sheson begutachtet und eingeschätzt wurde.

Dann bat Vendanji Grant, ihm zu helfen, sich hinzusetzen. Der Verbannte ließ den Sheson vorsichtig zu Boden gleiten und stützte hinter ihm einen großen abgefallenen Ast auf, so dass er sich zurücklehnen konnte.

Als er sich wieder aufrichtete, bedachte Grant Tahn mit einem Blick, aus dem Stolz und Erleichterung sprachen, sagte aber nichts.

Sobald Vendanji wieder zu Atem gekommen war, faltete er

die Hände im Schoß. Seine erste Frage überrumpelte Tahn: »Was für einen Stock trägst du da?«

Tahn sah auf seine Hand hinab und stellte fest, dass er den Nebelbaumast noch immer nicht losgelassen hatte. »Einen Gehstock«, antwortete er verwirrt.

»Das ist Nebelholz«, stellte Vendanji fest. »Aber noch nicht ergraut wie diese gefallenen Wächter.« Ohne den Blick zu heben, deutete er auf den Baum hinter Tahn.

»Ich habe nur einen lebenden Baum gesehen. Er wächst am Rande des Tillinghast.«

Ein Ausdruck der Erleichterung trat auf das Gesicht des Sheson. »Ein einziger Baum.« Sein Blick ging in weite Ferne. »Ein Wald, eine Welt, kann von einem einzigen Baum gezeugt werden.« Dann loderte sein forschender Blick wieder auf. »Sag mir, hat Zephora dir vom Quilleszenten erzählt?«

Neben Tahn zuckte Braethen zusammen.

Tahn wurde bewusst, dass er mehrfach mit dieser Bezeichnung angesprochen worden war. Er hatte keine Vorstellung, was sie bedeutete. Das Interesse des Sheson beunruhigte ihn beinahe so sehr wie der Ausdruck selbst. Aber Zephora hatte darauf zurückgegriffen, um sich bei Tahn einzuschmeicheln, in der Hoffnung, seine Ergebenheit oder Unterstützung zu gewinnen.

»Nein, er hat nichts davon gesagt«, antwortete Tahn. Er suchte im Gesicht des Sheson nach jeglichem Anzeichen eines neuerlichen Aufatmens, aber Vendanji ließ sich weder Erleichterung noch Besorgnis anmerken.

Kurz machte sich Schweigen zwischen ihnen breit, wurde aber von Mira durchbrochen, die von der Klippe zurückkehrte. »Tahn hat den Leichnam in den Abgrund gerollt«, sagte sie, wie um eine Frage zu beantworten, die Tahn nicht gehört hatte.

»Auch gut«, erwiderte Vendanji. »Der Eine hat Wege und Mittel, die Seinen wiederzugewinnen. Im Abgrund ist Zephora für immer verloren.«

Tahn drehte sich um und sah zu Mira hoch. »Warum hast du dein Schwert zerbrochen? Das hat Zephoras Aufmerksamkeit erregt und mir Zeit verschafft … Wie hat er dich noch genannt? Eidbrecherin?«

»Das ist jetzt nicht so wichtig«, sagte Mira und tauschte dann einen seltsamen Blick mit Vendanji.

Es war offenbar *doch* wichtig, aber Tahn hatte nicht die Kraft, noch mehr Geheimnisse zu ergründen. Aber eine Frage hatte er noch: »Wie hast du ihn getötet?«

Die Fern starrte ihn aus ihren leuchtenden grauen Augen an. »Das war ich nicht, Tahn. Als du dich abgewandt und in den Abgrund geschossen hast, hat sich alles um uns herum schnell verändert. Der Nebel hat vor Lichtbrechungen pulsiert, als würden Blitze eine Wolke durchzucken. An der Klippe hat jedes Pulsieren die Landschaft verändert, die Stellung der Felsen und Bäume. Die Luft selbst duftete im ersten Moment noch süß, im nächsten schon scharf und verbrannt. Die Geister stolzer Nebelbäume blitzten kurz an der Klippe auf, wie um uns zu zeigen, welche Gärten dort womöglich hätten wachsen können. Dann und wann dehnte sich die Klippe selbst aus, so dass Zephora und ich im dichten Wald standen. Im nächsten Augenblick hingen unsere Füße dann über dem Abgrund, und die Klippe war mehrere Schritte hinter uns, während der Nebel unsere Körper streichelte und in unserem Geist Möglichkeiten aufblitzen ließ.« Mira sah Richtung Tillinghast. »Und in anderen Augenblicken, Tahn, war Zephora gar nicht da. In wieder anderen lag er bereits tot im Lehm.« Sie hielt inne und richtete den Blick auf ihn. »Im Aufblitzen einiger Augenblicke … war auch ich nicht da. Und bisweilen … war ich mir bewusst, dass mein eigener lebloser Körper tief in den Boden eingesunken war.« Mira fuhr fort: »Du allein bist in deiner Haltung und Standhaftigkeit unverändert geblieben, Tahn – du hast in die Wolken gestarrt, als würdest du Wirklichkeiten betrachten, die ich nicht sehen konnte. Dann begann der Nebel um uns herum zu peitschen, und die Lichtschwankungen blendeten mich fast. Nebelschwaden begannen über den Rand der Klippe auszugreifen und stachen auf Zephora ein. Ich konnte gerade noch beiseitespringen, als der Zorn der Wolken einen dichten Nebelstreif ausspie und Zephora damit wild umschlang. Ich sah zu, wie der Nebel seinen Mantel und seine Haut durchdrang. Er strömte in seinen Mund und seine Nase hinein und wieder heraus, quoll ihm aus den Ohren und sickerte aus seinen Augen. Der Nebel schien ihm in jede Pore zu dringen und durchfloss ihn, als wäre er körperlos. Die Kreatur schrie, und ihr Geheul ließ den Stein um sie herum bersten und mein Fleisch schmerzen. Selbst in der Umklammerung des Tillinghast war Zephora noch bestrebt, seinen eigenen Schmerz auf andere zu übertragen, und seine Berührung zerrte an meiner Haut. Lichtblitze begannen ihm aus den Nägeln und Augen zu schießen, und bald leuchtete er so hell, dass ich ihn nicht länger ansehen konnte. Er loderte einen Moment lang im Zustand schierer Helligkeit. Dann verblasste das Licht schlagartig, und Zephora stürzte zu Boden. Die Nebel zogen sich zurück, aber du rührtest dich nicht. Als die Erde dann so sehr zu beben begann, dass ich schon daran dachte, dich von der Kante zurückzureißen … hörte es auf. Der Nebel wurde sofort still, der Wind war verschwunden, der Boden ruhig. Keine Blitze aus Licht oder Dunkelheit mehr, nur der sanfte Schein des Nebels. Und du bist zusammengebrochen. Ich konnte dich nicht wiederbeleben, und so bin ich losgegangen, um Vendanji zu holen.«

»Was ist im Pass geschehen? Das Letzte, was ich gesehen habe, war eine große Explosion, die aus dem Berg hervorbrach. Sie hat mich zu Boden gestreckt.«

Sutter mischte sich mit leuchtenden Augen ein, weil er eine Geschichte zu erzählen hatte: »Zephora hat die Hand in den Boden gerammt. Ein Kreis begann sich auszubreiten und der Erde die Farbe zu entziehen. Seine Augen wurden schwarz, und dann schleuderte uns eine große Explosion zurück. Es fühlte sich so an, wie ich mir den Born vorstelle. Ich spürte plötzlich, wie all meine Begierden mich verließen. Ich bemerkte zwar, wie ich von der Kraft der Explosion hochgerissen und durch die Luft gewirbelt wurde, und ich wusste, dass ich bald auf Stein treffen würde, aber in dem Moment war mir das gleichgültig.« Sutter schluckte schwer. »Es war wie damals, als Haley Reloita, Shileds Sohn, im Brunnen festsaß, bevor der Regen begann. Weißt du noch?«

Tahn nickte. Niemand war in der Lage gewesen, Haley herauszuholen. Der Brunnen war zu schmal für Erwachsene, zu gefährlich für Kinder. Haleys Sturz hatte lose Steine der Brunnenummauerung auf ihn hinabfallen lassen, so dass er halb im stehenden, flachen Wasser am Grunde des Brunnens begraben gewesen war. Stunden später hatte es zu regnen begonnen, so dass der Fluss angestiegen war und damit auch das Wasser des Brunnens, der von einem unterirdischen Zufluss gespeist wurde. Sie hatten alle zugesehen, wie das Wasser gestiegen war und Haley geweint hatte. In Panik hatten Männer Stricke heruntergelassen, die Haley nicht fest genug umklammern konnte, um aus den Steinen hervorgezogen zu werden. Am Ende hatte ihn das Wasser vollkommen bedeckt …

»So habe ich mich in der Dunkelheit gefühlt«, sagte Sutter. »Mich hat noch nie etwas härter an der Brust getroffen als die Wucht dieser Explosion, aber ich würde lieber zwanzig solcher Schläge abbekommen, als noch einmal die Verzweiflung durchzumachen, die mir in den Verstand gekrochen ist, als mich diese Schwärze umklammerte …« Dann lächelte der Rübenbauer schwach. »Gebt mir einfach meine Wurzeln zurück.«

»Der Schleier wird schwächer«, sagte Vendanji in unheilverkündendem Ton. »Die Ersten haben die Verse der Verlassenen geschaffen, um einen Schleier zu weben, der das Böse zurückhält. Er wird von den Leiholan in der Discantus-Kathedrale behütet und gesungen. Er ist so angelegt, dass er alle hemmt, die Quietus ergeben sind, aber vor allem diejenigen, die in der Lage sind, aus dem Willen zu schöpfen. Deshalb haben wir für einige Zeit nur Bar'dyn im Land gesehen. Zephoras Entkommen ins Licht der Menschen stellt eine ungeheure Bedrohung dar. Das bedeutet, dass auch andere Draethmorte bald die Hand passieren könnten.«

»Es heißt noch mehr als das«, fügte Grant grimmig hinzu. Er sah erst Vendanji an und dann Wendra. »Es bedeutet, dass die Verse irgendwie beschädigt worden sind – oder dass die Leiholan versagen.«

Tahns Schwester bedachte den Verbannten mit einem eisigen Blick. Sie schien seine Worte als Vorwurf aufzufassen.

Vendanji antwortete nicht auf Grants düstere Vermutung. Stattdessen wandte er sich wieder Tahn zu. »Und du? Bist du entschlossen, dich von nun an weiterhin so gut zu halten, wie du es am Tillinghast getan hast?«

Was für eine Wahl hatte er schon? Er biss die Zähne bei dem Gedanken zusammen. Aber da er hier in Gesellschaft von Sutter und Braethen und, in geringerem Maße, Wendra saß, wurde ihm bewusst, dass er tun würde, was er immer getan hatte. Er würde die Worte sprechen, in den frühesten Augenblicken der Dämmerung aufstehen, während die Welt noch im Dunkeln lag, und sich den Sonnenaufgang vorstellen, der den Himmel erhellte. Und obwohl er keinen Grund dazu hatte, zog er schwachen Trost aus diesen Mustern seines Lebens.

Er erwiderte Vendanjis strengen Blick, raffte all sein Selbstbewusstsein zusammen und sagte: »Ich werde mein Bestes geben.«

»Dann gib mir deinen Stock«, erwiderte Vendanji.

Tahn reichte den Nebelbaumast an den Sheson weiter, der ihn ergriff und zwei Mal mit nach oben gewandten Handflächen anhob. Dann schlang er die Finger darum und schloss die Augen. Das Holz begann sich zu verformen und in den Händen des Willenslenkers zum Leben zu erwachen. Langsam drehte es sich und bewegte sich, als wäre es lebendig, verzog sich dann aber zu einer erkennbaren Form. Binnen weniger Augenblicke war aus dem Ast ein geschmeidiger Bogen aus tiefschwarzem Nebelholz geworden.

»Da der Zweig gerade erst von einem lebenden Baum abgefallen ist, durchströmt ihn noch das, was die Erneuerung nährt.« Vendanji reichte Tahn den Bogen. »Ich habe den Nebel darin versiegelt und so dem Ast ewige Lebenskraft verliehen. Er wird dir gute Dienste leisten, wenn du ihn zu einem statthaften Schuss spannst.«

Tahn bewunderte einen Moment lang seinen neuen Bogen. Dann kehrten seine Gedanken dorthin zurück, wo sie durch

Miras Rückkehr von der Klippe unterbrochen worden waren: »Was heißt ›Quilleszent‹?«

Vendanji sah ihn durchdringend an. »Lass uns ein andermal darüber sprechen, Tahn. Freu dich an dem Wissen, dass du den Tillinghast überlebt hast. Was auch immer nun kommt, wird nicht unangefochten bleiben. Dies alles ist machtvoll und wird Quietus sicher erzürnen. Lass uns für den Augenblick ausruhen.« Damit ließ der Sheson sich auf die Seite sinken und schloss die Augen.

Er hat immer noch Geheimnisse. Nun gut – jetzt habe ich selbst welche. Tahn tätschelte seine Tunika, in die er die Halskette geschoben hatte, die er von Zephoras Leichnam genommen hatte.

34

ABKEHR VON DER STILLE

Die Sterne standen noch am Himmel, als Tahn sich regte und erwachte. Sanfter Tau überzog sein Gesicht mit Frische, und er nahm sich die Zeit, sie einen Moment lang zu genießen. Um ihn herum erhoben sich die gewaltigen Umrisse umgestürzter Bäume. Tahn schlug seine Decke zurück und schlich sich an seinen Gefährten vorbei zum Ende eines nahen Nebelbaums. Dort bediente er sich der schlangengleichen Wurzeln, um auf den Baumstamm zu klettern, auf dem er stehen blieb, um den Blick über die Welt ringsum schweifen zu lassen. In dem breiten Tal wurde er so zum höchsten Punkt und trauerte stumm um den Wald, der nun den Boden bedeckte. Als er aufschaute, funkelte der Himmel von Sternen, die je gesehen zu haben Tahn sich nicht erinnern konnte. Einen Moment lang fühlte er sich, als würde er zwischen Erde und Himmel stehen, zwischen der Kraft des Mutterbodens und der Hoffnung auf das Unerreichbare.

Und dort malte er sich die Ankunft der Sonne aus, eine langsame, schöne Morgendämmerung, die den Himmel in hundert Blautöne hüllte.

Er schloss die Augen und atmete tief und gezielt ein und

aus, gestattete es keinem anderen Gedanken, ihm in den Kopf zu dringen, und erlangte so kurz einen Teil des Friedens zurück, den das Ritual ihn vor langer Zeit hatte empfinden lassen.

»Es liegt eine gewisse Erhabenheit darin, nicht wahr?«

Tahn riss die Augen auf. Als er herumwirbelte, sah er den Sheson ein paar Schritte hinter sich stehen und ihn beobachten.

»Worin?«, fragte Tahn, von der Einmischung aus dem Takt gebracht.

»Im Anbrechen eines neuen Tages, dem Erwachen der Welt aus ihrem Schlaf.«

Tahn wandte sich wieder der Aussicht auf das Tal zu. »Ein schwacher Trost, ja.«

»Und warum schwach?«, fragte Vendanji in ruhigem, fast väterlichem Ton.

Tahn nahm sich einen Moment Zeit, die Verwüstung ringsum in Augenschein zu nehmen, und sagte dann: »Die Morgensonne hat mich einst freudig erregt – ihr Anblick auf dem ordentlich bestellten Feld eines Bauern, die Art, wie sie dunstig durchs Laubwerk drang oder in Mustern auf dem reifüberzogenen Boden tanzte. Mir gefiel der Gedanke, dass die Dinge wieder sichtbar wurden, dass das Licht die Verheißung eines Wiedersehens mit Freunden und gemeinsamer Mahlzeiten enthielt … und die, dass die eigenen Träume im Licht eines neuen Tages Gestalt annehmen könnten.« Er zögerte und kam sich plötzlich undankbar vor. »Aber der Bund, den wir mit der Sonne eingehen, ist nicht so, wie ich ihn mir einst vorgestellt habe … Ich warte immer noch auf ihre Rückkehr an den Himmel, aber mittlerweile geht es mir nur noch um Wärme und darum, meine Füße sicher aufsetzen zu können.«

»Und warum nennst du das schwach?«, beharrte Vendanji.

Tahn stieß einen tiefen Atemzug aus und sah zu, wie er in der belebenden Luft Wölkchen bildete. »Es gibt Tage, an denen mir die Wärme meiner Decke reicht, Tage, an denen ich mich vor dem Weg fürchte, den die Sonne für uns bescheint.« Er drehte sich um und sah den Sheson an. »Ich weiß nicht, warum es mir wichtig ist, die Geburt jedes Tages mitzuerleben. Es kommt mir nicht so vor, als ob wir in einer behüteten Welt leben.«

Vendanji schien über die Dinge nachzusinnen, die Tahn gesagt hatte. Er betrachtete ihn lange, ohne sich zu rühren. Am Ende erklärte er mit fester, aber leiser Stimme: »Der Rat der Schöpfung soll ein Ende genommen haben, als die Ersten ihr Wirken für die Menschen aufgaben, weil sie dachten, dass dieses Wirken vergebens sei. Nachdem Quietus eingesperrt worden war, wurde das Land in die Obhut derer gegeben, die es haben wollten; unser Leben gehört uns selbst. Aber das Werk des Kreateurs hat dieses Hüteramt schon befleckt und uns geplagt, seit es Aufzeichnungen gibt. In allen vergangenen Zeitaltern haben wir Krieg gegeneinander und gegen die Stille geführt, und so fragst du dich vielleicht, ob wir noch einen Tag verdient haben, ob die Stille, die unsere Welt auslöschen will, nicht unvermeidlich ist.«

Tahn nickte. »Und was für einen Unterschied kann schon der Bogen eines einfachen Jägers aus Helligtal machen, wenn man ihn zu den Völkern, den Armeen, hinzurechnet, die gegen die Dunkelheit zu Felde ziehen, die aus dem Born über uns herfällt?«

Tahn sah etwas in Vendanjis Augen: Wissen, vielleicht Trost. Aber der Sheson verlieh keinem von beiden Ausdruck. »Du bist mehr als nur dein Bogen, Tahn. Das weißt du auch über dich selbst. Ganz gleich, wie verzweifelt du dir wünschst, nur ein Waldläufer aus Helligtal zu sein, es ist töricht, sich an solch eine offensichtliche Selbsttäuschung zu klammern. Dein Augenblick am Tillinghast hätte dir das verraten sollen.«

Tahn blieb stumm.

Zur Antwort darauf hoben sich die Augenbrauen des Sheson merklich vor Überraschung.

Als er diesen Gesichtsausdruck sah, wurde Tahn bewusst, dass selbst am Fels der Erneuerung der Allwille den Moment bestimmt und Enthüllungen verhindert hatte, von denen Vendanji anscheinend angenommen hatte, dass sie Tahn zuteilwerden würden.

Doch der Willenslenker sagte nichts darüber. Stattdessen kniff er die Augen zusammen, wie ein Vater es vielleicht tun mochte, um ein trotziges Kind zu tadeln. »Freie Menschen haben die Möglichkeit, ihren eigenen Weg zu wählen, ihren Willen so auszurichten, wie es ihnen gut erscheint. Aber Freiheit ist kein Freibrief, die Gaben zu verschwenden, die man erhalten hat.«

»Und welche sollen das sein?«

Vendanji lehnte sich zurück, wie ein Vater es tut, wenn er zu einer Erklärung ansetzt. »Soll ich all diejenigen aufzählen, die zu den Waffen gegriffen und ihr Leben geopfert haben, um das Land zu beschützen, auf dem dein kleines Fleckchen Erde in Helligtal liegt? Männer und Frauen, die nichts von Politik verstanden, nichts über den alten Krieg oder unsere Vorfahren wussten, die sich der Gefahr ausgesetzt haben und in die Erde zurückgekehrt sind, weil sie sich dazu berufen fühlten, nur weil sie frei sein und ihren Kindern eine Zukunft bewahren wollten?« Vendanji sah Tahn mitfühlend an. »Ich freue mich sehr über deinen Triumph am Fels der Erneuerung. Aber jetzt hast du dich als würdig erwiesen und bist auserwählt, so zu handeln, wie der Allwille es von dir verlangt. Stelle niemals Forderungen und beharre nicht auf deinen eigenen Bedürfnissen, sonst machst du das ungeschehen, was wir hier erreichen wollten.«

Nach einem Augenblick wandte Tahn kleinlaut ein: »Gehört mein Leben denn nicht mir?«

Vendanjis Miene zeigte ein väterliches Lächeln. »Jede Antwort darauf ist wahr, Tahn. Schließ Frieden mit allen.« Vendanji blieb eine Weile neben Tahn stehen und wandte sich dann zum Gehen. Während er davonschritt, bemerkte er: »Bewahre das Unterpfand gut auf, das du in deiner Tunika versteckt hältst. Es leistet dir vielleicht eines Tages gute Dienste.«

Am Abend des zweiten Tages erblickten sie den Soliel jenseits der niedrigeren Gipfel der letzten Bergkette. Da ihr Proviant aufgebraucht war, grub Sutter einige Wurzeln aus, die er kannte, und sie tranken aus einem nahen Bach. Tahn suchte nach einer Gelegenheit, mit Wendra zu sprechen, aber seine Schwester hielt immer noch Abstand und redete nur gelegentlich mit Braethen. Wie Wendra hatte auch Sutter sich verändert, aber der Rübenbauer schien gegen diesen Wandel anzukämpfen und lenkte ihre Gedanken lieber auf ihre Heimat.

»Kannst du dir vorstellen, wie Hambley uns willkommen heißen wird?« Sutter leckte sich die Lippen. »Ich schmecke jetzt schon seinen Entenbraten. He, Eichhörnchen, vielleicht kannst du uns etwas Gutes jagen, das er uns in seinen magischen Feldsteinöfen braten kann. Diesmal werden wir diejenigen sein, denen die Leute gewürztes Bitter ausgeben. Ich glaube, ich nehme ein warmes Glas von dem mit Zimt und einen Schluck Pflaumenschnaps, um es herunterzuspülen.« Beim Reden drehte Sutter beiläufig das Schwert zwischen den Händen; er schien immer vertrauter mit seinem Gebrauch geworden zu sein.

»Na gut, Rübenbauer, solange du ein paar schöne Wurzeln neben die Ente legst, bin ich nicht geizig, was einen Krug angeht.«

Aus der Ferne konnte Tahn hören, wie Wendra sang, während sie zusätzliches Wasser aus dem Bach schöpfte, und dabei Lieder in hohen und tiefen Tonlagen wählte, um die Grenzen ihrer Stimme und ihrer Kraft zu erproben. Immerhin erfreute es sein Herz, sie wieder singen zu hören …

Braethen hatte ein zweifelndes halbes Lächeln aufgesetzt. Seine Bücher waren dieses eine Mal verpackt geblieben; nur sein Schwert war zu sehen und lag in Reichweite. »Ihr Männer von Helligtal«, fügte der Sodale hinzu, »werdet noch einen Teller auf den Tisch stellen und ein paar Becher nur für mich allein.«

Sutter bedachte Braethen mit einem Blick freudiger Überraschung. »Und wenn Hambley die Gläser serviert, wird unser örtlicher Spielmann uns wohl die Gunst erweisen, gefühlvoll die Ereignisse seit dem Nordsonnfest zu schildern?« Nachdem er ihn so herausgefordert hatte, wartete Sutter gespannt ab, wie der Sodale reagieren würde.

Braethen räusperte sich und machte Anstalten, große Reden zu schwingen, brach aber schon beim ersten Wort zusammen und lachte. Seine Heiterkeit war ansteckend, und bald lachten sie alle. Tahn konnte sich nicht erinnern, wann sie das zuletzt getan hatten.

»Schon gut, Sodale, denn schließlich« – Sutter stand auf und holte tief Luft, als wollte er einen Schlachtruf anstimmen – »bist du ja du!«

Das brachte sie alle erneut zum Lachen. Tahn rollte von seinem Felsen herunter und hielt sich den Bauch, während Sutter sich in eine noble Pose warf.

Der Fernkönig wirbelte unvermittelt herum und bedachte den Sheson mit einem verzweifelten Blick. »Dann sind die Schleusentore ja schon fast offen!« In seinem Hauptsaal ließ Elan den Blick über sie alle schweifen und musterte fragend ihre Gesichter. Bei Tahn angekommen, fragte der König: »Du bist zum Tillinghast gelangt?«

Vendanji antwortete: »Das ist er. Und er ist ins Land zurückgekehrt.«

»Dann haben wir ein Werkzeug, für das wir dankbar sein müssen.« Elan lächelte Tahn schief an, dem es nicht gefiel, auf diese Art beschrieben zu werden. »Dennoch«, fuhr der König grimmig fort, »fürchte ich, dass nicht die Zeit bleibt, eine größere Generation von Fern zu zeugen, bevor …«

Tahn sah Miras Unbehagen angesichts der Wendung, die das Gespräch nahm. »Ganz gleich, was Ihr sonst noch beschließt, Ihr solltet wissen, dass Miras Taten meinen Kampf am Tillinghast überhaupt erst ermöglicht haben.«

Niemand antwortete, doch Verstehen zeichnete sich auf Elans Gesicht ab. Er nickte Mira anerkennend zu.

»Sie haben es auf die Bundessprache abgesehen, und Naltus ist nun der einzige Ort, an dem sie noch bewahrt wird. Aber sie werden ihren Ehrgeiz nicht allein darauf beschränken.« Vendanji maß den König der Fern mit ernstem Blick. »Es wird nötig sein, dass Ihr ein paar ausgewählte Fern in die Gegenden schickt, auf die es besonders ankommt, wenn der Schatten der Hand sich vollkommen öffnen oder der Schleier gänzlich fallen sollte. Doch Vorrang hat das Große Mandat. Es ist notwendig, dass Ihr Euren Sitz in Decalam einnehmt. Tahn hat den Fels der Erneuerung überlebt, aber das ist nur unser erster Schritt. Es bleibt nicht mehr viel Zeit, bis die Versammlung beginnt. Ihr müsst Eure Führungsrolle für uns wahrnehmen, Elan. Die Politik der Könige, die Schliche der Liga … das Näherrücken der Stille. Ihr dürft dem nicht tatenlos zusehen.«

Der König folgte den Worten des Sheson aufmerksam und nickte so, dass Tahn wusste, dass Elan alles, was Vendanji von ihm verlangte, in Erwägung ziehen würde. Aber die Miene des Fernkönigs verriet weiterhin Besorgnis, so dass Tahn sich fragte, ob die Bürde, die auf Elan lastete, selbst für einen Fern zu groß war. In diesem Augenblick fühlte sich Tahn König Elan eng verbunden, da er zu dem Schluss kam, dass sie sich in gewisser Weise ähnelten: Sie waren beide Geschöpfe, denen eine Rolle zugewiesen worden war, die ihnen wenig Handlungsspielraum ließ.

Am Abend, nachdem alle Einzelheiten besprochen waren, kamen sie in den Genuss heißer Bäder, bevor ihnen Betten zugewiesen wurden und sie schlafen durften, diesmal ohne die Gesellschaft von Wachen – eine Ausnahme, die der König nur machte, um den erschöpften Gefährten eine gewisse Privatsphäre zuzugestehen. Braethen schloss sich Vendanji an, da in dem Sodalen Gefolgschaftstreue zu dem Sheson aufgekeimt war. Grant begab sich mit Mira auf die Fechthöfe, wo sofort Waffenübungen beginnen sollten, um die Fern in Kampftechniken einzuweisen, mit denen sie nicht vertraut waren. Wendra zog sich allein in ihr Zimmer zurück und wünschte allen leise eine gute Nacht, bevor sie sich mit einem Laib Brot und etwas frisch gewärmter Milch zu Bett begab. Tahn und Sutter teilten sich ein Zimmer und öffneten das Fenster, damit ihnen die Nachtluft über den bloßen Oberkörper streichen konnte wie früher immer auf Jagdausflügen in Helligtal.

»Was nun?«, fragte Sutter und starrte durchs Fenster den hellen Mond an.

»Das werden sie uns sicher sagen«, bemerkte Tahn und legte sowohl Verachtung als auch Humor in seine Worte.

Sutter hob die Hand, an der er den einzigartigen Handschuh der Sedagin trug. »Glaubst du, dass man mich auf der Hochebene noch einmal willkommen heißen würde?«

»Gewiss. Du machst doch immer einen wunderbaren Eindruck, ganz gleich, wohin du gehst.« Tahn kicherte und wandte sich ebenfalls dem aufgegangenen Mond zu.

Sutter lachte.

Es tat gut, wieder mit seinem Freund zu scherzen, obwohl selbst die Vertrautheit dieser Albernheiten Tahn nicht völlig zur Ruhe kommen ließ. Während er den Mond betrachtete, dachte er an das letzte Zimmer zurück, das er sich mit Sutter geteilt hatte, und an die verstörende Erscheinung an ihrem Fenster, die den Rübenbauern dazu veranlasst hatte, unter sein Bett zu flüchten. Die Erinnerung an die Hilfsbereitschaft des Ligaten und an die Vision seines Freundes ließ Tahn einen Schauer über den Rücken laufen, und er zog sich die Decken bis über die Brust hoch. »Glaubst du, dass Wendra mir je verzeihen wird?«

Sutter atmete in die kühle, angenehme Luft aus. »So habe ich sie noch nie erlebt«, sagte er nachdenklich, »aber ich habe Vertrauen zu ihr. Und warum auch nicht? Ich habe schließlich vor, sie eines Tages zu heiraten.«

Tahn bedachte seinen Freund mit einem gespielt zweifelnden Blick. »Glaubst du, sie wird nach Decalam zurückkehren?«

»Ich glaube, das würde Vendanji gefallen«, antwortete Sutter. »Aber ich habe das Gefühl, dass Wendra selbst die Entscheidung treffen wird. Was ich wissen will, ist, ob Braethen nun vorhat, für immer dem Sheson nachzulaufen.«

»Ich nicht«, erwiderte Tahn. »Das Geheimnis können sie meinetwegen gern für sich behalten.«

»Die eigentliche Frage«, sagte Sutter, dessen Stimme ein Lächeln anzuhören war, »ist doch, was du mit Mira vorhast. Ich meine … ein Junge aus Helligtal, der eine Liebschaft mit einer der unfassbaren Fern beginnt! Langsam glaube ich, dass du mir einiges verheimlichst.«

»Ich habe keine Geheimnisse vor dir«, sagte Tahn. *Aber das stimmt gar nicht mehr, oder?*

»Wenn ich dir einen Rat geben darf, lass dir nicht zu viel Zeit! Eine reife Wurzel wird weich, wenn man sie zu lange im Boden lässt.« Sutter lachte aus vollem Hals.

Tahn fiel mit ein, da er dem ansteckenden Lachen seines Freundes nicht widerstehen konnte.

Als sie aufhörten, wischte sich Sutter die Lachtränen aus den Augen und fragte: »Was glaubst du, was aus Penit geworden ist?«

Die Erwähnung des Jungen überrumpelte Tahn. »Ich hoffe, er entkommt«, sagte er. »Wenn es einen Jungen auf der Welt gibt, der dazu in der Lage sein könnte, ist es Penit.«

Sie nickten beide dazu.

»Und zu welchem Schluss bist du gekommen, was Grant betrifft?«, fragte Sutter behutsam.

Tahn antwortete nicht sofort. »Es gibt viel zu bedenken.«

Auch dazu nickte Sutter. »Ich weiß nicht. Er ist einfach so lustig und liebevoll. Was meinst du, wenn er es als Verbannter zu nichts bringt, könnten wir dann nicht bei den Tenendra ein gutes Wort für ihn einlegen? Wie ich höre, sind dort ein paar leere Käfige zu füllen!«

So ging es eine Weile hin und her. Ihre Scherze und ihr Gelächter tönten laut durchs Zimmer und durchs offene Fenster zum Mond hinaus.

Als sie sich wieder beruhigt hatten und Tahn sich schläfrig zu fühlen begann, drehte er den Kopf auf dem Kissen. »Vielen Dank, dass du mich nicht allein hast herkommen lassen, Rübenbauer.«

Sutter drehte sich im Bett um und erwiderte Tahns dankbaren Blick. »Dir auch vielen Dank, Eichhörnchen. Du hast mich schließlich vom Acker geholt …«

»Nun, du darfst mir an dem Tag danken, an dem wir uns Entenbraten und Pflaumenschnaps schmecken lassen. Bis dahin nenn mich einfach … Gebieter.«

Sutter setzte sich auf und neigte im Scherz den Kopf. »Besonders jetzt, da du deinen Einstand hinter dir hast, nicht wahr?«

»Natürlich, mein Junge«, sagte Tahn in majestätischem Ton.

»Eichhörnchen, das hätte ja vielleicht gut gehen können, aber es ist doch allgemein bekannt, dass man einem Gebieter seine Großzügigkeit an den Lenden ablesen kann. Und als wir heute Abend im selben Zimmer gebadet haben, ist mir aufgefallen, dass dir der Wandel allen Hoffnungen zum Trotz in der Hinsicht keine besondere Gunst erwiesen hat – nicht wahr?«

Wieder lachten sie auf, diesmal sogar noch lauter, so dass sie beinahe befürchteten, dass bald jemand an die Tür klopfen würde, um sie zur Ruhe zu ermahnen, wie es in ihrer Kindheit oft geschehen war, wenn sie zu Hause beieinander übernachtet hatten. Sutters Breitschwert und Tahns neuer Bogen waren vergessen.

Ein Stück weiter den Gang hinunter setzte Vendanji sich auf und legte sich leise ein Kräuterzweiglein unter die Zunge. Während der Sodale tief und fest schlief, sinnierte der Sheson über die Helligkeit des Mondes und lauschte dem Gelächter, das aus einigen Zimmern Entfernung erscholl. Sein erster Gedanke war, die beiden zum Schweigen zu ermahnen, weil er befürchtete, dass der Lärm unwillkommene Aufmerksamkeit bei den nüchternen Fern und vielleicht auch bei jedem Stilletreuen, der sich in die Luft schwang, erregen würde. Aber dann sank er in die Kissen zurück und ließ Tahn und Sutter in Ruhe. Wenn sie hier und jetzt Vergnügen an kleinen Freuden finden konnten, dann bestand vielleicht noch Hoffnung für alle. Vielleicht war das eine Eigenschaft, die sie besser als alles andere für diese Unternehmung geeignet machte, vielleicht genau das, was Tahn am Tillinghast zum Erfolg verholfen und ihm ein größeres Maß Licht als Dunkel wiedergegeben hatte. Bei dem Gedanken nickte Vendanji. »Du bist der Eine, Tahn. Dir wurde das Leben aus dem Tode gegeben, damit du das Gleiche für das Menschengeschlecht bewirken kannst.«

Ihr Gelächter noch in den Ohren, schlief Vendanji ein, und der Glaube war in seinem Herzen lebendiger denn je.